구원의 여상 · 화관

상허
이태준
전집
3

久遠 女像 花冠

구원의 여상·화관

장편소설

열화당

일러두기

· 이 책은 상허의 장편소설 「구원의 여상」과 「화관」을 모은 것으로, 출처는 최초 발표본
부터 해금 전 단행본까지 각각 다음과 같다. 「구원의 여상」 『신여성』, 1931. 1-1932.
8.(18회 연재); 『구원의 여상』, 태양사, 1937; 『구원의 여상』, 영창서관, 1948. 「화관」
『조선일보』, 1937. 7. 29-12. 22.(130회 연재); 『화관』, 조선문인전집 2, 삼문사, 1938.
· 작가의 의도가 최종적으로 반영된 본문이라는 점에서 상허가 월북하기 전 최후 판본
인 『구원의 여상』 1937년판과 『화관』 1938년판을 저본으로 삼았다.
· 표기법과 띄어쓰기는 현행 맞춤법을 따르되, 일부 방언이나 당대의 표현은 존중했다.
· 생소한 옛 어휘, 외래어, 일본어, 한시, 인물, 장소, 사건에는 편자주를 달았다. 단, 가
장 처음 나오는 곳에 한 번 넣었다.
· 더 상세한 편집 원칙은 「'상허 이태준 전집'을 펴내며」에 밝혀져 있다.

'상허 이태준 전집'을 펴내며

제3권 『구원의 여상·화관: 장편소설』

당대 최고의 단편소설과 미문으로 우리 문학사에 큰 획을 그은 상허(尙虛) 이태준(李泰俊)의 새 전집을 엮으며, 그가 했던 말을 떠올린다. "산문 문학이란 한 감정이나 한 사상의 용기(容器)라기보다 더 크게 인생 전체의 용기다." 전집 출판은 한 작가의 세계 전체, 더 나아가 그를 둘러싼 시대까지 아우르는 큰 그릇을 빚는 일이다. 상허는 단편소설뿐만 아니라 중·장편소설, 희곡, 시, 아동문학, 수필, 문장론, 평론, 번역 등 다양한 방면의 글을 남겼는데, 삼십여 년 동안 온갖 여건 속에서 탄생된 글들은 개인의 얼굴이자 역사의 소산이다. 하지만 그 모습들은 결코 단순하지 않다. 상허는 문학의 순수성을 추구하는 동시에 인간 사회를 반영하는 데 따르는 통속성도 긍정했으며, 골동취미와 우리말에 대한 감식안을 지닌 예술가적 면모와, 자본주의 물질문명을 향한 비판, 계몽성 강한 메시지를 표출하는 사회참여자로서의 자세가 공존한다. 이는 장르에 따라 달리 구현되기도 하고 시기에 따라 변화하기도 한다. 격변의 한국 근대사를 관통해 남겨진 이 작품들을 하나의 그릇에 담아 오늘에 다시 읽는 일은, 그렇기에 인간과 역사와 언어를 다층적이자 총체적으로 이해하는 일이다. 그것은 상허가 글쓰기를 통해 실천하고자 했던 궁극의 의도에 다가가는 첫걸음이기도 하다.

이에 열화당은 상허의 생질 서울대 김명열 명예교수와 함께 '상허 이태준 전집'을 새롭게 기획, 발간한다. 이 어렵고 방대한 작업에 착수할 수 있었던 것은, 상허의 탁월한 문학적 성취와 미문을 후세에 제대로 알리고 상허 연구의 기반을 올바로 마련하기 위해서는, 그의 작품들을 일관된 기준으로 정리하는 일이 가장 시급하다는 데 공감했기 때문이다. 앞서 '근원(近園) 김용준(金瑢俊) 전집', '우현(又玄) 고유섭(高裕燮) 전집'과 같은 우리 근대기 문헌을 출간한 경험도 큰 밑거름이 되었다.

이 전집은 1988년 해금(解禁) 직후 나온 전집들이나 주요 작품만 모은 선집들의 미흡한 점을 최대한 보완하고, 월북 전에 발표한 상허의 모든 작품을 망라한다. 그 결과 단편소설 한 편을 비롯해, 중편과 장편에서 누락되었던 연재분, 일문(日文)으로 쓴 글 두 편, 번역과 명작 개요 각 한 편, 아동문학 십여 편, 다수의 산문과 평론이 이 전집에 처음 소개된다. 월북 이후에 발표한 글은 제외되었는데, 이는 시각에 따라 불완전한 전집일지 모르나, 우리는 작가의 의지가 순수하게 발현되었느냐 하는 기준에 부합하는 전집 만들기에 집중했다. 월북 후의 작품도 상허와 그 시대를 이해하는 데 중요한 문헌이기에 추가로 정리할 기회를 모색하려 한다.

이렇게 기획한 '상허 이태준 전집'은 전14권으로 구성된다. 제1권은 상허의 단편소설을 모은 『달밤』, 제2권은 중편소설, 희곡, 시, 아동문학 작품을 엮은 『해방 전후』이다. 제3권부터 제10권까지는 장편소설들로서 『구원의 여상·화관』『제이의 운명』『불멸의 함성』『성모』『황진이·왕자 호동』『딸 삼형제·신혼일기』『청춘무성·불사조』『사상의 월야·별은 창마다』의 순서로 이루어진다. 제11권은 상허의 모든 수필과 기행문을 모은 산문집 『무서록』, 제12권은 문장론을 담은 『문장강화』, 제13권은 『평론·설문·좌담·번역』, 제14권은 상허의 어휘들을 예문과 함께 정리하고 상허 관련 자료를 취합한 『상허 어휘 풀이집』으로 계획했다. 이 중 첫 네 권을 일차분으로 선보인다.

전집의 세번째 권 『구원의 여상·화관』은 초기와 중기 장편소설 각 한 편씩을 모은 것이다. 1930년대에는 잡지와 신문의 발간이 붐을 이루었고, 그만큼 독자를 끌어들이기 위한 수단으로 연재물이 많이 생겨났다.

상허 역시 이 시기 가장 활발한 글쓰기를 하며 인기 작가의 반열에 올랐다. 단편에 비해 매체와 독자의 영향을 받을 수밖에 없는 장편 연재물의 한계를 스스로 인정하면서도, 이 장르만이 가진 서사 스케일과 대중성에 힘입어 사회적 메시지를 담은 작품을 완성해냈다. 흔히 저급한 것으로 해석되는 대중문학의 통속성에 대해서도 그는 재인식을 요구했다. "이 통속성이란 곧 사회성이다. 결코 무시될 수 없는, 개인과 개인 간의 각 각도로의 유기성을 의미하는 것이다. 통속성 없이 인류는 아무런 사회적 행동도 결성도 가질 수 없는 것이다."

「구원의 여상」은 『신여성』(1931. 1–1932. 8)에 연재된 후 1937년 동명의 창작집에 수록되어 나온 상허의 첫 장편소설이다. 여자전문학교 동창인 이인애와 김명도, 그리고 인애의 외삼촌 집 가정교사인 고학생 손영조 사이에서 벌어지는 삼각관계를 기본 구조로 한다. 사회주의자인 영조에 동조하면서도 그들이 추구하는 성의 개방에 관해서는 전통적인 여성상을 지키는 인애와, 그에 비해 실리적이고 자유분방한 명도의 태도가 대조를 이룬다. 근대적 연애관이 확산되던 시기, 남녀 간에 벌어지는 가치관의 변화와 충돌 양상이 등장인물들의 심리묘사와 대사를 통해 재현된다. 「화관」은 『조선일보』(1937. 7. 29–12. 22)에 연재된 후 1938년 단행본으로 출간된 상허의 중기 장편이다. 그전까지 『조선중앙일보』에서 노수현 화백과 세 편을 내리 연재하다가 이 신문의 폐간으로 비로소 다른 신문의 요청에 응할 수 있게 되었고, 그렇게 새 지면에서 처음 붓을 든 게 이 작품이었다. 주인공 임동옥은 구시대적 결혼관을 거부하는 신여성으로, 사업가 배일현을 비롯한 여러 남성들의 구애를 거부하고 개인보다는 민족과 사회를 위해 일해야 한다고 주장하는 박인철을 동경한다. 하지만 이상적 사랑을 꿈꾸었던 인철과도 결국 이루어지지 못하게 되면서, 한 남자를 위한 화관이 아닌 민중과 시대를 위한 화관을 쓰기로 결심한다. 전문학교 졸업 후 원산으로 떠난 동옥은 지역 교육 활동에 전념하며 사회적 자아를 확립해 간다. 두 작품 모두 1930년대 여성지와 신문 연재소설의 상업성 때문에 표면적으로는 연애소설의 구조를 지니지만, 계몽성과 사회의식, 진취적 여성상 등을 동시에 담고 있다.

작품이 씌어진 지 어느새 한 세기 가까이 흐른 지금, 상허의 글들은 여전히 낡지 않은 현재성을 지닌다. 마치 소설 속 풍경이 바로 눈앞에 펼쳐지듯 생생하고, 인물들의 목소리가 귓전에 울리듯 쟁쟁하다. 하지만 그 이야기가 활자화된 우리말 표기법이나 용례는 상당히 차이가 난다. 작품의 의미와 표현을 손상하지 않으면서 지금의 독자에게 '읽힐 수 있게' 복간하는 일이 그만큼 어렵고 조심스러울 수밖에 없는 까닭이 여기에 있다.

우선 본문을 확정하는 세부 원칙을 세우는 게 중요했다. 원본을 존중한다는 원칙 아래 저본 원문과의 꼼꼼한 대조를 선행하고, 서술문과 대화문 모두 현행 표기법을 따르되, 대화문, 편지글, 인용문에서는 방언이나 당대의 표현, 인물의 독특한 입말은 그대로 살렸다. 서술문에서도 표기법에 맞지는 않지만 '대이다(대다)', '나리다(내리다)', '따(땅)', '모다(모두)', '잡아다리다(잡아당기다)', '제끼다(젖히다)' 같은 예스러운 분위기를 전하는 어휘는 살렸다. 오식, 오자, 탈자로 의심되는 부분은 여러 판본을 참조하거나 추정해 수정했다. 외래어나 외국어는 현행 표기법을 따랐으나, '삐루(맥주)', '고뿌(잔, 컵)', '구쓰(구두)'와 같이 일본식 외래어로 굳어져 사용되던 말이나 대화문에 나오는 것은 그대로 두고 주석에 풀이했다. 단, 지금은 사용하지 않는 한글 자모이거나 지나치게 생소한 형태인 경우 교정한 것도 있다. 한자는 의미를 이해하는 데 필요한 곳에 병기했고, 원문에 있더라도 불필요하면 삭제했다. 문장 부호도 현행 표기법을 따랐으며, 장음 표기인 대시(—)는 뺐으나, 강조나 분위기가 표현되어야 할 때는 첫 음의 모음을 겹으로 적어 그 느낌을 살렸다. 억양을 올리거나 강조하는 표시로 사용된 물음표(?)와 문장

끝에 들어간 대시는 문맥에 따라 적절히 마침표(.), 쉼표(,), 느낌표(!) 등으로 바꿔 주었다. 숫자는 당시 한자나 한글로 표기하던 방식대로 작품 안에서는 한글로 통일하고, 글 끝에 적힌 날짜와 편자주에서는 선택적으로 아라비아 숫자로 했다.

이 전집에서 가장 많은 시간과 노력을 들인 요소는 편자주인데, 그 적절함과 정확성에서 염려되는 부분이기도 하다. 생소한 옛 어휘, 외래어, 일본어, 한시, 인물, 장소, 사건에 풀이나 간략 정보를 맨 처음 나오는 곳에 한 번 넣었다. 의미가 모호하여 '추정'이라 밝히고 풀이한 곳도 있고, 정확한 뜻을 찾을 수 없어 넘어간 곳도 있다. 지명 풀이는 작품 속 시대 배경에 따라 당시의 행정구역명으로 적고, 필요한 경우 현재 명칭도 밝혀 두었다. 상허가 원문 끝에 직접 밝힌 탈고 날짜는 판본에 따라 표기 방식이 다르거나 생략되기도 했는데, 우선 저본대로 따르되 생략되어 있을 경우 앞선 판에 적힌 것을 살려서 밝혔다.

작가 연보는 상허의 출생부터 현재까지를 아우르기로 하고, 월북 이전과 이후의 국내외 제반 자료를 포괄해 작성했다. 끝으로 최초 발표 지면과 단행본 표지를 화보로 덧붙여, 정현웅, 김규택 같은 화가들의 장정(裝幀) 및 삽화뿐만 아니라, 표기법, 활자, 조판, 편집 등 당대의 출판 환경을 엿볼 수 있게 했다. 상허의 사진 및 관련 자료는 전집이 완간될 시점까지 모인 것을 종합하여 작품 목록 및 작가 연보와 함께 마지막 권에 공개할 예정이다.

이러한 원칙과 고민 아래 편집상에 여러 노력을 기울였지만 부족한 부분이 많으리라 짐작한다. 독자와 연구자 여러분들의 아낌없는 질정을 바란다.

책이 나오기까지 많은 분들의 도움이 있었다. 이는 「감사의 글」에 상세히 기록되어 있어 여기서는 생략하고자 한다. 다만, 남한에 남은 상허의 직계 가족이 없는 현실에서 오직 사명감으로 이 작업을 시작하신 김명열 교수님의 용단과 노고에 특별히 감사드린다. 국내외 많은 상허 연구자분들의 성과와 노력에도 존경의 마음을 표한다. 앞으로 더 깊고 다양한 연구가 이어지는 데 이 전집이 도움이 되었으면 한다. 한때 남과 북에서 동시에 외면당할 수밖에 없었던 상허의 기구한 삶을 기리며, 그의 글이 오래도록 다시 읽히고 풍성하게 이야기되길 희망한다.

2024년 1월
열화당

감사의 글

상허(尙虛)는 나의 외숙이시다. 해방 후 얼마 안 되어 외숙이 월북하시자 다음 해에 외숙모가 솔가하여 따라 월북하셨다. 이렇게 남한에 외숙의 직계가족이 다 없어지고 생질과 생질녀들이 가장 가까운 친척이 되었다. 상허는 우리 문학에 커다란 업적들을 남겼지만 그의 자손이 남한에는 한 명도 없게 되면서 그의 작품들조차 관리가 되지 않은 상태였다. 나는 상허의 생질 중 유일하게 문학과 관련된 직업을 가졌던 친연성으로 인해 상허의 자손을 대신해서 그의 문학을 기리기 위해 무언가 해야겠다는 책무감을 갖게 되었다. 정년 후에 내 능력과 여건에 맞는 사업을 모색하던 차에, 이효석 전집을 위한 편집 작업을 마쳐 가던 이상옥 교수로부터 상허 작품의 본문을 확립하는 일을 해 보라는 권유를 받았다.

처음에는 본문비평이 생소한 분야인 데다가 작품 수도 많아서 주저했으나, 본문을 확정하는 것은 곧 작품을 완성하는 것이므로 창작에 버금가게 중요한 일이라는 것이 강하게 마음을 끌었다. 또 바르게 정리된 본문을 후세에 전하는 것, 또 그럼으로써 앞으로 모든 상허 작품에 관한 연구와 평론에 올바른 자료를 제공한다는 것은 바로 내가 바라는 바이자 상허의 문학을 기리는 일이므로 이는 어렵다고 피할 사안이 아니었다. 이리하여 주로 서울대 국문과 박사과정생에서 요원을 모집하여 2015년 초에 본격적인 작업에 착수하게 되었다.

우리는 충실하고 신빙할 만한 판본을 내기 위해서 먼저 몇 개의 큰 원칙을 세웠는데, 첫째는 상허의 의도에 부합하도록 본문을 확정한다는 것, 둘째는 원본을 존중한다는 것, 셋째는 월북 전 상허의 글은 모두 모은다는 것이었다. 이런 원칙하에 이 년 반 동안 작업하여 2017년 중반에 원고를 일단 다 정리하고 나니까 이젠 출판사를 찾아야 했다. 내가 명망있는 출판사를 못 찾아 고민하자 이익섭 교수가 주선하여 함께 열화당을 방문했고, 그때 이기웅 대표가 보여주신 상허 전집에 대한 호의와 열정은 사뭇 감동적이었다. 무엇보다 우리 근대기 문헌 복간 작업을 여러 차례 완수했던 열화당의 경험을 미루어 보아 상허 전집 출간에 가장 적임자라는 생각이 들었다.

2017년 말부터 모든 작업 파일과 관련 자료를 출판사에 차례로 넘기고, 예산 마련에 다 함께 노력을 했으나 여의치 않았다. 더 기다릴 수 없어 2020년부터 본격적인 편집 작업을 시작했다. 열화당에서는 내가 제공한 원고를 기초로 전집 구성, 원문 대조를 다시 하고, 수차례의 회의를 거쳐 본문과 편자주를 꼼꼼히 손보았다. 최신 정보를 반영한 연보의 작성, 화보 자료 수집, 디자인에도 정성을 기울였다. 이러한 몇 년간의 과정을 거쳐 드디어 전집의 일차분 네 권의 상재를 보게 된 것이다.

지금까지 실로 많은 분들과 기관의 고맙고 귀한 역할이 있었다. 일을 시작하고 보니 제일 급선무가 자료의 확보였다. 다행히 유종호 교수, 이병근 교수, 이상옥 교수는 소장하였던 상허의 저서 원본들을 희사하셨고, 강진호 교수, 고 김창진 교수는 많은 관련 자료를 제공해 주셨으며, 강 교수는 상허 전공자로서 원고 작업팀이 질문할 때마다 유권적인 답을 주셨다. 민충환 교수는 상허 작품 본문에 관한 다년간의 연구 결과를 참고할 수 있도록 허락하셨다. 현담문고(옛 아단문고)의 박천홍 실장은 그곳의 소장 자료를 손수 찾아 보내주었고, 근대서지연구소 소장 오영식 선생도 갖고 있던 자료를 자유로이 사용하도록 허락해 주었다. 특히 오 선생은 새로운 자료를 추가로 발굴하고, 원전을 찾아야 할 때면 언제나 해결사 역할을 해냈다.

한편 일본 텐리대학 구마키 쓰토무 교수는 상허가 다닌 와세다대학과 조치대학의 학적사항을 찾아내고, 상허와 관련된 와세다대학의 사진 자료를 전재할 수 있게 와세다봉사원의 허가를 취득해 주셨다. 서울대 국문과 대학원 박사과정과 석사과정에서 상허를 연구한 야나가와 요스케, 스게노 이쿠미 선생은 일본 잡지와 신문에 게재된 상허의 글들을 수집하고 번역했으며, 특히 야나가와 선생은 콩트 한 편과 어린이를 위한 글들을 다수 찾아내고 일본어 번역과 주석도 검토해 주었다. 초기 작업팀이었던 공강일, 김명훈, 나보령, 송민자, 안리경, 이경림, 이지훈, 이행미, 허선애 선생, 총무를 맡은 권영희 선생께도 감사드린다. 또한, 이 출간 사업의 중요성에 공감한 우덕재단, 현대건설 및 현대자동차그룹에서 귀한 지원금을 보조해 주어 첫 결실을 맺는 데 큰 힘이 되었음을 밝힌다.

전집의 첫 결과물이 비로소 세상에 나오게 된 것은 이상에 열거한 여러 분들의 도움과 격려 덕분이다. 특히 어려운 여건 속에서 출판을 허락하신 이기웅 대표와, 이 전집의 완성도를 위해 편집자로서 각고의 노력을 기울인 이수정 실장에게 감사를 드린다. 앞으로 가야 할 길이 더 많이 남은 만큼, 서로 믿고 힘을 모아 아름다운 결실을 맺게 되길 기원한다.

끝으로 내게 이 일을 하도록 은혜를 끼치신 두 분을 언급하지 않을 수 없다. 한 분은 물론 외숙 상허이시다. 나는 어려서부터 외숙의 글을 읽으면서 문학에 뜻을 품게 되었고 그것이 문학 공부로 이어져서 결국 문학 교수로 퇴임하였으니 이 모두가 외숙의 덕분이라 아니할 수 없다. 이번에 이 전집을 펴냄으로써 그 은혜를 조금 갚은 느낌이다. 외숙이 여러 지면에서 피력하였듯이 문학은 그에게 생명처럼 소중한 것이었다. 그러므로 그가 북에서 숙청당한 후 겪었을 가장 가슴 아픈 일 중 하나는 그의 작품이 철저히 제거된 점일 것이다. 앞으로 길이 남을 이 전집의 출간이 외숙의 그 한을 풀어 드릴 수 있기를 간절히 바란다.

또 한 분은 나의 어머니이시다. 어머니가 부모를 여읜 것은 세는 나이로 이모가 열두 살, 외숙이 아홉 살, 어머니가 세 살 때였다. 타관에서 졸지에 고아가 된 삼남매는 외할머니의 손에 이끌려 철원으로 와서 친척집과 남의 집으로 뿔뿔이 흩어져 더부살이를 했다. 그렇게 젖도 채 떼기 전부터 홀로 되어 항시 피붙이가 그리웠기 때문인지 어머니는 당신의 자식들을 끔찍이 사랑하셨다. 어머니의 기구한 성장 과정과 고난의 시집살이를 알게 된 나는 어머니가 기뻐하실 일로 그 사랑을 보답하고픈 염원을 갖게 되었다. 외숙 작품의 정본(定本)을 기획한 것에도 그런 동기가 있었다. 외숙은 어머니에게 특별한 존재였다. 사고무친의 외숙이 당대 굴지의 문필가가 된 것은 어머니에게는 한없이 큰 자랑이었다. 그래서 외숙은 어머니에게는 아버지 같은 오라버니였을 뿐 아니라, 영웅이었고 우상이었다. 그 오라버니의 필생의 업적을 거두어 정리하는 일을 당신의 아들이 했다는 것은 어머니에게는 더없이 대견스러울 것이고, 그 기쁨 또한 외숙의 기쁨보다 더하면 더하지 못하지 않을 것이다.

이 전집의 간행을 결행하게 된 데에는 저승에 계신 이 두 분께 이같은 위로와 기쁨을 드리고 싶은 나의 바람이 결정적으로 작용하였다. 그래서 이 글도 두 분의 은혜에 대한 감사로써 끝맺는 것이다.

2024년 1월
김명열

차례

구원의 여상

어둠의 낙원

그 여학교 전문부는 삼층집이다. 숲이 깊은 그 동리에서도 산처럼 우뚝 솟아 있다. 밑층과 이층은 교실들이요 삼층은 전부가 기숙사로 되어 있다.

그래서 그 기숙사는 아름다웠다. 밤에 멀리서 바라보면 더욱 아름답다. 그 공중에 우뚝 솟은 웅장스런 건물에 꼭대기방들만이 조르르 불이 켜 있는 것이 한참 바라보면 신비스럽기도 하였다. 공중의 거리라 할까 '저기는 새처럼 날러서나 올라가나' 하리만치 아름답다기보다 신비스럽게 쳐다보이는 것이다.

어떤 방은 불이 흐리다. 그것은 고운 무늬의 커튼이 드리웠으리라. 어떤 방은 눈이 부시게 밝다. 창문 가까이 놓인 조그만 꽃분까지 소상스럽다[1]. 그것은 아마 이따 자리에 누워 별들을 바라보려 커튼을 걷어 놓은 센티멘털한 학생의 방인지도 모른다.

공중의 거리! 그곳은 바라보기에만 아름다운 곳은 아니다. 그 따[2] 위에서 높이 떠나 오른 하늘의 방들, 그 속에는 역시 세상과는 풍속이 다른 처녀국(處女國)의 신비가 담기어 있는 것이다.

이제 누가 길 위에서 치어다만 보지 말고 이 공중의 거리를 올라갔다 치자. 그리고 이 방 저 방을 엿보았다 치자. 그들은 세 마리 혹은 네 마리의 송사리 떼처럼 등불 아래에 머리를 모으고 숨소리도 없이 무거운 듯이 끌어안은 책장만 넘기고 있을 것이다. 음악을 공부하는 학생, 가사를

---

1 분명하다.
2 '땅'의 옛말.

연구하는 학생, 그들이 펴 안은 책은 페이지마다 장래의 영광스러운 무대와 장래의 스위트 홈이 조각조각으로 떠도는 희망의 독본들일 것이다. 그리고 문학을 공부하는 학생, 미션스쿨인 만치 그들이 사랑하는 책도 역시 클래식한 테니슨[3]이나 브라우닝[4] 같은 이의 문장이 많지 않을 것인가.

그러나 그들의 참말 아름다운 시간, 그들의 나비 같은 영혼이 춤추는 시간은, 그 불 밑에 머리를 모으고 앉았는 때는 아니다. 차라리 그것은 불이 꺼진 뒤, 각기 제자리로 흩어진 어두움 속일 것이다.

그 기숙사는 열시면 불이 죽는다. 불이 죽기 오 분 전에 잘 채비를 하라는 준비종이 울린다. 그러면 저녁마다 있는 일이면서도 그네들은 언제나 새삼스럽게 놀래인다. 방마다 수선스러워진다. 이 방 저 방에서 문이 열린다. 머리를 틀어 올린 학생들도 머리를 땋아 내린다. 그리고 유령의 무리처럼 그 희고 치렁치렁한 잠옷들을 끌며 토일렛으로 모여든다. 그리고 '만원', '대만원' 하고 한바탕 웃어 주는 것이 그날의 마지막 코러스 같기도 하다.

어떤 학생은 자리에 눕기 전에 일력 한 장을 뜯어 버리는 습관도 있다. 어떤 학생은 불이 꺼지기 전에 책상 위에 걸어 놓은 어머님의 사진이나 마리아의 사진을 쳐다보기도 하고 책갈피에 끼워 둔 저만 보는 이의 사진을 가만히 들춰 보고 자는 학생도 있다.

그들은 불이 꺼진 뒤에 오히려 가슴속이 밝아지는 듯하였다. 저희끼리라도 서로 자별하게[5] 지내는 동무가 있으면 살며시 그의 방에 침입하여 자는 동무를 꼭 안아 보는 것도 불이 죽은 다음부터요, 옆방 모르게 맛난 군것질을 소곤거리며 하는 것도 그때다.

그러나 그들의 이 어두운 낙원에도 온통 즐거움으로만 차 있지는 않

---

3 앨프리드 테니슨(Alfred Tennyson, 1809-1892). 영국의 시인.
4 로버트 브라우닝(Robert Browning, 1812-1889). 영국의 시인.
5 남달리 친하게.

구원의 여상

았다. '천국에도 슬픔이 있다' 한 옛날 시인의 말과 같이 그들의 낙원에도 즐거움이 있는 한편에 슬픔도 있었다. 문밖에 선생님이 지나는 줄 모르고 웃음을 놓아 버렸다가 "어서들 자오" 하는 꾸지람을 듣는 방도 있지만 선생님의 무릎을 꿇리고 고요히 기도 올리게 하는 괴로운 잠꼬대가 새어 나오는 방도 없지 않은 것이다.

멀리 어머니를 생각하는 나어린 학생들도 있다. 혹은 오늘 배운 공부와 내일 그것을 걱정하는 학생도 있다. 그러나 그네들의 대부분은 이와 같은 단순한 걱정으로 말미암아 곤한 잠에 눈을 감지 않는 것은 아니다. 불이 꺼진 뒤에 혹은 한 시간, 혹은 두 시간, 혹은 그보다도 더 긴 시간을 그들은 내일보다 더 먼 앞날을 생각하는 것이다. 백 리, 혹은 천 리의 홈씩[6]도 있을 것이다. 그러나 그들은 지난날의 어버이나 자매보다도 이제부터 자기의 운명과 더 밀접한 관계를 맺을 그런 사람, 그런 문제 때문에 더 긴 밤을 새우기도 하는 것이다. 자기 방 창 위에 달이 있으면 달을 보고 별이 있으면 별을 보며.

이른 봄.

그날 저녁따라 하늘까지 흐리어 별 하나 보이지 않았다. 인애는 억지로라도 눈을 감아 보았으나 눈꺼풀이 켕겨 드는 것 같아서 오히려 뜨고 있는 편이 나았다.

'죄다.'

인애는 혼자 생각하였다. 더구나 자리에 눕자마자 콜콜 단잠에 빠지는 경희의 숨소리를 들을 때 밤이 자정이 지나도록 잠을 이루지 못하고 남몰래 어둠 속에서 눈을 두리번거리고 있는 것만 하여도 죄스러웠다.

경희는 그 방 식구 중에 인애보다 명도보다도 제일 어린 학생이다. 언제든지 먼저 잠들기는 경희다. 인애는 경희의 잠이 부럽다기보다 그의

---

6 homesickness. 향수병.

마음의 평화가 부러웠다. 그래서 마음의 평화를 잃어버린 자기는 사탄의 농락을 받고 있는 죄인과 같았다. 경희의 잠소리를 들으며 자기의 두 근거리는 가슴 소리를 들을 때, 하나는 천사와의 이야기, 하나는 악마와의 이야기 같아서 자기 자신을 멸시하고 싶은 생각도 일어났다. 그러나 암만하여도 자기의 번민을 자기로서 묵살할 수는 없었다.

방 안은 그리 캄캄하지는 않았다. 불빛이 찬란한 거리 위에 얕이[7] 가라앉은 하늘은 저녁노을처럼 불그스름하게 물이 들었기 때문이다.

그래서 인애는 맞은편에 누운 명도의 검은 그림자를 허여스름한 벽 위에서 뚜렷하게 떼어 볼 수가 있었다.

명도의 그림자는 고요하였다. 잠소리가 나는 것은 경희에게서뿐이요, 명도는 고요하였다. 명도의 그 죽은 듯이 고요한 것이 인애의 신경을 더 흔들어 놓았다. 잔다고 보면 자는 것도 같으나 숨소리도 내지 않는 것이 결코 잠든 사람 같지는 않았다.

'그러면 명도도 눈을 뜨고 있지 않을까? 능청맞은 넌 같으니! 무슨 궁리를 하고 있을까?'

인애는 눈이 안 보이는 명도의 얼굴을 마음껏 흘겨볼 수도 있었다.

'내가 명도를 욕을 한다! 흘겨본다! 이것이 나로서 할 수 있는 일인가?'

인애는 그것을 생각할 때 더욱 가슴이 떨리었다.

참말 인애가 명도에게 넌 자를 붙여 보거나 눈을 흘겨 보기는 처음이었다. 삼 년째나 한방 식구로 말다툼 한 번을 해 본 적이 없는 새다. 더구나 기숙사 안에서는 누구나 명도라면 인애를 생각하고 인애라면 명도를 생각하리만치 그들은 서로 반쪽처럼 붙어 다녔다. 예배당 같은 데 가서도 인애의 옆이면 으레 명도나 앉을 줄 알고 다른 아이들은 가 앉을 생각도 내지 않았다. 혹시 자리가 좁아 인애의 옆이 비어 있지 않더라도 명도만은 인애의 옆이면 쑤시고라도 앉을 권리가 있었다. 이것을 옆의

---

7 '얕게'의 방언. 얕추.

구원의 여상

사람들도 불평을 말하지 않는 것이 그들의 예의가 되어 있었다.

이처럼 인애와 명도는 저희끼리도 친할 뿐 아니라 그들의 사회에선 공인된 단짝이었다.

인애와 명도가 한방 식구가 되기는 예과에서 본과로 진급하던 해 봄이었다. 졸업하고 나가는 기숙생들이 있고 또 새로 들어온 기숙생들 때문에 일 학기 초마다 필요한 방이면 방 식구를 새로 정하곤 하였다. 그때 방 번호를 써 놓고 제비들을 뽑아 방 식구를 정하는 통에 여러 짝의 단짝 동무가 새로 무어진[8] 것이다. 그중에도 유명한 것은 인애와 명도의 짝이었다.

인애와 명도의 짝은 방학 때에도 떨어지지 않았다. 부모 없이 외가에서 자라난 인애는 방학이 될 때마다 자기의 외로움을 더욱 느끼곤 하였으나 명도를 안 다음부터는 명도를 따라 명도의 집에 가기를 자기 집처럼 즐거워하였다.

명도의 고향은 원산이다.

명도의 아버지는 예전부터 그곳서 큰 무역상으로 근래에 와서는 창고업까지 하는 노련한 실업가다. 그는 언제든지 바쁘게 지내므로 집에서 저녁 먹는 날이 별로 없었다. 그 대신 집안일은 명도 어머니가 주장해[9] 하므로 명도 아버지는 명도가 한 달에 돈을 얼마나 쓰는지 무엇을 공부하는지 새삼스럽게 늘 아내에게 묻다가 핀잔을 받곤 하였다.

그러나 명도에게 있어 그 아버지는 친자 간의 정의[10]로서 등한한 아버지는 아니다. 늘그막에 늦게 본 아들이 귀하기도 하였지만 눈앞에 큰 자식이라곤 딸일망정 명도 하나밖에 없는 그 아버지는 무엇이고 명도의 말이면 아내와 싸우면서라도 편을 들었다.

명도가 N여고보[11]에 다닐 때다. 하루는 응석 삼아 아무개네는 풍금을

---

8   맺어진. '뭇다'의 피동형 방언으로 추정.
9   主掌-. 책임지고 맡아.
10   情誼. 친해진 정.

샀더라고 단 한마디 졸라 보았는데 대뜸 풍금을 사다 준 아버지다. 그 후 서울 와서 음악과에 입학을 하고 처음 방학에 집에 간 때도 명도는 어머니에게는 비치지도 못할 말을 아버지에겐 거의 자신이 있이 꺼내 놓았었다.

"아버지."

"왜."

"내 말 꼭 들어야 돼요."

"무슨 말이냐. 어디 또 돈 쓸 일이 있나 부지?"

"그럼! 나 피아노 사 줘요. 이건 다른 공부와 달라서 방학 동안을 그냥 놀면 손가락이 굳어져서 안 된대요. 나 동경 못 가게 한 대신 피아노 사 줘야 돼요."

명도의 어머니는 위선[12] 얼마나 주면 사느냐고 물었다. 그리고 적어도 천 원이란 말을 듣고 입을 딱 벌리었으나 그 아버지는 "고망어[13] 그물 한 채 뚫어진 셈만 치지" 하고 이내 피아노도 사 주었다.

명도는 귀한 것을 모르고 자라났다. 서글서글한 아버지의 성품을 그대로 닮은 데다 어머니에겐 아비 없는 딸처럼, 아버지에겐 어미 없는 딸처럼, 손톱만치라도 기를 꺾이어 보지 않고 자라났다. 소학교 때부터라도 다른 계집애들처럼 옹졸한 구석이 없이 서근서근하고[14] 수선스러웠다. 그래서 마음에 맞는 동무면, 옷이라도 벗어 주고 어떤 때는 다섯 명, 여섯 명씩 몰아 가지고 와서 어머니에게 맛난 반찬을 차려 내라고 수선을 부렸다. 그러면 남편이 듣는 데서는 버릇없고 아까운 것 모른다고 딸을 사설하는[15] 어머니면서도 당해 놓은 일은 언제든지 손을 걷고 나서

---

11 여자고등보통학교. 일제강점기에 조선 여학생을 대상으로 한 중등교육기관.
12 우선.
13 '고등어'의 방언.
14 상냥하고 시원스럽고.
15 나무라는.

서 딸이 만족해하도록 뒤치개질[16]을 해 주었다.

이러한 어머니라 명도가 집에 있을 때와도 달라, 석 달, 넉 달씩 객지에 있다가 돌아올 때, 그 딸이 손목을 이끌고 가지런히 들어서는 타관 동무는, 결코 그 집에서 홀대를 받을 나그네는 아니었다.

하물며 인애이랴.

"저 색시가 인애 학생이로군!"

명도 어머니는 인애를 처음 보고도 알았다. 딸이 편지마다 인애 말을 써 보냈고 사진까지 둘이서 박여 보냈던 것이다.

명도 어머니는 딸의 편지로도 대강 들었지만 얌전스럽고도 어딘지 쓸쓸한 그림자가 박여 있는 인애의 얼굴을 바라보며 인애의 외로운 이야기를 한 가지씩 물어볼 때마다 어느 친정붙이의 설운 이야기처럼 눈을 적시곤 하였다.

명도의 아버지도 인애를 끔찍이 귀애하였다. 명도보다 겨우 한 살 위인 인애를 자기의 큰딸처럼, 이제 보통학교에 다니는 어린 아들까지 삼남매처럼, 여름이면 틈 있는 대로 가까운 석왕사[17]나 삼방[18]으로 데리고 다녔다.

명도는 처음부터 인애가 좋았다. 중학 때까지라도 그가 좋아하던 동무들은 하나같이 저 같은 말괄량이뿐이었으나, 그 후에는 나이도 나이려니와 객지살이라는 환경이 자기의 난당스러운[19] 성질은 그대로 있을지언정, 동무만은 언니라거나 아우라고 부르며 서로 믿고 지낼 만한 좀 침착한 사람이 그리워졌던 것이다. 그러다가 제비를 뽑아 정해진 방 식구가 우연치 않은 언니감이었던 것이다.

다른 아이들 같으면 인애를 사귀기가 힘들었을 것이다. 인애는 좀처

16 '뒤치다꺼리'의 방언.
17 釋王寺. 함경남도 안변군 설봉산의 절.
18 三防. 함경남도 안변군의 명승지.
19 마구 되먹은 듯한. 당해내기 어려운.

럼 여러 아이들 속에 섞여지지 않았다. 남들은 허리를 펴지 못하고 웃는 일이라도, 인애는 웃기 전에 그 일이 웃을 만한 일인가 아닌가부터 생각하는 성질이라, 자연 남에게 깔끔스럽게 보였다. 어떤 아이들은 인애의 그것을 노블화하게[20] 보아 본받으려고 하였으나 대개는 거만스럽게 여기었다. 그래서 서로 모함하고 지내는 동무도 없으려니와 유달리 자별하게 지내는 동무도 없었던 것이다.

이러한 인애를 은근히 찾았던 것도 명도였고 만나서 남달리 사귈 수 있었던 것도 오직 명도였다. 저편의 눈치는 어찌되었든지 제 마음에만 있으면 제 말부터 내세우는 명도였으니까 인애를 사귀었다는 것보다도 인애를 언니로 정복해 놓은 것이 명도였다.

인애도 명도가 좋았다. 성격에 있어 서로 극단인 만치 서로 도움이 되었다. 명도와 한방에 있은 후부터는 쓸데없는 침울에서 자기를 이끌어 내일 수가 있었다. 어떤 때는 사내 같은 명도의 휘파람 소리를 따라 책을 던지고 노래도 불렀다. 아무튼 쾌활한 음악과생과(인애는 문과) 한방에 있게 된 그의 생활은 한결 밝아진 것을 느낀 것이다.

그들은 한 달이 못 되어 친형제 같았다. 옆방 아이들도 명도가 있는 데서는 인애의 말을 삼갔고 인애가 있는 데서는 명도의 말을 움칠하였다. 선생님들까지라도 명도를 부를 일에 명도가 없으면 인애를 대신 부르는 것이 예사였다.

그들은 남이 알기에도 이렇게 삼 년째나 지내왔다. 어떤 심술궂은 아이들이 그들의 정분을 시기하여 양편을 서로 모르게 중상도 하여 보았으나 그들은 조그만 말다툼 한 번 없이 서로 아끼고 사랑하였다.

과연 처음이다. 비록 명도가 듣지 못하고 보지 못하게라도 인애 자신으로서 명도에게 넌 자를 붙여 보기나 눈을 흘겨 보기는.

20 품위 있게 해 준다고.

두 우연

그저 명도에게선 숨소리조차 잘 들리지 않는다.

자는 것일까?

안 자는 것일까?

안 자는 것이라면 그는 무슨 생각을 하고 있을까?

인애는 다시금 머리가 무겁고 후끈거렸다. 눈꺼풀이 조여들고 입술이 타 들어오고 온몸에 식은땀이 솟아나왔다.

인애는 벌떡 일어났다. 마치 가위눌리는 사람처럼 맨발로 선뜻선뜻하는 마룻바닥을 즈려밟으며[21] 명도의 침상머리로 갔다. 그리고 명도의 자는 얼굴을 내려다볼 때에는 저도 모르게 두 주먹을 들어 힘을 모으며 바르르 떨었다.

그러나 인애는 그 독 오른 주먹으로 잠든 명도를 어찌하려는 것은 애초부터 아니다. '내가 명도를 미워하다니? 내가 명도에게 비밀을 품다니? 아니다. 명도를 깨우자. 그리고 명도에게 내 괴로움을 모조리 자백하자' 이런 생각에서 명도의 침상으로 온 것이었으나 인애는 명도의 목이나 조르려 온 것처럼 두 손이 먼저 부르르 떨리는 것을 깨달을 때 그만 제 그림자에 질겁을 하고 뒤로 물러서고 만 것이다.

인애는 얼른 제자리로 돌아왔다. 그리고 잠옷 자락으로 땀과 눈물을 거두며 이불을 뒤집어쓰고 혼자 느껴 울기 시작하였다.

인애는 어머니 생각이 났다. 오래간만에 어머니 생각이 나서 울었다. 다

---

21 조심스럽게 살살 내어 밟으며.

른 때 같으면 어머니를 생각하기 전에 영조를 생각하였을 것이다. 그리고 즐거운 일이면 행복을 나누려, 슬픈 일이면 위안을 얻으려 그에게 붓을 들었을 것이다.

그러나 이제는 영조와 더불어 자기의 애락을 나누지 못하게 되었음에 새삼스럽게 어머니 생각이 솟아났던 것이다. 어머니란 이와 같이 절처[22]에 이르러 다시 그리운 최후의 아쉬운 사람이란 것을 고아로 자라난 인애로도 이날 처음 느낀 것 같았다.

이야기는 멀리 옛날을 찾아 인애가 코 흘리던 소학교 시대부터다.

인애는 고향이 안주(安州)[23]였으나 어머니까지 마저 돌아가신 후부터는 평양 있는 외가에 와서 자랐다. 인애가 처음 올 때는 외할머님도 생존하셨고 집안에 어린애라고는 인애보다도 훨씬 아래인 외삼촌의 아들 하나밖에 없었으므로 어린 더부살이의 몸이었으나 그리 거칠게는 자라지 않았다. 인애는 그 외가에 있으면서 소학교도 다녔고 중학교도 다닐 수 있었다.

이 조그마한 일은 그가 소학교 때에 생겼다.

인애는 하루 학교 뒷마당에서 윗반 아이와 말다툼을 한 일이 있었다. 뒷마당이면 여학생들만 노는 비스듬한 언덕이었으나 싸움 구경이므로 남녀 학생들이 한데 몰려와 돌라선[24] 속에서 인애는 저보다 큰 학생에게 달라붙었다. 어린 인애는 귀밑머리를 끄들리고[25] 이마를 쥐어박혔다. 그럴 때마다 아이들은 씨름 구경을 하듯 소리를 치고 손뼉을 쳤다. 그때 여러 아이들 속에서 그중 뚝뚝해 보이는 사내아이 하나가 뛰어오더니 밑에 깔린 인애를 잡아 일쿠고[26] 그 위에 덮치인 큰 학생을 보기

---

22 絕處. 오도 가도 못하는 막다른 판.
23 평안남도 안주군.
24 둥글게 늘어선.
25 '꺼들리고'의 방언. 잡아당겨져 추켜들리고.

좋게 발길로 찼다. 그리고 그는 달아났으나 나중엔 싸움한 두 여학생과 함께 사무실에 불리어 가 벌을 선 일이 있었다.

지금 그때 인애와 싸우던 그 큰 여학생은 그가 누구였든지 그가 오늘 어디서 사는지 알아볼 필요도 없거니와 조그마한 의분(義憤)에서 인애를 일으켜 주고 나중에 벌까지 선 그 남학생은 오늘의 손영조(孫英朝)가 그였던 것을 생각하면 그야말로 옛말과 같은 한 우연이었다.

그때 인애는 어린 소견에도 남에게 매를 맞은 것보다도, 사무실에 들어가 벌을 선 것보다도, 그 매와 그 벌로 인연하여 영조를 얻은 것이 오히려 무한한 즐거움이 되었다.

그때 인애의 영조에게 대한 감정은 물론 단순한 것으로

'저런 오빠가 있었으면!' 하는 것에 불과하였다.

그 후로 인애는 늘 여러 남학생들 속에서 영조의 그림자를 찾아보았다. 영조는 언제나 씩씩하였다. 반 안에서 하는 것은 보지 못하였으나 운동장에서 하는 것은 무엇에든지 여러 아이들의 대장감이었었다.

그러나 영조도 그 후 몇 달이 안 되어 그 학교를 졸업하고 나가니 인애는 그때에 오빠와 다른 것을 처음 느끼었다. 그의 집은 어디일까? 어느 중학교로 갔을까? 이름은 무슨 자 무슨 자를 쓰나? 어디서 다시 그를 만나 볼 수가 있을까? 한없이 서운한 생각이 끓어올랐던 것이다. 그리고 나도 어서 이 학교를 마치고 상급학교로 가리라 하는 생각도 그때에 가슴속에 새겨졌던 것이다.

세월은 흘러갔다.

인애도 인젠 길 위에서나 학교에서나 틀이 잡힌 여학생이 되었다.

계집애 나이 열일곱! 아직 다만 어린 편이었으나 안다면 계집애로서의 지혜와 감정은 농익어 가는 때라고도 볼 수 있다. 더구나 천성이 새침한 데다 눈치로 자라는 인애에게 있어 더욱 그렇다. 몸집은 돌아간 어

---

26 '일으키고'의 방언.

머니를 닮아 가냘픈 편이었으나 그의 환경은 그의 감정을 남달리 조숙하게 하였다. 넓고 반듯하게 이지적으로 발육된 흰 이마라든지, 산속 호수에 비길까, 시원스럽고, 신비스러운, 그리고 쓸쓸해 보이는 눈은 벌써 미망인에게서나 흔히 느끼는 애련한 매력으로 차 있었다.

그해 봄에 인애의 외사촌 오라비가 보통학교를 졸업하고 숭실중학에 들었다. 늘 밖에 나가 있는 인애의 외삼촌은 어린 아들을 위하여 가정교사 겸 방 동무로 숭실학교 학생 한 명을 사랑에 다려다 두었다. 어떤 학생이 오는지 인애에겐 아랑곳없었다. 다만 그 학생이 사랑에 온 날 저녁으로 밥상 가지고 나갔던 사람의 입을 거쳐 나이 근 이십이나 되고 키가 크고 서글서글하게 생긴 남자라는 것은 들었으나 아직도 그가 누구인지는 모르고 있던 날, 어느 아침, 인애가 책보를 끼고 대문간을 나설 때, 외사촌 오라비를 앞세우고 나오는 그 손님 남학생과 마주쳤던 것이다. 그때 인애와 그 남학생은 서로 놀라지 않을 수 없었다. 그 남학생이 인애를 다시 만났다는 것보다도 인애가 잊어버렸던 손영조를 한집 속에서 다시 발견한 것은 또한 커다란 우연이었었다.

인애는 어른처럼 장성한 영조를 옛날의 기억으로만은 얼른 알아볼 수가 없었다. 그래서 영조는 한참 만에 (쩌른[27] 동안이었으나) 인애를 알아보고 자기에게 모자를 벗었으나 인애는 미처 누군지 생각이 돌지 않아서 얼굴을 숙인 채 싸릇드리고[28] 뛰어나가고 말았다.

그러나 아는 사람인 것은 처음부터 틀림이 없었다. '내가 아는 남학생이면 누구일까?' 하고 뒤를 한번 돌아다보고는 그제야 소학교 때의 어느 남학생 하나를 생각해냈다. 그리고 부끄러움을 무릅쓰고 다시 한번 돌아다보고는 그 꺾어진 모자챙 밑에서 시퍼렇게 빛나는 눈방울과 그 큰 입술이 벙긋거리며 흰 잇속이 일자로 드러나는 씩씩한 모양이, 오륙 년

27 '짧은'의 방언.
28 눈을 새침하게 내리뜨고.

구원의 여상

전에 소학교 사무실에서 자기와 같이 벌서던 손영조가 틀리지 않은 것을 깨달았다.

'영조구나!'

인애는 가슴이 뛰놀았다.

'영조구나!'

인애는 인사를 받지 않은 것을 후회하였다.

'영조구나!'

인애는 영조가 어른처럼 커진 것을 자기 오빠가 어른이 된 것처럼 믿음직한 기쁨을 느끼었다.

'영조구나!'

인애는 내가 어떻게 영조와 한집에 있게 되었을까 하고 어떤 숙명적 관념을 느끼었다. 무엇이든지 즐거운 일이 있는 때면 그것은 어머님의 혼령이 자기를 지키며 이루어 준 것이거니 하는 신념이 박힌 인애는 영조와 한집에 있게 된 것도 또한 어머님의 혼령이 인도한 무슨 행복의 실마리나처럼 가슴이 뛰놀았다.

인애는 학교에 가서도 온종일 시간이 어떻게 지나가는지를 몰랐다. 늘 동무들 중에 서울 갔던 오빠가 왔느니, 동경 갔던 오빠가 왔느니 하고 자랑삼아 즐거워하던 것들을 생각하고 오빠를 만난 것이 이렇게 즐거울까 하는 비교도 하여 보았다. 그리고 그 애들의 오빠를 만난 즐거움은 아무에게나 공개할 수 있는 즐거움이나 지금 자기의 즐거움은 아무리 친한 동무에게도 속살거릴 수 없는 비밀인 것도 깨달았다.

외할머니가 돌아가신 후로는 인애는 더욱 외로웠다. 누구 하나 자기에게 살뜰히 구는 사람은 있을 리가 없었다. 슬픈 것도 저 혼자, 즐거운 것도 저 혼자, 이렇게 모든 것을 제 품에 품고 자라난 인애는 어떤 경우라고 할 것 없이 무시로[29] 한 사람의 누구가 그리웠다. '누구'란 어떠한

---

29 아무 때나. 수시로.

사람일까? 여자일까? 남자일까? 그것을 해석해 본 적은 없으나 아무튼 영조를 다시 발견한 다음부터는 영조가 그 '누구'에 해당한 사람만같이 생각이 들었다.

이러한 종류의 생각을 일으키는 것이, 물론 인애의 건강한 감정은 아니다. 그러나 인애의 그 생활과 인애의 그 성격으로 보아 결코 허탄한[30] 일시적 기분 충동에 그치고 만 것은 아니었었다.

그 후부터 인애는 대문간에서나 골목에서나 영조를 만날 때마다 자기 편에서 먼저 머리를 숙여 인사하였다. 그리고 가슴이 울렁거리는 것은 저고리 속에 감출 수 있었으나 얼굴이 후끈거리는 것은 여러 번 영조에게 들키었다.

'내 얼굴이 붉어지는 것을 보고 영조가 무슨 생각을 할까?

내가 자기를 싫어하는 기색인 줄 오해하지나 않을까? 왜 천연스럽게 인사를 할 수가 없을까?'

인애는 한집 속에 있으면서도 서로 가까이해 볼 기회가 없는 것을 속상해하였다.

'어떤 사람일까?'

물론 인애는 누구보다도 영조를 안다면 아는 사람이다. 그러나 뉘 집 아들인지, 어떠한 가정에서 자라났는지, 어떤 방면으로 나아가려는지, 이러한 방면으로서의 영조는 아주 캄캄하였다. 남의 집에 와 있게 된 것을 보아 집안이 넉넉지 못할 것은 뻔한 사실이다. 그러나 로맨틱한 인애의 머리로서 그것을 영조의 결점으로 평가하려 하지 않았다. 오히려 그의 기개를 탄복할 뿐만 아니라 자기와 같은 사람에게 가장 이해와 동정이 있을 사람은 그런 사람이라야 된다는, 이미 자기주장이 서 있는 처녀였었다.

'혼인한 사람일까?'

---

30 虛誕-. 거짓되고 미덥지 않은.

구원의 여상

처음에는 내가 왜 남의 속은 알지도 못하고 이런 생각을 하나 하여 스사로[31] 붉어지는 얼굴을 이불 속에 묻고 말았으나 날이 지날수록 인애에게 새로워지고 커지는 것은 그 문제였었다.

'혼인한 사람일까?

했다면?'

인애는 영조가 결혼했다는 것을 전제로 하고 며칠 저녁을 생각해 보았다. 그것은 물론 슬픈 일이었다. 견딜 수 없는 괴로움이요, 외로움이요, 설움이었었다.

그러나 영조와 한집 속에서 일 년을 지내는 동안 만나면 서로 묵례를 하는 것 외에 특별한 인상을 남길 만한 관계는 별로 없었다. 구태여 끄집어낸다면, 어느 날 밤 한번 영조가 늦게 돌아와 문을 흔드는 것을, 인애가 영조인 것을 알고 다른 사람을 깨우지 않고 자기가 나가 열어 준 것밖에 없었다.

그날 밤 어두운 문간에서, 영조는 나직한 목소리였으나 "미안한데요" 하는 그 말의 악센트가 이쪽의 무슨 대답을 바라는 것 같았으나 인애는 고개를 숙이는 것 외에 아무런 표시도 없이 뛰어 들어오고 말았다.

이외에도 외마디 말이라도 서로 주고받을 기회가 없지도 않았으나 영조를 사귀고 싶어는 하면서도 막상 그의 앞에 닥뜨리면[32] 그만 입 붙은 벙어리가 되고 말았다.

그러나 벙어리의 입이 열리고야 말 때는 오고 말았다. 인애로서는 영조에게나 하소연하고, 영조에게나 구원을 청할 커다란 문제가 인애의 머리 위에 검은 구름장처럼 떠돌기 시작한 것이다.

'어떻게 해야 옳을까?

다른 길이 없을까?

---

31 '스스로'의 방언.
32 가까이 맞서면. 닥치면.

죽을까 보다!'

이렇게까지 생각한 인애는 더 영조에게 체면 볼 여지가 없었던 것이다.

인애는 한집 사랑에 있는 영조에게 편지를 써 부쳤다.

편지는 그날 저녁으로 들어왔다. 대문 밖에서 "손영조 편지요" 하는 소리가 안에 있는 인애의 귀에까지 들리었다. 인애의 가슴은 덜컥하고 뛰놀았다. 그때 마침 사랑에서 "네" 하고 문 열리는 소리만 없었던들, 인애는 살그머니 뛰어나와 그 편지를 도로 제 손으로 찢어 버렸을는지도 모른다.

'"더러운 계집애…" 하고 침이나 뱉으면!'

인애는 그날 밤을 꼬박 새웠다. 그리고 그 이튿날 저녁때가 돌아오는 것이 겁이 났다.

저녁 일곱시.

당하고 보니 생각하기보다는 너무 이른 시간이다. 일곱시면 어둡기는 할 것이나 장소가 먼 곳이므로 집에서 어둡기 전에 나서야 될 경우였다.

아니나 다를까! 사랑에서 저녁 재촉이 들어왔다. 인애의 얼굴은 남모르게 후끈거렸다. 조마조마하여 저녁밥도 설치고 도적질이나 들어온 사람처럼 이 사람 저 사람의 눈치만 살피다가 사랑에서 저녁상이 파해 들어온 지 한참 만에야 인애도 집을 빠져 나서게 되었다.

날마다 나서던 문 앞이었으나 처음 보는 행길[33]같이 서먹서먹하였다. 인애는 헛전거리는[34] 다리를 종종걸음을 쳤다. 골목 위에 켜진 행길 전등도 이상스럽게 자기 얼굴을 내려다보는 것만 같았다.

'만일 영조가 안 나왔으면!'

---

33 '한길'의 방언. 차나 사람이 많이 다니는 큰길.
34 '허청거리는'의 방언.

구원의 여상

인애의 머릿속에는 소리 없이 흐르는 어두운 대동강의 물결이 구렁이처럼 지나갔다.

'왔겠지!'

인애는 남의 눈에 뜨이리만치 걸음을 빨리 놓았다.

'아는 사람을 만나면 어쩌나!'

인애는 수레 지나다니는 큰길 복판을 타고 걸어갔다.

인애는 아주 어두워서야 대동문(大同門)[35] 앞에 이르렀다. 별 반짝거리는 하늘에 큰 박쥐의 그림자처럼 시컴하니 떠 있는 다락[36]의 그림자는 생각하기보다 무시무시한 곳이었다.

'저 아래서 영조가 기대리려니!'

인애는 살금살금 살피기 시작하였다. 그리 가까이 가지 않아서 영조의 그림자는 나타났다.

'어쩌나!'

인애는 새삼스러워졌다. 영조를 그곳에 와 섰게 한 것이 자기면서도 영조를 발견한 그 순간 발은 땅에 가 붙은 듯, 움직이려 하지 않았다.

---

35 평양시 중구역 대동강변에 있는 평양성 내성의 동문.
36 누각(樓閣).

과거의 사랑

영조는 이쪽을 바라보기는 하면서도 어두움 속에 섰는 인애를 아직 못 본 듯, 혼자 어정거리고 있는 것이 인애에겐 무슨 짐승이나 만나는 것처럼 무섭기도 하였다.

'무섭다!'

가까이만 가면 와락 달려들어 치마폭이라도 물어뜯을 것처럼, 처음 보는 짐승처럼 무섭기만 하였다.

'그러나 영조다. 손영조다!'

인애는 새삼스럽게 무엇을 각오한 듯, 꿈속에서 깨어나듯, 선뜻 발을 떼어 놓았다.

달이 없어 강물은 침침하였으나 별들은 쏟아부은 듯, 신비스러운 가을 하늘이었다.

그들의 그림자는 가지런히 청류벽[37]을 향하고 걸어 올라갔다.

"한집에 있으면서도…."

이것이 영조의 입에서 나온 그들의 처음 말이다.

인애는 이 말에 무어라고 대답을 해야 좋을지 얼른 생각이 나지 않았다. 그래서 말문을 돌리었다.

"퍽 오래 기달리셨지요?"

"뭘요."

또 인애는 입이 붙고 말았다. 그제는 영조도 두근거리는 제 가슴 소리에 귀를 빼앗긴 듯, 서로 모르는 사람처럼 잠자코 걸어갔다.

---

37 淸流壁. 대동강 기슭의 벼랑으로, 대동문 북쪽에 있다.

구원의 여상

어디선가 뱃사공의 「수심가」[38] 소리가 멀리서 강 위를 흘러왔다. 깎아지른 듯한 청류벽은 갈수록 머리 위를 내려누르는 것 같다.

"난 무서워요. 멀리는 가지 말어요."

인애는 우뚝 걸음을 멈추었다.

"그럼 강가로 내려가 볼까요."

영조는 길둑을 내려섰다. 그리고 데그럭거리는 자개돌[39]을 밟으며 인애를 돌아보았다. 인애는 영조처럼 그렇게 선뜻 경사진 길둑 아래에 발을 내어놓을 수가 없다. 그래서 얼른 좌우를 둘러보고는 올려 보내는 영조의 손을 잡지 않을 수 없었다.

인애와 영조는 강물이 발 앞에 찰럭거리는 데까지 내려갔다. 그것은 두 사람이 겨우 앉을 조그만 반석 하나를 얻은 것이다.

인애는 영조와 한 돌 위에 앉을 수밖에 없다. 그리고 방석만 한 좁은 돌 위에 서로 체온이 통할 만치 붙어 앉게 된 것이 인애에겐 오히려 무슨 용기가 되었다.

"저는 그때… 허턱[40] 그때라면 모르시겠지만."

인애는 숨소리 높은 영조를 처음 바투서[41] 마주 보았다.

"왜 모르긴요."

영조는 속으로 '응 그때 소학교 때 말이로군' 하고 어릴 때 일을 생각하였다.

그때, 인애란 영조에게 그리 크거나 그리 빛나는 존재는 아니었었다. 다만 '내가 싸움 말려 준 애', '나까지 벌을 서게 한 애' 그리고는 '얼굴 하얀 애' 이런 것에 불과하였었다. 그러면서도 그중에서 제일 강하게 박혀졌던 인상은 '얼굴 하얀 애'로서의 인애였던 것은 사실이었다. 그러므

---

38 愁心歌. 임을 그리워하고 인생을 한탄하는 서도 민요의 하나.
39 '자갈'의 방언. 납작납작한 작은 돌.
40 무턱대고. 함부로.
41 매우 가까이에서.

과거의 사랑

37

로 영조는 인애의 얼굴을 그처럼 쉽게 얼른 알아보았던 것이다. 그리고
'저 애가 벌써 저렇게 컸구나' 하고 또 '저 애가 저렇게 고와졌구나' 하고
놓치었던 고기나 다시 본 듯이 마음이 뛰놀았던 것이다. 영조는 그 후
인애를 다시 볼 때마다 더 아름다워 보였다. 다시 볼 때마다 탐이 났다.
어떻게 하면 인애에게 말을 붙여 볼 수 있을까. 어떻게 하면 인애에게
신망을 보일 수가 있을까. 어떻게 하면 인애를 사랑할 수가 있을까. 아
니 인애의 사랑을 차지할 수가 있을까. 영조는 이렇게 인애로 말미암아
세상의 제일 큰 욕심에 눈뜨기 시작되었다. 그러다가 영조는 인애의 편
지를 받았다. 어찌 그가 인애의 말을 못 들은 체하랴. 달도 없는 밤이었
으나 인애를 옆에 세우고 걷는 길은 낮보다도 밝고 빛나는 길이었던 것
이다.

"전 그때 픽…. 그 후 이내 졸업하구 나가시지 않았어요. 또 뵐 줄
은…. 어떻게 생각하실지도 모르면서 편지를."

영조는 인애의 하기 어려운 말을 길게 들으려 하지 않았다.

"무얼요. 무슨 일인지 같이 의논해 주신다면야 저야 힘을 아끼겠습니
까. 무슨 말씀이신지…."

그러나 인애는 그 말이 나오지 않았다. 하고 싶은 말이었으나 그 말
에는 너무나 용기가 필요하였다. 어머니에게라도 하기 어려운 말이었
다. 친오라버니에게라도 그런 말은 천연스럽게 내어놓을 수 없는 말이
었다.

'어찌할까?'

인애는 입술이 조여들었다. 그때에 수도국 다리[42] 아래에서 가벼운
물소리와 함께 노 젓는 소리가 흘러 내려왔다. 그것은 나뭇가리[43]처럼
짐을 싣고 반딧불만 한 초롱 하나를 달고 어두운 강을 타고 내려오는 수

---

42 대동강의 능라도(綾羅島)와 청류벽 사이에 있던 다리로 수도교(水道橋)로도 불림.
43 땔나무를 쌓아 놓은 더미.

　·　　　　　　　　　　　　　　　　구원의 여상

상선[44]이었다. 배는 인애와 영조가 앉은 앞을 그림자처럼 흘러갔다. 인애와 영조는 그 배가 보이지 않을 때까지 잠자코 그 배만 바라보고 앉아 있었다.

'인생의 어두운 길도 저 배와 같이 소리 없이 흘러갔으면!'

인애는 저도 모르게 가벼운 한숨을 흘리었다.

"배는… 어둔데도 잘두 가지요."

그러나 단순하게 한낱 경치로만 바라보고 앉았던 영조는 이렇게 대답했을 뿐이다.

"밖에서 보기에는 달밤에 보는 것보다 더 좋습니다."

"…"

그들에겐 다시 침묵이 왔다.

인애는 자기가 무슨 말을 해야 이 어색한 침묵과 긴장을 깨뜨릴지 몰랐다. 아무튼 자기의 숫기로는 이와 같이 밤새도록 앉았대야 영조에게 정말 하려던 말은 엄두도 내지 못할 것을 깨달았다.

그래서 인애는 다른 길을 생각하였다.

"저는 사실 여쭈어보고 싶은 말이 있어 나오시라고 했는데 암만해두 말이 안 나와요…. 저 아래 시커면 게 연광정[45]인가요?"

"아뇨, 연광정은 달밤이라도 잘 안 보일걸요."

영조는 인애의 말을 어떻게 들어야 옳을지 몰랐다. 그래서 이렇게 꼬아 보았다.

"무슨 말씀인지 그렇게 생각하신다면 전 너무 섭섭한데요."

"아뇨, 그런 뜻이 아니에요."

인애는 안타까운 듯이 처음 높은 소리로 영조를 쳐다보았다. 어두움 속에서도 영조의 그 이글이글한 눈방울은 쳐다보는 인애 얼굴이 뜨거

44 水上船. 뱃전이 낮고 바닥이 평평한 배.
45 練光亭. 대동강변에 있는 조선시대 누각.

울 만치 정열에 타고 있었다.

"그런 뜻이 아니에요. 저는 오라버님처럼 믿기 때문에 이렇게 나오시라고 한 건데…. 아모턴 제가 또 편지 할게요. 여기서 말씀드려도 좋지만 자서하게 말씀드릴 정신이 나지 않아요. 오늘밤에 가 편지 써 드릴게요…. 편지로 그럴 테니 편지로 회답하서요, 네?"

영조는 대답은 안 하였다. 그 대신 그 두꺼운 손으로 인애의 말랑한 손등을 꼭 싸쥐었다. 그는 그동안에도 몇 번이나 인애에게서 무엇을 훔치려는 사람처럼 저 혼자 주먹을 쥐었다 폈다 하였지만 얼른 인애의 손을 잡을 용기가 없었다.

그러나 인애의 손은 영조의 손 밑에서 오래 있지 않았다. 인애는 영조가 무안해하지 않을 정도에서 얼른 손을 빼고 말았다.

"본댁엔 방학에나 가시나요? 누구누구 계신가요? 부모님들 다 계시죠?"

인애는 얼굴이 화끈하였다. 달이라도 밝았으면 인애로는 내어놓지 못할 질문이었다. 그것은 영조의 부모님이나 영조의 형제가 있고 없는 것을 묻는 것보다도 마음속으로는 영조에게 아내가 있고 없는 것을 묻는 것이기 때문이다.

"그럼요. 방학에나 가죠. 우리 집도 평양이었는데 형님이 장사에 실패 보고 재작년 가을부터 남포로 갔습니다. 집엔 어머니는 돌아가시고 아버지와 형님 내외와 조카애 둘과 내가 가면 나까지 여섯 식구지요."

인애는 속으로는 귀를 밝히고 들으면서도 가장 방심하고 들은 체함인지 영조의 대답이 마저 끝나기도 전에 치마를 털며 일어서고 말았다.

"이전 가요. 늦기 전에요."

영조도 따라 일어섰다. 그리고 영조의 손은 다시 한번 인애의 손을 잡아 보려 했으나 인애는 아까와는 딴사람처럼 어느 틈에 큰길로 저 혼자 뛰어 올라갔다.

구원의 여상

인애는 집에 들어서는 길로 '영조 씨께 드림' 하고 긴 편지를 썼다.

편지 사연은 몇 줄을 내려가지 않아서 결혼 문제에 관한 이야기다. 자기는 앞으로 한 학년밖에는 남지 않은 학교를 졸업하도록은 세상없이 좋은 자리가 있더라도 아주 물리치든지 그렇지 못하면 그 후까지 연기라도 할 결심이었으나 처음으로 청혼이 들어온다는 것이 거절은커녕 졸업 후까지 연기하기도 어려운 곳이니 어찌하면 좋으냐 하는, 의논이란 것보다 하소연의 사연이다.

…나는 벌써 약혼반지까지 받았습니다. 아니, 받은 것이 아니라요, 저편에서 보낸 것을 아즈머니가 내한테다가 억지로 맡긴 것이지요. 그자는 나도 잘 아는 사람입니다. 여기 아저씨 나쎄[46]나 된 사람인데 아즈머니의 친정 조카 되는 사람으로 지난봄에 상처한 사람입니다. 당신도 보셨지요. 요전에 당신하고 한방에서 이틀이나 묵어가지 않았습니까. 그때까지도 난 몰랐어요. 나를 귀애하길래 고마운 어른이거니 하는 생각은 있었으나 글쎄 그이가, 나만 한 딸도 있다는 그이가 나를 그런 눈으로 보았다는 것은 지금 생각하면 소름이 끼치는 일입니다. 아즈머니나 아저씨는 강제로 이 혼인을 진행하려 듭니다. 그것도 그 녀석이 잘산다는 핑계로 나의 행복을 위해서 보낸다시니 어찌합니까. 난 두 가지 길밖에 없습니다. 죽든지, 이 집을 달아나든지.

편지는 이 아래로도 긴 말이 쓰여 있었다. 이 편지는 그 이튿날 저녁 불이 들어와서야 우편국을 거치어 도로 그 집을 찾아와 영조의 손에 들어갔다.

영조는 기나긴 가을밤을 끝없는 공상에서 헤매이게 되었다.

46 '나이'를 속되게 이르는 말.

과거의 사랑 41

'벌써 약혼반지가 왔다!'

영조의 가슴은 지옥 같았다. 그것이 비록 인애의 손가락에 끼워지진 않았더라도 저편 사나이로서는 행복스러운 선물이었었다. 영조는 무서운 질투를 느끼지 않을 수 없었다.

'죽든지 달어나든지!'

영조는 주먹을 부르쥐었다.

'인애가 나에게 구원을 청하였다. 달어나고말고, 같이 달어나고말고, 어서 달어나자. 그놈에게 인애의 손목 한 번인들 왜 잽히게 하랴. 어서 달어나자. 내가 이렇게 튼튼하것다, 인애가 이렇게 나를 믿것다….

그러나 어데로?'

영조의 눈앞에는 광명과 암흑이 한데 꼬리를 물고 돌았다.

인애가 영조의 답장을 받기는 그 이튿날 아침, 학교에 가는 골목에서다.

영조는 그렇게 흥분하던 푼수로는 꽤 침착한 답장을 썼던 것이다.

…죽는다는 것은 잘못입니다. 왜 그런고 하니 물속에다 몸을 바리기나, 가기 싫은 시집에다 몸을 바리기나, 그 사람 때문에 몸을 바리기는 마찬가지기 때문입니다. 살어야 합니다. 그 사람에게 몸을 바치기 싫을수록 살어야 합니다. 살길은 얼마든지 있습니다. 위선 나는 당신에게 두 길을 가리키리다….

두 길이란 다른 것이 아니라 처음 밟어 볼 길은 당분간 학교에다 몸을 의탁해 보라는 것이다. 인애가 다니는 학교가 교회학교요, 교장도 서양 부인이니 그런 사정에 들어서는 힘 있는 데까지 동정해 주리라고 믿었기 때문이다. 그리고 그 길이 만일 뜻과 같지 못하면 그 다음엔 완전히 나의 팔에 의지하라는 것이었다. 그것은 물론 달어라도 나자는 말인 것을 인애는 알어들었다.

구원의 여상

인애는 영조의 말에 커다란 광명을 얻었다. 그리고 영조의 말대로 두 길을 차례로 밟아 나가기를 결심하였다.

그 이튿날 오후였다. 인애는 다른 학생들이 먼저 흩어지기를 기다렸다가 학교 경내에 있는 교장 선생 집을 찾아갔다. 교장은 물론 인애를 반기었다. 인애는 교장 부인이 특별한 기대를 가지고 있는 나이스 걸 중의 하나였던 것이다. 그것은 인애가 공부로도 잘하는 애들 중의 하나였기 때문도 되지만 그것보다도 인애의 그 얌전스러운 수예는 학예회나 무슨 바자회 같은 것이 있을 때마다 그 학교의 자랑이었기 때문이다. 교장 집에도 방방이 어느 테이블 위에나 어느 벽 위에 인애의 수예품이 놓이지 않은 구석은 별로 없었던 것이다.

"오! 인애! 무슨 일이요? 왜 어디 아파요?"

H부인은 인애의 꺼풀 마른 입술을 한참이나 들여다보았다.

"아니요, 아프지 않아요. 선생님께 원할 말이 있어서요."

학생들도 H부인과 이야기할 때는 H부인식의 조선말이 나왔다.

"무엇을 원해요?"

인애는 몇 마디 내려가지 못해서 눈이 젖고 말았다. 그때 인애의 눈물은 인자한 H부인을 몹시 감격하게 하였다. 부인은 곧 인애를 앞세우고 인애의 외삼촌 집으로 왔던 것이다.

그때 인애의 외삼촌은 외지에 나가 있는 때였다. 그리고 사실에 있어서는 인애의 외삼촌보다도 외삼촌댁 안 씨의 주장일 뿐더러 인애를 욕심내는 것도 안 씨의 친정 조카라는 안 주사와 마찬가지로 안 씨 자신이 자기 친정 집안을 위하여 인애를 탐내었던 것이다. 그러나 H부인은 의외에도 조그마한 의사 충돌도 없이 연싹싹한[47] 안 씨를 설복시켰던 것이다. 그것이 속으로는 오히려 H부인을 한풀 넘겨짚은 안 씨의 약은 태도였을는지는 모르나 안 씨는 아무튼 H부인과 인애에게 의외라고 할

47　고분고분하고 상냥한.

만치 노근노근하였다[48].

"그렇구말구요. 우리도 저 잘되기만 바라지, 왜 못되게 지시하겠습니까. 제 소원이 그렇다면야 어서 졸업할 때까지 그냥 두고말구요…."

안 씨는 H부인이 돌아간 뒤에도 인애에게 눈꼽만 한 다른 눈치도 보이지 않았다. 그래서 오히려 문제를 크게만 생각하고 교장까지 다리고 온 것이 인애는 저윽[49] 후회도 되었다. 그것은 그처럼 현명한 아주머니에게 대한 어떠한 모욕이나 끼쳐 드린 것 같아서 아주머니를 정면으로 바라볼 면목이 없었던 까닭이다.

아무튼 인애의 가슴은 비 개인 뒤 산과 같았다. 오직 그 속에 영조와의 사랑만이 소담스럽게 자라나는 어느 날 오후이다.

불시에라고 할 것은 없지만 인애와 영조는 거의 잊어버렸던 안 주사가 나타났다. 들어서는 길로 안에부터 다녀오는 안 주사는 득의만만한 모양이었다.

"어, 학생 잘 있었소."

영조는 공손히 답례하였다. 그리고 펴 놓았던 교과서와 노트를 주섬주섬 걷어 가지고 윗목으로 올라갔다. 안 주사는 모자를 벗어 걸더니 으레 제 자리처럼 아랫목으로 내려갔다. 그는 권연[50]에 불을 붙여 물었다.

영조는 속으로 아니꼬웠다. '저 자식이었다. 저 자식!' 하고 안 주사의 인물 된 품을 처음 보듯 뜯어보았다.

고생은 없이 자랐지만 나이 이미 사십에 가까운 데다 원래 체소하고[51] 살결이 가무잡잡한 안 주사의 모양은 다른 사람과도 달라 손영조 눈에 바로 뜨일 구석은 한 군데도 없었다.

'쥐로구나, 좀스런 쥐 같은 놈이로구나.'

---

48 성질이 가라앉았다. 태도가 부드러웠다.
49 '적이'의 방언. 꽤나.
50 卷煙. 종이로 말아 놓은 담배. '궐련'의 원말.
51 體小--. 몸집이 작고.

영조는 일종의 우월감을 느끼었다. 그리고 '네가 아모리 돈푼은 가졌다 치드래도 내 얼굴을 바라보아라, 네깟 놈이 나의 적이 될 듯싶은가…' 하고 마음을 든든하게 먹었다.

그때 주인집 아들 동철이가 뛰어나왔다. 동철이는 밖에 선 채 "숙천 형님, 들어와 진지 잡수래요" 하였다.

안 주사는 담뱃불을 끄면서 "그래" 하고도 일어서지는 않았다. 그리고 방 안을 둘러보더니 영조더러 "그 석경[52] 좀 이리 주게" 하였다. 영조는 책상 위에 놓았던 손바닥만 한 거울을 집어 주었다. 안 주사는 조끼 주머니에서 셀룰로이드로 만든 빗을 집어내더니 새로 깎고 기름을 반지르르하게 바른 머리를 다시 빗질을 하고서야 일어났다. 산동주[53] 바지에 명주 저고리에 무슨 비단인지 영조는 이름도 모를 무늬가 번쩍거리는 남빛 조끼에 안 주사는 새신랑처럼 모양을 내었다.

영조는 사랑에서 여느 때와 마찬가지로 혼자 저녁상을 받았다. 영조는 몇 술 뜨지 않고 밥상을 내어놓았다. 안 주사를 얌얌하게[54] 보기는 하면서도 영조는 밥맛이 없어졌던 것이다. 그 거머리를 생각게 하는 안 주사의 검고 얇은 입술이 인애의 흰 살에 달라붙으려나 들어간 것처럼 영조는 안 주사가 안에 들어가 있는 것이 자꾸 마음에 켕기었다.

안 주사는 의외에도 이내 나왔다. 밥숟가락을 놓는 즉시로 나온 듯하였다. 그저 잇몸을 빨면서 트림을 하면서 사랑에 들어섰다. 동철이가 안 주사의 뒤를 따라 나왔다. 그리고 안에서 하던 말을 계속하는 듯이 영조는 얼른 알아듣지 못할 말을 하였다.

"형님두 가자니까 그리네. 응? 같이 가요."
하고 동철이는 다시 한번 졸라 보는 것 같았다.

"난 고단해서 그린다. 고단해서."

---

52 石鏡. 얼굴을 비추어 보는 작은 거울.
53 山東紬. 중국 산둥 지방에서 나는 명주.
54 만만하게. 하찮게.

동철이는 모자를 벗겨 들고 나가며 이번에는 영조에게 하는 말이었다.

"나 오늘 구경가요 어머니서껀[55]…."

그리고는 영조가 돌아도 볼 새 없이 밖으로 나가 버렸다. 동철이는 대문 밖으로 나가는 것이 아니라 안으로 들어갔다.

'어머니서껀?'

영조는 이내 인애를 연상하였다. '인애도 갈까?' 영조의 머릿속에는 그보다도 안에 인애만을 남겨 놓지 않나 하는 생각과, 구경이라면 앞잡이를 나서야 할 안 주사가 안 가는 것이 수상스러운 생각이 떠올랐다.

영조는 얼른 일어서서 바깥마당으로 나갔다. 그는 저녁 후에 흔히 바깥마당을 거닐었으므로 누가 보든 새삼스러운 동작은 아니다. 그러나 영조만은 속이 있어 나간 것으로 과연 중대한 것을 놓치지 않고 발견한 것이니 그것은 안에 인애만을 남기고 동철이와 동철의 어머니는 물론 식모까지도 나가는 것을 본 것이다.

'옳구나!'

영조는 안 주사와 동철 어머니와 사이에 어떠한 음모가 있는 것을 직각할 수 있었다.

영조는 얼른 사랑으로 들어왔다. 안 주사는 아랫목에 정말 피곤한 사람이 잠을 청하는 모양으로 다리를 뻗고 누워 있었다.

"날이 꽤 푸근하지?"

안 주사는 드러누운 채 영조에게 물었다.

"네."

"이런 날은 방 안에 앉았는 것보다 나가 산보나 다니는 게 좋지 않어…. 우리두 서울 가 좀 있어 봤지만 너머 들어앉았기만 해두 나쁘던데."

---

55 '-서껀'은 '-와', '-랑'을 뜻하는 보조사.

안 주사는 영조의 눈치를 햇끔햇끔 엿보면서 영조마저 이 집 속에서 나가 주기를 꾀어 보았다. 그러나 영조는 '흥, 이놈 내가 다 안다' 하는 듯이 말대답도 선선히 하지 않고 책을 펼쳐 놓았을 뿐이다.

안 주사는 몸이 달은 듯이 일어나 앉았다. 담배를 피워 물었다가 그것도 두어 모금 빠는 체하다가 꺼 버렸다. 영조 역시 안 주사만 못하지 않게 등골이 화끈거렸다.

'저자가 이제라도 일어서 인애에게 들어가면 나야 어쩔 수가 있나. 인애가 이 눈치를 채었으면 어서 어느 동무의 집으로라도 나가지 않고….'
영조는 책은 펼치어 놓았으나 곁에 앉았는 안 주사의 동정을 살피랴, 안에 있는 인애의 동정을 살피랴, 물론 책의 글자는 한 자도 보일 리가 없었다.

안 주사는 또 영조에게 말을 붙여 보았다.

"동철이도 갔는데 사진 구경이나 갔다 오지. 이따금 오락이란 것도 필요하니까…. 자, 늦기 전에 응?"

영조는 안 주사가 자기 곁에 슬그머니 밀어 놓는 오십 전짜리 은전은 못 본 체하고 대답하였다.

"내일 시험이 있어서요."

안 주사는 무슨 무안이나 당한 사람처럼 잠자코 앉았더니 살그머니 오십 전짜리 은전을 도로 집어넣으며 일어서 나갔다.

바늘 끝같이 날카로워진 영조의 귀에는 중문 소리가 너무나 크게 들리었다. 그리고 문짝이 열리고 닫기는 소리뿐이 아니었다. 빗장을 지르는 소리까지도 뚜렷이 들려왔다.

'이놈이 인애를….'

영조는 후닥닥 일어났다. 미처 사랑문을 닫지도 못하고 중문간으로 날아갔다. 문은 닫혀 있었다.

영조는 철장대와 같이 굳어진 발로 문짝을 지그시 밀어 보았다. 과연 '다른 놈은 못 들어온다!' 하는 듯이 빗장이 질려 있었다.

과거의 이별

'어쩌나? 이놈의 문짝을 그만 발길로….'

그러나 영조는 그 중문짝을 손으로도 어쩌지 못하고 뒤로 한 걸음 물러서고 말았다. 영조는 그때 자기에게서 그렇게 크게 가슴 뛰는 소리는 처음 들은 것이다. 그 주인집 중문짝을 발길로 지르기에나, 무너지는 듯한 가슴 소리를 못 들은 체하고 분나는 대로만 덤비기에는 영조는 너무나 어리었다. 겁부터 앞섰다. 더구나 안 주사와 맞대어 너무 만만한 풋도련님짜리이었었다.

좁다랗게 쳐다보이는 초가을 하늘에서는 별들이 내려다보았다. 영조는 그만하면 벌써 안 주사의 눈치를 채일 인애가 어찌하여 아무 동정도 없을까 하고 인애가 원망스런 생각도 들었다. 그래서 '물 좀 주시오' 하고라도 중문을 흔들어 보고 싶었으나 그럴 용기도 좀처럼 나지 않았다. 그렇다고 그대로 돌아서서 사랑으로 들어갈 용기는 더욱 없었다. 영조는 인애를 믿는 마음에 안 주사가 인애에게 무례스런 손만 대이면 그냥 있지는 않을 것을 믿고 우선 문틈을 찾아서 안의 동정을 살펴보기로 했다. 문틈조차 시원스럽지 않았다. 겨우 안마루 한편 구석을 돌아볼 수 있고 댓돌 위에 안 주사의 노랑 구두가 인애의 검은 것과 코를 모으고 놓여 있는 것이 또렷하게 보일 뿐이다.

'왜 쥐죽은 듯할까?

인애가 입을 다물고 몸을 맽길 리는 없지 않은가?

설마 그럴 리는 없겠지!'

영조의 어린 생각에는 별난 궁리가 다 떠올랐다. 활동사진[56]에서 악한들이 하듯, 인애에게 무슨 약이나 먹여 놓지 않았을까 하는 생각도 들

　　　　　　　　구원의 여상

었다. 그렇지 않으면 인애가 소리 지를 새도 없이 입을 틀어막고 손을 묶어 놓지나 않았을까 하는 염려도 일어났다. 안 주사의 생김생긴 푼수와 동철 어머니와 짜고서 계획적으로 하는 것을 보더라도 인애를 자기 것을 만들기 위하여선 그만 짓은 예사로 일어날 것이라 하였다. 그렇다면 지껄이는 말소리 한마디 없는 것이 더욱 불안스러웠다. '저렇게 쥐죽은 듯 겉으로는 잠잠하지만 지금 건는방 속에서는 어떤 혈전이 일어났을까? 지금 그 아름답고 깨끗한 인애의 몸뚱이는 몸과 날개를 묶인 비둘기처럼 소리 한번, 팔짓 한번 쳐 보지 못하고 온전히 안 주사의 폭력에 제재될 것이 아닌가?' 영조의 팔은 다시 철장대와 같이 굳어졌다. 그 팔은 다시 한번 지긋이 문짝을 밀어 보았으나 가로질린 빗장은 영조 힘의 몇 곱절 완강스럽게 떡하고 맞겨려 움직도 하지 않았다.

그때다. 안방에서 미닫이 열리는 소리가 난 것은.

영조는 얼른 꽁무니를 빼고 문틈에다 눈을 대었다. 안 주사의 산동주 바짓가랑이가 괭이 걸음으로 아실랑아실랑 마루를 건너갔다.

'옳지 이제 건너가는구나!'

영조는 여태껏 상상하던 것은 씻어 버렸으나 다시 새로운 긴장이 되었다. 건넌방 문 열리는 소리가 났다. 영조는 문틈에서 눈은 떼이고 귀를 대었다. 무어라곤지 중얼거리는 소리가 몇 마디 났다. 그것은 안 주사의 목소리뿐이요, 인애 말소리는 없었으나 인애가 대답을 안 하기 때문인지, 인애 말소리가 가늘기 때문인지 그것은 알 수 없었다. 그리고 한참 동안은 영조의 귀에 제 가슴 두근거리는 소리밖에 다른 것은 들리지 않았다. 그러나 영조는 귀를 떼이지 않고 무슨 소리 나기를 기다렸다. 과연 얼마 가지 않아서 영조가 '이런 소리가 나려니' 하고 기다리던 소리가, 귀를 기울이고 듣기에는 너무나 크게 울려 나왔다.

"놓아요!"

56 '영화'의 옛말.

인애의 목소리였었다. 성난 소리였었다. 안 주사의 말소리는 없이 또 인애의 목소리가 나왔다.

"놓아요! 나가요!"

이번에는 악쓰는 소리였었다.

"놓아… 놓….."

이번에는 틀어막는 입에서 억지로 새어 나오는 소리가 분명하였다. 이런 급한 소리는 어떠한 광경을 설명해 주는 신호인가? 영조는 눈이 화경[57]처럼 빛났다. 중문짝을 부서져라 하고 발길로 찼다. 왈칵덜칵 뒤흔들어 놓았다. 고요하던 집 안에서 갑자기 그 소리는 간이 콩알만 해 덤비는 안 주사 귀에 대포 소리 같았을 것이다. 건넌방 문이 열려 제껴지는 소리가 났다. 이제 살아났다는 듯이 인애가 저고리 고름이 끌러진 채로 뛰어나왔다. 그 뒤를 따라 안 주사가 뛰어나오며 칼날 같은 소리를 부르짖었다.

"누구요? 누구야 그게?"

안 주사는 먼저 나온 인애보다 빠르게 마당으로 뛰어나와 바르르 떨면서 중문 빗장을 뽑았다.

"아니, 난 누구라구…. 왜 문짝을 짓모구[58] 야단이야? 응?"

영조는 꿀꺽 참았다. 참는 것이 인애 보는 데서 너무 비겁해도 보였으나 인애에게 '사랑에 있는 학생 녀석과 밀통[59]이 있다'는 누명이라도 되지 않을까 하여 전연 모르는 사람처럼 시치미를 뗐다.

"난 도적놈이라구요. 물을 좀 달래러 들어와 보니 문이 잠긴 데다 이상스런 소리가 나길래 강도가 든 줄만 알았지요…."

안 주사는 저 한 짓이 있으니까 더 할 말이 없었다. 이때에 인애는 흐득흐득 느껴 울면서 안 주사와 영조의 앞을 빠져나갔다. 안 주사나 영조

---

57 火鏡. 돋보기.
58 마구 부수고.
59 密通. 남녀가 몰래 정을 통함.

구원의 여상

나 멍하니 대문 밖으로 사라지는 인애의 뒷모양만 바라볼 뿐이요, 아무도 그를 부르거나 따라 나가지 못하였다. 영조는 인애의 뒤를 따라 나가고 싶은 마음은 불같았으나 그렇지 않아도 수상스럽다고 생각하는 듯한 안 주사의 눈이 딱 버티고 영조의 행동을 감시하려 들었다. 영조는 사랑으로 들어왔다. 안 주사도 사랑으로 따라 들어오는 데는 영조의 가슴이 덜컥 내려앉았다.

'저놈이 나한테 뎀비지나 않을까?'

영조는 안 주사에게 호락호락하게 안 보일 양으로 앉은키도 안 주사를 내려다 볼 만치 허리를 곧추고 앉았다. 책을 폈으나 영조의 모든 신경은 안 주사를 경계하는 데만 활동하고 있었다. 마치 안 주사가 목침이라도 집어던지면 그것에 맞지 않고 날쌔게 피할 만한 용의로 앉아 있었다.

그러나 안 주사는 패전한 장수처럼 풀이 죽어 보였다. 아랫목 벽에 등을 기대고 두 무릎을 세우고 앉아서 시뻘건 상판을 떨어트리고 담배 연기만 뿜어내었다.

'그러나 인애를 찾아야 하지 않을까?' 인애는 울며 나갔다. 영조는 조바심이 되었다. 안 주사가 어디로고 나갔으면 인애를 찾아 뛰어나가겠는데 안 주사는 영조의 그 속을 들여다보는 듯 옴짝달싹하지 않았다. 영조는 '죽든지 달아나든지…' 하던 인애의 편지 구절이 생각났다. '죽으러 나가지 않았을까?' 그의 깔끔한 성질이 안 주사에게 손목을 잡히고 입을 틀어막히고 힐난을 겪은 것만 하여도 다시없는 능욕으로 생각할 것이다.

'죽으러 갔으면 어쩌나?' 영조는 어찌하여야 좋을지 판단이 잘 나서지가 않았다. '그껀[60] 안 주사의 마수에서 그를 뽑아내어 가지고도 다시 죽게 내어버린다면 그것은 나의 너머 어리석은 일이 아닐까? 저놈에게 뚜

60 '기껏'의 방언. 기껀.

렷하게 적으로 나타나서 저놈 칼을 받게 되드래도 나는 나의 사랑하는 인애를 구해야 하지 않을까? 인애를 찾어 나설 사람은 나뿐이다!'

영조는 책을 덮었다. 일어서서 모자와 망토를 벗겨 들었다.

"자네 어디 가나?"

안 주사는 입을 떼었다. 그러나 영조는 마음먹은 대로 '나 인애 찾으러 나간다' 소리가 나오지 않았다.

"동무 집에요….."

안 주사는 새빨간 쥐눈으로 영조를 쏘아보았으나 나가는 영조를 어찌할 아무 도리도 없었다.

영조는 달음박질을 쳤다. 물론 대동강을 향하고 길 가는 사람들 속에서도 인애의 그림자를 찾으면서 숨이 턱에 닿아서 달음질을 쳤다. 그동안에 인애의 걸음으로 멀리는 못 갔을 것이다. 영조의 다리로 더구나 경주를 하듯 뛰어가니 인애가 큰길로만 나갔다면 대동문 앞까지 미치기 전에 영조에게 발견되었을 것이다. 그러나 인애는 길 위에선 보이지 않았다. 영조는 연광정 근처로 해서 강변으로 청류벽 아래까지 뛰어다녀 보았으나 인애의 그림자는 찾아볼 길이 없었다. 사람들이 없고 어둑침침한 곳에 가서는 "인애!" 하고 불러도 보았다. "인애, 인애!" 하고 두 번씩도 불러 보았다. 그러나 어두운 강변, 집들도 있고 배들도 있고 길이가 십 리나 되는 강변을 샅샅이 뒤져 볼 재주도 없었다.

영조는 세 시간 이상이나 강변을 헤매다가 그만 발길을 돌쳐서고[61] 말았다. 영조가 만일 인애가 강으로만 나온 줄로 알았다면 그는 강변에서 밤이라도 새웠을 것이다. 그러나 영조는 인애가 꼭 강으로만 나왔다고 믿을 재료는 아무것도 없었다. '혹시 어느 동무 집으로나 갔으면! 혹시 교장 집으로 가지 않았을까? 또 이내 집에 들어와 있는 것을 내가 이렇게 찾어다니지나 않을까?'

---

61 '돌아서고'의 방언.

구원의 여상

영조는 새로 한시[62]가 훨씬 지나서 집에 들어왔다. 그는 대문 안에 들어서는 길로 살그머니 중문 앞으로 갔다. 중문은 다시 걸려 있었다. 안은 고요하였다. 영조는 아까와 같이 문틈으로 눈을 가져왔다. 툇돌 위에는 몇 켤레의 신발이 놓여 있으나 인애의 검은 구쓰[63]는 그 축에서 볼 수 없었다.

'여태 집에도 안 왔구나!'

영조는 가슴이 다시 내려앉았다. 울음이 터지는 것을 억지로 삼켜 버렸다. 그리고 얼굴빛을 고쳐 가지고 사랑으로 들어갔다. 안 주사는 아랫목에 누워 있었다. 이불은 어깨까지밖에 덮지 않았으나 얼굴을 아랫목 벽 쪽으로 돌려놓고 누웠기 때문에 눈을 감았는지 떴는지 알 수 없었다. 숨소리가 크지 않은 것을 보면 잠든 것 같지도 않았다. 영조도 윗목에다 자리를 펴고 눕고 말았다.

그는 잠이 올 리가 없었다. 다리팔이 욱신거리고 입술이 말라 들어오도록 신열까지 있었으나 제 몸 괴로움에 유념해 볼 마음의 여유는 없었다.

'죽지만 말고 있었으면!

내일까지도 종적을 몰르게 되면 어쩌나?

모두가 저자 때문이지!'

영조는 한참 만에 한 번씩 고개를 비스듬히 들고 안 주사의 매끈한 뒤통수를 노려보곤 하였다.

'이 자식, 인애만 죽어 봐라!'

영조는 이렇게 '만일 인애가 죽었다면!' 하고도 생각하여 보았다. 그것은 상상만이라도 가슴에 못이 박히는 것처럼 사지가 저려 들었다. '그러면 불쌍하게 죽은 인애를 위해서 누가 울어 주랴. 그의 외삼촌이냐,

---

62 새벽 한시.
63 '구두'의 일본말.

그 외삼촌댁이냐, 안 주사 놈이냐. 다 아니다. 나밖에 없다. 그의 원수를 갚어 줄 사람도 나밖에 없다. 인애는 그렇게 외로운 신세다.'

영조는 강에서 들어온 것을 후회하였다. 집에 와서 그의 신발이 그저 없는 것을 보니 다시 마음이 조급하여진 것이다. 저까지 인애를 버리고 온 것처럼 인애 불쌍한 생각이 치밀었다. 동무 집에 간 것 같지도 않고 교장 집에 갈 생각도 미처 내지 못했을 것만 같았다. 영조 눈에는 자꾸만 짝 잃은 인애의 신발이 보였다. 강변에 밀려나와 이리 뒤척 저리 뒤척 하고 있는 조그만 인애의 신발이 찰썩거리는 물소리까지 들리는 듯이 눈앞에 떠돌았다. 영조는 이불을 뒤집어쓰고 울었다. 잔등이 들먹거리는 것을 억지로 땅에 깔아 붙이면서 소리를 죽여 울었다. 그때 영조는 한 사랑하는 처녀를 위해서보다 두 손목을 맞잡고 섧게 자라난 남매간처럼 골육에서 우러나는 듯한 애정을 느끼면서 섧게 울었던 것이다.

그러면서도 그의 귀만은 행여 인애의 발자취 소리가 날까 하여 숨을 죽이고 기다리고 있었다. 대문이 바람에만 삐걱하여도 영조는 이불섶을 제끼었다. 하다못해 나뭇잎 하나가 어디서 버스럭하여도 베개에서 고개를 들곤 하였다. 이러는 동안 시계는 네시를 치고 다섯시, 여섯시를 쳤다.

영조는 다른 날 아침보다 물론 일찍 일어났다. 그리고 공연히 중문간에 어른거리며 안을 살피었다.

"이년이 어딜 갔어…. 앙큼스런 년 같으니…."

동철 어머니가 마루에서 내려서며 하는 소리였다.

"아츰에야 안 들어올라구요…. 동무 집에 갔을 테지요. 늘 오는 학생한테…."

이것은 부엌에서 식모가 하는 말이다.

인애가 안 들어온 것은 분명하였다.

영조가 몇 술 뜨지 못하고 조반상을 마루에 내어놓을 때다. 그때 대문간에 어떤 사내 사람 하나가 두리번거리며 들어섰다. 그는 맨머릿바

람[64]에 검은 학생복에다 검은 단추를 달아 입은 것이 벌써 어디 심부름
꾼 같아 보였다.

"어디서 왔소?"

"이것 좀 봐 주슈."

그는 손에 들었던 편지 한 장을 영조에게 보였다. 그것은 인애 글씨였
다. 인애가 동철 어머니에게 보낸 편지였었다.

"당신 어디서 왔소?"

"××학교 교장 댁에서요."

"그 학교 다니는 학생 하나가 엊즈녁에 갔지요? 이 편지 보내는 학생
말요. 지금도 있습디까?"

"인애 학생 말이죠? 있어요. 책을 좀 갖다 달래서 왔는데요."

영조는 그 사람에게 중문간을 가리키고 방으로 들어왔다. 꿈같았다.
무서운 꿈에서 깨어난 것처럼 가뜬하였다. 영조는 책보를 싸 가지고 마
당으로 뛰어나와 동철이가 나올 때까지 시퍼런 하늘을 쳐다보면서 정
신을 다듬었다.

영조는 그날 저녁으로 인애의 편지를 받았다.

…당신만 그때 나를 지켜 주지 않았던들 나는 그자의 욕을 면치 못
했을는지 모릅니다. 감사합니다. 이제부터는 안심해 주십시오. 교
장이 앞으로 일 년 동안 졸업할 때까지 자기 집에 있으라고 했습니
다….

그러나 영조에겐 조그만 문제가 일어났다. 그것은 안 주사가 밤새도록
자는 체하면서도 영조의 동정을 살핀 것이다. 안 주사는 영조가 안 주사
를 미워하는 몇 배로 영조를 미워하지 않을 수 없었다. '어떻게 저 자식

64　머리에 아무것도 쓰지 않은 차림새.

을 골리나?' 안 주사는 이것을 밤새도록 연구한 결과 영조는 그 집에서 동철의 가정 교사를 그만두어 달라는 사령을 받게 되었다. 그것이 영조에게 그리 큰 문제는 아니었다. 현재 오학년 이학기인 만치 앞으로 사오 개월 동안 식비 문제였었다. 이것이 여태껏 제 손으로 고학해 온 영조에게 불가능한 문제는 될 리 없었다. 다만 오학년 말인 만치 상급학교 준비로 복습을 좀 톡톡히 해 보려던 계획만이 무너지는 것뿐이었었다.

동철네 집을 나온 영조는 몸이 좀 고달플 뿐이요, 그의 학업에는 아무 변동이 없었다. 더구나 인애는 매일같이 잠자는 일고여덟 시간 중에서 두 시간 세 시간씩은 영조를 위해서 자지 않았다. 골무를 깁고 수염낭[65]과 수젓집을 수놓았다. 교장 선생의 소개로 서양 사람들에게서 본국에 보낼 크리스마스 프레젠트와 그냥 선사품으로 골무와 수염낭 같은 것이 끊이지 않고 주문이 왔다. 어떤 때는 닭 우는 소리에 놀래어 바늘을 놓곤 하였다. 그리하여 몇 푼 안 되는 자기 학비를 제하고 십 원 돈 하나씩은 매달 영조에게 보내 줄 수 있었던 것이다.

그러나 영조는 그 돈을 한 푼도 건드리지 않았다. 배고픈 때 국수 한 그릇 사 먹지 않았다. 발가락이 시릴 때 양말 한 켤레 사 신지 않고 인애가 보내는 대로 모아 두었다. 그래서 졸업 때에 가서는 그 돈이 오십 원도 넘게 되어 그때는 영조의 심산대로 동경으로 고학을 떠날 넉넉한 밑천이 되었던 것이다.

영조가 내일 아침에는 동경으로 떠날 날 오후였었다. 영조와 인애는 오래간만에 이번에도 대동문 앞에서 남모르게 만났다. 행길에는 사람들이 많았기 때문에 청류벽을 지나 올라가도록 영조는 인애의 곁을 서 보지 못하였다.

'다섯 달 만에 만나 보는 인애! 열여덟 살 난 봄볕에서 바라보는 인애!' 그의 그림자는 벌써 지나가는 모든 사내 사람들의 걸음을 어지럽게 하

---

65 繡-囊. 수를 놓은 작은 주머니. 수엽낭(繡葉囊).

구원의 여상

였다.

인애와 영조는 을밀대[66] 밑을 넘어서 한 쌍의 꿩처럼 아늑한 소나무 아래 자리를 잡았다. 처음에는 서로 생각던 것보다 서먹서먹하였으나 영조가 인애 곁으로 다가앉으며 인애의 손 하나를 자기 무릎 위로 끌어온 다음부터는 그 아늑하게 우거진 늙은 소나무 아래는 마치 평풍[67]을 둘러친 듯 그들을 위해서만 조그만 세계였었다.

그들은 물 밑의 고기처럼 고요히 속살거리었다. 그들은 나중엔 지나간 이야기도 하였다. 영조는 지난 겨울 그날 밤 인애를 찾아 강변으로 헤매던 것, 밤새인 것, 울던 것까지 그리고 인애는 아닌 게 아니라 강으로 나오다가 당신이 있는 것을 생각하고 길을 돌리어 교장 집으로 갔다는 것도 그날 처음 자세히 이야기하였다.

행복스러운 시간은 물보다 빨리 흘렀다. 어느덧 해는 석양이 되어 상기한 인애의 귀밑을 더욱 붉게 물들였다.

"이전 일어서요…."

"…."

"이전 가요, 네?"

그래도 영조는 대답하지 않았다. 대답하는 대신 꽃송이같이 붉어진 인애 얼굴을 덥석 끌어안을 듯이 다가앉았다. 인애는 질겁하여 얼른 일어서 치마도 털 새 없이 종종걸음으로 달아났다. 영조도 일어서 따라 내려갔다. 인애는 얼마 가지 못하고 비스듬한 소나무 허리를 붙들고 기대 있었다. 콜록콜록 기침을 하였다.

"왜 감기 들었어요?"

"아뇨…."

인애는 눈물이 그렁그렁하였다. 손수건을 내어 눈물과 이마의 땀을

---

66 乙密臺. 대동강변 금수산에 있는 고구려의 누정.
67 병풍.

씻었다.

"가서 곧 편지해요, 자주요…."

"그럼요. 그런데 어디 아퍼요?"

"아픈 덴 없어요. 그때 그 집을 뛰어나온 날 밤 기침을 몹시 했어요. 그 후부터 가끔 열이 나구 기침두 나요…. 그렇지만 괜찮아요. 어서 내려가요…."

그 후 영조는 동경 가서 와세다대학(大學)에 들었고 인애는 평양서 졸업하고 몸이 약하여 말이 많았으나 교장 H부인의 성의로 교비생[68]이 되어 서울 지금 학교로 온 것이다.

영조는 인애가 서울 전문학교로 오자 편지의 자유를 얻어 서울로 한 첫 편지에다 벌써 '인애에게…' 하던 것을 '인애 씨!' 하고 시초하였다.[69] '오빠 영조가…' 하던 것을 '당신의 영조' 하고 끝을 맺었다.

그러나 인애는 그 편지 답장을 이렇게 썼다.

…오빠, 그저 오빠라고 부르게 해 주십시오. 나는 아직 어린애입니다. 이 편지를 쓰면서도 다른 아이들이 저희 집 아버지에게 어머니에게 오빠들에게 편지 쓰는 것이 부럽습니다.

나는 아직 아무것도 모르는 아무도 없는 외로운 계집애외다. 나의 오빠 노릇을 좀 더 좀 더 실컷 해 주십시오. 어서 더 인애야 하고 불러 주십시오. 나도 좋은 오빠 있는 것을 자랑해 보게…, 네? 내 편에서 먼저 오빠를 영조 씨! 하고 불러지는 날까지는….

기숙사 동무들도 대개는 인애에게 편지 자주 오는 손영조는 정말 인애

---

68 校費生. 학교의 경비로 공부하는 학생.
69 시작하였다.

의 무슨 오빠인 줄만 알았다.

　어떤 아이들은 "오빠는 무슨 오빠, 성이 다른데…. 또 그렇게 편지가 자주 오는데…" 하고 의심을 하였지만 누구보다도 인애의 단짝인 명도는 남의 속도 모르고 일삼아 그것을 변명하여 주었다.

비밀은 괴로운 것

명도는 참말 인애와 영조 사이의 비밀을 알지 못하였다. 비밀이라니까 애초부터 무슨 불의의 사랑이기 때문에 남의 눈이 무서워 일부러 지켜 온 비밀은 아니지만 오늘 와서 손영조를 이 인애의 사랑하는 남자로 아는 사람은 하나도 없고 모조리 명도나 민경희처럼 오빠되는 이로만 알고들 있으니 사랑으로서의 손영조, 즉 인애만이 따로 해석하는 손영조가 남모르게 존재해 있게 된 것은 사실이다.

'실없이 비밀이 되었구나!'

소심한 인애는 저윽 걱정거리가 되었다. 처음에는 "오빠는 무슨 오빠. 서루 그리다가들도 잘들만 붙어 살드라" 하고 빈정거리던 아이들까지도 오히려 오늘 와선 인애의 그 맑고 얌전스런 기품에 한풀 눌리어 명도가 선전하는 그대로 곧이듣게 되었고 명도만치는 못하더라도 모두가 속으로들은 인애를 존경하고 따르려 하였다.

'어찌할까?'

인애는 남들이 오빠로 믿어 주는 것이 실없이 걱정되었다. 억지로 누명이나 쓰게 되는 것 같았다. 이 담에라도 자기와 손영조와 결혼하였다는 말을 들으면 저네들이 얼마나 의외로 알고 놀란 입들을 딱딱 벌릴까? "그것 봐 모두 그렇다니까그래. 인애는 별사람인가…" 하고 얼마나들 쑤군거릴까? 인애는 명도의 입 헤픈 것이 원망스런 생각도 들었다. 손영조란 인애 언니의 오빠 되는 사람이라거니 동경 가 있는데 무슨 학교에 다니며 사진을 보니 모습이 어떻게 생기었더라는 것까지도 모다 명도의 헤픈 입에서 퍼진 말이기 때문이다.

그러나 이것 때문에 인애가 명도를 미워한 것은 아니다. 듣지 못하게라도 넌 자를 붙인 것이나 잠자는 그림자나마 눈을 흘겨 보게 된 것은 이까짓 것 때문은 결코 아니다.

그것은 무엇이었던가?

여태 남산 골짜기에도 희끗희끗 남은 눈이 보이는 이른 봄이었었다. 아직 졸업 때도 아니요, 봄방학도 달포나 남은 때에 갑자기 영조가 나온다는 전보가 왔다. 전보는 하관[70]서 배를 타면서 놓은 것이었었다.

'방학 때도 나오지 않던 이가 무슨 일일까? 또 나올 일이 있었다면 왜 오륙 일 전에 온 편지에는 아무 말이 없었을까?' 인애는 몹시 궁금하기도 하였으나 한편으로는 뛰고 싶도록 즐거웠다. 삼 년 동안이나 밤낮으로 그렇게만 지내며 이제도 일 년이나 더 있어야 만나 볼 줄 알았던 영조를 불시에 내일 저녁이면 낯을 대할 수가 있다는 것이 꿈이나 아닌가 하리만치 반가웠다. 언제나 침착하던 인애의 걸음걸이도 이날만은 층층대를 둘씩 건너뛰며 오르내렸다. 음악실에 가 있는 명도를 부르고 경부선에 집 있는 아이들을 찾아 차 시간을 묻고 그리고 이 방 저 방으로 다니며 다리미를 찾아다가 마중 나갈 새 옷을 다리노라고 법석이 났다.

'무어라고 부르나?'

인애는 다림질을 하며 이 생각이 났다. '편지로는 "오빠!" 혹은 "오빠야" 하고 어리광도 부리었지만 만나서는 무어라고 부르나?'

'영조 씨!'

인애는 속으로 이렇게 불러 보고 그만 얼굴이 화끈하여 불부채를 들었다.

손영조는 더구나 최근에 와서는 편지마다 이런 말을 적어 보냈었다.

"인애야, 여태두 멀었니? 나를 '영조 씨' 할 날이…."

혹은

---

70 下關. 일본의 시모노세키.

"이 편지 답장부터는 '영조 씨' 해야 돼."

그러나 인애는 한결같이 '오빠', '오빠야' 하였다. 한번은 달 밝은 저녁 명도와 경희는 다른 방에 가고 없는 새 어느 방에선지 퍽 센티멘털한 노랫소리가 흘러왔다. 인애는 보던 책을 덮어 놓고 처음 '영조 씨' 하고 서두를 내어 긴 편지를 써 보기는 하였으나 그 이튿날 아침 다시 한번 읽어 보고 부친다는 것이 스사로 얼굴을 붉히고 꾸겨 버리고 만 것이다.

다리미질은 인애 옷뿐이 아니었었다. 인애 옷 다음엔 명도의 저고리와 치마도 다리었다. 손영조가 온다는 전보는 인애만을 기쁘게 하지 않았다. 명도의 심중에는 인애보다 더 높이 물결치는 기쁨이 있었다. 명도는 늘 인애에게 이런 말을 비춰 보았다.

"언니 오빠 몇 살이우?"

"언니 오빠 음악에도 취미 있는 이요?"

"언니 오빠는 왜 방학에도 나오지 않우?"

"언니 오빠 사랑하는 여자 있을까?"

이 질문 가운데서 맨 나중 것, '사랑하는 여자가 있을까?' 하는 데서는 묻는 명도도 얼굴이 붉어졌거니와 대답이 선뜻 나오지 않는 인애의 얼굴도 아무렇지도 않을 수는 없었다. "아이 별걸 다 묻는구나…. 우리 오빠 어느새 연애하지 않어…" 하고 우물쭈물하여 왔을 뿐이다.

명도는 손영조를 한 번도 만나 본 적은 없지만 모르는 남자는 아니었었다. 삼 년 동안 인애 입에서 이모저모로 설명이 되어 온 손영조의 성격과 해마다 한 번씩 인애에게 보내는 사진은 명도로 하여금 너무나 뚜렷하게 손영조란 남자를 알게 하였다. 명도는 인애에게서 손영조의 이야기를 한 가지씩 들을 때마다 그것처럼 잊혀지지 않는 이야기는 없었다. "우리 오빠는…" 하고 인애는 손영조의 좋은 점만(사실 아직껏 인애가 부족하게 생각하는 점은 없지마는) 이야기하여 왔다. 명도는 자리에 누워 그 이야기의 주인공을 반드시 상상해 보곤 하였다. 그뿐이 아니었었다. 명도는 인애 없는 틈을 타서 인애의 앨범 속에서, 인애의 책갈피

속에서 손영조의 사진을 뛰는 가슴으로 바라보곤 하였다. 그리고 어서 최근에 박인 새 사진을 보았으면 하는 기다림은 인애와 조금도 다름이 없었다.

그러다가 '손영조가 온다!' 이것은 인애가 산만치 기쁘다면 명도도 산만치 기쁜 일이요, 인애가 바다만치 기쁘다면 명도 역시 바다만치 기쁜 일이 되고 말았다.

인애는 물론이려니와 수선쟁이 명도도 그날처럼 제 의복을 제 손으로 그렇게 얌전스럽게 정성들여서 다려 본 적은 처음이다.

두 처녀는 다 같으면서도 서로 모르는 즐거움에 꿈자리를 어지럽히며 밤을 지냈다.

그네들은 학과 시간을 어떻게 지냈는지 몰랐다. 명도는 저도 '내가 왜 이다지 흥분해 날뛰나?' 하고 제 모양을 우습게 여기지 않을 수 없었지만 그렇다고 '손영조가 무엇 말러빠진 것이냐' 하고 갑자기 마음을 가라앉힐 재주는 없었다.

명도는 몸과 마음에 아울러 큰 변화를 일으킨 것이다. 과년한 처녀들에게 그의 일생을 통하여 물불을 가리지 않고 덤비는 것이 한두 번은 흔히 있을 만한 일이겠지마는 명도의 정열이란 다른 사람의 그것과 또 달랐다. 그가 어리었을 때는 계집애보다 사내 동무가 더 많았지만 크면서는 이제 보통학교에 다니는 어린 동생과 늙은 아버지 이외엔 별로 남성의 자극이 없어 그 폭포 줄기처럼 남달리 괄괄한 정열의 물결은 한 번도 쏟질러[71] 볼 기회가 없다가 이제 그 물결은 높았다. 폭포의 아가리는 터지고 만 것이니 이것을 틀어막을 재주는 친구 인애에게도, 선생에게도, 명도 부모에게도, 명도 자신에게도 전혀 없을 것이다.

'손영조에게 이미 사랑하는 사람이 있으면 어쩌나?

또 나는 이렇게 손영조를 만나 보지도 않고 좋아하지만 손영조는 나

71 '쏟아'의 힘줌말. 쏟뜨려.

를 어떻게 볼까?

무어 인애 언니에게 "나는 손영조 아니면 죽을 테야" 하고 조르면 인애 언니가 어떻게라도 자기 오빠를 나한테 끌어다 주겠지….'

이렇게까지 생각을 먹은 명도는 결코 친한 동무의 오빠 마중으로 여기지 않았다. 인애의 심중과 똑같이 애인의 마중이었었다. 아니 똑같이가 아니라 명도 편이 더 적극적이었었다. 명도는 눈썹을 그리었다. 볼에는 베니[72] 칠을 하였다. 깊은 오렌지 빛 명주 저고리에 검은 세루[73] 치마를 입었다. 거기다가 손마디가 옴폭옴폭 묻히도록 살이 피어오른 명도는 인애를 코스모스라면 그는 튤립과 같이 현란하였다. 전차 속에서도 여러 사람의 시선을 먼저 끄는 것은 명도의 얼굴과 명도의 몸이었다. 정거장 대합실에서도 명도의 나타남은 인애보다 크고 빛나는 것이었었다. 전차 속이나 정거장 같은 데는 인애의 그 적막한 아름다움이나 아담한 성격의 향기를 느낄 만한 침착한 사람은 드물었던 것이다.

명도는 입장권을 사 가지고 와서 한 장씩 나눠 가지며 인애더러 물었다.

"언니 이이가 나 알까?"

"그럼 방학 때마다 너희 집에 간다고 얼마를 편지했게…. 알구 말구…. 네 성질두 알어 말괄량인 줄…. 호호."

"아이 별소리 다 한가불세, 언니두…."

차가 들어왔다.

기관차가 들어닿는[74] 바람에 한 걸음씩 물러섰던 사람들은 차가 서기가 바쁘게 우르르 덤벼들었다. 그러나 인애와 명도만은 그 축에 섞이지 않고 차 구경이나 나온 사람처럼 멀찌가니 뒤로 물러섰다.

인애는 가끔 발돋움을 하였다. 명도는 인애의 눈치만 바라보았다.

72 '연지'의 일본말.
73 네덜란드어로 '짜임이 튼튼한 모직물'을 뜻하는 'serge'의 일본식 발음.
74 가까이 달려오는. 들이닿는.

구원의 여상

"언니, 그이 키가 크우?"

"그럼."

인애는 또 발돋움을 하였다.

명도는 어떻게라도 영조에게 좋은 첫인상을 주려 함인지 앞머리와 저고리 섶을 다시금 매만지며 안타까워하였다.

"뵈우?"

"아닌가봐…."

"뵈우?"

"가만 있어…."

그러나 그들은 다른 사람들보다 그리 뒤지지 않아서 마중 나온 손님과 마주치었다. 손영조는 차를 내린 지 한참 되나 으레 인애가 나왔으려니 하고 외투와 가방을 옆구리에 끼고 들고 치마 입은 사람이면 모조리 훑어 보다가 전등불에 유난히 빛나는 명도 저고리에 눈이 끌리자 그 옆에 섰는 인애 앞으로 뛰어왔다.

"오! 여기…."

하고 손이라도 잡을 듯이 달려드는 손영조! 인애는 '웬 사람이야' 하리만치 깜짝 놀래었다. 한 걸음 주춤하고 뒤로 물러서서 다시 쳐다보았다.

'어쩌문!'

하마터면 인애 입에서는 이 소리가 나올 뻔하였다. 인애가 머뭇머뭇하다가 한참 만에야 허리를 굽혀 인사하였다.

영조는 인애가 상상하던 것보다 엄청나게 어른이 되었다. 복장은 학생일망정 그 우람스런 몸집이라든지 어딘지 자리잡은 데가 있는 듯한 사람 보는 눈, 그리고 탁 터진 목소리며 코 밑에 거뭇거뭇 수염터가 잡힌 것이 벌써 장부의 기골을 이루었다.

'훌륭스럴 내 남편!'

인애는 말 한마디 못하고 걸음을 앞서면서 이렇게 생각하였다.

'내가 좋아하는 스포츠맨 타입!'

명도는 자기의 존재를 알리려 인애의 손을 따라가서 잡으며 속으로 이렇게 좋아하였다.

"같이 나오신 분입니까?"

영조가 묻는 말에

"네, 명도…. 왜 아시지요? 원산 명도…."

하고 인애는 그제야 걸음을 멈추고 영조를 돌아보며 처음 입을 떼었다. 그리고 처음 겨우 윗니 속이 반만치 드러나다 마는 작은 웃음을 보여 주었다.

"네 명도 씨! 알구 말구요…."

인애 일행은 구름다리를 올라가다 말고 잠깐 동안 여러 사람의 길을 막고 섰었다.

"말씀은 많이 들었습니다. 손영조올시다. 이처럼 나와 주서서…."

"별말씀…."

명도는 모깃소리만 한 한마디를 내고는 얼굴이 불덩어리가 되어 고개를 수그리고 말았다. 그렇게 활발하던 명도는 딴사람처럼 수줍어했다. 인애는 명도가 누구 앞에서 그처럼 수줍어하는 양은 처음 보았다. 인애뿐 아니라 명도 자신도 그렇게 수줍은 자기의 모양은 처음 발견하였다. 아버지 앞에서나 선생님 앞에서는 꾸지람을 듣는 때라도 내가 성이 나서 얼굴빛을 붉혔을지언정 저 편에 눌리어 얼굴을 못 든 적은 없었다. 그렇듯 꿋꿋하던 목이 영조 앞에서만은 무조건하고 수그러질 뿐만 아니라 온통 전신이 햇볕에 놓인 양초처럼 만만해짐을 느끼었다.

'이것이 아마 사랑의 힘인가 보다.'

명도는 이렇게 생각하면서 평생 처음으로 처녀의 부끄럼성을 체험하였다.

"저녁들 안 잡셨지요?"

영조는 차표를 주고 나와서 가방을 땅에 놓으며 분명히 인애에게 묻는 말이었었다. 그것을 명도는 그제야 새 정신이 선뜻 들며 귀에 걸리는 것이 있었으니 영조가 인애더러 "섰지요" 하는 경어였었다.

'누이동생이면 왜 "섰지요" 할까?'

그러나 명도는 궁리가 넓되 단순하게 넓은 사람이어서 그것을 그리 어렵게 해석하지 않았다.

'옳지. 친남매간이 아니라니까 여러 해 만에 만나 보는 터이고 서로 어른들처럼 컸으니까 편지에서 같이 "해라"가 안 나올 것도 당연한 경우라' 이렇게 지레짐작하고 말았다.

"학교 저녁은 이르니까 우린 먹구 나왔어요. 그런데 무슨 일이에요, 갑자기 나오시니?"

"별일은 없어요. 차차 말하지요."

"그래두 갑자기 나오실 땐…. 어디루든지 여관으로 가서야지요."

"그럼요."

세 사람은 동대문 가는 전차를 탔다. 명도가 먼저 오르고 영조가 그 뒤에 오르고 인애는 나중 올랐다. 차 안에 들어가서도 인애는 명도와 영조에게서 따로 떨어져 섰었다. 그리고 한참 만에 한 번씩 '객지에서 얼마나 경난[75]을 하였을까' 하는 쓰라린 마음에서 겨우 측면만 뵈는 영조 얼굴을 찾아 눈물겨웁게 바라보곤 하였다.

불 밝은 전차 안에서 혈조에 불타는 얼굴과 그 볼록한 젖가슴을 흔들리며 섰는 명도의 존재는 낮에보다도 더한층 빛나는 듯하였다. 더구나 좁은 틈에 몸을 맞추고 서서 그의 풍염한 목과 어깨와 가슴을 내려다보며 전차가 갑자기 서고 갑자기 속력을 내일 때마다 그 휘우뚱거리는 탄력 있는 명도의 곡선을 느낀 때 영조는 그만 말초 신경의 무서운 진동을 제압할 힘을 잃었었다. 그러나 영조는 이런 생각밖에는 일으키지 않았었다.

'꽤 건강한 여자다.

---

75 經難. 어려운 일을 겪음.

이런 여자가 동지랬으면!

인애도 이렇게 건강했으면.'

그들은 황금정[76]서 내리었다. 오래 유숙할 곳은 여염집으로 천천히 찾기로 하고 위선 어떤 여관으로 들어갔다.

"왜 종로 쪽으로 가시죠?"

하는 인애 말에

"조선 여관은 공연히 조사가 심하다니까…."

하는 영조의 대답은 영리한 인애의 가슴속을 찔러 놓는 것이 있었다.

'조선 여관은 공연히 조사가 심하다니까….'

인애는 영조의 이 말이 몹시 불안스러웠다. 무슨 일이나 저지르고 몸을 피하노라고 나온 것이나 아닌가 하는 불길한 예언과 같이 들리었다.

"어서 올라들 오십시오."

영조는 하녀를 따라 이층으로 올라가다 말고 인애와 명도를 내려다보며 권하였다.

"언니, 무얼 그렇게 생각하우? 왜, 바루 갈까?"

어느 틈에 구두를 벗고 슬리퍼를 신는 명도 말에 인애도 구두를 벗었다.

영조는 두 귀여운 손님에게 하녀를 시켜 다과를 가져오게 하고 자기 가방 속에서 잡지 몇 권을 내어놓고는 아래로 세수하러 내려 왔다.

"이게 무슨 잡지우? 『아등(我等)』[77]? 언니 처음 보는 잡지지?"

"그리게…."

두 색시는 그림 없는 잡지를 한참이나 뒤적거리다가

"언니, 이게 무슨 잡질까?"

---

76 黃金町. 현재 을지로의 일제강점기 명칭.

77 한글학자 신명균(申明均)이 1931년 창간한 사회과학지로, 제호는 '우리'라는 뜻이다. 훗날 '우리들'로 제호를 바꿔 발행된다.

구원의 여상

"글쎄…."

"무슨 사상 잡질까?"

"글쎄."

인애는 어수선한 마음속에서도 저윽 수치스러움과 불안함을 저 혼자 느끼었다. 최근 며칠 전까지도 서신 왕래가 있었으므로 그동안 영조의 감정을 전혀 몰라 온 것은 아니나 뚜렷하게 그의 사상이 어떤 것이라고는 느끼지도 생각한 적도 없었다.

'미안하다!'

인애는 속으로 미안스런 생각이 들었다. 자기가 사상으로 너무나 영조에게 뒤지지 않았나 하는 것과 그러기 때문에 영조에게는 자기가 아는 손영조 이상의 더 빛나는 손영조가 있는 것을 자기가 모르고 있지 않나 하는 미안이었다.

영조는 이내 올라와 저녁상을 받고도 두 색시들을 번갈아 쳐다보았다. 어떤 때는 인애와 눈을 마주치고 빙긋 웃었다. 어떤 때는 명도와 눈을 마주치고 또 빙긋 웃어 보았다. 명도도 인애처럼 영조의 눈웃음을 은근히 받아 주었다. 그럴 때마다 영조는 가슴속이 황홀하였다. 연락선 안에서나 차 안에서는 오늘 저녁에는 인애와 조용히 만나 그의 가냘픈 손길을 잡고 꿈속같이 속삭여 보려니 하던 공상은 명도로 말미암아 날아간 꿈이 되었지마는 그렇다고 해서 명도의 존재가 자기의 행복을 방해하는 것 같지는 않았다.

'옳지!'

영조는 밥을 먹다 말고 혼자 속으로 고개를 끄덕이었다. 그것은 어느때인가 인애 편지에 "나와 제일 친한 한방 동모들도 당신을 내 오빠로만 알고 있어요" 하던 것을 생각하였기 때문이다. 그리고 명도가 그처럼 자기에게 호의를 갖고 있는 것도 인애와 자기 사이를 모르는 탓이거니 하고 다시 한번 명도를 바라보면서 빙긋이 웃었다.

영조가 상을 물리고는 비교적 세 사람 사이는 날래[78] 익어졌다. 영조는 명도 앞에서 인애의 애인으로서의 티를 보이지 않으려 하였기 때문에 자리가 어색스럽지 않았다. 영조가 우스운 이야기를 하면 명도도 아까 정거장에서처럼 움츠러들지 않고 차츰 제 본색이 드러났다. 나중에는 제법 높은 소리로 너털웃음도 쏟아지게 되었다.

"그런데… 갑갑해요. 왜 그렇게 갑재기 나오셨어요?"

인애는 두 사람의 기분을 상치 않으려 그들의 웃음을 따라 여태 웃기도 하였지만 속으로는 궁금증이 나서 견딜 수가 없었던 것이다.

"뭐 대단치 않은 일인데 동경 있으면 자연 시끄러울 것 같아서 갑재기 떠났습니다."

인애는 더 묻지 않았다. 명도 있는 데서 물은 것을 스스로 책망하고 입을 다물었다. 그리고 명도가 눈치를 채고 먼저 좀 가 주었으면 하였으나 명도는 눈치는커녕 인애를 저차놓고[79] 득의하여 영조와 이야기하였다.

'영조가 왜 저렇게 우서운 이야기만 할까?'

인애는 속으로 그것이 서운하기도 하였다. 자기는 명도만 없으면 영조에게 안기어 무슨 이야기, 무슨 웃음보다도 실컷 울어 보고 싶은 애달픔에 가슴이 미어지는 듯하거든 영조는 어찌 저렇게 자기의 감정과는 판이 다르게 우스운 이야기만 하고 있을까? 그때 고요히 몇 방울 떨어지는 빗소리는 인애 귀에만 들리었다.

"비가 오나 봐요?"

영조와 명도도 웃음을 걷고 밖으로 귀를 기울였다.

"참!"

명도는 자기 손목에서 시간을 보며 일어섰다.

"우린 일즉 가겠어요. 곤하실 텐데…. 내일 또 올게요."

인애도 마저 일어섰다.

---

78 '빨리'의 방언.
79 '제쳐놓고'의 방언.

구원의 여상

영조는 무슨 뜻으론지 머뭇머뭇 말은 못하고 명도 못 보게 인애의 손을 잡았으나 인애는 입안말로 "내일 올게" 하고는 손을 빼었다.

"내일 몇 시에 하학합니까?"

"세시에요. 될 수 있으면 그 안에 와요."

영조는 두 손님을 보내고 아마도[80]에 성긴 빗방울 소리를 들으며 자기 방으로 올라왔다. 쓸쓸하였다. 다시 아래로 내려가서 목욕을 하고 올라왔으나 몸은 고달프면서도 생각은 어수선하여 잠이 날래 오지 않았다. 잡혀간 동지들의 생각, 연락선에서 조사당하던 것, 잡히기만 하면 삼 년 이상은 자유를 잃어버릴 것, 인애 생각과 명도 생각, 그리고 주의[81]생활과 연애에 대한 것 등, 베개를 다시 돋울 때마다 이른 봄비 소리만 더욱 그의 가슴을 설레게 하였다.

'인애가 명도 같았으면!'

영조는 그렇게 오래 두고 그립던 인애보다도 오늘 저녁 처음 본 명도가 잊혀지지 않았다. 인애는 어딘지 가시 있는 꽃 같고, 명도는 아무렇게 꺾어도 좋을 부드러운 풀꽃 같았다. 인애는 처음부터 오늘까지라도 영조가 손을 잡으면 보는 사람이 없어도 새침스럽게 사르르 뽑아 가는 성질이지만 명도는 그렇지 않을 것 같았다. 손을 잡기가 바쁘게 덥석 몸이라도 안길 것 같았다. 그래서 영조는 저도 모르게 인애와 명도를 비교해 보게 되었다. 아마 명도 같으면 오늘 저녁에도 빗방울 떨어진다고 그처럼 후딱 가 버릴 것 같지도 않고 정거장에도 저 혼자만 나와 주었을 것이라고 생각될 때 자연히 인애의 쌀쌀스러움이 불만도 하였다. 더구나 자기는 지금 이렇게 누웠다가도, 이따 어디로 갈는지 모르는 처지라 인애와 같이 재래의 도덕관념으로 정조를 생명시하는 여자와는 도저히 사랑을 계속할 정력과 시간이 없을 것 같았다.

---

80 雨戸. '비바람을 막기 위한 덧문'을 뜻하는 일본말.
81 主義. 일제강점기에 공산주의, 사회주의를 이르는 말.

비밀은 괴로운 것

오래 두고 그립던 이를 만나 살뜰한 말 한마디 속삭여 보지 못하고 그렇게 이내 자리를 나뉘게 된 것은 영조만이 마음 상하는 것은 아니었었다. 인애의 가슴속은 더 백배 쓰리고 애틋하였다.

'비두 왜 오늘따라….'

하면서도 사실 인애는 빗소리에 그처럼 이웃집에 마을 갔다[82] 일어서듯 한 것은 아니었다. 기숙사의 출입 시간이 지난 다음에 비상시에 오르내리는 철 사다리를 타고 드나드는 다른 학생들처럼 연인을 만나 사랑을 즐기기 위해서 교칙을 속일 용기도 인애에겐 불가능한 일이었겠지만 이날 저녁에 인애를 그렇게 얼른 일어서게 한 것은 빗소리보다도 시간보다도 명도였다고 안 할 수 없었다.

'왜 영조가 명도에게 그처럼 열중할까?'

이것이 어진 인애로서도 희미하게나마 괴로웠던 것이 사실이었다.

'혼자 왔드면!'

하는 생각이 이내 인애 가슴속에서 속삭여졌다.

"언니 그이 참 퍽 좋아…."

명도가 큰 행길에 나와 앞섰다 말고 인애 옆을 서며 이런 말을 하였다. 그러나 인애는 영조 이야기엔 대꾸를 하지 않았다.

"너 먼저 뛰어가라. 네 저고리는 얼룩이 질 텐데."

인애는 고요히 혼자 걷고 싶었다. 울렁거리는 가슴과 함께 불붙는 듯 하는 전신을 시름없이 내리는 봄비에 마음껏 적시어 보고 싶었던 것이다.

"무얼 언니두. 뛴다구 안 맞을까…. 난 비 맞는 게 좋아. 망할 비, 올랴면 소내기처럼 펑펑 쏟아지지 않구…. 물에 빠졌던 것처럼 한번 흠뻑 맞어 보게."

---

82 '마실 갔다'의 방언.

"너두 그러냐?"

"그럼 이왕 맞는 비면 들어가 구경거리나 톡톡이 되게 맞어야지."

"그래서 맞구 싶단 말이야?"

"그럼!"

"난 소내긴 싫더라. 소내긴 무서워…. 이렇게 보슬비는 옷이 젖도록 맞고 싶어도…."

"그런데 언니, 손이 왜 이렇게 뜨거우? 골두 그러우?"

"괜찮어. 비 맞으니까 선뜻선뜻하는 게, 우리 비를 더 맞드래도 영성 문 고개로 돌아갈까? 난 그 고갯길⁸³이 늘 좋아."

"참 나두…. 그립시다."

두 새악시는 인적 고요한 영성문 안 언덕길로 올라갔다. 길은 넓으나 누구 하나 지나는 이 없이 빗소리만 차 있었다. 더구나 빈 대궐 안에 우중충한 숲과 불빛 하나 없는 석조전 이층을 넘겨다보며 긴 궁담을 끼고 내려갈 때, 명도는 몰라도 인애는 왜 그런지 서글퍼지는 심정을 가라앉히기 힘들었었다.

그날 밤 인애는 몹시 앓았다. 신열과 기침과 또 궁리로 잠 한잠 들어 보지 못하고 애를 썼다. 그래도 아침에는 남과 같이 일어나서 식당을 다녀 교실에 나갔었으나 열이 그저 나리지 않고 견딜 수 없는 피곤으로 억지로 두 시간을 마치고는 방으로 돌아와 눕고 말았다.

"언니 이것 좀 먹어 보오."

점심때 명도가 죽 그릇과 과일 몇 개를 들고 들어왔다.

"언닌 감기두 자준 들우. 나 하학하군 같이 병원에 가 봅시다."

"병원엔 뭘. 교의(校醫) 말대로 나는 병날 때마다 안정해 있는 것이 제일 빨러…."

83 영성문(永成門)은 경운궁(지금의 덕수궁)의 북문으로, 영성문 고갯길은 지금의 덕수궁길.

"하긴 언닌 그래…. 그래두 오늘 저기 안 가두 괜찮우? 기다리실걸…."

"글쎄…."

"웬만하면 오늘 하로는 가만히 누워 있수. 내 언니 앓는다구 전화할 테니. 응?"

"무얼 잠깐 다녀오지 대단한 줄이나 알게."

"그래두 안 돼, 열이 이렇게 높은데. 글쎄 내 말 들우. 내 전화할 테니."

"아무턴지 하학하구 와."

인애는 명도와 경희를 내어보내고는 잠깐 잠이 들었다. 꿈도 꾸었다. 영조가 학교로 찾아온 꿈이었으나 종소리에 이내 깨고 말았다.

밑에서는 쉬는 동안 잠시 군성거리었으나[84] 다시 종이 울리며 조용해졌다.

'지금은 ××선생 시간이거니….

지금 영조는 내가 가기만 기다리고 앉았을 터인데….'

인애는 한참이나 천장 위에 영조 모양을 그려 보다가는 기어이 후들후들 떨리는 다리로 일어나고 말았다. 언제든지 몸이 고달플 때 영조는 더 생각이 났다. 더구나 멀리 있을 때도 아니요, 지금 지척에서 저 오기를 기다리고 앉았을 것을 생각하니 이렇게 무심히 누워 있는 것은 정신없는 일 같았다. 명도가 전화를 걸어 준다고는 했지만 앓는 사람을 남자와도 달라 면회도 못 올 것이요, 편지로도 시원치 않을 일이니 내가 나가는 수밖에 없다 하였다.

'그러나 남들은 공부들을 하는데….'

인애는 몇 번이나 주저하다가 방문을 가만히 닫고 나왔다. 무슨 죄 짓는 사람처럼 가슴도 두근거리었다. 이층까지 내려와 좌우 교실에서 선생들의 강의하는 소리와 분필 소리를 들을 때는 더욱 가슴이 뛰놀았다.

---

84 '웅성거리었으나'의 방언. 궁성거리었으나.

　　　　　　　　　　　구원의 여상

행여 기침이 날세라 하고 조심조심하여 층계를 내려디디면서도 학교에 빠지고 놀러 나가는 어린 소학생처럼 이내 마음은 몹시 불안스러웠다.

'누가 내어다보고 "어디 가?" 하면 어쩌나? 그것은 "병원에…" 하면 고만이지, 그러나 명도가 음악실에서 내다보고 "언니, 하학하구 나두 같이 가" 하면?'

인애는 이런 생각에 등덜미를 눌리면서 도적질이나 들어왔던 사람처럼 마음이 조마조마해서 서대문턱 정류장까지 빠져나왔다.

비는 아침부터 멎기는 했으나 푸른 하늘은 한구석도 보이지 않는 차고 어두운 오후였다. 인애는 전차 안에서 새삼스러우리만치 영조의 편지 생각이 났다. "누이야 여태두 멀었니? 내가 너를 '인애 씨' 할 날이…. 요즘 와선 못 견디게 클클스럽다[85]. 네가 앞에 온 듯하여 꽉 붙들어 보면 그것은 책상이다. 엊저녁엔 잉크병을 다 쏟질렀단다" 하는 최근의 영조 편지를 생각할 때 전차가 광화문통을 지나고 종로를 지나 영조 있는 여관이 가까워 올수록 무서운 생각도 들었다. 그러나 어느 마음 한편으로는 '언제까지든지 무서워만 할 것도 아니다' 하는 용기도 솟아났으며 거기 따라 한 걸음 더 나아가서는 책상을 붙들고 잉크병을 쓸어엎는 그 야수와 같은 정욕의 힘, 그것도 다른 사내의 것이 아니요 손영조의 손이요 손영조의 몸이라면 도리어 아쉬운 것이거니 하는 생각까지도 먹을 수 있었다.

좁은 전차 안에서 유심히 보는 사람은 보았겠지만 이때 인애 얼굴의 그 창백한 이마에다 꽃잎 같은 붉은 볼은 손영조가 보아 주지 못하는 것만 아까우리만치 아무나를 위해서나 보여 주지 않는 인애의 섬광과 같은 아름다운 순간이었었다.

'혹 영조가 이층에서 내려다보고 섰지나 않았을까?'

인애는 전차에서 내리는 대로 빤하게 들여다뵈는 그 여관집이언만

---

85 마음이 답답하다.

한번 쳐다보지도 않고 소굿이[86] 길만 보고 들어갔다.

"손상[87] 찾어 오셨지요?"

엊저녁에 안 하녀가 묻기도 전에 알은체하였다. 그렇다니까

"손상 나가셨습니다."

한다. 언제 나갔느냐니까

"한 십 분 가량밖에 안 되었어요."

하며 인애 보기에는 인애를 '딱한 사람도 있네' 하는 듯이 물끄러미 쳐다
보더니

"왜 엊저녁에 같이 돌아가신 여자 손님 계시죠?"

한다.

"그래서요?"

"그분이 와서 한 시간 넘어 있다가 같이 나가셨는데요…."

"…."

인애는 무슨 무안스런 일이나 당하는 것처럼 얼굴이 화끈하여 얼른
그 집을 나서고 말았다.

'엊저녁에 같이 돌아가신 여자 손님?'

그는 물론 명도 이외에 다른 사람은 아니다.

인애는 손수건을 내어 이마의 진땀을 씻으며 납덩어리 같은 낮고 무
거운 하늘만 한참 정신없이 쳐다보았다. 그의 가냘픈 열 손가락은 그의
마음과 함께 후들후들 경련되었다.

'그러나 남을 먼저 의심하는 것은 죄다. 명도니까, 내 지극한 친구 명
도니까 내가 앓는 것을 기별하기 위해서 시간을 빠지면서 찾어와 준 것
이겠지…. 지금 명도는 영조를 다리고 학교로 가서 영조를 면회실에 앉
혀 놓고 아래윗층으로 나를 찾어다닐 것이다. 어서 가 봐야 한다.'

---

86 고개를 숙이고 묵묵히. 수굿이.
87 '손 씨'의 일본말.

인애는 다시 걸음이 급해졌다. 전차를 기다릴 새도 없이 골목길로 접어들어 거의 달음질을 쳤다.

그러나 꼭 영조가 와 앉았을 줄만 믿고 미리 얼굴부터 붉히며 들어서는 면회실 안에는 영조는커녕 물어볼 사람도 하나 없다. 늘 보던 걸상들이언만 구석구석에 빈 채 놓여 있는 걸상들이 그때는 이상스럽게도 쓸쓸하게 보였다. 인애는 곧 자기 방으로 올라가 보았으나 거기도 명도는커녕 자기 나간 뒤로 그 방문을 여는 사람은 역시 자기가 처음인 것을 깨달을 만치 고요한 채 비어 있었다. 인애는 남의 방이나 들여다본 듯 핸들을 잡은 채 멍하니 한참이나 섰다가 그만 침상으로 뛰어가 쓰러지고 말았다. 외로움과 안타까움과 고달픔에 울지 않을 수 없었던 것이다.

그러나 인애는 밑에서 누가 올라오는 소리가 날 때마다 귀를 들곤 하였다.

'명도가 아닌가?'

'명도 걸음걸이는 저렇지 않은데….'

과연 층계에서 발소리가 날 때마다 다른 방문들만 열리곤 했다. 나중에는 인애 방문도 열리긴 했지만 그것은 인애가 미리 발자취 소리로도 알았지마는 살그머니 들어서는 민경희였고 명도는 저녁때가 지나도록 들어서지 않았다.

"명도 언니가 웬일이에요?"

경희가 몇 번 물었으나 인애는 "글쎄" 하고는 다른 말은 하지 않았다.

명도가 들어오기는 불이 꺼진 뒤에도 한 시간은 지나서다.

"언니 자우? 좀 어떠우? 어태[88] 머리가 뜨겁구료."

명도는 방에 들어서는 길로 인애 침상 머리로 가서 어슴푸레한 속에 인애 머리를 찾아 짚어 보았다. 인애는 자지 않는다는 것만 알리려 입맛만 두어 번 다시고는 아무 대답도 하지 않았다.

---

[88] '여태'의 방언.

"전화로 할랬더니 두 번이나 자꾸 하나시주[89]래서 내가 갔더랬지….."

"조용 조용히….."

"언니한테는 안정해 있는 것이 좋다니까 내일쯤 오겠다고 하면서 자꾸 집을 얻으러 같이 다니자고 해서 여태 집 얻으러 다녔다우. 사감이 찾지 않습디까?"

"아니."

"저 삼청동에다 방을 얻었어…. 깨끗은 하드면서두 좀 멀어…. 참 벌써 살구꽃 봉우리가 꽤 컸습디다."

"….."

"무엇 좀 먹었수?"

"응…. 어서 자."

명도는 인애가 몸이 아플 때마다 조용해 달라던 말을 생각하고 이내 저도 자리에 눕고 말았다. 그러나 인애의 심중은 그렇게 단순치는 않았다.

명도는 드러눕자마자 숨소리가 높아갔으나 인애는 그 대신 신열만 높아갔을 뿐이다.

'전 같으면 내가 이렇게 앓는데 명도가 자란다고 저렇게 딴 애들처럼 자 버리지도 않을 텐데….'

그것은 사실 그랬다. 인애가 조금이라도 탈이 난 저녁이면 명도는 그때처럼 점잖아지는 때는 없었다. 지껄이는 것을 인애가 싫어하니까 말은 없어도 새로 한시 두시까지는 인애 옆에 앉아서 진실로 정성을 다하여 간호해 주던 명도였만[90] 오늘 저녁은 에면데면[91]하기가 짝이 없었다. '사감한테 가 말하구 불을 켜 주리까?' 말 한마디 없이 어서 자란다고 두말없이 드러누워 자는 것은 인애의 날카로운 의심을 더욱 사게 되

---

89 '통화 중'의 일본말.
90 였건만.
91 '데면데면'의 방언.

었다.

'이제라도 명도를 깨워 가지고 실토를 할까?'

그러다가

'원 언니두. 난 영조 씨한테 그런 뜻두 먹지 않었수. 다만 언니 오빠라니까 허심탄회로 교제했을 뿐이지. 원 언니두 천만에….'

하면 내가 무슨 소갈머리 없는 사람이 될까?

'좀 더 눈치를 보자. 오날 하로는 나의 눈이 너무 색안경이었는지도 모르니까….'

그 이튿날 아침이다.

명도는 되우[92] 일찍부터 일어나 수선을 부리었다.

"애 경희야 무슨 잠이야. 얼른 벌떡 호호…."

"아이 깜짝이야…. 남 한참 좋은 꿈꾸는데…."

"네까짓 게 무슨 좋은 꿈이냐. 네가 러버가 있으니 러브 씬이 깨졌단 말이냐. 무에 좋은 꿈이야. 오, 접때처럼 집에 가서 누름적[93] 지져 먹다 깬 게로구나."

"그럼 뭐…."

"언닌 좀 어떠우? 어디 골은 좀 식었구랴."

"응 오늘은 머리가 좀 거뿐해."

인애는 억지로라도 기분을 고쳐 보려 하였다.

"언니, 나는 어제 참 좋은 말 많이 듣구 왔어…. 여태 학교서 몇십 년 들은 말보다 어제 하루 그이한테서 들은 말이 몇 갑절 나를 움직였다구 할까…."

"어디 나한테 좀 전해 봐라 무슨 말인데?"

92 몹시. 되게.
93 산적(散炙).

"싫여. 언니두 인저 가서 들우. 난 그렇게 옮길 수가 없어….."

"너 벌써 열렬한 동지가 됐구나."

"그럼 난 어제야 첨 눈을 뜬 셈이야. 정말 눈앞이 환하우. 모든 게 이전 다르게 뵈구….."

"호호 다르게 봬? 그럼 사람이 즘성처럼두 뵈니?"

"정말 그렇게두 봬, 소비만 할 줄 아는 것들이야 즘성이지 뭐….."

"너두 일류 소비 생활자다."

"나두 알어, 그러니까 오늘부터는 내 자신의 생활부터 개혁이야…. 청산해 나갈 테야."

인애는 그날도 교실에 나가지 않았다. 열과 기침은 어제보다 나았으나 그날 마침 중요한 시간도 없는 날이요, 무엇보다 어수선스런 마음속을 저 혼자 고이 누워 가라앉히고 싶었던 것이다.

'나는 명도만 못한 사람이다.'

인애는 이렇게도 생각해 보았다. 명도가 자기라면 벌써 '인애 언니, 나는 사실상 영조와 연인 간이요. 언니가 영조를 사랑해서는 나의 사랑을 뺏는 셈이요, 혹시 아직껏 사랑하지 않드래도, 만일을 경계합니다' 하고 한번 너털웃음으로 피차에 웃고 말게 속을 풀었을 것 같았다. 그러나 자기는 왜 명도에게 그럴 용기가 없을까? 왜 비밀을 품은 채 괴로워만 하고 남을 의심하는 눈으로 미워하게 될까?

'오늘 저녁에는 세상없어도 명도에게 실토를 하자. 명도가 그간 영조를 사랑하였든 하지 않았든 내가 명도를 의심하고 질투한 것은 내 죄다. 모조리 자백하여 내 마음속에서 어서 어서 비밀을 내어쫓자.'

그러나 명도가 하학하기 전에 인애에게 면회 손님이 왔다.

그는 물론 인애의 가라앉은 가슴속을 물결 높게 흔들어 놓는 손영조였었다.

구원의 여상

어둠의 힘

"좀 나십니까? 어제 우리가 막 나간 뒤에 오섰드라구요…."

공공한 면회실이지만 인애는 학교 안에서 영조와 만나는 것이 몹시 조심스러웠다. 인애는 들어서는 길로 화끈하는 고개를 잠깐 숙이어 객에게 묵례를 보이고는 곧 그가 묻는 말에는 대답이 없이 영조 앞을 지나가 벙긋이 열려 있는 도어를 부러 꼭꼭 밀어 닫고서야 "좀 나었어요" 하면서 영조 옆에 와 앉았다.

"그간 늘 이렇게 앓았습니까?"

이때에 인애는 일본서 온 영조를 처음 만난 것처럼 은근한 정을 느끼었다.

"늘 앓지는 않았어요. 아프다고 편지 드린 이외에도 더러 앓기는 했지만."

"몸이 너머 약해요."

"저요?"

"그럼요."

영조는 하얀 인애 손등을 그의 무릎 위에 놓은 채 싸쥐어 보았다.

"몸이 건강해야 됩니다. 지금 나에겐 좀 더 건강한 인애 씨가 필요합니다. 몸이 이처럼 섬약하시니까 자연 생각하시는 것도 결단성이 적으십니다."

"제가 무얼 결단하지 못하는 것을 보신 적이 있어요?"

"아니 그럴 것 같애요. 예를 들면 지금도 보세요. 제가 당신 손을 잡는 것이 무슨 범죄입니까? 내가 무안하리만치 손을 빼섰지요. 그런 것이 다 봉건 시대 여성들이 하던 내외라는 관념의 지배겠지요."

"아뇨. 그런 것이야 아모리 콜론타이 당[94]의 여성들이라 치드래도 그 사람 천성에 따라 더 수집은 사람과 더 허랑한[95] 사람의 구별은 있겠지요. 그렇다고 내가 콜론타이 당이라는 것은 아닙니다. 편지로도 늘 말씀드렸지만 저는 여자입니다. 어대까지든지 여성으로서 완성을 도모할 게지 여성의 지위를 멸시된 채 내어바리고 남성화하려는 그런 여성 운동 아닌 여성 운동엔 휩쌔고 싶지 않어요."

"인애 씨 말씀에도 물론 일린 있다고 생각합니다. 그러나 오늘 이 현실에 있어선 너는 여자다 나는 남자다 하고 힘을 갈를 것은 아니겠지요…."

"그야 물론입니다. 그러나 남녀를 구별하는 것이 어째 힘을 분열시키는 것입니까?"

영조는 얼른 대답하지 않았다. 인애와 같이 얼굴을 붉히고 빙긋이 웃었을 뿐이다. 그때 하학하는 벨이 복도를 울리자 이층과 아래층에서 문소리들이 나며 또박또박하는 구두 소리들이 면회실 앞으로도 떼를 지어 지나갔다. 그러다가 두 사람이나 면회실 문을 열어 보고는 "익스큐스미" 하고는 지나갔다.

인애는 얼굴이 불초롱처럼 되어 이마의 땀을 씻었다.

"참 주인집에서 식사나 괜찮게 해 드려요?"

"네, 괜찮아요."

"서울 오래 계시겠어요?"

"글쎄요…. 아무턴 우리 나갑시다."

영조는 서대문턱 정류장에서 인애를 기다려 가지고 삼청동 자기 주인[96]으로 같이 갔다.

---

94 알렉산드라 콜론타이(Aleksandra M. Kollontay, 1872-1952)는 러시아의 정치가로 세계 최초의 여성 외교관. '콜론타이 당'은 그가 1923년 발표한 소설 『붉은 사랑(Vasilisa Malygina)』에 나오는 자유연애, 성의 해방을 지지하는 무리를 가리킴.
95 盧浪-. 허황하고 착실하지 못한.

삼청동이라도 초입이나 영추문[97] 넘어가는 고개 밑으로 외따로 떨어진 정갈스런 초가집이었었다.

"어떻게 열어 달래지도 않고 벌써 혼자 열 줄 아십니까?"

"행랑이 없는 집이랍니다."

대문 안에는 행랑이 있을 데 조그만 우물이 있고 우물 옆에는 꽤 큰 살구나무가 서 있었다. 명도 말대로 꽃봉오리가 벌써 굵은 팥알처럼 불러 있었다.

영조는 "살구꽃이 벌써 피게 됐지요" 하면서 조그만 판장문[98]을 열고 들어섰다. 그 안에 있는 영조 방은 손바닥만 한 마당과 함께 단칸마루도 딸린 간반방[99]이 안[100]과는 딴 살림집처럼 조용하게 놓여 있었다.

"어떻게 이런 조용한 집을 구하셨어요?"

"그러게 용하지요…. 요 앞 담배 가게에서 허허실수로[101] 물었드니 어느 학교 여선생들이 들어 자취들을 하다가 메칠 전에 나간 집이 있다고 가리켜 줘서 힘도 안 들이고 얻었습니다."

인애는 엊저녁 밤 열한시도 지나서 들어오면서 "여태 집 얻으러 다녔다우" 하는 명도 말에 외착이 난[102] 것을 깨닫자 한 조각의 어둠을 마음속에 지내보내며 영조를 따라 방 안으로 들어갔다.

"안이 멀어요?"

"멀지 않어요. 벽이 돌라맥혀서 딴 집 같애요."

"안에선 들어오신 줄도 몰르나 보지요?"

"글쎄요…."

---

96   숙소.
97   迎秋門. 경복궁의 서문(西門).
98   널빤지로 만든 문. 널문.
99   間半房. 한 칸 반 크기의 방.
100   안채 또는 안집.
101   되든 안 되든. 허허실실로.
102   착오가 나서 어그러진.

두 젊은이는 이내 말문이 막혔다. 문 닫은 간반방이라는 조그마한 세계, 남의 간섭이 끊어진 조그마한 그 절대의 세계가 두 젊은이의 존재를 새삼스러운 의미로 인식시켜 주는 듯하였다. 인애는 더욱 옷매무새와 몸가짐을 삼갔다.

"거긴 차지 않아요? 이리 앉아요."

인애는 굳이 "찬 데가 좋아요" 하였으나 끝끝내 영조의 손을 경계할 재주는 없었다. 그 힘세인 손, 책상을 붙들고 잉크병을 쓸어엎던 그 정욕의 손이기 때문이란 것보다는 그 손이 다른 사내의 것이 아니요 손영조의 손이라는 데서 인애의 각오가 있었던 것이다. 그러나 오로지 영조의 정욕의 종이 된 것은 아니요 허락할 수 있는 정도에 한하여서 상대자의 정욕을 용납한 것은 물론이다.

인애는 처음 영조와 맞상[103]하여 저녁밥을 먹었다.

이야기도 많이 들었다. 명도처럼 영조의 사상을 처음 안 것도 아니요 하나에서 열까지 무조건하고 공명되는 것도 아니지만 '굳건히 싸워 나가라'는 부탁은 신신당부하였다. 그리고 자기의 일생도 정당한 비판 밑에서는 많은 사람의 행복을 위하는 일에 자기를 아끼지 않을 것을 반은 영조에게서 배우고 반은 자기 스사로 깨달음에서 결심하였다.

"왜 벌써 가실 테야요?"

"그럼요. 늦었어요."

영조는 너무나 의외 같았다.

"아니, 잡숫고는 곧 가요?"

"그럼요. 내일 다시 와요. 오늘은 당신 따라 나온 줄을 모다 아는데 아모리 초저녁이라도 어두워 들어가기가 계면쩍어요. 놓으세요."

"남의 눈치가 당신 살아나가는 데 무슨 관계입니까? 이런 것이 당신이 여태 구태를 못 벗은 사람의 증거입니다."

---

103 겸상.

"아뇨, 일만 있다면 밤이라도 새지요. 우리가 일없이 한방에서 밤낮을 가리지 않고 지내기는 아직 때가 아닙니다. 난 여학생이요 더구나 기숙생인데…."

"일이 있어요. 앉어요. 일이 있구 말구요."

"여태 이야기하시군 또 무슨 일이에요."

"중대한 일을 잊었습니다. 허허 아주 중대한…."

영조는 인애의 손과 치맛자락을 잡아 다시 아랫목에 앉히고 트렁크 속에서 조그만 종이 곽 하나를 찾아내었다.

"무언지 알아맞춰 봐요."

"유물론자도 남보고 점을 치라십니까?"

그 종이 곽 속에서는 유단[104] 곽이 나오고 유단 곽 속에서는 조그만 보석 박힌 금반지 한 개가 나왔다.

"내 그런 줄 알았지…. 이게 무슨 돌이에요…? 난 이 빛이 좋아요."

"어서 끼어나 봐요. 맞나 어디…."

영조는 반지를 끼워 주려는 것보다 그 사람의 손을 주무르기 위한 것처럼 인애의 두 손을 모다 움켜잡고 덤비었다.

"아니 이 손은 봐요. 그리고 저리 앉어요."

"맞어요? 내가 용하게 알구 샀지…."

"똑 알맞어요."

"…."

인애는 눈물겨웁게 기쁘고 감사하였다. 입을 다물고 잠잠하니 반지 낀 제 손만 굽어보고 앉았을 때 영조는 또 인애 곁으로 다가왔다.

"글쎄 저리 앉어요."

"…."

"글쎄 놓아요 이 손…."

---

104 油單. 기름 밴 두껍고 질긴 종이.

"…."

"볼일 봤으니깐 이젠 가두 괜찮지요?"

"…."

전등은 휴등된 것이어서 그물거리는 촛불이라 이마에 굵은 힘줄이 뻗히고 말없이 눈만 크게 뜬 영조의 얼굴은 그 흥분된 것이 더욱 조각적으로 드러났다.

"무서워요 저리 앉아요, 네?"

"…."

"내가 당신한테 이런 예물까지 받지 않았어요? 그런데…."

"…."

"글쎄 봐 봐요, 내 말 들어요. 지금 내 몸으로서 허락할 수 있는 데까지는 받지 않았습니까?"

"그렇게 내가 무서우?"

"아니 무섭진 않어요."

"그렇게 완고한 생각을 고집할 필요는 없지 않소?"

"내일 이야기해요. 지금은 당신이 딴사람 같애요."

영조는 슬그머니 인애에게서 손을 걷고 물러나 앉었다.

영조는 생각하였다. 엊저녁 명도를 앞에 놓고 생각하듯 이렇게 다시 속맘을 먹었다.

'인애는 아름다운 여자다. 그러나 한가한 사람이나 바라볼 꽃이라 할까? 그까짓 육신의 정조라는 것, 그 강자의 소유욕을 만족시켜 주는 상품적 조건에 불과한 처녀성이라는 것, 그것을 생명시하는 인애와는 도저히 생활을 합류시킬 수가 없다. 아모리 장래는 나를 위해서 지키는 것이라 해도 그가 목숨같이 여기는 것이라면 나는 받을 수 없다. 왜? 책임이 있으니까. 일평생을 한 남편, 한 가장으로서 울타리 하나를 지키는 노예가 되고 마니까.'

"무얼 그렇게 생각해요, 네? 성 나셨어요?"

"아니요. 내가 퍽 무례했지요. 당신의 눈으로 본다면….”

"왜 내 눈에만요…. 나 가요. 정말 밝아서 갈걸.”

영조는 인애를 골목 밖까지 바래다주었다. 중학동 정류장까지 따라 나오려던 것이나 인애가 말리었다.

영조는 얼굴을 산들산들한 저녁바람에 차도록 식히었으나 그의 속은 그저 불덩어리를 품은 것 같았다. 더구나 자기 방으로 들어오는 길에 마루 구석에서 전에 들었던 여선생들이 쓰고 버린 듯한 몇 개의 크림병과 향수병 들이 놓여 있는 것을 보고는 다시 얼굴까지 후끈하는 고독의 정열을 느끼었다.

영조는 문을 닫고 들어와서 이내 책을 들어 보았다. 책의 글자가 너무 자니까 묵은 신문을 뒤적거리며 제목만도 읽어 보았다. 나중에는 붓을 내어 종이를 들었으나 쓸 글자가 생각나지 않았다.

그는 '성욕도 식욕만 못하지 않구나!' 또

'성 문제도 우리의 비판대로 실천해 나가야 마땅할 것이다.'

이렇게 생각할 그때다. 판장문에 조그만 노크 소리가 들린 것은….

찾아온 밤 손님은 인애와 전차에서 서로 어긋난 듯한 명도였었다.

"인애 언니 여기 왔지요?”

명도의 목소리로는 엄청나게 가늘었다.

"좌우간 들어가시지요.”

명도는 어제보다도 그저께 밤 처음 볼 때보다도 더 곱게 빛이 났다. 그 풍염한 곡선들이 그물거리는 촛불 그림자에 덧보이기도 하였거니와 명도 자신도 이번 외출처럼 오랫동안 거울을 들고 제 얼굴을 주물러 본 적은 없었다.

역시 처음에는 서로 말문이 돌지 않아 이야기보다 침묵이 더 많았으나 그것도 상대자가 명도인 만치 그 어색한 시간은 그리 오래 끌려 나가지 않았다. 십 분이나 지났을까 말았을까 하는 동안에 이내 두 사람의 응접은 어울려졌다.

영조도 명도에게는 자기의 사상을 감염시켜 주기가 아주 만만스러웠다. 명도는 그만치 머리가 단순하였다기보다 이미 영조에게 맹목적이었다.

명도는 입을 막고 웃지 않으면 빛나는 눈으로 긴장하여 영조의 입만 쳐다보는 동안 두 사람의 자리는 알게 모르게 무릎이 닿으리만치 가까워진 것이다.

그때 누군지 밖에서 "손 형 계시오" 하고 나지막이 찾는 이가 있었다.

"누가 선생님 찾지요?"

영조는 대답하는 대신 손으로 자기 입을 가리며 명도더러 가만있으라는 눈치를 주었다. 밖에서는 또 "손 형" 하고 불렀으나 영조는 불안스러운 눈으로 명도를 바라다 볼 뿐이요 대답은 하지 않았다.

"난 가겠어요."

명도는 자기 때문이리라 하여 이런 말은 하면서도 일어설 눈치는 없었을 뿐 아니라 영조도 잠자코 명도의 손을 붙잡았다. 손을 붙잡히기가 무섭게 명도는 호랑이 소리나 들은 것처럼 영조의 앞으로 다가들었다. 밖에서는 무어라고 혼자 중얼거리는 소리가 나자 또 "손 형 계시오" 하고 불렀다.

그러나 영조는 꼼짝하지 않고 화경 같은 눈으로 명도의 상반신을 한 번 힐끗 훑어보고는 "후" 하고 불을 꺼 버렸다.

"왜 불을 꺼요?"

어두움 속에서 명도의 모깃소리만 한 말은 거의 영조의 턱 밑에서 나왔다.

"네? 왜 꺼요?"

영조는 머뭇머뭇하다가 이렇게 대답하였다.

"형산지 몰라요…."

그러나 영조는 찾아온 사람이 형사인지 동지인지를 첫 목소리에 알았다. "형산지 몰라요" 하리만치 짐작도 나서지 않는 처음 듣는 목소리는 아니었다. 단지 모를 것은 낮에 만나서 내일 아침에 다시 만나기로 한 친구가 무슨 일에 오늘 밤으로 찾아왔나 하는 것밖에.

"도루 가나 보지요?"

명도가 참았던 숨을 몰아내이며 속삭이었다.

영조는 대답이 없었다.

"불 켜서요."

"…."

"어서요."

"…."

"누가 오면…."

명도의 목소리도 다시는 더 나지 않았다.

막연한 불안

명도는 그날 밤에도 불 죽은 기숙사에 몰래 들어왔다. 그때는 경희는 물론 인애도 곤히 든 잠소리를 내고 있었다.

인애는 오래 명도를 기다렸었다. 불 꺼진 뒤에도 두 시간이나 지나도록 명도가 들어오기를 기다리다 그만 잠이 들고 말았다.

'오늘밤에는 실토를 하자. 영조가 내 오빠가 아니고 내 애인이란 것, 그리고 이 반지도 보이구….'

인애는 명도가 불 꺼진 뒤에 들어올 것을 오히려 다행으로 밤늦도록 기다렸다. 아무리 흉허물 없는 사이라도 혹 명도가 영조를 사랑했다면 명도가 얼마나 실망할까 하는 생각에 인애는 얼굴빛이 보이지 않는 어두움 속에서 이런 말을 내이고 싶었던 것이다.

그러나 명도는 좀처럼 들어오지 않았다. 인애는 자기와 전차에서 어긋난 줄은 모르고 또

"명도가 요즘 러버가 생겼나 봐. 아주 모던으로 채리고 나가던 걸" 하는 다른 방 사람들의 말보다는 "명도 언니 말이우? 진고개[105] 갔다 온댔어" 하는 방 식구 경희의 말을 더 귀담아 들었기 때문에 인애는 마음 편히 명도를 기다렸던 것이다. 경희 몰래 반지에 박힌 파란 보석을 들여다보면서 이제 만나고 온 영조의 사진을 들춰 보면서 남모르는 미소에 얼굴을 붉히며 오늘 밤엔 꼭 명도에게 실토한다고 결심 결심하고 있는 것을 졸음이 그의 눈과 귀를 덮어 놓고 만 것이다.

명도는 방 식구들이 깨일세라 하고 쥐처럼 바스락거리며 옷을 벗다

---

105 충무로와 명동 일대의 고개 이현(泥峴).

구원의 여상

가 어느 골목에서 울려오는지 딱따기[106] 소리에 창문 가까이로 가서 제 손목을 들여다보았다. 조그만 두 개의 시분침(時分針)은 '나는 너의 오늘 저녁을 일 분도 빼놓지 않고 모다 보았다'는 듯이 한시 반에서 살그렁거리고 있었다.

'벌써 한시 반!'

'벌써 내 몸은!'

명도는 캄캄한 눈알을 굴리며 하늘을 치어다보았으나 하늘에도 별 하나 보이지 않았다. 오히려 이불을 쓰고 누워 아까 영조의 음성을 다시 귓전에 느껴 볼 그때가 눈앞이 밝아오고 짓눌리었던 가슴도 거뿐해지는 것 같았다.

"이십 년, 아니야 이백 년 동안을 가지고 있던 것이라도 내 자신의 비판이 없이 용납하였던 관념이면 일조일석에 헌신짝 내어바리듯 내어던지기를 조금도 주저하지 마시오" 하던 영조의 말이 명도 귀에는 꿀처럼 끈기 있게 배어진 것이다.

"그럼! 처녀라고 해서 반드시 깨끗하고 처녀 아니라고 해서 반드시 더럽다는 원리가 어데 있느냐. 콜론타이는 처녀 아닌 대신에 당당한 일국의 외교관이 아니냐. 처녀? 흥…."

명도는 속으로 이렇게 중얼거리며 오히려 처녀성의 보수당인 인애나 경희 편에 멸시하는 눈을 던지고는 다리를 쭉 뻗고 코를 골고 말았다.

인애가 명도와 영조의 관계, 관계라기보다 그 관계의 정도를 알아차리기는 그다음 날 저녁이다. 하학하는 대로 이번에도 인애 혼자서 전차를 타면서부터는 반지를 내어 끼고 영조에게 찾아갔던 것이나 영조는 인애에게 태도가 표변하였다. 얼른 요령을 잡기 어려운 이런 말을 영조가 하였다.

"우리 둘이의 로맨틱한 과거가 역시 한낱 과거이지요. 오늘 현재에는

---

106 야경(夜警) 돌 때 치는, '딱딱' 소리를 내는 도구.

아무에게도 책임이 없는….”

인애는 어리둥절한 중에도 서글피 돌아오고 말았으나 그때까지도 영조의 말뜻을 해득하지는 못하고 온 것이었다.

와서 여러 동무들과 같이 식당으로 내려갔으나 왜 그런지 가슴속이 아리고 목이 메었다. 더구나 명도도 가까이 없고 갑자기 낯선 곳에 온 것처럼 방에 올라가도 발이 한군데 붙지를 않았다.

“경희.”

“응.”

“명도가 또 벌써 나갔을까?”

“여태 음악실에 있는 게지.”

“아니다 애. 저 학교에서 입는 옷은 벗어 놨는데그래….”

“어쩌문… 어느 틈에 바꿔 입구 나갔을까?”

인애는 경희 보기에는 천연스러웠으나 속으로는 생각을 질정할[107] 수 없이 허둥거리었다. 자기가 먼저 나가고 없었기도 하였지만 명도가 자기 없는 새에 이틀 저녁을 거푸 외출하는 것이 적지 않게 자기네의 정의를 상하는 것 같았다. 인애는 쓸쓸하였다. 명도가 영조한테 가지 않았나 하는 생각이 나자 더욱 쓸쓸하였고 그 다음에는 엊저녁에도 영조에게서 그렇게 늦도록 있다 오지 않았나 하는 의심이 불 일 듯하였다. 더구나 영조가 동경서 나오던 날 저녁 일본 여관에서 그가 명도에게 하던 양을 미뤄보아 인애는 묵살할 수 없는 질투에 몸이 달았다.

인애는 “어디들 모두 나가우?” 하는 경희는 본 체도 못하고 종종걸음을 쳐 큰 행길로 나왔다. 더디 오는 전차를 발을 구를 듯이 뛰어올라 타고 영조의 사관[108]으로 간 것이다.

“누구요?”

---

107 정리할.
108 私館. 하숙.

판장문이 열리는 소리에 방 안에서 영조의 목소리가 나왔다.

"나야요."

다른 때 같으면 인애 소리를 듣기가 바쁘게 문부터 열릴 것이나 이번에는 "나야요" 하여도 닫힌 문에서 말부터 나왔고 방 안엔 흐트러졌던 자리를 고치는 듯 뒤스럭거리었다.

"언니요? 난 언니 찾아왔다가 그냥 앉았는데."

구두를 보고 미리 알았지만 이 말의 주인은 물론 명도였었다.

"그럴 줄 알고 난 또 너 찾아왔어…."

이렇게 말은 으레 할 말들이었으나 어딘지 서로 서먹한 투를 벗지 못하고 나오는 말들이었었다.

이 세 사람이 한 자리에 앉았기는 서로 다 괴로웠다. 그중에도 영조는 더하였다. 인애가 명도와 자기의 은근한 내용이 있는 것을 눈치채지나 않았을까. 아무래도 폭로되고야 말 사실이지만 그 자리에서 그런 구석이 발각되듯이 드러나서는 자기 인격상 관계가 될 것도 걱정이었고, 또 한편 명도에게는 먼 장래에까지는 모르겠지마는 당분간은 인애와 자기 새의 과거를 인애가 학교에서 발표한 것처럼 사랑의 로맨스는 감추어 두고도 싶었던 것이다. 물론 명도와 인애의 자별한 우의를 보아 인애에게서 명도에게로 이미 꽃 맺힌 사랑을 옮겨 심는다는 것은 너무나 인애에게 잔인스러운 행동인 줄도 모르는 배[109] 아니지만 영조는 남 보기에는 섣부르고 모순도 있는 주장이나마 자기의 생활은 자기의 주의주장으로서 철저케 하려 들었다.

'그런 감상적 온정은 주의생활자에게 절대 금물이다.'

이것이 영조의 인애에게 대한 소위 비판적 태도였었다.

영조는 두 손님에게 번갈아 이야기를 꺼냈다. 모다 학교에 대한 질문으로 인애에겐 문과 이야기, 명도에겐 음악과 이야기로 잠시도 끊어지

---

109 '바이'의 준말. 바가.

지 않고 두 손님에게서 골고루 말과 웃음이 나오도록 힘썼다.

인애 역시 속으로는 괴로우면서도 영조의 말에는 말로, 웃음에는 웃음으로 대답하고 앉아 있었다.

인애는 냉정하게 본다면 영조의 그 어색스런 태도가 밉지 않을 수가 없었다. 아직까지는 영조의 태도가 결정적이 아닌 것과 또 사랑의 적이 명도냐 아니냐도 의문이므로 전후가 막연은 하나마 막연한 그대로 불안함이 없을 수 없었다. '설마 다른 계집애와도 달리 내 동무 명도 때문에 나를 버릴라구!' 속으로는 이렇게 영조를 믿으면서도 어딘지 바람벽¹¹⁰처럼 붙들 데 없이 무뚝뚝해지는 영조의 새 일면을 느낄 때 인애는 그 자리에서 울고도 싶었으나 자기의 울음이나 몸부림을 받아 줄 사람은 영조나 명도이면서도, 영조도 아니요 명도도 아닌 것 같아졌다.

명도만 비교적 괴로움이 적었었다. 괴로움이라면 이미 몸까지 허락한 영조와의 사랑을 인애에게 "언니 난 언니 오빠와 사랑하오" 하고 미리 말할 기회를 갖지 못한 것만 인애에게 미안했을 따름이었었다. 그래서 명도도 속으로는 '오늘 저녁에는 인애 언니한테 실토를 하고 좀 더 자유스럽게 혼자 영조를 찾아다니자' 결심했던 것이다.

이날 밤에도 자리를 일어서자고 먼저 제의한 것은 인애였었다. 밤도 으슥하였거니와 신경이 예민할 대로 예민한 활동을 하고 앉았던 인애 눈에 조그마한, 극히 조그마한 의심의 씨가 하나 뜨인 때문이다. 조그마한 의심의 씨. 그것은 배씨나 사과씨보다도 더 작고 얇은 한 짝의 스냅¹¹¹이었다. 처음 인애는 방바닥에 떨어져 있는 것을 보고 제 치마허리에서 떨어진 것인가 하여 얼른 저 혼자만 알고 집었으나 집고 나서 한 편 손으로 자기 등허리를 어루만져 보니 자기 치마허리에는 스냅이 한 짝도 떨어진 것이 없이 모다 아물려져 있었다.

110 방을 둘러막은 벽.
111 snap. 똑딱단추.

'그럼 명도 걸까?'

이렇게 생각할 때까지도 불쾌할 것은 없었으나 '왜 그것이 장난하는 운동장과도 달러 이 방에 와서 떨어졌을까?' 하고 생각할 때에는 인애는 참을 수 없이 불쾌스러웠다. 그것 한 가지로 경솔히 판단할 것은 아닌 줄도 알면서도 그네들 영조나 명도의 허탄한 도덕관념을 엿보아 말은 없는 한 짝의 스냅이지만 인애의 귀에는 크게 속삭이는 것이 있었던 것이다.

"명도, 우리 이젠 가. 응?"

"응."

영조도 그네들을 더 붙들지 않았다. 그리고 인애를 혼자 보낼 때나 명도를 혼자 보낼 때처럼 멀리 전차 타는 데까지 바래다주지도 않았다.

인애는 명도가 옷 벗을 때에 주의하여 그의 치마허리를 살피었다. 그리고 '아니나 다르랴' 하고 정말 절망하였다. '명도가 내 원수라니!' 하고 부르르 떨었다.

기숙사에 와서도 명도는 징글스러운 벌레처럼 보기 싫어졌다. 명도는 인애에게 조용히 할 말이 있는 듯 경희가 아직 자지 않는 것을 못마땅하게 여기는 눈치였으나 인애는 그만 명도와 마주서기도 싫어지고 말았다. "언니 오늘은 일즉 잡시다" 하는 말에도 한참 뒤에야 민망하여 돌아선 채 "먼저 자렴" 하였다. 인애는 잠이 올 리 없었다.

처음에는 영조를 오빠라고 일러 온 자기를 원망하였다. 다음에는 '무슨 사랑이 만난 지가 일주일도 못 돼서 전부를 바친담!' 하고 명도를 미워도 하였다. 그러나 물론 계획적으로도 아니었지만 애인을 오빠로 일러 온 자기도 잘못이 없었고 자별한 친구의 오빠 되는 이와 벼락사랑을 한다고 하여서 명도에게도 원망할 바는 아니었다. 그리고 보면 영조가 원수스러웠다. 자기는 오늘까지 영조 하나를 하늘같이 믿어 왔거니 영조는 어찌 자기를 눈앞에 두고 잊어버리는가. 인애는 평양서 지낸 일이 눈앞에 새로워졌었다. 소학교 때 영조의 모습이며 대동강 앞에서 자기를 기다리고 섰던 모양이며 그리고 동철네 집에서 안 주사 놈에게 봉변이 있을 뻔한 그날 저녁 일과 H부인 집에 가서 저녁마다 닭이 울 때까지 영조의 학비를 보태려고 하루 저녁에도 몇 번씩 졸다가 바늘에 손가락을 찔리면서도 골무를 깁고 수염낭을 깁던 그때의 행복이며 을밀대 뒤에서 일본 가는 영조와 이별하던 때의 애닯던 것, 모다 활동사진처럼 지나가고 지나왔었다.

인애는 저도 모르게 자리에서 일어나 잠옷 바람으로 스팀 앞에 가서 멍하니 바깥을 내다보았다.

하늘은 이날 밤도 흐리었으나 낮게 가라앉은 구름에 서울의 불빛이 저녁놀처럼 불그레 배어 있었다.

인애는 몇 번이나 눈물을 씻었다. 몇 번이나 한숨을 지었다. 그길로 삼청동으로 달려가서 자는 영조를 깨우고 하소연하고도 싶었다. 인애의 착한 마음으로 따져 보면 영조도 그르기만 한 사람은 아니었다.

"지금 나에겐 좀 더 건강한 인애 씨가 필요합니다. 몸이 이처럼 섬약하시니까…" 하던 영조의 불평을 인애도 모르지는 않기 때문이다. 그러나 인애는 체질이 섬약한 것처럼 마음까지 그런 것은 한 번도 영조에게 드러낸 기억이 없었다. 물론 명도는 자기보다 건강한 체질인 것은 인애도 긍정하는 사실. 그렇다고 명도에게 주의를 선전하는 것은 가할지언정 풍염한 체질이라 하여 그의 체온을 탐내는 것은 결코 주의생활자의 태도가 아니라 생각하였다.

'영조에게 충고를 하자. 나는 그에게 실망하기 전에 먼저 충고할 책임이 있지 않으냐?'

인애는 이렇게 생각하고 마음을 가라앉히려 하였으나 그것이라야 이미 때가 늦은 실낱같은 희망이었었다. 그러고 명도에게 가는 미움은 그가 누운 편을 바라볼수록 더하였다. 명도는 잠이나 자는지 숨소리도 잘 나지 않았다.

'저 계집애도 나처럼 지금 내 속을 짐작하고 나의 존재를 미워하지나 않을까? 지금 내가 이렇게 일어나 앉은 것도 괴로워하는 꼴을 재미있게 바라보고 누웠지나 않았나? 더러운 계집애, 버레[112]나 즘생[113]처럼 몸뚱이로 남의 사랑을 유린한 계집애!'

어느 틈엔지 인애는 명도의 얼굴 위에 가서 그의 목이나 조를 것처럼 떨리는 손을 들고 들여다보았다. 그러다가 벽 위에 자기의 유령 같은 그림자가 흉업게도 움직이는 것을 보고는 입에 손을 막고 질겁하여 제자리로 뛰어온 것이다. 그리고 이불을 뒤집어쓰고는 땀과 눈물에 잠옷을 적시며 어렸을 때 돌아가신 어머님 생각이 몹시도 간절해지어 짧지 않은 이른 봄밤을 울어서 밝히었다.

아침, 명도는 일어나는 길로 맑게 개인 하늘빛과 함께 매우 기상이 상쾌하여 보였다. 그의 눈에는 인애의 부은 눈이나 피곤함과 슬픔에 시달린 기색은 얼른 뜨이지 않았다.

"언니 눈이 왜 부었수? 왜 어디가 또 아팠수?"

하는 것은 오늘 아침에는 명도보다 먼저 경희이다.

"참말 언니 웬일요. 아팠으면 나를 깨우지 않구."

그제야 명도가 설법을 부리며[114] 인애에게로 다가들었다.

"아니 뭐… 골 좀 아팠어…"

인애는 말막음을 하면서 은근히 명도의 천진스러움을 들여다볼 때 아무리 엊저녁엔 사갈[115]같이 밉고 더럽게 보이던 그였으나 '저에게 무슨 죄가 있으리오' 하리만치 천진한 그를 미워한 것이 후회되었다. 인애는 아직도 눈물에 젖은 자리옷[116]으로 침상에 이마를 대이고 마룻바닥에 무릎을 꿇고 엎디고 말았다. 그는 울음을 삼키노라고 떨리는 어깨를

112 '벌레'의 방언.
113 '짐승'의 방언.
114 말을 많이 하며.
115 蛇蝎. 뱀과 전갈.
116 잠옷.

들먹거리며 성모의 화상 아래서 묵도하고 있었다. 명도나 경희는 인애가 마리아의 밑에서 아침 기도를 올리는 것은 거의 날마다 보는 일이요 자기네들도 가끔 행하는 일과의 하나였지만 이날처럼 인애의 그 엄숙함이나 울음소리뿐의 기도는 전날에 한 번도 본 적은 없었다. 경희와 명도는 눈이 둥그레졌다. 그러나 그네들은 거의 습관과 같이 인애가 얼굴을 들 때까지 머리를 숙이고 기다렸다.

"명도야 용서해 다구!"

인애는 일어나는 길로 명도의 손을 붙들었다. 그의 얼굴은 이슬 나린 대리석 조각처럼 핏기 없는 하얀 얼굴이 눈물에 빛나고 있었다.

"언니 난 모르겠구료. 무슨 일이요 대체…."

이때 어느 동무인지 이 방에 '똑똑' 노크를 하였다.

"이따 조용할 때 이야기해."

인애는 얼굴을 떨어뜨린 채 그저 흑흑 느끼는 채 옷을 갈아입기 시작하였다.

사랑이 요구하는 것

"어서 세수하러 갑시다."

"응."

"어서 머리 좀 가류[117]."

"응."

인애는 정신 잃은 사람처럼 명도가 수건을 집어 주고 빗을 집어 주고 하여야 처음 하는 일처럼 따라 하였다.

그러나 조반 먹으러는 따라 내려가지 않았다. 명도와 경희가 그렇게 성화하듯 이끌어 보았으나 따라 내려가지 않았다.

인애는 그릇 소리 하나 들리지 않는 고요한 삼층 위에 홀로 남아서 그것이 자기의 유일한 행복된 시간처럼 일종의 자유스러움을 느끼며 창 앞에 한가히 서 있었다.

아침은 아름다웠다. 싸늘한 유리창을 새어 들어오면서도 입김같이 따스한 햇볕이며 커튼이 불룩해지는 향기로운 바람은 스팀 위에 놓은 히아신스 꽃분을 물결치는 듯이 싸고돌았다. 인애는 감격해 하였다. 물 한 컵을 떠다 꽃분에 부으며

"벌써 봄이로구나!"

하고 저도 모르게 탄식하였다. 그리고 피곤한 양미간에는 새로운 눈물이 이슬처럼 빛났다. 그것은 아름다운 첫 봄날 아침을 가슴속에 느낄 때 그러한 맑은 감격을 품어 보기에는 자기 가슴속이 너무도 차고 어두웠던 때문이다.

---

117 가르우. 가다듬어요.

'하느님, 왜 저에겐 봄이 안 옵니까?'

하고 원망도 나왔다.

또

'하느님 왜 저를 잊으셨습니까? 제게 죄가 있거든 어서 깨닫는 지혜를 주소서. 어서 이 어두운 마음속에 당신의 자비하신 빛을 주소서. 하느님 저를 지켜 주소서….'

하고 기도도 하여 보았다.

창밖은 내어다 볼수록 아름답고 고요한 풍경이다. 안개에 젖은 숲이 그림같이 서서 봄을 맞는 침묵이며, 산 설은[118] 타향에선 내 고향이 그립다는 듯이 이따금 펄럭거리는 외국 영사관의 깃발들은 심란한 사람에겐 알지 못하는 먼 나라의 유혹도 일으키었다.

'어데든지 끝없이 가 보았으면!'

이런 생각도 인애의 가슴속에 그 깃발들과 같이 펄럭거리었다. 그러나 이런 생각은 타락하기 쉬운 값싼 센티멘털이거니 하고 곧 자기를 반성해 보기에 애를 썼다.

"옳다!"

인애는 저만 아는 소리를 내었다. 그리고

'내게 온전한 사랑이 있느냐.'

하고 자문하여 보았다.

'없다. 내가 명도를 정말 사랑한다면 내가 괴로울 리 없고 내가 영조를 정말 사랑한다면 괴로울 리 없어야 할 것이지, 남을 사랑할 수 있는데 괴로움이 있을 수 없다. 사랑한다는 것은 자동이다. 결코 피동이 아니니, 즉 내 자신이 영조를 잊을 수 없고 내 자신이 명도를 버릴 수 없어 두 사랑하는 사람을 가진 것이다. 내가 사랑한다 하여 그들도 품앗이처럼 나를 꼭 사랑해야 한다는 조건이 붙을진댄 사랑이란 남을 즐겁게 하

118 낯선.

구원의 여상

는 것이 못 되고 괴롭게 원수스럽게 하는 것이 될 것이다. 성경에 "사랑은 악한 것을 기억하지 아니하며 이익을 구하지 않는다" 하였다…'

인애는 가슴을 붙안고[119] 길게 한숨을 쉬었다.

'…그러나 사랑은 이처럼 허무한 것일까? 사랑은 정말 요구하는 것이 없어야 할까? 영조가 나를 버리는 것을 슬퍼하는 것이, 동무에게 빼앗기는 영조를 탐내는 것이 나의 과한 욕심일까? 나의 사랑은 아모래도 무엇을 요구하는 것만 같다. 나도 인간이니까… 동물성의 인간이니까… 나는 영조를 나 혼자 가지고 싶은 것이다. 하누님, 이것이 나의 무리한 탐욕이라 하드래도 이것만은 용서하소서. 나에게 어디 누가 있습니까, 어머니, 아버지, 언니, 오빠, 어느 하나가 내게 있습니까? 이 모든 그리운 사람들을 한 덩어리로 뭉친 것이 영조였습니다. 그러한 영조가 오늘 내게서 떠나갈 때 어찌 한낱 연인이 떠나가는 외로움뿐이겠습니까. 어찌 한낱 실연이란 애달픔에 그치고 마는 슬픔이겠습니까. 내 이 아픈 속을 하누님 당신만은 아실 것이외다…'

이때 아래에서는 조반 전의 찬미 소리가 일어났다. 인애는 처음엔 멍하니 서서 듣기만 하였다. 아름다운 처녀들의 그날 하루의 첫 노랫소리! 한없이 평화스러운 노래이다. 나중에 인애는 저도 모르게 소리를 놓아 따라 하였고 아래에선 찬미 소리가 그친 뒤에도 저 혼자 평소에 좋아하던 것을 두어 가지나 더 불러 보았다. 납덩어리 같은 그의 가슴 무게는 한결 가벼워지는 것 같았다.

그러나 그도 잠깐이었었다. 인애는 곧 생각에 빠지지 않을 수 없었다.

'내가 먼저 명도에게 말할까? 영조와 나의 관계를 사실대로…. 그랬다가 명도가 왜 그러면 진작 애인이라고 그리지 않고 있다가 벌써 때가 늦은 때에 정신없이 이런 소리를 하고 나서느냐면 어찌하나? 그러면 내 이야기는 시치미를 떼고 슬며시 넘겨짚어서 먼저 그들의 관계를 알어

119 부둥켜안고.

사랑이 요구하는 것

볼까. 그랬다가 만일 그들의 교제가 과연 내가 추측하는 정도까지 나아 갔다면 나는 어찌할 것인가, 명도야 너는 몸까지 바쳤드래도 친구를 위해서 영조를 잊어라, 영조를 먼저 사랑한 것이 나이니 그를 나에게 돌려보내라 할 권리가 나에게 있을까? 어찌해야 좋을까? 그네들의 행복만을 위해서 내 입은 영영 화석이 되고 말어야 할까?'

인애는 생각할수록 막연하였다. 괴로웠다. 가슴속에서 끓는 피는 '안된다. 영조를 나에게 돌려보내어라' 하고 소리치면 머릿속에서는 '아니다. 침묵이다. 오직 나를 이기는 침묵이 있을 뿐이다' 하고 내려눌렀다. 인애는 창 앞에서 자기 책상으로, 책상에서 다시 창 앞으로 마음과 함께 방황하였다.

그날 오후 하학 후다.

인애와 명도는 길이 넓으면 어깨를 겯고[120] 길이 좁으면 서로 앞뒤하여 석양에 붉은 인왕산 허리를 걷고 있었다.

"언니, 그만 여기 앉았다 내려갑시다."

"그래, 벌써 저녁 바람이 돼서 차지…."

"응, 나두 추워…."

그러나 두 색시는 모다 가슴에 불을 품은 듯 얼굴이 붉은 꽃송이처럼 타고 있었다.

"언니 무슨 말이우? 왜 아침에… 아니 요즘 늘 그랬어…. 왜 언짢어 했수?"

인애는 정말 화석처럼 입이 굳어졌다. 그때처럼 명도를 부끄러워해 본 적은 없었다.

"언니, 나두 언니한테 할 말이 있어…. 진작 했어야 할 것인데 부끄러워서…. 호호…."

이때는 말하는 명도나 듣는 인애나 붉은 얼굴들이 더 한 겹 진해졌

---

120 어깨동무를 하고.

구원의 여상

다. 그리고 울렁거리는 가슴들도 옷섶을 흔들 만하였다. 그러나 같이 뛰는 가슴이나 명도의 것은 행복된 처녀의 부끄럼성에서요, 인애의 것은 온전히 판사의 언도를 기다리는 죄수처럼 불안과 울분에 뛰노는 것이었다.

그러나 인애는 천연스러운 태도를 보이려 노력하였다.

"무슨 말이게 부끄러워? 응? 먼저 해…. 난 그리 중요한 이야기는 아니니까 나종 할게."

"뭐 중요하지 않으면 언니가 울기까지 했을까?"

"울면 다 중요한가…. 요즘 내가 몸이 아퍼서 너머 센치멘탈해서 그랬어."

"언니, 다른 말이 아니라 언니, 놀래지 말우…. 호호… 어쩔까…. 놀리면 안 돼, 응?"

"그럼…."

"그래두 말할래니까 안 나오네… 언니 요새 내가 이상스럽게 뵈지 않습디까?"

"무에? 글쎄…."

"나 언니 오빠하구…."

"응?"

"나 사랑해…. 그이두…."

명도는 이 말과 함께 치마 속에 붉은 얼굴을 감추고 말았다.

인애 입은 다시 화석이 되었다. 뛰던 가슴도 그만 그 절정을 넘은 듯, 갑자기 허전하여지고 말았다. 인애는 속으로

'옳구나. 그여이[121] 네 입에서 그 소리가 나왔구나!' 하고 치마 속에 얼굴을 묻고 앉은 명도를 한참이나 원망스럽게 바라보았다.

인애의 입술은 몇 번이나 움찔거리었으나 얼른 말이 되지 않았다. 그

---

121 '기어이'의 방언.

사랑이 요구하는 것

러나 인애는 남에게 말을 시키듯 거의 강제로 자기 입술을 움직이게 하였다.

"그게 무에 그리 부끄러워? 명도가 결혼할 나이도 되었지…. 우리 오빠두…."

"인전[122] 언니 말하우."

명도는 얼굴을 치마에선 뗴었으나 그래도 인애를 마주 보지 못하고 하는 말이다.

"나?"

"응, 아츰에 무얼 날더러 용서하라구 그랬수?"

"가만있어 이제 하지…. 좋은 이야기부터 더 듣고 할게…. 그래 우리 영조 오빠가 명도가 자기를 사랑하는 줄이나 알구 있나?"

"글쎄… 그이두래니까…."

"우리 오빠, 사람이야 더할 나위 없지…. 오메데토[123]…. 그럼 결혼 문제에까지 말이 나왔나…."

"…무어."

이때 명도의 눈은 빛이 나며 수줍은 티를 걷고 가장 자유스럽게 끊었던 말을 계속하였다.

"약혼이니 결혼식이니 그런 건 우리 문제가 아니야. 뜻이 맞고 건강하고 서로 좋아하고 서로 돕고 그것이면 우린 생활을 합할 수 있는 거지 뭐…."

"그러면 벌써 우리 오빠와 너와 생활을 합한 셈이구나?"

"글쎄… 호호 언니두, 그렇게 단박 디려 캘 게 뭐요? 언니 할 이야기나 어서 하우. 언니가 요즘 어째 언짢어 하구 또 아츰에 그런 말을 하니까 나는 어리둥절한 게 오늘 종일 궁금해 죽겠어…. 날더러 용서하란 것 무

---

122 '인제'의 방언.
123 '축하해'의 일본말.

구원의 여상

슨 말이우?"

"대수럽지 않은 게야. 내가 아마 메칠 앓았더니 신경과민이 되었나 봐…."

"아니, 신경과민이라도 글쎄 무슨 일에 대해서 과민?"

"저어…."

"뭐?"

인애는 대답에 궁해지고 만 것이다. 그래서

"다른 게 아니라 너 요즘 밤늦게 들어오는 걸 퍽 좋지 않은 일이라고 생각했었어. 더구나 내가 몸이 아프니까 네가 없는 것이 더 짜증이 나구 그래서 너를 미워했어. 숭두 보구…."

"누구한테다?"

"누군 누구. 나 혼자 숭보다가 오늘 아츰에도 역시 병적 과민으로 갑재기 너를 미워했던 게 후회가 나서 용서하라구 했지, 또 혹 나로서 충고할 일이나 없을까 하고 조용히 만나자고 한 것이야."

이렇게 인애는 절로 나오는 말은 이를 악물어 삼키고 터지는 가슴을 옷섶으로 여므리며[124] 즐거워하는 명도의 뒤를 따라 쓸쓸한 산길을 나려온 것이다.

그들이 학교 안에 들어설 때는 벌써 저녁식 종이 울리었다.

"언니 바루 식당으로 갑시다."

"아무레나."

그러나 둘이 다 저녁밥은 뜨는 체 만 체하다 말았다. 속 모르는 경희는 "아주 언니 둘만 밖에 나가서 맛난 것 사 먹구…" 하였으나 인애는 참말 밥맛을 잃어 못 먹었다. 명도야 희망과 즐거움으로 뱃속이 하나 가득 찼으니까 밥 같은 것은 눈에 들지 않아 이내 숟가락을 놓고 만 것이나 인애는 속은 비었으면서도 밥알이 모래알같이 목이 메었던 것이다.

---

124 여미며.

방으로 올라오자마자 인애는 옷을 갈아입었다. 그러나 명도는 새 옷을 벗지 않았다. 그리고 남의 방에 들어온 손님처럼 한 군데 마음을 잡고 앉았지 못했다. 인애는 그것을 눈치채었으나 무어라 간섭할 수 없었다.

"언니."

명도의 목소리는 이상스러우리만치 은근하였다.

"왜?"

"그이 무슨 실과(實果)를 좋아하우?"

"모르겠어…."

"과잔?"

"글쎄…."

사실 인애는 영조가 무슨 실과를 좋아하는지 어떤 과자를 잘 먹는지, 그런 방면으로 손영조는 부지캄캄[125]이었었다. 명도는 무안한 듯이 또는 이만하면 어디 간다는 것을 말하나 다름없다는 듯이 문을 열고 살며시 나갔다. 그의 발자취 소리는 이 층 아래로 밑의 층 아래로 점점 더 빠른 템포로 사라졌다.

창밖엔 뿌연 무리 선 봄달이 고요히 어두운 숲을 내려덮고 있었다. 집 떠난 어린 학생들의 가슴은 홈씩에 울렁거리었다. 어느 방에서는 "부엉부엉" 하고 이런 밤에 시골 동산에서 우는 부엉이 소리도 나며, 어느 방에선 애련한 목소리로 집 생각 하는 노래도 흘러나왔다.

인애는 마음이 아픈 것과 같이 육신도 아파졌다. 그렇다고 해서 자리에 눕는다고 곧 편안히 쉬이는 것도 아니었다. '시기처럼 비열한 감정은 없으리라' 하면서도 명도가 얼른 돌아오지 않는 것이 공연히 조바심이 되었다. 영조가 집에 있지 않아서 명도가 헛걸음이나 되었으면 하는 단순한 야심까지 일어날 때는 인애는 자기 자신에 침이라도 뱉고 싶은 분

125 전혀 알지 못함.

노를 느끼었으나 결국 자기 자신만이 자기에게 대한 유일한 동정자임을 깨닫는 것뿐이었었다.

그날 밤에도 명도는 불 꺼진 기숙사를 쥐처럼 기어들어 왔다.

적막한 행복이여

끊이었다 이었다 하는 봄비 소리를 밤마다 혼자 듣기를 며칠, 저녁에 인애는 아주 홀가분하리만치 영조에게 대한 번민을 가다듬었다.

인애는 먼저

'내가 영조를 잊어버릴 수가 없을까?'

하고 몇 번이나 어두운 천장을 바라보며 궁리하였다. 잠이 들다 다시 깨어 이것을 생각하였고 빗소리와 동무들의 잠소리에 귀를 빼앗겼다가도 다시 이 생각에 몸이 달곤 하였다.

'잊을 수 없구나!'

아무리 찾으려 하여도 이런 대답밖에는 다른 말이 나오지 않았던 것이다.

'그러면 어찌하나?

영조를 사랑하는 수밖에 없지!'

여기서 인애는 다시 한번 절망하였다.

그러나 인애는 자기의 외로움을 알았다. 자기를 동정할 이도, 자기를 이 슬픔 속에서 붙잡아내일 사람도 오직 자기 자신인 것을 잊지 않았기 때문에 인애는 절망 속에서 다시 기어올라 갈 사닥다리를 놓아 본 것이니 그것은

'사랑이란 반드시 결혼을 요구하는 것이냐?' 하는 문제다.

인애는 이것으로 가장 많이 생각하였다. 이 문제를 잘 풀고 못 푸는데 자기의 부활이 있고 없는 것이기 때문이었다.

인애는 여러 날 밤을 혼자 이 생각에 밝히었다. 이런 문제를 시원스럽게 해설해 놓은 책이라도 있었으면 하였다. 통사정을 할 친구라도 있었

구원의 여상

으면 하고 자는 명도를 몇 번이나 건너다보았으나 이 일에 들어서 명도는 친구라기보다 한방에 누워 있는 것만 하여도 오월동주(吳越同舟)[126] 격이었었다.

인애는 결국

'아닐 수도 있다.'

하였다. 즉 사랑이란 반드시 결혼을 요구하는 것이 아닐 수도 있다 하였다.

'그렇다. 내가 한번 사랑한 남자면 그야 누구를 사랑하며 누구의 남편이 되든, 또 그야 나의 사랑을 알아주든 몰라주든 오직 그 한 사람만을 통해서 나는 영원한 남성의 동경을 품을 것이다.'

하였다. 그리고 그는 일기책 한 갈피에 이런 구절을 적어 놓았다.

오오 나에게 이렇듯 귀한 사랑이 있노라. 그를 위해선 내 목숨이 다 무어랴. 하물며 조고만 질투이랴. 내가 그를 사랑하는 것을 세상이 모른다기로 그게 어떠랴. 내가 그를 사랑하는 것을 그 당자 한 사람까지 모른다기로 그게 무슨 숭이랴. 오직 내 가슴속을 한 점의 티가 없이 온전한 사랑으로만 가득히 채일 수가 있다면 그것이 나의 행복이 아니고 무엇이냐. 오오 나의 적막한 행복이여!

그 후부터 인애는 한결 정신이 맑아지고 몸이 가벼워졌다. 하루 이틀 지나갈수록 명도를 전과 같이 정답게 볼 수도 있었다. 그러나 그래도 가슴속 어느 귀퉁이에 남아 있더랬는지 명도가 저녁세수를 하고 옷을 갈아입고 나가는 것을 볼 때에는 시기의 불씨가 반짝거리고 타오르려 하였다. 그럴 때마다 인애는 보던 책을 덮어 놓고 "하날 가는 밝은 길이…" 하고 노래를 불러 기분을 고치곤 하였다.

126 적의를 품은 사람들이 한자리에 있게 된 상황.

이러자 학기말이 닥쳐왔다. 진급할 사람들은 진급 시험에, 졸업할 사람들은 졸업 준비에 기숙사 안이 방방이 긴장되는 때가 온 것이다.

인애는 될 수 있는 대로 기분을 바꾸려 낮에는 하학이 되는 대로 곧 매일 학생들처럼 학교를 나왔다. 날이 춥지 않으면 진고개 책전[127]으로 저녁 시간이 될 때까지 돌아다녔고 그렇지 않으면 도서관에 가서 시간을 보냈다. 그리고 저녁이면 밀린 노트를 정리하느라고 별로 방 식구들과 지껄일 틈이 없었다.

명도는 그저 명도대로였었다. 시험 때가 닥쳐올수록 명도는 마음이 책상에 붙지 않았다. 그도 그럴 것이 문과와도 달라 늘 외워 바쳐야 하는 피아노 강[128]을 벌써 사오 차례나 걸렀다. 피아노 선생이 좋지 않은 말을 하고 기숙사 안에서 손짓들을 하게 되었다. 인애는 명도에게 충고하고 싶었으나 다른 일과도 달라 혹시 자기의 말에 모진 말이나 나오지 않을까 두려워 여러 번 말을 하려다 움찔하고 만 것이다.

그러나 이날 저녁은 경희가 다른 방에 간 새에 단둘이 앉았는 것을 기회로 인애와 명도 사이에는 이런 대화가 있었다.

"언니."

"응."

"나 암만해두 이거 다 집어치는가 봐…."

"집어치다니?"

"솔직하게 말하면 공부하기 싫어졌어…. 쓰마라나이[129]해."

"글쎄… 너두 철없지 않구 네 주장이 있어 하는 말이겠지만 난 찬성할 수 없는데. 이제 일 년 남지 않았어. 일 년! 또 집에 부모님의 기대도 생각해야지…. 그렇게 무책임할 수 있을까?"

"무얼! 내가 안 받겠다는 교육을 강제로 시키는 책임은 또 어디 있

127　冊鄽. 서점.
128　講. 배운 것을 스승이나 어른 앞에서 외워 보이는 일.
129　'시시하다'의 일본말.

나…. 글쎄 피아노나 치구 앉었으면 무얼 하우. 좀 더 오늘의 현실을 알 구 살어야지."

"그것은 물론 좋은 생각이다. 그렇지만 이렇게 갑자기 서둘러야만 할 까?"

"아니 갑자기라는 것보다 왜 하로나 한 시간이라도 무의미한 것으로 정력을 허비하우? 안 그러우?"

"글쎄 그 말두 옳은 말이야. 그렇지만 정력이란 말이 나왔으니 말이 지, 정말 정력을 정력답게 쓰려면 어느 정도까지는 수양 시대가 필요하 지 않을까?"

"무어 이런 데서 피아노나 친다구 무슨 수양? 나는 정말 사회라거나 현실이라거나 이런 점에는 너무 무관념으로 살아 왔어. 정말이지, 여기 와서 내가 오늘까지 배운 것이 무에요. 이것저것 꿰어 든다면[130] 그거야 여러 가지를 들 수도 있겠지만 그런 거 당장에 다 도적을 맞는대야 아까 울 것 한 가지도 없거든."

"그건 어느 정도까지 나도 공명이다. 나도 지금 셰익스피어나 테니슨 을 외우고 앉었는 것이 내 자신에게 적지 않은 불만이다. 또 네 말에 깨 달어 나가는 것도 사실 많다. 그러나 나는 무슨 일에든지 기분부터 앞서 는 것은 반대야."

"그렇지만 나에겐 좋은 리더가 있으니깐…. 호호…."

명도가 자기의 좋은 리더라는 것은 물론 손영조를 가리켜 한 말이다. 그러기 때문인지 그는 작은 웃음과 함께 얼굴빛까지 약간 붉히었다. 인 애는 다시 아무 말도 없이 눈을 살며시 감고 말았다.

130 쓸 만한 것을 골라 본다면.

명도의 실행

과연 명도는 그 후 사흘이 못되어 기숙사에서 짐을 실어 내었다. 소격동 몇 번지에 방을 얻었다고 하나 그것은 남의 말막음뿐이요, 명도는 그들 자신의 주장대로 영조와 더불어 완전히 생활을 합류시켜 놓은 것이다.

명도가 떠나간 이튿날 오후 인애가 반에서 돌아와 명도가 누워 자던 빈 침대 위에 정신없이 주저앉아 있을 때다. 누가 똑똑 문을 두드렸다. 인애는 얼른 가 문을 열어 본즉 면회실 당번인 듯한 하급생이었었다.

"인애 씨, 손님 오셨어요."

"나한테요? 어떤…."

"삼청동서 오셨대요."

인애는 어찌할 바를 몰랐다. 벌써 부르러 왔던 학생이 아래층으로 사라지려 할 때야 인애는 얼른 층대로 뛰어가 낮은 목소리로 그를 불렀다.

"나 방에 없더라고 그래 주어요. 어데 나갔나 보다고…."

인애는 이렇게 이르고는 얼른 방 안으로 들어와 창 옆에 붙어서서 바깥을 내려다보았다. 얼마 만에 면회실에서 나가는 큰 키에 검은 외투는 손영조의 뒷모양이었었다.

'영조! 영조기 때문에 못 보는구나!'

인애는 얼음을 품는 듯 가슴이 쓰라리었다.

인애는 명도가 있던 자리를 바라볼수록 서글퍼 견딜 수가 없었다. 무인절도에 혼자 떨어진 듯 외롭고 답답하고 조바심이 되었다.

시험 공부를 해야 할 것도 인애는 마음이 가라앉지 않아 방을 나서고 말았다.

바깥날조차 음산스런 오후였었다.

구원의 여상

피하려던 사람을 고대[131] 맞닥뜨리게 하는 것은 무슨 수수께끼일까. 인애와 영조는 진고개 어느 넓지도 못한 책사[132] 안에서 옷자락을 스치며 마주친 것이다.

"저 이제 학교로 갔던 길입니다. 좀 만나려고."

"네…."

"그리 바쁘지 않으면…?"

인애는 벌써부터 얼굴이 후끈거리었고 영조와 조용히 마주 앉을 필요가 있을까, 없을까, 그것을 얼른 종잡아 대답할 수가 없었다.

그러나 결국 용렬(勇烈)하지 못한 인애는 영조를 따라 어느 차점(茶店) 안으로 들어간 것이다.

영조는 먹으려는 들어오지 않았다는 듯이 인애에겐 묻지도 않고 차두 잔을 시키더니 제일 으슥한 자리를 찾아 앉았다.

"요즘에 건강은 좀 어떠십니까?"

무슨 말부터 풀어내야 할지 몰라 한참이나 자기 모자만 주무르던 영조의 말이다.

"아무렇지도 않어요."

영조는 인애 말소리의 태연함이 의외인 듯 인애에게서 오히려 일종의 압력을 느끼었다.

다시 차가 나오도록 말이 없다가 영조는 찻잔을 받아 인애 앞으로 밀어 놓으며

"마시시지요."

하였다.

인애도 대답은 없으나 그를 흔연히 대하려는 듯 사양하지 않고 스푼을 들어 마실 준비를 하였다.

---

131 바로 곧.
132 冊肆. 서점.

영조의 굳어진 입술은 뜨거운 차에도 눅어지지 않았다. 더구나 얼마 안 있어 확성기에서 울려 나오는 재즈 소리가 어느 정도까지 엄숙해야 할 그들의 자리를 무시하는 듯 흔들어 놓은 것이다.

영조는 인애에게 아무 말 더 하지 못한 채 그 차점을 나섰다. 그리고 인애는 곧

"나 학교로 가겠어요."

하고는 영조에게서 돌아섰다. 그때 인애 마음은 혹시 영조가 섭섭해할 까 하여

"하실 말씀이 있으면 편지로 하세요."

하고 웃음까지 지어 다시 한번 영조를 돌아보아 주었다.

"네, 그리지요."

하던 영조는 그날 저녁으로 인애에게 편지 한 장을 띄웠던 것이다.

이튿날 아침 그 편지는 동무들의 입을 빌려 "인애, 인애" 하고 기숙사 복도를 울리며 찾아왔다.

오래간만에 받아 보는 낯익은 글씨는 어떠한 사연을 적었던가?

인애 씨의 괴로움을 누구보다도 나는 압니다. 그 때문에 나의 이론 은 당신 앞에서 벙어리 노릇을 합니다. 당신이 나를 미워하기나, 나 를 이해하기나, 그것은 인애 씨의 귀중한 자유입니다. 다만 나에게 한 마디 변명이 있다면 그것은 '오날 나에게는 내 한몸의 감정이나 내 한몸의 예의 같은 것은 극히 작은 문제'라는 것입니다. 그것은 해결하지 못한 채 묻어 버릴 수밖에 없다는 것입니다. 현명한 인애 여, 나의 개인 행동에는 침묵해 달라, 그와 반대로 나의 사회 행동 에는 엄정한 비판과 편달이 있어 달라.

인애는 영조의 편지를 두 번도 읽지 않았다. 그리고 그 편지를 펼쳐 놓 은 채, 곧 답장을 쓴 것이다.

구원의 여상

오빠!(인애는 '혹시 명도가 보드래도…' 하고 전과 같이 오빠라 했다.) 오늘 오빠의 편지를 보니 참말 유쾌합니다. 아무쪼록 끝까지 이런 용기로 일하시기를 바라는 것뿐입니다. 그리고 명도는 나의 좋은 친구외다. 그에게 낙망함이 없도록 지도하소서.

그 후에 인애와 영조 사이에는 별로 서신 왕래도 없었다. 명도와는 가끔 편지가 오고 가고 했으나 그렇다고 서로 상종할 기회는 별로 없었다. 명도는 한번 학교를 나간 후에는 기숙사에 그림자도 얼른하지[133] 않았다. 인애 역시 삼청동에 있는 그들의 사랑의 둥지라 할까, 주의생활자들의 비밀한 장소라 할까, 이와 같이 두 가지로 해석되는 그들의 처소를 찾아가기를 삼가지 않을 수 없었다.

인애는 모든 것을 깨고 난 꿈처럼 잊으려 한 것이다. 그리고 호젓할 때마다, 그리움에 견딜 수 없을 때마다 가슴속에 영조를 생각하였다. 지금 한 서울 안에 와 있는 그 영조가 아니라 전에 동경 있던 영조를, '그리운 누이야, 내가 너를 "인애 씨!" 하고 부를 날이 아직도 멀었니!' 하던 그 영조를 한결같이 아쉬워하고 생각한 것이다.

인애가 사학년으로 진급이 된 새 학기 머리였었다. 하루는 명도에게서 급히 만나달라는 편지가 왔다. 인애는 그가 적어 보낸 어느 도서관으로 명도를 찾아갔다.

명도는 인애를 보고 몇 해 만에 보는 사람처럼 울듯이 달려들었다.

"언니, 그러니 그렇게 한 번도 안 오우?"

인애는 무어라 변명할지 몰랐다. 명도는 차림은 학교에 있을 때보다 오히려 사치하게 했으나 어딘지 가물에 꽃처럼 신선함이 없고 피곤함에 늘어져 있었다.

---

133 '얼씬하지'의 옛말.

"그간 어디 아팠어?"

"아니, 아프진 않았어. 그런데 언니."

하고 명도는 인애를 한편 구석 자리로 끌고 갔다.

"나 언니한테 청이 있어."

"무슨?"

"글쎄 언니 말이 다 옳아…. 우리집에서 야단이 났구려. 아버지가 오신다고 해서 내가 오늘 저녁에 오시지 말라고 전보를 쳐 놓고 언니한테 의논하러 왔수. 언니, 내 청 좀 들어주."

"그래서 어떻게?"

"내 대신 오늘 밤차로 우리 집에 좀 갔다 와 주."

"가서는?"

"언니가 가서 지금 (사실 그렇지만) 나를 벌써 주목하니까 원산 같은 좁은 곳에 갔다가는 대뜸 잽혀갈 것이요, 따라서 여러 사람이 딸려 들어갈 것이니 그것은 자식을 잡는 일이요, 여러 사람과 큰일을 잡는 것이 되니 나를 당분간 단념하시라고, 또 영조 씨도… 좀 변명해 주. 내가 괜히 영조 씨 이름까지 알려드렸어. 글쎄 영조 씨를 걸어 나를 유인한 것처럼 고소를 하겠다고 하셨구려. 참 딱해 죽겠어…."

"내가 가는 것밖에 다른 도리가 없을까?"

"없어…. 영조 씨도 그리던데. 언니가 가서 어느 정도까지 양해를 얻도록 하라고…."

"그럼 내가 가지…. 우리 오빠와 명도가 생각하는 것처럼 양해를 얻고 올는지는 모르지만 내 힘껏은 해 볼게."

인애는 그날 저녁으로 원산 가는 차를 탔다.

전에는 방학 때면 '원산 갑니다' 하고 영조에게 편지부터 부치고 나서 명도와 가지런히 타던 차였었다.

명도는 죄이는 가슴을 안고 이튿날 저녁에 약속한 인애를 맞으러 나갔다. 그러나 인애는 차에서 나리지 않았다. 다음 날 아침 차에도 그날 저녁차에도 돌아오지 않았다. 인애는 사흘 되는 날 저녁차에야 명도의 어머니와 함께 차에서 나리었다.

딸이 올 줄만 알고 있던 아버지는 벌써 인애 혼자만 들어서는 데 화가 버럭 났다. 인애나 명도가 생각하던 것처럼 그렇게 쉽사리 가는 길로 양해를 얻기는커녕 운도 떼일 형편이 못 되었다. 그러나 그날 저녁부터 이틀 동안이나 인애의 간절한 변호로 말미암아 그 아버지도 겨우 귀를 기울이게 되었고 나중에는 "그럼 마누라가 가서 그년 하구 있는 꼴이나 보구 오. 그 녀석 꼴두 좀 보구" 한 것이다.

인애는 바로 학교로 들어가고 딸과 어머니만 삼청동으로 갔다.

어머니의 가슴처럼 자식의 마음을 무조건하고 용납하는 것은 없는 것이다.

명도 어머니는 허우대 좋은 영조의 외양과 의젓하면서도 야무진 그의 말솜씨에 첫눈에 반하고 말았다.

"어서 성례부터 이뤄야 이름 짓고 떳떳하게 다니지…."

하고 문제 없이 이내 한 사람은 사위요, 한 사람은 딸이요, 한 사람은 장모로서의 따뜻한 자리가 어우러진 것이다.

사흘 후에 명도 어머니는 "내 가서 아버지와 의논하고 어서 성례하도록 하마. 그동안은 서로 주인을 따로 잡고 각거[134]해야 쓴다" 하고는 원산으로 갔다.

명도는 영조를 졸랐다. 그것은 고집을 쓰지 말고 결혼식을 거행하자는 것이다.

영조는 그것만은 할 수 없다 하였다. 동지들을 생각하여 못 할 일이요, 진행되며 있는 일을 위하여서도 그런 한가한 일에 몸을 구속할 수 없었다. 설혹 동지들이 양해해 주고 일에 아무런 영향도 없다 치더라도 영조로서는 인애가 있기 때문에 그런 형식을 다른 여자와 더불어 거행

---

134 各居. 각기 따로 떨어져 지냄.

할 수는 없었다.

　"그러니 부모들의 면목도 딱하지 않소?"

하고 명도가 어이없어 하면 영조는 칼로 어이는[135] 듯이 이런 대답을 쏘았다.

　"인식 부족이 심하구려. 당신과 나와 연인끼린 줄 아오? 결혼할려고 애초부터 나한테로 왔소? 당신과 나는 동지 간이요. 보통 동지 간과 다른 점이 있다면 당신은 여성이요 나는 남성이기 때문에 서로 자유로운 요구에서 동거 생활을 한 것뿐이지 결코 나는 당신을 소유하려 하지 않소. 마찬가지로 당신도 나를 소유할 생각은 단념하오."

135　'에는'의 방언. 칼로 도려내듯 베는.

두 가지 발각

"그러니 여보, 오늘 이 지경에 당신이 나와 결혼을 거절한다면 나는 무슨 꼴이 되오? 결혼식을 거행하였다 하여 당신의 일을 부정할 사람은 누구요. 그런 완고한 동지가 있다 칩시다. 그런 동지 아니곤 일을 못하오? 사실에 있어선 당신과 나는 혼인한 셈 아니요? 이러고도 우리 일은 우리 일대로 하지 않소?"

명도는 어머니에게서 자기들의 결혼 문제를 아버지에게서 반허락이나 받았다는 편지를 받고 더욱 영조를 조르기 시작한 것이다.

영조는 말을 잊은 듯이 앉아 담배 연기만 뿜어내었다.

"왜 대답이 없소? 날더러 인식 부족이라구 했지? 이런 뻔뻔하게…. 바꿔 생각해 보오. 내가 당신의 동지와 아내를 겸임할 자격은 못 될런지 모르오. 그러나 이미 사실에 있어 내가 그걸 겸임한 것 아니오, 당신의 말대로 아내는 아니고 동지 간만이라 칩시다, 그렇드래도 정말 동지 간이라면 동지가 이렇게 괴로워하는 일에 고만한 의기도 없단 말요? 그것도 내 자신이 예식을 즐기어 해 달라는 것 같으면 당신이 거절하는 것도 정당하겠지만 나도 부모에게 말막음이 아니요. 동지 간이라면 그만 연극이야 못해 주겠소?"

그래도 영조는 이런 말에 대답할 말은 전에 몇 차례나 하지 않았느냐는 듯이 담배 연기만 펄석거리고 있다가 어디서 울려오는지 무슨 사이렌 소리에 시계를 내어 보았다.

"벌써 세신가…. 그런데 여보 명도, 오늘은 내가 밤에 못 들어올지 모르겠소. 아침에 왔던 그 사람들이 오거든 어제 만나던 데로 오라고 일루. 그리고 당신도 그런 센치멘탈은 쓰레기통에 내다 버리구 일 좀 해

주…. 이걸 한 오백 장 백여야겠소[136]. 흘려 쓰지 말우. 우리들의 문자일수록 똑똑해서 누구 눈에나 얼른얼른 인식이 돼야니까….”

“난 몰라….”

“글쎄 그리지 말구.”

눈물이 글썽글썽한 명도를 안 보는 체하면서도 돌아보고 나오는 영조의 마음은 사실 명도만 못하지 않게 괴롭고 쓰라리었다.

그 이튿날 저녁이다. 막 저녁상을 들여놓고 명도와 영조는 김 서린 훈훈한 불빛 아래에서 첫 공기를 드는 때였었다. 밖에서 노크도 없이 판장문이 벌컥 열리며 “손 선생님” 하는 급한 소리가 났다.

“누구요?”

영조는 나는 듯이 일어나 문을 열었다.

그는 신 신은 채 마루 위에 올라선 노동자 같기도 하고 무슨 사무원 같기도 한 청년인데 입에 침이 마른 소리로 쑤군거리었다.

“다 틀렸습니다. X 선생님도 잽혔습니다. 우리 공장 사람들도 십여 명이 잽힌 모양입니다. 저도 어서 피해야겠죠? 네? 선생님도….”

“덤비지 마오.”

영조는 말소리는 침착하였으나 그의 눈도 고요한 불빛에 흔들리었다.

“어떡허우? 그래….”

명도는 영조가 상상하던 이상으로 덤비었다. 찾아온 청년도 무한히 초조해 하였다.

“손 선생님, 어서 피하서야겠죠. 오늘 밤으로 여길 알게 될 겁니다.”

“물론… 나도 예산이 다 있습니다. 아무턴 고맙쇠다. 다시 만날 기회가 있겠지요. 자… 어서.”

영조는 급한 손님의 손을 잡고 한참이나 흔들고 놓았다. 그 청년은 어

---

136 박이어야겠소. 찍어야겠소.

　　　　　　　　　　　　　구원의 여상

두운 문밖으로 밤 짐승처럼 날쌔게 사라졌다.

"여보, 어떡허우? 그예[137]…."

"덤비지 말우…."

"그럼 어떻게? 난 몰라…."

명도의 얼굴은 그 긴장이란 정도를 지나쳐 거의 무표정 상태이다. 영조도 손과 발이 임자를 잃은 듯 허둥허둥 하였다.

"여보 명도."

"응?"

"우리 달아나야겠소. 이 경우엔 잽히는 것이 달아나는 것보다 비겁하니까…."

"…."

"어서 정신 잃지 말고 짐을 꾸류. 간단하게 또 따루…. 당신 해[138] 따루 꾸리우. 내 핸 내가 꾸릴게."

"따루?"

"그럼!"

"따루 가나?"

"그럼!"

"뭐?"

"어서 따루 준비하오. 어서…."

"당신은 어데로 가는데 난 못 가오? 난 싫여. 잽혀도 같이 잽히지…."

"글쎄 그런 센치멘탈한 때가 아니요. 어서 짐부터 싸 들고 이 집서 나가 가지고 그런 건 의논합시다. 어서 어서."

그날 밤에 명도는 혼자 원산 가는 차 속에서 흔들리고 앉아 있었다.

'원 이게 무슨 도깨비 놀음일까….'

---

137   기어이.
138   것. 그 사람의 소유물.

명도는 암만해도 잠자다 가위눌리는 것만 같았다. 더구나 청량리 정거장에서 그 초조해 하는 영조의 얼굴을 컴컴한 창밖에다 혼자 떼어 두고 떠나 온 것은 아무래도 무서운 꿈 같았다.

정말 사흘 되는 저녁때 영조에게서는 약속한 대로 동경 가는 도중에서 편지가 왔다. 무사히 서울을 벗어나서 지금 동해도선(東海道線)[139] 차 속에서 이 글을 쓴다는 것과 아무쪼록 매사에 마음을 급히 먹지 말고 자기가 준 책들이나 이런 기회에 정독하라는 사연이었다.

명도의 집에서는 딸의 혼인 준비를 서두르는 판에 신랑 될 사람이 동경으로 달아났다는 말을 듣고 명도 아버지는 사랑에서 들어오지 않고 명도 어머니는 머리를 싸고 눕고 말았다.

명도는 고독이란 것이 얼마나 견디기 어려운 시간이란 것을 생전 처음 느끼었다.

날이 지나갈수록 명도의 고독과 번민은 무게를 더할 뿐이었다. 집안의 저기압도 견딜 수 없는 우울이었지만 영조에게서 소식이 끊어지는 것은 자제할 수 없는 앙탈과 불안을 일으킨 것이다.

그러나 명도에게는 이보다 더 큰 몇 곱절 더 큰 시험이 닥쳐왔다. 닥쳐왔다기보다 돌발하였다. 원인이 있는 결과이니 돌발이란 말도 맞지 않겠지만 아무튼 어렴풋한 잠자리에서 무서운 꿈을 깨듯, 가슴이 선뜻하고 등골에 땀을 느끼며 깨달은 일이다.

명도는 얼른 일어나 배를 만져 보았다. 배에는 아직 두드러지게 달라진 데는 없으나 벌써 자기의 날카로운 신경이 무의식중에서 깨달을 만큼 믿지 않을 재주가 없었다. 더구나 얼마 전부터 입맛이 이상스러웠던 것을 생각해 볼 때 명도는

'틀림없구나.'

하고 가슴을 쳤다. 그리고

---

139 도카이도센. 일본 도쿄와 고베를 잇는 철도선.

구원의 여상

'이건 더 큰 발각이로구나!'
하고 한숨을 쉬었다.

　명도는 눈앞이 지옥처럼 캄캄하였다. 학교에서 영조에게로 출분[140] 하던 때와는 다른 사람처럼, 몹시 남의 눈이 무서워진 것이다. 그의 눈 앞에 영조가 없는 것은 마치 병정의 손에 무기가 없는 것이었다.

　아침저녁, 하루 이틀 지내볼수록 자기는 완전한 태모(胎母)였다.

　명도는 눈물겨운 어머니의 만류도 뿌리치고 부끄러운 비밀을 입에 담은 채 표연히 집을 떠나고 말았다.

140　出奔. 도망쳐 달아남.

암흑에서

그 자식에게 그 어머니처럼 영리한 사람은 없을 것이다.

명도의 어머니도 그러하였다. 명도가 떠나기 전날 밤 명도의 어머니는 딸의 방에 와서 새벽녘까지 앉아 있었다.

"응? 어디로 간단 말이냐."

"학교로…."

"학교? 아주 퇴학했다면서?"

"…."

"왜 어디가 아프냐. 어디 갈 생각 말고 집에서 약이나 좀 먹어라. 왜 꼴이 그래지니…."

"내 꼴 안 보면 모두 시원할 걸 왜 붙잡어…. 나 때문에 생병들을 앓으면서…."

"…가두 며칠 더 있다 떠나라. 학교에 간다면서 이부자리두 새루 꾸며야지."

"그런 걱정하라나 누가, 어서 달라는 돈이나 줘요. 나 생전 다시 돈 달란 말 안 할 테니 그런 줄 알구."

"…내가 돈이 있냐. 학교로 간다면서 무슨 돈이 그리 드니."

"…."

명도는 자정이 넘어서 잠이 들고 말았다. 그러나 그의 어머니는 잠든 딸의 모양을 몇 시간 동안이나 지키고 앉았다가 닭 소리를 듣고서야 건너갔다.

그 이튿날 아침 명도는 짐을 꾸려 들고 부득부득 집을 나섰던 것이다.

"차비 안 주면 걸어가지. 가다 죽는 꼴을 보면 속이 시원하겠군."

구원의 여상

명도 자신도 이런 소리를 하고는 가슴이 미어지는 것 같았다. 더구나 금세 울음이 터질 듯한 어머니의 얼굴이 한없이 정다우면서도 제 입에서 나오는 뾰죽하고 방정맞은 소리를 막아내일 힘은 없었다.

　마침내 명도 어머니는 버선발로 중문간으로 따라 나와 주머니 끈을 끄르고 서울 갈 차비를 내어준 것이다.

　"지금 돈도 없지만 내가 맘이 안돼서 너를 못 주겠다. 학교로 가거라. 내 오늘 점심 안으로 인애한테 돈을 부칠 테니…."

명도는 이 모양으로 집을 떠난 것이다. 애꿎은 어머니 속에다가만 불을 질러 놓고 나온 명도 제 속도 편할 리가 없었다. 차 안에서 명도는 몇 번이나 눈을 슴벅거리었다. 목구멍에서는 울음을 삼키는 소리가 기름 졸 듯 하였다. 그러다가 차가 굴속으로 들어가면 괴었던 눈물을 씻곤 하였다.

　'무엇이 나를 이렇게 울게 하나? 나를?'

　명도는 여간해선 울 줄을 모르던 저였기 때문에 '나를?' 하고 어이없어 한 것이다.

　'어떻게 아이만 아니었으면!

　그러나 무어 이전 완연한걸!

　영조를 만나면 묘안이 있겠지….'

　명도는 집에서는 학교로 간다고 하였으나 서울 와서 인애를 만나 보고 영조의 그전 있던 주소라도 알아 가지고 동경으로 갈 작정이었었다. 영조를 만나기만 하면 어떻게 하든지 지금의 암흑을 뚫고 나갈 것만 같았다. 그 구체안으로는 여러 날을 두고 명도가 연구하여 왔으니, 첫째로는 아이 밴 것을 다른 일처럼 취소하는 수가 없을까 함이었다.

　'취소라니 떨구는 것 말이지!'

하고 제 대답에 놀래어 소름이 끼치었으나 암만하여도 제일 문제가 단순할 방침으로는 그것밖에 없을 것 같았다. '그렇지만 그런 모진 짓을 어떻게 하나. 쥑여? 남을 쥑여? 아니 남이 뭐야. 내 뱃속에서 자라는 내 것을 쥑여?' 명도는 여러 날 밤 궁리하였으나 그런 일은 계획만이라도 세울 수 없다고 단념하였다. 차라리 '이 계집애는 시집도 가기 전에 아이를 낳었소' 하고 큰길에 끌려 나가 다시 일월을 보지 못할 망신을 당할지라도 그것은 받을 수 있으되 내 속에 있는 그 착한 조그만 목숨에 독을 끼얹어 새까맣게 죽어 들어가게는 못할 것 같았다.

'그러면 달리 무슨 도리가 있을까?'

'있고말고!' 명도는 이렇게 생각하였다.

'영조를 내가 소유하자. 지금 사회가 가지고 있는 영조를 내가 완전히 빼앗자. 사회와는 손을 끊게 하고 나를 위해서 집을 지키고 내 자식을 위해서 돈을 모으는 데만 전심전력하는 충실한 남편이 되게 하자.' 이것이 명도의 제일 만족한 욕망이었다.

'그러나 영조가 그것을 들어줄까. 결혼식을 그렇게 거절하던 영조가 집이나 지키고 돈벌이나 하는 그렇게 평범한 사나이로 들어앉아 줄까?' 명도는 그것이 큰 의문이었으나 '그래도 제 자식을 내 뱃속에 배인 줄을 알면 전과 같이 덮어놓고 모른다고는 못할 테지.' 이리하여 명도는 어서 영조를 만나는 것만 급해지고 말았다.

차가 검불랑(劍拂浪)[141]을 넘어서서 진중 벌판을 달아날 때에는 답답하던 명도의 속도 얼마간 시원스러웠다. 명도가 식당으로 가서 점심을 먹고 앉았을 때는 차는 어느 신록(新綠)이 빛나는 산갈피[142]를 끼고 달아나고 있었다. 명도는 아늑한 산허리에 빈 듯한 오막살이 한 채를 보고 얼른 나는 생각이 '저런 데서라도 영조만 나를 지켜 준다면' 하는 욕망이었다.

명도는 먹는 점심에는 맛을 잃고 그 생각이 갑자기 불 일듯 하였다.

---

141 강원도 평강군의 마을.
142 산 하나하나의 사이. 골짜기.

구원의 여상

'어떻게 해서든지 영조를 꾀어 가지고 처음 몇 해 동안은 아이가 나서 소학교에 가게 될 때까지라도 저런 산골에 숨어 소설의 이야기처럼 로맨틱하게 살다가 그 후에는 어떻게 되는지….'

명도는 점점 영조를 만날 것이 급했다. 저녁때가 다 되어 서울 와서 내리니 으레 나와 섰으리라고 믿었던 인애 언니는 그림자도 보이지 않았다. 밖에 섰나 하고 나와 살피어도 역시 인애는 만날 수 없었다.

명도는 막연하였다. '전보가 학교로 안 들어갔을 리가 없고 들어갔으면 편지와도 달러 이내 전해 주었을 것인데 받고도 나오지 않았을까? 그렇게 야속할 사람은 아닌데….'

명도는 위선 올라앉으라고 성화하는 인력거를 탔다.

"어딥시오?"

명도는 얼른 대답할 수 없었다.

"어서 문안143으로 갑시다."

"문안 어느 동네와요?"

"어서 가자니까 어련히 일러 줄까 봐…."

명도는 인력거 위에 앉아 들어갈 곳을 생각하였다. 학교로 인애를 찾아갈 수는 없고 여관으로 가야겠는데 조선 여관으로 저 혼자 들어가 마음 놓고 잘 만한 데가 생각나지 않았다. 그래서 인력거꾼더러 "명치정144으로 갑시다" 하였다.

그곳은 우리도 기억하거니와 영조가 들어 있던 일본 여관이다.

명도는 여관으로 들어서는 길로 학교에 전화를 걸었다. 학생은 잘 대어주지는 않지마는 급한 일이라면 말은 전해 준다. 그러나 아무리 수화기를 귀에 대이고 섰어야 저쪽에선 신호가 울리는 뿐이요 아무도 나와 받지를 않았다. 사무실도 비어졌을 때지만 명도는 혹시나 하고 몇 차례

---

143 門-. 서울 사대문 안.
144 明治町. 지금 명동의 일제강점기 명칭.

를 걸어 보았으나 실패였었다.

그래서 할 수 없이 명도는 저녁을 먹고 나서는, 사람을 사서 편지를 보내 보았다.

"바로 전했소?"

"네. 기숙사 안에는 못 들어가게 해서 거기 학생한테 맡겼지요. 곧 전할 테니 염려 말라고 해서 주구 왔지요."

명도는 이제나 저제나 하고 인애 오기를 기다렸다. 돈은 어머니가 전보환으로 부쳤을 것이니까 돈도 찾은 것을 가지고 오려니 하였다.

그러나 인애는 그렇게 날래 나타나지 않았다. 열시가 넘어설 때에는 이젠 안 오는 사람이로구나 하고 명도는 분개하였다.

'아무리 내가 오늘 자기 눈에 온당치 못 하게 비친다 치드래도 한번 와 주지 못할 것이야 무엇인가. 대관절 돈이나 갖다 줘야 옳지 않은가?'

명도는 괴로운 하룻밤을 몹시 시달리었다.

명도는 자리에서 일어나는 길로 인애에게 편지를 썼다. 달다 쓰단 말도 없이

어제 우리 집에서 부친 돈은 나한테로 온 것이니 이 사람 편에 보내시오. 그리고 미안하지만 영조 씨의 현재 주소를 아시면 적어 보내주시되 모르시면 전에 있던 동경 주소라도 적어 보내 주십시오.

하는 편지였었다. 이번에는 돈을 받아 올 것이므로 주인집 사람을 보내었다.

그러나 주인집 사람은 돈은커녕 가는 편지도 전하지 못하고 도로 들고 왔다.

"지금 이 학생이 학교에 없대는걸이요."

하는 어리뻥뻥한 수작이었다.

"학교에서 나갔대요? 공부 시간이래요?"

"글쎄요, 좌우간 지금 학교에 없대니간 도루 가지고 올 수밖에요."

명도는 얼른 전화통을 들었다.

"거기 ××학굡니까?

이인애란 학생이 학교에서 나갔다니 정말입니까?

나는 이인애의 동몹니다.

병원에요. 어느 병원에요?

네… 네…."

전화통을 놓는 명도는 '그러문 그렇지' 하고 자기의 경솔했음을 뉘우쳤다.

"그 편지를 도루 가지고 오기를 잘했소."

하고 명도는 이내 윗층으로 올라와 옷을 갈아입고 세브란스병원으로 갔다.

인애는 맨 뒤에 있는 병관 삼층이라도 어두컴컴한 복도를 한참이나 지나서 막다르게 외따로 놓인 병실에 누워 있었던 것이다.

명도가 똑똑 노크를 하자 살그머니 핸들이 돌며 간호부의 얼굴이 내어밀었다. 그리고 모깃소리처럼

"병자 보시렵니까? 지금 여러 시간 만에 잠이 좀 들었습니다. 가만히 들어와 깰 때까지 기다리시지요."

한다. 명도는 조심스레 문을 닫고 들어섰다. 넓지 못한 병실을 들어서자 이내 병인의 자리가 나타났다. 명도는 가슴이 섬찍하였다. 불과 한 달 전에 만났던 동무가 그처럼 병골이 박여 누워 있는 것은 너무나 의외였었다.

하얀 침상 위에 여윈 손 하나는 맥없이 떨어트리고 흐트러진 머리에 쩨여[145] 숨소리조차 힘들어하는 듯 이마에는 땀기조차 배어 있는 그의 얼굴은 너무나 보기에 애달팠다.

145 '싸여'의 방언.

"아니 언제 입원했어요?"

낮은 소리로 간호부에게 물었다.

"오늘채 꼭 두 주일 됩니다."

"그런데 그새 저렇게 상했어요?"

"그럼요. 이 병은 하루 차이가 무섭답니다."

창밖에는 바야흐로 우거져 가는 포플러나무의 푸른 그늘이 금빛 같은 오월 태양에 눈이 부시게 빛나고 있었다. 창밖을 보던 눈으로 방 안에 병상을 바라볼 때 그것은 너무나 애달픈 대조였었다. 명도는 그만 눈물이 핑 돌고 말았다.

"폐가 나쁘지요?"

"그럼요."

"입원해서 경과는 어떤 셈입니까?"

"요 메칠 전에는 각혈이 심했어요. 한 번에 오십 그람이나 나왔어요. 그래도 열에 큰 변동이 없었기 때문에 사오 일 전부터는 아주 경과가 좋습니다."

간호부는 살그머니 인애 머리맡으로 가더니 체온표를 집어다 명도에게 주었다. 그러나 성미 급한 명도는 그것을 감정해 볼 새는 없었다.

"언제쯤이면 아주 낫겠어요?"

"글쎄요. 선생님들 말씀 들으면 요즘처럼만 나가면 별로 염려되지는 않는다고 하니까요…."

"동무들이 많이 옵니까?"

"네. 오후 다섯시쯤 되면 날마다 여러 분이 와요. 선생님들도 오시구, 참 서양 부인 선생님 한 분은 퍽 지성이서요. 저녁마다 그분이 와 자면서 시중을 듭니다. 환자가 부모님이 없대죠, 아마."

물새처럼

"그래요. 외로운 이야요…."

명도는 한숨을 지으며 대답하였다. 간호부는 잠깐 환자 편을 바라보더니 다시 말을 이었다.

"동무들도 오긴 많이 와도 와서 밤을 지켜 줄 만한 동무는 없나 보지요. 그리게 말귀도 얼른 알어듣지 못하는 서양 부인만 오지요."

명도는 그만 그 말에는 대답할 말이 없었다. '밤을 지켜 줄 만한 동무.' 그 말은 명도에게 총부리와 같았다. 명도는 말이 못 나오는 대신 가슴이 터질 듯 울컥하며 우정이 폭발하는 감격과 사죄의 슬픔이 복받쳐 올랐다. 명도는 수건을 눈에 대인 채 얼굴을 무릎 위에 파묻고 말았다.

명도는 인애의 우정, 아니 우정이라기보다 인애의 은혜를 깨닫지 않을 수 없었던 것이다. 자기가 감기 한 번만 들어도 인애는 거리에 나가 한약을 지어 왔다. 그것을 문간집에 나가 지켜 앉아 달여다 주던 것은 물론 앓으면서 공부 걱정할까 하여 노트까지 정서해 주었고 머리맡에 앉아 흔히 밤을 새워 주었다. 한번은 명도가 감기가 들어 누웠을 때 우스운 이야기가 듣고 싶다니까 자기 아는 것은 모조리 하고 그래도 덜 우스워 하니까 밤이 깊은 때에 나가서 『깔깔웃음』[146]이란 책을 사 가지고 오다가 선생님께 들켜 품행 점수까지 깎인 일도 있었다. 리사이틀 때면 으레 인애는 명도의 침모처럼 명도가 입고 나갈 옷을 준비해 주었다. 어디 나갔다가 길 위에서 고구마 같은 것을 사더라도 명도는 제가 졸라서 사면서도 남이 보고 웃을까 하여 자기는 먼저 달아났다. 그러나 인애는

---

146 1916년 남궁설(南宮楔)이 편찬한 소담집(笑談集).

명도가 먹고 싶다면 무엇이든지 체면을 보느라고 안 사지 않았다. 고구마는커녕 호떡집에도 명도가 좋아하는 팥만두를 사러 여러 번 들어갔었다.

명도는 이런 것들을 생각하고 점점 더 슬퍼졌다. 자는 얼굴이라도 인애를 바라볼 낯이 없었다. 더구나 인애 언니가 저렇게 앓아누웠어야 뼈아파 찾아올 사람이 누구인가 하고 생각할 때, 그리고 저렇게 누워 있는 줄은 모르고 와 주지 않는다고 야속스런 편지까지 썼던 자기의 경솔을 생각할 때, 명도는 제 손끝을 찍어 버리고 싶게 후회가 났다.

흐득흐득 느끼는 소리에도 인애의 높은 숨소리는 그저 계속하였다. 손님이 우는 바람에 간호부는 슬그머니 문밖으로 나가 버렸다. 명도는 창문 가까이로 가서 새파란 하늘에 솜뭉치처럼 떠 있는 구름송이의 부드러움과 석고같이 굳어 보이는 인애 얼굴을 애달프게 대조해 보며 하염없이 울었다. 명도는 인애 앞에서 그렇게 하염없이 우는 것이 수치와 비밀과 정욕과 번민으로 가득 찬 불순한 자기 영혼을 얼마만큼 정화시키는 것도 같았다.

인애가 눈을 뜨기는 명도가 소리 없는 울음이나마 가슴이 시원하도록 울고 난 뒤였다.

"저게 누구야? 아니…?"

"언니!"

명도는 병상으로 달려가 인애의 파리한 손을 끌어안았다.

"언니! 용서하우…."

인애도 할 말은 급하였으나 말보다 기침이 먼저 목을 막았다. 환자의 기침 소리에 간호부도 들어왔다.

"절대로 안정이 필요한 환자니까요, 될 수 있는 대로 대답해야 될 말이외에는 하지 마십시오."

"네."

명도는 인애의 손을 살그머니 놓고 옆으로 물러서자 간호부는 날쌔

구원의 여상

이게 유리 타구[147]를 들어 환자의 입에 대었다. 말간 유리그릇 속에는 보기에도 애달픈 검붉은 핏덩이가 비 맞은 꽃송이처럼 떨어졌다. 이것을 본 명도는 가슴이 부들부들 떨리었다.

"명도, 왜 자꾸 울어…. 나 안 죽어…."

"누가 언니 죽을까 봐 우…. 나는 정말 이렇게 앓는 줄은 몰랐수. 정말… 경희두 편지라도 좀 해 주지 않구."

"나도 명도가 어디 있는지 몰랐는데 경희가 아나…."

"하긴…."

명도는 한참 후에 간호부의 허락을 받고 인애와 단둘이서만 그동안 지난 이야기를 해 볼 수가 있었다. 처음 병원으로 갈 때에는 아이 밴 것만은 인애에게도 말하지 않으리라 결심하였으나 인애를 대하고 보니 게서 더한 비밀이라도 풀어놓고 싶었다.

"언니, 영조가 시방 내 앞에 없는 그것만이라면 나는 아무 걱정 안 할 텐데…."

"그럼?"

"언니! 나는 이런 결과가 생길 줄은 정말 의외유…."

"무슨?"

"언니! 나한테 침이라도 뱉우. 그러나 내 번민을 위해선 전과 같이 도와주. 난 지금… 내 속엔…."

"…"

명도는 붉은 얼굴을 숙이고 다시 흑득흑득 울기 시작하였다.

"명도!"

"…"

"명도! 알아들었어…. 그게 그렇게 무서워?"

인애도 이렇게 말은 하여 놓고도 아닌 게 아니라 딱한 문제로구나 하

---

147 가래나 침을 뱉는 그릇.

물새처럼

였다.

아무튼 인애는 동경으로까지 영조를 찾아간다는 것은 반대하여 보았다. 반대한 이유는 첫째는 영조가 동경에서라고 아무의 눈에나 뜨이게 있을 리가 없는 것이요, 둘째는 명도의 단순한 성미에 동경까지 가서 헤매이다 영조를 만나지 못한다면 그의 앞길을 마음 놓을 수가 없는 것이요, 셋째로는 영조를 만난다 치더라도 벌써 일의 성질이 유감없이 원만하게 해결되리라고는 믿을 수 없는 이상, 공연히 숨어 있는 영조를 끄집어내어 다른 사건을 만들지나 않을까 하는 걱정에서 인애는 명도를 만류하여 보았다.

그러나 명도는 이미 비관에서 나선 길이라 오직 유일의 희망이 영조를 만나는 것이요, 그 유일의 희망을 달하지 못한다 치더라도 마치 감옥에서 놓이는 죄수처럼 위선 지향 없이라도 싸다니고 싶은 정열, 즉 막연하게나마 영조가 있는 동경으로 가고 싶은 정열만은, 도저히 파리하고 기운 없는 인애의 입술이 막을 수가 없었다. 더구나 후에라도 명도가 영조를 만나 오늘 자기가 영조에게 가려는 것을 반대하였다고 이야기하면 혹시 영조 생각에 내가 질투심에서나 그런 줄로 알면 그런 불유쾌한 일이 또 어디 있으랴 하고 인애는 이내 말을 돌리어 강경히 반대하지 않았다.

그러나 명도로서는 시일 문제가 문제였다. 인애가 그렇게 대단해 누운 것을 보고 남의 일처럼 자기 길만 떠날 수는 없었다.

"언니! 미스 그린이 저녁마다 온다지?"

인애는 입을 움찔하다 기침이 나올 듯하여 고개만 끄덕이었다.

"언니 오늘 저녁부터는 내가 와 자리다."

인애는 손을 저었다. 그리고 한참 만에 마른 입술을 적시며 소곤거리었다.

"병도 병이지만 미스 그린이 다른 사람은 오래 와서 앉았지도 못하게 하니까…."

"그렇지만 나야 뭘…."

"그래두 안 돼…."

인애는 아픈 중에라도 남의 눈치에 둔하지 않았다. 다른 사람과 달라 명도와는 형제지간 같은 새지만 자기 앓는 병이 전염되는 병이요 더구나 지금 명도의 처지로는 학교 동무들이나 학교 선생들과 대면하기를 물론 좋아하지 않을 것을 짐작하였고, 게다가 동경으로 영조를 찾아가려는 생각, 그 정열이 한껏 팽창한 때에 도저히 자기 머리맡에서 하룻밤이라도 고요히 앉아 배기지 못하리라는 것을 인애는 모르지 않았다.

"나야 점점 경과가 좋아 가니까 조금도 염려 말고 어서 우리 오빠를 찾아가 봐…."

"그래두…."

"아니 명도가 그렇게 번민하고 있는 것이 나한테도 괴로운 일이니까 나를 위해서라도 어서 오빠를 찾고 선후책을 지어야지…. 지금 명도가 나를 두고 훌쩍 떠나기가 민망한 것은 내가 다 알어…. 그런 형식은 결코 우리 사이에 필요한 게 아니야. 그것도 내가 경과가 나뻐 간다면 몰라두 이렇게 날마다 나어 가는데…."

"…."

명도는 아무튼 영조가 전에 동경 있던 주소를 적어 넣고 집에서 온 돈 백 원을 찾아 들고 병원에서 나왔다.

명도는 그길로 진고개로 가서 인애가 좋아하는 딸기와 과자와 흰 백합꽃 한 분을 사 가지고 다시 인애에게로 갔다. 그러나 그새에 인애 병실에는 다른 문병객이 와 있었다. 간호부를 나오래서 물으니까 미스 그린이 왔다 한다. 명도는 잠깐 주저하다가 기어이 들어가지 못하고 사 온 것만 들여보내고 여관으로 돌아오고 말았다.

명도는 망연하였다. 인애가 자기는 생각 말고 어서 떠나라고 하였지만 인정상 떠나기 어려운 것도 사실이요, 그렇다고 학교 동무들로 선생들 때문에 병원에 가서도 마음 놓고 앉았을 수도 없는 이상 서울서 여러 날을 묵는 일도 어려운 일이었다. 인애 언니가 만일 이런 경우라면 어찌할까 하고 생각해 보니 인애 언니 같으면 앓는 자기를 버려두고 떠날 것 같지는 않았다. 그것이 더욱 괴로웠다.

인애는 명도가 들여보낸 꽃과 딸기와 과자를 받고 눈물겨웁게 고마웠다. 그리고 명도가 마음의 안정을 얻지 못하고 헤매일 것을 생각할 때, 더구나 사상 문제는 제이하고[148] 수치스러운 비밀로 말미암아 괴로워할 것이 끝없이 동정되었다. 그래서 영조를 '나쁜 사람!' 하고 처음으로 원망하여 보았다. 인애는 미스 그린이 나간 새를 타서 간호부를 시켜 명도에게 전화를 걸게 하였다.

명도는 저녁을 먹다 말고 전화를 받았다. 전화는 다른 말이 아니라 "저는 이인애 씨 대신으로 말씀합니다. 서울 계실 것 없이 오늘 저녁차로 어서 떠나시라고 합니다"라는 부탁이었다.

명도는 전화를 받고 더욱 망연하였다. 인애가 자기에게 마음 쓰는 것이 이렇듯 알뜰하거든 자기는 그 사람에게 갚음이 없이 받기만 해야 옳을 것인가? 그러다가 다른 병과도 달라 갑자기 악화되어 만일 다시 못하는 일이 생긴다면 어찌하나! 명도는 저녁도 제대로 먹지 못하고 안절부절하였다.

명도는 차마 그날 저녁으로 서울을 떠나지는 못했다. 혼자 여관방에 누우니 눈만 점점 동그래지고 잠은 오지 않았다. 더구나 영조를 처음 만난 날 그 저녁, 밖에는 빗소리가 속삭였고 방에는 인애도 같이 앉았었지만 영조는 자기에게 더욱 유쾌하고 더욱 은근한 차밍[149]을 주던 그 여관 그 방 속에 혼자 누워 있으니 단맛, 쓴맛, 외로움, 그리움, 견딜 수 없는 흥분이 가슴을 가쁘게 하였다.

명도는 이튿날 아침 일찌거니 병원으로 갔다. 아침 햇발에 눈이 부신

---

148 둘째로 하고.
149 charming. 매력.

병실 안에는 백합의 그윽한 향기가 어리어 들어서는 사람의 코를 찔렀다.

"저런 안 떠났어?"

인애는 아침이어서 그런지 어제보다 한결 기운차 보였다.

"언니 좀 어떠우? 지난밤엔 잘 잤수?"

"응, 내 맘에도 더 낫구 또 의사도 나어 간다고 좋아들하니까…. 그런데 왜 머뭇거리고 있어 어서 떠나지…."

"언니가 어제보다도 훨씬 나어진 걸 보니까 떠나고도 싶구만…."

"만이 아니라 어서 떠나요. 지금 아침 차에…. 난 명도가 저렇게 방황하는 것이 보기 더 괴로운데, 어서 아침 차에 떠나요."

"글쎄 가긴 갈 테지만 못 만나면 어쩌나…."

"명도, 나 엊저녁 꿈에…. 아니…."

"무슨 꿈인데?"

인애는 지난밤 꿈에 영조를 본 것이다. 무심코 "나 엊저녁 꿈에 오빠 봤어" 하려다가 그 말이 명도를 통해 영조 귀에 들어갈까 보아 움찟하고 만 것이다.

명도는 인애 성화에 못 견디는 체하고 인애를 작별하고 말았다. 그는 인애의 병실 문을 닫고 나설 때에는 자기 자신이 앓다가나 일어난 듯 홀가분한 유쾌를 느끼면서 나왔다.

명도가 여관을 다녀 택시를 몰아 정거장으로 들어설 때에는 부산 갈 특급 열차가 명도를 기다리기나 한 듯이 표를 팔기 시작하였다.

명도는 동경 가는 표를 사 가지고 나비 날듯 차 안으로 들어갔다. 그리고 이 사람 저 사람 새를 쑤시고 창 옆으로 자리 하나를 얻어 앉을 때에는 가슴이 도망구니[150]처럼 두근거리었다. 그리고 차가 배암처럼 꿈틀하고 미끄러지기 시작할 때는 명도는 자기 몸뚱이가 중심을 잃고 미

150 '도망꾼'의 방언.

끄러지듯 헛전하는 소름까지 느끼었다.

'내가 어디 가는 길인가?

영조 보러? 글쎄 만날 수가 있을까?'

명도는 그날 저녁 연락선에서 몇 번이나 갑판으로 나와 밤바다를 구경하였다. 어스름한 달빛 아래 하늘 끝과 구름 끝과 한데 닿아진 바다 끝, 배는 그 속으로 쿵쿵거리며 헤엄치었다.

오월이라 하여도 바닷바람 밤바람은 물결처럼 찬 것이었으나 영조 생각에 몸이 단 명도 얼굴 위에는 그렇게 찬 것이 오히려 시원스러웠다. 바다는 어스름 속에서도 으리으리하게 빛나고 울렁거리었다.

'바다는 내 가슴처럼 울렁거리기도 한다!' 또

'영조 씨! 내가 지금 물새처럼 바다를 건너 당신한테 가는 줄이나 알고 있소?' 하고 한숨도 지어 보았다. 명도가 동경역에 나리기는 이틀 뒤 아침이었다.

동경서 만난 사람

명도는 어리둥절하여 동경역을 나섰다.

동경은 마침 매우(梅雨)[151] 때여서 고층 건물들 자동차들 모두가 자욱한 안개와 이슬비 속에 잠겨 있었다. 명도는 저윽 서글펐다.

명도는 어디선지 벌써 눈치채이고 스르르 앞에 갖다 대이는 번질번질한 택시 안으로 들어갔다. 그리고 손가방 속에서 영조의 주소 적은 것을 내어 운전수에게 서투른 발음으로 읽어 주었다. 자동차는 물에 씻은 다듬잇돌 같은 길을 유쾌스럽게 구르기 시작하였다.

'영조가 있었으면 얼마나 반가울까!'

명도는 애원하듯 혼자 소곤거리며 저고리 섶을 매만졌다. 치마는 검은 것이요 모슬린이어서 집에서 입고 떠난 것을 그냥 입었으나 저고리는 차에서 더러워진 당목것[152]은 벗어 넣고 생고사[153] 깨끼저고리로 갈아입은 것이다. 벌써 이틀 동안이나 조선 옷을 못 보아 그런지 옷도 어쩐지 어색스러움을 느끼었다. 자동차는 한참 만에 우뚝 서곤 하였다. 그럴 때마다 '다 왔나보다' 하고 가슴이 울렁하곤 하였으나 그것은 네거리를 건널 때마다였다. 명도는 몇 번이나 손수건으로 자동차 문을 닦으며 바깥을 내다보았다. 화려한 쇼윈도들과 건강한 계집들처럼 육체미를 다투는 듯한 번질번질한 자동차들의 행렬, 명도는 지갑 속에 남은 돈이 얼마 안 되는 것도 걱정되었다.

명도의 택시는 갑자기 궤도에서나 탈선되듯 차체가 뒤흔들리는 갈랫

---

151 장마.
152 唐木-. 무명옷.
153 生庫紗. 생명주실로 짠 비단.

길로 들어서더니 그제야 얼마 안 가서 아주 머물렀다.

"고꼬다로또 오모이마쓰[154]."

나려서 보니 정말 운전수의 말대로 '불이관(不二館)'이란 간판이 눈앞에 걸려 있다.

명도는 길 가던 사람들까지 멈춰서 보는 여러 낯선 사람들의 시선 속에서 그 여관 현관 안으로 뛰어들었다. 그리고 이내 손영조를 물은 것은 물론이다.

그러나 불이관 주인의 대답은 너무나 명도에게 절망을 주고도 남았다. 손영조란 학생은 자기 집에서 떠난 지가 벌써 사오 개월이 될 뿐 아니라 그 후의 행방은 전연 모른다는 것이었다. 명도는 망연하여 어찌할 줄을 모르고 섰다가 "그럼 이 여관에 다른 사람이라도 조선 사람이 있느냐?" 물으니 '긴상[155]'이란 학생이 있기는 한데 지금은 학교에 갔으니 점심때까지 기다리면 만날 수 있다 하였다.

명도는 그나마 피곤한 다리를 이끌고 하녀의 뒤를 따라 응접실로 들어가지 않을 수가 없었다.

여관과 달라 학생 하숙이라 그리 잘 차린 응접실은 아니었다. 사면을 둘러보아야 그림 한 장 걸려 있지 않았고 테이블 위에는 담뱃재와 타다 남은 성냥개비만 수북이 담긴 사기 재떨이 하나가 놓였을 뿐이다. 그래도 다른 방들은 모다 장지문인 듯하였으나 이 방만은 유리창이어서 쓸쓸한 뜰 안이나마 그것이 눈을 끌었다.

"좀 눕기라도 했으면!"

이렇게 혼자 중얼거리며 서글프고 짜증나고 하는 두어 시간을 일 초 일 초 헤이듯 기다렸다.

그러나 점심시간이 되어 다른 학생들은 쿵쿵거리며 모여들어도 긴상

154 '아마 여기일 것입니다'를 뜻하는 일본말.
155 '김 씨'의 일본말.

구원의 여상

은 오지 않는 듯 소식이 없다. 사무실로 가서 알아보고 싶었으나 맨 남학생들인데 조선옷을 입은 여자로 얼른 뛰어나가고 싶지도 않았다. 어쩔까 하고 망설이고 있을 때 하녀가 찾아왔다.

"어떤 날은 점심을 밖에서 사 먹고 저녁때나 오는 날도 있는데 아마 오늘도 그런가 봅니다."

한다. 명도는 기가 막히었다. 긴상이란 사람이 자기와 시간 약속이나 하고 그것을 지키지 않는 것처럼 보도 못한 사람을 미워하고 원망하였다. 생각다 못해 응접실로 주인을 불렀다. 그리고 빈방이 있느냐 물으니 빈방은 있지만 모든 설비가 남학생 본위기 때문에 여자는 들 수 없다 하였다.

결국 명도는 불이관엔 들지 못하고 그 주인의 소개로 이웃에 있는 여관으로 갔다.

명도는 영조를 얼른 못 만나는 것도 고통이었거니와 배가 고프되 먹을 것이 없는 것도 큰 고통이었다. 조선에서 입에 맞는 것만 가려 먹을 때에도 하루에 몇 차례씩 메스꺼움증이 일어나곤 하였는데 더구나 평상시에도 못 먹던 일본 음식은 보기만 해도 군침이 입으로 하나씩 괴곤 하였다. 연락선과 차 안에선 서양 요리로 굶지는 않았지만 여관에서 차려다 주는 점심은 한 숟갈도 뜨지 못하고 그냥 상을 물렀다. 목욕까지 하고 나오니 속은 쓰리다 못해 아팠다. 할 수 없이 우동 한 그릇을 시켜다 먹고 겨우 정신을 차려 어머니에게 돈 보내라는 편지를 쓰고 인애에게도 간단한 소식을 적어 보냈다.

오후 네시가 넘어서다. 이틀 동안이나 밤낮으로 꼬부리고만 있던 다리를 마음껏 펴고 어렴풋이 잠이 들었을 때 하녀가 와서 깨웠다. 따라 나려간즉 긴상이란 조선 학생이 찾아온 것이었다.

"불이관에 오셨던 분이시죠?"

"네…."

"제가 김기석입니다. 찾으셨다구요?"

"네…."

명도는 김기석(金基錫)이란 그 조대(早大)[156] 학생을 자기 방으로 다리고 올라갔다. 그리고 사실은 손영조를 찾는다는 것과 손영조의 거취를 어떻게 해야 알 수 있겠느냐고 애원하듯 물어보았다. 그러나 김기석 역시 불이관 주인보다 시원한 대답은 들려주지 못하였다. 그는 손영조와 한 학교였고 얼마 동안 한 하숙에 드나든 면분[157]으로 만나면 고개나 꺼떡하는 정도였지 서로 헤어져서 소식을 알리고 지낼 만한 친교는 아니었다.

"글쎄올시다. 손영조 씨를 알기는 압니다만 저는 그간 그이가 조선 갔던 것조차 몰랐었습니다. 실례올시다만 그분을 만나기 위해서 동경 오셨습니까?"

"전혀 그 때문은 아니에요."

명도는 어리둥절한 대답을 하였다. 남대문입납[158]으로 찾아온 것이어서 사실을 말하기는 부끄러웠다.

"그럼 여름방학이 가까운 때 공부 오실 리도 없고."

"네. 무어 학교에 입학하러 온 건 아니야요."

"손영조 씨를 꼭 만나야 되실 일이라면 낭패신데요. 조선 학생들끼리도 서로 특별한 상종이 없으면 누가 어디 있는지 무슨 학교에 다니는지 모르고들 지내니까요…. 손 씨와는 어떻게 되십니까."

"잘 아는 이야요…. 그런데 그분과 연락이 있을 만한 분도 혹 생각나지 않습니까?"

"글쎄올시다. 아조 없는 것도 아닙니다. 손영조 씨와 늘 같이 다니던 일본 학생이 있는데요. 그 사람은 오늘도 학교에서 보았고 이 가까이 있으니까 만나보구 오지요."

156 '조도전대학(早稻田大學)'의 준말. 일본의 와세다대학.
157 面分. 얼굴을 아는 정도의 친분.
158 南大門入納. 주소도 이름도 모른 채 사람이나 집을 찾는 일.

"좀 그래 주서요. 처음 뵙구 무례합니다만."

"천만에요."

김기석은 명도의 방에서 나설 때 '그 여자 꽤 모던 타입인데!' 하는 그 여자를 위해서는 심부름 해 주는 수고를 가리지 않을 만치 유쾌한 인상을 가졌다. 명도 역시 '그 남자 꽤 친절한 분이다. 외모와 음성도 명쾌한 게…' 하는 좋은 인상을 가졌다. 그리고 새삼스러우나 손영조의 너무 거세고 괄괄한 성질을 속으로 탓하여도 보았다. '내 속을 이렇게 썩히다니' 하고.

김기석이 다시 명도를 찾아와 주기는 밤 아홉시나 되어서다. 명도는 그를 기다리다 못해 자리옷을 갈아입고 막 이불 속에 묻히려던 때였다.

"괜찮어요. 자리옷을 입었습니다만… 어서 들어오서요. 여태 기다렸습니다."

"미안합니다. 그 사람을 두어 번 갔다가 이제야 만났구먼요."

"당치않은 일에 애를 쓰십니다. 그래 알겠다구 그래요?"

"모르겠다는걸요. 손영조 씨가 조선 간 후로는 자기와는 통신이 없고 어쩌면 '사노'라는 명치대학생[159]과는 연락이 있으리라고 해서 그 사람 주소만 알아 가지고 왔습니다."

"그래서요…."

명도는 저도 모르게 한숨이 흘렀다. 그리고 얼굴엔 불이 닿는 것처럼 뜨거운 짜증이 치밀었다.

"'사노'라는 사람은 여기서 먼 데 있습니까?"

"네, 꽤 멉니다. '이케부쿠로[160]'라는 시외 정거장에서 나려서도 한 삼십 분 걸어간다니까…. 아모턴 혼자는 못 가실 테니까 제가 내일 같이

159 明治大學生. 일본 메이지대학의 학생. 명대생(明大生).
160 池袋. 일본 도쿄의 도시마구 북부의 번화가.

가 드리지요."

"그렇게 폐를 끼칠 수가 있어요. 제가 인력거라도 타고 찾아가 보겠습니다."

"무얼요, 저는 괜찮습니다. 서울 같은 데와 달러 인력거를 타군 종일 가서야 하고, 또 시외니까 인력거가 못 가는 데도 있을런지 모릅니다. 마침 내일이 토요일이니까요…. 제가 오정 때쯤 오지요. 산보 겸 시외에 가고 싶습니다."

"그래도 저는 너머 미안스러워요…."

명도는 참말 김기석이가 고마웠다. 마음이 협협한[161] 그는 모든 비밀한 사정까지라도 김기석에게 열어 놓고 그의 동정과 지혜를 빌고도 싶었다.

그래서 아직 속사정까지는 토하지 않았지만 동경 오느라고 고생한 이야기, 음식이 맞지 않아 못 먹는 이야기 따위를 비롯하여 오래 김기석을 앉아 있게 하였다. 마치 오라버니나 대하듯 고맙게 여기고 스스럽지 않게 하노라고 자리옷을 입고도 몸을 구속 없이 놀리며 마주 앉았던 것이다.

그러나 김기석은 그렇게 명도의 신경처럼 단순한 감각은 아니었다. 일시적이요 부득이한 경우에서나마 자기에게 젊은 여자가 의지한다는 것이 즐거운 일이었고 다시 그 여자가 아름다움에 그의 즐거움은 더하였다.

명도는 그날 저녁 퍽 아름다웠다. 저도 거울을 보면 놀랐을 것이다. 먼 길과 생리적 이상이 주는 피곤한 기색, 그 창백한 피부 속에 금붕어처럼 몰려다니는 헤매이는 정열, 그의 얼굴은 어느 부분은 대이면 사기처럼 선뜻할 것 같았으나 어느 부분은 불덩이 같이 불꽃이 피고 있었다. 더구나 그 몸을 완전히 봉하지 못하는, 무례스런 자리옷의 모양, 기석의

---

161 狹狹-. 급한. 여유가 없는.

구원의 여상

눈은 황홀해진 것이다. 그의 빛나는 눈방울은 마치 정욕의 탐조등처럼, 명도의 몸을 구석구석이 헤매인 것이다.

그러나 김기석의 이러한 신경계의 이상은 명도에겐 무의미한 것이었던 만치 명도의 눈에는 다만 고마운 사람, 고마운 조선 학생이란 것밖에 별다른 의식이 없이 헤어진 것이다.

이튿날 아침, 아직 열시도 못 되었을 때 의외에 김기석이 찾아왔다. 그는 정말인지는 몰라도 학교에 갔더니 교수들이 모다 휴강이라 하였다. 아무튼 명도는 김기석을 따라 전차를 타고 또 성선(省線)[162] 전차를 타고 이케부쿠로라는 정거장까지 와서, 다시 시외 길을 걸었다. 시외라도 거리가 한없이 뻗어 있었다. 날은 아침부터 비가 그치고 어쩌다 새눈알만큼씩 푸른 하늘도 보이나 그 대신 흐린 구름은 먹장처럼 짙어지는 데도 있었다.

"비가 오지 않을까요?"

"글쎄올시다."

"아직도 멀까요?"

"거의 온 듯합니다."

김기석은 이 사람 저 사람에게 집을 묻기 시작하더니 얼마 만에 한 이층집을 가리켰다.

"저 집인가 봅니다."

"어서 들어가 물어보세요."

그때 명도는 손영조의 집이나 발견한 듯이 가슴이 두근거리었다. 김기석의 가슴 역시 그러하였다. 그러나 두근거리는 성질은 같은 것이 아니었으니 명도의 두근거림은 '어서 영조를 찾게 됐으면!' 하는 그리움에서였고, 김기석의 두근거림은 '손영조를 찾게 되어 이 여자를 그자에게 맡기게 되면 어쩌나!' 하는 불안에서였다.

---

162 쇼센. 일본 철도성이 관리하던 철도선 이름.

그 집에 들어가 주인과 몇 마디 지껄이고 동정하듯 근심스러웠으나 속마음으로는 퍽 유쾌하였다.

"무어래요?"

"주인이 그리는데요. '사노'라는 명대(明大) 학생이 자기 집에 있기는 있었다구요. 그런데 두어 주일 전에 학교에 간 채 들어오지 않아 궁금해했는데 하로는 형사들이 와서 그 학생 있던 방을 말짱 뒤지고 간 것을 보아 검속(檢束)된 것이 틀리지 않다구 합니다. 그리구 손상 아느냐고 하니까 조선 사람은 아모도 모른다는걸요."

"그럼 손영조 씨도 잽히지나 않었을까요?"

"왜 손상이 그런 관계가 있습니까? 요즘 각 대학에서 많이 검속됐습니다…."

"글쎄 말입니다."

명도는 소리쳐 울고 싶었다. 속이 검은 구름에 막히는 하늘 같았다. 그런 데다가 앵두알 만큼씩 한 빗방울이 등을 때리기 시작하였다. 시외라 들어앉을 만한 음식집도 보이지 않고 맥 풀린 다리는 빨리 걸을 수도 없었다. 명도의 젖어 들어가는 생고사 저고리가 그의 어깨와 팔허리와 젖가슴의 풍염한 곡선을 조각처럼 그대로 나타내일 때에야 '가시야[163]'라고 써 붙인 빈집 하나를 발견하였다.

"위선 이리 오서요."

"무얼이요. 이렇게 다 젖었는데 그냥 가지요."

"그래도 속옷까지 젖으면 병나십니다. 잠깐 들어섰다 가지요."

명도는 자기 때문에 김기석이가 비 맞는 것이 미안하였다. 그래서 그가 하자는 대로 빈집 앞으로 갔다. 그리고 김기석이가 못을 비틀어 빼고 현관문을 여는 대로 그 안에 들어섰다. 그리고 손수건을 내어 젖은 얼굴부터 닦았다. 명도의 얼굴을 적신 것은 김기석은 비뿐인 줄 알지만 명도

---

163 貸家. '셋집'의 일본말.

는 여태껏 뜨거운 눈물을 빗방울 속에 한데 흘리고 왔던 것이다.

"새 집인데 비었지요?"

빈집 속에서 명도가 먼저 말을 내었다.

"네. 시외에는 이런 조고만 새 집들이 많답니다."

"저 때문에 이런 고생을 하셔서 참말 미안스럽습니다."

"괜찮아요. 그런데 추우시지요."

명도는 비를 맞고 걷는 때보다 오히려 추웠다. 나중에는 이가 덜덜 마치도록[164] 떨리었다.

비는 점점 소리 높이 쏟아질 뿐인데.

김기석은 추운 줄을 몰랐다. 옷이 젖었거나 신발이 젖었거나 그런 괴로움은 어여쁜 여자와 단둘이 빈집 속에서 비를 근구고[165] 섰는 행락으로 넉넉히 잊을 수가 있은 것이었다. 그러나 명도의 새파랗게 질린 얼굴과 사시나무처럼 떠는 것은 너무나 병적이었다. 그것을 보고 그대로 비가 그치기만 기다릴 수는 없었다. 그래서 기석은 명도를 혼자 있게 하고 큰길로 뛰어나가 얼마 만에 지나가는 택시를 불러 세운 것이다.

명도는 여관으로 들어서자 김기석에게 인사도 똑똑히 못한 채 허둥지둥 무서운 아픔 속에서 자기 방으로 기어 올라갔다. 그의 뱃속에서는 커다란 이상이 일어난 것이다. 그는 아무도 없는 자기 방에서 어쩔 줄을 몰라 저고리를 갈아입을 정신도 없이 다시 아래로 나려갔다. 그리고 인력거를 불러 타고 가까운 병원으로 달려간 것이다.

명도는 태모로서 가장 안정이 필요한 시기에 가장 그것을 방심한 탓이었다. 정신상 불안과 초조가 극도였을 뿐 아니라 육신상 영양 섭취가 부족한 데다가 여러 날을 기차에서 흔들리었고 자동차에서 흔들리었고 더구나 찬비에 오한을 일으킨 것이 모다 태아에게 완전한 치명상이었

---

164 부딪치도록.
165 '긋고'의 방언. 비를 잠시 피하고.

던 것이다. 명도는 병원에 들어서는 길로 무서운 출혈이 있었다. 그 끔찍하게 쏟아진 피 속에는 생각하면 원수 같았고 또 생각하면 내 몸의 반 토막 이상으로 소중하던 태아가 흘러나간 것이었다.

처음 명도는 병원에서 밤을 새워 울었다. 아픔에 울었고 서운함에 울었고 외로움에 울었다. 그러나 며칠 뒤에 차츰 뱃속이 자리잡히고 종잇장 같은 손등에 핏기가 차차로 배이기 시작할 때는 무서운 꿈에서 눈을 뜰 때처럼 날아날 듯한 경쾌를 느끼었으니 그것은 자기의 몸이 외형상으로나마 다시 처녀 행세를 회복한 것이었다.

명도는 혼자 이렇게 중얼거린 것이다.

"영조야, 나는 이젠 이 이상 너를 찾기에 노력하지 않아도 좋을 것이다. 나는 아이에게서만 해방된 것이 아니라 손영조 너에게서도 해방된 것이다. 너는 얼마나 나의 자존심을 유린하여 왔느냐."

명도는 열하루 만에 병원에서 나왔다. 병원에 있는 동안 문병 오는 사람이 자주 있었으나 또 그는 고마운 김기석인 줄도 알았지만 그는 면회를 거절하였다. 그리고 의사에게 말하고 병명을 다른 것으로 발표하게 하고 유산이란 것은 알리지 않게 하였다. 그리고 명도는 병원에서 나서는 길로 김기석을 찾아간 것이다.

김기석은 매우 반가워하였다. 그리고 여위고 혈색 없는 명도의 몸을 사랑하는 아내의 일처럼 걱정하였다.

"동경은 공기가 망하니[166] 일광(日光)[167] 같은 곳에 가서 얼마 동안 정양하고 오시지요."

"일광이 어디로 붙었는지 알아야지요."

"동경서 멀지 않습니다. 서너 시간 걸립니다. 제가 모셔다 드리지요. 그리고 오시고 싶은 때 전보하시면 또 모시러 가지요."

---

166 나쁘니. 고약하니.
167 닛코. 일본 도치기현 북서부에 있는 도시. 신사(神社)와 온천으로 유명한 관광지.

　　　　　　　　　　　　　　　　　구원의 여상

명도는 김기석의 지나친 친절이 어느 정도까지는 경계해야 할 것을 깨닫지 못한 바도 아니었지만 김기석의 친절을 물리치기에는 동경이 너무 서투른 곳이었다. 게다가 손영조를 단념한 이상, 내일부터의 순서가 막연한 것이었다. 그뿐 아니라 사실이 공기 좋은 곳에서 얼마간 정양을 요구하는 바라 명도는 김기석과 가방을 나란히 들고 일광으로 간 것이다.

　차를 한자리에 앉아 타고 점심을 한 테이블에서 사 먹고 한 자동차를 둘이 타고 들어가서 여관만 따로 정하지는 못했을 것이나 그들은 하녀가 한방에 몰아넣는 것만은 반대하였다. 뿐만 아니라 몸이 허약해진 명도는 저녁에는 김기석과 이야기하기를 피하고 이내 자리에 눕고 말았다. 그리고 그 이튿날은 김기석에게 자기가 지난밤에 생각한 바를 말하였다. "기석 씨는 오늘 동경으로 가십시오. 그리고 암만 생각해도 일본 음식을 먹고는 추셀[168] 수가 없으니 방을 하나 얻어 주십시오. 얻으셨다고 전보 치시면 저도 곧 동경으로 가겠습니다. 그리고 제가 동경으로 오기는 피아노 개인 교수를 받으려고 왔습니다. 손영조 씨가 전에 내가 동경 오면 좋은 선생을 소개하겠다고 해서 찾은 것이나 그분은 만날 수 없고 또 내가 지금 약하니까 선생은 차츰 정하겠습니다…." 김기석은 두말없이 명도에게 순종하였다. 명도는 일광 와서 나흘 되는 날에 김기석에게서 오라는 전보를 받았다. 상야[169] 정거장에는 물론 김기석이가 등대하고[170] 있다가 택시 안으로 명도를 맞았다.

　"방을 얻으려니까 밥을 지어 먹을 만한 데는 별로 없어요. 그래서 나카이[171]라는 시외에 집을 얻었지요…."

　"집을요?"

168　'추설'의 방언. 기력을 회복할.
169　우에노(上野). 일본 도쿄도 다이토구의 번화가.
170　준비하여 기다리고.
171　나카이마치(中井町). 일본 도쿄도 신주쿠구의 한 지역.

"네. 집이라도 방 하나 부엌 하나 현관에 붙은 삼조방[172] 하나밖에 안 되니까 그저 방 하나 얻은 셈이지요."

"무서워 어떻게 있어요?"

"집이 옹근[173] 한 채가 아니라 한 채를 반씩 두 집을 맨든 것이고 한 편 집엔 사람이 들어 있으니까 무서울 것 없지요. 우물도 있고 나무들도 많고 공기가 좋아요. 해도 방에 잘 들구요. 그런데 새 집이야. 아모도 들지 않았던…."

정말 가서 보니 혼자서도 넉넉히 지낼 알맞은 집이요, 깨끗하고 모든 것이 편하였다. 명도는 집세를 기석에게 갚고 어머니에게서 넉넉히 왔던 돈으로 기석과 함께 이내 거리에 나가 약간 부엌세간과 쌀과 찬거리를 샀다. 그리고 기석은 종이와 풀을 사다 장지를 바르고 명도는 숯불을 피우고 밥을 짓는 것이 마치 신접살림을 시작하는 신혼한 양주[174] 같았다.

그들은 저녁을 서로 권하며 먹었다. 그리고 밤에는 다시 거리에 나와 전에 들었던 여관을 들러 인애가 퇴원하였다는 반가운 편지도 받고 큰 백화점으로 가서 꽃도 사고 실과도 사고 내의와 침구 같은 것도 샀다. 김기석은 상점에서도 명도의 남편이나 애인 같았다. 무엇이고 사는 것이 있으면 명도가 돈을 치르는 새 물건은 모다 기석이가 받아 들고 다녔다. 그뿐 아니라 밤이 늦었는데도 다시 명도의 집까지 따라왔다. 그것은 명도가 혼자 집을 찾아갈 수 없기 때문에 할 수 없이 된 일이었지만 김기석은 자기의 예정한 순서가 한 가지도 어긋나지 않고 맞아 나가는 것을 슬그머니 기뻐하였다.

그러나 명도는 저만 구두를 벗고 올라서서 기석에겐 올라오란 말은 하지 않고

172 다다미 세 장 크기의 방.
173 온전한.
174 兩主. 부부.

　　　　　　　　　　　　　구원의 여상

"곤하시겠습니다. 또 한참 가서야겠지요."

하였다.

기석은 우물쭈물하고 얼른 대답이 없었다. 그리고 계획적으로 명도의 입에서 자고 가라는 말이 나올까 하고 이런 말을 하였다.

"혼자 주무시기 무섭겠습니다."

그러나 명도는

"무얼요. 나 무섬 타지 않어요."

하였을 뿐이다. 기석은 다시 이런 말도 내어 보았다.

"시외에는 도적이 많어요. 주의하세요."

"도적요? 그럼 문을 꼭꼭 걸지요."

하릴없이 기석은 물건 배달 왔던 사람처럼 "안녕히 주무십시오" 하고 명도의 집을 나섰다. 그러나 차마 발길이 나가지를 않았다. '이런 기회를!' 하고 기석은 몇 번이나 걸음을 멈추고 생각하였다. 생각하면 생각할수록 발은 천근처럼 무거웠다. 그래서 가까스로 정거장까지 오기는 왔다가 전차도 기다리지 않고 무슨 볼일을 잊은 사람처럼 부리나케 온 길을 다시 달음질치었다. 명도가 왜 도로 왔느냐 물으면 전차가 끊어졌다고 어름어름하고 문을 열어달랄 작정이었다.

사랑은 어진 것

명도가 동경으로 떠나간 후 인애의 병세는 날마다 좋은 경과만 계속되었다. 무엇보다 오후만 되면 사십 도까지 오르내리던 열이 여러 날째 평온을 지켜 주어 밤이면 힘든 일이나 한 사람처럼 잠을 달게 잘 수가 있었다. 아침마다 만족한 잠에서 깨어 신록에 덮인 첫여름 하늘을 우러러보며 유리컵으로 한 잔씩 마시는 맑은 냉수는 어찌 시원하고 맛이 있는지 그 물이 곧 한 컵의 새로운 피가 되어 피 마른 자기 가슴속을 흥건히 적시어 주는 것 같았다. 인애는 갱생의 기쁨을 느끼었다.

인애는 병원에서 그린 선생의 집으로 나왔다. 그린 선생의 지극한 간호를 눈물겨워 감사하며, 어서 원기가 회복되기를 바라며, 틈틈이 밀린 교과서도 들여다보았다. 명도에게서도 유쾌한 편지가 온 것이다. 아이를 밴 줄만 알고 고민하여 왔으나 동경 와서 의사의 진단을 받아 본 결과 아이가 아니요, 소화 불량으로 인한 일시병이었다는 명도의 편지는 인애의 마음까지 경쾌하게 하였다. 그리고 명도의 말이 영조는 아무래도 만나 볼 수가 없고 또 이왕 온 김에 얼마 동안 마음의 평정도 얻을 겸 음악회 구경이나 공부 삼아 다니고 있겠다는 것이어서 인애는 명도를 위해 근심하던 것도 한 짐 덜어 버릴 수가 있었다.

인애는 얼마간 다리에 힘을 얻어 저녁 후면 그린 부인과 함께 산보도 나다니게 되었다. 그들은 흔히 바로 집 뒤인 인왕산 중턱으로 올라다녔다. 그날도 그린 부인과 함께 인왕산 허리에서 넘어가는 석양을 바라보고 있었다.

"하늘이 뻘거니까 인애 얼굴도 아주 뻘건 게 좋은데. 정말 그렇게 돼야지, 어서."

구원의 여상

그린 부인의 말이었다. 정말 석양은 불타는 듯하였다. 미친 정열 같았다. 정열이 그리운 인애는 입을 크게 벌리고 석양의 불꽃을 호흡하였다.

"왜 울어? 응 인애?"

"아니요. 안 울었어요. 무에 눈에 들어갔어요."

그러나 그린 부인은 속지 않았다. 인애를 달래며 껴안고 다른 날보다 일찍이 나려왔다.

그날이었다. 인왕산에서 나려오니 기숙사에서 민경희가 왔다가 편지 한 장을 두고 갔다.

그 편지는 기다리던 명도에게서 온 것도 아니었다. 그 편지는 뱀처럼 인애의 가슴을 놀래 주었다. 부친 사람의 주소와 성명은 다시금 살펴볼 여지도 없게 굵은 모필 글씨로 '서대문형무소 내 손영조'라 쓰여 있었다.

인애는 그 편지를 얼른 뜯어보지 못했다. 손영조가 감옥에 가는 것은 그에게 있을 법한 일이겠지만 또 인애로서는 그전처럼 손영조의 일이 곧 자기의 일이 아니겠지만 인애는 이렇게 놀랍고 무서운 편지를 받아 본 적은 없었다.

> 인애 씨, 나는 여기 와 있습니다. 몸은 아직 건강합니다. 그러나 마음은 그렇지 못한가 봅니다. 늘 꿈에 당신을 봅니다. 당신을 본 날 아침은 내가 여기 있는 줄 아지도 못할 당신이지만 공연히 기달려지니 병인 것 같습니다. 인애 씨, 늘 건강하시기 바랍니다.

편지엔 명도 말이 한마디도 없었다. 인애는 괴로웠다. 그날 밤 한잠도 이루지 못했다. 자기에게 그처럼 표변하던 사나이, 자기에게 그처럼 남 모르게 슬픔과 아픔을 주던 무뚝뚝한 사나이, 인애는 영조에게 가지었던 분함과 원망스럽던 것도 다시 새로워졌다. 뿐만 아니라 인애는 손영조의 문제를 자기 머릿속에서 가슴속에서 깨끗이 청산한 지가 오래였다. 옛날의 손영조, 평양 있을 때의 손영조나, 동경 있을 때의 그 손영조는 인애의 가슴속에 영원한 기념상처럼 빛나고 서 있지마는 명도를 기숙사에서 끌어낸 손영조, 명도와 함께 한방을 얻고 그 윤락된 생활을 자기 눈앞에서 거리낌 없이 하던 그 철면피의 손영조는 벌써 단념한 지가 오랜 것이다. 그 후에도 인애는 늘 꿈에도 손영조를 보기는 하였다. 그러나 그것은 명도를 가져가기 전의 손영조였고 그 옛날의 손영조는 꿈만이 아니라 외로울 때마다 서글플 때마다 의식적으로 그리워하는 것이었다. 그러나 옛날의 손영조는 혼자 그리는 추억 속에서나 만날 수 있는 것이요, 결코 꿈이 아닌 현실에서는 만날 수 없는 단념한 사람이었다.

이제 그 사람한테서 편지가 온 것이다. 짧은 사연이요 노골적으로 청하지는 않았어도 한번 만나 주기를 간절하게 청한 것이었다. 인애는 괴로웠다. 손영조가 다른 곳에서 보낸 편지라면 그렇게 괴로울 까닭도 없고 뜯지도 않고 찢어 버렸을지도 모른다. 그러나 감옥에서 온 것이 괴로웠다. 자기 개인의 욕망을 달하려 허우적거리다가 그런 곳에 갔다면 말할 것도 없거니와 그의 사상과 정신이 서로 착오됨은 별문제로 하고 아무튼 손영조는 남을 위해 저 개인 생활을 불고하고[175] 나간 사람이다. 인애는 그 점을 생각하기 때문에 손영조의 편지를 묵살하기가 어려웠던 것이다.

인애는 그 이튿날 아침, 그린 선생도 없이 혼자 인왕산 허리에 올라갔다. 그리고 딴 세상처럼 시뻘건 성으로 둘린 서대문형무소를 망연히 앉아 나려다보았다. 저녁마다 그곳에 와서 무심코 나려다보던 서대문형무소였다. 세 길[176]도 더 되게 높이 둘려 있는 완강스런 벽돌담, 문 하나 열어 놓은 것이 없는 빈집처럼 무슨 창고처럼 고요하고 답답하고 음울해 보이는 감방들, 저 속에 손영조가 앉아 있으려니, 저 속에서 종일 가

---

175 돌보지 않고.
176 사람의 키 세 배 정도에 해당하는 길이.

구원의 여상

야 말 한 마디 할 사람 없이 허옇게 떠 나가는 얼굴에 땀을 씻으며 앉아 있으려니 생각하니 그만 인애는 동기간의 일처럼 원통함과 슬픔과 동정을 참을 수가 없었다. 인애는 점심도 굶고 해가 지도록 혼자 앉아 울었다. 그리고 이렇게 마음을 먹었다.

'저 속에 앉았는 영조가 나를 만남으로 단 일 분 동안이라도 괴로움을 잊는다면 나는 그것을 아끼지 말자. 나는 그를 단념하였드래도 내 가슴속에는 오직 손영조의 사랑만이 깊이깊이 뿌리박혀 있지 않으냐. 사랑은 악한 것을 기억하지 않는다 하였다. 내가 좀 더 너그럽자. 사랑은 어진 것일 것이다. 사랑은 어진 사람만이 가질 수 있는 제일 고귀한 감정일 것이다. 나는 영조를 위로해 주리라.'

인애는 명도에게 손영조가 서울 서대문형무소에 갇히어 있다는 것을 곧 알리었다. 그리고 영조의 편지를 받은 지 사흘 만에 서대문형무소로 영조를 면회하러 간 것이다.

인애는 형무소 안에 들어가서 세 시간 동안이나 기다렸다. 그는 그 세 시간 동안을 영조를 만나서 무슨 말을 해 주는 것이 제일 좋을까 하고 그것을 생각하기에 다 보냈다. 그러나 간수의 뒤를 따라 들어가 막상 면회장을 당하고 보니 너무나 기가 막힌 경우였다. 그래도 간수들의 경계하에서라도 한방에서 마주 서서나 볼 줄 알았던 것이 면회실이라고 들어서니 간수가 사람도 보이지 않는 벽을 가리키었다. 가리키는 대로 바라보니 마치 정거장에서 표 파는 구멍만큼 한 문이 딸각하고 열리었다. 거기서 내다보는 눈이 얼굴도 다 드러나지 못하는 손영조의 모양이었다.

인애는 부르르 떨리었을 뿐, 입에서 말이 빚어지지 않았다. 두번째 치어다 볼 때에는 빡빡 밀어 깎은 앞머리와 콧날이 솟고 광대뼈가 두드러진 허옇게 센 얼굴이 무어라 지껄이었다. 인애는 못 알아들어서 "네?" 하고 다시 물었다.

"그간 앓으셨냐 말이야요. 얼굴이 퍽 상했습니다그려."

말소리만은 그의 얼굴처럼 귀에 설지 않았다.

"아니오, 나는 잘 있었어요."

"참말 이렇게 와서 찾아봐 주시니 고맙습니다."

이 말을 하고는 영조도 하얗게 센 손이 눈으로 올라갔다. 그의 화경같이 빛나던 눈에도 눈물이 어린 것이다.

"어서 할 말이나 해…. 다른 말이 없소가?"

이것은 영조의 등 뒤에서 나는 간수의 소리였다.

인애는 이 소리에 더욱 우둔이 들렸다[177]. 그러나 명도가 일본으로 찾아간 것이나 이야기하려고 영조를 치어다볼 때, 영조는 다시 눈을 커다랗게 뜨고 인애를 쏘아보고 있었다. 그리고 영조가 먼저 말을 내었다.

"책을 하나 들여보내 주십시오. 성경이나 하고 어학에 관한 책만 받는다니, 혹 독일어를 자습하는 책이 보이거든 한 권 사 넣어 주십시오. 그리고 나는 염려 마십시오. 오래 있지는 않을 겁니다."

이때 다시 영조의 등 뒤에서 벌컥 내지르는 소리로 "노가 그런 말이 하라고 했어…" 하더니 딸깍 소리가 영조의 얼굴을 가로막고 만 것이다. 이리하여 인애는 명도의 소식도 전하지 못한 채 무서운 꿈에서 본 것처럼 불안스러운 인상만을 품고 형무소에서 밀려 나오고 말았다.

인애는 그 이튿날로 독일어 책을 사다 차입(差入)시키었다. 그리고 그린 선생에게 졸라 직업을 구하였다. 학교는 일 년 동안 휴학하기로 하였으나 그린 선생은 인애의 건강을 근심하고 직업을 갖는 것을 반대하였다. 그냥 자기 집에서 쉬이라고 권하였으나 인애는 직업을 애원하였다. 자기도 가만히 쉬고 있고는 싶었으나 돈이 필요하였다. 평양 모교에서 오는 학비는 일 년 동안 휴학해야겠으니 식비만 보내라고 하여서 겨우 식비 십수 원만 오는 것이었다. 그것만으로도 그린 선생 집에서 먹고, 잡용(雜用)까지도 쓸 수 있을 만치 그린 선생이 호의껏 인애를 보호하는

177 당황해서 말문이 막혔다.

것이었지만 인애는 돈의 여유가 필요했던 것이다. 인애는 영조의 그 파리한 얼굴을 보고 와서 저만 맛있는 음식을 맛있는 그대로 먹혀지지가 않았다. 손영조에게는 그의 고향에 장사하는 형님도 있다. 그러나 그에게 사식(私食)을 들여 주리만치 넉넉한 형님도 못 되거니와 영조를 무슨 까닭에 하던 공부를 집어치우고 저따위 짓을 하느냐고 오히려 괘씸하게나 여길 그런 형님인 것을 인애는 모르지 않았다. 또 명도에게도 그동안 두어 번 권고하는 편지를 보내 보았다. 동경서 쓰는 돈으로 서울 와서 절약해 쓰고 영조에게 밥을 대어 주라고 해 보았으나 명도에게선 명도의 동경 생활을 모르는 인애로서는 이상하리만치 똑똑지 않은 대답이 오곤 하였다.

인애는 너무 애가 타서 빈손으로라도 감옥 가까이 있는 차식(差食)[178] 집은 모조리 다니며 물어보았다. 차식에도 여러 층이었다. 한 달에 오륙십 원짜리도 있고 사오십 원, 삼십 원, 최하가 이십오 원이었다. 어떻게 해서 이십오 원 벌이만 하여도 영조가 예심(豫審)으로 있는 동안이나 콩밥을 먹지 않게 하겠는데 하고 인애는 속을 태웠다. 그러나 건강한 사람에게도 없는 직업이 인애 차례에 올 리가 없었다.

178 감옥에 있는 사람에게 들여보내는 음식.

도적보다는 반가웠던 사람

그날 밤, 김기석이가 자기 하숙으로 돌아가다 말고 '이런 기회를!' 하고 다시 명도의 집으로 달음질한 그날 밤, 명도는 거의 운명적으로 김기석의 계획 범위를 벗어나지 못했다.

김기석이가 "무서우시겠습니다. 시외는 도적이 많아요" 하는 말에 "나는 무섬을 타지 않아요. 문을 꼭꼭 걸고 자지요" 하는 대답은 했지만 훌쩍 김기석이가 나가고 마니까 아닌 게 아니라 무섭기도 하였다. 아무것도 없으려니 하면서도 변소를 열어 보고 부엌도 열어 보고 오시이레[179]도 열어 보았다. 문마다 자물쇠를 꼭꼭 틀어 잠그고 불을 가리고 자리에 누웠을 때는 무서움 이외에 다른 생각도 한 가지 일어났었다. 그것은 쓸쓸함이었다.

그때 누가 현관문을 똑똑 두드리는 소리가 났다. 슬며시 힘을 들여 밀어 보는 소리도 났다. 명도는 무서움에 가슴이 뛰었다.

'도적놈일까? 설마!'

또 똑똑 소리가 났다.

'김기석 씨가 조곰만 더 있다 갔던들… 아니 김기석 씨가 아닐까?'

또 똑똑 소리가 났다.

'도적놈보다는 행여 김기석이었으면!'

이번에는 "에헴" 하고 인기[180] 소리가 났다. 암만해도 도적 같지는 않았다. 명도는 모깃소리만치 질러 보았다.

---

179 '반침', '벽장'의 일본말.
180 人氣. 인기척.

"다레데스까?[181]"

"저올시다. 김기석이올시다."

명도는 도적보다는 반가웠다.

"왜 도루 오셨어요?"

"문 좀 여세요….."

"…."

"… 좀 여세요."

명도는 문밖에 섰는 사나이와 여러 말을 주고받는 것은 이웃집에서 들더라도 재미없다 하여 얼른 자리옷 바람으로 현관으로 나가 다시 가만가만히 자물쇠를 빼고 문을 열어 주었다. 기석은 그림자처럼 신발 소리도 없이 성큼 들어섰다. 그리고 다시 문을 잠그는 소리밖에는 아무 소리도 나지 않았으니 김기석이가 무어라고 다시 찾아온 이유를 설명했는지 그것은 명도밖에는 모른다.

아무튼 그날 밤 이후로 명도의 전부는 다시 김기석에게 완전히 정복되고 말았다. 이웃집 일본 여자가 김기석을 물을 때 명도는 할 수 없이 자기의 남편이라고 선전하는 수밖에 없었다.

김기석은 방학이 되어도 집에 나오지 않았다. 비 잘 오고 무더운 동경이었지만 신혼한 사람들처럼 그들의 신선한 행락 생활은 동경의 여름도 그리 괴로울 것 같지는 않았다.

명도는 인애에게서 손영조의 놀라운 소식을 들었을 때도 처음에는 슬프고 답답하고 애도 쓰였다. 그러나 기석에게 끌리어 긴부라[182]나 하고 돌아다니면 손영조의 존재는 넉넉히 잊어버리고도 살 수 있었다.

그러나 명도도 인애만은 잊어버릴 수 없었다. 인애에게 자기의 동경 생활 전부를 솔직하게 말하지 못하는 것만은 슬퍼하였다. 기석이가 없

---

181 '누구십니까?'의 일본말.
182 도쿄의 번화가인 긴자 거리를 산책하는 일을 뜻하는 일본말.

는 동안은 늘 인애를 생각하였고 기숙사 안에서 지내던 지나간 학창 생활도 눈물겨웁게 그리워하였다. 인애와 경희와 모든 학교에 있는 동무들의 그 공공연한 학창 생활과 오늘 자기의 비밀 많은 생활을 비교해 볼때 하나는 흐르는 맑은 시내에서 자유로 오르나리는 고기 떼 같았고, 하나는 썩은 연못 물 밑에서 숨을 가쁘게 쉬고 엎디인 개구리나 올챙이 같았다.

명도는 가끔 탄식하였다. 중얼거리었다.

"나는 개고리로구나! 나는 올창이로구나!" 하고.

명도는 차츰 김기석이도 미워졌다. 눈앞에 보일 때는 싫지 않은 동무였으나 혼자 앉아 지난 일과 오늘의 자기 생활을 비판해 볼 때는 김기석이도 원망스러웠다. 김기석이가 방학이 되기 전에는 학교에 간 새와 그의 하숙에 있는 동안은 기다려도지고 만나면 반갑기도 했으나 학교에도 안 가게 되고 하숙에서도 조선으로 간다 하고 아주 떠나와서 자기와 생활을 한 덩어리로 묶어 놓은 후로는 차츰 김기석에게도 권태와 우울을 느끼게 된 것이다.

명도의 우울과 함께 여러 날 지리하게 나리던 비가 씻은 듯이 개인 날 아침이었다. 김기석은 아직도 자리 속에 있었다. 그들의 살림살이는 일정한 끼니때도 없거니와 일정한 잠 시간도 없었다. 피곤하면 낮이라도 밤처럼 자고, 유쾌하면 밤이라도 낮같이 지내되, 거리낄 데가 없이 자유스러웠다. 그들은 피곤할 대로 피곤하였다.

"오오 명랑한 아침이다! 신선한 녹음이다!"

명도는 우물가에 나서서 비 개인 여름 아침에 물결처럼 빛나는 녹음을 바라보고 저절로 이런 말을 중얼거리고 섰을 때다.

그때 오래간만에 편지 한 장이 왔다. 인애가 보낸 것이었다.

명도는 편지를 받아 들고도 뜯을 생각 없이 멀거니 서서 녹음만 바라보았다.

'인애 언니! 무어라고 했을까?'

명도는 편지를 든 채 집을 나서 한참이나 빠져나오는 대밭 길을 걸었다. 명도가 적적할 때마다 혼자 걷는 길이었다. 그는 살진 물결이 무성한 풀을 휩쓸고 넘칠 듯이 흘러가는 도랑 언덕에 앉았다. 그리고 그때야 편지를 뜯으려고 가까이 들여다보고 글씨가 낯선 것을 알았다.

　'왜 대필을 했을까? 또 앓지나 않나?'

　명도는 불안한 속에서 편지를 뜯었다.

조그만 것이라도

인애는 그린 선생이 여름휴가가 되자 곧 그를 따라 원산으로 가게 되었다. 애초부터 그린 선생이 같이 가기를 청했고 더구나 평양 H부인이 특별히 여름 동안 공기 좋은 데 가서 정양하라 하고 돈도 백 원이나 보내 주었다. 인애는 두 서양 선생의 은혜를 눈물 흘리며 감사하였다. 그러나 또 한편으로 눈물 흘리며 생각하였다. 이 더운 여름날을 감방 속에 앉아 지낼 영조의 경우를 잊을 수가 없었던 것이다.

"선생님, 나는 서울 있겠어요. 선생님 집을 제가 지키고 있겠어요. 금복 어머니가 밥은 해 주겠다고 했어요."

"왜 시원한 명사십리[183] 가서 좋은 공기 마시고 지내지 서울 왜 있어? 안 돼."

"선생님, 그래도 서울 있고 싶어서요."

"안 돼."

인애는 할 수 없이 원산으로 가게 되었다. 그러나 그린 선생이 먼저 떠나고 인애는 한 주일 동안만 서울서 더 남아 있기로 했다. 그린 선생이 알기는 인애가 여름 동안 먹을 약과 입을 옷과 다른 소용될 물건을 준비하느라고 나중에 오는 줄 알았으나 인애는 자기를 위해 준비한 것은 새 낯수건 하나를 사고 장복하던 환약 한 병을 산 것밖에는 아무것도 없었다.

인애는 그린 선생을 보낸 이튿날 아침 곧 형무소 앞으로 갔다. 그리고 한 차식집을 찾아 들어가 육십 원을 내어주고 손영조에게 두 달치 차식

---

183 明沙十里. 함경남도 원산시에 있는 백사장.

을 부탁하였다.

그다음 날도 인애는 형무소로 갔다. 옥양목 고의적삼 한 벌과 베겟[184] 한 벌을 사다가 영조에게 넣었다.

그다음 날도 인애는 형무소로 갔다. 영조가 벗어 놓은 헌 옷을 찾아내이러 갔던 것이다.

그다음 날은 인애는 인왕산으로 갔다. 깊은 골짜기로 찾아가 진종일 땀을 흘리고 빨래를 했다. 영조의 양복이었다. 보는 사람만 없어도 그린 선생 집 부엌에서 빨고 싶었으나 집 지키러 온 사람들이 있을 뿐만 아니라 영조의 양복은 너무도 더러웠다. 동경서 잡힐 때부터 유치장에서, 기차와 기선에서, 다시 감방에서 몇 달 동안을 입고 뒹군 그의 단벌 양복은 남의 눈에 내어놓기가 부끄럽게 땀과 때에 절어 있었던 것이다.

인애는 갑갑하게도 흐르는 작은 샘물을 손으로 파 가며 종일 응달도 없는 곳에 쪼그리고 앉아 그 영조의 더러운 양복을 빨았다. 그것을 다시 볕에 말려 걸을 때에는 제 몸의 땀과 때나 씻고 난 듯이 상쾌하였다. 그러나 인애는 영조를 생각하기에 너무 자기를 잊었다.

볕에 시들은 풀처럼 사지를 추셀 수 없이 피곤해 돌아온 인애는 곧 자리에 누운 것이 그만 병석이 되고 말았다. 멎었던 기침이 다시 나오기 시작하였다. 그날 저녁은 피도 나왔다. 열은 보아 줄 사람이 없어 몇 도였는지는 모르지만 대단히 높은 열기였다.

그러나 인애는 '이것이 손영조 때문이로구나' 하고 후회는 하지 않았다. 그 대신 이런 생각은 하였다.

'나는 조그만 아조 변변치 않은 것이라도 의(義)를 한 것뿐이다. 그 양복이 손영조 아니야 모르는 사람의 것이면 어떠냐. 내가 내 힘으로 그런 경우에 있는 사람의 더러운 옷을 빨아 주어 조그만치라도 그런 사람의 건강과 위안을 돕는다면 그것이 오직 나의 커다란 기쁨일 것이다. 그 사

---

184 베옷.

람이 하필 손영조기 때문에 하는 것은 아니다.'

인애는 이렇게 즐거워하였다. 그러나 그는 너무 외로웠다. 몸이 병으로 아픈 것보다도 외로움에 더욱 아팠다. 저녁때 물 한 주전자를 떠다 준 것을 밤새도록 마시려면 미지근해지는 것은 고사하고 그 물이나마 더 떠다 달랄 사람이 없었다.

일주일이 지나도 인애의 병세는 그저 한 모양이었다. 인애는 그런 몸을 끌고 도저히 명사십리로 갈 수가 없었다. 할 수 없이 그린 선생한테와 동경 있는 명도에게 아프다고 편지한 것이다. 그리고 명도에게는 좀 나와서 한번 만나 보기나 했으면 하였다. 그래서 편지 쓰는 사람더러 "꼭 한번 왔다 가기라도 하라고 하시오" 한 것이다.

명도는 인애의 편지를 읽고 저윽 마음이 움직이었다.

명도는 처음 영조를 찾아 동경으로 오던 때와 같이 눈앞이 어둡지는 않았다. 그때는 손영조 한 사람을 어떻게 해서나 찾아야 살아 나갈 길이 열리고 그렇지 못하면 죽음만 못하리라 했었다. 그러나 광명은 손영조를 만나는 데서 나타난 것이 아니요 제 몸속에서 영조의 아이를 우연히 잃어버리는 데서 나타났다. 명도는 그때 병원에서 홀가분해진 배를 쓰다듬어 보며 나설 때에는 세상은 새천지였다. 손영조를 다시 찾으려고 애쓸 필요도 없이 원망스런 그 사나이와의 과거의 모든 것을 깨끗이 청산한 셈이었다. 그래서 손영조에게 비기면 아주 만만하도록 친절한 사나이 김기석을 조금도 도덕적으로 꺼림이 없이 사귀기 시작한 것이다. 명도는 손영조에게 펴지 못하던 기운을 김기석에게 펴 보았다. 그것이 처음에는 유쾌하기도 하였다. 김기석은 명도의 발이라도 핥으라면 고분고분히 핥았다. 다리를 "좀 주물러 줘" 하고 자다 말고라도 빙그레 웃으면 그것을 복종하였다. 그러나 그것이 오래 만족한 행복은 아니었다.

'언제까지 이렇게 살 것인가?'

명도는 곧 이런 생각을 하고 막연해하였다. 더욱 김기석이란 사나이의 사내 된 품이 자기의 일생을 권위 있게 상대하여 나아갈 인격이 못 되었다. 처음에는 말 잘 듣는 만만한 맛이 일생을 두고 싫지 않을 것 같 았으나 너무도 하라는 대로만 하니까 역시 손영조처럼 자기의 말을 부 정도 할 줄 알고 자기를 명령도 하는 그런 일면(一面)도 남편에겐 있어 야겠군 하였다. 더구나 성적으로 무질서한 방종한 생활, 그것처럼 이내 물리는 행복은 없었다.

명도는 다시 눈앞에 광명을 잃었다. 이내 인애의 생각이 났다. 그런 동무가 옆에 있었으면 했다. 집 생각도 났다. 어머니의 그리움도 객지에 나서는 처음 느끼었다. 그러던 차에 인애의 '다시 가드라도 한번 와서 만 나다오' 하는 대필 편지를 받고는 곧 서편 하늘로 날아가고 싶었다.

그러나 김기석은 놓지 않았다. 그것만은 명도의 말을 듣지 않았다. 명 도 자신도 그것만은 끝까지 고집하지 못하였다.

명도는 인애에게 편지 답장도 못했다. 전에는 자기 생활의 반면(半面) 을 감추기는 할지언정 편지 답장은 늘 써 보냈으나 이번에는 답장할 용 기를 잃어버리고 말았다. 어름어름 지나간 것이 팔월 달도 지나고 구월 도 벌써 중순인 때다. 전보 한 장이 명도에게 왔다. 조선말로 새기면 이 런 사연이었다.

'한번 만나 보고 죽고 싶다.'

물론 인애에게서 온 것이었다.

가을꽃

불볕이 나려 쪼이는 바위 틈바귀에서 진종일 해 보지 않던 빨래에 맥이 풀린 그날, 시든 풀포기 같은 인애의 가슴속에는 다시 병균의 천지가 되고 말았던 것이다.

그러나 오래 병과 싸워 본 경험과 환자의 침착한 성질은 곧 병균에게 꺾이지는 않았다.

인애가 앓는다는 말을 듣고 그린 선생이 다시 서울로 와서 곧 병원으로 가게 하였으나 인애는 병원을 거절하였다. 병자로서 병원을 싫어할 리는 없겠지만 인애에겐 넉넉한 병원비가 없었다. H부인이 보내 준 백 원 돈도 그린 선생은 아직 인애가 가지고 있으려니 하였지만 그중에서 칠십여 원이나 손영조를 위해 나간 것이다.

결국 인애는 동소문[185] 밖 어느 절촌[186]에 방 한 칸을 얻고 정양하기로 하였다.

인애는 자연과 동무하여 병과 싸웠다. 우썩우썩 소리 나는 듯이 자라고 우거지고 하는 여름의 자연을 바라볼 때 또 그 속에 들어앉아 건전한 마음으로 생명의 신비를 생각할 때 인애의 생동하는 청춘의 의기는 과학적 견해인 폐병의 비관을 초월하고 기적적으로 회생해 나가는 자기의 생명력을 느끼곤 하였다.

인애는 아침마다 해 뜨기 전에 일어났다. 그리고 그리 높지 않은 뒷산 중턱에 혼자 올라 예배하듯 옷깃을 바로잡고 아침을 구경하고 아침을

---

185 東小門. 혜화문.
186 사찰 근방의 마을.

호흡하곤 하였다. 아침은 인애에게 위대한 시(詩)였었다. 그 캄캄한 무서운 꿈속 같은 큰 어둠이 소리 없이 자취도 없이 훤하게 밝아지는 신비며, 그 위에 장밋빛이 돌고, 별이 숨기고, 먼 산봉우리들이 안개 속에서 하나씩 둘씩 드러나고, 나중엔 소리 질러 외치듯 쭉쭉 햇발이 뻗쳐오르고…. 아침은 누구에게나 다 그렇겠지마는 인애에게 있어는 위대한 시였었다.

아침을 호흡하고 돌아올 때마다 인애는 가슴속에 하나 가득 아침을 품은 듯 상쾌하였다.

이렇게 인애는 자연과 동무하여 외로움을 잊고 아픔을 막아갔다. 그러나 병도 병이어서 꺾일 듯하다가도 다시 일어나곤 하여 인애로 하여금 슬픔을 아주 잊어버리게는 하지 않았다.

구월 중순이다. 아침이면 벌써 선선한 바람이 여문 풀잎에서 쓸쓸한 소리를 치고 일어나 성한 사람의 마음도 한껏 애달프게 하는 때다.

그날 저녁에도 인애는 이런 생각 저런 생각 하다 저도 모르게 울고 스스로 달래어 겨우 첫잠이 들었으나 아직 눈썹에는 눈물도 마르지 않은 때였다. 인애 방 미닫이는 갑자기 부서지는 소리를 내고 열려졌다. 그리고 몇 줄기의 강렬한 회중전등이 여기저기서 번개처럼 방 안을 번뜩이더니 끈을 엮은 검은 구두들이 성큼성큼 들어섰다.

"바로 말해…. 네가 이인애지?"

"네…."

"손영조가 어느 방에 있어?"

"손영조요? 여기 있을 리가 있어요…."

"무어야?"

철썩! 하는 소리가 났다. 파리한 인애의 뺨에서 나는 소리로는 너무도 무지스런 소리였다. 인애는 고꾸라졌다. 눈이 안 보이고 귀가 들리지 않았다. 그러나 인애는 '손영조가 감옥에서 달아난 것이로구나!' 하는 생각에 정신을 차리고 마음을 굳게 먹었다.

경관들은 한편 인애를 취조하며 한편 이웃집들까지 뒤지었다. 그러나 손영조의 그림자는 물론 나타나지 않았다.

인애는 곧 경관들의 자동차에 실려 서울로 들어왔다. 그것은 취조를 받으러 경찰서로 온 것이 아니요, 경관들이 보기에도 너무 딱한 경우에 이르러 병원으로 실어다 준 것이었다. 인애는 뺨을 맞은 것은 그만두고라도 그 약하고도 날카로워진 신경으로 놀래인 것만 하여도 큰 치명상이었다. 피가 울컥울컥하고 사발로 쏟아지는 바람에 경관들도 황급하여 병원으로 실어다 준 것이었다.

인애는 의사들의 눈치와 그린 선생과 간호부들의 행동에 자기의 병세를 짐작하였다. 그리고 죽을 날을 앞두고 고요히 마음속에 일어난 먼지를 가라앉히기에만 힘을 썼다. 가슴은 썩어 더러운 버러지들이 꿈틀거리더라도 영혼은 고운 나비처럼 아름답게 날아가고 싶었던 것이다.

'명도가 보구 싶구나!'

민경희가 왔을 때 인애는 눈물을 지으며 애원하였다. 이것을 보고 민경희가 명도에게 그렇게 전보를 쳐 준 것이다.

명도는 그 전보를 받고는 그날 밤으로 떠났다. 김기석이가 말리었으나 이번에는 듣지 않았다. 김기석이가 호랑이처럼 길을 막아도 명도에겐 어디선지 사자 같은 힘이 솟아났다.

'한번 만나 보고 죽고 싶다! 오오 얼마나 인정이 지극한 부탁이냐. 이 부탁을 안 듣는다면 나는 사람 년이 아니다. 내가 몹쓸 년이었다. 인애 언니에게 누가 있느냐. 그의 오라버니 손영조? 그도 감옥에 있다지 않느냐! 오, 인애 언니가 나에게 어떠한 친구냐!'

명도는 이렇게 생각하고 울며 덤비어 동경을 떠났다.

이틀 되는 날 저녁, 명도가 인애의 병실 문을 열고 들어설 때는 여러 사람들이 환자를 싸고 돌라서서 들어오는 사람은 잘 돌아보지도 않았다. '면회 사절'이라고 써 붙이었던 종이도 그날 아침부터는 뜯어 버리고 만나 보고 싶은 사람은 어서 누구나 드나들게 하였다. 전등불도 저녁이면 어스름하게 가리었던 것이었으나 이날 저녁에는 불을 밝은 그대로 두었던 것이다.

명도는 문을 살며시 닫고 두근거리는 가슴과 들먹거리는 울음을 진정하며 한 걸음 내어딛었다. 그때 간호부 한 사람이 돌아다보았으나 다시 환자 편으로 머리를 돌렸다. 환자는 무슨 주사를 맞고 있었다. 여러 사람은 (여러 사람이라야 의사들과 간호부들밖에는 그린 선생 한 사람뿐이지만) 긴장하여 침을 놓는 의사와 그것을 조력하는 간호부밖에는 모다 환자의 눈을 들여다보고 있었다. 그러다가 그린 선생이 명도를 보았다. 그는 입에 손을 대이며 일어서서 명도에게로 왔다. 그리고 가만히 문을 열고 명도를 다리고 나왔다.

"명도 잘 왔소. 울지 말 것이오. 인애는 암만해도 더 살 수 없을 것 같소. 지금 최후로 식염 주사 하는 중인데 지금 인애가 명도를 만약 알아보면 덤빌 것이니까 이따 들어오시오."

그린 선생은 다시 병실로 들어가고 명도는 우중충한 병원 복도에 서서 소리를 삼키며 울었다.

'죽기 전에 들어가 만나 보자!'

명도는 부르기를 기다리지 않고 다시 병실 문을 열었다. 그때 마침 주사도 끝이 났다.

"인애."

그린 선생이 가라앉는 인애의 눈 총기를 다시 붙잡아 일으키려는 듯이 애타는 목소리로 불렀다. 인애는 풀어진 눈알을 겨우 한번 굴려 볼 뿐이었다. 그린 선생은 다시 불렀다.

"인애, 여기 명도 왔소."

명도도 인애의 싸늘해진 손을 끌어안고

"언니, 언니."

하고 울며 불러 보았다. 그러나 인애는 완전히 의식이 없어진 듯 아무런 충동도 받지 않았다. 명도는 의사에게 물었다.

"선생님, 인전 다시 정신을 차려 보지 못할까요?"

"잠깐 기다려 보시오. 이제 주사했으니까…."

과연 식염의 힘이었던지 인애는 차츰 의식이 밝아졌다.

"아니 언제 왔어…."

인애는 명도를 알아본 것이다.

"언니, 용서하우…. 언니, 정신을 채려요. 나한테 할 말 없어요? 언니."

인애는 한참 만에 다시 창백한 입술을 움직이었다.

"나 꽃이 보구 싶어…. 꽃이…."

명도는 간호부를 시켜 자동차를 타고라도 빨리 가 꽃을 많이 사 오라 하였다.

"언니, 어서 정신을 채려요. 언니, 어떡허나…."

인애는 눈알이 다시 흐리어 갔다. 의사는 무슨 경련이 일어난 것이라 하였다. 그리고 "이제는 식염 주사도 소용없소. 피나 넣으면 어떨른지" 하였다. 명도는 이 말에 선뜻 팔을 걷었다.

"선생님, 그럼 피라도 너서요, 네? 일 분만 더 살게라도 해 줘요. 어서 선생님."

의사는 환자의 가슴에 손을 대어 보고 맥을 짚어 보고 하더니

"이전… 혈맥이 굳어 버려 수혈도 때가 늦었습니다."

하고 한 걸음 물러섰다.

밤은 깊었다. 달도 없는 가을밤, 어디선지 벌레들이 우는 소리만 희미 하게 들려왔다.

꽃을 사러 나갔던 간호부는 이내 병원 뜰 안에서 이슬 머금은 코스모 스를 한 아름 꺾어 들고 들어왔다. 그러나 인애는 눈앞에 갖다 대이는 아담한 가을꽃 한 떨기를 보이는지 못 보이는지 다시는 눈동자가 움직 이지 못하고 말았다.

인애는 그만 인형과 같이 고요해지고 말았다. 간호부는 안았던 꽃을 그의 고요한 가슴 위에 안겨 주고 그리고 임자가 날아가 버린 두 눈을

구원의 여상

영원히 감겨 주고 만 것이다.

이튿날 아침이었다. 인애의 남기고 간 육신이 무덤으로 떠나던 때였다. 명도는 인애가 임종한 침상 밑에서 파란 보석이 반짝이는 반지 하나를 발견하였다.

"이 반지가 웬 것일까?"

그를 본 간호부가 선뜻 대답하였다.

"돌아가신 분의 겁니다."

"그래요? 꼭 아서요?"

간호부는 잠깐 설명하였다.

"그럼요, 돌아간 분 거야요. 어제 아침에 나더러 자기 가방에서 찾아내 달라고 해서 왼편 손에 끼고 있었습니다. 그런데 손가락이 가늘어져 자꾸 빠져 떨어지군 했어요. 그럼 자꾸 집어 달라구 해서 내가 몇 번이나 집어 끼어드렸는데 또 빠졌드랬습니다그려…."

그러나 간호부도 그 반지가 손영조에게서 받은 것이란 것은 알 리가 없었다. 명도는 행여 자기 모르게라도 인애 언니에게 그 반지를 보고 연상할 수 있는 한때의 행복이나마 있었기를 바랐을 뿐이다.

소화(昭和)[187] 7년 7월 7일 탈고(脫稿).

---

187   쇼와. 일본 히로히토(裕仁) 천황 시대(1926-1989)의 연호. 쇼와 7년은 1932년.

화
관

여름밤의 꿈

쏴 하는 소리에 또 물인가 보다 하고 정희(貞姬)는 얼른 차창 밖을 내어다 본다. 이번은 물이 아니다. 싱그러운 풀내를 번개같이 홱 끼얹고 달아나는 아카시아의 녹음, 그 속에서 나는 매미들 소리요, 쓰르라미들의 소리었다.

"어쩌문 사뭇 물소리 같어?"

"그리게… 물소리만 못하지 않게 시원하지? 아무턴 여름 여행은 경원선[1]이 제일이야. 그중에도 여기서부텀은….'"

한참이나 잡지만 뒤적거리던 동옥(東玉)이도 다시 창틀에 한 편 팔을 얹으며 지금 막 세포(洗浦)[2]를 지나는 광막한 처녀지(處女地) 그대로의 풀밭을 내어다본다.

비는 여기도 아침까지 나린 듯하다. 벌써 오정이 지난 지 오랬는데도 어떤 풀포기에는 굵은 보석 같은 것이 번쩍이고 있다. 그리고 비에 씻긴 것은 따 위의 것만 아닌 듯, 하늘에도 표백된 탈지면 같은 눈부신 구름송이가 어떤 것은 꽃봉오리처럼, 어떤 것은 산봉우리처럼 피어오르고 있는 것이다.

"애, 저 구름! 꽤는 하얗지?"

이번에는 동옥이가 그 구름 빛만 못하지 않은 잇속을 보이며 감탄한다.

"참 꽤 희다. 그렇지만 구름은 바다에 뜬 걸 봐야…. 파랗다 못해 새까

---

1 京元線. 서울과 원산 사이를 잇던 철도.
2 강원도 평강군의 마을이자 경원선의 철도역.

만 바다 위에 뜬 걸 보면 너 여간 흰 줄 아니?"

"그래두 저것도 좀 희냐? 저렇게 흰 백합화가 이 푸른 벌판에 한 벌판 가득 폈다면…."

"넌 백합화가 좋으니?"

"그럼! 넌?"

"난 백합환 너머 점잖허 싫더라. 꽃은 빛부터 좀 이뻐야지 뭐."

"흰빛은 이쁘지 않나? 꽃이라도 백합은 이상(理想)이 있어 뵈지 않어? 향기서껀…."

"오라! 너두 인전 알었다 알었어."

하면서 정희는 갑자기 이쪽을 향해 시울이 약간 부성부성한 눈을 실룩해 보인다.

"뭔데? 뭘 알어?"

"너두 인전 내년이 졸업이라 벌써부터 흰 백합활 한 아름 안구 딴 딴따… 할 생각만 하는구나?"

"뭐 넌 줄 아니? 제가 아주 지금 만나러 가는 길이니까, 넌 참 지금 결혼식 생각밖에 없을라."

하는데 차가 굴속으로 들어간다. 두 처녀는 질겁을 하여 창부터 닫고는 눈과 귀가 먹먹해져서 이야기는 끊기고 말았다.

너두 인전 내년이 졸업, 동옥의 머리에는 '최후의 여름방학'이란 생각이 또 한번 지나갔다. 동옥은 머리를 뒤로 기대고 고요히 눈을 감는다.

전문학교면 조선서는 여자의 최고 학부일 뿐 아니라 그 위에 더 있다 하더라도 집안 형편이 허락지 않는다. 이번이 여름방학으로 마지막인 것은, 벌써 시험을 치를 때부터 여러 번 동무들과 함께 탄식한 바였지만, 그때는 다만, 어떻게 놀아야 유감없이 보낼까 하는 단순한 욕망뿐이었다. 그랬던 것이 막상 당하고 보니, 어떻게 놀아야 할까보다는 좀 더 어려운 과제들이 여기저기서 숨어 있었던 것처럼 몰려나왔다.

이번 방학만 지나면 졸업학년도 반이나 지나간다. 여름방학으로 마지막이라기보다 학창 생활로 마지막이 아닌가? 이것을 감각하지 않을 수 없었고, 또 마지막인 이 반년의 학창 생활이 휘딱 끝나고 마는 날이면 그때는 나는 무엇인가? 하는, 스사로 묻는 말에 놀라지 않을 수 없었던 것이다.

아무개의 딸?

아무개의 누이?

임동옥?

이런 것들은 다 의미가 없는 것이었다.

여자고등보통학교 영어 교원의 자격자, 그리고는 결혼을 할 수 있는 혼령기(婚齡期)의 처녀, 이 두 가지 자격과 운명에서 동옥은 새로운 자기의 발견을 느낀 것이며, 또 자기의 국한된 세계를 새삼스럽게 인식하지 않을 수 없었다.

여자고등보통학교 영어 교원의 자격자, 그리고 결혼할 수 있는 혼령기의 처녀.

동옥은 이번 여름에 좀 조용한 곳을 찾아 이런 것들을 문제 삼아 보면서 지내리라 하였다. 그래 어머니께서 소화 불량으로 와 계신 삼방(三防)으로 오는 길인데 경성역에서부터 우연히 중학 때 동무 황정희를 만난 것이다.

황정희는 송전(松田)[3]에 자기 집 별장이 있을 뿐 아니라 이번에 새로 약혼한 사람이 역시 송전에다 별장을 짓는데 설계를 의논할 터이니 와 달라고 해서 가는 길이라 하였다.

차는 굴속을 나왔다. 그러나 동옥은 그저 눈을 뜨지 않는다.

'결혼할 수 있는 혼령기의 처녀?'

동옥은 애인에게로 가는 정희를 만난 때문인지 영어 교원 자격자로서의 자기보다는 결혼할 수 있는 처녀로서의 자기를 좀 더 음미해 보고

3 강원도 통천군의 마을. 해수욕장으로 유명하다.

싶어졌다.

'영어 교원 자격보다는 결혼 자격이 더 안전한 것이 아닌가?'
생각이 났다.

'영어 교원으로는 나보다 발음이나 해석이나 더 나은 사람이 얼마든지 들어찼을 게다. 영어 교원이면 영어 교원으로 누구보다도 제일인 영어 교원이 될 수 있기 전엔 나는 싫다.'
하였다.

'그러면 결혼 자격은? 남의 애인으로 남의 아내로 남의 어머니로는 제일일 수 있는가?'

동옥은 혼자 얼굴을 붉히었다. 차는 우르릉거리고 철교를 건너간다. 동옥은 눈은 그저 감은 채 수건을 들어 이마를 닦는다. 아름다운 이마다. 눈을 치켜뜨더라도 잔주름 한 올이 그어지지 않을 성싶다. 그러나 동옥이가 아름다운 것은 이마만에 있지 않다. 저녁에 보더라도 아침 이슬 밭에서 보는 듯 늘 정신이 나게 신선한 눈의 광채, 처음 본 사람이라도 동옥이가 얼른 잊혀지지 않는 것은 그 눈 때문인 듯하였다.

그러나 또 눈 때문에만 아름다운 동옥은 아닌 것이 저렇게 눈을 감았으나 눈을 뜨고 있는 정희나 다른 여자들보다 오히려 더 빛나고 더 매력 있는 얼굴이 아닌가.

"동옥아, 잠들라 얘?"

정희가 심심한 듯이 동옥의 무릎을 흔들었다.

"아이, 졸립구나 참."
하고 그제야 동옥도 눈을 떴다.

"너 정말 일주일 안에 꼭 와야 한다."

"글쎄 어머니가 가라구 하실지…. 그렇지만 갔다 괜히 방해되문 어떻게 하게."

"요것이 인전 여간 아냐."
하고 정희는 동옥의 무릎을 꼬집는다.

"아야! 가두 눈총 안 쏠 테냐 정말? 연애꾼들은 동무두 모른다더구나."

"요게 그래두. 너 기숙사 애들 호떡 사다 주구 벌쓰던 생각 안 나? 그땐 쬐꼬만 게 큰 애들 심부럼이나 하구 쫓아다니던 게!"

"아주 약혼이나 했게 모두 어린애루 뵈지. 결혼이나 했단 어디 사람 하나나 뵈겠니."

하고 두 처녀는 꼬집고 피하고 하며 중학 시절 그때처럼 소리 높여 웃어 보았다.

차는 깎아지른 듯한 절벽으로 달려들더니 또 굴속이 된다. 굴속을 나오면 또 물소리가 쏴한다. 내다보면 물은 견딜 수 없는 정열을 품은 듯, 여기저기서 바위를 부딪고 부서진다. 부서진 물이 다시 합류가 되어 우쭐우쭐 곬을 찾아 나려가는 것을 바라볼 만하면 또 돌벽이 희끗하면서 굴속이 된다.

'이런 험한 델 어떻게 뚫렀을까!'

동옥은 문득 이런 생각이 났다.

'나폴레옹이 대폴 끌구 알프슬 넘었을까.'

"이런 델 철길을 논 것도 용치 뭐냐. 이 굴들을 죄다 뚫으구 다릴 죄다 놓구 맨 첨으루 시운전할 때 얼마나 통쾌했을까!"

하고 동옥은 시계를 본다. 삼방은 아직도 한참 가야 한다.

"하긴 코스가 어려워야 나중에 성공하는 맛이 클 거야 뭐든지."

"뭐든지? 너희 연애두 그렇던?"

"고건!"

"아니 정말이다. 코스가 쉬웠니? 어려웠니? 어려웠으면 지금 더 통쾌하겠구나!"

하고 동옥은 웃음엣말이나 눈을 날카롭게 하여 정희를 쏘아본다.

"통쾌하다 그래…, 시원하냐?"

정희는 부채를 폈으나 부치기는 잊어버린다.

"뭐든지 어려운 코슬 지나야 성공하는 맛이 크다니까 그렇지…. 그래 삼각이나 됐더랬니 누구허구?"

"삼각만일까. 사각 오각…."

하는 투가 정희는 어디까지 농담이다.

"그러지 말구 좀 얘기허렴? 이 후진들 위해."

"청강료 낼련?"

"내지…. 하하…. 심심한데 어서 좀 들려다우 애!"

"심심하니까 하라구?"

"참, 건 내가 실례다. 남 신성들 하신 연앨…. 광휘 있는 연애 무용담을 찻간에서 심심하니까 듣자는 건…."

"그러게 송전 와, 내 그이두 소개하구 경과보고 할 게니."

얼마 더 있지 않아 차는 삼방협(三防峽)⁴에 이르렀다.

동옥은 정희를 보내고야 정거장 밖을 나섰다. 그리고 정희가 자기보다 행복스러운 것을 느끼었다. 자기는 어머니께 꼭 오늘 오리라는 편지도 하지 않았거니와 미리 편지를 했더래서 어머니께서 마중을 나오셨다 치더라도 그 마중은 애인이 나와 주는 정희의 마중처럼 그렇게 빛나는 것은 아닐 것이란 생각이 났다.

어머니는 서울서보다 진지도 많이 잡숫고 안색도 좋아 계시었다. 그리고 손자 아이들도 없는 데서라 동옥에게 응석이라도 받고 싶으신 듯 머리와 어깨를 쓰다듬어까지 주시었다.

그러나 동옥에게는 그저 어머니시요, 그저 노인이실 뿐이었다. 저녁에 자리에서도 집안 이야기, 이것저것을 물어보시다가 이쪽에서는 아직 대답을 하는 중인데도 어느새 잠이 드시곤 하였다.

"어머니."

하면

---

4 삼방의 골짜기를 의미하나 여기에서는 경원선 '삼방협역'을 가리킨다.

"그래…."

하시다가도 나중에는 몇 번을 거듭 불러도 잠잠하니 주무시는 소리뿐이었다.

동옥은 울고 싶게 고독해졌다.

'어머닌 벌써 나에게 나를 낳으셨단 역사(歷史)이실 뿐이구나!'

하였다. 그리고 성경에서 배운 예수의 말씀이 생각났다.

'사람을 내신 이가 처음부터 한 사나이와 한 여인을 만드시고 말삼하시기를 이런고로 사람이 부모를 떠나서 아내에게 합하매 둘이 한몸이 된다….'

동옥은 어스름한 낯선 방 천장을 쳐다보면서

'부모를 떠나서….'

를 다시 한번 가만히 입 속에 다시려5 본다. 혼인을 하든 혼인을 하지 않든 누구나 결국, 그 부모를 떠나는 것만은 사실 같았다. 비록 먹기는 한 솥의 밥을 먹고 자기는 한 지붕 밑에서 잘지라도 이미 육신으로 갈라져 나온 것과 마찬가지로 영혼으로도 갈라져 나갈 것은 자연일 것 같았다. 지금 자기 옆에도 어머님이 계시다. 그러나 어머님은 주무시기만 한다. 자기는 이제로부터 인생을 향해 돌진하려는 사람이다. 어머니는 이제로부터 인생을 물러나 쉬려는 인생으로서의 폐병(廢兵)이시다. 비록 주무시지 않고 계신다 하더라도 자기가 하고 싶은 모든 이야기의 적당한 상대자는 물론 아니시었다.

이렇게 생각하고 바깥 불빛에 희미하게 비추이는 어머니의 한편 얼굴을 보니 동옥은 갑자기 어머니를 결별(訣別)하는 슬픔이 없지 않다.

'어머니의 일생! 이조말(李朝末) 암담한 시대에 태어나서 완악한6 남성들 전제 밑에서 자유 의지라고는 영원히 봉쇄된 채, 끌려온 한 무명

---

5 되새겨. 음미해.
6 頑惡-. 고집스럽고 사나운.

여성의 일생! 그에게 일찍이 처녀로서의 무슨 이상이 있었을 거냐? 그에게 일찍이 한 부인으로, 한 아내로, 한 어머니로 무슨 이상이 있었을 거냐? 남편이 술이 취해 들어오면 옷갓[7]을 받아 걸었을 뿐, 그들의 사회가 어떻게 되어 가는 걸 알 바이[8] 없었고 아들과 딸이 학교에 가면 벤또[9]를 싸 줄 뿐, 그들이 무엇을 배우며 그들이 장차 당할 시대가 어떤 시대인지 알 리가 없었다. 오! 어머니!'

동옥은 자식들의 시대를 너무나 몰라주는 어머니를 원망하기 전에 어머니가 불쌍한 생각부터 더해졌다. 동옥은 가만히 어머니의 던지어진 손 하나를 쓰다듬어 본다.

어머니의 손은 마치 길 위에서 줍는 장갑이나처럼 싸늘하다. 힘줄과 뼈가 도틀도틀 만져지기도 한다.

'나를 기르신 손! 이제 나를 놓으시려는 손! 나는 이 손을 떠나 어떤 손으로 갈 것인가? 이 싸늘한, 체온 약한 손을 떠나?'

동옥은 좀 더 뜨거운 손이 그리워짐은 속일 수 없는 감정이다. 동옥은 베개를 돋우어 베어 본다.

'사람은 반드시 부모를 떠나 이성에 합해야만 되는가? 둘이 한몸이 된다 하였으니 여자는 여자대로, 남자는 남자대로는 완전한 한몸, 한 개의 인간이 아니란 말인가? 오라, 어떤 철학자의 말이 생각난다. 사람은 본래 하나이더랬으나 이 세상에 나올 때에 두 쪽으로 갈라져 나왔다는, 그 한쪽은 여자가 되고 다른 한쪽은 남자가 되었다는, 그래 결혼이란 갈라졌던 자기의 쪽을 찾는 것이라[10] 한 말이. 정희는 벌써 그 쪽을 찾은 셈이다. 그럼 나는 아직 반쪽대로인가?'

동옥은 정말 자기의 몸이 반은 어디로 날아 간 것처럼 갑자기 더 허전

7 웃옷과 갓.
8 바가.
9 '도시락'의 일본말.
10 플라톤의 『향연』에 나오는 이야기.

해진다. 베개를 돋우는 대신, 이번에는 자리를 일어나 보았다. 어머니는 그저 쿨쿨 주무실 뿐, 마침 우루루 하고 산협(山峽)을 흔들며 밤차가 지나간다. 삑 하는 기적이 나더니 우루루 소리까지 굴속으로 사라지는 듯, 다시 고요해진다. 동옥은 방 안이 갑갑해졌다. 태양은 없더라도 하늘이 보고 싶다. 그러자 누구인지 뒷산 마루에서 짐승의 소리처럼 아무 의미도 없는

"어!

어!"

소리를 지른다. 아직 깊은 밤은 아니니까 산보로 올라갔다가 심심해서 한번 질러 보는 소리리라. 그러나 동옥의 귀에는 그 단순한 음향이, 인간은 고독하다고 외치는 소리 같았다. 반쪽의 인간이 외로움을 견디다 못해, 떨어져 나간 자기의 반쪽을 부르는 군호[11]와도 같이 들리었다.

동옥은 자리옷 위에 엷은 스웨터만을 걸치고 방문을 열었다. 낯선 여관집 뒤뜰 안, 장독대에서는, 가을벌레도 우리라는 듯이 여러 벌레들이 은방울 같은 소리를 흔든다. 우중충한 산 그림자, 허리를 굽히고 쳐다보니까야 별밭이 보인다. 아침 꽃밭처럼 별들은 이슬기가 흐른다.

'오! 별도 밝기도 하다!'

동옥은 산뜻하는 어머니의 고무신을 끌고 장독대 앞으로 나려갔다.

'사람들도 별들과 같이 빛이 난다면 하늘에서 땅을 나려다봐도 저렇게 아름다울 테지? 별같이 빛나는 사람? 그런 사람은 없을까?'

동옥은 장독대 위에 올라서서 기다라니 붙어 있는 여러 객실들을 나려다본다. 모두 사람들이 들어 있는 방들인데 모두 미닫이들은 캄캄할 뿐이다.

'모두 악한 사람들만이어서 그렇진 않을 터인데?'

악한 사람이나 착한 사람이나 분별이 없이 어둠 속에서는 함께 묻혀

---

11 軍號. 신호.

버리는 것이 동옥은

 '슬픈 일이고나!'

하였다.

 '사람은 별처럼 광채가 없기 때문에 착한 사람이라도 어둠 속에서는 더 외로워지는가 보다.'

도 하였다.

 '나의 반쪽은 지금 어디 가 있나? 이 세상 허구 많은 사람 중에 어느 것이 나의 쪽인 것을 어떻게 찾아내이나? 성경이나 철학자의 말에 하나이[12] 두 쪽으로 났다, 둘이 합해서 하나이 된다, 그런 말만 있지 제 쪽과 제 쪽끼리는 무슨 표가 있다든지, 어떻게 해야 제 쪽끼리 만날 수 있다는 말은 없지 않은가?

 사람의 비극, 더욱 연애나 결혼의 비극은 이 점에서 생기는 것이 아닌가? 제 쪽이 아닌 남과 맞아서 흠이 없는 한 덩어리가 될 수는 결코 없을 것이니까….'

 빛만 보이는 별, 소리만 들리는 벌레, 동옥은 더욱 호젓함을 느끼면서 장독대를 나려 몇 걸음 거닐어 본다.

 공상은 길 없는 하늘에 별과 별이 이어 나감처럼 한이 없이 뻗어 나간다.

 '정말 애초엔 하나이던 것이 갈라져 남녀가 되었다면, 또 그 갈라진 쪽과 쪽이 이 세상에 있다면, 어떻게 해서나 제 쪽과 제 쪽끼리 만나는 것이 원칙이 아닐까? 사람은 제 쪽과 제 쪽끼리 만나는 방법을 알아내야 할 것 아닌가? 인류는 일찍이 알지 못하던 모든 법칙, 일찍이 갖지 못하던 모든 생활 도구를 발명하지 않았는가? 왜 남녀가 제 쪽끼리 만날 수 있는 방법만은 아직 발명해내지 못하는 것일까? 그 방법이 발명된 뒤에 나오는 청년 남녀는 얼마나 제일 불안한 것을 제일 안심하고 행할 수 있

---

12 하나가.

을 것인가?'

동옥은 밤이 꽤 깊어서야 방으로 들어왔다. 들어와서도 이 인생 산술 문제는 풀리지 않는다. 아침에 일어나서도 머릿속은 뒤숭숭하다.

"어머니."

"왜?"

"어머니는 저어… 아버질 말야, 만족해 허슈?"

"뭐?"

어머니는 딸이 이렇게 불쑥 묻는 말을 알아들을 리 없다.

"아버지한테 불평이 없으시냐 말예요."

"불평은 무슨 불평이 있니. 있으면 또 지금 와 어쩔 테냐. 내가 너희 아버질 버릴 테냐, 너희 아버지가 날 내쫓을 테냐, 서루 다 산 세상에…. 난 그저 너희 아버지 아직 꼿꼿이 앉어계실 때 죽어 묻히문 상팔자겠다."

하고 어머니는 딴청을 하신다.

"엄마 시집올 땐 어떻게 아버질 찾아내셨수?"

"찾아내다니? 까막잽기13냐 뭐."

"그때 아버지 같은 신랑감이 얼마든지 있지 않았겠수? 그 얼마든지 많은 신랑감에서 어떻게 하필 아버질 골랐냐 말예요."

"골르긴 누가 골르냐 다 연분이지! 연분만 있으믄 천 리 밖서두 서로 통혼14이 된단다."

"연분?"

동옥은 막연하다.

"연분이 뭐유?"

"아, 서루 양쪽이 궁합이 맞어 배필되는 게 연분이지, 뭐냐?"

---

13 까막잡기. 술래잡기.
14 通婚. 혼인할 뜻을 전함.

"궁합!"

처음 듣는 소리는 아니다. 전에도 용과 범이니, 수화(水火) 상극이니 하고 어른들이 궁합이 좋다, 언짢다, 말하는 것을 듣기는 많이 하였다. 그러나 귀에 번쩍 뜨이기는 처음이다. 궁합을 맞춘다는 것은 그 제 쪽끼리를 맞추는 것이 아닌가? 하는 생각에서다.

"궁합은 그럼 뭐야?"

"궁합이 거지 뭐냐. 저 서루 난 해 따라 진생(辰生)이니 미생(未生)이니 하지 않니? 넌 기미생(己未生) 아니냐? 미생은 양이니까 너두 양이란다. 넌 인제 용헌테루 가문 잘 살라. 양은 용과 제 짝이란다."

"그런 거 보는 게 궁합유?"

"그럼. 너희 아버진 돼지구 난 닭이란다."

"하하⋯."

"그리게 서루 물구 차지두 않구 그렇다구 다정스럽지두 않구 그저 술에 물 타니 물에 술 타니루 덤덤하게 살지 않니?"

"아이 우서! 그렇다구 그럴까 뭐. 아주 그래 정말?"

"맞는단다. 그리게 모두 보구들 하지 않니. 저어 상사꿀 아저씨네 볼련? 그 아저씬 개지 그 아즈멈은 닭이지. 개허구 닭이 만나기만 하문 쌈하지 않니? 그리게 어디 그 집 내외가 좋으냐, 밤낮 개허구 닭 격이지."

"정말 그래서 그럴까 뭐."

동옥은 진리로 믿기에는 너무나 속되기 때문이다.

"어머니, 용과 양이 제 짝이라구 그리셨지? 그럼 이 세상엔 양으로 여잔 꼭 하나 용으루 남잔 꼭 하나뿐인가?"

"왜 용 해에 난 사람은 남자나 여자나 다 용이구, 양 해에 난 사람두 다 양이구."

"뭐! 그럼 어떡하게? 하나씩만이라야 서로 찾을 거 아뉴? 양인 여잔 용인 남자가 좋다면 말유, 용인 남자가 세상에 하나라야지 얼마든지 있다면 그중에선 또 어떤 걸 고르나?"

동옥은 궁합이라는 데서 무슨 진리가 발견되리라 믿어서가 아니라 우리 부형들 대다수가 아직까지도 그 자녀들의 운명을 맡기는 법칙의 하나이라 상식으로라도 알 수 있는 데까지는 알아보고 싶어졌다.

　어머니는 거기에 또 대답이 없지 않다.

　"그중에두 같은 용에 좋구 언짢은 용이 있단다."

　"어떻게요?"

　"용이라두 겨울 용은 왜 좋겠니. 여름 용이라야지. 비 올 철이라야 용은 조활 부리지 않니? 다른 것두 다 철따라 다르지. 양두 여름 양이 좋단다. 풀이 많은 때라야 먹을 거 걱정이 없을 것 아니냐."

　"난 무슨 양이우?"

　"넌 생일이 칠월 달 아니냐? 한참 풀 많은 때지. 너희 신랑될 사람두 육칠월 생일루 용띠면 좋겠다."

　"누가 혼인하겠다나…."

　"그럼 호박이냐, 그냥 늙게."

하고 어머니와 딸은 웃어 본다.

　"그럼 또 어머니, 그래두 같은 게 많지 않겠수? 용 해에 나구 육칠월이 생일인 사람두 얼마든지 있을 것 아니우. 그 속에선 또 어떻게 고르나?"

　"그리게 나중엔 가문두 보구 천량[15]두 보고 맏아들인지 단가살이[16]할 자린지 다 여러 가지가 의합해야[17] 정하는 거지."

　"제장! 나중에 그런 걸 다 보구 정하려면 그까짓 궁합이란 게 무슨 소용 있수? 궁합만 맞으면 다른 건 하나도 볼 것 없이 안심하고 할 수 있대야 그게 운명을 맡길 무슨 방법이랄 수 있지…."

　동옥은 궁합이란 것에 실망하지 않을 수 없다. 궁합이란 것도 생전에 하나이던 자기의 반쪽을 찾는, 정확한 방법이 아닐 뿐 아니라 도리어 궁

15　재산. 재물.
16　單家--. 분가한 내외가 사는 살림. 단가살림.
17　宜合--. 적합해야.

합이니 사주니 하는, 재래의 그런 방식에 대해선 더 알아볼 것도 없이 일체로 반감을 품지 않을 수 없게 되었다. 그것은 어머니와의 대화를 이렇게 더 계속해 본 때문이다.

"어머니, 양하구 좋다는 이유는 어딨수."

"용은 하늘에 올라 조활 부리니 사내 기상답구, 양은 천성이 온유하니, 그런 사내 그늘에서 말없이 순종하구 잘 살 것 아니냐?"

"참 이유두 궁허긴 하우. 그럼 사내가 양이구 여자가 용이면 어떻거나?"

"그건 못쓴단다. 개허구 범이라두 사내가 범인 건 해두 여자가 범이면 못 한단다. 사낼 잡아먹으면 되겠니?"

"남잔 안 그런가? 남잔 여잘 잡아먹으란 법 있나? 별….”

"그래두 여자야 성명이 있니?[18] 너희 둘째 외삼춘 보렴. 상처한 지 어디 일 년이나 돼서 또 장가들던?"

"그러게 말야! 난 걸 보구 둘째 외삼춘이 싫어졌어. 어떻게 고렇게 박정하구 얌체 없구 그럴까?"

"흥, 말 말아. 누군 안 그럴 줄 아니? 사낸 다 마찬가지지. 그리게 죽을 바엔 계집이 죽는 게 낫단다. 여자야 평생 수절해야 할 테니 그런 악착한 고생이 어딨니."

"…."

동옥은 더 대답도, 묻지도 않았다. 용과 양이 제격이라면서도 반드시 남자 편이 용이라야 하고, 범과 개는 범이 으레 개를 잡아먹을 불안을 믿으면서도 개가 사내가 아니라 여자인 경우엔 그냥 묵인하고 한다는 것이 모두 얼마나 철저한 남존여비(男尊女卑)의 사상이냐? 이런 악사상을 기초로 하고 된 것은 궁합이니 사주니, 아니야 게서 더한 무엇이라도, 또 비록 학리적(學理的)인 무슨 근거는 있다 치더라도 결국 악이론

18 보잘것없는 존재라는 뜻.

(惡理論)이요, 악방법(惡方法)이라 안 할 수 없다고 동옥은 단정해 버린 것이다.

'왜 우리 어머니에게 이만한 쉬운 비판이 없으신가? 사주니 궁합이니 다 남존여비 시대에 된 것이다. 우린 그런 악시대의 제물이 되어 버렸지 만 너희까지 그래서는 안 된다 하고 딸자식도 잘 되되, 인간으로 잘 되 도록 바라고 지도해 주시는 현명이 왜 없으실까. 육신이 춥고 배고플 때 는 나타나시는 어머니의 손길, 그러나 정신이 그럴 때에는 아모리 불러 도 나타날 줄 모르시는 어머니의 손길! 오늘 조선의 딸들은 대부분이 정 신상 고아가 아닌가?'

하는 생각까지, 동옥은 엊저녁에 어머니에게서 결별하는 슬픔을 느끼 듯이 불현듯 깨달아진다.

'고아! 보호를 받어야 할 시대부터 보호가 없이 저 혼자 꾸려나가야 할 고독한 운명아. 모든 걸 저 혼자 꾸려 나가야 할⋯.'

동옥은 이렇게 생각하면 앞이 막연한 것이 한심스러워도진다.

"약물[19]이나 먹으러 가자."

"⋯."

동옥은 어머니가 일어서실 때까지 잠자코 제 생각만 하였다.

"응? 물터에 안 가 보련?"

"곤하거든 누웠으렴."

"곤하긴 뭘!"

그제야 동옥도 놀라는 듯이 뛰어 일어났다. 그리고 치맛자락의 구김 살을 쓰다듬는 어머니에게 달려들어 허리를 덥석 껴안고 고개를 뒤로 제끼며 힘을 썼다. 어머니는 무겁지 않다. 두 발이 번쩍 들리었다. 동옥 은 한 바퀴 휙 매암[20]을 돌고야 어머니를 나려놓았다. 좁고 우중충한 방 속에서나마 동옥은 새 운동화를 신고 새 줄을 그은 운동장에 나서는 듯

---

19 샘물. 약수.

기운이 난 것이다. 막연은 하나 얼마든지 찬란한 꿈을 꿀 수 있는 청춘이다. 현대 청년의 감정이나 사상을 이해하고 지도하지는 못하는 대신 완고하게 구속만 하려 드는 아버지나 어머니는 아니시다. 정신상 고아라 하여 슬퍼하기만 할 것이 아니라 도리어 이제부터 제 손으로 제 인생의 터널을 뚫고 나가리라는 데서는 울컥 정열과 의지의 힘이 내달은 것이다.

어머니는 주전자를 들고 딸은 표주박을 들고 약물터로 내려갔다. 약물터에는 정거장에서 차표를 살 때처럼 여러 사람이 쭉 줄을 지어 늘어서 있었다. 동옥도 어머니의 뒤를 따라 그 줄의 끝을 찾아가 섰다. 어디서나 마찬가지로 여기서도 여러 사람이 거의 한두 번씩은 모조리 동옥을 쳐다본다. 동옥도 그들의 얼굴을 한번 둘러보았다. 그들의 얼굴은 정열과 의지의 힘에 아직도 가슴이 들먹거리는 동옥의 눈으로는 너무나 보기에 슬픈 그림들이었다. 남자, 여자, 늙은이, 젊은이 할 것 없이 모다 여위고, 창백한 얼굴뿐이었다. 철분(鐵分)만이 새빨갛게 끼인 주전자와 표주박들을 들고, 그 정기 빠진 눈들을 껌벅거리며, 어떤 사람은 기침까지 쿨룩거리며 사지를 제대로 가누지도 못하고 섰는 꼴들은 물을 먹으려는 사람들이 아니라 방금 꺼지려는 자기들 생명의 등잔에 한 방울의 기름을 얻으려 운명의 신(神) 앞에 국궁하고[21] 섰는 꼴들 같았다. 동옥은 속으로

'슬픈 행렬이다!'

하였다. 그리고 잠깐 동안이라도 이런 가련한 행렬 속에 끼여 섰기가 싫어졌다.

"어머니 혼자 떠 가지구 나오세요. 난 저 위 나무 그늘에 가 섰을게."

어머니는 이유를 묻지 않고 딸에게서 표주박을 받아 들었다.

---

20 '맴'의 본말.
21 鞠躬--. 존경하여 몸을 굽히고. 절하고.

동옥은 삼방이 싫어졌다. 앓는 사람들만 욱실욱실한 무슨 큰 병원의 복도 같은 삼방이 싫어졌다. 인생의 신음 소리보다는 인생의 구가(謳歌)[22]가 듣고 싶은 욕망이 더욱 끓어올랐다. 어제 차에서 만난 황정희의 여러 가지 모양이 자꾸 상상되었다. 그의 말대로 푸르다 못해 새까만 바다 위에는 흰 구름이 백옥의 궁전처럼 떠오를 것이요, 그것을 그림과 같이 마주한 이편에는 오색 셰이드(해변에 꽂아 놓는 파라솔)가 꽃밭인 듯 난만한 속에 여러 남자들의 경의의 시선에 묻혀 나타나는 정희의 존재는 여왕과 같을 것 같았다. 더욱이 별장 건축을 간역하는[23] 약혼자의 옆에서는, 장래 그 집의 주부로서의 의견을 당당히 주장할 것이 아닌가?

'얼마나 정희는 긴장해 있을까?'

갑자기 정희가 보고 싶어지는 것이다. 그들이 설계하고 건축하는 것은 한 채의 별장이 아니라 인생을 설계하는 것이요, 인생을 건축하는 것 같아서 오라고 하지 않았더라도 빨리 가서 구경하고 싶은 충동이 일어나는 것이다. 그리고 해수욕장은 삼방과는 반대로 건강한 젊은이들만이 들끓을 것 같았고 그 들끓는 속에는 누가, 황정희 이외에 누가 자기를 기다리기나 하는 것도 같았다.

그러나 동옥은 마음대로 얼른 삼방을 떠날 수는 없다. 누워서 앓으시는 것은 아니나 아무튼 어머니가 병환으로 와 계실 뿐 아니라 혼자 적적해하시다가 자기가 온 다음부터는 맞상을 해 먹으니까 밥이 다 더 먹힌다고 하시는 어머니를 혼자 계시라고는 말부터 나와지지 않았다. 그래 틈틈이 혼자만 공상의 산보를 하면서도 그런 기색은 보이지 않고 사흘을 지났는데 아침에 황정희에게서 편지가 왔다. 정희는 급해서 이 편지를 보고는 곧 떠나오라는 말부터 첫머리에 하여 놓고 다음과 같은 사연을 흘려 쓴 글씨로 석 장이나 넣어 보냈다.

22 행복한 마음에 하는 소리나 노래.
23 看役--. 공사를 돌보는. 감독하는.

우린 퍽 재미있는 두 가지 미팅을 주최한단다. 무엔고 하니, 우리 일가 오빠에 동경 유학하는 이가 있는데 이번 방학에 우리 집에 와 묵으면서 사교딴스 강습회를 열기로 하였다. 그 오빠는 딴스 교사 면허장까지 받은 분이니까 실력도 상당하고 아주 평판 있는 미남이란다. 왔다가 반하지는 말아라. 그런데 사교딴스는 운동도 될 뿐 아니라 현대 여성으로는 예의의 하나니까 배워 두는 것도 해롭지는 않을 것이다. 또 한 가지는 여기 피서 온 이 중에 유명한 문사도 있고 전문학교 교수들도 있고 해서 일주일 동안 문학, 법률, 위생 각 방면으로 강좌를 열기로 했단다. 멤버가 모다 점잖은 사람들뿐이요, 모다 우리집에서 하게 되었으니 꼭 와서 첫날부터 참례[24]하기 바란다. 딴스는 아침에 하고 상식 강좌는 밤에 하기로 하였단다.

동옥의 가슴은 더욱 뛰었다. 어머니에게 댄스라는 말만은 라디오 체조라고 고쳐 가며 이 편지 사연을 전부 읽혀 드리었다. 어머니는 황정희가 누구임을 이미 잘 아시므로 가서 있을 데를 걱정하지는 않으나 첫마디로 허락은 하시지 않았다.

"어머니두 가십시다."

"여기 와 약물 때문에 먹는 게 좀 내려가는데 거길 가면 어떡하니?"

"그럼 난…."

"의사가 안 그리던? 나 같은 사람은 바닷가엔 덜 좋을 게라구."

"난 여기가 그렇지 않어두 싫어졌어."

"왜?"

"싫지 그럼 뭐!"

"왜? 좀 시원하냐? 저녁에두 모기 없는 덴 여기뿐이라더라."

---

24 參禮. 참여.

"물것[25]만 없으면 제일인가?"

"그럼! 여름엔 시원하구 물거 없는 것 외에 더 바랄 게 뭐 있니?"

"…"

동옥은 입을 다물고 말았다. 시원하기만 하고 물것만 없으면 고만인 어머니의 생활이 차라리 편안한 생활이긴 할 것도 같았다. 그러나 얼른 속으로

'난 아직 피로한 인생은 아니다!'

하였다. 그리고 어머니를 위협하기 위해서가 아니라 솔직한 감정대로

"그럼, 난 서울로 도루 올라갈 테야요."

하였다.

"뭐?"

"누가 성한 사람이 병자들만 욱실욱실하는 데서 있어…"

"그럼 어떡하니? 한번 가 본 데두 아니구 거처할 데가 어떤지두 모르구 동무에만 팔려 아무 데나 다니면 쓰나?"

"뭘! 정희네 집인데…. 올 여름이 마지막 방학이라구 어디든지 맘대루 댕기라구 해 놓군 뭘?"

그래도 어머니는 선뜻 허락하지 않으실 눈치였다가 이튿날 아침 정희로부터 또 한 장의 재촉 편지가 오는 것을 보고서야, 일주일만 있다가 와야 한다는 조건과, 또 별별 당부를 다하고 어두워선 변소에도 가지 말라는 것까지 이르고야 허락을 주시었다.

동옥은 안변(安邊)서부터 처음으로 타 보는 동해선(東海線)[26]이다. 몇 정거장 안 지나서 바다가 나왔다. 동옥은 입을 딱 벌리었다. 동무만 있으면 손뼉까지 쳤을 것이다. 실개천 하나를 지나도 손을 씻는 듯 시원한 감촉을 받아 오다가, 물이 아니라 하늘이 온통 쏟아진 것 같은 어마어

25 살을 물어 피를 빨아 먹는 벌레.
26 함경남도 안변과 강원도 양양을 잇던 철도선. 동해북부선(東海北部線).

마한 물의 광야가 펼쳐질 때, 손 하나나 자기 몸뚱이 하나가 시원하다는 것보다 기차가 통째로 물속으로 달리는 것 같았다.

갑자기 시원함이 물속을 달리는 것 같을 뿐 기차는 바다를 그림인 듯 머리를 돌려 피하며 변두리로만 달아난다. 산이 오면 굴이 되고 굴을 나서면 다시 바다가 빙글빙글 돌아간다. 새로 딴 굴 내 같은 싱그러운 조수(潮水)의 향기. 얼른 뛰어나려 맨발로 밟아 보고 싶은 오리, 십 리씩의 금모래밭, 새파란 칠판 위에 분필로 그려 놓은 것 같은 갈매기가 그림이 아니라 살아서 훨훨 날아가는 모양. 어데로 가는 배일까? 꿈 같은 실연기를 끌고 아득한 수평선 너머로 사라지는 기선의 모양, 바다의 풍경은 눈과 마음이 끝없이 날아갈 수 있는 것이어서 삼방(三防) 일대의 산협 풍경보다는 훨씬 낭만적이다.

바닷바람에 앞머리가 올올이 날리는 동옥의 머릿속에는

'끝없이 여행하고 싶다!'

하는 정열이 지나간다. 일어나 시렁에 얹었던 가방을 꺼내었다. 구두끈도 다시 죄어 매었다. 파라솔도 집어다 무릎 위에 놓고

'정희가 내가 이 차에 오는 줄 알기나 할까?'

생각해 본다.

'어떻게 알아? 찾기나 쉬운 집인지? 약혼했단 남자는 어떻게 생겼을까? 별장을 짓는다니까 부잣집 도련님 티가 있겠지…. 그리구 동경 유학생은? 뭐, 아주 평판 있는 미남? 왔다가 반하지는 말아라? 흥….'

동옥은 정희가 편지에 말한 사교댄스의 교원 면허장을 가졌다는 청년을 생각해 본다. 아무리 사교댄스이지만 공부하러 간 사람이 댄스에 그만치 정진했다면 그의 공부라는 것은 불문가지일 것 같았다.

'참! 우리 동석 오빠! 아직 안 나왔을까?'

동옥은 동경 유학생의 생각을 하다 동석(東錫)의 생각이 났다. 몇 촌인지 촌수는 알지 못할 정도로 먼 오빠인데 동옥으로는 자기 친오빠보다도 존경하는 남자이다. 그는 생기기부터 좀 우락부락하다 하리만치

남성적이요, 성미도 괄괄하여 한 번도 소리 없이 웃는 적이 없다. 중학 때부터 사회 문제에 예민하여 가끔 동옥에게도 자기 개인 일이 아닌 것에 흥분을 보이곤 했다.

'저 오빠는 인제 큰일을 할 테니 봐….'

하는 생각이 언젠지 모르게 벌써 여러 해 전부터 동옥의 머리에 박혀진 청년이다. 이번 방학에도 그냥 나오지 않고 동경서도 더 북쪽에 있다는 무슨 모범 농촌을 구경하고 온다고 동옥이가 서울을 떠날 때까지 나오지 않았다.

'딴스에 정통한 남자, 농민 문제에 정통한 남자, 사회는 어느 남자를 더 요구할 것인가. 어느 남자를 더 우대할 것인가?'

차는, 내다보니 다음이 송전이라 쓰여 있는 정거장을 다시 떠난다.

'사회는 물으나 마나다. 개인인 우린? 더구나 지금 나 같은 처녀는?'

동옥은 혼자 차창을 향해 웃었다. 개인으로, 더구나 처녀로 생각해 보면 그것은 사람 따라 다를 것이었다. 동옥은 사교댄스의 교원 면허장 아니라 댄스로는 박사라 하더라도 그것에 경의가 표해지지 않는다기보다는 그런 난센스한 모던 보이[27]에게 "왔다가 반하지는 말아라" 한 정희의 말에 일종 모욕을 깨닫는다는 것이 먼저 할 말이었다.

기적 소리가 난다. 생모시[28] 같은 모새밭[29]에 듬성듬성 솔포기[30]가 지나간다. 동옥은 파라솔을 들고 가방을 들고 미리 자리를 일어섰다. 찻간을 나섰을 때는 벌써 저만치 플랫폼이 보인다. 차를 타려는 사람들일까 꽤 여러 사람이 모인 속에는 이내 황정희가 나타난다.

'어떻게 알고 나왔을까?'

---

27 modern boy. 이십세기 초 들어온 외국 문화를 수용한 서구적 외양과 사고를 갖춘 남자.
28 천을 짠 후 뽀얗게 처리하지 않은, 원래대로의 모시.
29 가늘고 고운 모래밭.
30 가지가 소복하게 퍼진 작은 소나무.

동옥은 파라솔 든 손을 들었다. 정희도 손을 들며 뛰어온다. 정희만이 아니라 그의 주위에 섰던 남자들까지 모다 정희가 하는 대로 하는 데는 이상하다.

"웬 사람들이? ···."

벌써 그들은 눈앞에 섰다. 동옥은 가방을 받는 정희에게 물었다.

"어떻게 알구 나왔어?"

"우린 어제부터 차마다 나왔단다 애. 이렇게 여럿이···."

하고 정희는 자기 뒤에 섰는 남자들을 돌아다보는 것이다.

동옥은 그제야 역부[31]에게 차표를 주며 정희가 보는 대로 마주 선 남자들을 쳐다보았다. 그들은 차를 타는 것도 아니요, 또 나리는 사람 속에서 다른 누구를 맞는 것도 아니다. 덤덤히 정희의 옆에만 섰는 것을 보아 모두가 자기를 마중 나온 사람들 같다.

"어때요? 내가 이 차엔 꼭 온다구 안 그랬어요? 당신이 졌어요. 어서 인사나 해요."

하고 정희가 물러서며 동옥에게 마주 세워 놓는 사나이, 키는 작달막하다. 넥타이 끄른 커터[32]의 소매를 걷고 청사진(靑寫眞) 뚤뚤 만 것을 쥐었던 손으로 헬멧을 벗는다.

"임동옥 씨시죠? 전 배일현(裵一鉉)이올시다."

한다. 정희가 당신이라 부르는 것이나 청사진을 쥔 것을 보아 별장 건축을 간역하다 나온, 정희의 약혼자가 틀리지 않다. 동옥은 낯선 남자와 통성명을 하는 것은 처음 해 보는 인사라 모깃소리만치

"네."

하면서 학교에서 선생님에게 하듯 허리를 한참이나 구부리었다.

"하하! 아주 최경례[33]를 하는구나···."

---

31 驛夫. 역무원.
32 커터 셔츠(cutter shirt). 깃이나 커프스가 달린 셔츠.
33 最敬禮. 가장 존경을 표하는 경례.

화관

정희가 놀리는 바람에 동옥은 더 배일현의 생김을 쳐다볼 용기가 없어서 밖으로 나갈 길부터 찾았다. 간이역이라 사방이 터지어서 어디가 길인지 알 수 없는데 정희가 또 막아서며

"애, 모두 너 때문에들 나오셨는데…."

하고 사오 명이나 되는 남자들을 모조리 소개하려는 눈치다. 동옥은 얼떨떨해지고 말았다. 그러나 얼른 그들이 한 사람씩 나서기를 앞질러 이쪽에서 먼저 그들 전체를 향해 아까 배일현에게와 마찬가지로 허리를 굽히었다. 그리고는 난 모른다는 듯이 정희를 밀치고 앞을 섰다.

"아직 문자 그대로 여학생이랍니다."

하고 정희가 웃는 것은 그 남자들에게 동옥을 변명함이었다.

남자들이 뒤를 떨어져 서로 말소리가 안 들릴 만치 와서다.

"어쩌면 남을 그렇게 망신을 시켜? 웬 사람들이냐?"

동옥은 그제야 뒤를 한번 돌아다보며 물었다.

"망신? 망신한 사람은 나야, 너보담은."

"뭐? 이야말루 역습(逆襲)이로구나."

"절 아주 굉장하게 맞이해 줄려구 명사들을 총동원시켜 가지구 나가니깐…."

하며 정희도 한번 뒤를 돌아다본다.

"명사? 무슨 명사들이 할 일이 없어서 알지도 못하는 여학생 오는 걸 다 마중을 댕겨."

"할 일이야 쉬러 온 사람들이 무슨 할 일? 이런 데서야 심심치만 않은 건 다 할 일이지."

"모르는 사람 오는 게 심심치 않구?"

"모르는 사람이라도 미인이 오는데 심심해?"

하고 정희는 버릇처럼 눈웃음을 또 씰룩해 보인다.

"뭐? 너 오라구 해 놓구 이렇게 골리기냐?"

"너 뭐 미인 아니냐? 명사들도 아주 내 동무 중에 제일 이쁜 애가 온다

니까 첫마디에 척척 나서드라 얘…. 그런데 너 왜 저기 흰 양복 입구 제일 앞서 오지 않니? 그이한테 인사하지 않었니?"

"뭐? 그이가 누군데?"

동옥도 돌아다보았다. 소나무 가지가 좀 가리기도 했지만 기억 속에서는 얼른 찾을 수 없는 사람이다.

"그인 널 잘 안다던데?"

"날 알어? 이름이 뭔데?"

"김장두, 긴 장(長) 자, 말 두(斗) 자라지 아마."

"김장두? 은장두가 어떠냐?"

"정말 모르니?"

"몰라 정말이지 그럼…. 뭘 하는 인데?"

"몰르겠어…."

"김장두? 난 몰라…. 생각 안 나…."

"그런데 어떻게 저인 안다구 그릴까?"

하고 두 처녀는 다시 일시에 뒤를 돌아다본다. 그 굽실굽실한 머리에 흰 양복을 입은 사나이, 그도 길다만³⁴ 얼굴이 이쪽을 유심히 쏘아보며 오는 것이다.

동옥은 가슴의 두근거림이 더욱 높아졌다. 미인이라고 해서였든지 무어라고 해서였든지 알지 못하는 남자들이 마중을 나와 준 것만 해도 새처럼 놀람에 빠른 가슴이 고요할 수 없는데 더구나 그중의 한 사람이 자기를 아노라 했다는 것과 바로 그 사람이 지금 돌아다본 바와 같이 제일 앞을 서서 올가미나 던지려는 것처럼 어웅한³⁵ 눈을 쏘아보며 따라오는 데는 호기심보다는 무서움이 일어났다.

"애, 저인 왜 저렇게 우릴 따라온다니?"

"어디?"

---

34 '기다란'의 방언.

하고 정희는 또 돌아보더니

"따라오긴 뭘. 모두 같이들 오는 게 그렇지. 그이만 오니 어디?"

하고 천연스럽다.

"넌 아주 남자들한테 익었구나!"

"익다니?"

"어쩌문 그렇게 익숙하게 척척 소갤 시키구 뒤에 남자들이 오는데도 천연스러우냐."

"그럼 괜히 쭈빗거릴 건 뭐 있나? 사내들은 사람이 아니구 뭐 하누님이나 되니?"

"하누님만 무서운가?"

"그럼?"

"호랑인?"

"호오랑이? 하하하… 호랑이들!"

하고 정희는 걸음을 멈추고 손뼉을 다 치며 간간대소[36]를 한다. 그러니까 이번에는 뒤에서도 누군지 한 사람이

"거 뭣들을 그렇게 웃으십니까?"

하는 소리가 왔다. 동옥은 그만 뛰고 말았다. 정희도

"호랑이! 하하하…."

하면서 따라 뛰었다.

"참, 내 가방?"

"우리 오빠가 들었어…. 우리 인제 딴스 가르쳐 줄 이 말야."

"저런! 꽤 무거운데."

"이따 고맙다면 되지 않니?"

어느덧 두 처녀는 해수욕장 나가는 큰길로 나섰다. 파도 소리가 갑자

---

35 움푹한. 퀭한.
36 衎衎大笑. 기쁘게 큰소리로 웃음.

기 가까워진다. 눈이 부신 모랫길, 경주장처럼 넓고 일직선인 것이 솔밭 사이로 한 삼사백 미터를 깔려 나가다 끊어졌는데 거기는 시퍼런 바다의 등어리가 으리으리 솟아 있다.

"야! 바다….."

동옥은 숨이 차 마음으로만 뛰듯 한다.

"송전 좋지?"

"참 좋구나! 소나무들이 어쩌문 모두 파라솔처럼 됐니?"

"그리게. 여긴 바다보다 솔밭으로 유명하단다. 이름부터 송전 아니냐?"

"송전 솔밭 참! 그런데 호랑이들 그저 오나 봐."

정희만이 돌아다본다.

"저리 집으로들 가는 모양인데… 넌 사내들이 괜히 무서우니 어태?"

"괜히 무서울 건 없어두….."

하고 동옥은 그제야 파라솔을 펼치며 정희 옆으로 바투 선다.

"사람따라 다른진 몰라두 알아노면 보기보단 순한 게 남자란 생각도 나."

"너희 그인 순해 뵈지도 않던데? 네 조종술이 훌륭한 게지?"

"훌륭하지 않으면 뭐 약혼 시대부터 휘둘려 어떡하게."

"결혼해두 그렇지 뭐. 결혼했다군 휘둘리란 법 있니?"

"그래두 모두 봐야 여잔 혼인 전이 제일 같더라. 달러지니깐."

"달러지다니?"

"연애 시댄 이러지들 않니? 이쪽이 청하지도 않는 걸 아주 자진해서 뭐 당신은 내 여왕이니 내 천사니 하구….."

"아이 우서라…. 그래?"

"그렇게 설설 기다가두 혼인한 담엔 여간 아니더라 모두."

"설설 기지 않는단 말이지?"

"그럼. 설설 기긴커녕 여왕은 뚝 떨어져 신하가 되지, 신하던 저흰 쑥

화관

올라 앉아 폭군이 되지, 그러니까 걱정이지."

"거야말로 상전벽해(桑田碧海)구나! 하하…."

하고 동옥은 맑은 웃음소리를 팽팽한 파라솔 속에 터뜨렸다. 그리고

"그럼 누가 그까짓 혼인하니?"

하였다.

"그렇다구 어떻게 혼인을 안 허니?"

"아, 여왕 시대로만 연장시키면 고만 아냐? 연앤 꼭 결혼해야 하나?

"…."

"또 너희도 인제 결혼만 하면 그렇게 군신(君臣)의 지위가 역전될 걸 각오하니?"

"글쎄!"

정희는 웃기만 한다.

"글쎈 다 뭐야? 여왕이다가 신하로 떨어져도 괜찮을 것 같은 게로구나 너도?"

동옥이가 한번 더 물으니까야 정희는

"그래도 좋기만 하면 그만 아니야."

하고 역시 웃는 얼굴이다.

"좋기만 하면 그만이라? 너두 참! 어떻게 그렇게 변했니?"

하고 동옥은 말뚱히 정희를 쳐다본다. 중학 때는 반에서 고집 세이기로 제일이던 황정희가 어디서 이런 타협심이 나오는지 동옥은 이상스러웠다.

"그렇게 쉽사리 타협만 하지 말어라, 애. 모두 그리니까 사내들이 여잘 얌얌히 보는 거지 뭐냐?"

"넌 아직 몰라요. 좀… 타협이구 강경이구 다 애정 문제에선 적당한 용어가 아닌 것 같어. 그리게 소설을 봐도 어떤 여주인공은 자길 존경하는 남자보다 욕하고 때리고 하는 남잘 더 따르지."

"건 노예근성이 백힌 여잔 게지 아마."

"노예근성?"

"그렇지 않으면 변태구."

"글쎄 변태라구 할까. 그런데 애정에 들어선 다소가 문제지 누구나 변태적인 심리가 아주 없진 않은가 봐."

"뭐? 너도 그렇던?"

정희는 이글이글한 얼굴을 빙긋이 웃어 보일 뿐이다.

바다는 꽤 높은 파도가 있다. 여기는 지난밤에 비가 온 때문이라 한다. 파도 때문인지 아직 오전이어서 그런지 해변은 동옥이가 상상하던 것보다 여간 쓸쓸하지 않다. 천막이 한 군데 치어 있고 사람은 모다 대여섯밖에 헤일 수 없다.

"어쩌면 이렇게 좋은데 사람들이 조것뿐이냐?"

"사람 많으면 뭐 좋아? 물만 더럽지."

"하긴…. 넌 헴³⁷ 잘 치겠구나?"

"한 삼백 메돌³⁸…. 넌?"

"조곰도…. 사람이 적어 부끄러울 건 없어 좋다."

하고 동옥은 우선 급한 듯이 구두를 끄르고 긴 양말을 뽑았다. 치맛자락을 거듬거듬³⁹ 올리면서 사이다처럼 싸아 하는 거품으로 뛰어든다. 거품은 반은 뒤로 물러나며 반은 모새 속에 잦아 버린다. 녹말가루처럼 보드랍고 딴딴한 바다, 동옥의 흰 다리는 흰 물새의 것처럼 쪼르르 앞으로 내달아 본다. 울컥 파도는 돌아설 새 없이 밀려들더니 올리킬 수 있는 대로 올리킨 속옷 자락을 덥석 물어 버린다. 동옥은 치맛자락까지 놓쳐 버리고 "으앗" 소리를 지르며 뛰어나왔다.

"들어가 우리 수영복 입구 나오자."

"난 참 수영복도 없는데. 여기 살 데 있니?"

---

37 '헤엄'의 방언. 헴.
38 미돌(米突). 영어 '미터(meter)'의 음역어.
39 대강 끌어올리는 모양.

"우리 집에 내 해 둘이나 있어."

"웬 게 둘씩?"

"내 해두 여태 새 건데 그이가 한 벌 사다 뒀겠지."

"애! 막 뻐기는구나!"

하면서 동옥은 젖은 옷자락들을 쥐어짜는데 저쪽에서 웬 청년 하나가 셰이드를 옆에 끼고 성큼성큼 나오고 있다.

"저게 누구냐?"

"우리 오빠. 네 가방을 갖다 두군 이번엔 셰이드를 내다 주는구나. 서비스가 여간 아닌데."

"저이야…."

동옥은 쥐어짜던 옷자락을 얼른 펴면서 벗은 발부터 따가운 모래 속에 감추었다. 평판 있는 미남이라니 얼마나 잘생기었나? 댄스를 잘해 교원 면허장까지 가졌다니 얼마나 모던 보이인가? 동옥의 눈은 초점적(焦點的)으로 날카로워졌다.

먼저 머리가 포마드[40] 광고 그림 같은 청년이다. 대모테[41]의 거무스름한 색안경이 끌기는[42] 하였으나 아직도 흰 편인 얼굴에 꽤 서늘해 보인다. 댄스를 잘해 그런지 걸음도 경쾌하다. 그의 얼굴이 이 이상 자세히 드러날 만치 왔을 때는 압박은 받지 않으리라 하면서도 동옥은 마음이 뛰었고 눈을 어디로 둘지 방황해진다.

"오빠, 우린 지금 수영복 가지러 들어가려던 찬데…."

정희가 그러니까 청년은 꽤 금속성(金屬性)인 목소리로

"그럼 또 수영복까지 내다 달란 분부시로군! 그러지."

하고 그는 청하기도 전에 미리 즐기어 그것까지 맡는다.

"애, 우리 오빠란다. 낼부터 우리 딴스 가리켜 주실… 황재하(黃在河)

---

40 pomade. 머릿기름.
41 바다거북의 하나인 대모(玳瑁)의 껍데기로 만든 안경테.
42 그을리기는.

씨….”

정거장에서처럼 정희가 나서며 소개하였다.

“전 임동옥이에요…. 가방을 들어다 주서서 미안합니다.”

“별 말씀을…. 오시게 매우 더우셨지요? 이 별장지대 거류민을 대표해 동옥 씰 환영합니다.”

하고 재하는 연극을 하듯 천연스럽게 허리를 굽힌다. 동옥은 어쩔 줄을 몰라 정희의 뒤로 숨어 버렸다.

“대표는, 누가 오빨 대표로 뽑았어?”

“자천[43] 대표지 허허….”

하고 웃는 것을 보니 어느 틈에 안경은 벗어 들었는데 눈이 남자의 것으로는 지나치게 상글거린다.

“어서 파라솔이나 꽂아놔요. 뜨거워 죽겠수.”

“네, 그리하오리다.”

재하는 동옥의 것보다도 더 색채가 짙은 손수건을 꺼내 이마를 닦고는 셰이드를 펼쳐 모새에 세워 주었다.

“어서 인전 가 수영복 내다 줘요 빨리.

오빠 심부럼 잘해 줘 좋아. 내년에도 또 와요, 응?”

“흥! 해마다 네 심부름이나 하구 늙으란 말이냐?”

“그럼 하나 데리구 오구랴. 누가 말려. 오빠가 못나 혼자 댕기지 뭐.”

“혼자 댕기면 못난인가?”

“그렇지 않구.”

“말씀 좀 삼가시지. 동옥 씨도 아마 혼자 오신 것 같은데.”

“참, 못난이끼리로군그래. 동옥이도 그 점엔 못난이지 별수 있나.”

해서 소리는 있고, 없게나마 셋이 다 함께 웃었다.

재하는 곧 뛰어 들어가 수영복뿐 아니라 사과, 복숭아까지 안고 나왔

---

43 自薦. 자기를 스스로 추천함.

다. 그리고

"인전 물러가랍니까?"

하였다. 정희는

"언젠 누가 붙잡었나?"

해서 또 모다 웃었다. 재하는 무안도 타지 않고 싱글거리며 사과를 하나 집어 껍질째 먹으면서 천막 있는 쪽으로 나려갔다.

"아이두 기껀 부려먹군 그렇게 망신을 주니?"

"그리게 우린 여왕들 아냐?"

이들도 실과를 하나씩 먹고 서로 망을 보면서 셰이드 속에서 수영복으로 갈아입었다. 동옥은 수영복만은 옷은 아닌 것 같아서 다시금 좌우를 둘러보았다. 더욱 재하가 간 쪽에 마음이 쓰였다.

파도는 심술궂다. 보기보다는 갑절씩이나 올려솟는다.

정희는 익숙하게 몸을 솟구어 얼굴에는 물 한 방울 받지 않으나 동옥은 헉헉 느끼도록 코에 입에 짠물을 뒤집어썼다. 허리께 차는 데서는 그만 서고 말았다.

정희는 두 팔을 갈매기의 나래처럼 쭉쭉 뽑으며 헤어 나가기 시작한다.

동옥은 눈만 시원할 뿐 가슴은 그만 꽉 막히는 듯이 답답해지고 말았다. 세상에서 제일 넓은 운동장인 것 같은 바다. 뛰는 생선처럼 탄력 있는 물결, 한번 창파에 몸을 던져 아득히 떠 있는 구름의 궁전을 향해 헤어 나가 보고 싶은 정열은 목이 막히리만치 끓어오르나 팔과 다리는 갑자기 불구가 된 듯하다. 동옥은 또 한 번 재하의 쪽을 내려다보았다. 재하도 어느 틈에 수영복으로 갈아입고 바다로 뛰어든다. 대뜸 무릎께, 허리께, 가슴께가 되더니 팔을 쭉 뽑으며 떠나가는 것이다.

'나만 못 뜨네! 속상해…. 저이가 숭 안 볼까? 참! 나 봐. 그까짓 모던뽀이에게 왜 이다지 관심하는 걸까?'

동옥은 화끈거리는 얼굴을 한참 짠물에 씻고 꽤 멀리 나간 정희를 어서 들어오라고 불렀다.

"그만침 좀 서 봐."

"여기가 몇… 몇 길인데?"

"무섭지 않니?"

"무섭긴 왜 여간… 여간 좋은 줄 아니?"

정희는 다 나와서 뒤를 한번 돌아보더니

"깊이 들어갈수록 더 시원해. 그리구 가만히 떠서 물 밑을 내려다보면 여간 신기한 줄 아니?"

하였다.

"신기?"

"그럼, 바위가 뵈구, 해초가 나구 한 걸 보면 꼭 육지에서 공중에 뜬 거 같다 너. 비행하는 거 같어."

"비행!"

하고 동옥은 감탄하였다. 그리고 아까 정거장에서 오면서 정희가, '넌 아직 몰라요. 좀 타협이구 강경이구 다 애정 문제에선 적당한 용어가 아닌 것 같어' 하던 말이 생각났다. 자기는 '물의 바다뿐 아니라 사랑의 바다에서도 이럴 것이 아닌가?' 생각이 났다.

정희네 별장은 처음 들어서기에 좀 갑갑해 보였다. 자리가 언덕이 아니요, 집도 단층이어서 멀리 눈을 쉬일 만한 전망(展望)이 없었다. 그러나 늙은 소나무 가지들이 지붕 위에 척척 늘어지고 다른 별장과 사이도 보이지 않을 만치 떨어지어 서늘하고 호젓하기는 한 집이었다. 가운데 식당과 응접실 격으로 큰 방이 하나 있고는 부엌에서부터 방이 다섯이나 쭉 둘러 있는데, 부엌 옆방인 온돌방에는 식모와 정희의 할머니만이 와 계시었고 다음부터는 조그만 양실들로서 정희, 배일현, 황재하 이렇게 차례로 한 방씩 들어 있었다. 동옥은 무론[44] 황재하의 다음 방에 들게

44 물론.

되었다.

　방을 이렇게, 정희는 저희 약혼자와 옆방이요, 동옥은 황재하와 옆방이 되니 아까 해변에서 정희가 '못난이끼리'라고 자기와 황재하를 끼리로 몰던 것이 문득 생각났다. 그리고 그런 생각이 나되 그리 불쾌스럽지 않음에 동옥은 남몰래 자기를 놀래여 본다.

　'그까짓 딴스나 잘한다는 모던 뽀이쯤…'

　사실 모던 보이이긴 하다. 그러나 모던 보이임이 불쾌하지 않음이 되는지 모른다. 배일현에게다 대이면 나이부터 떨어지고 아직 학생 시대니까 달랑거리는 것도 무리는 아니나 무슨 호텔이나 식당 보이처럼 좀 지나치게 상냥스러 그렇지, 그 희고 눈 밝은 얼굴이 민첩한 표정과 세련된 언사에 그늘이 없이 째여[45] 나가는 데는 현대미(現代美)라고 할까. 우선 보기에 화장품 그릇처럼 매력이 있는 청년이다. 점심 식탁에서도 그가 넥타이를 매고 나온 것을 정희가

　"오빠 넥타이가 좋구랴!"

하니까

　"내게서 감탄할 게 넥타이뿐이람?"

해서 웃기었다. 그렇게 하는 것이 모다 천연스러웠다.

　점심 뒤에는 배일현의 별장 짓는 데를 구경 갔다. 아직 마루청도 깔기 전이어서 동옥은 어디를 디뎌야 할지 모르겠는데 정희와 배일현은 성큼성큼 잘 골라 디디었다.

　"이렇게 큰 방을 저편만 창을 냈구나 글쎄. 내가 와 저길 새로 뚜르구 창을 하나 더 내게 했단다."

　정희가 그러니까

　"이층도 아닌데 침상머리에 창이 있는 건 덜 좋아요 좀."

하고 배일현은 정희의 말대로 창을 내이기는 하면서도 그저 불복(不服)

45　'짜이어'의 준말. 엮이어.

인 듯하다. 부엌에 가서도

"글쎄 이런 집에 부엌은 왜 이렇게 크게 하겠니? 뭐 무슨 음식점으로 짓나?"

정희가 그러니까 또 배일현은

"글쎄 비 올 때 나무 같은 건 어따 쌓구… 귀중중하게[46] 헛간을 따로 질 건 뭐 있수? 흥!"

하고 코웃음을 짓는다.

"부엌에도 허접쓰레길 들여 싸문[47] 부엌은 귀중중하지 않은가? 피이."

하고 정희도 지지 않고 입을 삐죽해 보인다.

동옥은 이런 것들이 다 무심히 보이지 않았다.

아무것도 아닌 극히 작은 의견의 충돌이지만 이런 것 역시 서로 상대자를 얻었기 때문에 일어나는 강렬한 생활욕(生活慾)의 한 가지 설계(設計)로 보여지었고, 또 이런 유의 대립과 충돌은 언제나 한쪽이 동화되고 말, 커다란 한 덩어리의 사랑 속에서 일어나는 것으로 해석할 수 있기 때문이다.

약혼자와 말다툼이나 하고 난 것처럼 긴장해진 정희를 끌고 다시 바다로 나오는 길이다. 솔밭 어느 구석에 숨었던 것처럼 그 김장두라는 흰 양복의 청년이 보랏빛 도라지꽃을 몇 가지 꺾어 들고 불쑥 앞을 막으며 나타난다.

"김 선생님, 웬 꽃이야요 그게?"

정희가 물으니까

"네, 두 분 드릴랴구요."

하는 것이 말소리까지 맺힌 데가 없이 헛헛한 사람이다.

---

46 더럽고 지저분하게.
47 쌓으면.

꽃은 정희가 받아 나눠 가지었다.

김장두는 똑 삼방 물터에서 본 어느 병자처럼 안정[48]이 탁 풀린 눈으로 씽긋이 한번 웃더니

"동석 군은 내 잘 알지요."

하는 것이다.

"네?"

동옥은 놀라지 않을 수 없다. 자기가 누구보다도 존경하는 동석 오빠를 군이라 부르며 잘 안다는 때문이다.

김장두는 동옥이가 친절하게 얼굴을 마주 들어 줌에 만족한 듯, 한 번 더

"동석 군과 전부터 무관하게[49] 지내지요."

하며 처끈처끈[50]해 뵈는 눈웃음을 친다.

"그러세요?"

동옥도 마지못해 웃음을 띠인다.

"아마 집에 나와 있죠, 요즘?"

"아직 제가 떠날 때까진 안 나오셨세요."

"웬일인구. 방학은 했을 터인데."

"어디 모범 농촌인가 보시구 오신대나봐요."

"글쎄 그러면 몰라두…. 저…."

하고 이번엔 정희 편을 슬쩍 돌아보더니,

"저…어 동옥 씬 정희 씨 댁에 계시죠 아마?"

한다.

"네."

"얼마나 오래 유(留)하십니까?"

---

48 眼睛. 눈동자.
49 허물없이 가깝게.
50 (물기 있는 것이) 달라붙는 느낌.

"글쎄요. 봐서 한 일주일 있을까 합니다만."

"에…."

하고 또 정희 편을 힐끗 보더니

"내 할 말이 좀 있는데요."

한다.

"저한테요?"

하고 동옥은 따져 묻는다.

"네, 동옥 씨한테…. 전 요 안말 창해여관에 있습니다."

"…."

"한번, 조용히 말씀드릴려구 하니 산보 삼아 들러 주시면…."

"…."

"산보 삼아…. 가깝습니다 예서."

"네."

동옥은 대답해 주었다. 그리고 어째 좀 어색해짐을 숨길 수가 없어 저쪽이 돌아서기 전에

"전 헴 배우러 나가요."

하고 벌써 저만치 달아난 정희를 쫓아오고 말았다.

"애, 정말 저이가 우리 오빨 알까."

"알게 이름부터 알지."

"글쎄…. 어째 그 오빠 친구 같지가 않어 봬…."

"좀 싱겁지 사람이? 말이 적어 점잖언 뵈는데 어딘지 좀 김이 빠졌어…. 호호."

하고 정희는 웃는다.

"그래두 아까 정거장서 들어올 때보담 가까이 봐 그런지 무섭진 않군."

"흥! 벌써 너두 남자들한테 익었구나! 꽤 속성인데."

하며 정희가 놀린다.

"지지배두! 그런데 얘."

"때리지 않군 말 못하니?"

"그이가 조용히 할 말이 있대니 뭘까?"

"그리게 다 속성이지 뭐냐?"

"쟨! 남 속은 모르구….'

"그림! 모르지 않구. 남들 그 속을 내가 어떻게 알어."

해서 달아나며 쫓아가며 웃었다.

저녁이다. 김장두의 '할 말'이란 것은 실없이 궁금했으나 그렇게 호락
호락히 찾아갈 것은 아니다. 정희는 식모를 다리고 고저(庫底)[51]로 찬거
리를 사러 가고 동옥만 혼자 바다로 나왔다.

여물지 못한 초승달이 멀리 서편 산머리에 걸려 있다. 혼자 모새 위에
기다랗게 던지어지는 제 그림자를 밟으며 나오노라니 삼방서보다 오히
려 안타깝기는 더하게 쓸쓸하다. 혹시 황재하가 나오지 않나 하고 둘러
보면 파도 소리만 귀를 울릴 뿐, 혹시 김장두라도 나타나 그 '할 말'이란
것이 무엇인지 궁금하지 않게 말해 주지 않을까 하고 둘러보면 역시 보
이는 것은 달빛이요, 들리는 것은 파도 소리다.

'파도 소리!'

동옥은 문득

'내 귀는 바닷가 조개껍질, 물결치는 소리가 그립습니다[52].'

한 콕토의 시가 생각난다.

이것을 읊으며 또 읊으며 파도 소리를 밟는다.

'내가 정희보다 재하와 가까이 할 때가 더 유쾌한 게 사실 아닌가?

이성이기 때문에….'

스사로 대답하고 걸음을 멈추었다.

---

51 강원도 통천군의 마을.

52 프랑스의 작가 장 콕토(Jean Cocteau, 1889-1963)의 시 「내 귀(Mon oreille)」 전문
(全文).

'연애하지 말아라! 우리 부모 우리 선생님들은 이렇게 가리키셨다. 연애는 나쁜 사람들이나 몰래 하는 악(惡) 유희? 그럼 왜 동석 오빠도 연애를 하나? 가을엔 그 연애하는 여자와 결혼한다고 하지 않는가? 또 우리 학교 유 선생님! 미국서부터 연애하던 사람과 나와 훌륭히 결혼해 살지 않는가? 엘렌 케이[53]는 여류 사상가라도, 연애 없는 결혼은 결혼 없는 연애보다 더 죄악이라고까지 말하지 않았나?'

동옥은 치마를 홉싸며[54] 모새에 앉는다.

모새는 아직도 따끈하다. 모새도 무슨 정열이 있는 듯하다. 한 움큼 쥐어 보면 아무리 꼭 쥐어도 기어이 틈을 얻어 보실보실 새어 버린다.

'연애욕도 성욕이 아닌가?'

동옥은 문득 이런 의심이 생긴다. 중학 때 한문 선생님이 공자님의 말씀이라 하고 가인이 불여조호아(可人不如鳥乎)[55]를 설명해 주시던 것이 기억된다. 새는 생식을 위해서만 자웅이 가까이 할 뿐인데 사람은 아무 때나 이성을 가까이 하려 한다. 어찌 만물의 영장된 사람이 미물인 새만 못해 옳을까 보냐 하시었다. 야소교[56]에서도 어떤 신부(神父)나 수녀(修女)는, 사람의 성욕은 금단의 과실을 따 먹은 죄의 값으로 받은 것이라 하여 이것을 무시하기에 스사로 몸을 상해하여 고남과 고녀[57]가 된 사람도 얼마든지 있다. 불교에도 그렇다. 한번은 생리학 선생님에게 이런 것을 아이들이 물었더니 그 선생님은 오히려 자연에 대한, 곧 신(神)에게 대한 반역이라 하였다.

맹장과 같은 백해무일리[58]한 부분이라면 얼마든지 끊어 버리어 해될

---

53 엘렌 케이(Ellen Key, 1849-1926). 스웨덴의 여성학자, 사상가, 교육자.
54 휘휘 감아서 싸며.
55 가이인이불여조호(可以人而不如鳥乎). 사람으로 태어나서 새만 못하다면 부끄러운 일이라는 뜻. 『대학』의 「지어지선(止於至善)」에 실려 있는 구절.
56 耶蘇敎. '예수교'의 음역어. '기독교'의 옛말.
57 생식 기관의 기능이 완전하지 못한 남자와 여자.
58 百害無一利. 해롭기만 하고 이로울 것이 전혀 없음.

것이 없지만, 다른 모든 부분은 완전한 한 생명체를 유지하기에 절대로 필요한 유기체라 하였다. 그리고 서울 어느 절에 있는 학승(學僧)으로 그도 자기 몸에 그런 상해를 준 결과, 뇌신경의 기능을 잃어 반백치가 되어 버렸다는 실례를 말하였다. 그때 학생들은 이 과학자의 말이 더 미덥던 것을 동옥은 기억한다.

　'우린 모다 찬란한 생활욕에 끓기 때문이다! 퍼시아[59]의 시인 오마 가얌[60]이 뭐, "이 세상은 고해다. 그러니까 오래 사는 사람은 불행하고 빨리 가는 사람은 다행하고 아예 나지도 않은 사람은 더욱 다행하다" 한 것은 염세시인(厭世詩人)의 한마디 재치 있는 시구(詩句)일 뿐, 나기 이전의 행불행을 어떻게 인식해서인가? 무슨 까닭에 엄연한 실재(實在)의 세계를 냉소할 것이냐?'
싫어진다.

　'성욕이 만일 인류가 받은 죄의 값이라 치자. 그럼 성욕에서 낳아지는 인류는 영원히 죄의 씨가 아닌가? 하나님은 그렇게도 잔인할 리가 없다. 그런 하나님이라면 반역하여 마땅하지 않은가? 또 사람에게 이성을 그리는 정욕을 끊어 버린다 치자. 거기에 무슨 다른 욕망인들 존재할 것인가? 그것은 근본적으로 인류를 부정하는 것과 무엇이 다른가. 이성 간에 아모런 흥미가 없고 먹을 것에 충동이 없고 입을 것에 야심이 없고…. 그렇다면 아모리 에덴동산이기로 무슨 낙원이냐. 거기선 낮잠밖에 잘 것이 무엇인가?'

　동옥은 웃음이 난다. 그러나 웃음의 생각으로는 아니다.

　'사람은 이성 간의 애정을 가장 아름답게 소유할 것, 가장 빛나는 이상에서 결혼할 것, 참 하나님 말씀에 "둘이 하나이 된다" 하셨다. 하나이 되는 힘으로 우리에게 성욕을 주신 것이 아닌가? 그럼 성욕을 무시하는

59　페르시아.
60　오마르 하이얌(Omar Khayyām, 1048-1131). 페르시아의 시인, 철학자, 천문학자, 수학자.

건 하나님이 허락하신 걸 무시하는 것이 아닌가? 그러니까 떳떳이 사랑하고 결혼함이, 그리고 옳다고 생각하는 일을 위해 부지런히 일하는 데만 인류의 낙원이 존재하는 것 아닌가?'

하였다.

'연애는 이성을 사랑하는 것, 이성에의 욕망이니까 역시 성욕이다. 성욕이니까 아모리 연애란 이름을 쓰더라도 방종하기 쉬워지고 방종하니까 사회 약속을 깨트리기가 쉽고 그러니까 문란을 피하노라고 연애하면 못쓴단 말이 나와지고…. 그렇다고 연애가 금제되는 것인가? 만일 내가 정말 훌륭한 상대자를 만나 사랑하는데 누가 나서 그를 사랑하지 못하게 금한다면?'

동옥은 조개껍질을 하나 집어 기운껏 바다로 던지었다. 무론, 자기도 역시 여러 연애하는 청년 남녀들과 같이 그 무리한 간섭자에게 반항할 것이 사실이었다.

'그럼 덮어놓고 자녀들에게 혹은 제자들에게 연애하지 말어라보담 연애는 하되 어떻게 하라고 연애를 가리킴이 현대에 있어선 더 현명한 부모나 교사가 아닌가? …. 내 귀는 바닷가 조개껍질, 물결치는 소리가 그립습니다….'

하면서 동옥은 모래를 털며 일어섰다.

세 화살

이튿날 아침부터 댄스 강습이 시작되었다. 남자는 배일현과, 어느 전문학교 법제 강사라는 이와, 문학 평론가라는 이와 세 사람, 여자도 정희, 동옥, 그리고 이웃 별장에 손님으로 와 있다는 정체 잘 모를 유한마담[61] 풍의 젊은 부인 하나까지 세 사람, 모다 여섯 사람이 황재하를 중심으로 혹은 앉고 혹은 섰다. 동옥은 김장두가 끼지 않았음에 왜 그런지 마음의 가뿐함을 느끼었다.

　재하는 푸른 와이셔츠에 흰 넥타이, 흰 저고리 그리고 바지는 더웁지도 않은지 회색 푸란네루[62]을 입었다. 새 주둥이처럼 끝이 빠른[63] 콤비네이션 구두[64]는 날 듯한 자세인 데다가 귀밑머리를 길게 길러 뒤로 흘려 붙인 소위 유선형의 머리는 다른 날보다 더욱 빛난다.

　"뭐 이론이랄 게 없습니다만… 그래도 미리 주의하실 게 몇 가지 있으니까…."

　모다 박수를 하였다. 동옥도 쳤다. 재하는 앉은 동옥이더러 먼저

　"좀 일어서세요."

한다.

　"전 나중 할 테야요."

　"아닙니다. 지금 하자는 게 아니라요…."

　정희가 재하를 도와 동옥을 일으켜 세웠다.

61　유한계급의 부인. 넉넉한 재산으로 한가하게 여가를 즐기는 부인.
62　영어 '플란넬(flannel)'의 일본식 발음.
63　뾰족한.
64　발등의 둘로 나누어진 부분에 다른 색상을 넣어 만든 구두.

"동물 중에 사람이 제일 아름다운 게 얼굴에도 있지만요, 대체 체격으로 봐선 동체(胴體)가 잘생겼단 겁니다. 아직 여러분은 그 점에 관심치… 아마 못 하셨지요?"

"제가 뭐 표본이야요?"

하고 동옥은 여러 사람의 웃음 속으로 뛰어 들어가 다시 앉고 말았다.

"아니 표본으로가 아니라 딴스하실 체격으로 원만해 뵈기 때문입니다."

하고 재하는 다른 때보다 아주 정중하게 허리를 굽힌다.

"애, 여러 사람 위해 표본 좀 되문 어떠냐?"

하고 정희는 약간 속으로 동옥의 아름다운 동체를 부러워한다.

"그 동체미를 어느 운동에서보다 잘 나타내고 발달시킬 수 있는 게 딴습니다. 그런데 첨엔 대개 너무 긴장을 하는데 맘들을 턱 노세요. 누구 한 분 나오세요."

여자들은 남자들만 보고 남자들은 여자 편만 본다.

"정희 나오너라."

"어서 설명부터 더 하구."

"글쎄 설명하는데 실지로 뵈면서 해야 하니까…."

정희가 일어서 나섰다.

"왼손은 내 어깨에 가볍게 아주 자연스럽게 얹어야 돼."

"자아…."

"이것들 보세요. 벌써 동첼 굽히구 땅을 보구 이 팔에 힘이 이게 어디야요. 힘을 쓰지 말아야 돼요. 일어나 어서들 해 보세요."

모다 일어섰다. 동옥은 그 유한마담 풍의 부인과 마주 섰다.

"남자와 여자가 출 땐 여자의 바른손은 남자의 왼 손바닥에 가만히 놓습니다. 남자가 꼭 쥐면 실례야요."

해서 모다 깔깔 웃었다.

"그리군 발인데 첨엔 뽁스[65]라고, 원 투 트리 퍼, 원에서 떼여 가지고

화관

이렇게… 퍼에 가 맞춥니다. 원스텝은 해 볼 것두 없구…. 그런데 리듬[66]이 첫쨉니다. 음악을 맞추기만 하고 몸은 아주 리듬대로 자연스럽게만 나가면 됩니다. 오늘은 뽁스부터 연습합시다.”

하고 재하는 유성기를 틀어 놓았다. 그리고 신이 나는 듯 몸짓을 흥청거리며

“원 당고[67] 출 아이데[68]도 없담!”

하고 입맛을 다시며 날카롭게 동옥을 본다. 여느 사람이 다 자기가 동옥을 보는 것을 본 줄 알고는

“동옥 씨 같은 스타일은 당고를 추시면 썩 보기 훌륭할 겁니다. 왈스들을 좋다고 하지만 건 늙은이들이나 할 거지 멋이야 아루젠찐[69] 당고 같은 걸 춰야….”

하고 혼자 음악에 맞추어 물러섰다 나섰다 하며 빙글빙글 돌아간다.

“그리게 얼른 가리켜 아이델 만들어요.”

하고 정희도 음악소리에 기분부터 나는 듯 허리를 흥청거리며 연습을 시작한다.

“원 투 스리 퍼 원 투 스리 퍼….”

재하는 한 사람씩 차례로 돌아가며 가르쳐 준다. 동옥이와 짝이 될 때는, 여자의 손을 꼭 쥐면 실례라고, 자기가 하여 놓고 가끔 꼭꼭 동옥의 손을 쥐는 것이다. 그런 때 쳐다보면 그의 눈에는 날쌘 웃음이 낚시처럼 동옥의 얼굴에서 무엇을 채이는 것이다. 동옥은 뺨이 화끈하여 얼굴을 숙이면 재하는 천연스럽게

“아래를 보면 안돼요.”

---

65 폭스트롯(fox-trot). 사교댄스의 스텝 또는 그 연주 리듬.
66 ‘리듬(rhythm)’의 일본식 발음.
67 ‘탱고(tango)’의 일본식 발음.
68 ‘상대’ 혹은 ‘함께 무엇을 하는 사람’을 뜻하는 일본말.
69 ‘아르헨티나(Argentina)’의 일본식 발음.

하는 것이다.

댄스 공부가 끝나고 바다에 잠깐 다녀와서 여럿이 앉아 점심을 먹는 때였다. 창밖에 웬 아이가 무슨 종이쪽을 들고 기웃기웃 들여다본다.

"너 웬 아이냐?"

정희가 내다보며 물으니까

"아니야요."

하고 비실비실 달아난다. 달아났다가는 또 저만치서 넌지시 들여다보는 것이다. 그제는 재하가 일어서며

"이놈아, 뭐야? 거 무슨 편지 아니냐?"

하니까야 눈이 뚱그레지며 정말 편지인 것을 들고 어청어청 가까이 오는 것이다. 재하가 바라보니 기다란 하도롱[70] 봉투에 '임동옥 씨'라 썼을 뿐 보내는 사람은 쓰여 있지 않다.

"누가 보내던?"

"우리집 바깥방 손님요."

하고 아이는 동옥을 유심히 들여다보고는 달아나는 것이다.

동옥은 김장두의 편지임을 벌써 알았다. 얼굴이 화끈해져서 묻는 사람도 없는 것을

"우리 오빠 친구래요. 그이가…."

하였을 뿐 나중에 자기 방으로 가서야 편지를 뜯었다.

"오늘도 아까 해변에서 뵈었지만 말씀은 안 드렸지요. 좀 조용히 할 말이 있으니 한번 찾아오십시오."

하는 사연이었다.

'찾아오십시오? 거의 명령이 아닌가?'

동옥은 불쾌한 것을 돌리어

'아마 자기도 날 동생처럼 대하려는 태돈가 보다. 그리고 할 말이란

70   하도롱지. 누르스름한 질긴 종이.

것도 내게 꼭 일러 줘야만 할 날 위한 무슨 말인 게다.'

하고 오히려 기분을 가볍게 가지고 있다가 저녁에는 그 문학 평론가의 문학에 관한 이야기가 있다는 것은 듣지도 않고 정희가 가르쳐 준 대로 김장두를 찾아갔다.

창해여관은 보통학교 운동장을 건너니까 곧 간판이 보이었다. 그리고 김장두는 이제 막 저녁상을 물리인 듯 이쑤시개를 물고 마당을 어정거리다가 자기가 인사를 하기는커녕 이쪽에서 인사를 할 새도 없게 부리나케 방으로 뛰어 들어가더니 남포[71]에 불부터 대려 놓는다[72].

"저녁 잡수셨어요?"

동옥이가 방 앞으로 가 먼저 인사를 했다.

"네, 좀… 누추한 데지만…."

하고 역시 김장두는 쩔쩔매는 것이 동옥은 속으로 웃음이 나왔다. 더구나 동옥이가 방으로 들어가니 부채는 자기가 집어서 부칠 뿐 아니라 돗자리를 깐 데는 자기가 먼저 털썩 앉고 동옥은 새까맣고 끈끈한 장판에 그냥 앉는 것도 모른 체하였다. 그러고는 쩔쩔매던 것이 갑자기 어디 가고 옆에 아무도 없는 것처럼 천연하게 끄덕끄덕 하고 앉아 부채질을 하면서 남폿불만 바라보는 것이다.

동옥은 속으로

'저이가 불교를 믿지 않나?'

하는 생각이 났다. 그렇게 불만 쳐다보고 잠잠히 앉았는 얼굴은 여간 점잖아 보이지 않는다.

"저희 오빠 언제 아셨세요?"

"네?"

"저희 오빠 언제 아셨세요?"

"한 댓 해 됩니다."

할 뿐 또 멍하니 이번에는 부채질도 안 하고 앉았더니 꾸부렸던 허리를 쭉 펴면서 늙은이처럼 한편 손을 주먹을 쥐어가지고 허리를 툭툭 치는 것이다. 동옥은 갑갑해지고 말았다. 앉음앉이[73]를 고치며 기침 소리를 한번 내어 보았으나 김장두는 그저 허리만 툭툭 칠 뿐이다.

"김 선생님."

"네?"

"제게 하실 말씀이 계시다구 하세서 왔세요."

"네?"

"저 곧 가겠어요."

하니까야 그는 약간 동옥의 쪽을 향하더니 이번에는 고개를 길게 빼어 방바닥을 또 한참 들여다보는데 얼굴이 중심을 잃어 그런지 이마에 굵다란 힘줄이 쏠리고 살빛이 희미한 남폿불에도 익는 듯이 붉어 오른다. 동옥은 잔등이 후끈함을 느꼈다. 다시 한번 기침 소리를 내이었다. 그제야 김장두는 이마를 들었다. 낮에 보던 그 풀린 태엽 같던 눈알은 불송이같이 빛이 난다.

"동옥 씨."

"네?"

"전, 저는 동옥 씰 사랑하는데요."

동옥은 숨이 꽉 막힌다. 정신을 차리려고 벽을 쳐다보니 김장두의 것인 듯, 혼솔[74]마다 땀이 절어 새까만 와이셔츠가 눈까지 막히게 한다.

"진정입니다."

하고 그는 버썩 나앉는 것이다.

김장두가 아무리 버썩 나앉아도 동옥은 무슨 꿈속처럼은 꼼짝 못하

---

73 앉은 자세.
74 홈질로 꿰맨 옷의 솔기.

게 무섭지 않다. 안에서도 지껄지껄하는 여러 사람의 기척이 들려오고, 건너편 학교 마당에서도 아이들 뛰는 소리와 어른들 게다[75] 끄는 소리도 난다. 동옥은 말뚱히 김장두의 부풀은 얼굴을 쳐다보며 똑똑히 발음하였다.

"진정이구 거짓말이구 전 모릅니다. 무슨 실례의 말씀이십니까?"

"…"

김장두는 단번에 고개가 푹 수그러지고 만다.

"다신 저한테 그런 말씀 말아 주세요. 전 불쾌할 뿐입니다."

하고 동옥은 별꼴을 다 봐 하는 듯이 야무지게 치마를 털며 일어섰다. 김장두가 곧 덤빌 것만 같아서 그의 손부터 나려다보았으나 한 손은 턱을 만지고 한 손은 부채를 집을 뿐 고개도 쳐들지 않는다. 동옥은 숨을 입속에 문 채 날쌔게 발끝으로 구두를 찾아 신고 행길로 나섰다.

'의뭉스런 녀석! 어디서 제 따위가 다…'

동옥은 생각할수록 분하다. 행길을 건너와서는 침이나 뱉을 것처럼 한번 돌아다보았다. 그는 고개를 그저 수그러뜨린 채 한 손으로는 그저 턱을 만지는 채 부채질만 거들거들하고 있다.

넓은 운동장을 다 건너도록 동옥은 얼굴이 화끈거린다. 달은 오늘 저녁도 여물지 못한 채 먼 산머리에 솟아 있다. 얼굴은 마음과 한 덩어리인 듯 아무리 바람이 오는 쪽으로 돌리어도 마음이 진정되기 전에는 혼자 식으려 하지 않는다. 정희는 으레 무슨 이야기더냐고 물을 것이다. 지금 이 기분으로는 쓰렀드리고[76] 다른 이야기로 꾸며대일 수가 없다. 사실대로 이야기해 주면 아무리 비밀이라고 이르더라도 입 헤픈 정희가 저만 알고 견딜 리 없다. 동옥은 길이 일직선으로 나간 대로 혼자 바다로 나오고 말았다.

75 일본 나막신.
76 '모른 척하고'의 방언.

해변은 어스름한 달빛과 안개에 싸여 뽀얀 수은의 산림이 둘린 듯하다. 한참씩 고개가 아프게 쳐다보아야 별이 하나씩 드러난다.

"의뭉스런 너석! 동석 오빠 왜 그따위 너석과 친굴까?"

곧 동석 오빠에게 편지라도 써 부치고 싶었다. 동옥은 첫째 자기의 귀의 처녀성을 잃은 것 같아 분하였다. 눈치로는 많았지만 또렷하게

"나는 당신을 사랑합니다."

하는 고백을 일찍이 자기의 귀에 울려 준 사나이는 아직은 한 사람도 없었다. 처음으로 그 순결한 고막을 찢어버린 사람이 어디서 젖은 옷처럼 몸서리가 쳐지는 김장두임에 귀를 떼어 버리고 싶게 불쾌하고 분하였다. 다음으론 못나서 그런 줄은 모르고 오빠와 같은 태도로 이쪽을 위해 무슨 주의시켜 줄 것이 있는 줄만 알고 그의 감발[77] 쪽 같은 와이셔츠가 걸려 있는 침침한 방을 찾아가 준 것이 입고 갔던 옷을 모다 빨아 버리고 싶게 깨끈하고[78] 분하였다.

그러나, 안개는 자욱히 끼었어도 해변은 서늘하였다. 얼굴이 차근거리도록[79] 식었을 때는 마음도 한결 공지(空地)가 생기는 듯하다.

'같은 값에 왜 그렇게 못났을까?'

그 김장두가 고개를 그저 수그러뜨린 채 한 손으로는 그저 턱을 만지는 채 부채질만 거들거들하고 앉았는 꼴이 자꾸 보이는 것이다.

'불쌍하다.'

생각이 난다. 그가 청하는 것이 밥이라면 돈을 가진 대로는 사 먹이고 싶다. 그가 청하는 것이 옷이라면 속옷까지라도 벗어 주고 싶다.

'그러나 그는 나에게 하나밖에 없는 것을 청하는 게 아닌가?'

어디선지 누가 휘파람 부는 소리가 흘러온다.

'아니, 만일 저쪽이 진정이기만 하면 사랑을 주는 것도 선행(善行)의

---

77 발감개. 험한 일을 할 때 양말 대신 발에 감는 천.
78 '께끔하고'의 방언. 꺼림직하고.
79 약간 차가운 느낌이 들게.

하나가 아닐까? 주기만 하고 돌아서면…? 돌아서면? 그럼 건 사랑이 아닐 테지. 사랑은 결국 한 번 주는 것으로 모든 것을 주는 것! 한 사람이 지닐 수 있는 건 오직 하나의 사랑뿐, 하나이기 때문에 아무에게나 주어 버릴 수 없는 것! 이렇게 간직해 나가는 단 하나의 내 사랑을 받을 사람은 누군가? 오늘도 여러 웅큼의 조개껍질을 주워 보았다. 하나도 제 쪽끼리 맞는 건 없었다. 하나이던 것이 두 쪽으로 헤어지는 것부터 벌써 비극이 아닌가? 타고난 비극에서 비극 아니기를 바라는 건 그것이 벌써 비극이요, 과욕이 아닌가?'

휘파람 소리가 가까이 온다.

휘파람 소리는 그치더니

"아! 여기 와 계신걸…."

소리가 나는데 보니 황재하다.

"왜 절 찾으셨세요?"

"그럼요. 창해여관에 가셨다구 해 가 보니까 다녀가셨대죠. 그래 집에 와 보니 거기도 안 계시죠. 혹 집을 못 찾으시나 해서…."

"…."

동옥은 무어라고 대답해야 할지 모른다. '감사합니다' 하자니 좀 아니꼽고 '누가 절 찾어 달랬어요' 하자니 너무 잔인스럽다.

그래,

"회는 다 끝났나요?"

를 물었다.

"아마 아직 하는 중일 겁니다."

"왜 안 들으세요?"

"그까짓 상식 범위로 하는 걸 들어 뭘 합니까?"

"상식이 좋지 않어요?"

"난 상식처럼 싫은 건 없습니다…. 상식 세계처럼 단조한 게 어디 있습니까?"

세 화살

"그럼 이단(異端)을 좋아하시는 게로군요?"

"뭐 그렇게 이단까진 아닙니다만… 지금 제가 이렇게 동옥 씰 찾아다 닌 것도 상식에선 여간 숭거운 일입니까? 제가 무슨 동옥 씨 보호자나처럼… 동옥 씨가 원하시지도 않는걸…."

"…."

동옥은 또 잠잠하고 만다.

"여긴 저녁에 나와 이 해변 걷는 맛이 좋답니다."

그러나 동옥은 대답도, 일어서 주지도 않는다.

"참 오늘 딴스 연습에, 수영 연습에 꽤 피곤하실걸요."

"괜찮어요."

하고 동옥은 속으로 '호텔 뽀이나 식당 뽀이는 손님에게 팁을 바라고 친절하려니와 이 황재하는 내게 무엇을 바라고?' 하는 생각과 또 '그래도 이 황재하는 김장두보다는 노력은 하고 있다' 하고 혼자 웃어 본다.

"모새에 그냥 앉으셨지요 아마?"

"네?"

"눅눅하지 않습니까?"

"아뇨."

하였을 뿐, 앉으라는 말도 하지 않았다. 그러나 재하는

"참, 아직 식지도 않았겠군요."

하더니 그것이 이유나 되는 듯이 동옥의 옆으로 가까이 앉아 버린다. 동옥은 홉싼 치맛자락을 다시 한번 매만진다.

"동옥 씨."

"네?"

"…."

재하는 머리만 한번 쓰다듬는다. 아까처럼 휘파람도 불지 않는다. 동옥은 가라앉았던 가슴이 다시 두근거린다.

"동옥 씨?"

"왜 그리세요?"

"그 반지가 아주 고운데요?"

동옥은 대답하기 전에 자기 손부터 나려다본다. 금강석도 아니요, 값싼 사파이아, 어스름한 달빛이나마 등지고 앉았으니 반지가 옆에 사람 눈에 뜨일 리가 없다.

"어디 뵈기나 해요?"

"그래도 뵙니다. 제 눈엔⋯ 너머나 크게⋯."

"참 눈도 상식 이상이시군요."

하고 웃었지만 동옥은 재하의 말눈치를 못 채이는 것은 아니다.

"누구헌테 받으셨지요 아마? 실례입니다만⋯."

"실례신 줄 아시면 왜 물으세요?"

"그런 점에서 전 상식자가 아닙니다. 그렇지만 알고 싶은 걸 묻는 게 잘못일까요."

"경우 따란 잘못일 수도 얼마든지 있죠."

"잘못이라! 죄라면 내가 즐겨 범인이 되죠, 동옥 씨. 범인이⋯."

하더니 넙적 동옥의 반지 낀 손을 잡는 것이다. 동옥은 그럴 줄 알았던 것처럼 날쌔게 재하의 손을 뿌리친다.

"누굽니까?"

"무에 누구야요?"

"이 반지 임자?"

"저 아니야요? 제가 꼈으니까."

"준 사람, 어떤 사람입니까?"

"어떤 사람은 무슨 어떤 사람이야요? 줄 만한 사람이니까 준 거죠."

"줄 만한 사람!"

재하는 입맛을 다신다. 동옥은 한 번 더

"아직까진 내게 제일 좋은 사람이랍니다."

해 버린다.

"아직까진 제일 좋은 사람? 아직까진…."

하고 재하는 잠꼬대처럼 기운 없는 소리로 중얼거리더니

"그럼 아직까지로 제한하시는 건 무슨 뜻입니까?"

묻는다.

"아모 뜻도 없에요."

"장래엔 더 좋은 사람도 있을 수 있다는 것 아닙니까?"

"몰라요"

하고 동옥은 일어서 버린다.

　재하는 의외에 따라 일어서지는 않는다. 일어서는 반대로 뒤로 팔을 쭉 뻗더니 벌떡 자빠진다. 두 손으로는 모새를 한 움큼씩 쥐었다 놓았다 한다. 동옥은 못 본 체 돌아서 혼자 들어오는 길을 걷는다.

　한 여남은 걸음 옮기었다. 재하는 그저 누운 채로 있다. 한 스무남은 걸음 들어왔다. 재하는 한결같이 움직이지 않고 있다. 보이지 않을 만치 왔다. 재하의 그림자는 한참이나 기다려도 나타나지 않는다. 모새에 쓰러진 채 밤이라도 새일 것 같은 것이 걱정이 된다. 동옥은 보이지도 않는데 소나무 뒤에 숨어 서면서

　"안 들어가세요?"

해 보았다. 그러나 억지로 나오는 목소리라 재하의 귀에까지 미치지 못하고 사라진 듯 재하는 소리도 모양도 그저 나타나지 않는다. 동옥은 자기의 목소리가 그에게 들리지 않은 것이 도리어 다행하지 않은가 생각하면서 혼자 다시 걸었다.

　별장에서는 그제야 문학 회합이 끝이 난 듯 사람들이 흩어지는 눈치다. 동옥은 무슨 죄나 진 것 같아서 더욱 발소리를 조심하여 어둠 속으로만 가만가만 걷는다. 얼마 안 걸어 부엌 뒤에 이르렀다. 현관에는 정희와 배일현만이 가는 사람들에게 인사를 마치고 서더니 정희가

　"동옥이 어디 갔을까?"

한다.

"글쎄 창해여관에서 여태 안 올까? 그런데 재하도 나가지 않았어?"

"그리게 말야. 저희끼리 짰을까?"

하더니 정희는 불이 환해서 먼 데 사람들도 볼 수 있는 것을 생각지 못하고 배일현의 어깨에 응석을 부리듯 매어 달린다. 배일현은 정희의 뒤스럭[80]에 지친 것처럼

"왜 이래."

하고 몸을 흔들어 버린다. 동옥은 배일현보다 정희 편이 더 반하지 않았나 생각이 든다. 아무튼 이런 경우에 돌연히 옆에서 나타나는 것은 저쪽을 위해 미안하다. 그래 정희와 배일현이가 안으로 들어가기를 기다려서야 다시 길을 돌아 정문으로 들어갔다.

"이제 오니? 김 씨한테 여태 있었니?"

"아니, 바다에 잠깐 산보하구."

"우리 오빠?"

"바다에 계시던데."

"너허구 같이 안 다녔니?"

"아니."

하고 동옥은 머리를 흔들었다.

"참, 그인 무슨 말을 하데그래?"

"괜히…."

하고 배일현이가 있을 뿐 아니라 얼른 꾸며대일 말이 나오지 않아서 동옥은 자기 방으로 들어왔다. 정희도 따라 들어왔다.

"괜히라니?"

"인제 얘기할게."

동옥은 불을 켜고 자리옷을 입었다. 그래도 무어라고 꾸며대야 할지 생각이 나지 않는다. 침상에 누워서는, 옆에 앉은 정희에게 그만 사실대

80 부산스럽게 자꾸 움직임.

세 화살

로 말해 버리고 말았다. 다른 이야기로 꾸려대려니까 점점 더 부자연만
스럽고 또 그까짓 김장두 때문에 무슨 비밀을 품기도 싫었다.

"그걸 가만 뒀니? 귀때길 한번 올려붙이지…. 그게 나인 적어? 아마
너보담 십 년 하난 더 먹었을걸."

"그럼, 아마 서른 살이 넘었지? 이마에 웬 주름살은 그렇게 많니?"

"사내들은 저희 나이 먹은 생각은 못들 하나 봐."

"너흰 참 몇 해 맏이[81]냐?"

"여섯 해, 다섯 해나 여섯 해쯤 차이가 제일 적당한가 봐…."

"그러면 그이두 서른 살은 넘었게?"

"그럼, 내가 나이 많은걸 뭐."

하고 정희는 어른답게 빙긋이 웃는다.

"참! 너 경과보고 해야지 인전. 송전 오면 해 준댔지?"

"허지 뭐…. 그만 약속이야."

하고 정희는 좁은 침상에 저까지 올라 눕더니 솔가지 사이로 달을 가리
키었다. 그리고

"그날 저녁도 저런 초생달이더랬어…."

하고 자랑스럽게 이야기를 꺼냈다.

"인천 월미도서야. 작년 여름인데 아버진 그때도 멀리 오실 샌 없다
고 인천으로 자주 가셨어…. 초승달이 꽤 밝었어. 웬 신사가 지나다 말
고 아버지한테 인살 하겠지, 아버지가 여간 반가워하지 않으셔. '영감 영
양[82]이십니까?' 그게 그이가 나를 말한 최초의 세리후[83]였단다. 호호…."

"최초의 세리후, 꽤 중대한 게로군. 여태 그대로 외고 있게."

"그럼 뭐! 그런데 우리 아버지가 명치정서 주식취인점(株式取引店)[84]

---

81 나이 차이.
82 令孃. 윗사람의 딸을 높여 이르는 말. 영애(令愛).
83 '대사(臺詞)'를 뜻하는 일본말.
84 주식거래소. 주식점.

하시는 건 너 알지?"

"그럼."

"그이가 가부[85][주식(株式)]를 했어. 우리 상점 손님이야. 그런데 머리가 좋아서 아버지가 그리시는데 여간 잘 따지 않더래…. 그이가 팔면 으레 떨어지구 그이가 사면 으레 올라서 우리집 사무원 하난 그이 하는 대로만 따라 해서 사십 원짜리 월급쟁이가 근 이만 원이나 벌었대…."

"그럼 너희 그인 굉장히 땄겠구나?"

"우리 상점에 첨 들어설 땐 보증금만 한 사백 원밖에 없었다. 그랬는데 삼 년을 다니더니 지금은 한 오십만 원."

"애! 넌 상당한 뿌루조아 마담이 되겠구나 인제!"

"오십만 원쯤 얼마 되니? 그인 백만 원 예산인데."

"백만 원! 예산이라?"

"그인 절대 자신이 있다는걸 뭐…. 그래 요즘은 아파트도 짓고 시외에 땅도 많이 샀어. 벌써 꽤 남은 셈이래."

"자꼬 돈 이야기만 나오는구나. 본론으로 들어가 어서."

"참! 그러니깐 우리 아버지하구 친하단 말이지 뭐…. 그래 월미도서 그 이튿날부터 우리 여관에 찾아오기 시작했어…. 둘이만 두어 번 해변을 산보하구…."

"좀 더 묘살해야지. 막 뛰기냐?"

"간단히 하지 뭐…. 그이가 이내 약혼 신청을 했단다…. 나두 첫눈에 들었으니깐 서울 와 그이가 보낸 약혼반질 받았지 뭐."

하면서 정희는 왼편 손을 들었다. 다이아는 어스름한 달빛 속에 여러 개의 별이 뭉친 것처럼 모서리마다 눈이 부시다.

"이런 건 비싸겠지?"

"그럼! 값은 안 가르쳐 줘. 아모턴 대택상회[86]에 한번 가 봤더니 오백

---

85 '주식'의 일본말인 '가부시키'의 준말.

윈짜리란 게 내 해만 못해…. 내가 그이가 좋아진 건….”

“그래.”

“그이가 의지력이 강한 거야. 사내가 의지가 첫째지 뭐냐? 그까짓 재산은 내일 다 없어진대도 난 그이한테 눈꼽만치도 낙망할 거 같지 않어…. 한번 실패한대도 이내 다시 일어날 것 같은 그의 의지와 수완이 턱 믿어져 좋아…. 그인 그린단다. 사유 재산을 허락하는 사회에서 재산을 모지 못하면 어디 가 모느냐고…. 돈 가져야 행복하게 살아갈 수 있는 세상인 걸 알면서도 돈을 잡지 못하는 건 불구자가 아니고 뭐냐고….”

“거 상당한 철학이구나.”

“그럼! 그인 세상에 유감이란 말처럼 나쁜 말은 없다고 그린단다. 유감인 걸 왜 고만두느냐 유감 아닐 때까지 뭐든지 만족하다 할 때까지 돌진하지 못하는 게 병신이라구.”

“그럼 그인 돈만 백만 원이 차면 아모 유감도 없겠구나, 이 세상에?”

“재산에 들어선 그럴지도 모르지…. 아모턴 무엇에나 철저한 게 나도 좋아….”

“거야 누구나.”

하고 동옥은 한 방 건너편 방에서 기침 소리를 내이는 배일현의 얼굴을 그리어 본다. 얼굴의 분량을 다른 것보다 지나치게 많이 차지한 이마와 이는 잘면서도 돌문처럼 굳게 다물려지는, 큰 입이 아마 그런 굳센 의지를 지닌 듯이 보여진다.

“우린 별로 로맨쓴 없어…. 그게 좀 유감이야.”

“넌 유감이란 말 쓰는구나?”

“참, 나 봐! 그이한테 썼단 코 뗄걸…. 호호.”

하고 둘이 다 웃었다.

---

86 오사와상회(大澤商會). 일제강점기 경성에 지점을 둔 일본의 시계 및 보석 판매점.

"그래도 인천서 만난 거나, 같이 산보한 게 로맨쓰 아니냐?"

"그까짓 건 로맨쓰 아냐."

"그럼 어떤 거라야 로맨쓰냐?"

동옥은 정희의 대답을 흥미 있게 기다린다.

"하긴 그런 것도 로맨쓰의 일종이긴 허지⋯. 그렇지만 그만 건 로맨쓰래기 너머 희박하지 않니?"

하고 정희는 도리어 묻는다.

"희박! 꿀을 좀 타지!"

해서 또 웃었다.

"꿀을 탈 때도 벌써 지났으니 걱정이지⋯. 그런데 글쎄 그인 로맨쓰 없는 게 유감이면 지금이라도 해 보잔단다."

"지금이라도⋯. 그렇게 될까? 로맨쓰도 하는 건가?"

"하는 거라니?"

"하는 게 아니라 되는 거 아닐까?"

"되는 거?"

정희는 점점 동옥의 말이 어려워지는 듯하다.

"지금이라도 로맨쓸 해 보잔다니 말야. 로맨쓰란 우연히 되는 거 아냐? 너희가 월미도서 달밤에 산보하다 만난 건 우연 아냐? 우연히 애정 관계가 일어날 만한 환경과 기회가 되는 걸 로맨쓰래지 않을까?"

"참!"

"애정 관계가 벌써 됐는데 인제 어떻게 해 보나? 인제야 너허구 그이 허군 기껏해야 연인끼리 산보든지, 연인끼리 여행이지 뭐."

"그렇구나!"

"그리게 아모리 유감이란 말이 싫어도 그이도 로맨쓰만은 이왕 그렇게 희박하게 된 걸 더 어쩌지 못할 게다."

"그러니까 로맨쓰도 팔자구나 애!"

해서 또 한바탕 웃는데 마침 현관 문소리가 나더니

세 화살

"안면[87] 방핸데."

하는 재하의 목소리가 난다.

그러나 두 처녀는 못 들은 체하고 저희 이야기만 계속한다.

"내 말이 옳지 뭐냐? 우연히 돼야 하니 그런 우연을 돈을 주고 사길 하니 어쩌니?"

"그게 말야."

"너나 인제 꿀처럼 밀도 있는 로맨쓰 해라. 우리처럼 희박한 건 하지 말구."

"기지배두…."

하고 동옥은 웃었으나 진작부터 머릿속에는 아까 해변에서 재하와 가지런히 앉았던 것이 번뜩거리며 있었다.

'나는 황재하와 로맨쓰가 되는 것이 아닌가?'

또

'내가 황재하 때문에 여기 온 것 아니요, 황재하도 내가 여기 올 줄 알고 왔을 건 아니다. 우연이다. 정희와 배일현은 약혼자끼리, 그들의 행동은 노골적인 애정 행동이다. 아까 현관에서 정희가 배일현의 어깨에 매여달리던 것 같은…. 나나 재하나 다 감정상 충동을 받는 게 사실이다. 그런데 나도 애인이 없고 재하도 애인이 없고…. 또 그런데 이웃 방에 있고…. 연애가 발단되기 아조 자연스러운 환경 즉 로맨쓰 분위기 속에 내가 지금 재하와 더불어 같이 있는 것 아닌가?'

이런 생각이 정희가 그의 방으로 돌아간 뒤에도 밤 깊도록 동옥의 머리를 설레었다.

'그러나 모던 뽀이 황재하 따위와….'

동옥은 자기와 로맨스 지대에 표착된 사나이가 하필 황재하임에 불만이 없지 않다.

_____

87 安眠. 편히 잠을 잠.

동옥 역시 한 남성에게 바라는 것이 먼저는 그 철근 콘크리트의 고층 건축과 같은 높고 굳센 체구)도 체구려니와 나아가서는 그런 체구로도 오히려 지니기에 숨찰 만한 더 몇 배 육중한 의지의 힘이다. 배일현에게는 체구는 짝달막할지언정 의지가 있다. 황재하에게는 몸이나 기분이나 다만 경쾌할 뿐 침중한 철(鐵)의 맛이라고는 찾아내일 데가 없다.

'될 수 있는 대로 이 황재하와의 로맨쓰 분위기에서 탈출하자.'

결심했다. 그래서 이튿날 아침에는 몸이 아프다고 핑계하고 댄스 공부도 그만두고 바다로 나왔던 것이다.

바다엔 아이들이 조개를 잡고 있었다.

동옥도 잡고 싶어진다. 다시 들어와 수영복을 입고 나갔다. 한참 조개만 잡으니 등어리가 뜨겁다. 파도가 조금도 일지 않는 데를, 며칠 전 파도가 세일 때 패여서 그런 줄은 모르고 반대로 얕아서 파도도 일지 않거니만 여겼다. 더구나 모새 둔덕에서 가깝기 때문에 의심할 여지없이 팔을 쭉 뻗고 몸을 띄웠다. 대여섯 번 팔을 놀렸을까 벌써 힘이 들어 하체가 자꾸 가라앉는다. 그만 서 버리리라 하고 상체를 일으키려 하니 뭐! 발이 무작정 나려가는 것이다.

그러나 어찌어찌 다리를 허우대니 엄지발가락 하나가 끝이 닿는다. 거기다 힘을 쓰려 하니 모새 바닥은 이내 패여 들어갈 뿐 어느 틈에 입과 코로 살대[88] 같은 짠물이 몰려든다. 얼른 솟구어 짠물을 배앝았으나 머리에서 쏟아지는 물 때문에 공기를 들여마실 새가 없게 또 입과 코는 물속에 박혀 버린다. 물만이 누가 코를 쥐고 먹이듯 목이 뿌듯하게 넘어간다. '인전 소리를 쳐야…' 하는 의식에 훨쩍 다시 한번 솟았으나 소리를 내일 숨이 없다. 지척인 데서 아이들은 그저 모른 척하고 조개만 잡는 것이 눈에 들어온다. 또 입과 코로는 쓰라리도록 짠물만 들어온다. 기를 써 또 한 번 솟아 눈을 떴다. 누군지 시커먼 그림자가 뭐라고 소리

[88] 화살대.

세 화살

를 치며 철벙철벙 뛰어든다. 동옥은 그제야 사나 보다 싶었다. 손에 무엇인지 잡히기가 무섭게 끌어안으며 매어달리며 밟으며 짚으며 올려솟았다. 사나이의 팔이요, 허리요, 어깨였다. 벌써 물에 뛰어들어 마주나오는 사람이 여럿이었다. 숨을 돌려가지고 눈을 떴을 때는 정희, 배일현, 문학 평론가, 유한마담, 그중에는 양복바지 채 들어선, 김장두의 뚱그레진 눈도 보이었다. 동옥은 부끄러워 어딘지도 모르고 나려와 달라고 몸부림을 쳤다.

"하마트면…."

소리를 숨차게 내이며 자기를 나려놓는 사람은 황재하다. 아직 허리께 차는 물이다. 동옥은 정희에게 부축이 되어 머리 모습부터 다듬으며 나왔다. 모두 엎디어 물을 토하라 하였으나 동옥은 무안스럽기만 하여 물을 먹지 않았노라 우기고 정희와 함께 별장으로 들어오고 말았다.

동옥은 종일 자기 방에 누워 있었다. 몸도 느른해졌거니와 불쾌해 견딜 수가 없다.

'재하 아니더면?'

생각을 하니 '하마트면…' 하면서 자기를 나려놓고 큰 고기를 잡은 어부처럼 만족해하던 재하의 얼굴이 자꾸 눈에 밟힌다.

'다른 사람들도 마침 나왔지만 내 목숨을 건진 건 아모턴 황재하다….'

동옥은 옴직할 수 없는 운명의 사슬이 팔목에 느껴지는 것이다. 아무리 재하와의 로맨스 분위기를 벗어나려 댄스도 하지 않고 빠져나갔으나 그것이 도리어 역효과를 나타내인 것을 생각하면 그것이 어느 한편이나 계획적이 아니요, 온전히 우연인 것을 생각하면 로맨스라고 하기에는 그 밀도가 오히려 지나쳐 운명이라고 할 만치 심각해진 관계를 느끼지 않을 수 없는 것이다.

동옥에게 이렇게 느껴지는 것이 재하에게 아니 느껴질 리도 없다. 재하는 거의 한 시간에 한 번씩 동옥의 방문을 노크하였다. 인단[89]을 사 온다, 사이다를 사 온다, 물을 끓여 온다, 점심을 잘 먹지 않았다고 자기가 손수 팬케이크를 만들어 온다, 햄에그를 만들어 온다, 완전히 동옥의 보호자로 자처하는 태도가 뚜렷해지는 것이다.

밤이 되었다. 꽤 깊어져 집 안은 빈 듯 고요하다. 동옥은 아침에 물에서 놀란 것이 오매가 되어[90] 이따금 누가 흔들기나 하는 것처럼 깜짝 놀라서 눈을 떴다. 눈을 뜨면 은빛 같은 뽀얀 달빛과 벌레 소리뿐이다.

'버레는 가을을 기다리고…'

소리가 우연히 나와진다. 자기도 무엇을 기다림에 틀리지 않는 것 같았다.

'무엇일까?'

생각하다가 다시 잠이 든다. 그러나 잠은 다시 놀라 깨어진다. 그러다가 한번은 달빛과 벌레 소리뿐이 아니요, 재하가 침상 앞에 앉아 있는 것을 발견한 것이다.

재하는 거무스름한 파자마를 입어 얼굴만이 더욱 또렷이 드러났다. 눈이 웃는지 입이 웃는지 모를 미소를 띠고 잠결에 던지어진 이편의 손 하나를 두 손으로 가벼이 싸쥐고 있었다.

동옥은 고요히 하품 한 번을 하였을 뿐 어제저녁 해변에서처럼 재하의 손을 뿌리치지 못하였다.

"동옥."

동옥은 잠깐 사이를 두어

"감사합니다."

하고 처음으로 구원받은 것을 치하하였다.

"아직 아홉이나 남은 당신 손가락에 나도 하나 끼어 드릴 수 있습니까?"

---

89 仁丹. 시원한 느낌이 나는 작은 알약. 은단(銀丹).
90 자나 깨나 계속되어.

세 화살

동옥은 빙긋이 웃기만 하다가

"누가 손가락 수효대로 반질 끼나요?"

하였다.

"누굽니까? 아직까진 제일 좋은 이란?"

"우리 어머니세요."

하고 동옥은 비밀 아닌 비밀을 풀어 주어 버리었다.

"그렇게 사람을 놀립니까?"

"어디 놀린 거야요? 난 정말이니까 한 거죠."

하는 동옥의 얼굴에도 눈에선지 입에선지 가벼운 웃음이 달빛에 어린다.

"정말이긴 하지만⋯."

"정말이긴 하지만 뭐야요?"

"그런 정말은 어린애들이나 하는 거지⋯."

"나 어린앤데요, 뭐."

"어린애⋯."

재하는 동옥이가 꽃이라기보다 향기의 덩어리처럼 정신이 어지럽게 취해 들어왔다. 두 손으로 싸쥐었던 동옥의 손을 뺨에 가져다 대어 본다. 손은 바닥과 등이 따로 없는 듯, 대어 보는 데마다 비단 같다.

"난 아직 우리 엄마가 제일 좋아요. 그러니까 어린애 아녀요?"

"⋯."

재하는 대답이 없다. 그는 무엇을 생각하는 것일까. 걸상에서 일어나더니 문 쪽을 한번 돌아다본다. 침이 걸어지는 듯 무거운 혀를 다시리는 소리가 느껴진다. 어젯밤에 정희가 하듯, 침상 모서리에 걸어앉는다[91]. 침상은 무거운 듯 힘든 것을 참는 소리가 난다.

'나는 참을 일이 아니다!'

91 걸터앉는다.

생각이 동옥의 머리에 휙 지나간다.

"손 놔요."

동옥은 그저 잡힌 채로였던 손을 재하의 손에서 뺐다. 재하는 손을 놓는 대신 한 팔로 동옥의 목을 안으려 든다. 동옥은 얼른 상체를 일으키며 재하의 팔을 막는다.

"저리 앉으세요."

"…"

"가세요, 그만."

"그냥 가라구요?"

"나가세요, 저 자겠어요."

"그냥 나가라는 덴 안 나갑니다."

"네?"

"그냥 나가라는 덴 불복입니다."

"그럼요?"

"전 동옥 씨 육체에 강요하진 않습니다…. 시기상조니 오늘은 나가거라 하시면 나가겠습니다."

"네, 시기상조 아냐요? 나가 주세요, 어서…. 저 곤해요."

그래서 재하는 침상에서 일어는 섰다. 그러나 문을 열고 나가지는 않는다. 팔짱을 끼고 솔숲 사이로 달을 한참 내어다보고 고개를 돌려 동옥을 한참 나려다보고 하더니 성큼 다시 침상 앞으로 온다.

"동옥 씨."

"…"

"저 달 좀 봐요."

"…"

동옥도 일으킨 상체를 굽혀 달을 내어다본다. 묵화 같은 소나무 가지 사이로 떨어지는 밤중 달, 피 묻은 입술처럼 붉고 처참해 보이는 데가 있다.

"사로메[92] 생각이 납니다."

하더니 재하는 슬쩍 걸상에 다시 앉아 버린다.

"사로메요?"

"사로메 세리후에 왜 이런 말이 있지 않습니까? '저 달 좀 봐요! 저런 달이 어딨어요? 똑 무덤 속에서 나온 여자 같네. 죽은 여자 얼굴같이 뵈네' 하는…."

"…."

동옥은 무섭다는 말을 생각만 했을 뿐, 재하에게 덤비지는 않는다.

"달을 산 걸로 봅니까? 동옥 씬?"

"전 사로메 아냐요. 산 걸로 뵐 땐 산 거죠."

"어째 달이 산 걸로 봬요?"

"누가 과학으로 말야요."

"달은 죽은 지 오랜 흙덩입니다. 냉각된 지 오랜…. 지구도 냉각되어 있지 않어요, 죽으면서…."

"그게 걱정이세요?"

"걱정은 안 돼도 인류가 영원이니 천국이니 하고 가장 엄숙하게 미래를 규정하려는 데는 난 절망이야요. 지군커녕 태양도 식으면서 있다는 게 사실 아냐요."

"그래, 절망하십니까?"

"절망 안 되는 것도 아닙니다. 먼저 내 자신에겝니다. 태양이나 지군 나중 문젭니다. 내 자신이 지금 냉각하여 있다는 걸 부정할 수 없지 않습니까? 칠십을 산다 쳐도 벌써 삼분지 일 이상을 살었고, 남은 삼분지 이 중에도 사실 우리가 이 생명을 향락할 만한 시긴 불과 십수 년, 동옥 씨나 나나 이제부터 고작해야 십 년의 청춘 아닙니까! 그 나머진 죽지

---

92 살로메(Salomé). 본래 『신약성경』에 등장하는 인물로, 오스카 와일드의 희곡 「살로메」의 주인공.

못해 사는 걸로 난 그렇게 생각합니다."

"재하 씬 그럼 철저한 데카단[93]이시군요?"

"따지고 생각하면 데카단 안 될 사람 없죠."

"어째서요?"

"동옥 씨도 생각해 봐요. 어렵지 않으니…."

하고 재하는 이론보다 애욕이 급한 듯 또 동옥의 손을 잡는다.

"따지고 생각하면 데카단 안 될 사람이 없다구요? 난 그런 생각은 덜 따진 생각 같은데요."

하며 동옥은 잡힌 손을 찾아오려 한다. 재하는 놓지 않고 잡은 손에 더욱 힘을 주며 대답한다.

"태양이나 지구나 열이 식으면 고만 아닙니까? 달이 식어 완전히 죽었듯이…. 우리 인류도 이까짓 삼십칠 도 체온만은 목숨이 아닌 줄 압니다. 체온기로는 측정할 수 없는 우리 이 정렬, 이게 살았다는 표현 아닐까요?"

"그럼 체온만은 죽었다는 표현인가요?"

"허…. 건 아직 죽지는 않았다는, 이를테면 현상 유지죠. 적어도 생명의 표현이라면 불길같이, 타고 일어나는 힘이라야 할 겁니다. 정렬이 끓는 지금이 우리가 가장 살았다는 시대 아닙니까? 그런데 정렬의 시대란 아까도 말했지만 고작 이제부터 십 년 하나란 말야. 이 십 년 하나가 최초요, 최후란 말야. 그런데 무슨 재물과 달러서 청춘이란 쓰지 않는다고 그대로 저축이 되느냐 하면 그렇지도 않은 것 아닙니까?"

"거야 그렇죠."

"그러니까 말입니다. 청춘이란 즉 인생의 정렬이란 쓰고 안 쓰고 간에 지나가 버리고 마는 거니까 제때에 쓰는 사람만이 청춘을 소유했다 할 수 있는 거 아닙니까? 인생을 의의 있게 보냈다 할 수 있을 것 아닙니

---

93 데카당(décadent). 퇴폐주의.

까?"

"것도 그래요."

"그럼 늙기 전에 우리의 정열이 식기 전에 이 목숨을 즐기자는 것이 가장 마땅한 인생의 방법이 아니겠습니까? 인생의 당연한 권리가 아니겠습니까?"

"것도 옳아요. 그런데 말야요. 목숨을 즐기자는 것이 문제죠. 그건 사람 따라 다를 것 아니야요? 따저 생각한다고 꼭 데카단만이 목숨을 즐기는 것이 된다는 이론은 어딨어요?"

"허… 딱하시군…. 우리가 살았다는 건 행동할 수 있는 육신을 의미하는 것 아닙니까?"

"어째 꼭 그래요? 그건 병원에서나 할 말이죠. 난 몸뎅이는 아모리 또 거리 선수처럼 빠르게 행동해도 송장으로밖에는 안 뵈는 사람이 너머나 많던데요."

"아주 유심론자시군! 그럼 육신이 죽은 사람에게서도 동옥 씬 생명을 느끼십니까? 만일 오늘 아침에 안 할 말로 동옥 씨가 물에 빠지고 말았다 칩시다. 동옥 씨 몸이 완전히 식어 버렸다 칩시다. 그래도 동옥 씬 무얼로 움직일 수 있으며 육신이 움직일 수 없는데 무얼로 살았노라 할 수 있겠습니까?"

"그건 나니까 영원한 시체가 되고 말겠죠."

"그럼 누군요?"

"석가나 예수 같은 인, 몸은 몇천 년 전에 죽었어도 살지 않았습니까? 그들의 목숨이 얼마나 크게, 얼마나 많은 사람들 가슴속에 지금도 뛰놀며 있습니까? 그런 성인은 고만두고라도 『부활(復活)』을 읽을 때 톨스토이를, 『레 미제라블』을 읽을 때 유고[94]를 얼마나 산 사람으로 우리가 대할 수 있는 겁니까? 그러니까 육신이 죽는다고 아조 죽는 그런 죽음을

---

94 빅토르 위고(Victor Hugo, 1802-1885). 프랑스의 작가.

하지 않으려는 데다 오히려 청춘의 정력을 쏟아야 안 할까요? 거기에 영생이 있고 거기에 동물 중에 양심을 소유했단 영광 있는 인류의 의의가 있는 것 아닐까요?"

"난 그런 건 아직 모다 허망한 관념으로밖에 생각 안 되드군요."

"건 재하 씨 생활 그 자체가 허망한 데 원인이 있겠죠."

"결코 허망이 아닙니다. 이 육신의 실재, 이 육신의 욕망, 이것처럼 엄연한 게 어디 있습니까? 그럼 동옥 씬 식욕이라거나 애욕을 무시할 수 있습니까? …. 곤할 텐데 동옥 씬 누워요. 누워서 말하십시오."

하면서 그제야 재하는 동옥의 손을 놓는다.

"괜찮어요."

동옥은 눕지 않는다. 잡혔던 손으로 머리를 한번 매만지고

"왜 그렇게 막다른 골목으로만 생각하세요?"

한다.

"무에 그렇습니까?"

"식욕이나 애욕을 무시하지만 않으면 꼭 데카단이라야 합니까? 사람들이 꼭 금욕자가 되든지 그렇지 않으면 데카단이 되든지 그 두 가지 길밖엔 없나요, 뭐?"

"그렇지야 않죠. 그렇지만 철저할 필요가 있지 않습니까?"

하는 재하의 말소리는 꽤 높아지고 말았다.

"다른 방에서들 듣겠어요. 밤중에…."

"가만히 하지요…. 안 그래요? 철저할 필욘 있는 줄 압니다."

"그럼 재하 씬 철저한 데카단, 아주 향락주의십니다그려?"

"그럼 좀 어폐가 있는 것 같습니다만 말하자면 절망이지요. 물질로나 정신으로나 인류가 건설해 나가는 노력이 결국은 한개 피라밋[금자탑(金字塔)]에 불과할 것 아닙니까? 피라밋이나 어디 영원한 존잽니까? 지구도 빙원(氷原)이 되어 버릴 날이 오고야 말걸…."

"그렇게 절망이시면 절망으론 왜 철저하지 못하시나요."

"어떻게요?"

"인생은 짧다. 지구도 식으면서 있다. 아모것도 세상에 애착을 가질 것이 없다. 그럼 왜 살아계세요? 깨닫는 그 순간에 자살이라도 하는 게 현명하고 또 그 길밖에 없을 것이 사실 아니야요?"

"물론 그렇게 하는 게 현명이지요. 그렇지만….'"

하고 재하는 잠깐 생각하더니

"거기 인간된 약점이 있는 겁니다."

한다.

"약점이라뇨?"

"여기 사형수가 한 사람 있다 칩시다."

"네?"

"사형을 받았다고 해서 그 사람이 집행되는 날까지 먹지 않고 견딜까요? 번연히 살아나갈 길이 끊어진 줄 알면서도 주는 대로 먹거든요. 주는 대로 먹을 뿐더러 만일에 이밥[95]과 조밥을 준다면 어느 걸 먹을까요?"

"거야 먹을 바엔 이밥을 먹을 테죠."

"또 만일에 그의 감방에 여자를 허락한다 칩시다. 고운 여자와 미운 여자와 둘을 다리고 가 너 어느 여잘 넣어 주랴 묻는다 칩시다. 고운 여잘 택할 것도 물론이겠지요?"

"…"

"그런데 말입니다. 우린 간수에게 제재를 받는 죄수는 아니니까 우리에겐 밥이나 사랑이나 우리 수완껏은 구득(求得)할 자유가 있지 않습니까? 그러니까 아모리 인생은 영생할 수 없다 절망하더라도 절망이니까 도리혀 살아 있는 날까지나 미식과 미인을 탐내는 게 자연이 아닐까요?"

95 쌀밥.

"자연일 테죠. 그렇지만 사람이 가진 자연 중에 그건 나쁜 편의 자연인 줄 알아요, 전⋯. 그건 동물과 사람이 공동으로 가진⋯."

"그럼 사람만이 따로 가진 딴 자연도 있습니까?"

"있죠, 뭐."

"뭡니까?"

"양심이라고 할 수 있잖아요."

"양심!"

"사람에게 양심을 넣어 준 것도 부르긴 하나님이라든, 조물주라든, 아모턴 자연이 아닙니까? 왜 사람만이 가진 고귀한 자연은 잊어버리고 동물 축에 떨어져 그런 저열한 자연만을 예찬하십니까? 전 그런 감정이나 생활은 타락된 걸로 봅니다."

"타락⋯."

재하는 빙긋이 웃으며 눈만 껌벅인다.

"지구가 식는 게 무슨 걱정이야요? 태양이나 지구가 아모리 영원히 존재하기로 우리 인간의 일생이란 이미 제한된 것 아니야요? 지구가 식어간다고 해서 새삼스럽게 초조할 건 뭐야요?"

"⋯."

"아주 그런 절망을 단축시켜 봐요. 가령 화성이 돌연히 지구를 향해 온다 치세요. 몇 시간 몇 분 뒤에는 지구와 충돌이 돼 모다 죽으리란 걸 각오한다 치세요. 그럼 재하 씨처럼 생각해서야 세상 사람은 깡그리 이제 남은 건 향락뿐이다 하고 향락만을 위해 덤빌 것 아니겠어요?"

"그럼 뭘 위해 덤빌까요? 다른 무슨 여망이 있겠습니까?"

하고 재하는 도리어 천연스럽게 묻는다.

"다른 무슨 여망이 있겠느냐구요? 그래 죽게 돼선 모두 향락밖엔 몰라요? 아이! 그럼 인간이란 얼마나 더러운 거야요!"

하고 동옥은 물끄러미 창밖을 내다보며 생각한다.

"더러운 거라도 할 수 없지 않습니까?"

"아니야요, 그럴 리 없어요. 사람 따라, 제 취미, 제 교양, 제 신앙 따라선 결코 그렇게만 될 리 없어요. 도리혀 평소보다 더 정숙하게 더 숭고한 태도로 그런 절박한 자리에서도 자기를 완성시키는 사람이 얼마든지 있을 거야요. 세상엔 결코 재하 씨 같은 취미나 그만 교양만의 사람만은 아닐 거야요. 실례지만."

"허, 너무 심하신데…. 그러나 그런 사람이 몇이나 될 겁니까."

하고 재하는 역시 자기 이론의 뚫고 나갈 길을 찾는다.

"단 한 사람이면 어때요? 여기서 다대수란 게 무슨 의미가 있어요? 흔해 빠지고 천해 빠진다는 것밖에…."

"다대수를 무시하신다?"

해 보았으나 재하 자신부터 그것이 동옥의 말에 방패가 되지 못함을 깨닫는 듯 이내

"그럼 동옥 씬 어떤 환경에서나 낙관주의시군요?"

한다.

"난 절망되는 게 많은 환경엘수록 큰 야심과 이상을 세우고 살맛이 있을 거라 믿어요. 절망하고 말 바엔 왜 번둥번둥[96] 살아 있어요. 안 그래요?"

"동옥 씨 무슨 종교 믿으십니까?"

"건 왜요?"

"글쎄요…."

재하는 동옥에게서 굳센 신념의 힘이 감촉되었기 때문이다. 재하는 더 무슨 말을 해야 할지, 더 어떻게 행동해야 할지 어리둥절해지고 만다. 달을 무덤 속에서 나온 여자와 같다고 한 살로메의 말을 끌어내이면 처녀 동옥은 으레 무서워하려니, 무섬을 타는 처녀는 아이와 같이 끌어안기가 쉬우려니, 하였던 것이 엄청난 인생 문제의 토론이 되고 말았다.

96 부끄러움 없이 놀기만 하는 모양.

접근하기 쉬운 기분을 만들려던 것이 오히려 서로의 거리와 대립을 발견한 것만 되고 말았다.

"동옥 씨!"

"왜요?"

"그렇다고 날 향락주의자로 아서선 안 됩니다. 말이 어떻게 그렇게 나가졌지…."

"그리게 어서 가세요. 가시는 것이 무엇보다 웅변일 것 아니야요?"

"가지요. 그렇지만 한마디 꼭 듣고 싶은 게, 듣고 가고 싶은 게 있습니다."

하고 재하는 일어섰을 뿐이다.

"무슨 말인데요?"

"무슨 말이냐고요? 동옥 씨 총명으로, 한 청년이 한 처녀에게 듣고 싶은 말이 무슨 말일런지 몰라 물으십니까?"

동옥은 재하의 너무나 연극 같은 말투가 속으로 우스웠을 뿐이다.

"네, 동옥 씨?"

동옥은

"그것도 시기상줍니다."

해 버린다.

"…."

재하는 몇 번 두 팔목에, 열 손가락에 힘을 주어 본다. 그러나 손가락 하나 앞으로 나가지지는 않는다. 정욕이라거나 완력이라거나 다 상대편을 녹록히 보았을 때만 힘이 되는 것이요, 한 치라도 높아 보이는 데서는 너무나 무력한 것임을 체험할 따름이다.

"그럼 곤한데 누우십시오."

하고 재하는 억지로 선선한 체 나가고 말았다.

동옥은 눕지 않고 일어났다. 재하가 닫고 나간 문으로 와 꼭 닫기었나 핸들을 만져 보았다.

세 화살

'내일은 정희더러 문을 채도록 해 달래야지….'

생각하며 걸상으로 와 앉았다. 재하의 체온이 느껴지는 듯하다.

　가까이 들으면 벌레 소리와 멀리 들으면 파도 소리뿐 달도 산 너머로 떨어지는 듯 방 안은 어두워 들어온다. 벽 하나를 가리운 재하의 방, 죽은 듯이 고요하다. 그도 자리에 누울 생각은 없어 망연히 걸상에나 주저 앉았을 것만 같아진다.

　'나도 여성! 장래는 여러 자녀를 낳어 쓰다듬으며 어루만지며 기를지 모른다. 그러나 먼저는 단 한 사람에게만은, 쓰다듬과 어루만짐을 받어 보고 싶다! 날 쓰다듬어 줄 사람, 그는 반드시 나에게 우러러뵈는 남자라야 할 것이다!'

　동옥은 침상으로 올라앉았다. 담요를 들치고 다리를 넣고 상체까지 누우려 할 때다. 무엇인지 창에 희끗 지나가는 것이 있다. 얼른 내다보니 부엌 모퉁이로 돌아가는 것이 달은 없어졌어도 완연히 사람이다.

　동옥은 등골이 오싹해진다.

　'누굴까? 흰 자리옷, 줄이 어룽어룽한…?'

재하 같지는 않다.

　'배 씨일까? 그이가 왜? 변소도 밖에 나가지 않고 있는데….'

　동옥은 잠이 확 달아난다. 무서워진다. 꼼짝 못하고 귀가 눈과 함께 동그래서 앉았노라니까 부엌에서 우물로 통하는 판장문 소리가 조심스럽게 난다.

　'도적놈?'

생각했으나 소리도 쳐질 것 같지 않다. 일 분, 이 분…. 동옥의 귀에서는 한 십 분이나 지나가는 것 같았는데 아무 기척이 없다가 어느 방 문소리가 부엌문에서보다도 더 조심스럽게 난다. 정희의 방으로는 좀 가까운 듯하다. 재하의 방으로는 너무 멀다.

　'배 씨 방?'

　다음에는 얼마를 그냥 귀를 밝히어도 잠잠한 채다. 도적 같지는 않아진다.

'배 씨면 뭣 하러 나왔더랬을까? 뭣 하러 내 방 창 밑에? 재하와 지껄지껄했으니까 그 소리에 나왔을까? 엿들으려면 밖으로 나가지 않고 저 문에 와서도 될 것 아닌가? 그럼 엿보러? 그이가 왜?'

동옥은 무서움이 압박으로 변함을 느끼며 누워 버리었다.

여름밤의 길지 못한 어둠은 이내 끝이 났다. 잠이 들 만하다 깨어 버린 동옥은 머리가 돌이 된 것처럼 무겁다. 동옥은 그저 자리에 누웠는데 똑똑 노크 소리가 난다.

"들어와"

물론 정희였다.

"어제 혼났지? 곤했지?"

"괜찮어."

"글쎄 어쩔 뻔했니? 재하 오빠 아니더면! 난 생각만 해두 간이 서늘해진다. 얘….."

"누가, 물결이 없길래 얕어서 그런 줄만 알었지…. 그런데 얘."

하고 동옥은 밤에 그 정체 모를 사람 때문에 놀라던 이야기를 하고 싶었으나 얼른 속으로 '배일현이면?' 하는 생각에서 움칠하고 말았다. 그러자 또 노크 소리가 난다. 이번엔 재하였다. 벌써 그의 머리에서부터 구두까지는 어제 것은 아니었다. 새 포마드, 새 구두약의 향기와 그 광채들, 아무튼 신선하긴 한 청년이었다.

그러나, 동옥은, 또 머리는 무거우나 동옥은, 이들을 내어보낸 다음 어젯밤보다는 훨씬 날카롭게, 아침 정신답게, 황재하를 처리할 수 있었다.

'로맨쓰란 무슨 가치가 있는 거냐? 우연 아니냐? 우연히 나타나 신변에 가까워진 사나이가, 가장 냉정하게 선택되어야 할 사나이와 합치될 리가 없다! 고마운 건 고마운 대로 갚을 뿐, 사랑으로 갚아야 하는 그런 신화(神話) 같은 채무(債務)일 리가 없다! 재하도 그렇지 제가 내 목숨을

세 화살

구했대서 내 사랑을 가질 우선권이 있거니 해선 인식부족이다.'
생각이 났다. 재하가 더욱 보잘것없어진다.

  '은혜를 갚는 데 정조로써 하던 건 과거의 여성들, 인격이 아니라 남성의 향락물로만 자처하던 때의 관념일 게다!'
라는 생각도 난다. 그리고

  '선택이란 많은 수효에서일수록 의미가 강할 것이다. 지금 여기선 황재하, 김장두 그런 몇 사람뿐. 이 적은 수에서 세상에 오직 하나일 그 사람을 찾는다는 건 여간 무리가 아니다! 범위가 여간 좁은 게 아니다!'
하였다.

  '구태여 좁은 범위에서 찾을 것이 무어냐? 마음에 맞지 않으면 얼마든지 갈아들일 수 있는 식모나 유모나 무슨 사무원이라도 신문광고를 내고 넓은 범위에서 뽑지 않는가? 하물며 한 번 뽑는 것이 최초요, 최후인 배우자 선택에 있어서랴!'
하고 혼자 웃었다. 웃었으나 적은 수에서의 선택보다 많은 수에서의 선택이 우수한 것일 것은 움직일 수 없는 진리 같았다.

  '그럼 재하더러 미리 알아듣도록 말을 하리라.'
하고 동옥은 자리를 일어났다. 아침 식탁에서다. 재하는 여전히 친절하게 소금이며 버터며 미리미리 패스해 준다. 그런데 이날 아침에 더욱 황재하와는 대조가 되어 이상스럽게 드러나는 것이 배일현의 눈치였다.

  배일현은 첫날부터도 너무 무뚝뚝하리만치 말이 적었다. 재하가 동옥을 열 번 보는데 배일현은 한 번쯤밖에 보지 않았다. 그것이 동옥에게 괴로운 일은 아니었다. 성격이 침중해 그러려니 하고 오히려 그 듬직은 한 것에 경의가 가기까지 하였다. 그랬는데 이날 아침에는 동옥이 자신부터 배일현에게 과민도 하였지만 침중한 정도에서 벗어나 못마땅해하는 눈치가 완연히 나타나는 것이다.

  아무리 입이 무거운 배일현이기로 다른 날 아침 같으면
  "안녕히 주무셨습니까?"

쯤 인사는 있었을 것이요, 더구나 어제는 동옥이가 물에서 욕을 보고 들어와 종일 누워 있었으니 그것을 두고라도 한두 마디쯤 인사말이 있을 법한 것인데 똑 벌에 쏘인 사람처럼 뚱해 가지고 입은 먹기만 위해 지키고 있었다.

"왜 당신 어디 아푸?"

정희가 옆에 사람들이 딱해 보여 물었으나 고개를 흔들 뿐, 아니라는 말까지 아낀다.

동옥은 잠을 설치어 입맛도 없었거니와 기분부터 상하여 이내 식탁에서 일어나 버리었다.

'밤에 내 방을 엿보고 간 게 배일현이가 틀리지 않어! 그가 무슨 상관일까? 그가 무슨 감독자나 되나….'

재하와 불순한 접근은 없었지만 손만이라도 잡혔던 것을 배일현이 보았거니 생각하니 자기로서는 처음 당해 보는 망신 같기도 하다. 정희와 재하가 댄스클럽에 나오라고 성화를 하였으나 이날도 동옥은 바다로 나오고 말았다.

바다도 반갑지 않다. 어제 빠지었던 데를 찾아가 보니 돌이 있으면 집어 던지고 싶게 밉살머리스럽다.

'어머니한테나 도로 가 버릴까? 오늘로….'

송전도 그만 서글퍼지고 만다. 무엇 때문이라고 꼭 이름 져 가리킬 수는 없으나 울고 싶어진다. 조개껍질을 주워 모아 본다. 하나도 가지고 싶은 것은 없다. 힘껏 바다로 던져 버린다. 다시 주워 본다. 다시 던져 버린다. 힘껏 던지는데 뒤에서 누군지

"스트라익 원."

하고 소리를 지른다.

'누가 놀려?'

돌아다보니 꽤 점잖은 어른인데 한 편 손을 번쩍 쳐들고 웃는 것이다. 새까맣게 타진 얼굴을 자세히 보니 뜻밖에 선숙이 아버지다.

세 화살

"아이! 유 목사님 언제 오셨어요?"

하고 동옥은 그의 옆에 낯선 청년이 한 사람 있기는 하나 어린아이처럼 달려갔다.

"거저 동옥이 같더라니…."

"선숙이도 왔에요? 목사님?"

"아니, 나만."

"왜 혼자 오셨에요?"

"나만 여기 와 살어…. 나 여기 사는 줄 모르지?"

하는 것이다. 이 유 목사는 동무의 아버지일 뿐 아니라 동옥이가 중학 때 다니던 예배당의 담임 목사로 나이도 젊은 편이었지만 천품이 호협[97]해서 남녀를 물론하고 학생들과는 동무처럼 장난도 하고 웃음엣말도 잘하던 유영안(柳永安) 목사이다.

"여긴 왜요, 여기도 예배당이 있나요?"

"아니, 나 고기 좀 먹구 싶어서…."

"왜 서울선 못 잡숫나요?"

"허! 중이 고길 좀 먹을 량이니까 말이지…."

하고 뜻도 모를 웃음을 터뜨린다.

"여기 어디 계시게요?"

"저 오매리[98], 저 양철 지붕한 큰 집 뵈지?"

"네?"

"건 우리 창고구 그 뒤에 집이 있지…."

"창곤 왜요?"

"허! 나 교역(敎役) 고만 내놓구 작년부터 여기 와 정어리 공장 냈어."

하는 것이다. 동옥은 유 목사의 아래위를 날쌔게 훑어보았다. 밀짚모자

---

97 豪俠. 호방하고 의협심이 강함.
98 梧梅里. 강원도 통천군의 마을.

에 셔츠 바람에 때 묻은 낯수건을 목에 걸친 것까지 아닌 게 아니라 아무리 바다에서지만 목사님의 풍모로는 너무나 파탈[99]이다.

"정어리라니요?"

"고기."

"고기 잡는 데도 공장을 짓나요?"

"그럼."

"소처럼 큰 고긴가요?"

하니 옆에 섰던 청년까지 웃는다.

"허! 정어리도 모른담! 청어보담은 작고 메리치[100]보담은 훨씬 큰데 바다에 나가 잡아 오면 그걸 삶아 기름을 내는 거야."

"기름? …. 그런데 왜 선숙이 좀 안 와 있에요?"

"인제 돈 뫄야 남들처럼 저런 솔밭에 별장을 턱 짓구 다 다려오지."

하고 눈을 끔벅한다.

"뭐 돈 모시러 오셨나요?"

"암! 그리게 중이 고기맛 보러 왔다구 안 그래? 그런데 참 우리 공장에 가 볼까? 가면 동옥이가 또 깜짝 놀랄 사람이 하나 있지."

하는 것이다.

"누군데 제가 놀랄 사람이야요?"

동옥은 정신이 반짝 나서 묻는다.

"가 보면 알지."

하고 유 목사는 빙긋이 웃기만 한다.

"가리켜 주시면 저 갈 테야요."

"안 되지… 참, 동옥이가 보면 안 놀랠 수 없는 사람이지."

하고 다시 걷기 시작하는 것이다.

---

99 擺脫. 격식 없음.
100 '멸치'의 방언.

"정말 저 아는 사람이야요?"

"아다 뿐일까?"

"누군데요? 네?"

"미리 알면 재미있나?

가 보자구 가까운데."

"가요, 그럼."

동옥은 모새 묻은 손을 물결에 씻고 그 알지 못하는 청년과는 딴 편으로 유 목사의 옆을 서서 걷는다.

"그 정어리란 고긴 왜 고기로 안 먹고 기름을 짜나요?"

"기름 값이 비싸니깐…."

"뭣에 쓰는데요?"

"비누도 만들고 와세링101도 만들고 꽝 하고 터지는 화약, 벨거 다 만들지…."

"어쩌문 고기 기름으루…."

"찌께긴 거름으로 쓰노라구 외국서들 기선이 지전을 산데미처럼 싣고 와 막 사 가구…."

하니까 저쪽의 청년도 또 웃는다. 그러니까 유 목사는 이번엔 청년에게

"웃지 말고 박 군도 어서 어디 가 한 사오천 원만 들고 와."

하는 것이다.

"아니, 한 오륙만 원 가져야 한다면서요?"

"건 겐자꾸102 말이지, 건 허가도 어렵구…. 우선 사오천 원만 가지면 고저(庫底)나 장전(長箭)103 같은 데다 기름 짜는 공장만은 하나 채릴 수 있지…. 것도 권리금 내구 사야 돼. 아모나 되는 거 아냐."

"그럼 고긴 사서 합니까?"

---

101 '바셀린(Vaselin)'의 일본식 발음.
102 '건착선(巾着船)'의 일본말. 건착망으로 고기를 잡는 배.
103 강원도 고성군 고성읍의 옛 이름.

화관

"그럼, 것두 겐자꾸 가진 사람에게 보증금을 오륙천 원 걸어 놔야 고길 대 주는 거야. 그렇지만 박 군이 하면야 내 보증금 없이라두 고길 대 주지."

"건 손해 볼 염련 없습니까?"

"손해라니! 땅 짚구 헤엄치기지. 겐자꾸 가진 사람은 혹 비용을 몇만 원 들였다가 고기떼 못 만나면 손해지만 고기 사다 기름만 내기야 제일 안전하지…. 큰 이익만 못 내지…."

"…."

청년은 동석이 오빠 생각이 나게 비슷한 데가 많다. 키가 큰 것, 손이 큰 것, 목소리가 굵직한 것, 아까 섰을 때 정면으로도 보았지만 동석 오빠는 광대뼈가 나오고 눈이 좀 두리두리해서 심술 사납게 보이는데 이 청년은 큰 눈이 시원만 할 뿐 두리두리하지 않고 뺨에 살이 좀 적을 뿐 거칠게 두드러진 데가 없는 것만 다르다. 동옥은 속으로

'꽤 유순해 뵈는 사람!'

하는 인상을 품는다.

"큰 이익은 없어도 해 볼 만한 거야. 한 통에 비용 죄 제하구 이 원 평균은 으레 남으니 잘 짜면 천 통 하난 염려 없으니 그게 어디야? 이천 원 아니냐 말야. 지금 박 군이 문학사(文學士)지만 어디 가 연봉 이천 원을 받을 테야? 안 그래?"

청년은 수굿하고[104] 생각만 한다.

"어디 일 년이면 늘 하나, 지금부터 가을꺼정 일이지. 두서너 달 일하구 이천 원, 흥…."

"기름은 짜 놓기만 하면 팔리는 건 문제없습니까?"

"거야 동해 바다가 죄 기름이래두 죄 팔리지."

해서 모다 웃었다. 유 목사는 웃음을 걷고

---

104 고개를 숙이고 묵묵히.

"지금 군수공업에 여간 중요한 원료가 아니거던 세계적으로···. 그래 당국에서 장려시키는 거니까 없어 못 팔지 내 말만 믿어 의심할 것 없지···."

"···."

청년은 가까워진 오매리 쪽을 보며 잠잠히 걷기만 한다. 유 목사가 문학사라 하는 말을 들어 아마 어느 대학 문과 출신인 듯하다. 동옥은 두어 걸음 떨어지며 청년의 뒷모양도 쳐다보았다. 떡 벌어진 어깨가 여간 우람스러워 보이지 않는다. 그러나 뒷짐을 지고 뚜벅뚜벅 유 목사의 말을 들으며 따라가는 모양은 '인생의 초년병(初年兵)'이란 감상이 없지 않다. 또 전에 예배당에서 가끔 본 듯

"내 말만 믿어 의심할 것 없지."

하면서 권유하는 유 목사는 인생의 천산만수(千山萬水)[105]를 넘어온 백전노장(百戰老將)으로 보여진다. 동옥은 속으로

'나도 내년 봄이면 인생 초년병!'

하는 생각이 일어난다. 그 깜짝 놀라리라는 사람도 궁금하거니와 이들을 따라가며 이들의 대화를 듣는 데도 새로운 흥미가 없지 않다.

그러나 유 목사와 청년이 더 다른 이야기를 할 사이가 없게 바다로 들어가는 개울이 나왔다. 징검다리가 있기는 하나 바닷물이 밀려들어 다리들을 올려 걷고야 징검돌을 찾아 디딜 수가 있었다. 다리를 건너서는 곧 오매리다. 몇 집 지나지 않아 그 함석지붕의 창고가 나온다. 창고 안엔 새끼만이 가득 들어찼다.

"아이 새끼두!"

하고 동옥이가 놀라니까 유 목사는

"이까짓 거 인제두 얼말 더 사야 한다구!"

하더니

---

105 수많은 산과 물.

"자 이 뒤로 들어가 봐. 누가 있을 테니 깜짝 놀랄 사람이지…."

하고 창고 뒤를 가리킨다. 동옥은 두근거리는 가슴으로 창고 모퉁이를 돌아섰다. 창고지기의 집 같은 조그만 함석집 한 채. 그 방문턱에 걸터앉아 커다란 장부책을 들여다보던, 굽실굽실한 머리, 번쩍 쳐드는데 알작은 도수 안경이다. 새빨갛게 타진 얼굴, 턱 아래에는 깎은 지 오랜 수염이 시커멓다. 도수 안경이 눈에 익다.

"오!"

동옥이 편이 먼저 알아보았다.

"슈벨트 선생님? 전 누구라구…."

"이게 누구야? 아니 임동옥이! 언제?"

하더니 저편에서도 놀라며 장부책을 든 채 일어서 나온다.

"선생님이 어떻게 여기 와 계세요?"

"허! 어떻게 알구 왔나?"

남자들끼리처럼 손만 잡지 않을 뿐 픽 반가운 사제 간이다.

"해수욕장서 유 목사님을 봤어요."

"그래… 허! 동옥이! 전문학교 물이 달르군! 인전 아주…."

전날 솜털이 뽀앴을 때, 얘, 쟤 하며 가르치던 제자가 이제 한 여성으로 어울려 나타날 때 가끔 당해 본 일이지만 역시 감개무량한 듯하다. 그러나 감개무량함은 동옥이 편이 더하다. 음악 선생님인 데다 알이 작은 도수 안경을 써서 아이들이 '슈벨트' 선생님이라고 더 많이 부르던 오 선생님, 언제나 음악실에만 묻혀 있어 출석부도 학생을 시켜 가져왔고 피아노를 치다가 가끔 앞에 걸린 베토벤의 표정을 입내[106]내어 학생들을 웃기던 오 선생님, 그러나 피아노 강(講)을 받을 때만은 여간 신경질이 아니어서 동옥이도 몇 번이나 울려 놓던 오 선생님, 또 그러나 어느 선생님보다도 매사에 비사무적(非事務的)이어서 예술가의 타입이라

---

106 흉내.

고 학생들에게 오히려 존경을 받던 오 선생님이다. 그런 오 선생님이 여름휴가에 해수욕을 하러 온 것이 아니라 이 지도에도 없는 동해변의 좁쌀알만 한 어촌에 숨어 음악실과는 기분이 너무나 다른 창고를 지키고 앉아 오선지(五線紙)처럼 줄이 많은 장부책이나 뒤지고 있는 것은 유 목사가 때 묻은 낯수건을 목에 걸치고 오천 원이니 오만 원이니 하는 것보다 어째 그런지 훨씬 더 가슴에 찔리는 데가 있다.

"오 선생님. 학교는 고만두셨어요?"

"그럼."

"언제부터요?"

"지난 학기부터."

"왜 고만두시고 이런 걸 하세요?"

"밥."

하고 오 선생은 억지로 웃음을 짓는다.

"학교에선 왜 선생님 굶으시게 하시나요?"

"굶지만 않으면 되나? 생활이란 그렇게 단순한 게 아니야. 인제 동옥이도 생활이 뭔지 알 때가 오지…."

하고 안경알을 닦아서 쓰더니 멍하니 바다를 내다보는 것이다.

'생활!'

동옥도 멀리 떠 있는 알섬이라는 섬을 바라보며 생각하였다. 오 선생님이나 유 목사님이나 평소에 하시는 걸 보아 재물에 과한 욕심이 계신 분들은 아니다. 더구나 유 목사님은 늘,

"사람이란 일용할 양식만을 받으면 족하다. 그 이상 은혜를 바라다가는 도리어 화를 받을 것이다" 하시던 분이요, 오 선생님은 너무나 여러 번이나 "위장으로만 배고푼 줄 아는 사람은 야만이다. 적어도 문화인은 눈으로도 배고풀 줄 알고, 귀로도 배고풀 줄 알아야 한다"고 하시던 분이다.

'그럼 그것이 모두 거짓말이었던가?'

동옥은 혼자 생각해 본다. 유 목사나 오 선생의 말이 거짓이었다면 그건 속은 것만이 분할 뿐이겠으나 그 하나님의 말씀과 같은 훌륭한 교훈들이 그처럼 실현성이 없는 것인가 생각됨이 슬프지 않을 수 없는 것이다. 그래 동옥은

"오 선생님."

하고 굵은 목소리로 무엇을 따지려는 듯이 오 선생의 앞으로 간다.

"왜?"

　오 선생은 깜짝 놀라는 듯 돌아본다.

"전에 귀로도 배고풀 줄 알아야 한다고 그러지 않으셨세요?"

"귀로두….."

"여기 와 계신 건 밥만 위해 오신 것 아녜요? 전엔 수학여행만 가세도 손이 굳어진다구 걱정하시지 않으셨세요?"

"흥!"

하고 오 선생은 두 손을 쭉 벌리어 피아노 짚는 형용을 해 보더니

"허! 상당히 뻑뻑한걸….."

하고 쓴웃음을 짓는다.

"아주 굳어지시면 어떡허세요?"

"할 수 없지….. 학교에 있어도 굳어지긴 마찬가지니까….."

한다.

"왜요, 그래도 학교선 늘 치시지 않으셨어요?"

"그까짓 것쯤 치구 되나? 내 시간이 어딨어? 동옥이도 봤지? 내가 처음 나와 독주회를 한 번 하군 그 후엔 육칠 년이 되도록 벨르기만 했지 어디 한 번이나 했어? 그러니까 학교에 있단 밤낮 교원으로나 늙어 죽지 언제 뭘….."

"…."

"안 그래?"

"…."

"여기선 놀구먹을 걸 만들어 놓구야 예술이요 종교요 그렇지, 먼저 생활의 노예가 되는 걸 어떡허나? 생활의 노예…."

"…."

동옥은 말이 딱 막히고 만다. 그러나 속은 반대로 막히었던 것이 후련히 트임을 느낄 수가 있다.

'역시 오 선생님은 자기의 예술을 버려서가 아니라 그것에 더욱 충실할 수 있기 위해서로구나!' 생각하니 자기의 경솔했던 판단이 미안하지 않을 수 없다.

'생활이란 그처럼 악착한 것인가? 조선 사회란 종교나 예술 같은 높은 문화일수록 그것만을 위해 살려는 사람에겐 생활을 주지 못하는 그처럼 빈약한 사회인가? 그렇다면 내가 모르는 제이 제삼의 유 목사나 오 선생이 조선에 얼마나 많은 것일까!'

동옥은 동석 오빠가 자기 일도 아닌 것을 가지고 가끔 흥분하던 모양이 눈에 선해진다.

하늘에는 구름 한 송이 뜨지 않았다. 이글이글한 햇볕은 소낙비처럼 넓은 바다 위에 쏟아진다. 해수욕장 쪽에는 여러 사람들이 몰려나온다. 댄스클럽도 파해 나오는 모양이다. 시뻘건 백일홍 송이 같은 정희의 해변양산도 꽂히어진다. 거기 있을 황재나 배일현 같은 사람들을 생각하고 수염이 꺼칠한 오 선생을 바라보니 너무나 딴 족속처럼 풀이 없어 보인다. 동옥은 눈물이 핑 돌아 눈을 감았다. 속으로

'오 선생님, 유 목사님, 다 평생 생활 걱정은 안 하실 만치 당년으로 부자들이 되셨으면….'

하고 바랐다.

그러자 유 목사가 떠들썩하며 같이 온 청년을 다리고 들어왔다. 그 청년은 오 선생님과도 처음인 듯 유 목사가 인사를 시키는데

"박인철(朴寅哲)이라구 작년에 구대(九大)[107] 나온 입니다. 아직 놉니다만 장래 훌륭한 일꾼이죠."

한다. 동옥에게도 인사를 시켜 주어 하였다.

공장은 고개 하나를 넘어가 해변인데 아직 터만 잡았고 가을부터 시작이라 하였다. 해변에 나려와 어선들이 있는 것을 구경도 하며 놀다가 점심때가 되어서야 그 청년과 같이 오매리를 떠났다.

개울에 와서 보니 아까보다 밀물이 더 올라와서 동옥의 키로는 다리를 걷는 것쯤으로만 물을 건널 수가 없다. 해수욕복도 없이 벗을 수도 없다. 그냥 옷을 입은 채로 건너자니 딱하다. 청년은 잠자코 다리를 치켜올리더니 혼자 건너가 버린다.

'꽤 무뚝뚝한 사람….'

하여진다. 그러나 건너가서는 그냥 가는 것이 아니라 잠자코 다시 건너온다. 건너오더니 아무런 긴장하는 표정도 없이

"업히시지요."

한다. 동옥은 뒤를 돌아보았다. 아무도 보는 이는 없다. 해수욕장에서들도 망원경이나 가졌기 전에는 알아볼 리가 없다.

그러나 업힐 용기는 나지 않는다.

"옷 망쳐도 괜찮어요."

하고 동옥은 그냥 물로 들어서려 하니까

"건 괜한 완고십니다. 어서 업히세요. 상관이 뭡니까?"

하고 인철은 동옥의 앞을 막으며 엉거주춤한다.

동옥은 인철에게 업히어 건너오고 말았다. 아무렇지도 않았다. 아무렇지도 않게 생각하면 무엇이나 아무렇지도 않을 것 같았다.

"유 목사님 전부터 아십니까?"

인철이가 동옥을 나려놓고 걷기 시작하며 묻는다.

"네."

"목사님이 방향 전환을 단단히 하셨군요."

107 '구주대학(九州大學)'의 준말. 일본의 규슈대학.

하고 좀 비웃는 듯이 웃는다. 동옥은 그가 자기만치 그들을 이해하지 못하기 때문이거니 해서

"그래도 그분들이 아주 전향일까요, 뭐!"

하고 날카롭게 쳐다본다.

"결국은 아주 되구 마는 게죠."

한다.

"어째서요?"

"단시일에 성공하면 몰라요. 돈 버는 일도 무슨 학교 입학처럼 일정한 기간에 졸업이 된다면 몰라요. 그렇지만 돈벌이치구 그런 건 없거던요."

하고 역시 서글픈 웃음을 띠인다.

"꼭 성공이 안 될까 봐요?"

"성공도 물론 못하는 사람이 더 많지요. 또 성공을 한대도 어디 이만하면 평생 먹고살 만하다 하리만치 일조일석에 벌기가 쉽습니까? 그러니까 한번 나서 노면 여생을 거기 묻고 마는 거죠."

"…."

"아까 유 목사님이 저보고 권하시는 말씀 들으셨죠?"

"네."

"사오천 원 가지고 공장을 하면 일 년에 이천 원이 나니 그런 수입이 어딨느냐? …. 그렇게 생각하면 물론 다른 걸 해서야 도저히 그만 수입을 바라긴 어렵죠. 그렇지만 일 년에 이천 원을 벌면 이천 원이 그대로 모입니까?"

"그래도 월급 생활보단 모을 수 있지 않을까요?"

"거야 몰 수 있죠. 그렇지만 아모래도 일 년에 천 원 이상은 써야 살기도 하고 그만 일을 유지해 나갈 테죠. 아조 계획대로 맞어서 천 원만 쓰고 천 원 하나씩은 남는다 칩시다. 그래도 다섯 해를 해야 겨우 오천 원 그건 본전을 갚어야지요. 그리구나서부터야 내 돈으로 모이는데 다시

십 년을 해야 만 원 아닙니까? 그러니 벌써 세월은 십오 년이 지나지요? 또 만 원만 가지고 생활 문젠 잊어버리고 다른 일에 몰두하게 됩니까 어디? 순조로 나간다 쳐도 또 십 년 하난 벌어야 이만 원이니 그땐 얼맙니까? 이십오 년이 아닙니까? 이십오 년…."

"…"

동옥은 잠자코 인철을 쳐다보았다. 그의 나이는 스물다섯이나 여섯쯤 먹어 보인다.

"나이 오십…. 벌써 청년 시긴 돈 이만 원에 다 팔아 버린 것 아닙니까?"

"…"

"시대의 주인공 될 교양이며 양심이며 가진 사람들이 제각기 제 개인 생활만을 위해 제일 정력 시기를 이십오 년씩, 삼십오 년씩 바쳐 버리고 만다면 누가…."

하면서 인철은 발길로 모래를 툭툭 치면서 걷는다.

동옥은 이마가 화끈해진다.

"뭐, 돈을 벌어 가지고 하나님 나랄 건설하겠다, 돈을 벌어 가지고 피아노를 치겠다, 그분들은 물론 그 길들이 좋겠지요. 그렇지만 성경보다 피아노보다 더 절박한 걸 못 해결하고 사는 사람이 얼마라구요, 흥…."

하고 코웃음까지 친다. 동옥은 자기가 그 코웃음을 받는 것처럼 무안스럽다. 아까 자기는 오 선생이 해수욕장 사람들보다 너무나 활기가 없는 것을 보고 '내가 모르는 제이 제삼의 유 목사나 오 선생이 조선에 얼마나 많을까!'를 흥분했었는데 이 박인철은 '성경보다 피아노보다 더 절박한 걸 못 해결하고 사는 사람이 얼마라구요' 하는 것이다. 이 말에 비긴다면 자기의 것은 너무나 여유 있는 말이었고 너무나 범위 좁은 말이었고 너무나 시대에 직면한 심각성이 없는 말이었다. 그러나 동옥은 역시 답답하여 묻는다.

"그래도 생활을 어떻게 불고하고 나갑니까? 유 목사님이나 오 선생님이나 다 소학교, 중학교에 다니는 아이들이 몇씩 있으니 장래 전문대학까지 교육비서껀 월급만 가지구야 어림이나 있겠어요?"

"그리게 그들로선 그 길밖에 없다는 것 아닙니까? 문제는 이제부터 우리들이죠. 가정을 가지면 처자를 위해 그처럼 노예가 되는 걸 뻔히들 보면서 그냥 그들이 한 대로 막연하게 연애하고, 막연하게 결혼하고, 자식 낳고 할 것인가가…."

"…."

동옥은 다시 입이 멍멍해진다.

가정을 가지면 처자를 위해 그처럼 노예가 되는 걸 뻔히들 보면서….

또,

막연하게 연애하고, 막연하게 결혼하고, 자식 낳고….

동옥은 인철에게 뺨이나 맞은 것처럼 귀까지 멍멍하게 날래 사라지지 않는 말들이다.

'가정? 아내란 그다지 남편을 구속하는 것인가? 여자도 경제상으로 독립할 수 있는 것 아닌가? 남편에게 의뢰하지 않고 살아나갈 만한 생활력만 있다면야 왜 남편의 앞길을 방해할 것인가? 오히려 그의 예술이나 그의 정치나 그의 사업을 정신상으로라도 도와줄 수 있는 게 아내 아닌가?'

동옥은 여성인 편으로서 인철에게 얼마쯤 반감이 생긴다.

"박 선생님."

하고 불렀다.

"네?"

"가정도 가정 나름 아닐까요? 주부가 경제적 생산력만 있다면 왜 그 남편이 노예가 될까요? 그건 경제적으로 무능하고 시대나 사회에 몰이해한 구식 여성의 가정에나 하실 말씀이 아닐까요?"

"실례입니다만 신여성도 별 수 없죠. 아모리 신여성이라도 여잔 여자처럼 사는 데만 여자 된 보람이 있지, 여자가 여자처럼 안 사는 데는 어디서나 비극인 줄 압니다."

"건 무슨 말씀이야요? 여잔 남편을 꼭 사회적으로 존재하지 못하게 구속하는 것만 여자다운 생활이란 말씀인가요?"

"어떤 사상가가 한 말입니다. 여자의 첫째와 둘째 되는 목적은 남편과 자식이라구요. 또 여자의 최대 관심사는 절대 개인적 행복이라고요. 여자는 직공이 되거나 경관이 되거나 무슨 사무원이 되는 것보다 또 그런 사업을 하기보다 아늑한 가정, 사랑하는 남편, 귀여운 자녀들을 더 열망하는 것이라고요…. 이건 평범하나 여성이란 얼마나 개인주의적이란 걸 정확히 관찰한 건 줄 압니다. 그리게 여잔 남편이 경제적으로 유지시켜 주는 가정에서 집안을 아름답게 꾸미고 남편을 사랑하고 자녀를 기르고 하는 것만이 여자다운 생활이 되는 겁니다. 여성으로 가정을 떠나 하는 모든 것, 그건 예외요, 임시적이요, 비상시적이요, 그러니까 부자연이요, 그러니까 여자다운 생활이 아니라고 할 수 있겠지요."

"여잔 그래 모두 개인주의자란 말씀야요? 남잔 개인주의자가 없나요, 하나도?"

"남자에게도 물론 있죠. 그러나 남자가 개인주의가 되는 덴 대부분이 여자 때문입니다. 내 친구들에게서 많이 봅니다. 여잘 알기 전엔 돈을 가진 대로는 친구들과 같이 쓰다가도 한번 연애만 하게 되면 친구나 일을 위해 쓰던 돈이 끊어질 뿐 아니라 모든 계획과 행동이 여간 개인주의자가 되는 것 아닙디다.

그건 여자가 개인주의적인 것이기 때문이 아닐까요? 우리 남자끼린 아모리 단짝으로 친해도 친구가 생겼다고 해서 그 사람이 개인주의가 돼 버리는 법은 없으니까요."

동옥은 머리부터 흔들었다.

"건 인식 부족이십니다. 건 여자가 개인주의기 때문에 전염이 돼 그런 게 아니라 가정을 목표하니까 다른 방면의 소비를 절약하는 것 아닙니까? 그럼 가정이란 그것에 죄가 있든, 공이 있든 할 것이지 왜 여자만이 피고가 됩니까? 또 남자들만 그런가요? 우리 여자들로도 그런 논법으로 본다면 남자는 모다 개인주의자라고 할 수 있어요. 왜 그런고 하니 여자도 평소엔 사회니 대중이니 하고 꽤 열렬하던 사람도 한번 남자와 친해지면 집털 사느니 과수원을 사느니 저금을 시작하느니 하거던요? 건 남자가 개인주의니까 그렇게 되는 것 아닐까요? 박 선생님 논법대로 한다면?"

"…."

인철은 빙긋이 웃기만 한다.

"안 그렇습니까? 왜 대답 못 하세요?"

"그건 옳습니다. 그 정도에선 취소해도 좋습니다. 그건 서로 자기 편에서 보는 때문이겠지요. 그러면 결국 그 개인주의 본영으로 가정이란 그놈이 더 뚜렷하게 나타납니다그려."

하며 인철은 그래도 천연스럽다. 동옥은 너무 모질게 쳐다보며 대답을 육박한 것이 미안해진다. 눈은 모진 채로나 입으로는 방긋이 웃어 주었다. 그도 따라 웃음을 띠인다.

"가정…. 그럼 박 선생님은 가정이란 걸 근본적으로 저주하십니까?"

를 동옥은 다시 묻는다.

"가정을 왜 저주하겠습니까?"

하고 인철은 딱한 듯 입맛을 다시더니, 또

"여성도 왜 저주해서 하는 말이겠습니까? 맘에 드는 이성이나 편안히 쉬일 수 있는 가정을 싫어할 사람이 어디 있겠습니까?"

한다.

"그리게 말야요."

"제가 안 그랬어요? 여잔 여자답게 살아얀다구…. 남자는 가정 경제의 책임을 져야 하고 여잔 남편을 정신상으로 도와주고 자녀 기르는 게 더 큰 천직일 거구요…. 남자가 돈을 벌어들인대서 우월하다는 게 결코 아닙니다. 서로 타고난 천직대로 하는 덴 서로 신성하지 거기 우열의 차가 왜 있습니까?"

"그런데요?"

"제 자신도 물론 그런 행복된 가정을 갖군 싶습니다. 다만 그런 가정을 갖기 위해선 남자고 여자고 간에 우린, 아까도 말씀드렸습니다만 얼마나 지독한 개인주의자가 돼야 합니까? 가장 정열 시대의 이십 년, 삼십 년씩을 묻어 버리는…."

"…."

"눈을 크게 떠 대국(大局)을 본다면 제 한 사람의 생활만이 문제입니까? 그게 제일 급하고 그게 제일 큽니까?"

"…."

"역산 운명의 기록이 아니라 행동의 기록 아닙니까?"

"…."

"청년의 지식이란 뭡니까? 수학입니까? 육법전서를 외는 겁니까? 양심이란 길에서 얻은 돈 임자 찾아 주는 건가요…. 우린 청년입니다…."

하는데 벌써 해변은 해수욕장 경내에 들었다. 저쪽에서 정희가 나타나 무어라고 소리를 지르며 뛰어온다.

"전 이리 갑니다. 안녕히 가십시오."

돌아다보니 인철은 벌써 이쪽에서 인사를 받을 사이도 없게 저편 쪽을 향해 돌아서 간다. 인사를 하려 하니 돌아다보지도 않는다. 이내 정희를 만나고 재하를 만났으나 결코 이들이 반갑지 않다. 동옥은 몇 번이나 인철의 가는 쪽을 돌아보았으나 인철은 한 번도 돌아보지 않는다. 정희와 오 선생 만난 이야기를 하고 공연히 자꾸 웃어 보았으나 기분은 자꾸 무거워만 진다. 오후에도 다시 바다로 나와 보니 인철은 보이지 않는다.

이날 저녁은 법률 강좌이다. 동옥도 처음으로 나와 보았다. 처음 보는 남자들이 사오 인이나 된다. 김장두도 와서 눈치 없이 힐끗대고 건너다본다. 박인철이가 여기도 오지 않는 것이 자꾸 마음에 쓰인다. 재하는 여러 남자들과 한자리에서 보니 더욱 든 것도 없이 까부르는 것만 같아 보인다. 회가 파하고 나서 다 달이 밝아 모다들 바다로 나왔다. 나오는 길에서 동옥은 정희의 어깨를 쳤다.

"왜?"

"나 낼 아침 떠날 터야."

"뭐? 왜 그렇게?"

"가야겠어. 갔다가라도 아직 개학이 멀었으니까 또 오고 싶으면 오께."

"…"

정희는 잠자코 걷는다. 그도 배일현의 기분이 좋지 못한 것 때문에 진작부터 우울해 있는 듯하다.

"너 그이하구 무슨 말다툼했니?"

동옥이가 물었다.

"아니, 괜히 글쎄 어제두 목수들을 고만두라고 야단을 치구 그랬단다."

"왜 목수들관?"

"그리게 말야. 별장 안 지어도 좋다구 그리면서…. 그래두 뭐 너 그이 때문에 왔니, 나 때문에 왔지. 더 있자꾸나."

"난 그이 기분이 나뻐졌다구 가는 거 아니다."

"그럼?"

"물에 한번 빠졌더니 바다도 싫어지구…."

하고 둘이 다 웃었으나 이내 둘이 다 도로 우울해진다.

한참 말이 없이 걷는데 뒤에서 점점 가깝게 따라오는 사람이 있다. 돌아다보니 배일현이다. 바투 오더니 딱 서면서

"어디를 가우?"

한다. 정희가

"바다에…."

하니까

　"괜히 조심들 허우. 또 무슨 추태 연출하지 말구."

하는 것이다.

　"추탠 언제 누가?"

하고 정희가 민망해하며 물으니까

　"다 조심하란 말요."

하고는 덥석 앞서 지나가는 것이다. 동옥은 두 손으로 얼른 얼굴을 싸쥐었다.

　"나 물에 빠졌던 게 추태 아니구 뭐냐? 아이 나 오늘 밤차 없냐? 나 지금 갔으문."

하고 동옥은 어쩔 줄을 모른다.

　밤차가 있기는 하다. 그러나 동옥은 정희를 보아 밤으로는 떠나지는 못하였다. 재하가 들어올까 봐 정희의 방으로 가서 정희와 같이 자고 아침 첫차를 타기로 하였다.

　재하는 동옥이가 모든 것을 시기상조라고 해 둔 채 갑자기 떠나 버림에 여간 당황해 하지 않는다. 역시 동옥의 가방을 다른 사람에게 맡기지 않고 자기가 들고 나오기는 하나 여관 보이의 존재에 불과할 뿐, 여럿이 있는 데서 말 한 마디라도 제가 하고 싶은 것은 꺼낼 수가 없다.

　김장두도 우연이겠지만, 바다로 나오다가 정거장으로 들어오는 동옥을 만났다. 동옥의 차림과 재하가 든 가방을 보고 눈이 똥그래지더니

　"아, 벌써 가십니까?"

묻는다.

　"네."

했을 뿐 안녕히 계시란 말도 동옥은 하지 않는다. 장두는 잠깐 어쩔 줄을 모르더니 잠자코 휙 돌아서 도로 거리 쪽으로 거의 뛰어서 가는 것이다.

　동옥은 슬그머니 겁이 났다. 그러나 별것이 아니었다. 차가 떠날 임

시에 김장두가 헐떡거리고 나타난 것은 사이다 세 병을 사서 묶어 들고 왔다.

"가다 목마르면 마시유."

모다 웃었다. 동옥도 웃으며 받았다. 배일현이만 마지못해 나오긴 했으나 뚱해 섰을 뿐이다. 차가 떠난 다음, 제자리로 와 앉아서 동옥은 생각해 보았다.

'내가 배 씨한테 뭘 잘못 뵜나? 물에 빠진 건 실수지 그걸 추태니 뭐니 할 게 뭔가? 밤중에 재하와 이야기한 것? 오! 그인 첨부터 보진 않구 우리가 추한 행동이나 있는 줄 오해한 게 아닌가? 아이! 그렇다면 날 얼마나 더럽게 봤을까? 그렇게 추태란 말을 함부로 써서 날 모욕을 준 것이 아닌가?'

동옥은 발이 동동 굴러진다. 다시 송전으로 달려가 그것만은 변명하고 싶다.

그러나 한 정거장 두 정거장 지날수록 머리는 좀 냉정해진다.

'배일현이가 오해하기루? 그가 내게 뭐길래? 으레 그랬으려니 하구 보지도 못한 걸 막 추태니 뭐니… 그건 저희 약혼한 사람 친구한테 무슨 무례야? 그까짓 자식이 돈 좀 있으면 제일인가? 그런 거 아니꼽더라….' 하게끔 되었다.

차가 안변에 다다를 때에야 김장두가 갖다 준 사이다가 생각났다. 들어 보니 쓸데없이 무겁다. 앞에 앉은, 원산까지 바로 간다는 아이들에게 주어 버리고 안변서 나리었다. 남행차는 찻간마다 만원이다. 아무 데로나 올라서 억지로 뻐기고[108] 들어갔다. 앉을 데커녕 가방을 놓을 자리도 없다. 뒤에서는 나가자고만 미는 바람에 한 찻간은 그냥 지나선 그 앞 찻간으로 들어왔다. 여기도 붐비기는 마찬가지다. 두어 자리나 지났을까 한데 누가

---

108 '뻐개고'의 옛말로, '비집고'의 의미.

"이 차로 가십니까?"

하고 앉았던 남자 하나가 일어나는 것이다.

"아유…."

동옥은 가방을 놓았다. 박인철이었다. 그는 선뜻 자리를 나서며 동옥의 가방을 집더니 물어보지도 않고 시렁에 얹어 놓는다.

"그런데 어디서 타셨어요?"

"전 어제 송전을 떠나서 원산 좀 갔더랬습니다. 서울로 가는 길입니다. 정…정옥 씨시던가? 서울로 가십니까?"

"…"

동옥은 잠자코 딴 데를 본다. 이름도 제대로 기억해 주지 않은 사나이, 자기만이 '박인철'을 똑똑히 기억한 것이 분해진다. 또 어제 한 번도 돌아다보지 않고 무심히 돌아가 버리던 것이 잊혀지지 않는다.

"정옥 씨 앉으세요."

인철은 동옥을 정옥이라 부르기에 더 의심도 갖지 않는다.

"싫예요. 전 앞에 자리 있나 가 볼 테예요."

"웬 자리가 있을라구요? 여기 앉으시래두…."

하여도 동옥은

"괜찮아요. 가방 내려 주세요"

하고 새침한다.

그러나 인철은 동옥의 새침에도 역시 무관심 상태다. 가방을 꺼내 주려 하지 않고 앞을 내어보더니

"그럼 내 자리 있나 가 보구 오지요."

하면서 이편에서 뭐라구 할 새도 없이 성큼성큼 가 버린다.

'앉으랄 때 앉을걸….'

하는 속삭임을 동옥은 남의 것처럼 귀에 느낀다. 마음은 또

'저이가 자리를 얻지 못하고 왔으면!'

쯤 싶어진다. 그러자 차가 떠나는 듯 섰던 사람들이 왈칵 앞으로 쏠리는

세 화살　　　　　　　　　　　　　　　　　　269

데 뒤에서 웬 뚱뚱보 마나님 하나가 동옥을 밀치며 쓰러진다. 일어나더니 인철의 자리를 보고 엉금엉금 기어가

"아무 데나 늙은것부터 좀 앉아야… 원…."

하면서 자리를 차지해 버리는 것이다. 동옥은 자리 임자가 있다고 말하고 싶었으나 늙고 뚱뚱하고 땀이 철철 흐르는 마나님에게 그런 소리가 나와지지 않는다. 이내 인철이가 온다.

"자리가 거긴 더 없습니다."

한다. 그러고야 자기 자리에 웬 마나님이 떡 퍼더버리고[109] 앉아 부채질하는 것을 본다. 그는 씩 웃을 뿐이다.

"미안해요."

하고 동옥도 이번엔 웃어 보인다.

"뭘요. 노인인데 잘됐지요."

하면서 인철은 마나님이 깔고 앉은 잡지를 뽑아내어 펼치며 동옥이처럼 팔 놓는 데에 비스듬히 걸터앉는다. 모다들 동옥을 보고 인철을 보고 한다. 동옥과 인철은 더욱 이야기할 용기를 잃는다.

동옥은 소곳하고 이마의 땀을 닦으며 생각한다.

'어떻게 이일 여기서 만났을까? 우연?'

황재하에게의 모든 우연보다 무슨 의미가 있는 것만 같아진다.

그러나

'의민 무슨 의미? 내가 괜히….'

하고 동옥은 혼자 귀밑이 뜨거움을 느끼며 주위를 둘러보았다. 어떤 사람은 아직도 힐긋힐긋 쳐다보고 있다. 남들이 자꾸 보니 손이 더욱 심심하고 눈도 어디다 둘 데가 없다. 인철이처럼 잡지라도 꺼내 들고 뒤적거리고 싶어져서 시렁에 얹힌 가방을 쳐다보았다. 인철도 마침 동옥을 보다가 동옥이가 하는 대로 가방을 쳐다보았다. 그리고 자기가 보던 잡지

---

109 팔다리를 편하게 뻗고. 퍼지르고.

를 내어밀며

"보시렵니까?"

묻는다.

"싫여요."

"가방 꺼내 드릴까요?"

동옥은 그것도

"아니야요"

해 버린다.

둘이는 도로 잠자코 만다.

차가 석왕사(釋王寺)에 이르러서다. 앞에 자리가 둘이 난다. 동옥과 인철은 마주 보았다. 동옥이가 먼저 창 가까이 들어앉았다. 인철도 잠자코 그 옆에 와 앉는다. 동옥은 창밖을 내다보며 인철은 잡지를 보며 간다. 차가 고산(高山)[110]에 닿았다. 모다 점심들을 산다. 인철도 시계를 꺼내 보더니 잡지를 놓는다.

"벤또 안 사시렵니까?"

"안 사요."

"어디까지 가시는지 여기서 안 사면 복계(福溪)[111]까지는 파는 데가 없습니다."

"그 안에 내려요."

"네. 그럼 저나 하나 사겠습니다."

하고 인철은 창 앞으로 온다. 동옥은 뒤로 인철이가 앉았던 자리로 물러난다. 인철은 찻물까지 사더니 다시 자기 자리로 오려 한다. 동옥은 비키지 않는다.

"이리 앉으시지요."

---

110 함경남도 안변군의 마을이자 경원선의 역.
111 강원도 평강군의 마을이자 경원선의 역.

세 화살

"창 옆에 앉으셔야 잡숫기 편하지 않으세요? 반찬서껀 노시구….'

"감사합니다."

하고 인철은 동옥의 자리에 앉아 벤또를 먹는다. 수긋하고 잠깐 동안에 다 먹어 버리더니

"인전 창 앞으로 앉으실까요?"

한다.

"저 곧 나려요."

"삼방입니까?"

"삼방협이야요."

"네에."

하고 인철은 삼방이 가까워지는 창밖을 내다보다가

"혼자십니까?"

를 새삼스럽게 묻는다.

"저 혼자 아녀요 보시면서."

하고 동옥이 웃으니까

"아니, 송전선 여러 분이신 것 같게 말입니다."

하는 인철은, 역시 그만 것으로 무안은 타지 않는다. 동옥도 말소리를 부드럽게 고치었다.

"어머니께서 삼방 와 계서요."

"네에."

하고 인철은 잠깐 무엇을 생각하더니

"거기 개학이 구월 육일이라지요?"

한다.

"구월 육일이야요. 어떻게 아시나요?"

"거기 문과에 올해 든 애입니다. 아마 모르시겠지, 박인봉(朴寅鳳)이라고."

"박인봉? 글쎄요, 보면 알겠지만 이름만으론 아직 기억되지 않습니

화관

다. 누군가요?"

"동생입니다. 내…."

"네, 그래요? 어쩌문 인제야 그런 말씀을 하세요?"

"인제 알아보시건 많이 지도해 주십시오."

"통학합니까? 기숙삽니까?"

"통학합니다."

"그럼 서로 이름만 아직 모르지 보긴 했을 거야요. 저도 시내서 통학하니까요."

하는데 차는 삼방협의 철교를 건넌다.

"그럼 안녕히 가세요."

하고 동옥은 자리를 일어난다.

인철도 잠자코 따라 일어났다. 가방을 꺼내서 동옥이가 달라는 것을 주지 않고 밖에까지 나와 차를 나려서야 주었다. 삼방협에서도 타는 사람이 더 많다.

"어서 타세요. 또 자리 잃어버리지 마시구요."

"괜찮습니다. 어서 나가십시오."

"어서 타세요"

"어서 나가십시오."

"타세요. 어서…. 전 급하지 않아요."

"그럼 잘 쉬시고 오십시오."

하고 인철은 다른 사람들의 뒤를 따라 올라간다. 차는 곧 떠났다. 인철은 승강대에 서서 바라만 본다. 동옥이 편이 오히려 손이라도 들어 주고 싶었으나 인철은 멀리 사라지도록 손도, 수건도 들지 않는다.

'박인봉….'

동옥은 인철의 누이동생 이름을 다시 한번 기억해 보며 정거장을 나왔다.

어머님의 여관으로 와서 점심을 먹고 어머님과 송전 경치 이야기를 하다가 잠이 들었다. 낮잠을 늘어지게 한잠 자고 났다. 어머님은 물터에 가셨는지 계시지 않고 여관집 뒷마당은 그늘이 진 지 오래다. 시계를 보니 인철은 벌써 서울 가 나렸을 듯한 시간이다. 여관집 부엌 쪽에서 상 놓는 소리뿐, 아무 소리도 들리지 않는다.

'왜 이렇게 쓸쓸할까!'

울고 싶어진다.

'그인 정말 자기 개인의 행복은 도외시하는 걸까? 그렇게도 냉담함은 나 개인에게일까? 모든 이성에게일까? 동옥은 놀라는 듯 일어나 눈을 비비었다. 거울을 들여다본다. 분에 코코아를 섞어 바른 듯 요전보다 얼굴이 여간 꺼매지지 않았다. 머리에서 핀을 뽑았다. 설레설레 흔들어 가지고 앞머리를 쪽지는 머리처럼 만들어 본다.

'어머니 말씀대로 이학기엔 틀어 볼까?'

생각하면서 섰는데 여관집 사환 아이가 방문 앞으로 뛰어온다.

"계십니까?"

"누구말이요?"

"저 웬 손님이 찾아오셨에요."

한다.

"웬 손님이라니 누굴?"

"학생 좀 뵙겠다나 봐요."

"날?"

"네."

"누군데?"

"양복 입은 신사 어른이세요."

"이름은?"

"이름 말씀은 않구 자꾸만 잠깐 나오시라구 그리세요."

동옥은 얼른 머리끝을 모아 핀을 찌르고 밖으로 나가 보았다. 사무실 앞마루에 걸터앉았다가 벗어 놓았던 헬멧을 집어 들면서 일어서는 사나이, 그는 뜻밖에도 배일현이다.

"어떻게 오셨어요?"

동옥은 억지로라도 아는 체 아니할 수가 없다.

"네, 동옥 씨 뒤를 곧 추격해 왔습니다. 잠깐 좀…"

하는 모양이 송전서보다는 딴사람처럼 상냥스럽다.

"저 보시려구요?"

동옥은 무슨 일인지 불안부터 느껴진다.

"네 잠깐…"

"들어오시죠."

배일현은 동옥의 방 앞까지 오더니

"뭐 여기서 말씀드리지요."

하며 툇마루에 걸터앉는다.

"어머님께서 와 계시다지요."

"네."

"지금 안 계십니까?"

"아마 약물터에 가셨나 봐요."

"네… 동옥 씰 이렇게 곧 쫓아온 건… 아마 동옥 씨도 이번 제 행동에 퍽 불쾌하셨을 줄 압니다. 전 사실 동옥 씰 오해한 점이 있어서…"

하며 일현은 동옥을 쳐다본다. 동옥은 잠자코 있다.

"제 자신도 여간 미안하지 않고 정희 입장으로 보드라도 그냥 있긴…"

"…"

"그래 서로 기분을 고쳐 가지고 헤어지자고 저와 정희와 곧 그 다음 차로 떠났습니다."

"정희도 왔에요 그럼?"

"정흰 석왕사로 들어갔습니다. 석왕사로 절더러 동옥 씰 모시고 오라고 해… 죄는 제게 있구 해 제가 심부름 왔습니다."

세 화살

하면서 손수건을 내어 입을 닦는다.

"왜 이왕이면 이리로 같이 오실 거지."

"거긴 절도 구경할 만하고 베비 골프[112]도 있고 여관서껀 거기가 나을 거라구 자기는 먼저 들어가 주인을 잡겠다구 그랬습니다."

"네…."

"제가 모두 불찰입니다. 그러나 저보다도 정희를 용서하는 표로 피곤하시겠지만 여기선 그리 멀지 않으니 이번 차로 가시죠. 가서서 내일로 오시더라도 정희와의 우정을 다시 살리시구 와 주십시오."

"뭐 정희와 우정 상했달 게 있어야죠. 살리구 말구 할… 그건 외려 두 분의 과민이십니다."

"전 동옥 씨께뿐 아닙니다. 정희에게도 미안해 그럽니다. 저와 정희와 동옥 씨 떠나신 즉시로 여간 싸움을 하지 않았습니다. 동옥 씨가 안 가 주시면 저흰 이 싸움이 풀리긴커녕 더 말썽이 생길 거구 피차 장래에도 좋지 않은 영향이 갈 줄 압니다. 괴로우시더라도 저희 장래를 보서서…. 곧 나려가는 차가 있습니다. 이 찰 놓치면 새벽차나 타게 됩니다. 정희도 혼자 기다릴 거구요."

동옥은 어떻게 해야 좋을지 몰랐다. 자기 마음 같아서는 자기와 배일현의 감정 문제보다도 정희와 배일현, 그들의 사이를 위해 가 주는 것이 정희에게의 우정인 줄 알겠지만 어머니께서 이런 섬세한 감정과 우정 관계를 한두 마디에 양해해 주실는지가 의문이었다.

"글쎄요, 어머니께서 오늘로 또 가라고 하실지…."

"건 제가 책임지고 잘 말씀드리겠습니다."

이내 동옥의 어머니가 약물 주전자를 들고 들어왔다. 동옥은 주전자를 받으며 배일현을 소개하였다. 배일현은 곧 자기의 온 뜻을 말하되, 동옥 어머니로서 긍정하리만치 이유를 세워 가며 그 침착과 예의를 갖

---

112 베이비 골프(baby golf). 실내나 정원에 만든 약식 골프장.

추었다. 동옥 어머니는

"커단 것이 저렇게 다니기만 좋아해서 원⋯."

하였을 뿐 반대하지 않았다. 동옥은 곧 옷을 갈아입고 배일현을 따라 나섰다.

차는 어두워서야 석왕사에 닿았다.

"정희가 나오지 않았나 보죠?"

"그랬나 봅니다."

배일현은 택시를 불렀다. 촌길이 돼서 차체는 옆으로 앞뒤로 함부로 꺼불었다[113]. 아무리 꼿꼿이 앉았으려도 배일현과 몸이 부딪혔다.

"여보 운전수."

"네?"

"어느 여관이 제일 고급이요?"

"다 그렇습죠."

"그래두 제일 조용하구 난 데로 대 주."

"네."

동옥은 의심이 난다.

"왜 정희가 정하지 않았을까요?"

"여기 운전수만치 잘 알라구요. 정했더라도 더 좋은 데면 옮기죠 뭐."

자동차는 어느덧 울창한 솔밭 속을 달린다. 뽀얀 달빛이 안개처럼 끼었다.

"정흰 어디서 만나자고 하셨겠지요."

"⋯."

"네?"

배일현은 갑자기 동옥의 무릎에 손 하나를 꽉 누르며

"가만 있어요."

113   흔들렸다.

하는 것이다.

자동차가 머물러 주는 대로 그 여관 이층으로 올라갔다. 배일현은 방 둘을 잡더니 의심스러워 쭈뼛거리기만 하는 동옥더러

"정희 있는 데로 가 보시지요."

한다. 동옥은 다시 일현을 따라 아래로 나려왔다.

"정희더러 저 절 밑에 있는 여관으로 가 있으라고 했습니다. 여기서 한참 올라가야 합니다."

"그럼 왜 아주 그리로 가지 않아요?"

"거긴 제가 조용할 것 같아 그랬는데 생각해 보니까 여기만치 깨끗할 것 같지 않군요. 시장하실 텐데 뭘 좀 잡숫고 올라가시지요?"

"싫어요. 가 정희서껀 같이 먹어요."

단속문(斷俗門)[114]을 지나 물소리와 달이 흐르는 솔밭길을 올라간다.

"참 이런 달밤엔 산이 바다보다 더 좋은 것 같군요."

"네…."

"아! 참 달두…."

"…."

군데군데 여관 이름들과 함께 전등이 켜 있다. 산보하는 사람들도 끊 어지지 않는다. 그러나 산은 올라갈수록 깊어진다.

"이렇게 올라가 무슨 여관이 있어요?"

"절 밑에 꼭 하나 있습니다. 저기 저 전등 밑에 절 경내에 있는 여관이 라고 써 있지 않습니까?"

그러나 일현은 큰길을 버리고 어느 암자로 올라가는 샛길로 들어선다.

"이제 얼마 안 가 뵙니다."

그러나 여기는 전등도 산보하는 사람들도 보이지 않는다. 밤 벌레들 이 날고 울고 달이 비칠 뿐, 물소리도 멀어진다.

114　석왕사에 있는 첫번째 수각(水閣).

　　　　　　　　　　　　　　　　　　　　　　화관

"여기가 어딘데…? 길 잘못 들지 않으셨에요?"

"아니요 좀 더…."

일현은 좀 더 좀 더 하며 큰길에서 꽤 깊이 들어갔다. 걸터앉기 좋은 반석이 나오는 데서야 걸음을 멈추며 돌아선다.

잠깐 멈칫거리더니 갑자기 탁해지는 목소리로

"동옥 씨."

부른다.

"네?"

달은 동옥의 편을 드는 듯이 걸음을 멈추니 더욱 밝아진다.

"제가 동옥 씨한테 무슨 폭력으로 내 뜻을 이루려구 이런 델 온 건 아닙니다. 그건 안심하십시오."

한다. 정희가 어디 있다는 것은 벌써 거짓말이었다. 동옥도 속아 온 것은 이미 문제가 아니라 깨달았다.

"전 배일현 씨 인격을 믿습니다. 무슨 일인지 말씀하세요."

"전… 간단히 말하면 동옥 씰 사랑합니다. 견딜 수 없어 이렇게 행동을 가집니다."

"…"

"전 황정희와 약혼하고는 황정희보다 나은 여자를 만날 때는 그 여자를 미워했습니다. 미워해 보면 곧 무엇이나 미워할 점이 발견됐습니다. 그래 아조 미워하고 황정희만을 내 여왕으로 만족할 수 있었습니다…"

"…"

"그러나 이번엔…"

"…"

"동옥 씬 내가 아무리 약점을 찾으려 했고 미워하려 했지만 털끝만 한 약점이나 말씨 한 가지 미워할 걸 발견하지 못하고 말았습니다. 당신 앞엔 황정흰… 당신을 발견한 이제부턴 정희와 나 사이엔 행복이 올 순 없습니다. 내 행복은 동옥 씨에게로 옮겨졌습니다. 이건 내 임의가 아닙니

세 화살

279

다. 나는 내 힘껏 동옥 씰 미워하다 미워하다 미워하지 못하고 만 겁니다, 동옥 씨."

"…."

"여기 앉으십시오. 피곤하실 겁니다."

"…."

동옥은 앉지도, 대답도 않는다.

"절 정희에게 신의가 없는 사나이라고 욕하시겠지요. 그러나 나는 정희의 행복은 아니요, 내 행복을 찾는 때문입니다. 괴테 같은 이도 말하지 않았습니까? 이 남자에게서 저 남자에게로 옮기는 여자를 나무래지 말라고. 그건 진실한 사나이를 찾는 때문이라고…. 우리 남자도 마찬가지 아니겠습니까?"

"그럼 왜 약혼을 하셨어요? 그건 찾을 사람을 찾았으니까 하신 것 아니야요?"

하고 동옥은 입을 떼인다.

"물론입니다."

배일현은 서슴지 않는다.

"그럼 왜 또 찾으시느냐 말야요. 찾으시던 여성이 정희였기 때문에 정희와 약혼하신 것 아닙니까?"

"거야 그렇습니다. 그러나 그건 그때까지에 찾어진 것이 정희였지요…. 그 후엔 어떻게 눈을 감고야 삽니까? 더 행복일 수 있는 상대자가 보일 때 어떻게 눈을 감습니까? 한번 약혼했다는 그 형식 때문에요? 그렇다면 정희란 날 괴롭히는 부채(負債)와 같은 의무일 뿐 아니겠습니까?"

"…."

"애정의 결합이 아니라 한개 의무로써 주소(住所)나 같이 한다는 건 비극이 아니고 무업니까?"

"왜 애정이 없어요? 애정이 없는 걸 왜 약혼하셨나요? 배 선생은 조금도 자기의 의사는 없이 하신 건가요?"

"그땐 있었단 뜻이 아닙니까? 내 말이….'"

"그럼 자꾸 더 좋은 사람, 더 좋은 사람 하면 한이 없을 것 아닐까요? 만일 말에요… 제가 배 선생과 약혼한다 쳐요, 하더라도 저보다 또 더 좋은 여자가 나타날 땐 저 역시 제이의 황정희가 될 것 아닙니까, 그럼?"

"…"

"배 선생님은 욕심이 과하신 것 같습니다. 지금 이런 광경을 정희가 안다면 얼마나…"

하며 동옥은 달을 쳐다본다. 송전해변에서 약혼자의 거취를 궁금해하며 우울히 거닐 정희를 생각하니 배일현의 행동이 더욱 미워진다. 그러나 아무렇든 자기로 말미암아 속을 태우는 사람이요, 자기로 말미암아 이미 약혼한 여자라도 버리기를 주저하지 않는, 열병과 같은 애욕을 품은 사나이라 생각할 때, 할말이 있다고 해서 한두 마디로 저쪽의 입을 봉해 놓을 수는 없을 것 같아진다. 더욱 호젓한 주위와 배일현의 꺽지센[115] 성격이 상당한 무게로 압박하는 것이다.

"잠깐 보았지만 정흰 배 선생님을 여간 존경하고 사랑하지 않아요. 이렇게 하시는 건 제게나 정희에게나 죄세요."

"아닙니다. 죄 아닙니다."

하고 배일현은 조금도 수그러지지 않는다.

"왜 아니야요. 아무튼 더 제게 이런 말씀 말아 주세요. 제가 오늘 속아 온 걸 이제 뭐라고 탄하지 않겠습니다. 또 정흴 위해 이렇게 하신 건 모다 비밀을 지켜 드리겠습니다. 전 나려가겠습니다."

하고 동옥은 길을 돌아선다. 일현은 날쌔게 한 걸음 더 나서며 길을 막는다.

"제가 동옥 씰 완력으로 어쩌지 않는단 건 아까 말씀드렸습니다. 그

---

115 고집이 센.

러니까 제가 소회를 다 말씀드릴 기회는 주셔야 합니다. 아직 초저녁입니다. 밤을 새면 좀 어떻습니까? 동옥 씰 사랑하기 때문이 아닙니까? 나로선 일생의 가장 중대한 순서의 하납니다…. 어째 정희와 파혼하는 게 죕니까? 나도 그건 충분히 생각하고 하는 것입니다."

"그럼 죄가 아니고 뭐야요. 자기와 약혼하고 그걸 널리 발표해 놓고 이제와 약혼을 지키지 않는 건 정희의 명예와 행복을 짓밟는 것 아니야요? 또 사회에 대해서도 약속을 이행하지 않는 것 아니야요? 그게 죄가 아니고 뭐야요? 악이 아니고 뭐야요."

"네, 그만치는 저도 생각해 보았습니다. 그렇지만 선악이라거나 공죄 (功罪)라는 덴 표준이 있어야 할 겁니다. 막연히 관념상으로 선이라거나 악이란 덴 불복입니다."

"누가 막연히야요?"

"동옥 씨 무얼로 선악을 표준하시고 하시는 말씀입니까?"

"무얼로라뇨? 선악을 표준할 만한 상식이 없을까 봐요? 배 선생님은 자기 양심이나 자기 상식쯤으론 선악을 분별할 자신이 없으십니까?"

"허! 양심요? 상식요? 그러니까 막연하신 거란 말입니다."

"왜? 무슨 말씀이야요, 그게?"

"양심으로 지금 세상을 살 수 있습니까? 양심대로 선악을 구별해 나간다면 양심 없는 사람이 누굽니까? 인류가 이십억이면 이십억 다 예수나 석가라야 할 것 아닙니까? 그런데 왜 예수나 석가는 몇천 년 동안에 몇천만억 사람 중에서 겨우 한두 사람이 났습니까? 난 성인이 못 될 건 단념합니다. 즉 양심대론 이 세상을 살아 나가지 못할 걸 압니다. 그러니까 양심이란 공연한 내 정신상 맹장(盲腸)일 뿐입니다. 그러니까 내가 행할 수 있는 이 시대에 맞는 선악의 표준을 따로 발견해야 할 겁니다."

"따로요? 그럼 배 선생님이 따로 발견하신 그 선악의 표준이란 뭡니까?"

하고 동옥은 감정을 버리고 냉정에 돌아와 묻는다.

"그건 발견하기 어려운 것 아닙니다. 우리가 실제 생활에 있어 누구나 죄를 지면 곧 제재하는 세력이 있지 않습니까?"

"법률요?"

"물론입니다. 현실 생활을 우리가 초월하지 못하는 이상 법률에서 더 적절한 선악의 표준은 없을 줄 압니다. 법률은 그 시대, 그 사회, 그 민중 따라 가장 타당하게 제정되는, 사회생활의 약속이니까요. 그 약속에만 범하지 않으면 악도 아니요, 죄도 아니라고 봐야 합니다. 법률은 훌륭히 파혼은커녕, 결혼해서 자식 낳고 사는 부처 간에도 이혼을 허락하는 것 아닙니까? 법률이 허락하는 모든 건 선일지언정 악은 아니라고 난 믿습니다."

"글쎄요…."

동옥은 잠깐 생각해 본다. 그리고

"배 선생님 같은 사람을 위해 법률이 있나 봅니다."

한다.

"누구에겐, 동옥 씨에겐 적용되지 않을까요?"

"양심엔 찔리어도 법률이 허락하니까 공공연하게 한다! 그건 법률만 없으면 어떤 악독한 일이라도 하겠다는 심사가 아닙니까? 법률은 선행을 장려하기 위해 아니라 악행을 제한해 놓기 위해 된 것 아닐까요? 왜 즐겨 악행에만 간섭하는 그 속에 들어갈 게 뭡니까? 법률이야 있고 없고 양심대로 살 만한 예의나 정의를 갖는 게 문화인이 아닐까요?"

"동옥 씬 양심대로 다 행하십니까?"

"행할려고 노력은 물론 합니다."

"노력? 그것만으론 이 세상에선 승리 못 하십니다. 사회가 모다 예배당 속이라면 모릅니다만 그런 천국이나 이상향은 인류의 영원한 꿈일 겁니다. 물론 동옥 씨의 그 순결한 극히 고답적인 기분엔 경읠 표합니다만…."

"기분이라고요?"

"기분입니다. 그건 의지도 아니요, 사상도 아닙니다. 동옥 씨보다 더한 철저한 십계명의 사자(使者)라 자칭하는 신부나 목사들도 못 삽니다. 양심대로 사는 사람이 있다면 오늘은 바리샤교인[116]들이 없어서 예수처럼 나서 부르짖지 못합니까? 침묵은 양심이 아닌 줄 압니다. 그까짓 타지 못하는 불 뭘 합니까? 밤낮 공염불이지."

"…."

"구주대전[117] 때 백의이(白義耳)[118]서 이런 일이 있었다고 않습니까? 독일군이 쳐들어오니까 어떤 아이들이 무서워서 하나님을 부르고 적군을 죽여 달라고 기도를 하고는 주기도문을 외다가 거기 나오는, '저희가 저희에게 죄진 자를 사하여 준 것과 같이' 하는 구절이 먼저 자기들이 적군을 죽여 달라고 한 말과 모순이 되는 걸 깨닫고 그만 아래를 외지 못하고 부들부들 떨기만 했다는 그런 말이 있지 않습니까? 양심대로만 살려면 그런 모순이 하루에도 한두 가지뿐인 줄 압니까? 그런 모순 덩어리의 생활보다는 차라리 이 시대, 이 사회의 법률만의 권리와 의무를 지켜 나가는 것이 현명한 생활자라고 난 생각합니다."

"글쎄요. 뭐 여기서 배 선생님과 그런 걸 토론할 것도 없구요, 또 배 선생님 처세술은 배 선생님 처세술이지 제게 상관될 것도 없을 겁니다. 아모튼 첫째 저는 배 선생님께 애정을 느낀 일이 없고, 둘쨋 정희와의 우정으로 배 선생님의 이런 주문은 거절합니다. 단념해 주십시오."

"…."

배일현은 잠자코 달빛 실린 흰 꽃송이 같은 동옥을 황홀해 쳐다본다. 팔이 떨리는 듯 손을 어쩔 줄 몰라 옆에 우거진 칡덩굴을 움키어 비비고 섰다.

---

116 바리새교인. 율법의 형식주의에 빠져 있던 유대교 분파 중 하나로, 위선자로 비유됨.
117 歐洲大戰. 제일차세계대전.
118 '벨기에'의 음역어.

"나려가시지요. 전 갑니다."

하고 동옥은 또 돌아서 걷기 시작한다. 일현은 또 성큼성큼 앞서서 길을 막는다. 그리고

"애정이 없다구요? 그것 역시 기분 문제가 아니십니까?"

하고 묻는다.

"애정이 기분 문제라고요? 그럼 왜 배 선생님은 아까 뭐 애정의 결합이 아니라 의무만으로 주소나 같이 하는 건 비극이 아니고 뭐냐고 하셨습니까?"

"전 애정 그 자첼 기분이란 게 아닙니다. 애정이란 첫눈에 한번 보고 들어야 애정으로 아는 그런 단순성을 기분이라고 한 겁니다."

하고 일현은 역시 끝까지 동옥을 설복해 보려 덤빈다.

"누가 첫눈에 들지 않으니까 애정이 없다고 했나요?"

"제겐 애정을 느낀 일이 없어 못하시겠다니 말입니다. 애정은 꼭 무의식적으로 느낀 적이 있어야만 되는 건 아닙니다. 의식적으로 얼마든지 만들 수 있는 게 애정인 줄 압니다. 그리게 전에 사람들은 한 번 본 적도 없이 혼인해 가지고도 서로 애정 있게 살지들 않았습니까? 오히려 열녀 이름을 듣고 애정의 아내들이 그런 속에 더 많지 않았습니까? 또 정희와의 우정 때문이라 하시니 그 우정도 그렇습니다. 동옥 씨의 우정으로 해 이미 간격이 난 정희와 나 사이가 다시 붙어질 줄 아십니까? 우정이란 건 고작하야 정희가 슬퍼한다면 그와 함께 나를 욕이나 하고 그를 빈말로 위로해 주실 것밖에 뭐 있습니까? 그렇다면 무슨 의미가 있습니까?"

"…."

"김장두 같은 정신병자와 황재하 따위 백면서생[119]이 다 동옥 씨에게 구애하는 줄도 모르지 않습니다…. 동옥 씬 그들에게 어떤 태돌 보이셨

119　白面書生. 글만 읽고 세상일에는 경험이 없는 사람.

는지 모루나 현명한 동옥 씨가 그들과 더불어 행복을 설계하시진 않을 줄 믿습니다.”

“전 현명하지 못해요. 배 선생님쯤에 속아서 이렇게 온 게 현명이야요 어디?”

“동옥 씨, 그건….”

“비열하세요.”

“네 비열합니다. 침을 뱉으시든지 뺨을 치시든지 그건 마음대로 하십시오. 동옥 씨 자존심을 꺾은 그것만은 나도 마음이 아픕니다. 그러나… 그러나 동옥 씰 사랑하기 때문이 아닙니까? 자! 분하신 만치 벌을 주십시오.”

하고 일현은 동옥의 앞에 맨바닥에 무릎을 꿇고 얼굴을 치켜든다. 달빛은 뜨거울 리 없건만 일현의 눈은 이글이글 타고 있다.

동옥은 어쩔 줄을 몰라 숨소리만 일현과 같이 가빠진다.

“동옥 씨. 난 동옥 씰 행복스럽게 해 드릴 자신이 있습니다. 날 사랑해 주십시오. 애정이란 마음먹는 대로 생길 수 있는 것을 말씀드렸습니다. 내가 정희를 버리는 것이 내 더 좋은 행복을 위해서 당연한 일이요, 결코 죄도 악도 아닌 것도 말씀드렸습니다. 동옥 씨가 정희에게 가진 우정이란 것도 동옥 씨 자신의 행복까지 희생시키며 지킬, 아무런 이유도 없고, 또 지킨댔자 아모런 효과도 없을 것도 말씀드렸습니다. 동옥 씨.”

“….”

“참, 동옥 씨보다 더 나은 여자가 나타나면? ‘그럼 나도 제이의 황정희가 되지 않겠느냐’ 하셨지요? 맹서합니다. 그건 안심해 주십시오. 당신보다 더 훌륭한 여자가 있으리라는 것을 난 상상조차 못합니다. 그래도 그것이!”

“….”

“그래도 그것이 걱정되신다면 좋은 수가 있습니다. 저와 혼인만 해주시면 전 그 이튿날이라도 눈을 찔러 소경이 되겠습니다. 소경만 되면

선녀가 나려온대도 보지 못할 것, 아닙니까? 영원히 닫혀진 내 눈 속에는 당신만이 제일 아름다운 여성으로 영원히 찍혀진 채 있을 것 아닙니까? 네? 동옥 씨. 동옥 씨."

"…."

"대답해 주십시오. 사랑한다고 해 주십시오. 그 말 한마디만 주신다면 난 이제 이 자리서 눈을 찔러 버려도 한이 없겠습니다."

"…."

"동옥 씨. 눈을 뜨고 암흑한 채 나려가긴 싫습니다. 두 눈을 일시에 잃더라도 당신 손에 끌리어 나려가는 편이 얼마나 광명일까요. 자 대답해 주십시오."

하고 일현은 무릎을 꿇은 채 동옥의 손을 잡으려 더듬는다.

동옥은 손을 잡히기 전에 뒤로 물러나고 말았다. 그러나 밤 외딴 곳에서 자꾸 흥분할 뿐인 사나이에게 끝까지 강경만 하게 맞서는 것은 점점 저쪽을 자극하는 것만이 되지 않을까 걱정이 된다. 그런 걱정뿐만도 아니다. 진정, 눈이라도 찔러 버리겠다는 배일현의 진정, 진정은 역시 진정을 흔들어 깨우는 것을 어쩔 수가 없다. 동옥은 아무 데고 다시 붙들려고 덤비는 일현에게 아까보다는 목소리부터 부드럽게 고쳐 가지고

"알아들었세요."

해 주었다.

"알아든다니요? 분명히 말씀해 주십시오."

"일시 호기심에서가 아니라 진정으로 하시는 말씀인 걸 말이야요."

"감사합니다. 전 진정입니다. 전 무슨 일이든지 한 번도 후회하지 않습니다. 그만치 깊이 생각하고 합니다. 그럼 분명한 대답을 주십시오, 어서."

"그건 무리 아니세요? 배 선생님이 일생의 중대한 순서신 것처럼 저역[120] 마찬가지 아니야요?"

"…."

세 화살

"어서 내려가세요. 당장에 대답하라시는 건 절 너머 경솔히 취급하시는 표예요."

"그럴까요?"

"그렇지 않고 뭐야요? 배 선생님은 며칠 동안 생각하신 거지만 전 지금이 첨 아니야요. 배 선생님도 제 대답을 들으실 바엔 충분히 생각해 가지고 하는 대답을 들으셔야 할 것 아니에요?"

"…."

"어서 나려가세요. 진정이신 건 제가 알았으니까 저도 진정으로 생각해 봐얄 거 아네요."

"옳습니다."

그제야 배일현은 달을 잠깐 쳐다보더니 걸음을 옮기기 시작한다.

"동옥 씨."

"네."

"내일 대답해 주십시오."

"전 지금 여간 피곤치 않습니다. 내일까지는 아모 생각도 안 하겠어요."

"그럼 모레 해 주시겠습니까?"

"모레 편지로 드려요."

"편지로? 그럼 모레까지 여기 안 계서 준단 말씀이지요?"

"전 지금 나려가 밥 좀 먹고 밤차로 삼방 갈 터야요. 절 구속하시면 안 돼요."

"안 됩니다. 방을 따로 정하지 않았습니까? 방문도 걸 수 있게 된 걸 봤습니다. 안심하시고…."

"절 왜 구속하세요?"

"구속이 아닙니다. 지금 참말 구속은 제가 당하고 있습니다. 대역 범

120 亦. 또한.

인의 생각이 납니다. 동옥 씬 날 죽이고 살리실 권한이 있습니다. 구속하는 사람은 지금 동옥 씨요 받는 사람은 납니다. 왜 어서 판결을 나려주지 않으십니까?”

그러나 동옥은 여관에 와서도 체면을 불고하고 고집을 썼다. 기어이 밤으로 다시 삼방 오는 차를 탔다. 일현은 굳이 쫓아 나와 삼방까지 다려다 주겠다는 것도

“이렇게 절 괴롭히시면 전 반감밖에 생길 게 없어요.”
하고 은근히 위협을 하여 일현을 쫓아오지 못하게 하였다.

동옥은 새벽녘에야 바들바들 떨면서 삼방에 돌아왔다. 새벽에 돌아오는 딸에게 어머니는 물론 놀라시었다. 동옥은 다 말하였다. 어머니는 더욱 놀라시었다.

“저런 놈 봐! 큰일 날 뻔했구나 큰일이….”
그러시고

“편진 무슨 편지? 계집애년이 아무 데나 제 필적을 보내? 글하는 년들은 그게 탈이라니까….”

“….”

“기다리긴 뭘 기다려? 사내놈들 잠시 그리다 마는 거지.”

동옥은 한결 마음이 든든해진다. 배일현의 진정이란 것도 이렇게, 그의 정열 지대를 벗어나 따로 생각하면 아무것도 아니었다.

‘진정? 내가 정희에게 우정도 진정이다! 그 진정을 지킨다면 배일현의 진정은 용납될 수 없는 진정일 뿐더러 진정이라고 해 다 생각해 주려다간… 열 사나이가 진정이라면 내 몸이 열이 되기 전엔….’

동옥은 쓴웃음을 삼키었다. 다만 남는 문제는 편지 문제다. 좌우간 약속이니 편지를 해 주는 것이 옳은 일인가? 어머니 말씀대로 무슨 건지[121]를 잡지 못해 애쓰는 사나이니 필적이라도 보내지 않고 묵살해 버리는

---

121 ‘건더기’의 옛말.

것이 더 현명한 일인가? 동옥은 피곤한 머리를 얼른 결정하지 못한 채 하루를 지내인다.

하루 저녁을 더 쉬이고 난 동옥의 머리는 한결 더 맑아졌다.

필적이라도 아끼기만 하는 것이 현대 여성의 정조는 아니다. 약속한 것은 이행하는 것이 공민(公民)의 도덕이다. 더구나 자기를 사랑하는 사람, 모든 다른 일을 중지하고 이쪽의 대답을 큰 운명으로 기다리는 사람에게 사랑을 받을 수가 없다고 해서 받을 수 없다는 말까지 분명히 표시하지 않고 우물쭈물해 버리는 것은 상식이나 예의 문제보다도 일종의 자기모멸이라 느껴졌다. 자기 자신을 사람값에 치지 않는 행동이나 마찬가지라 생각했다. 아무리 이쪽이 받기 싫은 사랑이라 하더라도 저쪽이 진정이기만 하면 결코 냉소해 버려서는 안 된다. 그것은 인생을 냉소하는 것과 마찬가지 경솔이다. 저쪽의 사랑을 받을 수 없으면 받을 수 없다는 표시를 분명히 성의 있게 책임 있게 해 줘야 할 것이란 생각이 난다. 그렇게 하는 것이 자기 자신도 남을 사랑할 수 있는 사람으로서의 예의 같았다.

동옥은 간단히 그러나 진실한 태도로 붓을 들었다.

저를 그처럼 사랑하심은 감사합니다. 그러나 저는 배 선생의 사랑을 받을 수는 없습니다. 여기는 무슨 이론이 있는 것은 아닙니다. 저는 이론으로 남을 사랑하거나 이론으로 남의 사랑을 받거나 할 수는 없습니다. 이유를 묻지 마시고 단념해 주시기 바랍니다. 아모리 배 선생께서 독단으로 하신 것이지만 이번 일만으로도 나는 정희 동무에게 여간 죄스럽지 않습니다. 만일 배 선생께서 영구히 정희 동무를 불고하신다면 나는 이 죄스러운 괴로움을 영구히 지고 나가야 하겠습니다. 아모쪼록 정희와 저를 위하여 정희에게 사랑과 신의를 지켜 주시기 바랍니다.

하였다. 그러나 이 편지를 막 부치고 나니 이쪽의 편지를 기다리다 못해 한 것인 듯 배일현의 편지가 맞들어 왔다. 꽤 무거운 편지이다. 첫머리에는 밤차에 혼자 가게 해 미안했다는 말과 자기만 혼자 여관에 와 평안히 드러누울 수가 없어 동옥이가 삼방에 나려 여관에 들어올 시각까지는 자기도 찬 새벽이슬을 맞으며 솔밭 아래를 거닐었다는 말을 하였고 중간에는 꽤 여러 소리로 역시 정희와 파혼이 죄가 아니란 것, 우정을 고집하는 것은 무의미하다는 것, 사랑은 노력으로 할 수 있다는 것들을 다시금 말하였으며 끝으로는 다음과 같은 격렬한 사연으로 붓이 달려 나갔다.

지금은 동옥 씨가 나의 사랑에 굳게 거절하신다 하더라도 나는 안심합니다. 결국 동옥 씨는 나의 사랑을 받고야 마실 날이 있을 것을 믿기 때문입니다. 동옥 씨, 웃지 말아 주십시오. 나는 동옥 씨를 끝끝내 사랑하고야 말 자신이 있는 것입니다. 이 배일현을 과히 녹록히 보시진 말아 주십시오. 동옥 씨는 나의 유일한 행복의 대상입니다. 동옥 씨 없이 내 금전이나 내 청춘이나 다 무의미합니다. 의미 없는 것은 의미 있는 것을 위해 모다 바쳐 싸울 수가 있습니다. 세상에 사랑을 위하야 싸우는 사나이가 많되, 생명과 재산을 함께 걸어 싸우는 사나이는 드물 것입니다. 나 이외의 사나이로 나보다 한 걸음이라도 더 동옥 씨에게 가까이 나서는 사나이가 누가 있나 두고 보십시오. 나는 어떠한 수단이라도 애끼지 않을 것입니다. 동옥 씨는 고독하고 말 것입니다. 동옥 씨 주위에는 이 배일현밖에는 없게 될 것입니다. 동옥 씨는 나에게 손을 내어밀어 주실 날이 있고야 말 것을 단언합니다. 남녀 간의 관계란 다른 이런 관계와 달습니다[122]. 법률이나 제삼자의 이론이 간섭하지 못하는 여지가 얼마든지 있습

---

122 '다릅니다'의 방언.

니다. 이 점에서 남녀 관계는 국제 관계와 과히 다르지 않은 것을 나는 알았습니다. 우의로 문제가 해결되지 않을 경우에는 실력으로라도 점령해 버리는 것이 역시 사랑에 있어서도 승리하는 것을 알았습니다. 끝으로 한 가지 말씀드리는 것은 앞으로 나의 수완이 어떠한 것이든지 모다 당신을 사랑하기 때문이란 것을 끝까지 잊지 말어 달라는 것입니다.

생각 많은 가을

이런 배일현의 편지는 꽤 동옥의 마음을 무겁게 짓눌러 놓았다. 몇 번 가슴을 펴며 숨을 들이켜 보았으나 가슴에 공기가 차는 것으로써는 마음이 시원해지지 않는다.

'서울 갔으면!'

싶어진다. 동무 생각이 난다. 그러나 여러 동무들을 생각나는 대로 다 눈앞에 그려 보나 한 사람도 이런 경우에 의견을 물을 만한 사람은 없다. 박인철이 같은 사람이 여자랬으면 싶어진다. 여자랬으면 사귄 적은 오래지 않지만 넉넉히 찾아갈 수 있고, 찾아가서는 서슴을 것 없이 이런 경우를 문답하여 보고 싶다.

날조차 구질구질 비가 나리기 시작한다. 동옥은 우선 정희에게 편지를 썼다. 잘 놀다가 잘 왔다는 인사뿐으로 배일현의 이야기는 뺐다. 그리고 황재하에게도 한 번쯤은 인사의 편지가 없을 수 없어 붓을 들었다. 간단한 안부와 간단한 인사로 물에서 구조되었던 것을 감사했을 뿐이다.

동옥은 정희에게 인사뿐인 편지를 부치고 나서는 더욱 괴로워진다.

'배일현의 행동을 미리 알려 주어야 하지 않을까? 정희로도 무슨 대책이 있을 수 있다면 때가 지나기 전에 알아야 하지 않을까?'

그러나 만일 배일현이가 일시 흥분된 기분이 가라앉아서 다시 정희에게 돌아간다면 역시 정희는 영원히 이런 사실은 알지 못하는 채 지내는 것이 그를 위해 행복일 것 같았다.

'그리다가 정희가 저절로 배일현의 행동을 눈치채인다면? 더구나 상대자가 나라는 것을? 그럼 제 약혼자를 내가 따내인 줄로나 오해하지 않

293

을까?'

동옥은 어찌해야 좋을지 막막할 뿐이다.

다음날도 구질구질 비가 나린다.

"어머니."

"왜?"

"인전 집으로 올라가십시다 그만…."

"서울은 아직 더울 텐데 그리니?"

"그래두… 비만 오구 갑갑해 어디 견디겠수?"

"그렇기루 기껏 있다 비를 맞구 뭘 떠나니? 시원한데 여서 메칠 더 있
자. 너두 좀 푹 쉬렴…. 인제 메칠 있어 또 날마다 학교 다니노라고 고달
텐데…."

동옥은 어머니를 위해 잠자코 더 며칠을 지내기로 하였다.

구름은 산속이 좁아서 빠지지 못하는 듯 날마다 내어다 보아야 한 모
양이다.

'산들도 이런 때는 지금 내 속처럼 갑갑하려니!'
해 보았다. 정희에게서 편지가 올 듯한데 그냥 며칠이나 지나간다. 배일
현에게서도 아무 편지도 다시는 없다.

'배일현이가 마음을 돌렸나 보다! 정희에게로 갔나 보다! 저도 사람이
지….'

동옥은 그저 한편 불안은 하면서도 이렇게 해석하려 노력한다.

'정희에게 이번 일을 알리지 않길 잘했지!'

그러나 내일쯤은 날이 아주 개일 듯한 아침이다. 그래 내일이나 모레
쯤은 삼방을 떠나려는 날 아침이다. 정희에게서 편지가 왔다. 첫머리부
터

이러한 편지라도 너에게 쓰는 내가 더욱 어리석은 넌일지 모른다.
그러나 너에게 결코 하소연은 아니다.

화관

하는 말이 나온다. 동옥은 가슴이 철렁해진다.

내가 배일현에게 속은 것은 아모것도 아니다. 내가 그를 안 지는 얼마 안 되기 때문이다. 내가 분한 것은 네게 속은 것이다. 나는 중학때의 너만으로 알았었다. 그새 너는 그다지도 악독해졌단 말이냐? 우리 여자들에게만 독부(毒婦)라는 이름이 있는 것은 아마 너 같은 간특한[123] 계집년이 있기 때문인가 보다. 그래 세상에 배일현이밖에 남자가 없더냐? 또 나를 속이지 않고는 그를 가져갈 만한 용기도 없더냐? 어쩌면 사람의 가죽을 쓰고 그렇게 아모 일도 없는 체하고 문안 편지만 하니? 아! 나는 소름이 끼친다. 너 같은 독사의 무리가 얼른 알아보지 못하게 사람 탈을 쓰고 우리 주위를 기어댕기는 것은 얼마나 무서운 일이냐? ….

동옥은 정말 독사나 되는 것처럼 얼굴이 새파랗게 질리고 만다.

동옥은 차 시간부터 보았다. 얼른 나가면 송전에 연락되는 차를 탈 수 있다. 어머니한테 두어 마디로 운만 떼이고 정거장으로 달려 나왔다. 차는 놓치지 않고 올라탔다. 자리가 몇 군데 있으나 어디 가 앉아야 할지 모른다. 앉을 것도 없이 곧 송전이랬으면 좋겠다. 그러나 차는 날지 않고 궤도에만 붙어서 구른다. 한 정거장도 빼놓지 않고 모조리 정거한다. 입이 타들어 온다. 침이 쓰다.

'이게 뭔가? 내가 누굴 사랑하기나 해서 이런 꼴을 당한대두…'

정희고 배일현이고 만나기만 하면 우선 뺨을 한번 올려 부치리라 결심한다. 아무리 지루한 시간이 지나가도 이 결심만은 누그러지지 않는다. 오히려 굳어질 뿐으로 송전에서 나리었다.

---

123 奸慝-. 간사하고 악독한.

정거장에는 낯익은 사람이 하나도 보이지 않는다. 쏜살같이 정희네 별장으로 달리었다. 별장에는 아무도 없다. 식모까지 보이지 않는다. 배 일현의 별장 짓는 데로 갔다. 토역(土役)하던 일꾼 두엇이 일도 안 하고 앉아 담배만 피울 뿐, 주인을 물으니

"우리도 며칠째 주인을 좀 볼랴구 와 기다립니다."

하는 것이다. 동옥은 바다로 나갔다. 바다에서는 이내 천막 밑에서 휘파 람을 불고 누워 있는 황재하를 만났다.

"아니! 웬일이십니까?"

하고 재하는 역시 경쾌한 동작으로 일어서나 전보다는 어딘지 주저하 는 데가 있다.

"정희 어딨습니까?"

"정희요?"

"네."

"어제 그 편지 부치고는 밤차로 갔습니다."

한다. 그 편지라는 것을 보아 재하도 정희가 아는 대로 모두 아는 눈치 이다.

"어제 밤차로요? 어디로요?"

"서울 집으로 갔습니다."

"배일현 씨는요?"

"그 사람 벌써 며칠 전에 잠깐 다녀가군 그저 서울인지 누가 압니까, 우리야?"

"…"

동옥은 멍청하니 바다만 잠깐 내어다본다. 물에 있는 사람들이 모두 정희로 보이고 배일현이로 보인다. 울음이 나오는 것을 억지로 입을 악 물어 버린다.

"재하 씨 지금 여기 계셔야만 돼요?"

"아닙니다…. 들어가실까요."

동옥은 잠자코 돌아서 걷는다. 재하도 소리 없이 따라 들어왔다. 물론 정희네 별장으로다. 동옥은 부엌으로부터 가서 양치를 하고 물을 마시고 나왔다.

"정희가 어제 저한테 편질 부치군 떠났다구 그리셨죠?"

"네."

"그 편지 내용을 재하 씨도 아마 아시겠죠?"

"읽진 못했으니까요."

"그래도 짐작은 하시죠, 아마?"

"어떤 내용이리란 건 대강…."

"기가 막혀…."

하고 동옥은 정희와 배일현의 방들이 있는 쪽을 돌아본다.

"기가 막히시다니요?"

"대체 배일현이 그 자식이 와서 뭐랬나요 정희더러?"

"전 남의 일을 자세히 압니까? 정희 말이…."

"뭐랬어요 정희가?"

"대단히 섭섭하게 생각하나 보더군요."

"좀 느끼신 사실대로 말씀해 주세요. 답답해 죽겠어요."

"아마…."

"네?"

"아마 배가 동옥 씨하구 자기와 새로 약혼이 되는 것처럼 말했나봐요…. 동옥 씨에겐 죄가 없다구 변명은 하나 보더군요. 그렇지만 동옥 씨 어린애입니까? 배가 하자는 대로만 한다면…."

"재하 씬 절 어떻게 생각하세요?"

"저야…."

"네."

"저야 감히…. 그러나 제가 동옥 씨를 얼마나 사랑한다는 건 동옥 씨가 몰라 물으십니까."

하고 재하는 딴청을 한다.

"누가 그거 말야요?"

"…."

재하는 얼굴이 시뻘게진다.

"누가 그런 거 말야요? 정희가 아는 것처럼 제가 배를… 참! 말두 하기 챙피해서…. 내가 배를 꾀냈을 것 같아요? 그렇게 생각하시나 말야요?"

"아닙니다. 다 배의 농간인 줄 난 직감했습니다."

하고 재하는 담배를 내어 피인다.

"그럼 왜 좀 정흴 위해 조언을 못 해 주셨습니까?"

"…."

"전 여간 억울하지 않아요. 아모렇기루 정희가 그렇게 독이 있게 편지하는 데가 어딨어요…."

하고 동옥은 그만 눈물이 콱 쏟아져 수건을 내어 얼굴을 싼다.

"알았습니다."

"…."

"배가 고약한 사람입니다. 동옥 씨가 그렇지 않으실 걸 제가 직감했습니다만 제게 너머 냉정하신 데 저도 기가 눌려 동옥 씨를 어떻게 봐야 할지 모른 건 사실입니다."

"…."

"배가 말하기는 아마 동옥 씨가 여기서 떠나실 때 자기와 석왕사서 만나기로 약속이 있어 가신 것처럼…. 그래서 석왕사서 만나 며칠 같이 지낸 걸로 말한 눈치던데…."

동옥은 너무나 기가 막혀 딱 벌리었던 입을 그냥 다물고 만다. 자존심으로는 재하에게까지 구구히 변명하고 싶지 않았지만 배일현의 선전전술(宣傳戰術)에 대항하지 않을 수는 없다. 그래 배일현에게 속아 석왕사에 가기는 했던 사실을 다 말하고 배일현에게서 받은 그 위협의 편지까지 재하에게 보여 주었다. 그리고 이날로 다시 삼방으로 가서 내일은 서울로 갈 것을 말하였다.

"만일 오늘 밤이라도 내일이라도 정희가 오면 이런 걸 좀 재하 씨가 말씀해 주세요, 네?"

"염려 마십시오. 배가 참 환장했나 봅니다, 사람두⋯."

"이 편지가 뭣보다 사실을 증명하지 않습니까?"

"그럼요. 그러나 오늘로 또 어떻게 가십니까? 가깝지도 않은 델⋯."

"뭘요⋯, 전 어머님만 아니면 이 길로 서울 가 정흴 만나겠어요."

"그렇게 조급히 구실 거야 뭐 있습니까? 변명할 재료만 가지신 담에야⋯."

그러나 초조해하는 것은 동옥만은 아니다. 확실히 배일현을 사랑하지 않는 동옥을, 우연히 다시 이렇게, 마침 정희도 배일현도 없을 때 만나진 이 우연을, 또 무의미하게 놓쳐 버리는 것이 아닌가 생각되는 재하는 결코 동옥만 못하지 않게 초조해진다.

"동옥 씨."

"네?"

"이런 경우에 동옥 씨에게 이런 주문은 너머 몰염치한 줄은 압니다⋯."

"⋯."

"그러나 곧 떠나신다고만 하시고⋯ 가시면 다시 그렇게 쉽사리 만날 기회가 있을 것 같지도 않고⋯."

"⋯."

"전 사실 요즘 여간 우울하지 않었습니다. 전 확실히 실연자(失戀者)의 생활이었습니다."

"⋯."

"절 이 절망, 이 암흑 속에서 구해 주실 순 없겠습니까?"

"⋯."

동옥은 그냥 잠잠한 채 진작부터 재하를 건너다보며 있었다. 얼굴에

생각 많은 가을

좀 어두운 그늘이 돌기는 하나 무슨 절망이니 암흑이니까지는 느껴지지 않는 것이다. 이런 경우에 절망이니 암흑이니 하는 말을 쓰는 것은 저런 사나이의 상식이거니밖에는 느껴지지 않는 것이다.

"동옥 씨는 이걸 챈쓰로⋯ 급전직하[124]로⋯ 한번⋯."

"챈쓰라뇨? 뭘 급전직하롭니까?"

"인생은 다 연극인 줄 압니다. 이게 다 연극들 아니야요? 동옥 씨 자신이 한 막(幕) 대담한 연출을 해 주십시오그려. 배일현을 한번 골려 줄 뿐 아니라 정희에게 변명될 길이 예서 더 훌륭한 게 없을 줄 압니다."

"뭔데요? 그게?"

"저와⋯."

"⋯."

"저는 진정으로 동옥 씰 잊을 수가 없습니다. 저와 약혼해 주십시오. 그러시면 배도 더 어쩌지 못할 것이요, 정희에게도 얼마나 정확한 변명이 됩니까?"

하고 재하는 동옥의 입을 쳐다본다.

동옥은 눈을 들어 창밖에 던지었을 뿐, 대답하지 않는다. 하늘은 어느 틈에 흐리어 있었다. 동옥은 더욱 마음이 무거워진다.

"네? 제가 무리한 주문이지요? 동옥 씨께⋯."

"아시면서 왜 물으세요."

"알면서⋯."

"다른 사람들에게 변명하기 위해 오는 여자나 왜 바라세요?"

"진정한 사랑을 위해선 자존심이 문제가 아닙니다. 사랑이 없는 제왕보다 사랑이 있는 노예가 더 행복일 겁니다."

하며 재하는 놀라는 산짐승처럼 후닥닥 걸상에서 일어난다. 동옥도 따라 일어난다. 그러나 재하가 동옥에게 덤비려 일어섬은 아니었다. 뒷짐

---

124 急轉直下. 상황이 급작스레 전개됨.

을 지고 창 앞으로 가더니 창틀에 걸터앉아 다시 담배를 피워 물 뿐이
다. 창밖에는 빗방울이 떨어지기 시작한다.

"전 가겠습니다."

"벌써요? 비가 옵니다."

재하도 시계를 본다.

"시간은 좀 있지만 산보 좀 하다 가겠어요."

"비가 옵니다. 한 좨기[125] 잘 쏟아질 것 같은데요."

"괜찮아요."

동옥은 비라도 회죄하게[126] 맞고 싶은 기분도 난다.

"그래도… 참 뭘 좀 잡숫지도 않구…."

"괜찮아요."

사실 동옥은 배도 고팠다. 안변까지 가기 전에는 사 먹을 것도 없다.

"식모가 오매리로 생선 사러 갔나 본데… 가만 계서요 좀…."

하더니 재하는 막을 새도 없이 밖으로 뛰어나간다. 동옥은 그를 부르려
고도 하지 않고 다시 걸상에 앉아 버린다.

빗소리가 높아진다. 파도 소리도 울려온다. 어느 구석에서인지 벌레
소리도 난다, 울고 싶어진다.

'사람 일생 가운데 왜 이런 서글픈 시간이 끼여 있을까. 차라리 울음
이나 시원히 나오는 일이래도….'

비는 정말 소나기인 듯, 번갯불이 나고 천둥소리가 난다. 그러더니 비
는 점점 더 굵고, 더 배이게[127] 쏟아진다.

'내 일생엔 이런 시간이 얼마나 긴 것이 끼여 있을까?'

더욱 안타까워진다. 일어서 창 앞으로 가 본다. 비가 들여뿌린다. 창
을 닫고 우두커니 서서 쏟아지는 처맛물과 빗발을 내다본다.

---

125 한바탕. 한 덩어리.
126 후줄근하게.
127 촘촘하게.

투르게네프의 소설 『그 전날 밤』[128]의 한 장면이 생각난다. 엘레나가 자기를 무심히 버리고 노서아[129]를 떠나 저희 조국으로 가 버리려는 애인을 만나러 가던 길, 이렇게 비가 쏟아져 빈집 처마 밑에서 그늘[130] 때다. 웬 거지 노파도 비를 그으려 들어왔다.

"아가씨, 왜 울어요? 비는 곧 갭니다. 사람의 일생도 불행한 때는 이런 때와 같답니다. 비가 여간해 그치지 안할 것 같지요? 그렇지만 언제 비가 왔드냐 싶게 개여 버릴 때가 곧 온답니다."

자세히는 생각나지 않으나 이런 뜻으로 그 안타깝고 슬픈 엘레나를 위로하여 주는 그 노파의 생각이 난다. 이런 때는 그런 노파, 그런 인생의 선배가 자기 주위에도 있어 주었으면 싶어진다.

재하는 우산을 얻어 쓰기는 하였으나 옷이 많이 젖어 가지고 실과를 안고 들어왔다.

동옥은 사양하지 않고 사과와 참외를 먹었다. 정거장에 나갈 시간은 되어도 비는 그치지 않는다.

"비가 자꾸 옵니다."

재하가 동옥의 눈치를 보며 말한다.

"그러게요."

"비가 이렇게 오는데 떠나서야 할 게 뭡니까?"

"뭘요, 차 타고 가는데요."

"…"

동옥은 우산을 하나 달래서 받고 나섰다. 재하도 따라나선다. 정거장에 나오는 동안 빗소리 때문도 있겠지만 별로 음성을 높여 지껄일 말도 서로 없었다.

---

128 제정 러시아의 소설가 이반 세르게예비치 투르게네프(Ivan Sergeyevich Turgenev, 1818-1883)의 장편소설 『전야(前夜)』(1860).
129 露西亞. '러시아'의 음역어.
130 '그을'의 방언. 비를 잠시 피할.

정거장에 나와 빈 우산만 받아 들고 섰는 재하의 모양은 가엾어 보이기도 하였다. 그러나 동옥에게는 역시

"감사합니다."

하는 말밖에는 재하를 위해 생각나는 말이 없었다.

사흘 뒤이다. 동옥은 저녁때 경성역에 나리었다. 집에는 어머님만 모셔다 드리고 신도 끄르지 않고 그길로 계동(桂洞)에 있는 정희네 집으로 찾아갔다.

정희는 있었다. 앓고 난 사람처럼 꺼시시해진[131] 얼굴이, 여러 해 만이어서 잘 몰라보는 것처럼 마주 나오기는 하나 무슨 말을 해야 좋을지 몰라 한다. 만나기만 하면 뺨이라도 치고 싶던 황정희, 정작 만나고 나니 가엾은 생각부터 난다.

"나 너 찾어 또 송전 갔었어…."

동옥이가 먼저 말하였다.

"그래?…."

하기만 하고 정희는 안으로 들어가자는 말은 하지 않는다.

"네 방에 누구 있니?"

"아니."

"그럼 좀 들어가자꾸나."

정희의 방으로 들어서자 동옥은 무엇보다 먼저 배일현의 편지를 꺼내 내어밀었다.

"너 이 편지부터 보구 말해라."

"봐도 괜찮을 거냐? 그이 글씬데…."

"괜찮기보다 네가 봐야만 할 거다. 어쩌믄 사람을 그렇게 경솔하게 판단하니?"

정희는 잠자코 편지를 집는다. 동옥은 부채를 집어 부치며 발 밖으로

131　윤기 없이 거칠어진.

뜰 안을 내어다본다. 분에 핀 옥잠화가 벌써 반넘어 이울었다[132]. 석류나무도 섰다. 석류도 한 편 뺨이 불긋불긋 익어간다. 어느 틈에 가을은 한 그릇 분 위에도 풍기기 시작한다. 정희는 한 장 두 장 넘기며 편지를 읽는다. 편지 넘기는 소리가 그치었을 때다. 동옥은 정희를 돌아보았다.

"다 읽었니?"

"…."

정희는 꿈을 깨이듯 충혈된 눈만 끔벅인다.

"내가 네한테 미리 알리지 않은 건…."

"배가 나쁜 사람인 건 나두 알어…."

"혹시 그이가 마음을 돌리면 넌 모르고 있은 편이 나을 거루 생각했기 때문이야."

하고 동옥은 황재하에게보다 더 자세하게 배일현이가 삼방에 왔던 것, 석왕사에 정희가 와 있다고 속인 것, 석왕사 산길에서 긴 동안 대화한 것, 밤차로 돌아온 것, 모다 이야기했다. 정희는 울기만 한다.

"아모턴 난 여간 미안하지 않다. 내가 괜히 너헌테 갔더랬지…."

"뭘…. 그런 사람한테 언젠 무슨 기회가 없겠니…. 차라리 하로라도 일찍 온 게 내겐 다행일지 모르지."

하고 정희는 눈물을 씻는다.

"너 그이 단념하니 그럼?"

"단념하지 않으면 무슨 길이 있어?"

"그래두…."

"…."

잠깐 침묵이 지나간다.

"넌 그일 사랑하지 않니?"

"단념할 테야."

132 시들었다.

"아니 글쎄 그일 넌 좋아하지?"

"좋아하길래 단념이란 말 아니야. 좋아하지 않을 거 같으면 단념 여부가 없는 것 아니야."

"그리게 말이야. 네가 그일 정말 사랑하니까 그일 위해 할 수 있는 데까지 힘써 봐야 옳지 않니?"

"…."

"좀 네가 관대하렴."

"난 지금 아무것도 생각할 수 없어…. 가 다구[133]…. 넌 오해하지 않을게… 인전…."

"…."

"이 편질 보면 그이가 널 사랑하지 못하는 게 내가 그일 사랑하지 못하는 것보다 더 불행할 것 같지 않어? …. 너 내 생각 말구 그이가 좋건 그일 사랑해 주렴…."

"뭣이?"

동옥은 발끈해진다.

"넌 오해하지 않을게…."

"애? 정희야! 그게 말이냐? 그게 아직도 날 의심하는 말 아니냐?"

정희는 고개만 아니라고 흔들면서 방바닥에 쓰러지고 만다.

동옥은 정희를 진정시키다 못해 우울한 채 집으로 돌아오고 말았다.

집에는 오래간만인 동석 오빠도 와서 저녁을 먹고 있었다.

"오빠 왔구랴!"

"그래 잘 놀았니?"

"그럼…."

"그런데 동옥이도 인전 자기 발전이 있는 모양이지?"

하고 동석은 언제나 마찬가지로 큰 눈방울을 어글거리며 웃는다.

---

133 '가 다오'의 방언.

"자기 발전? 오빠 밤낮 그런 의미심장한 문잘 잘 쓰우?"

"서울 오기가 바쁘게 외출부터 허구 흥! 이런 오라범두 좀 찾아 보는 게 아니라."

"아주!"

"어때? 내 관찰이? 과학적이지? 난 못 속이지…."

하고 좌우를 둘러본다. 모다 웃는다.

"그런데 참! 오빠. 오빠 웬 그따위 얼빠진 녀석허구 다 친구라구 사귀구 댕기우."

동옥은 김장두의 생각이 난 것이다.

"얼빠진 녀석?"

"김장둔가 은장둔가 하는…."

"김장두? 어디서 만났니?"

하고 동석은 눈이 더 뚱그레진다.

"송전서."

"거기 와 있어?"

"그럼."

"그 사람이! 지금도 있던?"

"아마 있을 거유, 정말 오빠 친구유 그게?"

"…."

동석은 잠자코 숭늉을 마시며 밥상에서 물러나 앉는다.

"왜 그만 잡수?"

"많이 먹었다. 그 사람이 송전 가 있다? 그 사람 참…. 그 사람 건강이 어때 뵈던?"

"건강?"

"그래."

"내가 의산가 뭐…. 멀쩡하던데 그래…. 그런데 왜 그렇게 어릿어릿한 게 병신상스러우? 오빠 친구래면서 괜히 치근치근거려 창피해 혼났

수.”

“허!”

하고 동석은 웃는다. 그러나 웃음은 이내 사라져 버린다.

“왜 그따위한테다 남 이름을 다 아리켜 줬수!”

“흥….”

“흥이 뭐야, 오빠두 숭거워 그런 거 보문….”

“흥….”

하고 동석은 갑자기 답답한 일이 생긴 것처럼 셔츠 단추를 끌러 놓으며 부채질을 활랑활랑한다. 저녁상이 모다 물리고 동옥만 따로 자기 방에서 상을 받았을 때다. 동석은 넌지시 들어오더니

“장두가 그래 널더러 뭐래던?”

하고 은근히 묻는다.

“창피해 말하기두 싫우.”

“그 사람이… 참….”

“그거 바보 아니우?”

“바보…. 참 아까운 사람이다.”

하고 동석은 한숨을 쉬는 것이다. 동옥은 점점 이상해져서 묻는다.

“뭘 하는 사람이유 그게?”

“한땐… 참 맹렬한 투사더랬다. 피신해 다니노라고 내게 여러 밤 와서 잤다. 그래 한번은 네가… 재작년이지 아마…, 네가 보낸 네 사진을 본 거야…. 똑똑하다구 칭찬하면서 장난엣말로 언제 소개해 달라구 그랬단다…. 그런데 바루 그날 저녁에 검속(檢束)이 돼서 한 칠팔 개월 동안이나 독방에 있었단다.”

“그이가?”

“독방에 그렇게 오래 있은 때문이겠지. 정신이상이 생겨서…. 그래 가출옥했던 사람이야…. 아까운 사람을!”

하고 동석은 얼굴이 벌겋게 타오르는 것이다.

"그래요?"

"훌륭한 친구드랬다. 동경서 내가 사귄 친구 중엔 제일 존경하던…. 그래 난 정말 장래 널 소개해 주구 싶었던 사람이다."

동옥도 가슴이 아릿해 올라온다. 밥을 제대로 먹지 못하고 일어섰다.

'그런 사람인 줄 알았더면 좀 위로라도 해 줄 수 있었던걸….'

동옥은 이런 것 저런 것 모두가 뭉치어 눈물이 쏟아지고 만다.

이날 밤 동옥은 여러 번 잠을 깨었다. 깨일 때마다 방 안은 고요하나 마음속은 소란스러웠다. 여러 사람들의 얼굴이 바람에 휩쓸리는 낙엽과 같이 날렸다. 어느 것 하나만을 바라봐야 할지 모르게 어수선스러웠다. 눈물에 젖은 황정희 모양, 결심한 입과 위협하는 눈만 번뜩이는 배일현이, 다시 똑똑한 사람이 되어 볼 것 같지 않은 김장두, 이쪽의 동정만 바라는 황재하, 그리고 너무나 모르는 척하고 지나가는 박인철이….

'나는 지금 저들에게 어떤 마음을 가지고 있나?'

동옥은 어두운 천장을 향하여 그 낙엽과 같이 휩쓸려 지나치는 사람들을 하나씩 가려 붙들고 자기 자신의 감정을 따지어 본다.

'황정희에게?'

오직 미안할 뿐이었다. 오해만 벗는다고 해서 친구의 불행이 자기 존재 때문인 것을 잊을 수는 없는 일이었다.

'배일현에게?'

무서웁다. 곧 지금도 문밖에서 들여다보고 섰는 것만 같다. 이 서울 안에 있으려니, 또 무슨 흉계를 지금 꾸미고 있으려니 생각하니 언제 어디서 무슨 사건이 돌발할지 모를 일이다. 날이 밝더라도 문밖에 나갈까 싶지 않게 무시무시하다.

'망할 자식! 나와 무슨 원순가….'

욕이 나간다.

'김장두?'

자기 사진을 처음 보던 날 밤에 잡혀가 여러 달 동안 독감[134]에 갇혀 있었다는 사나이, 그 속에서 심심해서라도 자기 사진을 여러 번 생각했을 것만은 사실이었다.

'얼마나 갑갑해 정신이상이!'

송전서 미워하던 김장두와는 딴 김장두에게처럼 동정이 쏠린다.

'정신의 이상? 누가 그를 사랑할 것인가? 사랑하고 싶어도 사랑을 받으려는 상대가 없을 때 그는 늘 저런 모양으로나 살아갈 테지….'

동옥은 가슴이 후끈해진다.

'김장두는 얼마나 큰 자기희생이냐!'

말끝마다 자기 개인밖에 모르는 배일현이는 여기서는 침을 뱉고 싶게 미워진다. 미워지니까 그 무섭기만 하던 것은, 한결 덜리는 듯하다.

'옳지! 인전 배일현인 멸시해야지. 멸시하면 그에게서 받는 압박감이 적어질 것이다. 황재하에겐?'

동옥은 어둠 속에서 한번 미소를 띠었다 지워버릴 뿐이다.

'박인철이?'

여기서는 한참 아무런 인식도 가지지 못한다. 어리벙벙할 뿐이다.

'어서 개학이 돼서 박인봉이란 아일 만나 봤으면!'

싶어지는 것은 결코 박인봉이 그 아이 때문은 아니었다. 그 송전해변에서

"저라고 왜 가정이나 여성을 저주해서 하는 말이겠습니까? 제 자신도 물론 행복된 가정을 갖군 싶습니다…."

하던 박인철이

"눈을 크게 떠 대국을 본다면 제 한 사람의 생활만이 문제입니까? 청년의 지식이란 뭡니까? 양심이란 뭡니까?"

하던 박인철이, 그리고 경원선 차 속에서 자기 때문에 어떤 노파에게 자리를 빼앗기고 서서 책을 보던 모양, 그가 반갑던 것, 그러나 이름을 잘

---

134 獨監. '독거 감방'의 준말. 독방.

못 알아 주는 데 골이 나던 것, 그래 자기가 정도 이상으로 그에게 쌀쌀하게 굴던 것, 또 그러나 저쪽에서는 거의 무신경 상태여서 자기가 쌀쌀하게 하는 효과도 나타나지 않던 것, 그래서 안타깝기는 더하던 것, 모다 활동사진처럼 지나간다. 동옥은 갑자기 추워지는 듯 전신을 움츠려 본다. 움츠리는 자기의 몸뚱이는 한 덩어리 따끈거리는 감정 덩어리만 같다.

'나는 인철을 확실히 그리워한다!'

동옥은 말없는 베개에게 가만히 소곤거리었다.

밤은 꽤 길어졌다. 반침문[135] 쪽에서는 베짱이가 찰깍거린다. 발을 새여드는 새벽 공기는 벌써 베갯잇이 싸릉거리게[136] 차가웁다. 차가운 새벽 공기지만 동옥의 숨이 되어 나오는 것은 뜨거웁다. 동옥은 입술이 조이어 몇 번이나 혀끝으로 축이었다.

그러나 나무가 잎은 시들되 뜨거운 폭양(曝陽)엘수록 열매는 자라듯, 이런 정열의 폭양 속에서 동옥의 처녀는 무럭무럭 커 갔다.

거리에는 나갈 일도 없거니와 정희조차 다시는 찾기가 싫어 날마다 집에서만 보내었다. 송전이나 삼방에서처럼 날 가는 것을 헤어야만[137] 될 일도 없다. 우울한 채 편하기는 하였고 정열이 끓어오르는 채 피이는 것은 몸뿐이었다. 적삼이 모다 품이 벌었다. 말이 적은 집의 오라버니까지 다

"거 인전 머리를 틀어 올려라. 을리지 않는다. 네가 요즘 부쩍 자라는구나…."

하시었다.

심지에 불이 달린 화약 덩어리처럼 곧 터질듯이 조마조마하던 배일현의 소식도 감감한 채 두어 주일이 지나간다. 동옥은 다행이거니 생각

---

135 半寢門. 큰 방에 딸린 작은 방인 반침에 달린 문.
136 싸늘하고 사르릉거리게.
137 '세어야만'의 방언.

화관

할 수밖에 없다. 그 대신 한 가지 더 심란한 것은 동석 오빠의 약혼이다. 일가 오빠의 약혼을 새오기[138] 때문에 심란이 아니라, 아무리 친하던 사람끼리라도 결국은 길이 갈라져 따로따로 나아가야만 하는 것 같은 운명에 막연히 외로워지고 막연히 원망스러워서이다.

"이름이 뭐요? 지금 어디 있수? 나이 몇 살이우? 어디서 공부했수? 사진 있겠구려."

미처 대답도 할 새가 없게 몰아쳐 묻기도 하였거니와 다시 채견채견[139] 한 가지씩 물어도 동석은 싱긋이 웃기만 하고 잘 대답을 하지 않았다. 곧 동옥은 동석 오빠의 집으로 갔다.

그래서 이름은 장순경(張順卿)이란 것, 서울 사람으로 지금 사직동(社稷洞)에 산다는 것, 나이 스물둘이라는 것, 서울서 여고보를 마치고 잠깐 동경에 가서 여자 미술학교에 다니다 왔다는 것들을 알았고, 연애결혼은 아니나 서로 사진까지 박은 만치 충분히 사귀어 보고 약혼한 것도 알았고, 또 얼굴이 크고 자세한 독사진까지 온 것을 구경하였다. 사진을 보며 동옥은 얼른 마음속에 비평하기를

'정희보다는 좀 더 이쁠 듯하다.'

하였다. 자기의 자존심이 상하리만치 미인은 아니다. 그러나 별로 흠잡을 데가 얼른 드러나지 않는 얼굴 짜임이다. 총명하기만 해, 부드러운 데가 적은 것이 결점일까, 시어머니 될 아주머니가

"인물은 너처럼 깨끗하더라만 속이 어떨지…."

하고, 자랑삼아 걱정 삼아 하는 말이 그럴듯하였다.

"여기 오빠가 어쩐지 요즘 좋아하더군요."

"좋아한단다. 혼인해야 할 나이 아니냐? 저희 좋으면 제일이지. 부모야 아른곳[140] 있니."

---

138 '새우기'의 옛말. 시샘하기. 질투하기.
139 '차근차근'의 방언.

하는 아주머니도 역시 며느리를 새오기 때문이라기보다 아들에게 제일 가까운 사람이 새로 생긴다는 것이 막연히 외로워지는 듯이 보이었다.

'사람의 감정이란 이만치 불완전한 것인가?'

생각이 든다. 그러면서도 동옥 자신부터 그만한 외로움, 그만한 원망에 가까운 서글픈 감정을 부정해 버릴 수는 없다. 그리고 이런 때의 서글픔이란 동석 오빠가 약혼을 그만두는 것으로 씻어질 수 있는 것이냐 하면 또 그럴 것 같지도 않은 것이다. 따지고 보면 결국 삼방에 처음 갔을 때 잠든 어머님에게서 결별하는 슬픔을 느낀 것처럼 자기란 온전한 하나가 아니라 반 빈 자리를 가지고 있는 때문인 것을 깨달을 뿐이다.

그러나 동옥은 자기가 존경하던 오빠 동석의 약혼에서 이러한 감상(感傷)만을 맛보는 것은 아니었다.

'동석 오빠의 약혼으로부터 결혼, 결혼으로부터 새 생활의 행진…. 거기는 으레 동석 오빠의 의지와 이상이 실현돼 나갈 것이다!'

하는 기대가 없지 않은 것이다.

'그들의 생활 설계는 어떤 것인가? 박인철이는 현대 지식 청년으로 양심 있는 행동을 가지기 위해서는 아내나 가정은 방해물로만 보지 않는가? 평소에 기염을 토하던 것으로는 동석 오빠도 박인철이만 못하지 않었다. 그래도 그는 한 여성을 사랑하고 한 가정을 가지려 하지 않는가?'

또

'동석 오빠도 자기가 돌보지 않어도 좋을 만치 살림이 넉넉지는 못하다. 그 오빠가 공부하노라고 빚이 사천 원이니 오천 원이니 하지 않는가? 졸업하기가 바뿌게 돈벌이를 해야 될 그 오빠가 아닌가?'

동옥은 동석 오빠를 기다리었다. 그는 며칠 기다리지 않아 마침 조용한 날 저녁에 찾아왔다. 동옥은 곧 박인철의 이야기를 꺼내었다. 동석은 눈이 이글이글해 가며 들었다.

140 아랑곳.

"내가 보겐 오빠도 그이허구 그런 의견엔 공통될 것 같은데? 오빤?"

동석은 먼저 빙긋이 웃기부터 한다.

"오빤 그래 아내나 가정이 방해물이 될 것 같지 않우?"

동옥은 재차 묻는다.

"물론…."

하고 동석은 역시 얼른 의견을 밝히지 않고 눈을 지그시 감는다.

"물론 뭐요?"

"어떤 경우에선 방해가 되기도 하겠지."

"그럼 왜 허우?"

"왜 허느냐? 허허!"

동석은 웃기는 하나 눈을 지그시 감으며 생각한다.

"난 너희 여성을… 적어도 현대 여성은 좀 더 높게 평가하고 싶은데…."

"…."

"방해물이란 그 말 자체가 벌써 봉건 시대 여성에게나 씌워질 말이 아닐까? 제 개성이 있고 제 생존 의의가 있는 완전한 한 개 인간이긴 남녀가 마찬가진 담에야 뭐하러 남의 방해물이 되느냐 말야. 안 그러냐?"

"그러게 말유."

"남자만이 청년이 아니요, 남자만이 시대의 주인공은 아니지?"

"그럼, 여자두지 뭐."

"그러니까 자격이 같고 입장이 같은데 왜 누군 방해를 당하고 누군 방해물이 되느냐 말야."

"같이 도울 수 있는 것 아냐요?"

"물론이지…. 여자가 정신상 일종 불구자루 사내한테 의지 돼야만 살던, 또 남자도 여잘 으레 가축을 기르듯 길른다는 관념으로 그야말로 힘만 자라면 일취구녀(一娶九女)[141]란 말두 있었으니까 처첩을 얼마든지 거느리고 살던 시대라면 그야말로 아내란 남편이 개인행동할 때는 방해물이지. 그러게 여간 도량이 크지 않쿤 정칠 위해서든 종골 위해서든 불고처자[142]하구 나서지 못했거던…."

"응…."

"그렇지만 완전히 개인의식을 가진 현대 여성이 말이다…."

하고는 둘이 다 웃었다.

"왜 그만 각오가 없어 되느냐 말이다."

"왜 없어?"

"그러게 말이다. 아내가 그런 각오만 있는 인물이라면 어느 때 어떤 경우에 그를 떨치고 나서더라도 그를 위해 마음을 쓸 필요가 없을 것 아니냐?"

"그럼 뭐."

"그러니까 아내는 방해물이다 하고 덮어놓고 여성을 경이원지[143]하는 건 좀 완고한 사상인데…."

하고 동석은 큰 눈을 굴리며 웃는다. 그리고

"지금 시대는 또 그렇게 고고(高孤)한 태도는 안 돼…. 여잔 사람 아닌가? 여잔 청년 아닌가? 여자라고 일꾼이 못 되란 법 어딨어? 한 사람이라도 더 많이 손을 잡아야지. 더구나 이상으로뿐만 아니라 애정으로까지 결탁이 된 사람이라면 어떤 동지에게보다 더 신임할 수 있을 것 아니냐."

동옥은 가슴이 시원해진다. 어떻게 박인철이와 동석 오빠를 한자리에 앉히고 이론을 붙여 보고 싶은 욕망도 일어난다. 동석 오빠가 아니라도, 자기만이라도 이제부터는 박인철의 그 완고한 생각을 넉넉히 깨트려 놓을 것 같은 자신도 끓어오른다.

---

141 중국 제후가 아내를 맞이할 때 잉첩 둘이 함께 오는데, 그들은 동생이나 조카를 둘씩 데려와 모두 아홉 명을 맞이하게 되는 결혼 관례를 말한다.

142 不顧妻子. 아내와 자식을 돌보지 않음.

143 敬而遠之. 공경하되 가까이하지는 않음.

그러나 동석 오빠의 간 뒤에는 이런 생각도 없지는 않다.

'아니, 동석 오빠에겐 그래도 개인생활에 대한 욕망이 있다. 그것은 확실하다. 그것이 박인철만 못한 거나 아닐까? 그것이 박인철의 태도로 본다면 약점이 아닐까?'

또는

'아니, 못하다거나 약점이 있다거나보다 동석 오빠에겐 오히려 그만치 여유가 있는 것이 아닐까? 도량이 넓은 것 아닐까?'

동옥은 박인철이와 동석 오빠의 우열을 분간할 수가 없이 어리벙벙해진다.

내일이 개학날이다. 학교에 입고 갈 적삼을 풀을 먹여 너는데 웬 한 오십 된 보지 않던 마누라가 두리번거리면서 그러나 뉘 댁이냐고 묻지도 않고 안마당으로 들어서는 것이다.

"누구세요?"

"네, 지나가다 집 구경 좀 들어옵니다요…. 마님 계시오?"

하고 동옥을 아는 눈치로 쳐다본다.

"네…."

무엇을 팔러 온 사람 같지도 않다. 무엇을 얻으러 온 사람처럼 못 차리지도 않았다.

동옥은 장독대에 계신 어머니를 나오시게 하였다. 어머니 역시

"어디서 왔수?"

하시는 양이 모르는 눈치이다.

"네 저 죠동[144]서 왔습니다. 이 댁 마님입쇼?"

"그러우…. 어서 올러오."

마누라는 말씨가 고분고분한 것을 보아 시골 사람 같지는 않으나 얼굴은 회색 양산을 하나 가지기는 하였으면서도 새까맣게 볕에 그을렸

---

144 교동. 종로구 경운동 근처.

다. 늘 돌아다니는 것이 일인 모양이다. 그리고 눈물이 지적지적한 눈으로도 집 안과 사람들을 날쌔게 훔쳐보는 것을 보아 이렇게 모르는 집에 들어서는 것이 그로서는 익숙한 행동인 것 같았다.

'무슨 마누랄까?'

동옥은 공연히 마음이 쓰인다.

'사주쟁이?'

어머니는 무슨 눈치를 채인 것인지, 이 귀하지 않아 뵈는 손님을 흔연히 맞아 올리는데 동옥도

'오라, 중매쟁인 게로군!'

하는 생각이 난다.

'그 자식이 보냈나?'

동옥은 배일현의 생각에 가슴이 뜨끔한다.

그 마누라는 사실 중매쟁이였다. 그러나 그가 적어 가지고 온 신랑감은 배일현이는 아니었다. 낙원동(樂園洞)에 와 사는 안성(安城) 부자의 둘째 아들로 성은 전주이씨(全州李氏) 이름은 형근(亨根)이라 하였다. 나이는 스물다섯, 학교는 의학전문을 마치고, 중매 마누라의 말대로 들어 보면

"제국대학교에서 박사공부 하고 있답니다."

였다.

"벌써 일곱 군데나 갔다댔죠니까[145]. 신랑이 사진을 보군 모두 마대서[146] 요즘은 가지두 않았는데 어제 오라고 사람을 보내셨어요. 그래 갔더니 어디서 수소문을 하셨는지 이 댁 아가씨가 도저하시단[147] 말씀을 들었다구 자꾸만 가 보라구 하서서…."

"도저는 무슨…. 나두 남의 자식 다려다 내 자식 만들어 봤수만 모두

---

145 '갓다댔죠'의 높임말. '-죠니까'는 '-죠'의 높임말.
146 마다해서.
147 到底---. 아주 훌륭하시다는.

정들일 탓이지….."

"아니야요, 댁 아가씰 오늘 첨 봅니다만 내가 장안 색실 벌써 이십 년
을 두구 여러 참 여러 백 명을 봐 왔죠니까. 그래도 첫눈에 저렇게 번듯
한 아가씨가 쉽지 않답니다. 공부도 전문과 핵교랍죠."

"그렇다우."

"아주 신랑이 선선하구 인품이 첫째 훌륭하와요. 가풍이 점잖으시구
모두 사남맨데 첫 아들이 계시구, 그 다음은 딸 형제시구 이분이 막내이
구 둘째 아들이시구 그렇죠니까…. 재물 많으시것다, 또 큰댁에서도 예
술 믿으시나 봐요. 봉제사(奉祭祀) 폐한 지도 오래시다니까 힘든 일 뭬
있길 하겠습니까. 작은아드님이시니 시부모는 계서도 저희끼리 단가살
이죠."

"글쎄요, 중매 말이야 다 번지르허지…."

하고 동옥 어머니는 웃었다. 그러나 퍽 탐탁해서 들었고 퍽 지지콜콜이
캐어묻는 것이 동옥의 방에서도 다 들리었다.

"인제 박사가 얼마 안 있으문 된다나요. 그럼 그 아버님이 돈은 애끼
지 않구 들여서 병원 설실[148] 해 주신답니다. 그러니 제 돈 있것다, 또 병
원이 돈이 좀 쏟아집니까."

하고 중매는 미리 가지고 온 신랑의 사진까지 내어놓았다.

중매가 돌아가기가 바쁘게 어머니는 신랑의 사진을 가지고 딸에게로
건너왔다.

"듣기 싫유 다…."

어머니가 무어라고 말을 내기도 전에 동옥은 얼굴부터 붉어지며 퉁
명을 부렸다.

"왜 듣기 싫긴…. 얘, 말대루라면 헌다한[149] 자국[150]인데 그리니?"

---

148 설시(設施)를. 시설을.
149 한다하는.
150 어떤 일에 합당한 상대. '혼처'의 의미.

"헌다허긴 뭬…."

"인제 우리도 알아보지…."

"일두 없수."

"얘, 사진이야 못 볼 것 뭐 있니?"

하며 어머니는 거무스름한 대지[151]에 붙은 사진을 책상 위에 놓는다.

"내 사진 또 보낸 게로구랴?"

"웬…. 네 사진 다 이 방에 있지 내게 있니? 또 알아도 안 보구 신랑 편처럼 사진을 막 내돌릴까…."

하고 어머니는 이내 나가 버린다.

동옥은 어머니가 나가시자 더 가슴이 두근거린다. 책상 위에 놓인 사진 때문이다.

'집어 볼까?'

손을 대이기가 싫다.

'망할 사진. 뚜껑은 왜 달렸어?'

뚜껑이 덮여 있어서 손을 대이지 않고는 볼 수가 없다.

어머니까지라도 사진을 주어 놓고 보나 안 보나 엿보는 것만 같아서 동옥은 그냥 마루로 나왔다. 마루에는 아무도 없다. 안심하고 다시 들어와서야 사진 뚜껑을 펼치었다. 눈이 화끈하나 들여다볼수록 사진은 시원하다. 학생 복색이다. 머리도 기름칠도 빗질도 하지 않았다. 그러나 굵다랗게 쭉 건너간 눈썹 아래 흰자위가 밑으로 더 드러나도록 약간 치켜뜨고 이쪽을 쏘아보는 눈은 베토벤이 생각나는 눈이다. 콧날과 입술과 뺨의 윤곽이 모다 주춤거린 데 없이 미끄럽게 그어졌다. 뿌리 무거운 귀가 척 처지어 붙은 것이 배우들처럼 옆이 더 좋을 얼굴이다.

'키가 어떨까? 배일현이처럼 작달막? 박인철이처럼 후리후리?'

한번 저쪽이 모르게 실물을 보았으면 싶어진다.

151 臺紙. 그림이나 사진 뒤에 붙이는 두꺼운 종이.

'의사? 과학자는 흔히 상식이 부족하다는데…. 인정미가 적고….'

생각도 든다.

'그렇지만 예전과 달리 이만한 남자면 왜 저희끼리 연애결혼이 될 것이지 그까짓 중매쟁이한테 사진을 내돌리구 있을까? 무슨 결점이 있는 게지?'

하여도 본다.

'그러나 그도 로만쓰란 걸 더구나 과학자이니만치 과대평가를 하지 않는지 모르지…. 주위에서 접근할 수 있는 여자에 한하지 않고 더 넓은 범위에서 선택하려는 방법인지도 모르지. 그렇다면 중매결혼이 선택 범위에 있어선 가장 넓을 수 있는 것 아닐까?'

중매라는 것이 앞뒷집이 모르고 사는 도회지에 있어서는 반드시 필요할 것이라 믿어지기도 한다.

'몰라! 자기가 연구하는 학문에만 열중해서 자기 주관은 없이 집에서 시키는 대로 내맡기는 그런 무성의한 태도나 아닌지? 그래 사진이 들어오면 마지못해 보고 썩 미인이기나 하면 호기심에서 대답해 버리려는 그런 무성의한 결혼관인지도…. 그럼 누가 해….'

하고 동옥은 사진을 덮어 놓고 말았다.

그러나 동옥은 그 말없는 사진에 상당히 매력을 느낀다. 누가 보는 눈치만 없으면 저녁에도 틈틈이 들여다보았다. 들여다볼 때마다 박인철과 비교도 하여 본다. 박인철이도 사진을 박으면 이만 못할 것 같지는 않다. 청수한[152] 품은 좀 떨어질지 모르나 억센 의지의 표정은 인철이 편이 더 늠름해 보일 듯싶다.

'그렇지만 인철인 어디 결혼에 생각이나…. 의사의 아내? 의학박사의 부인?'

어찌 생각하면 이 풍파 많은 시대에서 철근 콘크리트로 벽과 담을 둘

---

152 淸秀-. 깨끗하고 빼어난.

러막고 겨울에도 방 속에 열대식물을 기르며 세상과는 별유천지[153]같이 있는 대로 먹고, 벌어들이는 대로 쓰고 호화스럽게 일생을 지내는 것도 행복임에 틀림은 없을 것도 같아진다. 그러나 이내 동옥의 귓속에는

"현대 청년의 지식이란 뭡니까? 양심이란 뭡니까?"

하던 인철의 말이 울리는 것이다. 가슴이 후끈해진다.

'너머 한가한 것도 너머 편안한 것, 너머 호사스런 것도 지식이나 양심에겐 한가스럽지 않고, 편안스럽지 않고, 호사스럽지 않을 것 아닌가? 정체되어 부패되지 않을 것이 무엇인가? 호강도 하루이틀이지 곧 썩는 냄새가 날 것이다. 그 썩는 냄새를 맡지 못하는 것은 지식이 없고 양심이 마비된 사람뿐일 것이다!'

생각을 하면 역시 팔을 걷고 시대라거나 사회라는 그 문제 많은 스핑크스에 한번 들이덤비어 보고 싶은 정열이 역시 더욱 끓어오른다. 그러나 생각은 또 다른 길이 있다.

'동석 오빠는 훌륭히 지식과 양심에서도 애인과 가정을 가지려지 않는가? 의사나 학자의 아내가 되기로 사회에 관심 못할 것은 무엇인가? 오히려 가정이 넉넉해서 집 볼 사람, 아이 볼 사람들이 있는 편이 가정에게 구속을 덜 받을 것이 아닌가? 또 남자도 의술이란 대중에게일수록 더 필요한 기술이니까 그이도 그런 뜻만 있다면 박인철이나 동석 오빠보다 오히려 불행한 이들을 위해 한 가지 더 훌륭한 기술을 가진 것이 아닌가? 만일 그에게 그런 뜻이 없다 치자. 그렇더라도 내가 깨쳐 줄 수도 있는 것이 아닌가?'

내일 아침이 개학이라 일찍 자야 한다고 하면서도 동옥은 자정이나 되도록 이런 공상에서 헤매인다.

아무튼 동옥은 이 이형근의 사진에 새 욕망을 느끼는 것은 사실이다. 집에서 알아볼 수 있는 대로는 알아보도록 모른 척하고 기다리리라는

---

153 別有天地. 별천지.

데까지는 호의를 가지었다. 그래 학교에 가서도 일부러 박인봉이란 문과 아이를 찾지는 않았다. 학교에 다녀와서는 얼른 이형근의 사진부터 보았다. 볼수록 꽤 청수한 이목이었다. 어머니가 저녁에 건너오시더니

"인물이 그만하면 끼끗허지? 오늘 중매가 와 네 사진도 가져갔다."

하신다.

"뭐? 어느 걸?"

"너 올봄에 혼자 박은 것 있잖니?"

동옥은 잠자코 말았다. 자기 사진 중에 제일 나은 것이 간 것을 은근히 다행하게 생각했다.

"그 중매쟁이가 번질 모른대서 요담 올 땐 알아오랬지…. 내가 한번 가 봐야…. 쪽찍게 장님한텐 가 봤더니 궁합이 아주 좋대…."

동옥은 머리가 좀 모자라는 것을 억지로 틀어 올린 쪽이 여기저기 켕기어서 그것만 매만져 볼 뿐 아무 대답도 하지 않았다.

"그런데 신랑이 맘씨가 여간 아니드라…."

"왜?"

"그 집 행랑 자식들이 셋이나 되는데 다 이 사람이 저희 어른 몰래 학빌 대 줘 공불 시킨다는구나…. 젊은 사람이 용한 일 아니냐?"

"저희 행랑?"

"그럼…. 두 어멈의 자식이 셋인데 그걸 다 제 용돈 타 쓰는 걸로 공불 시킨다니…."

동옥은 더 묻고 싶었으나 부끄럽기도 하고 또 어머니라야 그 이상 더 아실 것 같지도 않아 잠자코 말았다. 그러나 속으로는 여간 반가운 뉴스가 아니다. 그 이형근이란 젊은 의학사가 답답스런 개인주의자의 성격이 아니란 것쯤은 그 사실 하나만으로라도 넉넉히 짐작할 수 있기 때문이다. 밤에는 또 여러 가지 공상의 파도 속에서 피곤한 꿈의 항해를 하였다. 아침에는 일어나는 길로 또 이형근의 사진을 본다. 보면 볼수록 피곤은 하면서도 힘이 난다. 입가에 어렴풋이 떠오르는 웃음이 그만해

도 정이 드는 듯하다. 학교에 가는 길에서 여러 남자를 볼 때마다 이 사진 속의 남자와 비교해 보아야 모다 그만한 사나이는 보이지 않는다.

'일곱 군데 색시나 퇴하였다고! 나도 퇴짜나 당하면?'

하는 염려도 없지는 않으나

'아모러기루….'

하는 자신도 없지는 않다. 따라서 엷은 화장이나마 전보다 좀 더 화장에 관심을 갖게 되는 것도 동옥의 새 풍속이 되었다. 반 동무들도

"동옥인 이번 여름에 무슨 일이 있었나 봐?"

하고 눈들을 굴리었다.

"왜?"

하고 슬쩍 묻는 아이가 있으면

"모양을 바싹 내니 말야."

하는 아이도 있고

"그래야 할 필요가 있는 게지…."

하는 아이도 있다. 동옥은 얼굴이 화끈하여 그러는 동무들을 쫓아가 꼬집었으나

'정말 내가 모양을 내는 것처럼 보이나?'

하고 손 씻는 데로 가 거울을 들여다보기도 한다.

보면 아닌 게 아니라 자기 눈으로도 황홀하리만치 얼굴은 피어 있다.

'무엇이 그렇게 보이나?'

따지고 보면 전보다 특별나게 꾸민 것은 하나도 없었다. 전에 안 하던 면모를 한 것뿐, 크림 위에 좀 품질이 좋은 분을 발랐을 뿐, 눈썹을 그리었거나 머리를 지지었거나 입술에 베니 칠을 하였거나는 할 필요부터 없어 하지도 않은 것이다. 그런 것은 하지도 않았건만 제 빛깔이 고와지는 것이야 억지로 지워 버릴 수가 없는 것이다. 좀 민망한 생각이 나면 수건을 적시어 분까지 닦아 버리었으나 그래도 동무들은 이뻐진다고 모양을 내인다고 놀리는 데는 억울하기까지도 하였다.

화관

그러나 며칠 지나지 않아 일요일 아침이다. 조반상도 다 치이기 전에 중매가 얼굴이 헐금해[154] 들어섰다. 양봉투에 넣은 동옥의 사진을 내어놓고

"그 신랑 사진 도루 주세요."

하는 것이다. 그리고 혼잣소리처럼

"이 댁 아가씨 같은 일 다 인물을 나무래니 대체 어떤 선녈 구해 오래누…."

하고 동옥이까지 듣게 중얼거리는 것이다.

동옥은 손이 부르르 떨리었다. 나는 듯이 제 방으로 들어가 이형근의 사진을 집어다 팽개쳤다. 어머니도 올케도, 식모도 있는 데서지만

"저이가 하재두 나두 그렇게 생긴 남잔 우습게 본다구 가 그류…. 어머닌 괜히 남 사진 내돌리셔…."

하고 어머니를 탓하였다. 어머니도 얼굴이 시퍼래지어서

"흥! 그 집인 사진 볼 줄두 모르는 게다. 내 자식이래서가 아니지만 저희가 와서 인물을 봐두…."

하고 억지로 코웃음을 짓는다.

중매는 가만히 사진이나 집어넣는 것이 아니라 또

"신랑이 한 이틀 아침 이 골목 밖에 와서 이 댁 아가씨 학교 가시는 걸 인물을 보기두 했답니다, 아가씬 모르셨어두…."

하고 저는 저대로 속이 상해 하는 말이겠지만 이쪽에서 보기엔 밉살머리스럽게 군다. 식모가 옆에 섰다가

"그 녀석 눈깔이 썩은 게지…."

하니까야 중매쟁이는 인사도 어름어름하고 나가 버리는 것이다.

동옥은 앉지도 서지도 못하고 있다가 눕고 말았다. 누워서 생각하니 집안 사람들이라도 부끄럽다. 그만 오래 누워 있지도 못하고 활동사진

154 좀 멋쩍은 표정으로.

구경을 나서고 말았다.

"기분만으로라도 왜 그 녀석 사진에 호감을 가졌던가?"

애꿎은 혀를 몇 번 깨물어 본다. 깨물린 혀는 쓴 침을 맛본다.

"제깟 녀석이 의학을 배서 남의 헌디[155]나 볼 줄 알지…."

하여도 본다. 그러나 속으로는

"나도 결혼에 인물이 문제가 되는가?"

하는 암담한 자존심의 몰락을 느끼지 않을 수 없고 또 자기보다도 더 아름다운 여자를 찾는 사나이의 마음이 한끝[156] 무서워도지는 것이다.

'김장두, 배일현, 황재하는 나에게도 온전히 동경과 사랑을 바치는 것이 아닌가? 그럼 이 사람들의 여성에 대한 심미안(審美眼)은 그 이형근이보다 낮은 때문이란 말인가? 박인철이가 나에게 냉정한 것도 내가 그의 심미안에 만족하지 못한 때문이나 아닌가?'

동옥은 이 우울한 감정을 활동사진으로도 어쩌는 수가 없다. 활동사진관에서도 중간에 나오고 말았다.

'어디로 갈까?'

지나는 사나이들이 모다 힐끗힐끗 돌아본다. 전에는 자기가 아름다워서 보는 것만 같았는데 지금은 모다 이형근이처럼 보고 돌아서서는 흉을 보는 것만 같다. 문득 황정희의 생각이 난다. 황정희는 지금 자기의 울분보다 더 심각한 것이었으려니 생각하니 더욱 동정이 갈 뿐 아니라 다시는 한 번도 찾아 주지 못한 것이 후회도 된다. 그길로 계동으로 올라갔다. 그러나 정희는 집에 있지 않았다. 문간에서 어멈의 말을 들으면

"동경으로 가신 지 벌써 열흘이나 되는데요."

하는 것이다.

---

155 '헌데'의 방언. 피부가 헐어 상한 곳.
156 한편.

"동경? 왜? 혼자?"

"그럼요. 공부허신다구요."

"왜 약혼한 이허구 안 갔나요?"

"…."

어멈은 잠자코 안쪽을 한번 돌아보더니

"아마 서루 파의(罷議)허섰나 봐요."

하였다. 행랑 사람에게 그만 것이라도 주인의 비밀을 묻는 것이 미안하여 동옥은 이내 돌아서 나오고 말았다. 정희와 배일현의 사랑은 막연하나마 다시 살아날 수 없는 것으로 느껴진다.

날씨는 점점 생량해[157] 가나 동옥의 기분은 우울한 채 또 한 주일 지나갔다.

학교에서다. 조회 시간인데 다른 날보다 교장의 얼굴이 더욱 기뻐 보인다. 첫 마디에 우리 학교를 위해 기쁜 소식이 있노라 하고 광고하시기를

"도모지 우리는 운동한 일도 없고 생각한 적도 없는데 어느 분으로부터 자진해서 우리 학교에 장학금을 일만 원을 기부해 주섰습니다."

하는 것이다. 직원과 학생들은 눈이 똥그래지며 와르르 손뼉을 친다. 동옥도 쳤다.

"그분은 배일현 씨라고 고학해 성공하신 분으로…."

이 아래부터는 동옥은 귀가 멍멍해 교장의 말을 한 마디도 더 알아듣지 못하였다.

동옥은 이날 여러 번 선생님에게 꾸중을 들었다. 질문이 있을 때 대답을 못한 것은 무론 공부에는 정신이 없이 멀거니 앉았는 것이 어느 선생의 눈에나 이내 드러났기 때문이다. 오후에는 몸에 열이 오르기까지 해서 기어이 조퇴를 하고 말았다.

---

157 生涼-. 서늘해져.

저녁 신문에는 배일현의 사진이 나고 그 기사가 났다. 동옥이네 집에서도 동옥의 다니는 학교의 일이라 으레 배일현의 장학금이 화제에 올랐다.

"누군지 그래도 너희 학교하고 관계가 있는 사람인 게지?"

오라버니가 물었으나 동옥은

"몰라…."

하여 버린다.

"저희 부인이 거기 출신이든지 저희 딸이 다닌다든지 그래두 무슨 관계자겠지…."

역시 동옥은 잠자코 말았다. 어머니는 삼방서 배일현의 이름을 한두 번 말씀도 하셨는데 기억은 못 하시는 모양으로

"누군지 아모턴 장한 일이다."

하실 뿐이다.

그러나 동옥이까지 '누군지 아모턴 장한 일이다!' 하여만 버릴 수는 없는 일이다. 배일현의 현금 만 원씩이나 비용을 들이는 이 수단이 언제 어디서 어떤 올가미가 되어 자기 목에 걸릴는지 모르기 때문이다.

'담임 선생님께 사실대로 말씀을 드릴까?' 그것이 상책이라 하고 생각은 몇 번 먹어 보나 정작 학교에 가서는 담임 선생의 방을 노크할 용기가 나지 않았다.

'내가 그런 말을 했다 되잡히면 어쩌나? 난 그런 목적으로 낸 돈이 아니오. 그게 어떤 방자한 계집애란 말이오? 그런 계집앤 학교에서 단단히 처벌해 주시오 하면 학교 꼴이나 내 꼴이 어찌 될 것인가?'

동옥은 어떻게든지 해야는 하겠는데 좋은 생각이 나지 않는다. 더구나 이형근과의 사진 사건으로 동옥은 자기의 사고력에 크게 자신을 잃은 것이다.

'내가 뭣 때문에 갑재기 혼인할 길밖에 없는 사람처럼 그다지 그자 사진에 열중했을까? 동석 오빠가 약혼하는 바람에 부당한 고독감을 느

낀 것부터 병이 아니었던가.'

동옥은 머리가 화석이 되는 것처럼 오직 무거워질 뿐이다.

'어떻게 해야 좋을까? 동석 오빠에게 의논해 볼까?'

도 하였으나 이런 일로 제삼자를 찾아가기는 싫어진다.

'나도 낼모레 전문학교 출신이 아니냐? 소학교, 중학교, 전문학교, 여태 배운 것이 다 뭐길래 내 자신의 일 하나 내 힘으로 처리해 나가지 못한단 말인가?'

하는 자존심도 나서는 것이다.

'우선 침착하자! 침착하게만 생각한다면 큰 실순 없을 것이다.'

동옥은 우선 과민해진 자기의 신경부터 안정시키기에 노력하면서 좀 더 시기를 기다려 보기로 한다.

그러나 시기는 기다릴 사이도 없게 곧 닥뜨리었다. 하루는 학교에서 점심시간인데 반 동무 하나가 불쑥 이런 이야기를 시작하는 것이다.

"얘들아, 그 장학금 낸 이 말야…."

"응."

"그이가 아직 독신자래누나."

"독신자? 독신자니 어쩌란 말이냐. 너 혼인하구 싶으냐?"

하고 동무들은 함부로 떠들어댔으나 동옥은 가슴이 뜨끔해진다.

"그런데 말야…."

하고 이야기를 꺼낸 아이가 동무들의 주의를 끌어가지고 다시

"그이허구 약혼한 사람이 우리 학교에 있다는 말이 있대. 학생 중에…."

"학생 중에?"

"응."

"누굴까?"

하고 모두 눈이 둥그레진다.

동옥은 동무들의 시선이 자기에게 쏠리는 것만 같아서 견딜 수가 없

생각 많은 가을

다. 억지로 무심한 체하고 자기도 말참례[158]를 해 본다.

"우리 학교 학생이래?"

"그래."

"어쩌문! 넌 어떻게 그런 건 잘두 알아낸다…. 누가 괜히 그리나 부지?"

하고 동옥은 이왕 말참례를 한 김이니 좀 더 자세히 알고 싶었다.

"나두 아까 마당에서 다른 반 애들이 지껄이는 걸 들었어."

"다른 반 애 누가?"

"난 걔 이름 모르는 아이야. 넌 또 꽤 깐깐이 알구 싶은 게구나?"

해서 동옥은 얼굴이 새빨개지고 말았다.

동옥은 하학하기를 기다려, 다른 동무들의 그림자가 복도에서 성기어지는 틈을 타 담임 선생님의 방을 노크하였다.

"네."

소리 나오기 바쁘게 얼른 문을 열고 들어섰다.

"오, 동옥이 어째?"

"좀 뵐려구요."

"요즘 어디 아픈가?"

"아프진 않아요."

"그럼 왜 요즘 숙제도 잘 안 해 오? 가끔 조퇴를 허구 그래?"

"저어… 저 좀…."

"응?"

"조용히 말씀드릴 게 있어 왔세요."

하니까야 선생님은

"거기 앉어."

하고 테이블 앞에 놓인 걸상을 가리킨다.

158 말참견.

동옥은 잠깐 마음을 진정해 가지고 이야기를 시작한다.

"저 올여름에 지낸 일이야요."

"응."

"어머니께서 편찮으셔서 삼방 가 계셨세요. 그래⋯."

동옥은 삼방으로 가던 차에서 황정희를 만난 것, 황정희가 송전서 오래서 그리로 갔다가 그와 약혼자인 배일현을 알게 된 것, 나중에 배일현이가 삼방으로 쫓아온 것, 황정희가 석왕사에서 기다린다고 속여서 석왕사로 끌고 간 것, 거기서 비로소 그가 사랑의 고백을 한 것, 반 위협의 편지가 온 것, 황정희는 동경으로 갔다는 것 들을 차례로 말하였다.

"그래?"

선생님도 이마에 주름이 그어지며 눈이 뚱그레지신다.

"한참 아모런 일도 없길래 전 다행이다 했는데 학교에다 그렇게 돈을 낸다니까 전 이건 과민인진 모르겠어두 그이가 단순히 사업으로 한다는 것보다 야심에서 허는 수단이 아닌가 의심이 됐었세요⋯.

그래도 전 또 좀 기다려 보기로 했는데 오늘은 반 아이들이 다른 반 아이들이 얘기허는 걸 들었다구 하면서 지껄이는데⋯."

"응 뭐라구?"

"그 장학금 낸 사람과 약혼한 사람이 우리 학교 학생 중에 있다구요⋯."

"누가 그래?"

"현신이가요. 걔두 다른 반 아이가 지껄이는 걸 들었대요."

"약혼한 사람이 학생 중에⋯. 그새 그럼 딴 학생 누구하구 약혼이 됐을까?"

"⋯."

동옥은 그것은 알지도 못하거니와 생각도 해 보지 않았다.

"이 편진 삼방서 받은 거지?"

"네."

"그 후엔 편지 없었나?"

"없었세요."

"아무것두?"

"네, 찾어오지도 않구 아무렇게도 나타나지 않었세요."

"그럼 그새 정말 딴 학생 누구와 약혼이 됐는지두 모를 일이군그래?"

"글쎄요."

"그렇게 돌변하는 남자라면 아모리 이 편지에선 동옥에게 열렬한 것 같지만 그 황정희란 사람에게서 변하듯 해 봐, 그새도 몇 번이라도 변했을 수 있는 것 아냐?"

"…."

동옥은 말이 막히고 말았다.

"동옥이가 그 배 씨한테 끝까지 강경했나?"

"네."

"지금도 그런가?"

"네."

"황정희란 친구는 동경 갔다지?"

"네."

"그 동무에게 끝까지 신의를 지켜 주고 도와줄 수 있는 경우엔 끝까지 도와주는 게 좋아."

"네."

"그리구 그만침 내가 알었으니까 동옥이헌테 앞으로 어떤 일이 있든지 그건 내가 변호해 줄 게니까 저편에서 동옥의 이름으로 무에 드러난다든지 선전이 된다든지 하기 전엔 딴 학생과 약혼이 됐나 부다 하고 관심할 게 없이 공부에 착심하란[159] 말야, 안 그래?"

"네."

"학교에서도 그렇지 않나? 저편에서 무슨 조건을 부쳐 장학금을 주는 거라면 문제가 되겠지만 아직껏은 아모런 조건두 없이 단순히 교육

사업으로 내놓는 걸 뭐라고 트집을 할 필요가 없는 거구 또 저편 명예도 드러난 사실이 없는 걸 함부로 건드릴 순 없는 것 아냐? 그러니까 물론 몸을 조심할 건 잊어선 안 돼."

"네."

동옥은 한결 머리가 가뜬해져서 선생님 방을 나왔다.

머리는 가뜬해졌으나 얼굴은 그냥 화끈거린다. 손 씻는 데로 가서 찬물을 틀어 놓고 한참이나 얼굴을 식혀 가지고 반으로 올라갔다. 반에는 갓 소제160를 하고 난 뒤라 분필가루만 넘어가는 석양에 연기처럼 뽀얗게 아물거릴 뿐, 반 동무는 한 아이도 보이지 않는다: 책보를 찾아 들었으나 이렇게 호젓하게 빈방을 왜 그런지 이내 버리고 나서기가 아까웁다. 창 앞으로 갔다. 벌써 기숙사 아이들은 옷까지 갈아입고 학교를 무슨 공원이나처럼 끼리끼리 손을 잡고 혹은 산기슭으로 혹은 운동장으로 거닐며 있다. 산기슭에는 보랏빛 들국화가 여기저기서 바람에 산들거린다.

"내가 좋아하는 들국화! 오늘은 가다가 몇 송이 꺾어 가지고 가야지…."

동옥은 그러고도 한참이나 혼자 서서 넘어가는 석양을 바라보다 나왔다. 길동무는 한 사람도 없다. 기숙사 아이들이

"너 왜 늦었니?"

묻는다.

"그저…."

하였을 뿐이다. 이런 기분에서는 혼자 걷는 것이 도리어 홀가분해 좋기도 하다. 차 시간도 늦었지만 가을 고개를 넘는 맛에 걸어서 오기로 한다.

여러 달 만에 넘어 보는 고개다. 등성이에 올라서니 긴 바람이 날카로

159 着心--. 마음을 붙이라는.
160 掃除. 청소.

워진 풀잎들을 쐐 흔들며 지나간다. 나려올 때는 길을 버리고 풀숲으로 들어섰다. 보랏빛 들국화가 여기도 군데군데 피어 있다. 첫 한 송이는 꺾어서 옷고름에 꽂고 다음 몇 송이는 길게 가지로 꺾어 한 손에 들었다. 무슨 새털처럼 부드럽게 핀 갈꽃도 나부낀다. 벌레 소리도 여기저기서 난다.

'가을!'

이라 생각하니 숙제를 다 만들어 놓고 시계를 보아도 아홉시나 고작 열시밖에 되지 않는, 밤 긴 그 가을, 공상하기 좋은 그 가을이 오는 것이었다. 오는 것이 아니라 벌써 깊어지며 있는 것이었다.

'인봉이란 애가 어떤 아일까?'

생각이 문득 난다. 자기가 박인철이를 그리는 마음은 도무지 묵살해 버릴 것이 못 되는 것을 느낀다. 그러나 박인철이 역시 전과는 달리 무서운 생각이 난다.

'그도 나에게 인물 타박이나 하면…. 그래 미리부터 냉정한 것이나 아닌가?'

동옥은 걸음을 빨리 걷기가 싫어진다.

동옥은 어스름해서야 집골목에 들어섰다. 서너 집 못 미쳐서다. 웬 회색 양복에 새까만 구두를 신은 신사 하나가 집을 찾노라고인지 길을 막고 서서 두리번거린다. 비켜서서 그의 앞을 지나치려 하니까

"미안합니다만…."

하면서 말을 붙인다.

"네?"

돌아다본즉 모자를 벗어 들고 잠깐 주춤 인사를 하는 청년은 황재하 비슷한 모던 보이의 기분이 느껴지는 경쾌한 청년이다.

"여기 일백칠십삼 번지가 어디쯤 될까요?"

동옥은 잠깐 생각해 가지고

"아마 요 다음 골목이기 쉽겠습니다."

해 주었다.

"이리 나서서 바른편으로 다음 골목 말입니까?"

"네."

청년은 잠깐 멈칫거리며 동옥을 유심히 본다. 손에 든 들국화까지 송이를 헤이기나 하는 것처럼 자세 들여다보더니 힐끗 다시 한번 동옥의 얼굴을 보고야

"미안합니다."

하고 모자를 쓴다. 동옥은 진작 돌아서 와 버리지 못한 것을 후회하면서 집으로 들어오고 말았다.

집에는 동석 오빠가 와서 기다리고 있었다.

"왜 늦었니?"

"어떻게 왔수 오빠? 언제 떠나우?"

"오늘밤에…. 어서 가자 한 시간이나 기다렸다."

하고 동석은 책보를 뺏어다 방 안에 들여트리며[161] 신도 못 끄르게 한다.

"어딜?"

"글쎄, 나만 따라와…."

집안 사람들은 모두 웃기만 한다.

"어딘데 그류?"

"글쎄 가 보면 안 알리…. 썩 좋은 데지…."

하고 동석은 너털웃음을 친다.

"나만 가잔 말유? 어딘데?"

"그럼…."

"어디유, 어머니?"

동옥은 갑갑해서 어머니에게 묻는다.

---

161 들여놓으며.

"어서 옷이나 바꿔 입구 가 봐라. 너 오라범댁 될 사람 봐지라구[162] 그랬지. 새 오라범댁과 만나 저녁 먹기루 했다나 보다."

"오! 아주 오빠가 뻐기는 판이구랴? 어디서 한턱 내우?"

"조선호텔[163]이지…."

하고 또 집 안이 떠들썩하게 동석은 웃어댄다.

그러나 정말 조선호텔은 아니었다. '지요다 그릴'[164]이란 서양 요리점이었다. 지하실인 식당으로 들어서니 벌써 저편에서는 보통학교에 다니는 저희 동생과 자매끼리 와서 휴게실에 앉아 기다리고 있었다. 동석은 약간 천연스럽지 못한 목소리로

"오래 기다렸지 아마?"

하고 처제 될 소녀에게 말을 건넨다. 소녀는 부끄러워 고개를 숙여 버리고 그의 언니가 오히려 동석보다는 활기 있게 앞으로 나서며

"우리도 온 지 얼마 되지 않어요."

하고 꽤 쨍쨍한 목소리로 대답하는 것이다. 동옥은 속으로

'동경 물을 먹은 이라 다르다.'

느끼었다. 곧 동석의 소개로 인사를 마치고 조그마한 테이블을 중심으로 둘러앉았다.

동옥은 진작부터 동석 오빠에게서 본 올케 될 이의 사진을 연상하면서 실물을 뜯어보았다. 얼굴에 주근깨가 좀 덮이었다. 눈은 쌍까풀이 지고 속도 맑으나 입술이 좀 사진에서보다도 더 독하리만치 야무지다. 누구와나 얼른 정이 들 것 같지 않아 말 한마디라도 상당히 주의해서 해야 되겠다 하고 조심이 된다.

"지금 졸업반이시라죠?"

"네."

162 '보여 주라고'로 추정.
163 1914년 서울 중구에 문을 연 근대식 고급 호텔.
164 경성 남대문통에 있던 양식당 '치요다(千代田) 그릴'.

하고 동옥은 공손히 대답한다.

"그럼 공부에 한참 고되시겠군요."

"뭘요."

"학생 시대! 그땐 공부하기만 싫어 성활했었구, 이렇게 지내 놓고 보면 그때같이 좋은 시절은 없는 것 같습니다."

하는 품이 또 그 천연스럽고 또랑또랑한 품이 동옥으로서는 저윽 불쾌는 하면서도 다소 압박을 느끼지 않을 수 없다.

이내 보이가 나와 안내하는 대로 식당으로 들어갔다. 식탁에서는 동석 오빠가 역시 우스운 이야기를 해서 모다 웃음에 싸여 유쾌한 만찬이 되었다.

'대체 생긴 것부터 동석 오빠와는 정반대가 아닌가? 반대끼리, 어떻게 융합이 될까?'

동옥은 이 올케 될 이와 자리를 사귀어 볼수록 이런 의문이 깊어진다.

'남녀 간은 반대의 성격끼리도 화합할 수 있는 것인가? 아니 그보다도 반대의 성격끼리를 더 요구하는 것이나 아닐까?'

동옥은 이들과 헤어져 어두운 골목을 걸어오면서도 이것이 새로 발명한 인생의 중대한 한 과제나처럼 얼른 머릿속에서 사라지지 않는다.

'참 우리 큰외삼촌 양주가 이 비슷하지! 그래두 거긴 반대루 아저씨가 새침하구 깔끔하신 분이구 아주머니가 유순하시구 덕성스러우시지. 그래두 아모턴 반대의 성격끼린데 원만히 사시지들 않나? 그리구 우리집 오라버니 양주는 성미는커녕 남들이 생긴 것부터 오뉘 같다구들 하지만 그 역시 화평하게 사는 것 아닌가? 그렇다면 성격은 서로 같든 서로 반대든 아모런 문제도 되지 않는 것이 아닌가?'

그러나 동옥은 한두 부부의 예를 들어 더구나 그들에게 속으로는 감추인 불평이 있는지 없는지 알아보지도 않고 쉽사리 결론을 얻을 수는 없다.

그런 데다 집에 오니 어머니께서

"그래 올케 될 색시가 네 눈엔 어떻텐?"

하고 물어보시는 김이라.

"그 오빠하군 아주 외양부터 성미까지 정반대 같던데. 그래두 혼인하면 괜찮어지우?"

물었다.

"서루 살게 달렸지."

어머니의 대답은 여간 모호하지 않다.

"살게 달리다뇨? 참 형님두 좀 들어와요."

하고 동옥은 집에 오라버니댁까지 끌어들인다.

"내가 아우…."

하고 집의 형님은 시어머니 앞이라 달아나 버린다.

"아니 속 썩이구 살문 어떤 사내허군 못 살까. 계집 돼 한번 남의 집에 들어갔다 못 사는 게 병신이지."

하고 역시 어머니는 남성 본위의 인습에서 대답하신다.

"참 어머닌 딱허긴 허슈."

"딱허지 않으문, 사내 성미가 제 성미에 맞지 않는다구 그럼 안 살아야 허나?"

"누가 어디 그런 거 말유? 동석 오빠 성미가 시언썩썩하지[165], 그런데 저쪽은 퍽 깐죽깐죽해 뵈니깐 그래두 괜찮겠냐 말이지…."

"왜 성질이 깐깐스럽겠던?"

"네. 둥굴지 못할 거 같어."

"거 동석이겐 아주 마침이구나."

"왜요? 성미가 서루 달러야만 허우?"

"그럼."

"왜?"

---

165 시원하고 서근서근하지.

"아, 색시마저 똑같이 야무진 때 없이 희떱기만[166] 허구 헤퍼 보렴. 살림살이가 되겠나?"

"살림 때문에…."

"의두 그렇단다. 여잔 여자답구 사낸 사내다워야 재미가 있지. 둘이 다 사내 같다든지 둘이 다 꽁생원이문 재미가 있나…."

"누가 여자가 여자 겉지 않구 남자가 남자 겉지 않은 것 말인가?"

동옥은 어머니의 말씀이 자꾸 자기가 삼으려는 문제에서 버스러져 나감에 짜증이 난다.

"그래 뭣들을 먹었니?"

"양식."

"양요리?"

"네."

"건 한 상에 채려 내오는 게 아니구 먹는 대루 자꾸 새 게 나온다던구나."

이래서, 동옥은 그만 자기가 알고 싶던, 배우자 간의 성격 문제는 궁금한 채 밀어 던지고 어머니의 말씀에만 충실하고 말았다.

무론, 동옥도 하나는 남성이요, 하나는 여성인 데서 문제였다. 여자가 남자다워서 남편하고 성질이 같다든지, 남자가 여자다워서 아내와 성질이 같은 것 말이라면 무론, 그것은 같은 사람끼리보다 반대되는 사람끼리가 좋을 것은 동옥의 상식으로도 어렵지 않게 얻은 결론이겠으나, 문제는, 한 걸음 더 나아가 얻는 것이었다. 여자다운 여자와 남자다운 남자 사이에도 서로 성격상 공통점이 많은 사람끼리와 공통점이 적거나, 아주 없는 사람끼리가 있을 수 있는 것이다. 성격상 공통점 있는 사람끼리는 취미나 사상이나 이상이 같을 수 있는 것이요, 성격상 공통점이 전혀 없는 사람끼리는 취미나 사상이나 그들의 이상이 모두 다를 것

---

166 실속 없이 손이 크기만.

이기가 쉬울 것이다. 취미가 다르고 사상이 충돌되고 이상이 없이 나간 다면 거기에 융합이 있을 수 없는 것이다. 분열이 생기든지, 그렇지 않으면 어느 한편의 취미나 사상이나 이상은 다른 한편의 그것들을 살리기 위해 희생되어야 할 것이다.

'어느 한편이든지 희생? 자기 취미, 자기의 이상을 죽이며까지 이성을 사랑할 수 없을까? 동석 오빠의 취미나 이상은 박인철에 가까운 것이다. 그 올케 될 이는 얼른 보아도 배일현에 가까웁게 꽤 개인주의적인 성격이다. 서로 사랑은 있다 하더라도 취미나 이상이 다른 방향으로 나갈 것은 뻔하다. 더구나 그분은 미술학교에 다니던 분이다. 옷감 하나를 골라도 접시 하나를 사도 그런 데 날카로운 관심이 있을 게구 동석 오빠는 넥타이 하나 골라 살 줄 모른다. 모자를 사도 아무 빛이나 값만 싸고 머리에 맞게만 골라 사는 성민데!'

한번은 동석 오빠와 백화점에 갔다가 동옥이 양말을 사자 동석도 양말을 샀다.

"오빤! 아, 같은 값이면 빛서껀 잘 골라 사구랴."
하였더니

"일두 없다. 난 그런 데나 신경이 발달된 사람처럼 얄미운 건 없더라."
하였다.

'그런 오빠가 성격까지 그렇게 야무지구 날카롭구 더구나 미술 처녀인 그이와 모든 게 융합이 될까?'

동옥은 실없이 흥미가 없지 않다. 자기가 궁금한 그 배우자 간의 성격 문제를 이들이 곧 실현을 시켜 보여 줄 것만 같아진다.

정말, 숙제는 해 놓고, 필기장도 다 정리해 놓아도 시계는 아직 열시도 안 되었다. 밤은 꽤 길어졌다. 귀뚜라미가 머리맡에서 운다.

'지금쯤 동석 오빠 일행은 정거장으로 나가겠다….'
생각이 난다.

'약혼한 이가 멀리 떠날 때 그 여자 마음이 어떨까? 동석 오빠 마음

은?'

다른 때 같으면 동석 오빠가 개학이 된 지 오래도록 머뭇거리고 있었을 리가 없었다. 그것을 보아도

'서로 헤지기가 얼마나 싫어서 그랬을까?'

생각도 난다. 또 다른 때는 동석 오빠가 왔다 가면 더러 자기가 정거장까지 나가 보내기도 하였다. 더구나 이날 저녁처럼 저녁을 같이 먹은 경우면 진고개로 다니면서 시간을 보내서라도 으레 정거장에 나와 떠나는 것을 보아 줄 것이었다.

'그러나 인저야 나는….'

자기는 방해만 될 것 같아서 미리 먼저 떨어져 온 것이었다.

동옥은 자리를 폈다. 아랫목은 비워 두고 윗목에 펴고 누웠다. 뒤곁 툇마루로 나가는 문 밑에 바싹 누우면 밤하늘이 꽤 넓게 쳐다보이기 때문이다.

동옥은 얼른 잠이 올 것 같지 않은 밤, 하늘의 별밭을 쳐다보며 무엇을 생각하고 싶은 밤이면 늘 이 윗목에 눕고 불을 끄곤 하였다.

'편지!'

학교에서 작문 선생이 하던 말이 생각난다. 만날 수가 없으니까 할 말을 글로 써 보내는 것이 편지란, 그러니까 만나서 말하듯이 쓰면 된다는. 동옥은 고개가 저어진다.

'만나서 말하듯…. 사람이 그런 사무적인 사연들만 적는다면 편지는 얼마나 슬퍼할까. 만나서 하지 못하는 말을 그런 감정을 편지에서니까 표현할 수 있는 것 아닐까? 편지의 미덕이 그 점에 있는 것이 아닐까?'

상대도 없이 다시 불을 밝히고 긴 편지를 써 보고 싶은 충동도 일어난다.

'우표만 붙여서 아모 데서나 빨간 통 속에 넣기만 하면 아모리 먼 데고 아모리 번지수가 복잡한 데고 틀림없이 찾아가 주는 편지, 세상에 그 많은 사람 손에서 꼭 그 한 사람을 찾아가서만 속을 열어 보이는 편지의

정조, 편지란 문자가 낳은 가장 아름다운 것 중의 하나다!'
하고 편지 그것에의 애정조차 끓어오른다.

이튿날은, 동옥은 학교에서 돌아오는 길에 어떤 백화점으로 가서 줄이 거미줄처럼 가는 편지지와 눈빛처럼 희고 네모 반듯반듯한 양봉투를 샀다. 사 가지고 오는 길에서다. 집골목에 들어서려니까 웬 신사, 웬 신사가 아니라 어제 그 회색 양복에 검정 구두의 황재하 같은 인상을 주는 청년이 오늘도 좁은 길을 막고 서서 두리번거리는 것이다. 동옥은 모른 척하고 지날밖에 없다. 저편에선 길을 비켜서며 유심히 보는 듯하다. 곁눈으로라도 한번 보아 주기만 하면 으레 아는 체할 듯한 자세가 보지 않아도 느껴진다. 집에 들어와서야 동옥은

"무슨 때문일까?"
생각해 본다. 어제 그가 묻던 번지는 다음 골목 안에 으레 있을 것이다. 무식한 사람이라도 그 골목에 들어가서 한 번만 물어보면 곧 찾아질 것이다.

'그런데 오늘 또 와서 어정대고 섰는 건?'
동옥은 일종의 불안이 느껴진다. 작년 봄의 일이 생각난다. 어느 전문학교 학생인데 정거장에서 집 앞까지 한 열흘이나 쫓아다니는 것을 그냥 모른 척해 버렸더니 제풀에 나가떨어지고 말았었다.

'또 그 따위나 아닌가?'
걱정이 되는 것이다.

편지지와 봉투는 책상 서랍에 넣어 두었을 뿐, 정작 사다 놓으니, 쓸데는 없다. 자기의 이 날카롭기는 하면서도 어느 한 가닥 붙잡을 수는 없는, 설레는 감정을 편지가 되거나 감상문이 되거나 한번 기탄없이 적어서 만일 그새 친할 수만 있었다면 박인철이 같은 사람에겐 눈을 딱 감고 부쳐 보고 싶은 충동도 없지는 않다. 그러나 동옥은 또 자리를 윗목에 깔고 맑은 가을밤 은하를 쳐다보았을 뿐이다.

화관

꿈의 일기

황정희와 남이 된 배일현은 자기가 몸을 일으킨 자본가(資本街)의 모든 환경에서 또한 남이 되었다. 황정희 아버지의 주식점(株式店)에서 청장[167]을 한 것은 무론, 사람, 모든 상점, 회사 등과 대차관계(貸借關係)를 청장하였고 지금(地金)[168]과 증권(證券)과 중석광(重石鑛)[169] 하나 가지고 있던 것까지 단시일에 다 돈으로 만들어 버리었다. 생활을 기분까지라도 완전히 전향해 보려 아직까지 가지었던 것은 세간까지도 모다 팔아 없애었다. 주판을 놓고 장부에 숫자를 적고 하던 책상까지도 없애었고 그 책상 위에 쌓였던 경제에 관한 모든 책들까지도 한 권도 남겨 두지 않았다. 전화도 팔았다. 철궤도 팔았다. 예금도 딴 은행으로 옮겨 놓고 그 예금 통장 하나만 지니었을 뿐 의관까지도 새 양복, 새 모자, 새 구두로 아주 딴사람으로 차리고 홀가분하게 날아 버리듯 명치정(明治町)에서는 사라져 버리었다.

언제든지 얼마든지 찾아 쓸 수 있는 사십여만 원의 예금 통장, 인생으로 한참 무르익어 가는 삼십대의 건장한 남성, 돈과 청춘뿐인 배일현은 조그만 일기책 한 권을 사 가지고 가끔 산보하기 좋은 덕수궁 가까이 아파트의 방 하나를 얻은 것이다. 그리고 그날 저녁부터 그 전날 생활에서 장부를 정리하듯 새 생활의 일기를 쓰기 시작했다.

×월 ×일

---

167 淸帳. 빚을 깨끗이 갚음.
168 다듬어서 상품화하지 않은 황금.
169 중석(텅스텐)을 캐내는 광산.

처음인 아파트의 저녁, 고요한 저녁이다. 나에게도 오래간만에 저녁이 온 것이다. 나는 최근 칠팔 년 동안 소내기 속에서 덤비는 추수꾼들처럼 정신없이 일하였다. 내 추수는 끝이 났고 이제 쉬일 저녁이 온 것이다. 아름다운 저녁이 온 것이다. 일하는 낮과 잠자는 밤밖에 없던 나에게 오로지 저녁의 생활만이 열리는 것이다. 저녁 하늘은 아름답다. 별밭이 있고 달의 여왕이 있다. 아름다운 꿈은 얼마든지 내 앞에 있다. 임동옥! 너는 내 저녁 하늘에 달이다. 밭을 이룬 별처럼 여자는 얼마든지 쏟아져 있다. 그러나 달은 너 하나뿐이다. 너 하나뿐이다. 너 하나의 달을 만남으로 나는 인생에 아름다운 저녁 생활, 꿈의 생활, 동경의 생활을 발견한 것이다. 나는 너를 따기 위해 애끼는 것이 없을 것이다. 너를 따기 위해 주저하거나 타산하는 일이 없을 것이다. 너를 얻으면 나에겐 다시 아침이 올 것이요, 너를 얻지 못하면 나의 앞엔 영원히 밤이 있을 뿐이다.

일현은 우선 일금 일만 원의 소절수[170]를 떼어 동옥이가 다니는 학교에 던지었다. 무론 조건을 붙여 내어놓았을 리는 없다.

　그러나 일만 원은 일만 원의 값이 있어야 한다. 그는 어느 연극단의 남배우 몇 사람을 샀다. 사설탐정 사원 한 사람을 샀다. 남배우의 한 사람을 먼저 내세운 것이 그 중매가 사진을 가지고 왔던 이형근이었다. 동옥은 어느 의전을 마치고 제대[171]에서 학위 준비 중이라는 바람에, 사진에 인물이 청수한 바람에, 잠깐 마음이 움직였으나 사실은 의학전문학교는 들어서도 못 본 어느 극단의 남배우였다. 이형근이란 이름부터 유령이었다. 동옥의 눈이 무심히 차 던지지는 못할 만한 미남자이다. 그럴 듯한 자격을 붙여 들여대었다가는 저쪽의 마음이 동할 만하면 차 던

170　小切手. '수표'의 옛말.
171　'제국대학교(帝國大學校)'의 준말.

지고 차 던지고 해서 동옥의 자존심을 한껏 허물어트려 놓을 작정이었다. 아닌 게 아니라 이형근이란 그 유령에게 받은 인물 타박은 비단 같은 동옥의 자존심에 여간 큰 상채기가 아니었다. 배일현은 멀리 앉아 빙긋이 만족한 웃음을 지었다. 그리고 둘째번의 남배우를 곧 계속해 내어세웠다. 그는 아직 이름은 드러내지 않았으나 그 동옥이네 집골목에서 어정거리다 번지를 묻던 회색 양복의 청년이 그였다. 그리고 탐정 사원을 시켜서는 동옥이네 집안 형편을 조사하게 하였다. 그러고도 어느 틈에 동옥이네 행랑어멈 내외를 다 비밀리에 매수하여 놓았다. 혹시라도 자기 모르게 다른 곳과 혼담이 생길까 해서이다.

그러나 일현이가 동옥으로 말미암아 동원시킨 사람은 이들만이 아니었다. 동옥은 아직 눈치채이지 못하고 다니지만 그가 집에서 나서기만 하면 학교에든지, 극장에든지 어느 백화점에든지 꼭 그의 뒤를 놓치지 않고 따르는 장한(壯漢)[172]도 한 명 있었다. 이 장한은 그 황재하처럼 생긴 회색 양복의 청년과는 사명이 다르다. 어데까지 그늘에 숨어서 동옥의 신변을 경계하는 책임을 맡은 것이다. 일현이가 연극으로 시키는 것 이외로는 일체의 남자의 행동이 동옥에게 미쳐서는 안 된다는 것이었다. 진정이든 히야까시[173]든 동옥에게 애정 행동을 표시하는 남자이면 용서 없이 제재할 것은 무론이요, 동옥이가 실수하여 넘어져 다친다든지 어느 때 무슨 무거운 것을 들고 애쓰는 경우까지라도, 어떤 수단을 써서든지 동옥을 도와주라는 것이었다. 이렇게 동옥 자신은 모르게라도, 한 사람의 장정을 내어세워 그를 보호한다는 것이 배일현으로서는, 우선은 무엇보다 기쁜 일이었다.

장정은 하루의 직분이 끝날 때마다 일현에게 와 보고하는 것이었다.

"오늘도 학교에 다녀오시는 것 외에 다른 출입은 없으십니다. 도중에

172 건장하고 힘이 센 남자.
173 '놀림', '장난'의 일본말.

도 아모 연고 없으셨습니다."

일현은 동옥을 말할 때 꼭 경어를 쓰게 한 것이다.

"오늘은 학교에 다녀오시는 길에 진고개로 가서서 히라다[174]에서 첫 솔을 하나 사시고 대판옥[175], 일한서방[176]으로 거의 한 시간 동안이나 책 전으로 다니시다가 다시 시노사끼[177]로 오서서 잉크를 한 병 사셨습니다."

"그리군?"

"거기선 전차를 타러 나오시더니 황금정 행만 자꼬 오니까 그만 걷기 시작하셨습니다."

"댁에까지 줄곧?"

"네, 좀 피곤해 하시는 것 같았습니다."

"음…."

일현은 여왕을 위한 신하의 마음처럼 황송스럽기까지해진다. 넥타이를 바로잡고 책상 위에 놓인, 정말 얼굴만 한 동옥의 사진을 공손스럽게 쳐다보는 것이다. 중매가 가져왔던 동옥의 사진을 복사해서 확대시킨 사진이었다. 복사만에도 흐려지는 것을 다시 확대까지 한 것이라 사진은 엷은 안개 속과 같이 혹은 달밤에 보는 것과도 같이 희미하였다. 희미한 속에서도 동옥은 웃는 얼굴이었다. 그러나 웃음조차 새털 같은 가벼운 것에나 풍겨질 듯한, 잡힐 듯 말 듯한 웃음이었다. 요 눈이 웃거니 요 입이 웃거니 해서 바투 들여다보면 바투 들여다볼수록 안개가 한 겹 더 씌우는 것처럼 사진은 더욱 흐려진다. 흐려지다 아주 사라질 것만 같아 두어 걸음 물러나 바라보면 동옥의 보삭한 웃는 표정은 다시 또렷해 떠오르는 것이다. 가까이 갈수록 꺼지고 멀리 물러날수록 떠오르는 동

174 히라타상점(平田商店). 평전상점. 1926년 충무로에 문을 연 백화점.
175 대판옥호서점(大阪屋號書店). 일제강점기 충무로에 있던 서점.
176 日韓書房. 일제강점기 충무로에 있던 서점.
177 일제강점기 충무로에 있던 시노자키(篠崎) 문구점.

옥의 사진이다. 일현은 사진까지도 자기에게 냉정해 보이는 것이 슬퍼진다. 그러나 이날 일기에는 다음과 같은 구절이 적힌다.

…나는 지금 꿈속에 있다. 생활이라기에는 너머 황홀한 것인 꿈속에 있는 것이다. 동옥은 아직 모르고는 있다. 그러나 나에게 이 꿈의 나라 영토를 열어 준 것은 그 여왕이시다.

　오! 나의 여왕!

　나는 이 여왕에게 나 혼자 감사할 뿐 아직은 그의 화려한 치맛자락 앞에 함부로 나설 수는 없는 것이다. 쌓자, 오직 성을 올려 쌓자. 귀먹은 노예와 같이 수굿하고 성을 쌓자. 멀리 여왕의 둘레를 둘러 막자. 다만 한 성문을 내이고 그 성문의 열쇠를 내 손에 잡는 날을 기다리자.

탐정사로부터도 이내 귀한 정보가 들어왔다. 동옥이네 집 혈통 조사는 무론이요 현재 경제 상태를, 동옥의 아버지의 한 달에 약주 값이 얼마, 담뱃값이 얼마, 동옥의 어머니의 체증 때문에 섣달그믐이면 한약국에 갚는 약값이 얼마씩이나 된다는 것까지 알아 온 것이다. 싸전[178]에서 쌀이 얼마씩 들어오는 것, 반찬 가게와 푸줏간에 통장을 쓰고 매달 반찬값이 얼마씩 나가는 것, 전기 대금은 얼마, 수도 대금은 얼마라는 것까지 캐어 왔다. 그중에 일현에게 참고되는 것은 동옥 오빠 동빈(東彬)의 사업이었다. 그의 아버지는 살림을 아들에게 맡겨 버리고 사랑에서 골패 짝이나 주무르고 세월을 보내다가 추수 때나 되어야 시흥(始興)으로 가서 한 육십 석 타작하는 것을 받아올 뿐 그 외의 모든 것은 아들에게 달린 살림이었다. 그런데 시흥의 땅은 동척회사(東拓會社)[179]에, 서울의 집

178　쌀과 곡식을 파는 가게.
179　동양척식주식회사(東洋拓殖株式會社). 일제가 조선의 경제 독점과 토지 수탈을 목적으로 세운 국책회사.

은 어느 금융조합에다 저당이 되어 있는 것이었다. 동빈은 매달 변리만을 사십여 원씩 물어 나가는 것인데 동빈의 사업이란 주택지경영(住宅地經營)이었다. 혼자 하는 것이 아니라 친구 한 사람이 만 원을 내고 동빈이가 일만팔천 원을 내어 혜화동(惠化洞)에 한 오천여 평 되는 비탈을 그것도 현금은 모자라서 일부는 떼어 잡히어서 사 가지고 지균공사(地均工事)180를 시작한 것이었다. 탐정 사원의 보고에 의하면 현재 시세로 오 할(割) 이상의 이익이 날 것이란 것이었다. 다만 문제는 평수 적은 것은 다 처리된 셈이나 백여 평 이상 자리로 액수가 높이 나갈 것들이 꼼짝 안 한다는 것이었다. 그것들이 적어도 오륙 개월 안에 다 처분되어야 오 할 이상의 순리(純利)가 떨어지는 것이지 그냥 빈터대로 장마 때마다 축대만 무너지면서 부지하세월로 끌어 나간다면 도리어 돈 이자 때문에 손해를 당하는 날이 없으리라고도 할 수 없다는 것이다.

일현은 심심해 견딜 수 없던 차라 우선 좋은 소일거리를 발견한 듯 기뻤다. 동빈이가 그의 친구와 함께 향양사(向陽社)라는 이름으로 경영하는 그 혜화동 주택지를 찾아갔다.

아닌 게 아니라 길녘으로 낮은 데로 조그만큼씩 한 것들은 모다 집이 들어앉고 가게도 나고 하였으나 안으로 높은 데로 올라가면서는 다양하고 높고 전망이 좋아 값이 좀 비싸게 나갈 것들은 그냥 남아 있다. 값은 비싸더라도 이렇게 좋은 터들이 안 팔리는 이유를 복덕방 영감에게 물은즉 이 근처에는 주택지경영이 한두 군데가 아니라는 것이다. 바로 여기와 대등한 건너편 산기슭으로도 대규모의 주택지가 다듬어지는 것이었다. 그 회사는 자본도 많고, 그 땅을 애초에 여기보다 삼사 년이나 먼저 사 놓았던 것으로 단가(單價)가 싸게 먹힌 것이라 빨리 처분해 버리려 여기보다는 매 평 오륙 원이 틀리게 싸게 판다는 것이다. 여기서도 거기와 경쟁을 한다면 처분 안 될 것은 아니나 남는 것이 없게 되니까

180 땅을 반반하고 고르게 만드는 공사.

어서 저쪽에서 다 팔고 나기를 기다리면서 작자가 나는 대로 팔아 나갈 수밖에 없이 되었다는 것이다.

일현은 이 향양사의 주택지 남은 것을 일일이 돌아보았다. 제일 높은 곳으로 이백 평짜리, 일백육십 평짜리, 일백오십 평짜리 세 자리는 모다 향도 좋고 전망도 좋고 소나무도 큰 것들이 서너 그루씩 서서 주택지로는 일등지였다. 일현은 복덕방 영감에게는 술값이나 집어 주어 보내 버리고 곧 혼자 향양사를 찾아갔다. 마침 동빈이가 어데 나갔다가 들어오는 눈치였다.

일현이가 보기에 자기보다 두어 살 더 먹어 보이는데 얼굴이 좀 넙데데하나 동옥과 비슷한 눈매가 느껴졌다. 어딘지 곧 친구로 사귈 수 있는 부드러움이 있는 사나이다.

일현은 혜화동에 가 터를 보고 온 것과 값이 합당하면 그 큰 것 세 자리를 다 사겠노라 하였다.

"그러십니까? 참 인사 여쭙지 못했습니다."
하고 동빈은 귀한 손님이라는 듯이 인사를 청하는 것이다.

"피차 그렇습니다."

"전 임동빈이라 합니다. 많이 지도해 주십시오."

"네… 전…."

일현은 갑자기 당황해진다.

자기 이름을 내어놓는 것이 좋을지 감추는 것이 좋을지 얼른 판단이 나지 않기 때문이다.

"네… 저는…."

또 한 번 머뭇거리며 일현은 명함을 꺼내려는 척하고 양복 안섶을 만진다. 자기의 성명을 바로 대이면 동빈이가 혹시라도 자기 누이에게, 너희 학교에 장학금 낸 사람이 집터 셋이나 샀다 하고 이야기하지나 않을까 생각되었고 또 그런 것을 동옥이가 아는 것이 어떤 효과를 나타내일지 의문이었다. 그래서 이름을 감추고 싶지만은 다른 일과 달라 매매에 있어서는 법적 수속이 필요한 것이니 끝까지 변성명을 할 수도 없는 것이다.

그래

"명함을 그만 안 넣고 왔습니다. 전 배일현이라구 합니다."

해 버린다.

"배일현 씨…. 성함이 퍽 귀에 익습니다만…."

하였으나, 동빈은 신문에서 한번 본 생각은 나지 않았고 그런 것보다는 어서 흥정을 해 보려는 데서

"이리 앉으십시오."

하고 자리를 권하고 담배를 권하고 하면서 주택지 약도(略圖)를 꺼내어 펼쳐 놓았다.

일현은 자기 입으로는 가격을 한 푼도 깎고 싶지는 않았다. 어떻게 해서나 자기가 집터가 필요해서 사기보다는 저쪽의 경제상 편의를 도와주기 위해 산다는 호의를 알려 주고 싶은 것이다.

"가격은 그렇습니다. 무론 시세대로 호가하실 거요, 저도 또 필요해 사는 이상엔 값을 가지고 중언부언킨 싫습니다. 아주 절가해서 한마디로 말씀해 주시길 바랍니다."

"매우 좋으신 말씀입니다."

하고 동빈은 한참이나 주판알을 만적거리다가

"꼭 받아야 할 금으로 저도 말씀드리지요."

하고 주판알을 아래위를 쪽쪽 밀어 정돈해 놓더니 그 위에다 뾰족해지는 엄지손가락과 다음 손가락으로 십(十) 자와 원(圓) 자 줄에 몇 알씩을 올려밀어 보이는 것이다.

"이건 받아야 저희도 채산(採算)이 되겠습니다."

일현은 잠깐 주판에 던지었던 눈을 감아 본다. 전체 평수에 이 단가를 승해[181] 보는 것이었다.

"좋습니다. 세 자리 다 사겠습니다."

"고맙습니다."

"그런데 제가 지금 계약 준비를 해 가지고 오지 못했으니까요, 바쁘시지 않으면 잠깐 제 처소로 같이 가실 수 없으실까요?"

"바쁘지 않습니다. 그렇게 하지요."

하더니 동빈은 가방에다 서류 용지를 챙겨 넣는다. 일현은 전화로 자동차를 불렀다. 곧 자기 아파트로 왔다.

"전 아직 이렇게 아파트 생활을 합니다."

자동차를 나리는 일현의 말이다. 동빈은

"그러세요?"

하면서 지갑에서 자동차비를 자기가 꺼내려 한다.

"아닙니다. 내가 대 놓구 쓰는 뎁니다."

하고 일현은 자동차를 그냥 돌려보낸다. 같이 아파트의 이층으로 올라오면서도

"왜 댁이 어디신데 이렇게 계십니까?"

동빈이가 묻는다.

"아직 가솔이 없습니다."

"아, 혼자세요?"

하면서 동빈은 새삼스럽게 일현을 쳐다본다. 일현은 약간 얼굴이 화끈함을 느낀다. 방 안에 들어가면 동옥의 그 얼굴만 한 사진이 자기만을 아니라 동빈도 쳐다볼 것, 이 기회에 동옥의 말을 꺼내야 할 것, 꺼내되 어색하지 않게 꾸며야 할 것, 이 동빈과 토지의 주객 간이 아니라 남매의 관계를 맺는 자리가 될 것 들을 상상하기에 얼굴이 화끈해짐이었다.

일현은 주머니에서 열쇠를 내어 자기 방 문을 열었다.

"들어오십시오."

"네."

181 乘-. 곱해.

동빈은 따라 들어섰다. 모자를 벗어 주인이 거는 데다 걸고 가방을 든 채 주인을 따라 테이블이 놓인 데로 갔다.

"앉으시지요."

"네."

그러나 앉기 전에 방 안을 둘러보았다. 한편으로 큰 침상이 놓이고 침상 발치가리[182]로 골방이 있는데 휘장이 드리워 있고 침상 머리 쪽에는 좀 화려한 책상이 놓였다. 번뜻 마주치는 꽤 큰 사진틀이 놓였는데 유리가 뻔쩍하고 마주치어 사진은 잘 보이지 않는다.

"앉으세요."

"네."

그제야 동빈은 앉았다. 그제야 사진도 보이는 것이다.

동빈은 눈을 두어 번 슴벅거린다. 사진은 처음 보는 사진이다. 그렇게 큰 것, 그렇게 뿌연 것은 처음 보는 사진이나 인물이 갈데없이[183] 동옥이다.

그러나 무어라고 경솔히 먼저 말을 내이지 못하고 앉았는데 일현은 그 사진 놓인 책상으로 가서 잠긴 서랍 하나를 열더니 소절수책을 꺼내 가지고 온다.

"담배 피십시오."

"네."

하고 동빈은 주인이 뚜껑을 열어 놓는 은담배합을 나려다본다. 굵은 손가락만큼씩 한 금띠를 띤 여송연[184]들이다.

"피십시오."

"네."

동빈은 그래도 동옥의 사진에만 힐끗힐끗 눈을 던질 뿐 얼른 한 대를

182 '발치'의 방언. 누울 때 발이 가는 쪽.
183 틀림없이.
184 呂宋煙. 엽궐련. 시가(cigar).

집지는 않는다. 일현은 잠자코 만년필을 뽑더니 소절수에 금액을 적는다. 계약금만 적는 것이 아니라 세 자리의 대금 전액을 적더니 도장을 찍어서 쭉 떼이는 것이다.

"뭐 계약금이니 잔액이니 하고 몇 번씩 할 게 아니라 단번에 다 드리겠습니다. 그 대신 등기 수속은 댁에서 아시는 대서소에 일임해 주십시오. 모두 전 형을 믿고 맡겨 드리니…."

"그러세요? 수속이야 오늘로라도 마쳐 드리죠…. 감사합니다."

하고 동빈은 소절수를 받아 앞에 놓더니 가방을 열어 놓고 영수증을 쓰고, 또 다른 서류를 꾸미기 시작한다.

일현은 동빈의 서류에 붓을 대이는 모양을 건너다보며 여송연을 하나 들었다. 성냥을 그어 붙인다. 붙이어 두어 모금 빨더니 거꾸로 붙인 것을 깨닫는다. 동빈이가 보았을까 봐 얼른 불 붙은 데를 잘라 버린다.

그러나 침착을 잃은 것은 일현만도 아니다. 동빈도 서류에다 오자(誤字)를 내어 두어 번이나 종이를 갈아 쓴다.

영수증도 내어놓고 서류에도 일현의 도장을 받을 대로 다 받아 놓고 나서다. 그제야 동빈도 자기 주머니에서 보통 담배를 꺼내서 한 대 피우기 시작한다.

"왜 이걸 펴 보시지."

"필요, 먹던 게 좋습니다."

"…."

잠깐 침묵이 지나간다.

"동빈 형?"

"네."

"이 방에서 형이 발견되시는 게 없으십니까?"

"…."

동빈은 가만히 동옥의 사진을 보기만 한다.

"매씨[185] 사진입니다."

"글쎄… 똑같은 사람도 있다 하구 자꾸 보았습니다."

"…."

"그 앨 아십니까?"

"네, 그리게 사진이 있지 않습니까?"

"언제 어떻게 아셨던가요?"

"네, 얼마 됩니다."

하고 일현은, 자기도 동옥의 사진을 한번 돌아본다. 그리고 좀 침착한 음성을 지어

"당분간은 좀 모르시는 척해 주십시오."

"…."

"저와 동옥과 약속한 것이 있습니다. 적어도 자기가 졸업할 때까지는 아모에게도 제삼자에게는 알리지 말고 우리끼리도 만나지 말고 지내기로 한 겁니다."

"허…."

동빈은 빙긋이 웃음을 짓는다. 그러더니

"참, 요전 신문에… 그 애네 학교에 장학금을 내신 게 형이셨죠?"

묻는다.

"네."

"그리구두…. 어쩐지 누구냐고 물었더니 그 애가 대답은 않구 기색이 좀 달러지두군."

"기색이 달려져요?"

"네, 어떤 양반인지 그래두 너희 학교허구 간접으로라두 무슨 연고가 있지 않겠느냐 물어두 모두 몰라 몰라 하구 시침을 뗐어요. 허허… 요즘 애들은 맹랑해서…."

하고 또 웃음을 짓는다.

---

185 妹氏. 남의 손아래 누이를 높여 이르는 말.

"제가 이번에 터 산 것도 말씀 말아 주십시오. 자기 공부하는 동안은 모두 방해되니 아모런 소문도 내지 말아 달라구 했구요. 저도 그것만은 될 수 있는 대로 지켜오는 거니까요."

"아는 체허기가 힘들지 모른 척하기야 뭬 힘듭니까? 그런데 고향 댁은 어디십니까?"

"궁금허시겠지요, 저는…."

하더니 다시 책상으로 가서 어느 서랍을 하나 뽑는다. 거기서는 누른 봉투 하나가 나온다.

일현은 봉투 속에 든 것을 뽑았다. 흰 미농지[186]의 무슨 서류이다.

"제 겁니다."

하고 일현은 동빈에게 내어민다.

"뭡니까?"

동빈은 받아 보니 일현의 호적 등본이었다. 동빈은 어차피 받은 김이라 원적을 보고 곧 호주가 누군가를 보았다. 배일현이가 호주이다. 호주 그뿐일 뿐 아무도 없다.

"퍽 외로우시군요?"

"그렇습니다."

"거 참…."

"절 친동기처럼 돌봐 주십시오."

"아 이제야…."

하고 동빈은 일현의 생김생김을 다시금 쳐다보며 더욱 만족한 기색을 보인다.

"당분간은, 내년 삼월까집니다. 학교를 마칠 때까진 동빈 형만 혼자 알고 계서 주십시오. 부모님께도 아직 말씀드리지 말아 주십시오. 동옥과 단단히 약조한 거니까요."

---

186 美濃紙. 닥나무 껍질로 만든 질기고 얇은 종이.

"거야 힘두? 저두 그렇지 몇 달 안 남은 공부니 그간야 아무 소리 없이 지내는 게 다 무방하지…. 그런데 터를 세 자리씩이나 사서 뭘 하실려우?"

"다 집을 져 보겠습니다."

"셋씩이나?"

"네, 셋 다 다르게 져 보렵니다. 하난 순 양식으로 짓구, 하난 순 조선식, 하난 조선식과 양식을 절충해서 져 보렵니다."

"셋을 다 쓰게요?"

"건 이제 주부될 사람 맘이죠. 어느 것 하나만 택하든지 어느 것 둘만 택하든지 다 가지구 싶으면 다라도 쓰지요."

"허! 거기가 다양허구 터는 셋 다 얌전키야 허죠."

일현은 점심때가 좀 지난 것을 보고는 곧 가까이 있는 조선호텔로 동빈을 끌고갔다. 점심을 먹으면서는 자기가 돈 모으던 이야기로부터 황정희 아버지의 주식점 이야기를 거치어 그의 딸과 혼담이 있었다는 데까지 미치었다.

"거기선 애정이라기보다 그렇게 될 수 있는 한 기회였음에 불과했죠."

"그렇겠군요."

하고 동빈은 일현이가 따르는 삐루[187]를 마신다.

"그런데 공교히 참 황정희란 색시와 매씨가 중학 때 동창이랍니다그려."

"그래요?"

"그래 좀 안된 양으로 생각하는 모양인데 그거야 무슨 삼각연애두 아니것다, 기피할 게 못 되지 않습니까?"

"뭐 동창이기루…. 그것두 방핼 놀았다든지 또 이왕 혼인이 됐다든지

---

187 '맥주'를 뜻하는 일본말. 네덜란드어 'bier'에서 변한 말.

화관

한 것두 아닌데."

하고 동빈은 땅 흥정하던 기분의 그대로 연장인 듯 좋도록만 대답이 나왔다.

일현은 동빈과 헤어질 때 동옥과의 약속이라 하고 내년 삼월까지는 꼭 동옥에게나 집안 식구에게나 모르는 척해 달라고 다시 한번 부탁하였다.

그리고 일현은 그길로 여러 책사로 돌아다니면서 동서양 주택에 관한 책과 잡지를 십여 종이나 샀다.

아름다운 정원, 아름다운 들창들, 무슨 화학 실험실처럼 깨끗한 부엌, 아침 햇빛이 분수처럼 뿜어드는 식당, 발소리도 나지 않을 듯, 꿈자리 포근해 보이는 은은한 침실들, 일현은 책상 위에 동옥의 사진을 물끄러미 쳐다보곤 한다. 한참 정신을 쏟아 바라보면 동옥은 훨쩍 사진 속에서 뛰어나와 눈부신 에이프런을 걸치고 이제 그런 부엌과 식당에서 거니는 듯도 하고 살내가 꽃내 같은 보드러운 침의[188]에 쌔여 이제 그런 침실의 주인공이 되어 방긋이 웃음으로 불러 주는 듯도 보이는 것이다.

"후!"

일현은 아찔해지는 정신을 가다듬으려 눈을 감고, 들었던 책을 움켜쥐고 불불 떨면서 도리질을 해 본다.

"똑똑…."

일현은 눈을 뜬다. 문이 열리는 것은 건너편 방에서다. 무어라고 지껄이는지는 몰라도 애교 있는 여자의 목소리, 든 지 한 일주일째 되는 독신 여자로, 배우로 보기에는 얼굴에 너무 개성미가 없고 여급이나 가수로 보기에는 너무 비싼 방에 들어 있다. 가끔 남자들이 찾아오는데 복도에서 만나면 일현에게도 꽤 농후한 표정으로 인사하는 정체 모를 이웃 방 여자이다.

---

188 寢衣. 잠옷.

'어떤 사람이 찾아왔을까?'

공연히 맞은편 방에 과민해지는 것이다.

"거짓말! 요런…."

이렇게 완연히 들려오는 것은 남자의 목소리다.

'동옥이가 이제 너희만치 채려 봐라!'

일현은 다시 주택 잡지를 뒤지기 시작한다.

"뚝뚝…."

이번은 일현의 방이었다.

"들어오."

"접니다."

하면서 들어서는 사람은 회색 양복의 청년, 둘째번의 구혼극(求婚劇)을 맡은 배우이다. 일현은 이를 일기에 적을 때, 편의상 B군이라 한다. 그는 날카로운 눈으로 B군의 표정을 살피더니

"그래?"

묻는다.

"오늘 또 말은 한번 걸었습니다만…."

하면서 B군은 걸상에 앉는다.

"뭐라구?"

"좀 같이 산보할 수 없겠느냐고 대서[189] 봤죠."

"어디서?"

"학교서 오는 길에섭니다. 전찰 내려 골목으로 들어설 때 그랬습니다."

"그러니깐?"

"얼굴이 빨개지며 앞뒬 둘러보더니 우뚝 서요."

"서?"

189 직접 상대해.

"네, 서선 똑바로 날 쳐다봐요. 보더니 대뜸 '너머 비루하지 않어요? 왜 쫓아댕겨요? 또 쫓아댕기면 망신시켜 놀 테니 그런 줄 알어요, 괜히…' 하군 가 버리겠죠. 허! 참 망신했습니다."

하고 B군은 입맛을 다신다.

"망신!"

일현도 그것이 곧 자기의 망신인 듯이 얼굴이 붉어진다.

"참 배 선생님 눈엔 다시금 탄복합니다."

"왜?"

"첨에 보군 전 저만 여자한테 뭘 그러실까 하구, 너머 호기심이 컸드래서 그랬는진 몰라두 그리 미인 같진 않었어요."

"그런데?"

"그런데 볼수룩 참 잘생긴 얼굴이야요, 체격두요."

"흠…."

일현은 담배를 집어 물더니, 성냥을 긋는다.

"그만 얼굴이면 스크린에서나 스테지에서나 훌륭하겠던걸요."

"배우루 말이지?"

"네."

"괜히 또 여배우루 꽤내진 말우."

"원 선생님두! 배우루 나설 만한 여자면 여태 이러구 댕겨요? 벌써 이 연극을 성공한 지두 오래겠습니다. 여간 아니야요."

"아무턴 한번 저쪽 맘을 움직여만 노시오…. 움직여 놓구 차 내던져야 차 내던지는 효과가 생길 것 아뇨? 한번 쓴맛을 봐 여간해선 동하지 않을 거요만…."

"그리게 내일쯤은 편질 부치겠습니다. 그리군 지성이면 감천이란 진리 하에서 능장을 부리는 수밖에 없겠는데요."

"글쎄 수단껏 해 보시오."

이날 저녁은 그 장정의 보고도 이 B군이 전찻길 골목에서 동옥에게 말을 붙이더라는 것밖에는 다른 것이 없었다. 그러나 다음 날 저녁에는 장정은 초저녁인데 꽤 긴장해 들어섰다.

"왜 무슨 이상이 생겼소?"

"오늘이 반공일[190] 아닙니까?"

"참, 토요일이군."

"집에 잠깐 들어가 저고리만 갈아입고 나오세요. 바루 진고개루 가세요. 진고개 초입에섭니다. 웬 키가 성큼한 남잔데 양복은 그리 잘 입지 못한 것 같어두 인물이 준수한 청년인데 저쪽에선 나오구 이쪽에선 들어가시다가 서루 얼굴이 마주치시더군요. 서루 반갑게 인살 허세요."

"어떻게?"

"저쪽에서 하는 소린 잘 못 알아들었습니다만, 이쪽에선 안녕하섰세요 하구 허릴 굽히시드군요. 그런데 저쪽 남자 편엔 말야요 여학생이 하내 딸렸세요. 그 남자가 이내, 아직 모르시죠 아마, 얘가 인봉이라구 제 동생입니다 허구 소갤 시키는데 한 학교드군요, 교표 붙인 걸 보니까. 그리구 그 인봉이란 학생과두 서루 많이 보긴 한 걸루 말이 되는데, 그 여학생은 올해 그 학교에 첨 들었나 봐요. 아직 어리드군요."

"그래서 오래 뭐라구 얘기들을 해?"

"서루 집을 대나 봐요.[191] 그 남자의 주소를 그만 못 알아들었습니다. 그 남자가 자기 누일 가리키며 애하구 한번 놀러 오십시오 하구 이내 헤지긴 했어요."

"어떻게 뵈던가 둘의 새가?"

"서루 존대를 하는 거나 그 누일 인살 시키는 걸 봐 친척은 분명 아니구요. 이쪽에서 퍽 수집어하시는 거래든지 그러면서도 꽤 반색을 하시는 품이 저편보다 오히려 매우…."

---

190 半空日. 오전만 일하고 오후에는 쉬는 날. 토요일.
191 서로 집 주소를 말하나 봐요.

하고 장정의 입은 실쭉이 불안한 웃음을 짓는다.

"매우라니?"

일현은 반도 타지 않은 담배를 꺼 버리며 입술을 축인다.

"도리어 이쪽에서 좋아하시는 걸루 봬져요. 그 사람과 오랜 서 있지 않았어요. 그렇지만 헤져 가지구두 마음을 쉽사리 진정치 못 하시는 게 봬졌습니다."

"어떻게?"

"이내 평전상점으루 들어가시더군요. 들어가서선 하나두 눈여겨 보는 게 없이 그냥 행길 지나듯 나와 버리시더니 또 대판옥서점으루 가서 서두 아무 책 하나 들구 보시는 일 없이 또 두리번두리번하다 이내 나오세요. 그리더니 어딜루 갈질 몰라 잠깐 망설이다가 그냥 힝하니[192] 우편국 앞으루 도루 나오세요. 다 나오시더니야 살 걸 잊어버리신 걸 깨달으시나 봐요. 다시 진고개루 들어서시겠죠."

"허!"

"그래 다시 대판옥으루 가서서, 무슨 책인지 잘 모르겠어요. 뚜껑이 헝겊 같은 것인데 한 권 사시더니 나와서는 과일전에서 감을 여남은 개 사 가지고 오셨습니다."

"몇 살이나 먹은 남잡디까?"

"한 스물 대여섯 됐을까요."

"양복이 신사복입디까?"

"네, 그리 잘 채린 것 같진 않어두요."

"인물이 좋더라구?"

"사나이다워요."

"이제부터 더 주의해 봐야 허우."

이날 밤 일현은 좀 우울해진다. 가까운 카페로 가서 맥주를 혼자 세

---

192 횟. 빠르게.

병이나 먹었다. 귀밑이 후끈후끈해서 몇 번이나 손을 들어 쓸어 보면서 낙엽 지는 가로수 아래를 거닐다 돌아왔다.

일현은 일기책에 이렇게 적는다.

나는 정말 동옥을 사랑하나? 사랑하는 것은 무론이다! 사랑이란 모다 이렇게 하는 것인가 말이다. 이렇게 힘들여 하는 것이 사랑이냐 말이다.

일현은 펜을 멈추고 물끄러미 동옥의 사진을 쳐다본다. 사진의 동옥은 역시 웃는 얼굴이다. 일현도 빙긋이 웃어 본다.

나는 내 사랑에 한 가지 의심이 없지 않다. 내가 지금 동옥을 사랑하는 것이 동옥 그것을 사랑함인지 사랑 그것을 사랑함인지 내 자신이 적확한 판단을 갖지 못하기 때문이다. 내가 모든 사업을 정지하고 돈과 정력을 물 쓰듯 하도록 그다지도 동옥은 위대한 존재인가 말이다. 동옥이 아니라도 그만 여성은 발견할 수 있을 것이 아닌가? 동옥이 이상의 여자라도? 그렇다면 사랑하기 어려운 동옥이니까 굳이 사랑해내려는 그 점에, 내, 일종의 사업욕이, 지기 싫은 야심이 더 활동하는 것이 아닌가?

일현은 붓을 놓고 담배도 저 혼자 타는 대로 내어버리고 일어서 버린다. 뒷짐을 지고 방 안을 서성거리며 혼자
"사업욕? 야심? 그럼 사랑으론 벌써 불순한 것이 아닌가?"
하고 중얼거린다. 웃저고리를 벗어 침상머리에 팽개치고 침대에 벌떡 나가 드러누워 본다. 조용하다. 맥주이나 오래간만에 먹은 것이라 함빡 취한 것이 날래 건히지 않는다. 가슴은 두근거리나 팔과 다리는 남의 것처럼 놓일 자리를 찾지 못한다.

'외롭구나!'

생각이 바람소리처럼 머릿속을 지나친다. 담배를 집어다 빨아 본다. 담배도 군맛이 돈다. 비위에 거슬린다. 일현은 후닥닥 뛰어 일어났다. 웃저고리를 다시 입는다. 동옥의 사진을 집어 든다. 동옥의 입이 있는 데다 입을 갖다 대어 본다.

얼음처럼 차다. 깊은 가을밤은 사진틀의 유리에서지만 얼음처럼 차가웁다. 차가운 유리의 사진틀은 다시 책상에 놓아 버리고 모자를 집어 든다. 사무실로 나왔다.

"택시 하나 불러 주."

"네."

하고 사무원은 전화를 걸기 전에 다시

"어딜 늦게 나가십니까?"

묻는다.

"네, 좀 바쁜 일이 생겨서! 얼른요."

하여 놓고 다른 때처럼 사무실에서 앉아 기다리는 것이 아니라 행길로 나와 버린다.

알수록 불행한 것

자동차는 곧 나타났다.

"내가 불렀소."

하고 서기가 바쁘게 일현은 차 안으로 올라갔다.

"어디십니까?"

"명월관[193]."

오래간만의 요릿집이었다. 될 수 있는 대로는 동옥에게의 정욕을 순수한 채 지니기 위해 노는 계집들이 얼씬거리는 처소에는 몸을 삼가 왔다. 지금도 마음만은 일종의 정조 감정을 깨트려 버리고 싶지는 않다. 될 수만 있으면 술만으로 이 정욕의 신경까지 다 마비시켜 버리고 어디서든지 곯아떨어져 자 버리고 싶은 것이다.

요릿집 현관은 들어서기도 전부터 장고소리와 노랫가락이 쏟아져 나온다.

"어느 방으로 오십니까?"

"나 혼자요. 조용한 방 있겠소?"

하고 일현은 좌우를 둘러본다. 사무실 쪽에서 기생 몇이 내어다 보는 것이 눈에 뜨인다.

"네, 있습니다."

신표[194]를 받아 넣고 보이를 따라 긴 복도를 이리 꺾고 저리 꺾으며 들어간다. 이 방 저 방에서 노랫소리 아니면 기생들의 웃음소리가 나온다.

193　明月館. 1909년경 종로에 문을 연 우리나라 최초의 근대식 요릿집.
194　신발장의 표.

어느 방에서는 일현이가 좋아하는 가야금 소리도 나온다. 어느 구석방으로 가서 보이가 미닫이를 열며

"이 방이 조용합니다."

하는 때였다. 뒤에서

"에기!"

하고 놀라는 소리가 난다. 돌아보니 기생이다.

"배 선생님, 덩[195] 오래간만이외다그리."

일현은 못 들은 채 방 안만 들여다본다.

"남 쉰사[196] 좀 받으라우요, 점즉해[197] 죽겠네."

하더니 기생은 와서 일현의 등을 꽝 소리가 나게 때린다. 평양서 올라온 지 얼마 안 되나 일현의 술자리에는 단골처럼 꽤 여러 차례 불려 본 기생이다.

"오, 유록이구나! 누구라구…."

"너무 그리지 말라우요."

"왜 제 방에서 소린 안 허구 개평만 띄우려 나댕겨?"

하고 웃어 보인다.

"뉘레 그런 걱정해래나? 고이비도[198]한테 전화 좀 받았지."

하며 유록은 날름 돌아서 저희 방으로 달아난다. 일현은 방 안으로 들어왔다. 보이는 곧 낯수건 짠 것과 담배접시를 가져왔다.

"뭐 마른안주 좀 조촐하게 한상 봐 와."

"네, 술은 밀루 허실까요?"

"정종."

"기생 부르랍쇼?"

---

195 정말.
196 수인사(修人事).
197 점직해. 창피해.
198 '애인'의 일본말.

"글쎄!"

"이제 걔 어떠십니까?"

"유록이?"

"네."

"걔 술 못 먹지?"

"거야 제가 압니까? 나리께서 아시지."

"남의 방에 온 걸?"

"무슨 연회니까 곧 파헐걸입쇼."

"싫네…. 거 놀음 파허구 가는 기생에 술 좀 먹을 줄 아는 게 있으문 대작이나 하게 하나 들여보내게."

"네."

상보다 기생이 먼저 들어왔다. 처음 보는 기생이다. 야단스럽게 지지고 그리고 한 머리요, 눈썹이요, 입술이다. 칸나 꽃송이처럼 주홍으로 타는 저고리에 공단같이 검고 번질거리는 치마를 날씬한 허리동아리에 흡싸 감았다. 너무 흡싸서 감았던 탓인 듯

"용서하십쇼."

하고 인사하노라고 잠깐 쪼그려 앉는데 치마 주름이 뽀드득 타진다.

"아이 망신야!"

하고 다시 일어서는 기생은 타진 데를 감추기보다는 보이려는 듯이 저고리 고름을 끄른다. 일현은 그의 드러나는 저고리 섶 속을 보지 않으리라 하면서도 눈은 진작부터 빼앗기며 있었다.

"어서 앉지, 그만 만지구…. 좀 따졌기루…."

일현은 기대었던 안석[199]에서 바로 일어나 앉는다.

"자, 이렇게 여미니까 어디 따진 것 뵈요? 안 뵈죠?"

"안 뵈는군."

---

199 앉을 때 몸을 기대는 방석.

기생은 두껍닫이[200]에 걸린 체경[201]에 휘우뚱 몸을 돌려 비춰 보더니 일현의 옆으로 와 앉는다.

"우리 초면일세그려?"

"전 선생님 구면이야요."

"그래? 어디서 봤을까?"

"어디 알아내 보세요."

"난 생각 안 나는데."

"어쩌문, 아이 무안해라."

하고 기생은 새침해지다가 이내 다시 웃어 버린다.

"난 뭐 놀러 온 게 아닐세."

"그럼 요릿집에 무슨 사무 보러 오셨나요?"

"술 좀 먹으러."

"왜 무슨 화나는 일이 계신감?"

"그렇단다. 그래 기생두 부르지 않구 혼자 술이나 좀 먹고 갈까 했는데 와 보니 또 그렇지도 않군."

"아이 우서…."

"아는 기생두 없구 그래 거저 뽀이더러 서울 장안서 일등 명기루 하나 불러 달랬더니 과연 기생은 뽀이더러 불러 달랄 게로군!"

"잘못 불렀단 말씀이죠?"

"허! 거야 그쪽이 알아들을 탓이지."

"흥!"

하고 기생은 콧날을 상긋해 보이더니

"전 채봉이야요."

하고 이름을 내인다.

200 열 때 문짝이 옆벽에 들어가 보이지 않도록 만든 미닫이 문.
201 體鏡. 전신용 거울.

"곁만 명긴 줄 알았더니 속도 명기로구나! 내가 불러 놓고 이름이 뭐냐 물을 수야 있니. 그걸 알아채니 그만하면 돈 모기 힘들지 않겠다."

하고 일현은 히죽이 웃어 보인다.

"기생은 뭐 돈만 아는 줄 아시나 볼세."

"그렇던가? 내야 뭘 아나?"

"기생이라구 너머 무시하지 마세요, 괜히…."

"허, 그럼 채봉인 우리 같은 돈 없는 건달을 무시하지 않으렷다?"

"내가 언제 선생님 무시했어요?"

"허 이거 책만 잽히는걸…. 채봉이라? 무슨?"

"아시면 용치?"

"그걸 또 아는 수가 있나!"

하면서 일현은 얼굴을 자세히 봐야 성을 알아내겠다는 듯이 채봉의 생김을 유심히 들여다본다. 채봉은 사진을 박듯 꼼짝 안 하고 얼굴을 들고 있다. 화장을 짙게 해서 얼른 보기에는 좀 수선스러웠으나 자세히 보니 모두 동글동글하고 오목오목한 것이 귀염성스럽기는 한 얼굴이다.

"성이 뭐 같어 봬요?"

"김가 아니면 이가지."

"남을 촌사람으로 아시나 봐…."

하고 채봉은 눈을 흘기더니 접시에서 담배를 한꺼번에 두 개를 집는다. 두 개를 한꺼번에 물고 한 성냥불에 붙이더니 하나는 제가 물고 하나는 일현에게 준다. 일현은 받아 잠자코 뻑뻑 빨아내인다.

이내 상이 들어온다.

"정말 딴 손님 오실 이 없으신가요?"

"없게 안 오지."

하고 일현은 상에보다 그저 채봉에게 더 눈을 빼앗긴다.

"아이 심심해…."

"그리게 심심허지 않게 좀 해 주렴."

"기생이나 하나 더 부르시죠, 그럼?"

"싫여. 난 너허구 단둘이 좋아."

"아주 언제부터…."

기생은 일현의 접시에 안주 여러 가지를 골고루 집어다 놓더니 술병을 든다. 일현은 잔을 든다. 잔에는 노란 술이 찰찰 고인다.

"약주가 좀 덜 따끈하죠."

"괜찮으이."

"왜 보시기만 할까? 어서 술이나 마시세요. 저런 자꾸 쏟아지네."

"먹지…."

일현은 단숨에 쭉 들이키더니 안주를 집기 전에 잔을 채봉에게 내민다.

"저 못 먹어요."

"못 먹어?"

"잘 못 먹어요."

"그렇겠지. 나두 잘은 못 먹네."

하면서 채봉이가 그만 따르라고 잔을 치키는 대로 일현도 술병을 따라 올리키며 잔이 넘도록 붓는다.

채봉은 일현의 주량을 따를 수는 없다. 맥주면 두 고뿌[202], 정종이면 다섯 잔을 넘지 않아 새빨개지는 채봉이다. 그러나 단둘이 앉은 자리에서 손님의 기분을 위해서라도 어느 정도로는 따라 마시는 시늉을 아니할 수가 없다. 상 밑에 빈 그릇 하나를 몰래 나려 놓고 일현이가 못 보는 틈틈이 술을 따라 버리고 빈 잔만 마시는 체도 하였지만 번번이 그렇게 피할 수는 없는 것이다. 일현이가 두 잔을 마시는데 한 잔, 혹은 석 잔을 마시는데 한 잔씩 마신 것만 해도 자정이 넘어서는 채봉이도 맑은 정신을 지탱하는 수가 없다. 될 수 있는 대로 취하지 않으려 감만 한 접시를

---

202 '잔'을 뜻하는 일본말. 네덜란드어 'kop'에서 변한 말.

따로 가져오래서 자꾸 벗겨 먹었으나 결국은 일현이가 둘로도 보이고 셋으로도 보이었다.

"나 보게! 주시는 대로 먹네. 어쩔려구….''

"음… 이년! 뭐 채, 채봉? 너 나구 살련?"

하고 꼬부라진 일현의 주정이 나오면 채봉이도 솟아나려던 맑은 정신이 다시 가라앉는 듯 아찔해지고 마는 것이다.

"나허구 호호… 맘대루 해 보시구려…. 좀 좋아….''

"맘대루 해 봐라? 요…요걸… 노옵세다 놀아아….''

하고 노랫가락이 나오기도 한다. 그러면 채봉이도 어깨를 한번 으쓱 솟궈 가지고

"유우자도 남기련만은 한 가아지에 둘씨익 세엣씩….''

하고 받기도 한다.

"너 우리 동…동옥이 모르지.''

"동옥이?''

"그래.''

"어느 권번[203]인데?''

"예 이년, 기생인 줄 아니? 퉤, 쌍년!''

"왜 남을 욕해? 내 막….''

하고 채봉은 달려들어 일현의 무르팍을 깨문다.

"아야! 요, 요런!''

일현은 그만 채봉의 등어리를 끌어안아 본다. 취한 코에도 채봉의 목덜미의 분내, 살내, 그리고 취한 손과 팔에도 채봉이의 등어리와 겨드랑의 감촉, 일현은 취기가 선뜻 물러가는 대신, 술기운보다 몇 갑절 더 뜨거운 것이 확 전신에 내닫는 것을 느낀다.

"홍….''

---

203 券番. 일제강점기 기생들의 조합.

"흥…."

"요것이 남 하는 대루…."

"흥…."

채봉은 깨물려던 일현의 무릎에 한편 뺨을 누이고 말뚱히 쳐다보는 것이다. 채봉이도 다른 정신이 나는 듯하다.

"왜 보니?"

일현은 갑자기 서먹해져서 이런 말이 나왔다.

"좀 보문 어떤가요, 뭐…."

하고 얼굴을 파묻는 채봉이도 그 '어떤가요, 뭐…' 하는 소리가 직업을 떠나 한 이성을 느껴 보는 듯 갑자기 수줍어지는 말투다 .

"몇 살이냐?"

"…."

채봉은 고개를 들지 않는다. 잠잠한 시간이 한참 지나갔다.

"응? 채봉."

"벙거지…."

하고 그제야 얼굴을 들더니 채봉은 두 손바닥으로 두 뺨을 가리고 한다.

"갓 스물…."

일현은 시계를 꺼내어 본다. 새로 한시가 지났다. 더욱 새 정신이 난다. 채봉은 약간 일현과 외면해 앉더니 담배를 한 대 집는다.

"내 붙여드리지."

하고 일현이가 성냥을 그어 내어민다. 담배를 문 빨간 채봉의 입술은 불은 보지도 않고, 그 입술까지가 야무지게 일현을 쳐다본다. 일현도 성냥 개비가 다 타져 들어오는 것도 모르고 채봉의 아미[204]만 나려다본다.

"앗, 뜨거!"

일현은 다 타진 성냥개비를 내어던지고 다시 새 것을 그어 붙여 준다.

204　蛾眉. 아름다운 눈썹.

그리고 자기도 한 대 피워 문다. 서로 잠잠히 담배 연기만 뿜는다. 등골이 이내 선뜻선뜻해진다. 일현은 사시[205]를 들어 신선로 국물을 휘저어 보았으나 다 식어 김도 나지 않는다.

"춥구나!"

"추워, 참!"

하고 채봉은 웅숭그린다. 일현은 손뼉을 친다. 이내 보이가 미닫이를 연다.

일현과 채봉은 새 정신으로 서로 의논해서 국밥을 시켰다. 국밥을 먹고는 곧 셈을 치르고 방을 나섰다. 텅 빈 복도에는 찬바람이 씽 지나간다. 일현은 아직 스팀을 피우지 않은 아파트의 침상이 얼마나 쓸쓸스러울 것을 생각한다.

"채봉아."

"네?"

보이가 어서 저만치 앞서가기를 기다리는 듯 일현은 턱밑만 쓸면서 기름 뜬 국을 먹어 반지르르 윤이 나는 채봉의 입술을 나려다본다.

"왜요?"

채봉은 궁금한 듯이 일현의 팔을 끼며 쳐다본다.

"너희 집 어디냐?"

"다방굴[206]."

"나허구 한 차루 갈까? 나도 그쪽인데!"

"…"

대답은 없으나 채봉은 선선히 고개를 끄덕여 준 것이다. 현관에 가까이 나왔을 때다.

"그럼 먼저 타시구 큰길에 나가 잠깐만 기다려 주세요. 사무실에 들

---

205 沙匙. 사기로 만든 서양 숟가락.

206 다방골. 지금의 중구 다동(茶洞).

러 곧 나갈게."

이번에는 일현이가 고개를 끄덕이었다.

일현은 먼저 자동차에 올라 골목 밖을 나왔다. 곧 차를 세워 놓고 생각해 본다.

'동옥이가 순결한 듯…. 그러나 난 이미 동정을 잃은 지 오래지 않은가? 남자에게 동정이 없는 건 아직 조선선 문제시 안 되지 않는가? 이미 그런 순수성이 없는 사나일진댄 차라리 난잡하지만 않은 범위 내에선 여러 여자를 경험하는 것이 최후의 한 여자를 위해선 준비지식이 되는 게 아닐까?'

일현은 담배를 내어 붙인다. 찬 밤중 바람이 가로수를 쌔애 스치고 지나간다. 낙엽이 자동차의 유리창을 때린다.

"오래 기대려야 합니까?"

운전수가 묻는다. 이 김에 그냥 가 버리고 싶은 생각도 없지는 않다.

"이제 곧 나올 게요."

담배가 다 타서 내어버리어도 채봉은 나오지 않는다. 아파트 방에서 혼자 미소를 띠고 있을 동옥의 사진이 번뜻 눈앞에 떠오른다. 일현은 그만 운전수에게

"그럼 갑시다."

해 버린다. 자동차는 곧 움직인다. 휑 빈 큰길에 거칠 것 없는 자동차는 순식간에 파고다공원 앞에 이르른다.

"여보."

"네?"

"스톱! 스스톱…."

하고 일현은 당황하게 소리를 지른다. 차는 삐익 소리를 끌며 무리스럽게 선다.

"왜 그리세요?"

"기다린대 놓구 암만해두 안 됐수. 도루 찰 돌류. 그리 갑시다."

알수록 불행한 것   371

운전수는 잠자코 차를 돌린다.

'아파트로 다리고 갈 건 없어두 저희 집 들어가는 데까지는 약속한 대루 태다 줘야 옳지.'

다시 명월관 앞으로 오는 일현의 생각이었다.

채봉은 차가 서자 곧 나타났다.

"기다리셨죠?"

"왜 그렇게 오래?"

"호….'"

하고 웃으며 차 안으로 들어오는 채봉의 얼굴은 분 향기가 새로웠다. 화장을 다시 하느라고 늦은 것을 깨닫는 일현은 속으로 '그냥 가 버리지 않길 잘했다' 생각된다. 그러나 운전수는 조금도 이로울 것이 없다는 듯, 차를 때려 몰듯이 갑자기 속력을 내이는 바람에 아직 기대지도 않았던 채봉이는

"아유!"

하면서 일현에게 쏠린다. 일현은 자기의 무릎을 짚은 채봉의 손을 꼭 쥐어 준다.

차는 어느덧 종로로 왔다. 일현은 채봉의 눈치를 본다. 다방골로 들어가려면 차를 남대문통으로 나가자고 해야 할 때다. 그러나 채봉은 잠자코 있다가 차가 네거리를 그냥 지나 광화문통으로 달리려니까야

"이 차가 어디로 가?"

하고 놀란다.

"어디서 내릴려구요?"

일현이보다 운전수가 먼저 속력을 줄이며 퉁명스럽게 묻는다.

"난 다옥정207인데 저 광충교208 다리서 나려야."

---

207 茶屋町. 당시 '다방골'로 불리던, 현재 중구 다동(茶洞)의 일제강점기 명칭.
208 廣沖橋. 종로 사거리와 남대문 사이를 잇는 청계천의 다리. 광통교(廣通橋). 광교.

화관

그러나 차는 벌써 한참이나 지나쳤다.

"그럼 어떡허나?"

일현은 차가 지나친 것보다 더 복잡한 속이 있다.

"그럼 모교[209] 다리로 들어서 줘요. 거기서 내려도 멀진 않으니까…."

차는 이내 모교를 건너자 정거한다.

"그럼 안녕히 가세요."

채봉은 태연히 나리나 일현은 아무 대답도 못 한다. 그러는 새 채봉은 나려서고 문은 운전수의 손으로 탕 소리가 나게 닫힌다. 채봉은 오두커니 섰다. 자동차는 움직이려 한다. 일현은 어떻게고 마음을 정해야 할 순간이다.

그러나 일현이가 어떻게고 마음을 움직이기보다 운전수가 차를 움직이기가 더 쉽고 빠른 것이었다. 내어다보니 벌써 채봉이가 서 있는 곳은 아니다. 돌아보니 채봉은 희미한 그림자가 옆 골목으로 사라져 버리는 것이다.

"여보."

일현은 운전수를 불렀다.

"네?"

"차 세우 그만."

일현은 찻삯의 잔전[210]을 받을 사이도 없이 채봉이가 사라진 골목 쪽으로 걸었다. 자동차로는 잠깐 온 것이 걸으려니까 한참이다. 나중에는 뛰었다. 뛰어왔으나 채봉은 골목 안에서 보이지 않는다. 여염집은 무론, 전당포, 반찬가게, 모두 문들이 닫기었다. 골목은 이내 두 가달[211]이 난다. 어느 골목도 다 캄캄하다. 일현은 두어 번 기침 소리를 내어본다. 자기의 기침 소리일 뿐 채봉의 종적은 묘연하다. 하는 수 없이 다시 큰길

---

209   毛橋. 서린동과 무교동 사이에 있던 청계천의 다리. 모전교. 모전다리.
210   -錢. 잔돈.
211   '가닥'의 방언.

로 나온다. 어느 약국의 네온사인이 새빨간 것이 눈에 뜨인다. 새빨갛고 반지르르하던 채봉의 입술이 더욱 아쉬워진다.

'이 근처에 어디 인력거 병문²¹²이 있은 듯한데….'
생각이 난다. 한참 갈팡질팡하면서 인력거 병문을 찾는데 인력거 한 채가 모교 다리를 건너온다. 명월관은 아니라도 무슨 관이라고 쓴 등을 달았다. 탄 사람은 요릿집에서 돌아오는 기생인 듯하다.

'기생!'
일현은 길을 막기나 한 듯 마주 나갔다. 사진관 외등에 비쳐 기생의 얼굴은 또렷하다. 나이 많다. 인물이 채봉이만 어림도 없다. 인력거꾼은 주춤거리며 일현과 기생을 돌아보더니 양편이 다 말이 없으니까 그냥 달아나 버린다.

'유록이기나 했어두….'
하고 일현은 입맛을 다시었다. 느긋한 트림만 올라올 뿐, 피곤조차 느껴지지 않는다. 아파트로 간대야 쉽사리 안정되어 잠이 올 성싶지 않다. 일현은 다시 어슬렁거리고 이제 그 인력거가 들어간 골목으로 쫓아 들어섰다. 얼마 안 들어가서 그 인력거는 비어 가지고 나왔다.

"여보."

"네."

"이 골목에 채봉이 집 아시오?"

"기생 말씀입쇼?"

"그럼, 채봉이."

"요 웃골목 들어서 바른편으루 셋째 집인가 넷째 집인가 그렇습니다."

일현은 한 줄기 서광이 느껴진다. 이내 저고리 안주머니에서 지갑을 꺼내었다. 일 원 한 장을 인력거꾼에게 주었다.

---

212 인력거꾼들이 모여 있는 골목 어귀.

화관

"가서 자더래두 나오라고 그류. 이제 자동차루 같이 오던 손님이라구 그리구 응?"

"알았습니다."

인력거꾼은 한참 뒤에 채봉을 태워 가지고 나왔다. 일현은 곧 자동차를 불러 같이 타고 밤중에도 손님이 들고 나고 잘하는 정거장 근처 여관으로 간 것이다.

여관에선 손님을 반가이 맞아 시중했다. 채봉이도 자기의 손님, 일현에게 한 가지 반 가지도 눈에 나게 할 리가 없다. 일현은 사진만의 동옥이보다 실물의 채봉이가 더 즐거웠다. 그러나 아파트로 돌아와 동옥의 사진을 보면 역시 동옥은 아름답다.

'실물 동옥은 얼마나 즐거운 걸까!'

감탄해 보나 그것은 까마득한 일이다. 우선 오늘 저녁, 내일 저녁, 아니 이 긴 가을밤들, 겨울밤들은 동옥의 것으로는 머리칼 한 오리조차 풍겨 보는 일이 있을 리 없다. 일현은 다음 날 저녁에도 요릿집으로 갔다. 채봉을 불렀다. 그리고 여관으로 갔다. 또 그러고는 채봉이만이 맛이 아니었다.

'유록인 어떨까?'

하는 호기심이 한 가지 더 생기었다. 유록이도 부르는 대로 왔다. 가자는 대로 여관으로 따라갔다. 노는 계집을 손에 넣기란 돈만 있으면 백화점 식당에 가서 음식을 사 먹기였다. 진열장에서 견본을 보고 얼마든지 골라 사 먹을 수 있는 것이나 마찬가지로 요릿집에서 불러 보고 마음에 드는 대로,

'저건 어떨까?'

하는 호기심이 생기기만 하면 곧 그 호기심은 만족해 볼 수 있는 것이었다. 그런데 최후의 한 여성을 위하는 것이 되는지 위하지 못하는 것이 되는지 그것은 아직 모를 일이나 아무튼 여성도 여러 여성을 경험할수록 지식이 생기는 것만은 사실이었다. 일현은 이내

알수록 불행한 것

'저건 어떨까?'

하는 호기심보다

'저건 저러렷다.'

하는, 여성을 투시해 보는 눈이 생기기 시작했다.

얼른 비유한다면 참외와 같다고 할까. 처음 먹어 보는 사람은 참외의 겉만을 보고 속이 어떨지 모른다. 흴지, 붉을지, 검을지 짐작을 못한다. 도려 보고야 빛도 알고, 먹어 보고야 맛도 안다. 그러나 많이 먹어 본 사람은 지식이 있다. 투겨[213] 보거나 냄새를 맡아 보지 않고도 잘 익은 것인지, 백사과[214]인지 감사과[215]인지 다 알아맞힐 수가 있다.

일현은 이런 정도의 지식을 여자에게 가질 수가 있게 되었다. 한번 척보기만 해도, 저 여자의 입에서는 어떤 목소리가 울리려니, 저 여자의 살결은 어떤 감촉이 있으려니, 저런 여자는 아무에게나 제 신세타령을 잘 내어놓으려니, 저런 여자는 꽤 정조관념이 굳세려니 나중에는, 잠꼬대를 잘하려니, 코를 잘 골려니까지 짐작이 되었고, 그 짐작은 꽤 맞아나갔다. 참외를 잘 고르는 사람의 눈에 껍질은 푸르거나 희거나 속이 다들여다보이듯이 일현의 눈에 여자들은 옷은 어떤 모양으로 차렸든지 한 오리 실뽀람[216]도 걸치지 않은 것처럼 속살과 속뜻이 훵하니 들여다보이었다.

'저 여잔 저런 재미가 있으렷다.'

해지어서 경험해 보면 과연 저 여자에게는 저런 재미가 있었고,

'이 여잔 이런 재미가 있으렷다.'

해지어서 경험을 보면 과연 이 여자에게는 이런 재미가 있었다.

'저런 여자와 이런 여자가 있다. 여자는 같지 않다. 여자는 여러 가지

---

213 '튕겨'의 방언.
214 노르스름한 빛이 도는 재래종 흰 참외.
215 겉은 푸르고 속이 감처럼 붉은 참외. 개구리 참외.
216 '실보무라지'의 방언. 실밥.

다.'

하는 새로운 호기심이 나는 것이다.

'한 여자만을 아는 것은 남성의 빈약이다. 남성의 가장 수치요 가장 불행일지도 모른다.'

하는 구절까지 일현은 일기책에 적어 놓았다.

'여자는 모두 다르다!'

일현은, 마치 금점꾼[217]이 모든 돌멩이를 이것은 어떤 돌일까? 하고 보듯이 여자이기만 하면 유심히 보게 되었다. 유심히 보면 미운 것도 모두 다른 미움이 있고, 이쁜 것도 모두 다른 이쁨이 있다. 모두 다른 이쁨이니 욕심은 한이 없다.

일현은 사흘이 멀다 하고 저녁이면 아파트를 나선다. 나서서는 우선 손이 쉬우니 요릿집으로 가지 않을 수 없다. 가서는 상만 시키고 기생은 부르지 않는다. 모르는 기생은 어떤 못난이가 올지 불안스러워 부르지 않는 것이요, 아는 기생은 이미 다 경험한 것이기 때문에 호기심이 없어 부르지 않는다. 보이를 시켜 여러 방에 온 여러 기생들을 모조리 한 번 씩 따오게[218] 하는 것이다.

기생들은 전화가 왔노라 하면 흔히는 속는 줄 알면서도 나오기를 즐긴다. 오래간만에 아는 손님을 만나는 것도 재미려니와 모르는 손님에게라도 자기를 선전할 수 있는 좋은 기회가 되는 것이요, 또 비싸게 굴기 위해서도 가끔 전화가 오는 체해야 한다.

미닫이 밖에서 슬리퍼 소리가 나면 일현은 얼른 상수건[219]으로 입을 닦고 날카로운 눈을 든다. 바시시 문을 열고 방긋 웃으며 들어서는 기생은 미처 앉기도 전에 일현에게 검열(檢閱)이 되어 버리는 것이다. 검열에 통과되지 못하는 기생이면 술만 한 잔 따르고 갈 뿐이요, 검열에 통

---

217 金店-. 금광에서 일하는 사람.
218 이미 다른 방에 가 있는 사람을 빼 오게.
219 床手巾. '냅킨'의 옛말.

과되는 기생이면 곧 먼저의 손님에게 가서는 몸이 아프다 핑계하고 나와 밖에서 기다리는 일현의 자동차로 오르는 것이다. 돈에 자유가 있는 일현에게는 이만 자유는 아무것도 아니었다.

그러나 보이들은 아무리 인물이 묘하니 재롱이 귀여우니 하고 따다 바치어도 일현에겐 하룻밤의 미인일 뿐이었다. 날이 밝는 아침이면 손가락 하나 머리털 한 오리의 매력은 남아 있지 않았다. 그저 눈이 있고 코가 있고 있을 것은 있고 없을 것은 없는 남자 아닌 육체일 따름이었다. 아무리 아양을 부리고 웃음을 떨치어도 한낱 입의 동작으로 보일 따름이다. 먹고 말하고 울고 웃고 하는 입이 그중에 웃는 동작을 하는 것이거니 느껴질 따름이다. 잠을 깨는 날 아침의 허무스러움은

'여자마다 다 마찬가지다.'

하는 생각이 전날 저녁에

'여자는 다 다르다.'

하던 생각보다 몇 배 더 심각하게 느껴지는 것이다.

'동옥이도 이런 것이 아닐까? 하룻밤 뒤에 남는 것은 그저 눈이 있고 코가 있고 있을 것은 있고 없을 것은 없는 남자 아닌 육체일 뿐 아닐까? 그렇다면?'

"뭘 그렇게 생각해요?"

하고 옆에서 따라 일어나는 여자의 뺨은 일현의 가슴에 와 비비며 말끔히 쳐다본다. 일현도 나려다본다. 조금도 눈이 뜨겁거나 가슴이 두근거리거나 하지 않는다.

'동옥에게도 이럴 것이 아닌가?'

일현은 다시 이불을 뒤집어쓰고 아파트에 놓인 동옥의 사진을 상상해 본다.

'동옥이도 사람. 그도 여자. 그도 하룻밤 뒤에 남는 건 다 이런 계집들과 다를 게 없는 남자 아닌 육체일 뿐, 정말 그렇다면?'

일현은 머리쪽²²⁰을 매만지는 여자더러 담배를 한 대 피워 달래서 뻑

뻑 빨아 본다. 우울하다. 그렇게 신비해 보이던, 그렇게 호기심을 끌 무엇이 무진장으로 들어찼을 것만 같던 여성이란 것이 이다지도 쉽게 바닥이 드러나고 말 줄은 몰랐다. 이제는 어떤 여자를 보나 자기가 모르는 구석은 없을 것 같다. 다 자기가 몇 번씩 여행해 본 땅의 지도와 같다. 아무런 매력도 신비도 느껴지지 않는다.

"난 여잘 너머 알았다!"
하는 탄식이 결론이나처럼 일현의 입에서 떨어지고 만다.

일현은 여자와 작별하고 부리나케 아파트로 돌아온다. 동옥의 사진을 한참이나 서서 바라본다. 아무래도 송전에서나 석왕사에서처럼, 동옥의 실물을 만나더라도 가슴이 두근거려질 것 같지는 않다. 동옥의 눈동자가 다시는 별처럼 신비하게 쳐다보여질 것 같지는 않다.

'정말 동옥에게도 내 가슴은 두근거릴 줄 모른다면? 정말 동옥에게도 내 눈은 별의 신비를 바라볼 수 없다면? 그렇다면 동옥이란 무엇인가? 채봉이나 유록이와 다를 것이 무엇인가?'

일현은 동옥에게, 아니 여성에게의 환멸을 느끼지 않을 수 없다. 여러 여자를 경험하는 것은 최후의 한 여자를 위해 지식이 되리라 한 것은 자기의 방종한 생활을 억지로 변호하는 말에 불과하였다. 경험이 있을수록, 지식을 가질수록 향기와 신비가 느껴지지 않고 단조한 육체만이 드러나 보이는 것이 이성(異性)이었다.

모르기 때문에, 모르는 데가 있기 때문에 이성은 아름다운 것임을 일현은 이제야 깨닫는 것이다. 모르기 때문에 신비해 보이고 신비해 보이니까 천사처럼 여왕처럼 거룩해 보여 시인 아닌 어떤 사나이나 다 '당신을 위해선 목숨이라도 바치겠습니다' 하는 훌륭한 시(詩)를 고백하는 것이었다. 신비, 이것은 육체 이상의 것으로 육체 아닌 아름다움이었다. 일현은 여성에게서 육체 이상의 것을 감각하는 신경이 그만 마비되어

220 쪽. 또는 쪽 찐 머리.

알수록 불행한 것

버린 것이다.

일현은 여기서 자기의 모든 계획을 스사로 한번 비판하지 않으면 안 되었다.

'나는 육체 이상의 동옥을 어느 틈에 잃어버린 것이다. 동옥을 육체 이상으로 사랑할 수 없는 것은 내 자신도 불행이거니와 육체 이상의 사랑을 받지 못하는 동옥이도 불행할 것은 무론이다. 난 그를 누구보다도 행복되게 해 줄 수 있노라 몇 번이나 맹서하지 않았던가?'

일현은 동옥의 사진을 집어 침상 위에 던지었다. 사진은 뒤집혀져 떨어졌다.

'단념?'

일현은 얼른 침상으로 가 사진을 바로 제껴 놓았다. 역시 육체만으로도, 채봉이나, 유록이나 그 외에도 열이 넘는 모든 육체들보다는 아름다울 것으로 보여진다.

'어찌할까?'

이날 저녁이다. 그 동옥을 지키는 장정은 와서 이런 고발을 한다.

"오늘은 학교서 그 인봉이란 학생과 같이 나오셨습니다. 잠깐 댁에 들러 책보를 두고 나오서선 그 학생을 따라 다시 삼청동으로 가셨습니다. 언덕에 놓인 조고만 개와집인데 박인철이란 문패가 붙었드군요. 저녁을 지어 먹는지 이내 그 인봉이란 학생이 나와 채소서껀 고기서껀 사 들어갔어요. 반찬가게서 알아봤습지요. 그 집은 아모도 없구 오라범과 누이동생뿐이라나요. 그런데 아주 어둬서야 그 집을 나오시는데 정말 요전 그 청년이 나타나 배웅을 했습니다. 누인 이내 들어가 버리고 청년과만 한참이나 바투 서서 얘기하면서 나오셨습니다. 심상치 않은 새라구 봬집니다…."

일현은 거칠어지는 숨소리로 동옥의 사진을 한참이나 노려보았다. 질투의 핏줄이 미꾸리처럼 관자놀이에 두드러진다.

"그 집을 날 가리켜 주게."

"오늘밤으로요?"

"지금…."

일현은 외투를 입는다. 속으로 이렇게 생각한다.

'여성이 그처럼 아름답던 것도 다 환멸이다. 사랑은 다 무어냐? 결혼은 다 무어냐? 육체가 있을 뿐이다!'

우선 동옥의 육체를 어느 남자보다 먼저 짓밟아 버리려는 야심만이 끓어오른다.

사랑은 할 것, 그러나

동옥은 그동안 그 장정이 일현에게 보고한 것처럼 박인철을 만난 것이 사실이다. 그러나 진고개에서 한 번과 박인철의 집으로 가서 한 번의 모두 두 번만은 아니다. 그 장정이 아무리 동옥을 하루도 빼놓지 않고 미행한다 하여도 자기도 제 볼일이 있어 미행을 못 하는 때도 있었고 미행을 하다가도 멀리서 따르는 것이라 갑자기 어떤 골목으로 들어서 버리면, 또는 막 떠나려는 전차에 올라가 버리면, 또는 활동사진관 같은 데서 나올 때라도 나오는 문이 한 군데만 아니니까 어느 쪽으로 빠져나가는지 몰라서 가끔 놓쳐 버리곤 한 것이다. 그래서 동옥은 그 장정이 모르게도 인철이와 두어 번 더 만났을 뿐 아니라 사직동에 있는 동석 오빠와 약혼한 장순경에게도 두어 번 간 적이 있고, 또 작년까지도 한 반에서 공부하다가 이학기 중도에 퇴학하고 경상도 어디로 시집 갔던 정일송(鄭一松)이란 동무도 서울 와 살게 되어서 반 동무들과 두어 번 찾아간 적이 있었다. 그런데 이 박인철이나, 장순경이나, 정일송은 직접 간접으로 동옥의 생활에, 생활이라야 무론 겉으로는 단순한 학생 생활이나, 속으로는 졸업을 앞둔 감정 생활에 있어선 자극을 주는 것이 한두 가지가 아니었다. 박인철은 동옥이가 가장 매력을 느끼는 이성이다. 기분대로라면 벌써 '나는 당신을 사랑합니다' 하고 인철에게 고백했을는지 모른다. 그러나 동옥은 될 수 있는 대로 감정을 눌렀다. 이 꿈틀거리는 감정을 누르기 위해서 동옥은 일기책에다 이런 문구까지 적어 놓았다.

'사랑은 할 것, 그러나 첫째 초조하지 말 것, 둘째….'

둘째는 무엇이라 써야 할지 아직 생각하지 못했다. 우선 초조하지 말

것만은 인철이가 그리울 때마다 펼쳐 보았다. 그리고 기회 있는 대로 박인철과 사귀기는 하되 어디서 만나나 그를 만날 때는 이, 집에 책상 서랍 속에 있는 일기의 한 구절을 먼저 기억하곤 하였다.

장순경은 동석 오빠의 애인, 아주 약혼까지 한 사람, 더구나 동석 오빠와는 성격이나 취미가 아주 극단이어서 어떻게 저 둘이 한 덩어리의 생활로 융합될 것인가? 한 덩어리의 생활은 언제부터인가? 결혼하는 날부터인가? 결혼이란 그것으로 일조일석에 융합될 것인가? 그렇지 않다면 약혼 시기에 서로 융합을 위해 서로 절충과 타협이 있을 것 아닌가? 그렇다면 지금 그들은 편지로라도 장래 한 덩어리의 생활을 계획하기 위해 끊임없이 교통이 있을 것 아닌가? 어떤 내용일까? 어떤 방법일까? 이런 모든 것이 궁금하던 차인데 한번은 그 장순경으로부터 좀 놀러와 달라는 편지가 왔다. 가니까 순경은 반색을 해 맞아들이고 이런 이야기를 꺼내었다.

"동경서 편지가 여러 날째 끊어지니 웬일일까요?"

"동석 오빠한테서요?"

"그럼요, 요즘 기다리는 게 있는데 도모지 웬일인지….."

하고 얇은 눈꺼풀을 찌푸렸다.

"글쎄요. 병이나 나셋을까요?"

"병이면 왜 전보라도 못 해요? 그런데 그이 이력서 같은 거 그이 집엔써 둔 게 없겠죠?"

묻는다.

"글쎄요, 이력서 쓰실 일이 있으세요?"

"지금이 벌써 어느 때유? 양력 연말이 낼모렌데….. 남들은 벌써 사방에다 이력설 내돌리는데….. 우리 삼춘 한 분이 전매국[221]에 다니신다우."

221 조선총독부 소속으로, 담배, 인삼 등의 전매(專賣)를 담당하던 관청.

"네."

"전매국서 꽤 높은 자리에 계신데 벌써들 여기 성대[222]에서서껀 내년 봄에 졸업할 사람들 이력서가 산데미처럼 들어왔다는구려. 그래 우리 삼춘이 한 장 써 보내면 자기가 친히 가지구 가서 인사과에 말해서 운동해 주시마는데 그래 그런 편질 한 지가 오래요. 얼른 한 벌 써 보내라구."

"그런데 안 와요?"

"오는 게 뭐유? 영 편지 답장두 없구랴."

"또 해 보시지?"

"또 했다우. 그래두 벌써 답장이 올 때가 지났는데…."

"집에 웬 써 논 게 있을라구요. 제가 가 알안 보겠세요. 그렇지만 그 오빠가 전매국 같은 데 갈려고 그럴까요?"

"왜요?"

하고 순경은 눈을 깜박깜박한다.

"내 생각엔 그 오빤 그래두 전매국같이 관청이나 다름없는 덴 덜 좋아 하실 것 같아서요."

"왜 그럴까요?"

하고 역시 순경은 눈만 깜박인다.

"그 오빤 사회에 나가 자기 생각대루 무슨 일을 해 보실려구… 그런 무슨 이상이 계실 것 같아요."

"전매국에 간다구 사회 아닐 건 뭐 있나요? 학창 생활을 나와서 취직하면 어디구 다 사회생활이죠."

"그래두 좀 다르지 않을까요? 자기 사상이나 정열을 가지구 학창 시대에 꿈꾸던 것을 실현시키는 일허구 그냥 기계적으로 위에서 시키는 대로 사무만 보는 일허구 다르지 않어요? 하난 자기 일을 하는 거구 하난 남의 일 해 주는 것 아닐까요?"

222 城大. '경성제국대학'의 준말.

"글쎄 헐 수만 있으면야 제 일 제가 하는 게 자유스럽구 좋죠. 그렇지만 뭐든지 금전 있어야 하는 세상에 제 돈 없이 무슨 제 일을 해 봐요? 벌어먹구 살려니까 남의 일 해 줘야지 벨 수 있어요?"

하고 순경은 딱하다는 듯이 웃는다. 동옥도 웃었다. 그러나 동옥은 속이 답답하다.

"남의 일이라도 자기 취미나 사상에 맞는 일이면 자기 일일 수 있는 것 아냐요? 만일 교육가로 나가고 싶었다면 말야요, 자기가 돈을 내서 학교를 세우지 않구 남이 세워 논 학교에 가서라도 교육가 노릇 할 수 있는 것 아냐요?"

"글쎄 그럴 수만 있으면야 좋겠죠. 그렇지만 지금처럼 취직난 시대에 그렇게 입에 맞는 떡만 찾단 어떡해요? 졸업하는 당년에 취직이 안 되면 한 해라두 묵기 시작만 하단 영 못한대니까요. 그리구 벨일이 어딨는 줄 아슈? 아직 동옥 씨만 해두 학생 시절이니까 그런 여유가 있이 생각허지 인제 동옥 씨두 상대자가 생겨 생활설계하게 돼 보슈, 다 꿈이야요. 학생 시대에 이상 이런 건…. 호호."

"…."

"나두 남만 못지않게 이상이 많았다우. 그래 글쎄 여자룬 당치않게 미술학교로 다 가지 않었우? 괜히 이태[223] 동안이나 가 돈만 쓰구 온 생각허문 여간 분허지 않다우. 그 비싼 캄바쓸…. 에노구[224] 하나에두 하꾸라이[225] 치약만 한 것 하나에 삼사 원 가는 게 풀풀한[226] 걸 애껴 쓰기나 헌 줄 아우? 그 돈들루 옷감을 사 뒀으면 지금 얼마나 요긴허겠수?"

"그렇게 후회가 나세요?"

"그럼요. 것두요 그렇게 써 버려두 괜찮을 돈이 집에 얼마든지 있대

223 두 해.
224 '그림물감'의 일본말.
225 하쿠라이(舶來)인. '하쿠라이'는 '외제(外製)'의 일본말.
226 흔한. 보통인.

사랑은 할 것, 그러나   385

면야 무슨 상관이야요. 우리처럼 여유 없는 가정에서야 차라리 돈으로 됐다 시집갈 때 주는 게 낫지 않어요? 나두 우리집에서 한 이천 원 내 몫으로 됐었답니다. 그런 걸 난 시집 안 가느니 또 가더라도 돈이 일없으니 허구 그 돈으로 공부만 간다구 성활 해서 그에 동경으로 가 그 돈 이천 원 다 까먹었죠. 지금 생각하면 내가 매쳤더랬어요."

"그럼 여잔 학비 대신 돈으로 달라고 그리구 공분 안 해야 할까요?"

동옥은 억지로 웃음을 지으나 좀 반감이 생기어 똑바로 쳐다보며 묻는다.

"동옥 씨헌테 실렐런지 몰라두 난 그렇게 생각해요. 동옥 씨도 결혼을 한다면 말야요 전문학교 사 년 동안에 배운 지식보다는 그 사 년 동안에 쓴 돈을 그대루 가지구 가는 게 더 생활엔 유용할 거라구요."

"건 너머 심하신 생각 아니실까요?"

"뭬 심해요. 사실인걸요."

하고 순경은 역시 자신을 갖는다.

"그럼 가정이란 덴 돈만이 필요하구 인격이나 고등교양은 필요치 않단 말씀 아냐요."

"아주 필요치 않은 건 아니죠. 돈이 더 필요하단 말이죠."

"돈도 무론 필요한 줄 저두 알어요. 그렇지만 경제의 힘이 그렇게 무능하면야 서로 결혼 않는 게 옳지 않어요?

그리고 어떤 사람이 으레 자긴 경제적으로 아주 무능한 사람한테나 갈 작정을 허구 부모더러 공부 대신 돈을 달랄 그런 못난이가 어딨어요?"

"못난이요?"

못난이란 말에 순경은 눈꼬리가 샐쭉해진다.

동옥은 순경의 눈꼬리가 좀 날카로워지는 것을 보고는 이내 웃음을 지었다. 동무네 집도 아니요, 사돈집에 와서 아무리 이론은 이론이라도 저편을 불쾌하게 해 놓는 것은 예의가 아니다. 그래서 동옥은

“난 아직 기분으로만 말이 막 내달려요. 인제 형님이 많이 일러 주세요.”

하고 화제를 달리 꺼내서 더 한참 놀다가 돌아왔다. 돌아오면서 아무리 생각해도 동석 오빠와 순경의 사이에는 한번 단단히 충돌이 되지 않고는 허물어지지 않을 굳은 장벽이 느껴졌다.

‘충돌! 충돌이 된다면 누가 이길 것인가?’

하는 악의 아닌 흥미에서 어서 그들에게 충돌이 있기를 기다려진다.

‘아모런들 결혼이란 게 그처럼 돈만 아는 걸까? 결혼이란 그처럼 인격이나 이상이나 교양 같은 건 무시하는 건가? 구속하는 건가? 꼭 구속을 받아야만 결혼을 허나?’

동옥은 우울해진다. 순경이만이 동옥에게 이런 우울한 자극을 주는 것도 아니다. 정일송이, 작년 가을까지도 동옥의 반에선 혼자 이상주의자란 별명을 들었다. 밤낮 이상촌 건설이 소원이었다. 산수 좋은 곳에 큰 동네 하나를 사 가지고 마음에 맞는 사람끼리만 모여 살되, 거기 살 사람의 자격으로는 첫째 문학에 교양이 있을 것이니 소설이나 시를 쓰면 더욱 좋고 쓰지 못하면 통속 이상의 감상력이라도 있어야 할 것, 둘째 음악에 조예가 있을 것이니 노래를 부를 줄 알면 더욱 좋고, 부를 줄 모르면 기악이라도 한 가지씩은 할 줄 알아야 할 것, 셋째 동물을 사랑해야 할 것이니 개나 고양이나, 하다못해, 새 한 마리씩이라도 모다 길러야 한다고 하면서 그 이상촌의 이름을 반 동무들에게 여러 번 투표를 시켜 모으기도 하였다. 끊어 놓은 감상문 정도나 시도 가끔 짓는 체하였고 피아노도 『체르니』 삼십번쯤은 쳐 내는 실력이었다.

“너 무슨 돈으루 그런 이상촌을 채릴런?”

물으면

“나, 그리게 열심으루 공부해서 우등으루 졸업해서 미국으루 인제 가서 한 십만 딸라 끌어올 테다. 너희들 모두 예술가가 돼서 기달리란 말야.”

사랑은 할 것, 그러나

하고 입에 거품을 물며 씨억씨억하게[227] 대답했다. 그렇던 정일송이가 갑자기, 연애결혼도 아닌 결혼에 그렇게 녹록하게도 공부를 중지하였고 일 년 만에 서울 와 사는 것을 가서 구경하니 전날 정일송의 이상적 가정이라기에는 너무나 문학도, 음악도, 동물애도 보이지 않았다. 문학은

"뭘 허는지 신문두 제때 못 본단다. 어쩌다 책사에 가 보긴 해두 학생 때와 달러 어디 책 사겠던. 비싼 것만 같어서…."

하였고, 음악은

"얘, 있던 피아노두 시굴서 공의[228]네 집에 팔구 왔다. 손가락두 굳어졌구 괜히 먼지 걸레질하기만 귀찮구…. 시굴선 공의가 제일이더라. 돈 참 잘 벌어…."

하였고, 동물은

"시굴선 개는 한 마리 기르더랬는데 식구가 적으니까 찬밥이 어디 남어? 개까지 한식구루 치구 밥을 더 해야 하니 그 밥으로 기집애 하나 더 두는 게 낫지 않어?"

하는 것이다.

무론, 정일송의 이상촌이란 애초에 너무 단순한 꿈이었다. 그러나 그의 진실한 취미이긴 하였다.

'가정이란 취미까지도 삭탈하는 것인가? 옳지….'

동옥은 갑자기 송전해변에서 인철이와 문답하던 것이 생각난다. 인철은, 남자가 개인주의가 되는 것은 대개 여자 때문이라고 했다. 사회적인 일에 열심이던 사람도 연애만 하면 개인적인 계획과 행동에 빠져 버린다고 하였다. 동옥은 남자 편에서만 그렇게 할 말이 아니라 여자 편으로도 그렇다고 반박하였다. 여자도 꽤 사회니 대중이니 하고 열렬하다

227 씩씩하게.
228 公醫. 정부가 의사 없는 지역에 배치하는 의사.

가도 한번 남자와 친해지면 집터를 사느니, 과수원을 사느니, 저금을 하느니 하는 게 다 남자 때문이 아니냐고 하였고 결국은 남자나 여자나 가정을 목표로 다른 방면에 소비를 절약하는 때문이니까 죄는 가정 그것이 져야 한다고 결론이 되던 것이 생각나는 것이다.

'그럼 가정을 가지지 말아야 할 것인가?'

여기에서 동옥은 또 한 가지 그 해변의 문답이 생각나는 것이 있다.

그것은 그 오 선생님과 유 목사의 이야기를 하다가 동옥이가 그분네들은 다 소학교와 중학교에 다니는 아이들이 몇씩 있으니 장래 전문, 대학까지 교육비서껀 그까짓 월급만 가지고야 어림이나 있겠느냐고 하였을 때 인철이가 대답한 이런 말이었다.

"그리게 그들로선 그 길밖에 없다는 것 아닙니까? 문제는 이제부터 우리들이죠. 가정을 가지면 처자를 위해 그처럼 노예가 되는 걸 뻔히들 보면서 그냥 그들이 한 대로 막연하게 연애하고 막연하게 결혼하고 막연하게 자식 낳고 할 것인가가…."

'막연하게… 막연하게….'

동옥은 함박눈이 쏟아지다, 개이다 하는 겨울 하늘을 집에서도 학교에서도 틈만 있으면 창 앞으로 와서 멀거니 쳐다보면서 공상해 보았다.

'한 가정을 유지해 나가려면 대체 얼마만 한 자금이 필요한 건가? 필요한 자금만 서 있다면 막연하지 않을 것 아닌가?'

동옥은 최소한도의 액수를 따져보기도 한다.

'집 한 채에 오천 원, 가구에 천 원, 결혼 비용 천 원, 우선 칠천 원, 다음엔 생활비허구 또 자녀 교육비? 이건 정기 수입이 좀 있을 셈 치더라도 매월 평균 칠팔십 원은 가져얄 게다. 그리자면 일 년에 거의 천 원 돈이나 생기는 뭬 있어얄 텐데…. 땅으로 치면 백석지기란 게 그만치 나는 건지 몰라. 돈은 저금하면 얼마나 해야 일 년에 이자 천 원씩이 나올까?'

동옥은 문득 배일현의 장학금 생각이 났다. 만 원인데 그 이자로 수업료와 기숙비만 대인다면 두 학생의 것은 빠듯이 된다는 말을 들었다. 그렇다면 만 원의 저금만으로는 두 자녀의 교육비도 완전히 못 되는 셈이다. 거기다 생활비까지 넣는다면 대강 어림해서라도 한 삼만 원의 저금은 있어야 할 것이다.

'칠천 원과 삼만 원! 막연히 연애하거나 막연히 결혼하거나 막연히 자녀를 낳거나 하지 않기 위해선 최소한도로 삼만칠천 원!'

그러나 처녀 동옥은 이, 삼만칠천 원쯤에 얼른 낙망이 되는 것은 아니다. 세상엔 삼만칠천 원을 못 가진 사람이 더 많기는 하겠지만, 돈 삼만칠천 원쯤은 아무것도 아닌 사람도 헤일 수 없이 많을 것이다.

'배일현이도 오십만 원이나 된다지 않는가? 오십만 원은커녕 백만 원을 가진 사람이라도 좋은 남자가 있을 수 있는 것 아닌가? 남자라면 갑재기 삼만칠천 원이 걱정이겠지만 우리 여자는 상대를 고르게 달린 것 아닌가?'

이렇게까지 생각해 보는 동옥은 얼굴이 화끈해진다.

'이래서 여잔 그중에두 인물이 좀 반반한 여잔 허영에 빠지기 쉬운가 보다!'

동옥은 더욱 얼굴이 화끈해진다. 그리고 배일현과 박인철이가 머릿속에 떠오른다.

'배일현인 삼만칠천 원쯤 문제가 아니니까 자신이 만만해 어떠한 불의의 짓이라도 감히 해 나가면서 나한테 덤비는 거요, 박인철인 그 삼만칠천 원도 없으니까 날 좋아는 하는 것 같으면서도 무슨 말을 할 듯 할 듯만 하고 용기를 내지 못하는 것 아닐까?'

그러나 동옥은 한참 뒤에

'아니다!'

하였다. 박인철이가 그 송전해변에서

"눈을 크게 떠 대국(大局)을 본다면 제 한 사람 생활만이 문제입니까? …. 역산 운명의 기록이 아니라 행동의 기록 아닙니까? 청년의 지식이란 무엡니까? 청년의 양심이란 뭡니까? 우린 청년입니다…."

하던 말도 생각난 때문이다.

'청년? 지식? 양심? ….'

동옥은 창유리에 입김이 뿌옇게 앉은 것을 손바닥으로 닦아 버리었다. 마음속도 그 유리 쪽과 함께 맑게 트여지는 것 같다.

'그러나! 난 청년이다! 교육을 받은 사람이다! 시대를 감각할 만한 양심도 교양도 다 나에겐 준비된 것으로 자신이 있어 나가야 할 것이다!'

산뜻한 유리창에 입술을 부비어 본다. 자기의 피는 불처럼 뜨거운 청년인 것을 아니 느낄 수 없다.

'난 배일현이 같은 사람과 행복을 난호기[229]보담 박인철이 같은 사람과 불행을 난호어 맞고 싶다!'

동옥은 피 쏠리는 두 주먹을 꽉 쥐어 본다.

동옥은 순경의 부탁대로 곧 틈을 내어 동석 오빠네 집에 가 보았다. 그러나 예상한 바와 같이 그의 집에서는 이력서가 찾아지지 않았다. 동옥은 동석 오빠의 이력서가 발견되지 않는 것이 속으로는 얼마나 시원한지 몰랐다.

'그런 오빠는 전매국 같은 데 가 시키는 일이나 하고 월급날이나 바라고 썩어선 안 된다! 좀 더 의의 있는 일을 한 가지 맡는, 훌륭한, 시대의 투사가 돼야 한다!'

하면서 즐거이 그길로 장순경에게로 왔다.

그러나 순경은 동옥을 보자 먼저 하는 말이

"동경서 이력서가 왔에요."

하는 것이다. 겉으로는 같이 반가워하는 체할 수밖에 없으나 속으로는 여간 불쾌하지 않다.

"학교서 해 주는 졸업 미꼬미쇼[230]가 늦어서 늦었대요."

---

229 나누기.
230 見込書. '예정서'를 뜻하는 일본말.

"네에?"

이날 저녁에 동옥은 동석 오빠에게 긴 편지를 썼다. 이런 구절들이 있었다.

난 오빠가 그런 데 취직할 의사가 있기 때문에 이력서를 보냈으리라고는 믿지 않아요. 우선 이쪽에서 너머 성화를 하시니까 말막음으로 보내셨겠지요. 그렇지만 왜 말막음의 행동을 하십니까? 오빠와 누구보담 가까운 이 아니세요? 왜 오빠 의견대로 오빠의 이상대로 그분께 깨쳐 드리지 못합니까? …. 난 오늘 이렇게 생각해 봅니다. 정말 서로 이해하는 사람끼리면 사랑하는 것처럼 행복은 없겠다구요…. 그렇지만 사랑하기 때문엔, 또 결혼하기 때문엔, 너무들 잃어버리는 것들이 많지 않은가 느껴집니다. 그렇게 학생 시댄 자기의 이상이 찬란하던 사람도 한번 결혼만 하면 그 이상이란 그림자도 찾어볼 수 없게 되고 말어요. 자기의 교양껏 취미껏 정열껏 쌓어 오던 자기의 탑은 일조일석에 그렇게도 섭사리 허물어 버리고들 말어요. 그런 걸 보면 인생 그 물건에 그만 정이 떨어지구 말어요. 연애나 결혼 전에 자기도 자기 자신이었음엔 틀릴 바 없을 것 아니겠어요? 연애나 결혼이란 자기를 버리기까지 할 건 아닌 줄 압니다. 이상이란, 자기 일생의 정신이 아니겠어요? 그것을 지키면서도 얼마든지 연애하고 결혼하고 할 수 있지 않을까요? 그건 요전에 오빠도 하신 말씀이야요. 왜 이상을 결혼과 바꾸려들 들어요? 난 오빠라고 해서가 아니라 오빠의 오늘까지 사랑과 이상을 아는 같은 곳의 청년의 하나로 의분을 견디지 못해 쓰는 것이야요….

그리고 동옥은 일기책을 펼쳐 놓고 그
'사랑은 할 것, 그러나 첫째 초조하지 말 것, 둘째….'
한 그 아래에다

'이상(理想)과 바꾸지 말 것.'

이라 써 놓았다. 이상을 살릴 수 있는 사랑을 할 것이요, 그것이 해를 당할 사랑이면 하지 않는 것이 옳다고 생각한 것이다.

"사랑이나 결혼은 자기의 발전이 아니면 안 될 것이다! 자기를 끊어 버리고 묻어 버리고 하는 것이라면 그것은 아무리 사랑이니 인류대사니 하여도 악덕이요 폐해가 아닐 수 없다!"

라고까지 써 놓았다. 그리고 동석 오빠에게 쓴 편지는 밤으로 내어다 부치었다.

이런 생각을 하고 이런 글을 쓰고 하다가는 책을 아무리 펴 놓아도 공부에 착념[231]이 되지 않는다.

'왜 박인철인 늘 그렇게 우울헐까?'

요즘은 저녁마다 나는 생각이다.

'똑 『죄와 벌』에 나오는 라스꼬리니코흰가 그 주인공 같어…. 사상적 번민만은 아닌 것 같어…. 무슨 집안일에 걱정이 있는 게야 아마….'

요전날, 인봉이와 같이 가서 저녁까지 먹고 오던 날은 골목 밖에 따라 나온 인철에게

"왜 어디 편찮으세요?"

하고, 왜 우울하냐는 뜻으로 물어보긴 하였으나 인철은

"왜 아픈 사람 같어 보입니까?"

하고 억지로 빙긋이 웃어 보였다.

'내가 그이 무거워하는 불행을 덜어 줄 수 있다면! 이런 생각을 먹는 게 벌써 그일 사랑하는 게 아닌가? 사랑한다면 그의 불행을 물어봐 주는 것이, 덜어 주는 것이 옳지 않은가.'

동옥은

'갔다온 지 한 일주일 됐으니 산보 삼아 내일쯤 인봉이와 가 볼까?'

---

231 着念. 마음을 두고 생각함.

생각하면서 잔다.

　이튿날 동옥은 학교에 가는 길로 인봉이부터 만나 보려 하였다. 그래서 예과 아이들 모이는 데로 살금살금 가 보았으나 인봉이는 얼른 눈에 뜨이지 않는다. 두번째 가서는 다른 아이들에게 물었다.

　"박인봉이 안 왔니?"

　"왔는데요."

하면서 그들은

　"인봉아."

소리를 질렀다. 인봉은 숨었던 것처럼 이내 뛰어왔다.

　"왜?"

　동무들은 대답하는 대신 일제히 동옥을 본다. 그제야 인봉도 동옥을 보고

　"언니!"

하면서 눈인사를 한다.

　"그저 뵈지 않길래…."

하고 동옥은 미리 말막음을 하였을 뿐 얼굴은 화끈해지고 아이들은 유심히 쳐다보고 해서 이내 돌아서 버리고 말았다. 그러나 인봉은 무슨 비밀한 이야기가 있는 듯이 여겨 동무들을 힐끔힐끔 돌아보며 동옥을 따라왔다.

　"왜 불렀세요?"

　"그냥 물어봤더니 걔들이 불렀단다…."

　"응."

하고 인봉은 그제에 물러가 버렸다.

　점심시간이다. 식당에서 동옥과 인봉은 서로 눈이 마주쳤다. 인봉은 식당에서만은 동옥과 가까이 하기를 늘 피하였다. 너무 내용이 빈약한 벤또를 동옥의 앞에 열어 놓기가 부끄러워서였다.

　동옥은 한참이나 인봉의 눈을 기다려서 자기 테이블로 오라는 눈치

를 보였다. 인봉은 소긋하고 벤또만 먹는다. 다 먹고야 가까이 왔다.

"같이 먹으면 어때."

"…."

인봉은 잠자코 덧니 난 쪽으로 혀끝을 돌리며 입안만 다시린다. 동옥은 인봉의 그 덧니가 더 앳되고 귀여워 보였다. 다른 아이들은 거의 다 나가 버릴 때다.

"거기 앉어."

인봉은 가만히 동옥과 마주 앉는다. 동옥은 매점에서 사 온 사과 두 개를 꺼내 놓았다. 하나씩 집어 가지고 책보에 문대여 껍질째 먹으면서 다.

"요즘은 추워서 새벽밥 해 먹구 오랴게 고생되지?"

"뭘요. 오빠가 늘 먼저 일어나 물 다 데 놔 주시니까."

"낮에도 늘 집에 계시겠군."

"그럼요."

"책만 보시나?"

"그럼요."

"무슨?"

"요즘은 웬일인지 가끔 육법전설 보세요, 전엔 법률 책은 별로 안 보셨는데…."

"아마 변호사 준빌 하시는 게지?"

"글쎄요."

"어디 앓으시진 않지?"

"아뇨."

"그런데…."

"우리 오빤 좀 뚱해 뵈죠?"

"글쎄 어디 아픈 이처럼…."

하고 동옥은 옆을 둘러보며 웃었다. 인봉도 따라 해죽이 웃었다.

사랑은 할 것, 그러나

"어머니 돌아가시구두 그렇진 않으셨는데 올봄부터 갑자기 무슨 걱정이 있는 것처럼 좀 뚱해지는 것 같아요."

"무슨 걱정이?"

"글쎄요."

"누구헌테 실연을 했남?"

하고 또 둘이 웃었다.

"오빤 그런 이두 아직 없나 봐요."

"그런 이란?"

"상대자가 있어야 실연두 허지 않어요?"

"있는지 인봉이가 어떻게 아나?"

"그래두 있으면 아무래나 알죠 뭐…."

하면서 쳐다보는 인봉의 눈은 너도 우리 오빠와 연애를 하기만 하면 내가 곧 눈치채이겠다는 듯이 날카로워 보인다.

동옥은 하학하고 돌아오는 길에 또 인봉을 만났다. 그러나 인봉이 쪽에서 먼저 저희 집으로 같이 가자는 말이 나오기 전에는 무어라고 운두를 내고[232] 그를 따라서야 할지 몰랐다.

필경 갈리는 데까지 와서는 인봉이가

"언니 잘 가우."

하는 인사에

"그래 잘 가아."

하고 헤어져 오는 수밖에 없었다.

"사랑이란 이렇게 발표하고 싶은 걸까?"

동옥은 막연한 대로 인철에게 사랑만은 알리고 싶어진다. 삼만칠천 원이 없더라도, 사랑만은 할 수 있어야 할 것이라는 자신과 정열이 끓어오른다. 누가 한 말인지

232 운을 떼고. 말을 꺼내고.

'사랑은 모든 것을 성취한다!'

한 말이 생각났고 또

'숨어서 사랑함은 일평생 노예의 선고를 받은 것이나 마찬가지다!'

한 말도 생각이 났다.

'숨어서 사랑이라? 저만 혼자 사랑한단 말이지? 일평생 노예의 선고? 그다지나 괴로운 걸까?'

어느 잡지에서 읽은 말이다. 좀 과장이 있는 듯하나 지금 자기의 발표하고 싶은 정열을 생각한다면 동옥은

'참 꽤 비유를 잘한 말이다!'

생각이 된다.

'남을 사랑한다는 것은 그의 사랑을 받고 싶다는 요구일 게다. 그리게 저 혼자가 얼마든지 사랑할 수 있건만 그걸론 만족하지 못하고 어떻게 해서나 자기의 사랑을 저쪽에 알리고 싶어 하는 것 아닌가? 지금 나도….'

한 이틀 지나 토요일이었다. 학교에서 돌아오는 길에 인봉을 만나

"나 어쩌면 이따 삼청동 산보 갈지 몰라…."

하였다.

"그럼 우리 집에 와요, 네?"

"봐서…."

"우린 삼청동 어디가 걷기 좋은지 죄 알아요."

"그래."

동옥은 집에 와 찬물에 떨면서 세수를 다시 하고 옷을 갈아입고 한참이나 거울 앞에 섰다가 나왔다.

인봉의 뒤를 곧 쫓아 들어서기는 무엇하여 전차를 타지 않고 걸었다. 날은 추웠다. 산보를 간다고는 하였지만 하늘은 잔뜩 찌푸리어 볼일이나 있기 전에는 길에 나서기도 싫은 날씨이다. 두루마기 섶을 가끔 여며 싸면서 경복궁의 긴 담 밑을 종종걸음을 쳤다.

사랑은 할 것, 그러나

인철네 집은 문간이 깨끗이 쓸려 있었다.

"인봉."

안쪽을 향해 불렀다.

"누구십니까?"

안에서 나오는 소리는 인봉의 것이 아니라 인철의 것이다.

"인봉이 없세요."

하면서 인철이가 마루로 나선다.

"인봉이 학교서 왔지요?"

"네, 이제 뭘 좀 사러 보냈습니다. 요 앞에…. 어서 올라오십시오."

동옥은 장갑을 뽑고 구두를 끄르고 마루에 올라섰다. 우뚝한 인철은 잠깐 멍하니 동옥을 본다. 동옥도 쳐다보았다. 동옥은 이내 얼굴이 화끈하여 고개를 숙인다.

"추시지요?"

"괜찮어요."

"방으로 들어가시지요."

인철의 뒤를 따라 인봉의 방인 안방으로 들어갔다.

"여기가 좀 덜 찹니다."

하는 대로 사양할 여유도 없이 얼른 앉았다. 인철은 터부룩한 머리를 쓸어 넘긴다. 동옥은 자기가 인철에게 비기어 너무 다듬고 온 것을 느낀다.

"방학이 인제 얼마 안 남었지요?"

"네. 크리스마스 전에 되니까요."

"저…."

인철은 잠깐 동옥을 보면서 무슨 말인지 망설인다.

"네…."

"제가 요전에 좀 이상한 일을 당했어요."

"네?"

"왜 요전에 저희 집에 와 저녁 잡숫고 가신 날요."

"네."

"그날 저녁 이슥해서야요. 잘려구 누웠는데 누가 찾아왔세요."

"…."

"배일현 씨, 아시겠군요?"

동옥은 가슴이 선뜩해진다.

"배일현 씨요?"

"네…. 그분이 좀 상의할 게 있으니 나가자고 그리겠지요."

"어디루요?"

"그래 옷을 입고 나갔지요. 요 앞 청요릿집으로 들어갔습니다. 가 인사를 서로 하구 단도직입적으로 묻는다고 하면서 동옥 씨와 관곌 말해 줄 수 없느냐구 그래요."

"…."

"대체 당신은 어떤 이유로 제삼자들의 그런 관계를 캐느냐 물으니까 자긴 제삼자가 아니니까 캔다구 그래요."

"제삼자가 아니라뇨?"

"자긴 동옥 씰 위해 희생한 게 많을뿐더러 이미 약혼헌 새라구요."

"약혼요?"

"네, 웬만한 남자론 희생할 수 없는 모든 걸 자긴 희생해 온 사람이니까 피라도 흘리고 싸울 각오가 있거든 동옥 씨와 관곌 계속하라구요, 허허…."

"참! 벨…."

"상당한 결심이 보입디다. 그날 동옥 씨가 다녀가신 것두 알구요."

"어떻게요?"

"글쎄요. 자긴 동옥 씨가 어디 가는지, 뭘 하는지, 다 알고 있단 거야요. 전에 서울선 첨으로 진고개서 우리가 만나 뵀죠?"

"네."

"그것두 알아요. 지금 여기 오세서 저와 이런 얘기 하는 것도 다 알고 있는지 모르죠."

동옥은 점점 눈이 뚱그레진다.

"실렙니다만 그 배 씨와 약혼허셨습니까?"

인철은 앞으로 떨어지는 머리를 다시 쓸어 넘기며 묻는다.

"아뇨."

"그런데 사뭇 약혼한 걸루 말하구 다녀요?"

"그러게 말야요. 그래서 뭐라구 그리셨나요?"

"난 동옥 씨와 아직 연애 관계가 아니니 안심하라고 그랬습니다."

"…."

"또 아무리 동옥 씰 사랑하고 싶어도…. 사실은 동옥 씰 한번 뵌 뒤로 고민이 많았던 건 고백합니다…. 그러나 지금 제겐 연애나 결혼 같은 건 맘도 못 먹을 딱한 사정이 있는 사람이니까 그런 건 안심하라고까지 했습니다."

"…."

"그래두 다시 그럼 만나지 않겠느냐구 따지드군요. 그래 동옥 씨가 오시면 이런 이야길 한번 하고 다시는 만나지 않겠노라고 했습니다. 그리구 내게 딱한 사정이 있다니까 금전에 관한 거면 말하라구 그리드군요. 아마 재산간 모양이지요?"

"그래서요?"

"금전에 관한 사정도 아니지만 또 금전에 관한 거기로 내 개인 사정으로 그 사람 신세 질 이유야 있습니까?"

하고 인철은 멀거니 천장을 바라본다. 꺼시시 일어선 눈썹 아래 치켜뜬 눈자위에는 두어 금의 핏줄이 비끼어 있다. 입술도 기름기가 없는 것이 바짝 오그라들었다. 그에게 무슨 딱한 사정이 있는지 동옥은 애인이기보다 친오라버니처럼 가슴이 빠지지함[233]을 참을 수 없다.

"요즘 무슨 걱정되시는 일이 계신가 보죠?"

“…”

인철은 눈을 옮기어 두어 번 슴벅거리며 동옥을 바라볼 뿐 대답은 하지 않는다.

“제가 묻는 게 실롈까요?”

“감사합니다만….”

“과히 비밀이 아니시면…. 제가 도와드릴 무슨 힘이 있어서가 아니야요….”

“감사합니다. 그러나 그냥 돌아가 주십시오. 배일현 씨와 약속헌 것도 있구 또 약속이 아니라도 저도 까닭 없이 남의 행복을 방해해선 안 될 것 아닙니까?”

“배일현이가 그렇게 무서우세요?”

“무서울 까닭은 없습니다.”

“그 사람 말만 믿구 왜 제 말을 믿지 않으세요?”

“뭡니까?”

“전 그 사람과 약혼한 일 없다구 안 그랬세요?”

동옥은 무안스럽고 원망스럽고 또 안타까움에 눈물이 핑 돌아버리었다. 잘 보이지 않아 꼭 감았다 뜨니 눈은 감출 수 없게 완연히 젖어 버리고 말았다.

한참 지붕 위로 바람소리만 쏴 지나갔다. 다시는 동옥과 인철의 입이 열리기 전에 대문이 열리는 소리가 났다. 동옥은 얼른 손수건으로 눈을 닦았다. 인봉이가

“동옥 언니 왔구랴?”

하면서 먼저 부엌에부터 들어갔다가 들어왔다.

“어디 갔더랬어?”

“뭐 사구 돈 좀 바꾸러…. 날이 춰지는데 언니 어디 산보 댕기겠수?”

233 답답하면서 아픔.

"여기꺼정 왔다 가두 산보지 뭐…."

"우리집서 또 저녁 해 먹어요, 같이. 떡볶음 할 것두 사 왔는데."

그러나 동옥은 기분이 가라앉지 않아 이내 집으로 돌아오고 말았다. 부지런히 집으로 돌아와 보니 집이라고 해서 내 방이라고 해서 기분이 가라앉는 것은 아니었다. 오히려 마음은 인봉이네 집에 떼어 두고 온 듯, 도리어 옷을 벗은 듯 허전해 견딜 수가 없다. 초저녁부터 자리에 눕고 말았다. 뒤집어쓴 이불은 활동사진 영사막처럼 여러 사람들의 모양이 얼씬거린다. 동경으로 갔다는 말만 듣고 무슨 공부를 하는지는 모르는 황정희, 아직도 생각하면 미안해 견딜 수가 없다. 뻔뻔스럽고 끈기 찬 배일현이, 답장은 해 주지도 않는데 한 달에 한 번씩은 문안 편지를 보내는 황재하며, 길에서 한번 망신을 주었는데도 죽어라 하고 쫓아다니고 편지질을 하는 그 앞골목에서 번지를 묻는 것으로 나타난 사나이, 그리고 결코 가볍지 않은 걱정에 그 누이도 모른다는 비밀에 괴로워하는 박인철이, 자꾸 얼굴들이 꼬리를 물고 나타난다.

"사실은 동옥 씰 한번 뵌 뒤로 고민이 많았던 건 고백합니다…."

인철이가 분명히 들려 준 말이다. 동옥은 그 소리를 잊을 수가 없다.

'왜 고민하기만 하고 고만두려는 것인가? 사정이란 대체 어떤 것인가? 고민이 있는 그에게 내가 먼저 사랑한다는 것을 분명히 표시해 줄 필요가 있지 않을까? 사랑은 모든 것을 성취한다 하였다! 내가 그에게 용기를 주면….'

그러나 이튿날 아침에 맑은 정신으로 생각해 보면 아무래도 지나친 정열 같았다.

'초조하지 말자.'

하고 다시 공부에만 착심하면서 학교에 다니었다. 거의 다시 한 주일이 지나는 동안 이상하게도 인봉이가 한 번도 보이지 않는다. 그 반 아이들에게 물어보니

"벌써 사날채[234] 결석이야요."

한다. 동옥은 궁금해 견딜 수가 없다. 인철에게도 인철에게려니와 인봉에게도 정이 들었다.

아버지도 어머니도 없는 외로운 오누이의 살림, 그들에게 무슨 변고가 있는 것은 시(詩)의 슬픈 구절과 같이 동옥의 가슴을 찌른다. 동옥은 이날로 책보를 낀 채 삼청동으로 올라갔다. 대문간에서 부를 것도 없이 자박자박 안으로 들어가려니까 안방 미닫이가 방싯이[235] 열리더니 그 미닫이는 이내 닫기고 윗문으로부터 인봉이가 나왔다.

여러 날 빗질도 못한 듯 먼지가 뽀얀 머리에 얼굴은 핏기가 하나도 없다. 꺼풀 인 입술이 동옥과 마주 서자 말보다 울음이 먼저 나온다.

"왜? 그간 어디 아펐어?"

"…"

인봉은 고개만 흔든다.

"그럼?"

"오빠가 좀 아프세서."

"오빠께서? 어딜? 대단허신가?"

"아니, 다 나셌어 지금은…"

하는데 미닫이가 다시 열리더니 인철이가 자리에서 일어나는 듯 어웅해진 눈으로 내어다보는 것이다.

"그새 편찮으셌다구요?"

동옥은 미닫이 앞으로 갔다.

"네, 좀…"

인철은 목소리와는 달리 불꽃이 튈 듯한 시선이다. 동옥은 얼른 얼굴을 숙여 버렸다.

---

234 사나흘째.
235 문이 소리 없이 열리는 모양.

"들어가요, 언니. 추운데."

동옥은 인봉이가 구두끈을 끌러 주는 대로 윗문으로 들어왔다.

"좀 나신가요?"

"네, 몸살이던가 봅니다. 오늘은 일어날려면 일어나겠어요."

"언니, 학교 아무 일 없수?"

"그럼."

"나 담임 선생님께 못 간단 편지두 안 했어…."

"왜 그랬어? 엽서로라도 알리지 않구?"

인봉은 대답이 없이 슬며시 오빠의 눈치를 본다. 동옥도 인철을 보았다.

"누으시죠."

"아니야요, 괜찮습니다…. 나야 중헌 병 아니구 인봉이가 학교에 가기루 어떻겠습니까만."

"…."

동옥이나 인봉이나 다 인철의 말이 계속되기만 쳐다보는 수밖에 없다.

"앞으로 개가 공불 계속할 수 있을지 좀 의문이야요."

"…."

두 처녀는 또 '왜요' 하기보다도 역시 인철의 설명을 기다리는 수밖에 없다. 그러나 인철이도 더 말을 계속하지 않는다. 한참이나 무거운 침묵이 지나간다. 무엇을 생각했음인지 인봉의 눈엔 다시 눈물이 쭈르르 흘러나린다.

"못난이! 울긴 왜?"

하고 인철은 억지로 웃음까지 지어 보이나 그의 웃음도 울음만 못하지 않게 슬퍼 보인다. 동옥은 용기를 내어

"왜 무슨 사정인데요? 갑재기?"

하고 물었다.

"갑재긴 아닙니다…. 아직 인봉이게두 말허지 않었습니다만… 오늘 전 동옥 씨 우정을 믿습니다. 절 위해 좋은 의견을 말씀해 주십시오."

"…"

"제가 구대에 재학 중일 땝니다."

하고도 한참이나 망설이다가 말을 계속한다.

"한번은 여름방학에 나오니까 웬 기생티가 나는 젊은 여자가 집에 놀러와 있어요. 어머닌 날더러 인사하라구 허시더니 이 뒷집에 사시는데 인봉일 끔찍이 귀해허구[236] 늘 와서 말벗이 돼 주시는 고마운 분이라구 그리시더군요…."

인봉이도 눈물을 걷고 눈이 뚱그레진다.

"나중에 알구 보니까 어떤 부자 늙은이의 첩이야요. 바루 우리 전 집 뒷집에서 살았습니다. 하인만 두구 그 늙은인 낮에는 큰집에 있구 밤에 나왔다 갔다 한 모양이야요. 그래 낮엔 어린애도 없으니까요, 심심해 아마 우리집에 자주 놀러왔던가 봐요. 건 나보다 쟤가 더 잘 알겝니다."

"…"

인봉은 그저 눈만 뚱그레서 듣기만 한다.

"그런데 우리집에 좀 뭐 응색한 눈치만 보면 쌀루 천으루 돈으루 여간 여러 번 도와준 게 아니래요. 제 월사금[237]도 가끔 대 줬구…. 제가 졸업하기 전햅니다. 어머님이 위중하시단 기별을 받구 나와 보니 그새 그 사람의 신셀 여간 진 게 아니야요. 아모리 기생 노릇을 하다 남의 첩으로 왔기로 그 맘씨 착한 덴 난 여간 감격하지 않었고, 참 어디서 없던 누님이 하나 생긴 것처럼 고맙게 나 역 따루려구 했습니다. 저보다 뒤 살 우입니다…. 어머닌 그만 그때 돌아가시구…."

인봉이가 다시 쿨적쿨적 운다.

---

236 '귀여워하고'의 방언.
237 月謝金. 다달이 내는 수업료.

사랑은 할 것, 그러나

"그때두 어머님 장례식서껀 치르고 나니 제가 학기 시험은 곧 가서 치러야겠는데 여러 가지루 경제 형편이 허락질 않어요. 날짠 급허구 가야겠구 쩔쩔매구 있는데 또 그이가 어떻게 눈칠 챈 건지 하룬 재를 부르더니 자기 금비녀 하나, 금반지 하날 보냈어요. 자긴 또 한 벌이 있으니까 잠자코 팔아 써 달라는 거야요. 사정은 급허구, 그러나 무에 된다구 남 안사람의 자기 남편에게 받었을 예물을 넙적 받어 팔아 씁니까? 다시 재해서 돌려보냈지요. 그랬더니 그걸 자기가 나가 판 모양이야요. 금비녀가 또 있단 것두 거짓말이었나 봐요. 그리게 재가 그 담에 보니까 가짜 금비녀를 꽂구 다니더라죠. 그런데 돈으루 일백이십몇 원인갈 해 보냈어요. 어떡헙니까? 썼습니다. 여간 요긴허지 않게 썼습니다. 여기까지 된 일은 인봉이도 다 아는 거죠. 그 뒨 재도 모를 겝니다…."

인봉은 눈을 닦고 다시 명심해 듣기 시작한다.

"올봄이야요. 내가 졸업허구 나와 얼마 아니었습니다. 백천온천[238]요, 저 황해도요."

"네."

오래간만에 동옥은 한번 대답한다.

"거기 와 있는데 좀 딱한 일이 생겼으니 와 줄 수 없느냔 편지가 왔어요. 오면 내일 몇시 차로 와 달라고까지 했어요. 우린 열 번 스무 번 도움을 받고 한 번 청하는 일에 어떻게 안 갑니까? 오라는 그 차에 갔습니다…. 정거장에 나왔드군요. 그가 가자는 대로 여관으로 갔습니다. 가 보니 자기가 들어 있는 여관은 아냐요. 이따 오마고 하고 가더니 밤 열한시나 돼서 왔어요. 자긴 자기 남편이 류마티스로 와 있는데 따라왔다구요. 자기 남편은 워낙 연로해서 온천에 와도 효력이 없을 뿐 아니라 신경통을 견디다 못해 의사가 해롭다는 것도 듣지 않고 저녁이면 칼모친[239] 같은 최면젤 먹구야 잔다구요. 아침에 깰 때까진 송장과 다름없어

---

238 白川溫泉. 황해도 배천군에 있는 온천. 배천온천.

서 무서워 견딜 수가 없다구요. 그리면서 울었어요. 자긴 벌써 전부터 나헌테 사랑을 품어 왔다구요…. 난 냉정한 비판력을 잃었습니다. 그의 눈물겨운 과거 반생을 듣고 날 때는 어떻게서나 그 여자 앞길에 광명을 주고 싶었습니다."

하고는 인철은 긴 한숨을 쉰다.

"난 이튿날 개성으로 왔습니다. 그가 거기 있단 남편에게 들킬 염려가 있으니 개성 가 어디다 여관을 정하고 저녁차에 정거장으로 나오라구 했습니다. 자기 남편에겐 서울 좀 다녀오겠다고 하고 왔대요. 그날 저녁에 개성서 우린 만났습니다. 거기서 사흘을 묵고, 난 서울로 오고 그는 도루 백천으로 갔습니다. 그런데 가서 편지하마던 사람이 소식이 없어요. 한 사날 뒤엔 글쎄 자기 남편을 독살을 허구 발각이 나 잡혔다구 떡 신문에 났군요!"

"네?"

동옥과 인봉은 일시에 놀랐다.

"그러나 그 여자가 꼭 죽인 것 같진 않다고도 볼 수 있는 건요…."

"네?"

"난 책임상 자세히 뒷조살 해 봤습니다. 그 남편이 독살이 된 날 밤은 그 여자가 나와 개성서 있는 둘째날 밤이야요. 날짠 모두 분명한 증거가 됩니다."

"그럼 누가 그 남편을 그랬을까요?"

동옥이가 묻는다.

"그 남편이란 정인환이라구 큰 부잡니다. 본처에선 딸만 여럿이구 아들이 없어요. 이 여자 말구 전에 얻은 첩이 있는데 그 첩에게서 지금 보통학교 다니는 아들이 하나 있답니다. 그런데 그 첩이 무슨 일루 이 남편에게 눈에 밖에 났다나요. 그래 큰몸[240]에서 난 딸들이 이 아들은 자기

239 칼모틴(Calmotin). 불면증, 신경 쇠약 등에 쓰는 약.

아버지 아들이 아니란 말까지 내돌리구 양자를 세울 운동들을 헌대는 군요. 그러니까 이 아들 난 첩은 화가 날 것 아니야요. 시재[241] 민적[242]에는 자기가 난 아들이 독자로 있으니까 어서 양자니 뭐니 시끄러워지기 전에 그 남편만 죽어 버리면 재산 상속은 문제없을 것 아니야요?"

"오…."

"암만해두 그 첩의 농간일 것 같긴 해요."

"그 첩은 안 잡혔나요?"

"내가 검사국에 투설했습니다. 그 뒤로 곧 그 첩이 잡혀갔지요. 그런데 거긴 큰 재산의 상속 문제가 붙는 만큼 변호사가 셋이나 들어덤벼 운동을 하는데 저희 쪽 범행이 아닌 걸로 드러나자면 다른 사람으로 범인이 나서야 할 것 아니야요? 다른 사람으로 범인을 만들 만한 게 이 여자밖에 없지 않어요? 그러니까 변호사들까지도 그 아들 있는 첩을 벗기려는 운동으로 그 여잘 씌워 널 작정들인가 봐요."

"그렇지만 그 여자가 왜 입이 없나요? 왜 그때 자긴 개성 있었단 걸 말하지 못해요?"

하고 동옥은 눈을 깜박인다.

"그 점입니다. 그 점이야요. 왜 그 여자가 입이 없어 그 말을 못하겠습니까? 정말 그가 나도 모르게 그런 범행을 했기 때문에 모든 걸 단념해 버리는 건지 혹은 내가 드러나면 나까지 공모로 몰릴까 봐 날 애끼노라고 그 말을 안 하는 건지 아모턴 검사가 아모리 그날 저녁에 현장에 있지 않었으면 어디 갔었느냐고 물어두 대지를 못한다는 겁니다. 그래 저쪽 변호사들은 그거 보라구 그 여자의 소행이 틀리지 않다구 위긴다는 군요[243]."

240 본처(本妻).
241 時在. 현재.
242 民籍. 호적.
243 우긴다는군요.

"그런데 혹시 그 남편이란 늙은이가 말야요. 자기가 신경통이 심허니까 칼모친을 많이 먹구 그게 중독된 거나 아닐까요?"

"아니랩니다. 곧 의사가 조사해 본 결과 칼모친 이외에 극약 성분이 들어 있었답니다. 그러니까 그 늙은이가 먹는 약에다 몰래 극약을 섞어 논 거겠지요. 그런데 이 여자가 한 짓이라면 저녁마다 먹고 잤다니까 우리가 개성으로 온 날 그날 저녁으로 일이 벌어졌을 것 아냐요? 그런데 그 이튿날까지 멀쩡하다가 그다음 밤에 죽은 거란 말야요."

"그럼… 그럼 여관에선 그날 누가 그 늙은이 방에 드나들었는지 알 것 아냐요?"

"그렇죠. 그렇지만 온천장, 더구나 조선 여관이 아니라 큰 요릿집 같은 덴데 다 놀러온 사람들뿐이니까 밤새도록 번잡허죠. 또 공동탕이 있어 밤낮 딴 여관 사람들도 그 집에 문은 다르지만 막 드나들게 돼서 누구누군지 몰랐다고 해도 고만 아냐요. 그리고 저쪽에서 한 짓이라면 거기선 벌써 얼마 전부터 계획적으로 한 일 아니겠어요. 그러니까 만날 만한 사람은 미리 다 매수해 놨는지도 모르죠. 허긴 문지기허구 하녀허구 두 취조는 받는답니다."

"만일 이 여자의 범행이라면 어떻게 될까요?"

"거야 살인죄죠."

"아니 박 선생님께 말야요."

"내가 시킨 것 아니라도 공모로 몰리기가 쉽겠죠."

"이 여잔 변호사가 없나요?"

"요즘이야 제가 한 사람 댔습니다."

"변호사 말은 뭐래요?"

"그 늙은이가 저녁마다 그 약을 꼭 먹어야 잤다는 걸 주장해야 된다구요. 그래야 이 여자가 한 것이면 우리가 개성으로 온 날 밤에 일이 났을 것 아닙니까? 그리군 그 늙은이가 죽기 전후 사흘 동안은 개성에 있었단 걸 내세워서 그날 그 현장에 있을 수 없었단 부재 증명이 나서야 유리하겠다구요."

"그럼 박 선생님이 나서세야만 되게요?"

하고 동옥은 인봉과 함께 얼굴이 하얘서 인철을 쳐다본다.

"건 어렵지 않습니다. 나도 그만 각오 있습니다. 남은 목숨이 오고가
는데 난 체면이라거나 몇 달 동안 고생을 애끼겠습니까?"

하고 인철은 어엿하게 대답한다.

"…."

두 처녀는 입을 다물지도 못하고 벌리지도 못하고 눈만 껌벅인다.

"나도 그 여자처럼 애초에 사랑을 느낀 건 아닙니다."

"…."

"지금도 그렇습니다. 동옥 씨 앞에서라고 내 자신을 속이진 않습니
다."

"…."

"다만, 고마운 사람의 호의와 희망을 물리치기 어려웠던 것뿐입니다.
그때 그 경우가."

"…."

"물론 나도 잘못이었지요, 나도 죄를 져야지요."

하고는 인철이 갑자기 어웅한 눈으로 손을 가져간다. 손 사이로는 눈
물이 흘러나린다.

한참 침묵이 지나간다.

"좌우간 나 때문 아닙니까? 그 여자의 범행이라 하더라도 나 때문일
거요. 그 여자의 범행이 아니라 하더라도 자기 남편을 지키지 않아 그런
일이 생기게 된 것은 나 때문이니까요. 그 여자가 받는 괴로움을 마땅히
내가 나눠 져야겠지요."

"그렇지만…."

동옥의 말이다. 그러나 동옥은 말을 계속하지 못한다.

"그런데 지금 내가 주저하는 건요, 저편 변호사나 검사가 이 여자 배

후에 혹시 어떤 정부(情夫)가 있는 게 아닐까, 남편은 늙고 이 여잔 젊으니까…. 그래 정부와 살려고 늙은 남편을 죽인 것이 아닌가 허구 그걸 알지 못해 애쓴다거든요. 그러니 허턱 나섰다간 부재 증명은 나종이요, 우선은 도리어 옳지 거 봐라 정부가 있으니까 범행할 필요가 있었겠다 하고 그 여자의 범행으로 인정하는 재료만 되기가 쉽단 말야요."

"그리게요!"

"또 내 자신도 그렇습니다. 나도 남만 못하지 않게 학생 시댄 꿈이 많았습니다. 이런 일로 나오자마자 수족을 묶일 줄은 몰랐습니다. 물론 당분간 얼마 동안이겠죠만…."

"예심이 얼마나 오래가나요?"

"아마 한 일 년 가겠죠. 증거가 양쪽에 다 얼른 잡히지 않는다면 그 이상 얼마든지 끌 수도 있겠죠. 또 내가 나타나면 으레 검사는 날 기소할 겝니다. 내가 구속이 되면 또 이렁저렁 한 일 년 갈 겝니다."

"그리다 정말 공모로 몰리시면 어떡해요?"

"글쎄요. 세상엔 억울한 원죄(冤罪)란 것도 없진 않은 거니까요. 원죄라도 몇 해 갇혔다 끝 난다면 모르겠어요. 이건 몰리기만 하면 살인 공모니까요. 살인 죄수로서의 처형을 받아야 할 게니까요!"

두 처녀의 얼굴은 솜털이 빠시시 일어난다.

"그러니까 얼른 내 맘을 정할 수가 없습니다그려…. 그러나 속히 나서야겠어요. 이쪽에서 나서기 전에 저쪽에서 알고 내가 끌려가는 것이 된다면 그땐 이쪽이 자진해 나선 것만 못할 게니까요…."

"…"

"집을 이렇게 줄여서 돈 천 원이나 남았더랬습니다. 그것도 벌써 반이나 썼습니다. 인봉이 때문에 걱정입니다."

인봉이나 동옥이나 다 방바닥만 들여다본다.

"쟤가 사내 같아도 좀 덜 걱정이 되겠는데…."

"오빠."

인봉은 야무지게 입술을 빨아 축이며 얼굴을 든다.

"나 때문엔 걱정허실 것 없어요. 난 아모 일이라도 좋아요. 어디 점원으로라도 들어갈 테니 오빠나 어서 변호사허구 의논해서 좋두룩 허세요…."

그러나 인봉은 다시 안타까운 울음을 입속에만 가두지 못한다.

방 안은 또 잠잠해진다. 동옥은 인철이나 인봉을 위해 무슨 말을 해야 위로가 될지 생각이 나지 않는다. 또 이런 경우에 인철에게 자기가 사랑한다는 말을 해 주는 것이 인철에게 도움이 될지 도리어 더 번민만 될지 판단이 나지 않는다. 아니 그것보다도 한 걸음 물러서서

'자 이러한 박인철이, 남의 첩과 추한 관계를 맺은 박인철이, 잘못하면 본부(本夫)를 죽인 간부(姦夫)라는 죄명으로 무기징역을 살런지 까딱하면 사형이라도 받을지 모를 박인철일 난 의연히[244] 사랑할 것인가?' 함을 자기 자신에게 물어보지 않을 수 없는 것이다.

처녀 동옥은 무엇보다 인철이가 이미 한 여자를 육체로서 알았다는 것이 꺼림칙하다.

'남자들이 우리 여자에게 정조를 요구하는, 똑같은 감정과 권리가 우리에게도 있어야 할 것이다.'

생각이 나온다. 인철은

"나도 그 여자처럼 애초에 사랑을 느낀 건 아닙니다. 지금도 그렇습니다."

하였고, 또

"다만 고마운 사람의 호의와 희망을 물리치기 어려웠던 것뿐입니다. 그때 그 경우가…."

하였다.

'그게 정말일까? 그럴 수도 있는 것일까? 사랑이 없이 어떻게 남의 여

244 依然-. 예전처럼.

자와 손이라도 잡을 수 있는 것인가?'

이것이 동옥은 의문이 되지 않을 수 없다.

이학기 시험이 곧 끝이 났다. 학교에서는 마침 방학하기 전에 졸업반 학생들만 모아 놓고 성문제(性問題)에 관해서 과외 강좌를 열었다. 문제는 의학적인 방면과 윤리학적인 방면과 보통 상식인 방면으로 갈리어 적당한 교수들의 담임으로 강의되었다. 학생들은 상식적인 시간에서 질문이 많았다. 동옥이도 이 기회에서 자기의 몇 가지 의심이 나던 것을 묻기로 했다.

"사랑이 없이 어떤 경우에 피치 못해서 몸을 망치는 일이 있을 수 있습니까?"

강사는 얼른 알아채이는 듯이 동옥의 질문을 문제부터 다시 선명히 하였다.

"피치 못해서라니? 강제는 아니요, 이쪽에서도 호의만은 가지고 있는 사이에 말인가?"

"네, 애정은 아니구 단지 자기가 고마워하는 여잔데요 어떤 기회에… 아니, 참 여자 편은 남잘 사랑했대요. 남잔 건 몰르고 단지 호의만 가지구 있었대요. 그런데 남자가 그 여자를 온천에서 만났는데 여자가 계획적인 데 빠져서 같이 며칠 지냈대요. 애정이 없이 그렇게 될 수 있는 겁니까?"

"그럼 말하자면 피해자가 남자로군?"

"네."

"있을 수 있지…. 이건 먼저 남성과 여성의 성욕 심리의 차이를 말할 필요가 있는데 남성은 건강체로는 성욕이 늘 만조(滿潮) 상태라는 걸 알아야 돼. 여성은 한 달 삼십 일이면 삼십 일 다 그런 것이 아니라 극히 짧은 동안 며칠만 혹은 연령 따라선 몇 해에 한 번으로 극히 적은 동안만 성욕의 지배를 받기 쉬운 것이지만 남성이란 그렇지 않어 언제든지 자기 체면과 교양으로 억제하니까 그렇지 생리상으론 늘 성욕이 만조 상태란 걸 알아야 해. 우리가 우선 실례(實例)로 말할 수 있는 건 유곽(遊廓)이요. 인도상으로 죄악이란 걸 위정자들이 모르기 때문에 유곽을 두느냐 하면 그런 단순은 아뇨, 남자들의 그 성욕 만조 상태 때문이요. 도회지엔 아내가 없는 남자가 많소. 아내가 집에는 있는 사람이라도 객지로 와 있는 사람도 많소. 그럼 그들의 성욕 만조 상태를 조절할 기관이 없다구 해 보오. 양갓집 부녀자에게 위협이 적지 않을 거요, 성욕이 일으키는 범죄 사건이 몇 십 배 증가될 것이오."

"그래도 외국엔 그런 게 없다구 허지 않어요?"

"그 사람들은 우리보다 일반적으로 교양이 높고 자기 체면을 돌볼 만한 사람이 대다수요, 그러나 그렇게만 보는 것으로 전부는 아니요, 공공연한 유곽이 없는 대신 사교계니 무슨 구락부[245]니 도박장이니 심지어 시험 삼아 살아 보는 우애결혼이니 얼마든지 암흑면이 있는 것이오."

"그럼 유곽 같은 것의 존재가 옳단 말씀인가요?"

"옳다는 게 아니요. 무론 인도상 없애야 할 것은 정한 이치요. 다만 그런 연고가 있다는 것까지 알고서 반대를 해도 반대를 해야 방법을 정확히 가질 수 있을 것이오. 그리고 남성은 성욕 시기로 보아도 여성보다 배 이상 장구한 것이요, 여성은 사십 이상이면 보통으론 단산[246]이 되오. 그러나 남성은 칠십 팔십에도 득남하는 사실이 있소. 그러니까 그만치 성욕에 있어 남녀의 차이가 있단 것도 남녀 문제를 논의하는 데선 전제 사실로 인정이 돼야 할 것이오."

"그럼 남성에게만은 성욕에 지배되는 사실을 관대하게 봐 줘야 된단 말씀인가요?"

하고 동옥은 좀 반감이 되는 듯이 묻는다.

"관대하란 건 아니지. 여성에겐 퇴조(退潮) 상태도 있으니까 그런 땐

---

245 俱樂部. '클럽'의 일본식 음역어.
246 斷産. 아이를 못 낳게 됨.

만조 상태보담은 그런 유혹을 물리치기가 더 쉬울 것 아니야. 그런데 남성에겐 그런 퇴조 상태가 없다는 것만은 사실이란 말요. 그러니까 대체로 기회가 문제요, 그렇게 되기 쉬운 챈쓰, 사람이란 더구나 그런 동물적인 경우일수록 인격이라거나 수양보담 챈쓰에 지배되기 쉬운 거요. 그리게 조선에 이런 이야기가 있지 않소? …. 전에 어떤 임금이 신하들에게 묻길 너희가 만일 과년한 딸만 다리고 무인절도에서 살게 된다면 어찌할 터이냐? 끝끝내 아비와 딸이란 엄격한 새일 헐지 않고 지킬 것이냐? 그래 다른 신하들은 다 당해 봐야겠습니다 하는 모호한 대답을 하였는데 한 신하만이 펄펄 뛰면서 당해 봐야 알겠다니 그런 말이 어디 있습니까? 무인절도 아니라 아모리 천지일월(天地日月)이 없는 데로 가기로 딸은 딸이요, 애빈 애비올시다 했더라오. 그런데 얼마 뒤에 그 신하가 무슨 죄를 입어 구양[247]을 가게 됐는데 임금은 그때 이 신하의 엄격히 말하던 것이 생각이 나 구양을 보내되 정말 무인절도로 보내고 또 그의 딸과 같이 가게 했소. 그리고 여러 해 뒤에 사람을 보내 봤더니 그의 딸이 물가에 나와 어린애 기저귀를 빨더란 말요…. 그리게 챈쓰처럼 무서운 게 없는 거요. 그리게 공연히 남성을 무서워할 게 아니라 챈쓸 무서워해야 할 거요. 그리게 남자의 인격도 믿지만 먼저 챈쓸 피하는 게 제일 현명한 일이요."

"챈쓰라고 다 그래서야 어디 인격이란 게 성립돼요?"

역시 동옥이가 묻는 말이다.

"물론이요. 그리게 그런 비상한 경우에서도 엄연히 부동하는 자세라면 거야말로 위대한 인격이요, 그리게 그는 인격자니 학위가 높으니 하지만 일생을 통해서 시종(始終)이 여일(如一)하게 민중의 사표가 될 만한 인격자는 드문 것 아뇨?"

동옥은 속으로

---

247 귀양.

'물론 인철은 악인은 아니다. 그렇지만 위대한 인격자는 아니다!'
생각을 한다.

"그러니까 문제는 다시 올라가 사랑이 없이도 육체 관곌 할 수 있느냐 하는 덴 있을 수 있다고 대답하는 거요. 애욕과 성욕은 한 덩어리면서도 곧잘 별개체로 나뉘어 행동이 되는 것이요. 그런 실례를 든다면… 나도 한두 가지 본 사실이 있소. 누구라고 지명할 건 아니나 어떤 신혼한 부부간이더랬는데 남편이 곧 먼 외국으로 유학을 가게 됐소. 아내 되는 이는 가까이 있을 때보다 더 그 남편을 사모했소. 그러나 남편이 가서 한 오륙 년 있는 동안에 그만 아이를 난 거요. 살아서 남편을 만나 볼 면목이 없어 남편이 나온다는 말을 듣군 자살해 버린 거요. 그런데 남편에게 써 논 유서가 있었는데, 자긴 역시 당신을 사랑한다는 그러니까 죽는다는 말이 있었단 말요. 또 우리가 신문에서도 가끔 보는 강간이란 것, 결코 애정의 행동일 리 없는 거요. 더군다나 나이 많은 남자가 아직 애정이란 그런 감정이 발육되지 않은 어린 여자에게 추행을 하는 것 같은 사실…. 문제 삼을 것도 없이 애욕과 성욕이란 별개의 것으로 존재할 수 있단 걸 알 수 있는 거요. 그러니까 어떻게 애정이 없이 이성에게 손이라도 닿는 것을 허락할 것인가? 이런 건 너머 단순한 판단인 줄 아우…. 그런데 또 그렇다구 해서 즉 애정까지 준 것은 아니라고 해서, 불의의 관계를 덮어놓고 타협하라는 건 결코 아니오."

동옥은 이날, 전차를 두어 정류장이나 지나가도록 생각에 싸여 돌아왔다.

'인철은 정조가 없는 사나이다. 불가항력으로 잃어버린 것이라면 문제를 삼는 사람이 잔인하고 불의일 것이다. 그러나 인철의 그 경우란 건 그처럼 절대한 불가항력의 것은 아니었을 것이다. 또 인철은 광명과 암흑의 기로에 선 사나이다. 난 아모리 그를 사랑한댓자 내 사랑으로 말미암아 그를 암흑 쪽으로 한 걸음을 떼밀거나 광명 쪽으로 한 걸음을 잡아다리거나 할 순 없는 것이다. 그는 비록 광명의 세계로 나올 수 있다 하

더라도 당분간 얼마는 자기를 자기 자유대로 생활할 수는 없는 사나이
다. 그에겐 또 여자가 있다. 인철이가 무죄가 된다면 그 여자부터 무죄
인 경우이다. 그렇다면 인철은 그 여자와의 관계가 이미 남이 아닌 것을
어쩌지 못할 것이다….'

　　동옥은
　　'박인철은 단념하는 것이 옳다!'
마음먹는다.

새 정열

동옥이가 방학이 되자 동경서 동석도 방학이 되어 나왔다. 인철을 생각하고 우울해지면 동옥은 동석에게로 달려갔다. 그러나 동석은 그전처럼 동옥과만 이야기할 시간이 별로 없었다. 그는 이 겨울방학 동안에 장순경과 결혼식이 있는 것이다. 동옥과 만나는 것보다 장순경과 만나는 것이 더 의의 있는 때였다. 다른 때 같으면 취직 문제에 대해서 동옥이가 그처럼 열렬한 편지를 했으니 그도 열렬한 답장을 해 주었을 것인데 동경서 그런 답장을 보내지도 않았었고 나와 만나서도 그저

"네 편진 잘 봤다. 그렇지만 인제 알 때가 있지…."

하는 모호한 말로 돌아서 버리고 만 것이다.

동옥은 동석 오빠에게도 존경과 흥미가 점점 줄어들었다. 인철이도 동석 오빠도 다 자기의 애정 범위에서 밀어내어 버릴 때 혼자 외로이 소곳하고서 남는 그림자가 있다.

'인봉이!'

동옥은 찬 겨울 눈에서도 끓인 것 같은 뜨거운 눈물이 쭈루루 흘러나린다.

'그들에게… 그들의 사정을 아는 사람이 나밖에 없지 않은가!'

동옥은 주먹을 꼭 쥐고 생각해 본다.

'인봉인 학교는 단념했을 거다! 벌써 이학기 시험도 놓쳐 버렸다! 무슨 상점 점원으로, 허영에 빠지기 쉬운 점원 생활로…. 더구나 배후에 감독자도 없이…. 인봉의 사정을 아는 사람은 나뿐이다! 나에게 무슨 의지가 있고 나에게 무슨 이상이 있다면 이런 구함을 구하는 사람에게 무감각한 것이 옳은 일인가?'

동옥은 인봉을 찾아갔다. 인철은 없고 인봉이만이 건넌방 툇마루에 나와 옹송그리고[248] 턱을 고이고 앉아 햇볕을 쪼이고 있었다.

"오빠?"

"좀 나가셨어요."

하고 인봉은 전보다 이상하게 새침해진다.

"그 일은 아직 무슨 소식 없나?"

"모르겠어요."

인봉은 동옥에게 왜 그간 한 번도 오지 않았느냐거나 학교는 방학이 되었느냐거나 그런 말은 한마디도 묻지 않는다.

한 학교에 다니는 친한 윗반 언니에게 대하던 따름성[249]이 인봉에게서는 없어지고 말았다. 동옥은 가슴이 싸늘해진다. 그러나 인봉으로서 그렇게 될 감정을 이편에서 이해해 주지 않으면 안 될 것을 깨닫고는 이내 인봉의 손을 한 손에 하나씩 다 붙들었다. 그리고 눈물이 어리는 눈으로 힘주어 쏘아보았다. 인봉은 아랫입술을 깨물며 자기의 불행을 감추려 한다.

그러나 동옥의 눈에서 눈물을 보고는 그만 동옥에게 안기어 울어 버린다.

"학교에 아직 퇴학원선 안 냈지?"

"…."

"그럼 삼학기 초에 가 추후시험[250]을 보두룩 해, 응?"

"…."

"오빠더러 삼학기치 수업료만 내 달라구 그래….

우리집에 가 같이 있으면 되지 않어?"

"…."

---

248 몸을 움츠리고.
249 '붙임성'의 방언.
250 追後試驗. 학기시험을 치르지 못한 학생에게 보게 하던 시험.

"내년 새학기부턴 내가 취직하면 인봉이 하난 보아 줄 수 있을 게니까, 응?"

"…."

"내 소원이야…. 인봉이가 내 도움을 받는 게 아니라 내 하고픈 일에 재료가 되어 주는 줄만 알면 고만 아냐?"

"…."

"정말 내가 해 보구 싶어 그래…."

"…."

"…. 인봉인 희망만… 이상만 버리지 말어…. 자기 이상만 꼭 지켜 나가면야 왜 사람이 실술 해?"

동옥은 인철을 원망하는 말이 간접으로 나와지고 말았다. 인봉이 눈물 젖은 눈으로 살며시 동옥을 쳐다본다. 동옥의 눈도 젖은 것이 멀리 하늘의 구름을 쳐다보고 있었다.

"동옥 언니."

한참 만에 인봉이가 눈을 닦으며 부른다.

"응."

"언니가 우릴 그렇게까지 도와주실랴는 건 참말이지 감사해요. 그렇지만 난 내 몸만 생각할 순 없어요."

"…."

"어떻게 내 몸만 생각해요.

나 같은 건 아깝지 않어요. 나 같은 건 열이라도 바쳐서 오빨 구하고 싶어요."

"글쎄 그런 줄 누가 몰라? 그렇지만 인봉이나 다른 제삼자야 어떡헐 수 없는 것 아냐? 도리어 인봉이 때문에도 걱정하는 오빠의 맘을 한 가지라도 덜어 드릴려면 인봉이 자신부터 따로 자리잡는 것이 낫지 않어?

그럼 오빠 인봉이 때문에 하는 걱정은 버리실 수 있는 것 아냐?

오빠가 인봉일 위해선 걱정 안 하시도록 해 드리는 것밖엔 인봉이로

선 오빠 도와드릴 게 없는 거야…. 맘을 냉정히 가지구 생각해 봐….”

“언닌 우리 오빨 나쁘게 생각허시겠죠?”

동옥은 이 물음에는 얼른 대답할 수가 없다.

“언닌 우리 오빨 나쁘게 생각하시니까 그러죠….”

“건 무슨 소리야?”

“그까짓 나쁜 사람은 어떻게 되든지 너나 공불 계속하라는 것 아냐요?”

“아니.”

하고 동옥은 머리를 흔든다.

“우리 오빠 잘못이 아닌 걸 난 믿어요. 그 여자가 잘못이야요. 그 여자가 우릴 도와준 게 모두 계획적이더랬어요. 우리 오빠한테 야심을 부린 거야요. 오빠가 그 여잘 사랑해서 그 여자 말을 들었을 린 없어요.”

“….”

“오빤 남한테 뼈진[251] 소린 조금도 못 하는 이야요. 착하기 때문에 그 여잘 뿌리치구 못 온 거죠, 뭐….”

“글쎄 그런 줄 누가 모르나? 그렇지만 글쎄 인봉이가 도와드릴 아무것도 없는 것 아냐?”

“왜요?”

“어떻게?”

“오빠가 나서시면 검사가 곧 기소할 것 아냐요? 그럼 구속되실 것 아냐요? 그럼 예심에 계신 동안은, 밥이라도 사식(私食)을 드려야 할 것 아냐요? 그러자면 내가 취직해야 할 것 아냐요?”

“사식?”

“그럼요.”

“한 달에 얼마씩이나 허게?”

251　강단이 있는. 독한.

"아마 삼십 원 이상인가 봐요."

"삼십 원…. 최소한도로 삼십 원을 치더라도 인봉이 생활비를 제하고 삼십 원씩이나 남는 무슨 벌이가 있을까?"

"무슨 점원 생활 같은 걸룬 물론 안 되겠죠?"

"그럼."

"난…."

"무슨 다른 길이 있어, 어디?"

"있을 수 있겠죠."

"무슨?"

"난 오빠 위해 죽어도 좋아요. 우리 오빤 애매한 걸 벗구 나오시기만 하면 사회를 위해 나 같은 사람 열 몫 일할 사람이야요. 그를 그 속에서 영양부족되지 않도록 병 안 나도록 도와주는 건 나로서 할 수 있는 사회 사업이야요. 오빨 누구보다도 잘 아는 나만이 할 수 있는 일이야요. 난 몸이 어떤 구렁에 빠져도 아깝지 않어요. 무에 되든지 좋아요. 카페껄²⁵²이 돼도 좋아요. 오빠가 착하기 때문에 그런 실술 허신 걸 나밖엔 알아줄 사람이 없을 거야요."

하고 인봉은 다시 울음이 터지는 것이다. 동옥은 울음이 나지도 않는다. 울음이 나올 여유가 없게 가슴으로 하나 감격이 끓어오르는 것이다. 자기는 자기 집 오빠에게 일찍이 그런 강렬한 우애를 느껴 본 적이 없는 것이다. 그럴 경우도 없었거니와 있다고 하더라도 인봉이가 인철을 위하는 만큼 가져 보지는 못할 것 같았다.

'이 아름다운 우애를 살려 주도록 하는 것이 옳지 않은가?'

동옥은 이런 새 문제가 머릿속에 떠오르는 것이다.

동옥은 이날은 더 인봉이와 문답하지 않고 인철이도 들어오기 전에 집으로 나려오고 말았다. 집에는 동석 오빠에게서 옷감이 한 벌 와 있었

---

252 카페껄(cafe girl). 카페에서 손님 접대하는 여자.

다. 그의 혼인날 들러리를 서 달라는 것으로 그날 입고 오라는 선물이었다. 눈결같이 희고, 고운 모새처럼 손 새에서 미끄러져 빠지는 비단이다. 사람의 옷감이라는 것보다 행복을 싸는 보자기처럼 현란하게 느껴진다. 어머니더러 말라[253] 달래서 공부 겸 올케와 마주 앉아서 짓기를 시작하였다. 그러나 동옥은 그런 비단의 감촉과는 정반대인 인봉이네 집 생각을 하고는 몇 번이나 바늘에 손끝을 찔리었다. 몇 번이나 바느질감을 놓고 시계를 쳐다보았다. 어떤 때는 오전 열시나 열한시, 어떤 때는 오후 일곱시나 여덟시, 오전에는 점심이나 먹고 가 볼까 하고 벼르다가 일을 한 가지라도 마치는 재미에 눌러앉아 버리었고, 저녁에는 웅 하고 지나가는 바람소리에, 가기는 가더라도 돌아올 때 경복궁의 긴 담 밑이 호젓할 생각을 하고는 그만 내일 아침에나 가리라 벼르고 말았다. 그러나 벼르고 말기만 하는 것은 이런 이유만은 아니었다. 그보다는 인봉에게 어떠한 태도로 권해야 할지 그것을 결정하기 어려워서였다. 그러다가 바느질이 끝나는 날 오후이다. 동옥은 어머니한테 갔다. 인철의 이야기는 감추고 인봉의 딱한 사정만 그럴 듯이 연락을 지어[254] 여쭈었다.

"내년 양력 삼월까지만 있으면 돼요."

"그 뒤?"

"그 뒤 본과에서부텀은 누가 대 주마는 사람이 있대요."

"글쎄…. 너희 아버지께 여쭤봐야…. 기집애가 밉진 않더라만…."

"뭘 엄마가 맘대루 하시면 되지, 뭐. 아버지헌테 누가 또 말허우."

"내 말해주마꾸나."

"그럼 내 오늘 가 물어보구 오께. 또 어떻게 될지 모르니까 아버지껜 나중 말씀드려요."

하고 옷 다리는 것은 올케에게 맡기고 저녁때인데 나와 버리었다.

---

253 치수에 맞게 잘라.
254 연결하여.

또 인봉이만 혼자 있었다. 인봉은 중병을 겪고 난 사람처럼 파리해졌다. 저녁을 해서 오빠와 겸상을 차려다 놓고 바글바글 끓는 찌개그릇을 들여다보면서 오빠를 기다리고 있었다.

"그간 무슨 소식 있었어?"

"연말 안으로 다시 한번 검사가 취조한대나요. 그래 그 날짜를 변호사가 알아 온다구 해서 변호사한테 가셨세요."

"날짤 아시면?"

"아마 나서야 된다나 봐요."

"인봉인 어떡할 걸 작정했어?"

"…."

인봉은 잠자코 만다.

"인봉이."

"…."

"날 동무로 믿나 안 믿나?"

"언제 언닐 안 믿는댔어요?"

"그럼…."

하고 동옥은 인봉의 손을 잡는다. 손등이 몹시 거칠어졌다.

"인봉이 생각에 나도 감정만으로는 동감이야… 인봉에게 어떻게 중한 오라버니란 것도 나도 알어… 또 사실대로 말하면 인봉이만치 나도 인철 씨를 애끼구 싶어… 이건 인봉이가 내 의견을 믿으라구 고백하는 거야. 나두 인철 씨가 될 수 있는 대로 고생 안 하다 무사하게 나오시기를 바라는 맘을…. 알겠어?"

인봉은 고개를 끄덕인다.

"그건 인봉이만 알어…. 오빠한테 그런 말 낼 필요 없어…. 괜히 뒤숭숭만 하시게 될 거니까. 그런데 인봉인 내 말대로 할테야?"

"어떻게요?"

"오빠가 돼서 생각해 보란 말야. 인봉의 장래를 끊어서까지 자기가 편히 지내고 싶겠냐. 편하다고 그게 편한 걸로 되겠냐? 더 마음이 괴로울 것 아냐?"

"…"

"그 속에선 모른다 쳐, 그래도 나와 아시는 날은 평생 두고 괴로우실 것 아냐? 왜 자기 전정[255]을 버리면서까지 그런 긴 고통을 끼쳐 드릴려구 그래? 안 그래?"

"…"

"말해 봐. 좀 더 오빨 질겁게 해 드릴 수 있는 인봉이 아냐?"

"어떻게요?"

"우선 공불 계속해야지. 오빠가 이담에 정말 좋은 일을 하실 때 그때 도와드릴 수 있는 일꾼의 자격을 준비해야지. 안 그래? 또 만일 천만 뜻밖에 말야, 오빠가 불행하게 된다 치더라도 정말 오빨 위로하려면 오빠가 하려던 일을 대신해 드려야 될 것 아냐? 그런 준비루 나가야 옳지 않어?"

"…"

"어디 아니라구 해 봐."

하고 동옥은 웃음인지 울음인지 분간하기 어려운 표정으로 인봉의 어깨를 꼭 끌어안고 뺨을 부빈다.

한 사날 뒤에 인봉은 동옥이네 집으로 옮겨 왔다. 인철은 그 사건의 담임 검사에게 그 여자가 그날 저녁 그 현장에 있을 수 없었다는 증인으로 나타나 버리었다. 집은 변호사에게 맡기어 세를 주게 하고 세를 받는 것으로 비용을 쓰게 하였다.

인봉은 동옥이가 시키는 대로 추후시험을 치르기로 준비하였다. 그러나

'제발 검사가 기소를 하지 않고 증인으로만 불러 갔으면! 이 추운

255 前程. 앞길.

때…'

하고 오빠 생각에 공부가 되지 않았다. 날마다 저녁때면 한번씩 삼청동 집으로 가 보았다. 오빠는 사흘이나 집에 있었다. 그러나 나흘째 되는 날 저녁에는 대문이 커다란 자물쇠를 비스듬히 차고 있는 것이다. 인봉은 가슴이 철렁 나려앉았다. 변호사에게로 가서 물어보니

"염려할 건 없구…. 으레 그건 각오한 거니까…. 얼마 안 있어 나올 게니까…."

하는 것이었다. 어찌 생각하면 인봉은 마음이 가라앉기도 하였다. 그 조마조마하던 것은 아무렇게고 간에 끝이 났기 때문이다. 도리어 복습에 전심할 수가 있었다.

동옥도 인봉의 기분과 비슷하였다. 인철을 생각하면 딱하기는 한 채로 한 가지 계획대로는 시작이 된 때문이다.

'인봉일 다시 공부하게 하는 거다!'

동옥은 자기에게서 큰 힘을 느낄 수 있었다.

'지금은 내 힘으로가 아니지만 사월부터는 내가 벌어 내 힘만으로 대일 수가 있다!'

동옥은 인봉의 공부 뒤만 대어 줄 수 있다면 무슨 일이든지 할 용기가 끊는다.

'인봉이가 장래 우리 사회에 없지 못할 훌륭한 여성이 된다면!'

동옥은 일찍이 남의 장래를 이처럼 축복해 본 적이 없다. 이런 감정을 경험하는 것만으로도 자기는 행복인 것 같았다. 자기가 오늘까지 받아 온 교양이 이런 감정을 경험하는 데 커다란 열매가 맺히는 것도 같았다.

양력 정초가 되자 곧 동석 오빠의 혼인이다. 동옥은 공연히 마음이 뒤숭숭해졌다. 혼인날 아침 들러리로 새 옷을 차리고 체경 앞에 설 때, 흰 옷이라 그런지 자기가 보기에도 자기 얼굴은 불콰하게 피어 보인다.

"언니."

인봉이가 동옥의 새 치마에서 실밥 묻은 것을 떼어 주며 불렀다.

"응?"

"이뻐!"

"이뻐?"

하는 동옥은 더욱 얼굴이 발그레 달아올랐다.

결혼식장에서도 신부보다는 동옥을 보는 사람이 더 많았다. 동옥도 신부는 아니라, 식장을 나올 때에는 눈이 자연스럽게 미쳐지는 대로는 앉은 사람들을 바라보았다. 거의 식장을 다 나왔을 때다. 이쪽을 눈이 뚫어지게 쳐다보는 남자가 있다. 안경알이 얼음쪽같이 날카로운 배일현이었다. 동옥은 눈시울이 가시에 찔리는 것 같았으나 당황하여 눈을 피하지는 않았다. 슬쩍 옆의 사람에게로 눈을 옮기었더니, 바로 배일현의 옆자리인데 거기 앉은 사람은 다른 사람이 아니라 집의 오라버니인 것이다.

'오빠가! 그 사람을 아실까? 어떻게?'

이런 생각을 하는 새 식장을 나오는 지리한 걸음은 끝나고 말았다.

피로연에 가서도 동옥은 틈틈이 자리를 둘러보았다. 여기서는 배일현은 보이지 않았다. 그 대신 보이는 사나이가 또 하나 있다. 그 앞골목에서 번지를 묻는 것으로 나타나서 자꾸 편지질을 하며 쫓아다니는 그 청년이다.

동옥은 배일현을 본 것처럼은 자극을 느끼지 않았다. 그저 궁금한 것은 집의 오라버니와 배일현이와 알기 때문에 같이 앉았더랬는지 우연히 자리가 그렇게 된 것인지 그것이다.

동옥은 인봉이만 혼자 가라기가 안되어서 혼인집으로는 가지 않고 피로연에서 인봉이와 함께 집으로 돌아오고 말았다. 집에는 모두 동석 오빠네 집으로 가고 행랑어멈만이 집을 보고 있었다. 동옥이가 들어서기가 바쁘게 행랑어멈까지 혼인집으로 가 버리고 만다. 집 안은 고요하다. 새 옷을 벗고 입던 옷으로 갈아입었다. 싸늘한 입던 옷을 입었으나 처음 나서 보는 혼인식장에서, 피로연에서, 더구나 신부보다도 더 많은 시선에 시달린 몸과 마음은 쩔쩔 끓는 대로 날래 식지 않는다.

　그러나 동옥의 마음, 동옥의 몸의 뜨거움은, 빈 듯한 집 속에서니 식을 수밖에는 없다. 신부라면 결혼식이니 피로연이니 하는 의식이 지난 다음부터가 도리어 정열은 불탈는지 모른다. 면사포를 벗고 장갑을 뽑고 새 물색옷²⁵⁶으로 갈아입고 비로소 손님들의 눈을 피해 저희끼리만 어제까지도 약혼 시대의 사람이던 사람을 만나는 순간 정말 새 생활의 횃불은 이때부터 붙을는지 모를 것이다.

　동옥은 물론 애초부터 신부처럼 긴장했던 것은 아니었다. 그러나 그냥 구경하던 사람보다는 가슴이 뛰었다. 주인공은 아니라도 같은 연극을 위해 같은 무대에 나섰던 배우이긴 하였다. 더구나 여러 사람의 시선이 자기를 쫓아 엉키었고, 배일현이가 보이었고, 쫓아다니는 것이나 편지질하는 것이 체신이 없어 그렇지 생기기는 황재하보다는 더 말쑥해 보이는 청년도 나타났었고, 또 혼인의 주인공은 자기가 평소에 제일 존경하고 따르던 오빠라, 우애와 연애를 혼동함은 아니나 그런 오빠에게 다른 여자가 더 가까이 서 버린다는 것이 다소 감정에 자극이 되는 것만은 무시할 수 없었다. 이래저래 달았던 몸과 마음이 빈집 속에 와서 아무 데도 부딪쳐 볼 데 없이 저절로 식어 버린 뒤의 적막, 공허, 옆에 인봉이가 있기는 하나 인봉에게 부딪쳐 보는 것으로는, 그 적막과 공허가 완전히 메꾸어질 것 같지 않은 것이다.

　오라버니는 밤이 늦어서야 돌아오셨다. 동옥은 궁금한 채로 그냥 자고 이튿날 아침에 오라버니에게 물었다.

　"오빠, 어제 식장에서 오빠 누구허구 같이 앉았었지?"

　"누구허구 같이?"

　"응."

　"그럼 손님이 얼만데 나 혼자만이었을까."

256　물감을 들인 천으로 만든 옷. 무색옷.

하고 동빈은 빙긋이 웃는다. 동옥은 눈을 흘기고 얼굴을 돌렸다.

"그 안경 쓴 자식허구 같이 앉었던데 그래요?"

"안경 쓴 자식?"

"알우?"

"…."

동빈은 동옥이가 배일현더러 자식이라는 바람에 정신이 얼떨떨한 모양이다. 그러나 배일현이가 말끝마다 아는 체 말아 달라던 부탁을 생각하고는 좀 의심스럽긴 하나, 또 동옥이도 얼굴이 무안해지며 돌아서 버리니까

"난 몰른다. 난 나중에 그저 아무 옆에나 앉어 버린 거지…."

해 버렸다. 그러니까 더구나 우둔이 들린 데다 더 무어라고 동옥은 묻지 못하고 말았다.

이날 저녁이다. 동옥에게 편지 한 장이 왔다. 전에 늘 오던 편지와는 모양이 다르다. 싯누런 하도롱 봉투에 먹으로 썼고 보내는 사람의 주소 성명도 쓰여 있는 것이다. 태평동 어느 여관 주소인데 최창우(崔昌宇)라는 이름이다. 두꺼운 편지다. 뜯을까 말까 하다 주소 성명이 분명한 것이라 미리 의심하는 것도 지나친 생각일까 해서 속을 내어 보았다. 꽤 여러 장이다. 한 장을 다 읽지 않아 벌써 사랑을 구하는 편지임을 알 수 있다. 읽기를 멈추고 끝 장을 들쳐 보니 이름만은 시뻘건 잉크로 썼다. 철필[257]도 아니요, 모필도 아닌 그냥 뭉툭한 것으로 썼다. 가만히 보니 잉크빛으로는 너무 탁하고 누르끄레하다.

"피!"

동옥은 가슴이 선뜩해진다. 첫머리부터 읽어 보기 시작한다. 이런 말들이 나온다.

---

257 鐵筆. 등사지(謄寫紙)에 사용하는 송곳 모양의 필기구.

…그동안 나는 당신을 무수히 따라다니고 편지를 드리고 했습니다. 그러나 그것은 모두 내가 한 것이 아닙니다. 배일현 씨가 시킨 연극을 한 것뿐입니다. 당신의 마음이 동할 만하면 당신에게 없는 결점이라도 지적하고 차 버리고 말라는 연극이었습니다. 전에 중매를 시켜 이형근이란 이름으로 사진을 보냈다가 동옥 씨가 인물이 나쁘다고 탓만 잡고 사진을 찾어온 것도 배일현 씨의 연극이었습니다. 저는 참말 배일현 씨의 연극이나 맡어 하고 있은 것은 정말 동옥 씨께 면목이 없는 일입니다. 그러나….

동옥은 무겁던 꿈을 깨는 것 같은 홀가분과 함께
"배일현이가 그렇게까지도 노력을…."
하는 일종 감탄이 또한 없을 수 없는 것이다.

　동옥은 잠깐 눈을 감아 배일현의 그 결심 굳은 얼굴을 상상해 본다. 철벽을 들이받는 병사와 같이 그의 노력이 딱해 보이기도 한다. 동옥은 쓴웃음을 짓고 다시 아래를 계속해 읽어 본다.

…그러나 나는 오늘부터 내 자신에게로 돌아온 것입니다. 거기는 두 가지 이유가 있습니다. 첫째는 내 자신이 더 남의 행동만으로는 견딜 수 없게 동옥 씨를 사랑해진 때문입니다. 둘째로는 배일현 씨가 최근에 와서는 동옥 씨만을 사랑하지 않는 때문입니다. 여자관계를 자기의 금력(金力)이 허락하는 대로 난잡하게 하고 있습니다. 그런 남자에게 순진한 동옥 씨가 유린될까 봐 도리혀 의분을 느끼게 된 때문입니다. 그는 최근에 와서는 기회만 있으면 동옥 씨의 몸을 더럽혀 놓는 것만으로도 만족하고 말려는 눈치입니다. 특히 밤 외출을 주의하시기 바랍니다.

하였고, 끝에 가서는 이런 단도직입적인 언구가 쓰여 있는 것이다.

나는 한두 번 본 것으로 이런 감정이 생긴 것은 아닙니다. 나처럼 동옥 씨를 여러 번 만났고, 나처럼 동옥 씨를 자세히 봐 온 남자는 드물 것입니다.

　나는 일시 기분이 아닙니다. 내 가슴속에는 동옥 씨로 가득 차 있습니다. 내 영혼은 동옥 씨에게 의지해 사는 지가 이미 오랩니다. 한낱 유행하는 연애가 아니라 나에게 있어선 살고 죽는 문제입니다. 동옥 씨 어찌하시렵니까? 저를 사랑해 주실 수 있습니까? 없습니까? 간단히 대답해 주십시오. 제가 진정이란 것을 표시하기 위해 내 손가락 하나를 물어 피로 내 이름을 씁니다.

동옥은 앉은 자리에서 답장을 썼다.

배일현 씨에게 관한 것, 최창우 씨 자신에게 관한 것 모두 자세히 일러 주셔서 감사합니다. 이번 편지만은 진정이신 것을 믿고 저도 즉시 답장을 드리는 것입니다. 저에겐 그런 문제가 이미 다 처리되어 있습니다. 단념해 주시기 바랍니다. 최창우 씨 자신이라도 이미 한 여자와 이런 문제가 약속된 이후라면 다시는 천하 없는 여자가 와서 무어라고 하든지 결코 움직이지 않으실 것과 마찬가지로 저도 이미 정해진 문제라 움직일 시기가 지나가 버린 것입니다. 그리 아시고 이후로는 최창우 씨 자신을 위한 것으로라도 미행이나 투서 같은 오직 피차에 불쾌하기만 한 행동을 말아 주시기 바랍니다.

봉투에 넣어 곧 내다 부치고 저쪽에서 온 편지는 아궁으로 가지고 나가 살라 버리었다. 마음은 불살라 버릴 수 있는 편지와는 달라 얼른 가실 수가 없기는 하나 동옥은 인봉의 마음을 생각해 주는 것으로 다른 모든 것은 잊으리라 하였다.

'지금 인봉이가 저희 오빠를 생각하는 마음이 얼마나 아플까?'

생각하면 자기는 인봉을 다려다 놓고 너무나 딴생각만 하는 것 같다. 동옥은 머리를 흔들어 버리고 인봉의 책상으로 간다.

"모르는 단자[258] 있으면 내 찾아줄까?"

"다 찾았는데 뭐…."

하고 빛나는 네 송이의 눈은 입맞춰지듯 한다.

동옥은 저도 책을 내어놓고 영어 발음 공부를 한다. 발음 공부는 얼마 나가지 않아 이내 공상이 나온다.

'여학교 영어 교원, 월급 칠십 원, 삼십오 원은 인봉에게 부쳐 주고 삼십오 원으로… 물론 넉넉진 못할 거다. 그러나 비단 양말 대신에 무명 양말을 신더라도…. 그렇다! 내 발이 비단을 신지 못하는 대신 내 하트만은 하나님이 주시는 비단에 쌔일 수 있는 것 아닌가!'

동옥은 어서 그런 기쁜 날이 실현되기를 바란다. 더구나 하루는 어느 잡지에서 어느 찻집이 여급(女給)을 모집하는 광고문을 읽었다.

일하지 않으시렵니까? 자기가 일해 사는 것처럼 든든한 생활은 없습니다. 사람은 모두 일하며 사는 데 낙이 있고 어떤 일에든지 그 일자리에 만족하고 명랑하게 활동하는 데만 현대 여성의 의의가 있는 겁니다. 더구나 일에는 반드시 보수가 있고 손실이란 절대로 없습니다. 나오십시오. 우리 일하지 않으시렵니까?

동옥은 자기가 곧 그 찻집으로 가기나 할 것처럼 이 광고문을 몇 번이나 되읽어 보았다.

'자기가 일해 사는 것처럼 든든한 생활은 없습니다!'

동옥은 기운이 난다. 두 주먹을 꽉 쥐어 본다.

258 單字. 단어.

'내가 일해 나만 사는 것이 아니라 남까지 공부를 시킨다. 정말 나에게 그만 힘이 있을까?'

의심이 나기도 한다.

'있구 말구! 올 졸업생에서도 한 사람은 함흥으로 한 사람은 평양으로 모두 여학교 영어 교원으로 가지 않았나? 나라고 못 갈 것 어디 있어? 그렇지만… 그렇지만 갈 자리가 없으면? 다른 데 가선 그만 수입이 있을 수 없는 거구…. 돈! 어디서 한 만 원 쏟아지지 않나? 그럼 또 무슨 맛이야. 내 힘으로 번 돈이라야지…. 과장 선생님한테 미리부터 그런 자리를 졸라 봐야….'

동옥은 끓는 정열을 이기지 못해 개학도 되기 전에 학교에 전화를 걸고 과장 선생님이 나오셨느냐고 물었다. 과장 선생님은 나와 계시었다. 곧 학교로 가서 만나 뵈었다.

"아니 동옥인 전부터 농촌사업 같은 데 흥미를 가져 오지 않았어?"

과장은 의외인 듯이 이렇게 묻는다.

"네, 갑자기 학교로 가고 싶어졌세요."

"왜? 농촌으로 가면 고생이 될까 봐?"

"아뇨."

"학교 일이라고 쉬운 건 아냐. 더구나 일생을 교육계에 바치려면 차라리 우리네 생활 형편을 좀 알기 위해서라두 농촌으로 가 경험해 보는 게 좋지 않을까?"

"저도 흥민 그쪽에 더 많아요, 그렇지만…."

"그렇지만 뭐?"

"수입이 좀 정확하구 될 수 있는 대로 많은 델 가야 될 일이 생겼세요."

"수입!"

하고 과장은 잠깐 동옥의 눈치를 살피더니

"결혼 준빈가?"

새 정열

한다. 동옥은 깜짝 놀라며

"아뇨."

하고 얼굴을 붉힌다.

"그럼? 이번 졸업반엔 동옥이 알다시피 동옥이보다 더 수입 문제가 큰 사람들이 많지 않을까?"

과장 선생님의 말씀이 이렇게 나가는 자리에서는 인봉 이야기를 하는 편이 유익할 것을 깨달았다. 그래 동옥은

"사실은 예과 박인봉이 때문이야요."

하고 인철의 이야기는 부득이한 데서만 꺼내면서 인봉의 사정과 벌써 자기 집에 다려다 두고 추후시험 준비를 시키는 것까지 말하였다. 과장은 그제야 고개를 두어 번 끄덕이더니 책상 서랍을 하나 열고 인봉의 일학기치 성적을 보는 눈치이다.

"박인봉이… 공분 꽤 하는데… 그럼…."

"학교 자리가 나면 꼭 절 가두룩 해 주세요."

"그럼 이러지…."

"어떻게요?"

"학교에 새 장학금 온 게 있지 않어? 그 배일현 씨가 낸 것."

"…."

"성적이 괜찮으니 정 다른 길이 없으면 그걸 쓰도록 해 볼까?"

"왜 다른 길이 없긴요?"

동옥은 자기의 가장 귀여운259 욕망이 끊어질 것 같은 불안을 느낀다.

"사정이 딱하다며?"

"제가 취직하면 되지 않나요?"

"글쎄, 그렇게 된다면 좋지만 꼭 그런 여유 있는 데로 취직이 될지 장담 못 하는 것 아냐?"

---

259 귀하게 여기는.

"선생님께서 꼭 시켜 주시면 되지 않아요?"

"굳이 그럴 건 뭐야? 장학금이란 그런 학생 위해 두는 건데?"

"그건 불순한 돈이야요…."

"오! 참…."

그제야 과장은 동옥이가 배일현의 이야기로 한번 찾아왔던 것을 생각해낸다.

"그렇기루 이용하게 달린 것 아닐까? 그다지 고지식할 건 없지 않어?"

"싫혀요 그래두…."

"것두 동옥이가 그 돈을 쓴다면 몰라두 인봉이야 무슨 상관있어?"

"그래두 싫혀요. 제가 제 힘으로 시켜 주고 싶어 끌어내 가지구 왜 그 사람 돈에다 넹겨 버려요? 더구나 전 그 돈이 불순한 것인 줄 뻔히 알면서요."

"그건 좋아…. 그런 생각만은 찬성이야. 그렇지만 그건 정말 인봉일 생각하는 것보다 동옥이 자신의 자존심을 더 생각하는 것이 아닐까?"

"왜 그렇습니까?"

동옥은 태연한 자세로 질문한다.

"인봉일 위해선 제일 안전한 방침으로 공부하는 게 낫지 않을까? 제일 안전하긴 아마 이제부터 동옥이가 벌어서 대는 것보단 이미 고정돼 있는 장학금을 타 쓰는 편이 아닐까?"

과장 선생님은 역시 너희가 하는 일은 아직 다 기분이라는 듯이 냉정하시다.

"건 선생님께서 심하신 말씀이세요."

"어째?"

"저흰 그만 일에도 그럼 자신을 가지고 나가지 못하게 하시는 것 아니야요? 물론 전 인봉이만 생각허진 않어요. 제 자존심두 생각허는 게 사실이야요. 전 공부해 가지구 내 몸만 위해 버는 것보담 그런 동무 하나 위해 벌어 보고 싶어요. 제 욕망이야요. 그런 게 몹쓸 욕망일까요?"

"허! 그렇게 내 말을 탓잡을 건 아니야."

하고 과장은 웃음을 지으며

"거야 물론 좋은 욕망이지 끝까지 갖기만 한다면….”

한다.

"그럼 절 도와주시구 절 끝까지 변치 말라구 편달해 주서야 할 것 아니세요?"

"암! 그렇지만 동옥이가 단단히 한번 생각하구 나갈 건….”

"네."

"인봉이한테 장학금을 쓸 기회가 있는 걸 동옥이가 책임지구 거절한 사실만은 끝까지 잊지 말구 나가야 돼."

"네."

"대답이 너머 쉬운데."

하고 과장은 빙긋이 웃는다. 그리고 이내 웃음을 걷더니

"그래두 세상일은 그렇게 단순치 않은 거야…. 영어 교원을 청할 학교가 있을지 없을지 그것도 아직 모를 일이구, 또 있다 쳐두 여러 졸업생 중에 누가 가게 될지, 저쪽에서도 요구하는 점이 있을 거구, 또 여기서두 나만이 처리할 문제가 아니지 않어? 그러니까 세상일이 내 맘대루, 내 정열대루 막 밀구 나간다구 통해지는 건 아냐. 그러니까 내 한 일주일 동안 여유를 줄 테니 더 충분히 생각해 가지구 인봉이 책임을 지든지 장학금을 타 쓰게 하든지 양단간에 정하란 말이야."

"네."

동옥은 과장의 방을 나서기가 바쁘게

"그 녀석은 나허구 무슨 원술까!"

하고 배일현에게 욕부터 나가진다.

'만일 그 자식의 장학금을 거절했다가 내가 취직이 안 되면? 취직은 되고라도 지금은 상상할 수 없는 무슨 지장이 생겨 인봉이가 공부를 중단하게 된다면? 그런다면 오늘의 나의 호의가 결과에 있어선 악의가 되

는 것 아닌가?'

동옥은 우울해 집으로 돌아왔다.

"왜 언니 어디 아푸?"

"아니! 왜 아퍼 뵈?"

인봉은 고개를 끄덕이는 것이다. 동옥은 체경 앞으로 가서 웃음을 지어 본다.

"어디, 멀쩡한데 그래?"

"아까 들어올 때."

"전찰 나리니까 거지애가 막 히야까시루 쫓아와서 혼났단다 애."

하고 웃어 버렸다. 웃어 보면, 소리 내어 하하하 웃어 보면 마음은 한결 가벼워진다.

'무슨 일이든지 안 되면 어쩌나를 생각하기보단 하면 된다는 편에 더 마음을 쓰자. 인봉이가 안 쓴다고 그 돈이 그냥 묵을 리가 없다. 인봉이보다 더 딱한 아이가 쓸 수 있다면 그게 더 좋은 일이 아니냐? 내가 영어 교원으로 못 가면 서울서 점원 생활이라도 좋다. 무슨 사무원이라도 좋다. 난 집에서 먹고 입을 수는 있으니 수입이 적으면 적은 대로 전부를 인봉에게 주면 고만 아니냐? 여러 십 년도 아니요, 앞으로 단 삼 년 아니냐? 사람의 육십 년 칠십 년 평생 가운데 삼 년 하나를 결심대로 못 한단 말이냐? 더욱 악한 일이 아님에랴 외로운 사람 서러운 사람 위하는…'

동옥은 눈물이 글썽해지고 말았다. 인봉의 싸늘한 손을 잡고 저도 모르게 소리를 내어

"서엉모오 마리이이이이아아

외에론 자의 어어머니…

서얼은 자의 어머니…."

하고 슈베르트의 「성모 마리아」를 불러내었다.

"언니."

인봉이가 물끄러미 동옥의 입만 쳐다보다가 노래가 끝나기를 기다려 부른다.

"응?"

"언니두 꾸노[260]의 「아베 마리아」보다 슈벨트의 것이 더 좋우?"

"그럼! 너 참 활동사진 「미완성 교향악」[261] 봤니?"

"그럼 뭐…."

"그 나중 장면, 그 슈벨트가 그 계집애 혼인하는 걸 보구 낙심해 돌아오는 길에서 부르지 이 노래?"

"응! 참 좋았지 거기?"

"난 울었다, 거기서…. 그리구부터 슈벨트의 「아베 마리아」가 더 좋아졌어…."

"나두…."

"그렇지만 슈벨트가 그 연애에 성공했다면? 그럼 얼마나 그 영화가 평범할까?"

"그럴까?"

"그렇지 않구! 전에 미국 영화들처럼 해피엔드가 돼 버렸다면 우리헌테 오늘꺼정두 그런 아름다운 기억이 남아 있을 게 뭐 있어?"

"비극이라야 심각하긴 헌 게지?"

"심각두 심각이지만 우선 아름다워…. 주인공은 불행이지만 제삼자로 볼 때는 비극이라야 전체가 아름다워…. 미완성 교향악이니까 아름답지 만일 그 작곡이나 그 연애가 완성됐다 쳐 봐. 슈벨트가 여간 미울 거야?"

"밉기야 뭘 언니두…."

"그럼 안 미워? 첨에 전당포집 기집애 안 나오덴?"

---

260 샤를 구노(Charles F. Gounod, 1818-1893). 프랑스의 작곡가.
261 영국과 오스트리아 합작의 뮤지컬 영화 「미완성 교향악(Unfinished Symphony)」 (1934).

"참!"

"그 계집애 생각하면 슈벨트가 밉지 뭐냐. 그 계집애가 좀 슈벨트를 사랑했어? 슈벨트가 나종에 비극으로 되고 마니까 그런 흠이 다 묻히구 전체가 아름다워졌지 뭐냐."

"글쎄…."

"비극이라야 아름다워…."

동옥은 두껍닫이에 머리를 기대며 눈을 감고 생각해 본다.

'인철이, 그 여자, 다 비극의 주인공이 아닌가? 난? 인봉인? 그런데 인철이가 어떻게 될 건가? 인철이가 무죄로 나오면 그 여자두 나올 것? …. 난 왜 인철일 단념한다면서 자꼬 이런 생각을 할까?'

동옥은 감았던 눈을 뜬다. 인봉이가 뭘 생각하느냐는 듯이 쳐다본다.

"그 여자 이름이 뭐?"

"그 여자?"

"응."

"그 여자 누구? 응."

그제야 인봉은 눈치를 챈다.

"조숙자라나."

"조숙자…. 그 사람이 인봉일 퍽 귀애했다지?"

"그래두 뭐…."

"그래두 뭐라니?"

"오빠한테 야심이 있어 그런 거지 뭐…."

"…."

"난 지금 생각하면 그게 친절한 체하던 게 눈에 선한 게 모두 못 먹을 걸 먹은 것처럼 꺼림적해 죽겠어…."

"…."

"이담에 내가 돈 벌면 그게 우리 준 돈 다 갚어 주군 말 테야…."

"…."

새 정열

"능청스럽게 속엔 딴 맘을 품구…."

'딴 맘!'

동옥은 진작부터 마음에 찔리는 데가 있다. 혼자 따져 보는 것이다.

'난 인봉을 왜 도와주는 건가? 나도 그 조숙자와 똑같이 인철을 사랑하기 때문이 아닌가? 야심이 아닌가? 인봉으로 본다면 역시 나도 딴 맘을 품은 것이 아닌가?'

동옥은 머릿속에 벌레가 든 것처럼 스멀거린다.

"그래두 얘."

"응?"

"인봉이한텐 딴 마음일런진 몰라두 오빠한텐 진정였을 것 아냐, 사랑만은…."

"그래두 난 나쁘게 여겨…. 남을 사랑하면 왜 남을 불행하게 만들어요? 상대자가 행복이 될지 불행이 될지 생각하지 않구 덤비는 건, 건 아무리 진정이라두 나뻐요. 죄야요. 우리 오빠가 무에 딱해서 저허구 살아야 돼요? 그게 뭐 우리 오빠한테 행복이야요? 상대잘 불행하게 만드는 건 사랑이 아니야요, 제 욕심뿐이지."

"야! 넌 훌륭한 연애관을 가졌구나!"

"우리 오빠 생각허면 안 그래요? 상대잘 불행하게 해선 안 될 줄 알아요, 난…."

'상대잘 불행하게 해선….'

동옥은 자기가 사랑은 할 것, 그러나 첫째, 초조하지 말 것, 둘째, 이상과 바꾸지 말 것 하고 써 놓은 생각이 난다. 그리고

'셋째, 상대자를 불행하게 해서는 안 될 것.'

이라 깨닫는다.

"오빠한테 야심이 있어 그런 거지…."

또

"상대잘 불행하게 만드는 건 사랑이 아니야요. 제 욕심뿐이지…."

화관

모두 인봉이가 저희 오빠가 당하는 불행을 보고 사실을 들어 하는 말
이었다. 동옥은 한 번만 생각하고 그만두어지지 않는다. 자꾸 이런

　　'난 인봉일 왜 도와주는 건가? 나도 그 조숙자와 똑같이 인철을 사랑
하기 때문이 아닌가? 야심이 아닌가? 인봉으로 본다면 역시 나도 인철
에겐 딴 맘을 품은 것이 아닌가.'

　　그리고

　　'나는 인철을 사랑해서 인철을 불행하게 하지 않을 자신이 있는가?'
생각들이 틈만 있으면 쑤시고 나온다. 더욱 최후의 학기, 삼학기가 개학
이 되었다. 인봉은 이학기 시험 못 친 것을 추후시험으로 치렀다. 그리
고 곧 그 과장 선생님께 인봉의 학비 문제를 결정적으로 대답해 드려야
할 기한도 내일로 임박했다.

　　저녁에 불을 끄고 누워 곰곰이 생각하다 못해 동옥은 곁에 누운 인봉
의 손을 더듬어 찾았다.

　　"자?"

　　"아니."

　　밖에는 눈보라 소리가 웅웅 지나간다.

　　"바람이 퍽 부는 게지?"

　　"그러게 말유. 정칠262 눔의 바람….."

　　인봉의 말은 이런 밤에 추울 오빠를 생각한 때문이다. 동옥도 한참 인
철의 추울 것을 생각해 본다.

　　"나 오늘 저녁 너헌테 물어볼 것 있어."

　　"뭐 언니?"

　　"그 조숙자가 말야."

　　"응?"

　　"인봉일 귀애한 게 인철 씨한테 야심이 있었기 때문이라구 그랬지?

---

262 '경칠'의 방언. 호되게 꾸짖을.

정말 친절이 아니라 딴 속이 있어 그랜 거라구?"

"응."

"난 그 말을 듣구… 뭐 인봉이가 잘못한 말이란 게 결코 아니라… 퍽 괴로와졌어."

"왜?"

"나…나두 말이야…."

"응?"

그러나 동옥은 자기도 인철을 사랑하기 때문이라고는 얼른 말이 나와지지 않는다. 그래 이렇게 인봉에게 되묻는다.

"나 묻는 거 정말대루 대답할 테야?"

"그럼."

"정말?"

"아이!"

"내가 인봉이보다 인철 씰 먼저 알지 않았어? 학교에서 모르고 우리가 본 건 말구 말야."

"그럼."

"인봉이 눈에 나하구 오빠하구 어떻게 비쳐졌어? 바른 대루?"

"…."

인봉은 그만 잠잠해진다.

"왜 대답 안 해?"

"하께…."

"그래."

"오빠가 언닐 사랑하는 것 같었어…. 말은 안 해두."

"뭘 보구?"

"오빤 될 수 있는 대루 연애나 결혼은 피할려군 그래. 그래두 그건 사상이구 맘으룬 늘 언닐 생각하는 걸루 봬졌어."

"글쎄, 뭘 보구?"

"뚜렷이 증명할 건 없어두 내 제육감(第六感)으로….."

"난?"

"글쎄….."

하고 인봉은 좀 어색한 웃음소리를 내인다.

"응? 난 어떻게 봤냐니까?"

"건 왜 물우? 언니가 자길 몰라서 물우, 뭐?"

"그래두? 아무턴 정말대루 대답허기루 안 했어?"

"글쎄….."

"어서."

"언니두 조숙자 사건이 있는 줄 모르기까진 사랑하는 것 같았어."

"조숙자 사건이 있는 줄 안 후로는?"

"좀 태도를 고치려구 하는 것 같어."

"아주 고쳐진 건 아니란 말이지, 그럼?"

"응."

"그럼 결국 내가 아직 인철 씰 사랑하는 걸루 뺴지는군."

"내가 잘못 느낀 건지 몰라."

"그럼 내가 인봉을 좋아하는 것두 조숙자처럼 야심이 아닐까? 정말대루 말해 봐."

"…."

"이런 걸 물어 인봉일 괴롭히는 건 내가 잔인한 줄 알어…. 그렇지만 내가 괴로워 그래! 난 앞으로도 인봉이한테 의논할 게 많어…, 응? 나두 오빠한테 야심이 있기 때문에 인봉에게 친절한 걸루 그렇게 뺴지지 않어?"

하고 동옥은 갑갑한 듯이 베개 위에 팔까지 얹어 베면서 묻는다.

"언니."

한참 만에 인봉이가 입을 연다.

"그래 어서….."

"난 내 말에 책을 잡히는 거 같아서 대답하기 불쾌해…."

"이런! 건 너 오해야."

하고 동옥은 팔을 베었던 머리를 일으켜 인봉을 들여다본다.

"그럼 왜 언닌 묻기만 하면서 남 대답하기 어려운 데루만 몰아넣우?"

"몰아넣느냐구? 그렇게 느껴져?"

"그렇지 않우? 언니헌테 엇대 놓구 한 말은 아닌데 언니가 가루채서 탄하는 것 같으니까…."

"애! 건 참 내가 되려 억울하구나! 난 그런 게 아냐…. 네가 그렇게 생각된다면 내 얼마든지 건 사과하마."

"…."

"난 사실…."

"…."

"난 아직 인철 씰 단념 못 한다. 그러니까 난 내 자신한테 대답하기가 곤란해 그래…. 나두 그 조숙자처럼 인철 씰 사랑하려는 야심에서 수단으로 인봉을 가까이하는 게 아닌가? 그럼 우정으론 불순한 게 아닌가? 또 이담에라두 인봉이가 그렇게 해석하는 날이 없을까? 그런 어수선한 생각에서 물은 거야. 알었어?"

"건 언니가 너머 덜 생각한 것 아뉴?"

"어떻게?"

"언니가 왜 조숙자허구 같우? 왜 무슨 약점이 있수, 언니야?"

"약점이라니?"

"조숙잔 남의 첩 아뉴? 또 나이 많지, 지식이 없지, 그러니까 수단으로 나 우리 오빠가 자기헌테 호의를 갖두록 해얄 거 아뉴? 그렇지만 언니야 무슨 약점이 있수? 안 그러우? 도려 우리 오빠가 언니헌테 대면 약점이 있지…."

"정말?"

"그렇지 않구 뭐."

"난 내 자신 일엔 얼른 판단이 안 나…. 그럼 인봉인 나한테 순진한 우정을 갖는 거지?"

"그럼 뭐."

"좋아! 그럼 나 또 한 가지 물을 거 있어."

"뭐? 또 그런 거유?"

하고 인봉은 쌕 웃는다.

"묻는단 것보다 의논할 거야 이건…."

"뭐유?"

"난 인봉이 오빠가 이내 나오신대두 인봉이 졸업하두록은 내가 맡어 보구 싶어…. 이건 내 힘에 좀 부칠런지 몰라. 그러니까 허영일런지도 몰라. 그렇지만 자선심은 아냐. 나두 한번 남을 위해 일해 보구 싶은 정성이지 결코 누굴 구해 본다는 아니꺼운 자선심에선 아니야. 우정과 또 일해 보고 싶은, 내 몸만을 위해서보다 좀 더 의의 있게 일해 보고 싶은 욕망에서야. 그런데…."

"응?"

"과장 선생님께 가 될 수 있는 대로 취직이 되도록 말하다가 나중엔 취직 운동에 유리할 것 같어서 인봉의 말을 내가 했어…."

"우리 오빠 얘기두?"

"그런 거야 나두 그만 눈치 있지 않어? 괜히 안 할 말꺼정 다 헐까? 그런데 말야 인봉이도 알겠지만 왜 이학기 초에 장학금 새로 생긴 것 있잖어?"

"참."

"과장 말씀이 그걸 인봉이도 쓰도록 해 볼까 하신단 말야."

"얼마씩 주게?"

"아마 기숙사 생활로 빠듯하게 주겠지. 그런데 그 장학금 낸 사람이 조숙자 따위란 말야."

"여자유?"

"예끼! 그 수단으루 돈을 내논 게 같단 말야."

"학교에다 무슨 수단을 부류?"

"건 글쎄 묻지 말구, 건 내 말만 믿어…. 아모턴 불순한 돈이야…. 내 친한 동물 그 돈으루 공부하는 걸 난 보구 있다면 여간 괴롭지 않을 거야."

"난 준대두 싫어 그럼…."

"정말?"

"그럼 뭐. 차라리 공불 안 해두 그런 불순한 돈으룬. 난 지금 조숙자의 돈으로 몇 번 월사금 낸 것두 여간 꺼림허지 않은데."

"그럼 좀 불안스럽긴 허더래두 후회허지 않구 나한테만 맡겨 줄 테야?"

"난 언니가 애쓸까 봐 미안해 그렇지 부족해두 난 좋아!"

동옥은 인봉의 손 하나를 끌어다가 가슴에 꼭 눌러 안았다. 그리고 혼잣말처럼 중얼거렸다.

"걱정 말어. 난 애써 보구 싶어. 쉬운 일보단 힘든 일이 해 보구 싶어!"

제비뽑은 화관

삼월.

아직 이르나 봄은 되었다. 강마다 얼음들이 풀리어 새로 물들인 것 같은 푸른 물결은 우쭐우쭐거리며 흘러간다.

학교에서들도 강물이 풀리듯 새 일꾼들이 세상 바다를 향해 교문을 터치고[263] 쏟아져 나오는 때다.

동옥이도 오늘 졸업하였다. 동옥이도 내일부터는 세상 사람이다.

'아니 지금부터 벌써 난 학생이 아니다!'

동옥은 저녁에 학교에서 여는 사은회(謝恩會)에 가려고 옷을 갈아입으며 이렇게 생각한다. 아침에는 배꽃 같은 흰옷을 입고 졸업식에 갔었다. 졸업식까지 끝나자 이제부터는 제복은 완전히 벗어 놓았다. 사은회부터도 봉오리꽃 같은 저희들의 처녀를 저희들의 좋은 빛대로 마음대로 성장[264]을 시킬 수 있는 자리다. 동옥이도 치마는 짙은 곤색이나 저고리만은 엷은 오렌지빛 하부타에[265]로 긴 고름을 늘어뜨려 입고 나섰다.

"언니, 목도린 안 허우?"

인봉이가 목도리를 꺼내 주었으나 동옥은

"텁텁해."

하고 그냥 두루마기만 입고 나섰다.

봄의 손은 아직 덜 녹은 때다. 새 저고리 동정이 저녁바람엔 언 손이 와 닿는 것처럼 선뜻거린다. 그러나 선뜻거릴 뿐 동옥은 춥지는 않다.

---

263 '터뜨리고'의 방언.
264 盛裝. 화려하게 꾸밈.
265 羽二重. 얇고 부드러우며 윤이 나는 일본산 비단.

몸은 아침부터 더운물에서 나온 때처럼 훈훈한 것이 식지 않는다. 동옥의 심장은 오늘처럼 긴 시간을, 긴 선로를 달리는 기관차처럼 오래 끓어 본 적이 없다.

'어떻게 될 건가?'

동옥은 사은회보다 먼저 과장 선생님을 만나 취직을 결정할 것으로 더 긴장이 된다.

영어 교원을 요구하는 학교가 있기는 몇 군데 있는 눈치였다. 벌써 작정이 된 사람도 있다. 한 사람은 자기가 졸업한 학교의 교비생으로 와 있었으니 문제도 없이 그 학교로 가게 되었고, 한 사람은 영어를 가르칠 뿐만 아니라 기숙사의 사감 일까지 맡아야 되겠으니까 나이 제일 지긋한 사람을 보내라고 해서 나이 제일 많은 덕으로 작정이 되고, 그러고도 아직 영어 교원 자리가 하나쯤은 남은 모양인데 과장이 얼른 결정을 못 하고 내일 보자 내일 보자 하고 끌어만 오는 것을 보면 필시 경쟁자가 있는 모양이었다.

동옥은 그래서 더 긴장이 되었다. 경쟁자가 누구라는 것도 많지 않은 반 동무라 이내 눈치가 채어지자 동옥은 여간 불쾌하지 않았다. 성적으로 따지면 자기만 훨씬 못한 동무였다. 평소에 학비 쓰는 것을 보면 확실히 집안이 넉넉지 못할 뿐 아니라 홀어머니와 이제 중학교 이학년이 되는 남동생이 있는 것은 자기도 잘 아는 사실이다. 그들이 얼마나 하루가 급하게 이 딸과 이 누이의 졸업을 기다리고 있는지 잘 짐작할 수 있는 것이었다.

그러나 동옥도 남의 사정만 볼 수는 없다. 그 동무를 보면 어떻게 전과 달리 서먹해져서 어쩌다 단둘이만 부딪치면 이상한 압박이 느껴졌다. 그럴 때마다 동옥은 서로 속을 털어놓고 이야기를 하고 싶었다. 이야기를 해 봐서 그 동무의 사정이 자기보다 더 딱하다면 그까짓 어떻게 되든지 기분 좋게 자기가 양보해 주고 싶었다. 그러나 말이 쉽사리 나와 지지 않았다.

말이 쉽사리 나와지지 않을 뿐 아니라 생각해 보면 생각해 볼수록 경제 문제만도 아니었다. 자존심이라고 할까.

'같은 졸업생에 누군 중학교 선생이 되고 누군 소학교 선생이 되고….'

이런 야릇한 감정이 점점 강렬해지는 것이었다.

'나두 경험했지만 졸업생들이 학교에 오는 걸 봐두 중학교에 간 사람들은 떳떳해 뵈구 소학교에 간 사람들은 어딘지 쭈뼛거려 뵈드라. 그뿐인가? 여태 영어 공불 했으니 그걸 써 먹어야 할 것 아냐?'

동옥은 점점 자기와 경쟁이 되는 그 동무가 미워진다. 미워하다가는

'사 년이나 한 어머니의 딸들처럼 지내다가….'

생각을 하면 그만 큰 죄나 짓는 것 같아 불쾌해 견딜 수가 없다.

'그래두 어떡해, 사정이 사정인걸…. 그리게 생존 경쟁이란 말이 있잖어? 이렇게 경쟁이 되다 지고 만다면?'

동옥은 얼굴이 화끈해진다.

'그 앤 과장 선생님께 그새 맹렬히 운동했을지 모른다. 난 너머나 졸르지 않구 있었다! 오늘은 막 떼를 써야.'

벼르며 학교로 갔다.

동옥이가 학교에 들어가 과장실 앞에 가까이 이르렀을 때다. 과장실에서 문 열리는 소리가 나더니 반 동무 하나가 나온다. 이제부터는 반 동무라기보다 동창생이라고 불러야 할 신숙(信淑)이었다. 동옥은 가슴이 뜨끔해진다. 남아 있는 하나의 영어 교원 자리를 가지고 틀림없이 자기와 경쟁 중에 있는 동무였다. 그는 자기가 문을 닫은 과장실을 한번 획 돌아보더니 고개를 푹 떨어트리고 나온 것이다. 결코 가벼운 걸음이 아니다. 동옥은

'옳지! 제가 틀린 모양이로구나….'

생각이 날째게 지나간다. 그 순간 신숙이와 정면으로 부딪칠 것이 무서워진다. 구석만 있으면 얼른 피하고 싶다.

제비뽑은 화관　　　　　　　　　　　　　　449

그러나 벌써 구석도 없거니와 피할 겨를도 없어졌다.

"신숙아."

동옥은 앞을 막아서며 가만히 불렀다.

"…."

신숙은 잠깐 고개를 들었을 뿐 날카로워진 시선을 어쩔 줄 모르다가 이내 다시 숙여 버린다.

"너 벌써 저녁 먹구 왔니?"

"…."

역시 신숙은 말은 없이 겨우 고개만 끄덕이고 옆으로 비켜서며 지나가 버리고 만다.

"…."

동옥은 그의 가는 쪽으로 돌아섰을 뿐, 그리고 곧 뛰어가 그를 끌어안고 흉금을 헤쳐 놓고 싶은 것은 마음뿐, 발은 화석이 된 듯 떨어지지 않는다. 입도 다시 한번 그의 이름을 불러내이려 하였으나 얼른 떨어지지 않는다. 울음을 참을 때처럼 가슴에서 빠지지 소리가 느껴진다.

'내가 그 자리루 가게 돼?'

동옥은 조금도 기뻐지지 않는다. 신숙의 그 유령 같은 그림자가 긴 복도에서 사라진 뒤에도 동옥은 한참 만에야 걸음이 떨어졌다.

과장실 앞으로 갔다. 똑똑 노크 소리를 내었다. 안에서는 이내 들어오란 소리가 나온다. 동옥은 신숙이가 마악 그 절망의 싸늘한 손으로 원망스럽게 닫고 나온 핸들을 잡았다. 동옥은 이렇게 손이 떨리는 문을 열어본 적이 없다.

"게 앉어."

과장 선생님의 얼굴빛도 누구와 말다툼이나 하고 난 때처럼 화색이 꺼지고 눈초리는 그저 꾸겨져 보이는 데가 있다.

"학생 시대엔 무슨 일에나 용설 받을 수 있었지만 이젠 남을 용서해 주는 위치에 서는 거야. 결쿠 쉽지 않어…."

"…."

"열심이루 해야 돼…. 그 학교는 우리 졸업생이 첨이야. 첨으로 가는 사람이 한번 잘못해 노면 우리 학교 졸업생은 다신 안 데려가는 거야…. 자기 한 사람의 경우만 생각할 게 아니라 먼 장래 후진들과 모교 명예다 지구 나가는 거야."

"제가 가게 됐습니까?"

"동옥이루 정했어."

"신숙인요?"

"…."

과장은 얼른 대답을 안 하신다.

"제가 안 가면 신숙이가 갈 거지요?"

"그래두 영어 성적을 봐서 보내는 거니까."

"전…."

"또 그 사람은 다른 길이 있겠지…. 아주 일자리가 없는 건 아니니까…. 그리게 먼저 좋은 일자리루 가는 사람들의 책임이 큰 거야."

"선생님."

"응."

"그래두 제가 안 간다면 신숙이가 이 학교에 갈 수 있는 것 아냐요?"

"글쎄 인제 작정된 문제니까 그런 생각은 필요치 않어! 우정은 물론 좋으나 사회 일은 그렇게 단순히만 되는 게 아니야."

"전 여간 괴롭지 않어요. 전 인제 신숙일 만났어요."

"뭐래?"

"암말두 안 하는 게 전 더 괴로와요."

"건 다 마찬가지야. 신숙이가 되면 동옥인 안 그럴 거야? 둘 중에 하난 섭섭했지 벨 수가 없지 않어?"

"그래두 갠 저보다 사정이 더 딱한지 알어요."

"허 그건 인식 부족이지…. 학교에선 노동자를 소개하는 건 아냐. 저쪽에서두 교육자를 요구했구 여기서두 교육자를 보내는 거지…. 누구 개인에 경제적 사정을 봐서 보내구 안 보내구 하는 건 결코 아니야…. 학굔 뭐 직업소개소루 아나?

저쪽에서 영어 교원을 보내라니까 영어 성적순으로 보내는 거야…. 학교에선 다 같은 졸업생에 하후하박[266]이 아니야…. 그러니까 가서 한편으로 꾸준히 공부하면서 다른 데서 온 영어 교원에게 지지 말구 잘 가르쳐…."

이런 과장 선생님 말씀에 동옥은 한결 마음이 든든해져서 나왔다.

그러나 사은회 준비로 회장으로 나려와서 역시 우울한 표정인 신숙을 보고는 다시 마음이 무거워지는 것을 동옥은 감당할 도리가 없다.

'과장 선생님 말씀은 물론 공정하시다. 그렇지만 나라야만 그 일을 할 수 있고 성적이 한두 점 떨어진다구 해 신숙인 못할 일인 건 아니다. 성적순으로 따지니까 나지, 내가 그 권릴 포기한다면 당연히 신숙이가 가더라도 과장 선생님은 역시 아까 나에게 부탁하신 모든 말씀을 그대로 신숙에게도 하실 것 아닌가?'

동옥은 또 자기가 인봉에게

"걱정 말어. 난 애써 보구 싶어. 쉬운 일보단 힘든 일이 해 보구 싶어." 하던 말도 생각이 난다.

"얘."

동옥은 과자 담을 접시를 부시며[267] 과자 봉지를 끄르는 신숙을 불렀다.

"…."

신숙은 대답이 없다. 펼쳐지는 과자 봉지의 왈가닥 소리에 못 알아들었음인지 알아듣고도 대답을 하지 않는 것인지 동옥은 알 수가 없다. 그

266　何厚何薄. 누구에게는 후하고 누구에게는 박함. 차별 대우함.
267　깨끗이 씻으며.

러자 다른 동무들은 선생님들이 오시기 시작한다고 식당으로들 몰려나
갔다.

"신숙아."

동옥은 좀 크게 불렀다.

"왜?"

하고 신숙은 얼굴을 들어 준다. 어색은 하나 웃음까지 지어 보인다.

"너 웃는구나!"

"웃지, 그럼! 너 내가 언짢게 생각할까 봐 걱정되니?"

신숙의 말소리는 생각하던 것보다 여간 부드럽지 않다. 부드러움에
동옥의 가슴은 도리어 찔리운다. 동옥은 잠자코 접시 닦은 것을 신숙에
게 밀어 놓았다. 신숙은 접시에 과자를 쏟으며

"난 졸업은 하면서두 여태 수양이 여간 유치하지 않은 걸 오늘 깨달았
어⋯."

한다.

"건 무슨 말이냐?"

"아무리 친한 동무 간이라두 이런 건 사무적으로 처리돼야 할 일 아니
야? 거기 감정이나 기분으루 생각할 여진 없는 것 아니야? 그런데 아깐
정말이지 과장 선생님이 괜히 원망스럽구 그리자 널 만나는 게 여간 자
존심이 상하지 않았어⋯. 그런 게 다 덜된 것 아냐 아직?"

하고 신숙은 접시에 쏟던 초콜릿 하나를 집어 동옥에게 주는 것이다.

"땡큐."

하고 동옥은 받아 은종이를 끌렀다.

신숙도 과자 접시를 들더니 식당으로 나간다. 식당에서는 유성기 소
리가 들려온다. 동옥은 신숙이가 준 초콜릿을 입안에 넣고 생각해 본다.

'신숙의 태도는 얼마나 훌륭하냐, 얼마나 솔직하냐! 좋은 동무다! 과
장 선생님은 개인의 경제적 사정을 봐서 보내구 안 보내구 하는 건 결코
아니라고 하셨지만, 가는 우리는 우선 나부터도 인봉의 학비 때문이 아

니냐? 내겐 인봉이 하나지만, 신숙에겐 남동생의 학비 문제뿐만은 아니
다. 홀어머니도 자기가 모셔야 할 거구 제가 쓴 학비에도 빚이 적지 않
다는 말을 들었다! 그럼 신숙인….'

동옥은 놀래는 듯 식당으로 뛰어나갔다. 아직 과장 선생님은 보이지
않는다. 얼른 바깥으로 나갔다. 본관 쪽으로 한참 올라가니까야 과장 선
생님은, 다른 선생님 한 분과 같이 내려오신다. 동옥은 조금도 서슴지
않고

"저 과장 선생님 좀 뵙겠어요."

하였다. 다른 선생님은 저만치 사라진 뒤이다.

"저 거기 안 가겠어요. 다른 일을 주세요."

"왜?"

"다른 데 무슨 자리가 남았나요?"

"아니 왜 그래?"

"전 중학교엔 가기 싫어요."

"갑재기?"

"전 당해 보니까 겁이 나요. 또 될 수 있으면 사회 환경에 직접 부드쳐
볼 데를 가 보구 싶어요."

"그럼 왜 인제야 그래?"

"제가 잘못했어요."

동옥은 신숙이 때문이란 말은 결코 내이지 않기로 한다.

"여기서 장황이 말할 게 아니라 그럼 낼 오전 중으로 내게 다시 와….
충분히 생각해 가지구…. 무슨 일을 그렇게 하누…."

"네."

수굿하고 과장 선생님을 따라 사은회로 갔다. 회장에 들어서니 벌써
들 가장(假裝)하는 제비들을 뽑아 가지고

"난 중! 아이 우서…. 고깔이 나왔구나 글쎄!"

"난 어떡하니! 최승희²⁶⁸ 무당춤에 쓰는 그런 시뻘건 갓이야…."

화관

"그럼 이 무당년!"

"하하하….

하고 법석이다.

동옥이도 들어와서 제비를 뽑았다. 장난이지만 가슴이 들먹거린다.

"울리 살람이 가깝해…."

하고 옆에서 중국 사람의 모자를 쓰고 섰던 동무가 툭 채어 간다. 그 동무가 펼쳐 보더니

"야! 동옥이 아주 대단 좋은 것이…."

하는데 보니 화관(花冠)[269]이라 쓰여 있는 것이다.

"이 살람이 화관! 올에 시집이 갔어…."

"하하….

하고 모두 손뼉을 친다. 그러자 벌써 사모(紗帽)[270]를 쓰고 앉았던 동무가 와서 짓궂게 겨드랑을 낀다. 중국 사람 모자를 쓴 동무가 가져오는데 보니 마분지에 금종이를 발라 만든 것인데 유리구슬과 가화(假花) 몇 송이가 달리었다.

무엇이 나오든지 나오는 대로 써야 하는 것이 이날 저녁의 법률이다. 선생님들도

"동옥인 아마 올해 시집가려나 봐."

하고 놀리신다. 동옥은 부끄러운 만큼 유쾌하기도 하다. 동옥은 더 아름다웠다. 살결 맑은 얼굴에 달뜬 부끄러움과 즐거움은 복사꽃빛으로 피어올랐다. 게다가 불빛이 폭 배이는 오렌지빛 저고리며 금지로 싼 화관은 동옥을 여왕처럼 드러냈다. 부엌으로 들어갔더니 사내아이 같은 선길이란 동무는 꽉 끌어안고 뺨에 입을 다 맞추었다.

나중에 보니 신숙이는 훈장의 관을 쓰고 있었다. 동옥은 어떻게 해서

---

268 崔承喜(1911-1969). 일제강점기 때부터 활동한 근대 신무용가.
269 전통 혼례식에서 신부가 쓰는 예장용 관.
270 전통 혼례식에서 신랑이 쓰는 모자.

나 그를 어서 즐겁게 해 주고 싶던 차라 기회를 봐 그의 곁으로 갔다.

"넌 관을 썼구나?"

"그래 아마 그래두 선생 노릇이 유망한 게지?"

하고 웃는다.

"어쩌문 참! 넌 맞는가 보다!"

"왜?"

"너 나 거기 가는 줄 알지 참?"

"거기? 평양?"

"응."

"그럼."

"나 안 가."

"안 가? 안 가다니?"

"저어…."

동옥은 잠깐 생각한다. 만일 자기가 양보한다는 눈치를 보이면 신숙으로도 자존심이 일어나지 않을 리 없다. 결국은 신숙이도 굳이 가지 않고 말는지도 모른다.

"응 애? 안 가다니?"

동옥은

"집에서 먼 덴 안 보낸대…."

해 버린다.

"그래?"

신숙의 눈에는 확실히 빛이 난다.

"그럼 왜 아깐 가는 것처럼 쓰럿드리구 있었니?"

"나 언제 간다구야 그랬니? 또 어디 종용히 말할 새 있었어?"

"넌 그럼 혼인하는 게로구나? 화관이 나오구!"

"나 혼인할 거 같니?"

"그럼 뭐! 나이 어려서 걱정이냐?"

"흥!"

"흥이 뭐야. 화관이 나온 아이들은 번번이 그해에 혼인했다구들 그리더라. 요것아 너 좀 대 주지 않을련?"

하고 신숙은 갑자기 동옥의 손등을 꼬집는다.

"아야 뭘?"

"너의 약혼자 누구냐?"

"앤…."

아무튼 동옥은 걱정스럽던 동무의 얼굴에서 빛을 보는 것이 즐거웠다. 그러나 한편으로는

'나에겐 무슨 일이 차례 올까? 인봉일 맡어 가지고 감당해 못 나간다면?'

하는 걱정이 없지 않다.

'아니다! 왜 감당해 못 나가긴? 하면 된단 신념을 갖자! 이제부터 하는 일은 인봉이만을 위하는 일이 아니다. 벌써 신숙이도 위하는 일이 된게 아니냐? 화관! 이건 하나님이 나에게 주신 가시관일런지 모른다. 끝까지 쓰고 나가면 거기엔 정말 화관이 나릴런지 모른다. 한 남편을 위해 신부로서의 화관보다 좀 더 많은 사람을 위해 시대의 선수로서 세기의 청춘으로서 민중이 주는 시대가 주는 화관을 쓰자!'

동옥은 이튿날 다시 학교로 가서 일자리를 물었다. 원산에 어느 사립 보통학교로 갈 자리만이 남아 있었다. 월급은 사십오 원, 옷은 집에서 갖다 입는다 치더라도 이십 원이 남을지 말지 하다. 그것으로는 인봉의 학비가 모자란다. 그러나 다행한 것은 교회학교 안에 부인들을 위한 야학이 있는데 밤에는 거기 일까지 보려면 볼 수 있다는 것이다. 동옥은 그 일까지 맡아 보려면 얼마나 힘들 것인지 그것을 생각할 여유가 없다. 동옥은 걱정스럽게 묻는 과장 선생님께

"괜찮아요. 힘든 일이라야 전 더 성의가 날 것 같아요."

하고 두 가지를 다 맡도록 해 달라고 하였다.

제비뽑은 화관

첫 항구

원산에는 여러 가지 기적 소리가 울린다.

이른 아침, 늦은 저녁으로 공장에서 울리는 기적 소리들, 남쪽으로 북쪽으로 정거장에서 갈려 가는 기차들의 기적 소리들, 그리고 어데서 오는지, 어데로 가는지, 망망한 바다에서 피곤한 듯이, 목쉬인 소리로 울려오는 기선들의 고동 소리를 동옥은 평생 기적 소리를 못 듣고 살아 온 것처럼 이 여러 가지 기적 소리가 울려올 때마다 그의 귀는 여러 가지로 감동되는 것이 많다. 정거장에서 울려오는 기차의 기적 소리를 들으면

'저것만 타면 오늘밤으로 서울 가련만….'

하는 향수가 치밀어 오른다.

집안 식구들, 기숙사에 가 있는 인봉이, 학교의 선생님들, 모두 활동사진처럼 떠오르는 것이며, 멀리 바다 쪽에서 울려온다기보다 부우 떠오르는 듯한 그 파이프 오르간 소리 같은 기선의 고동 소리를 들으면, 이야말로 인생의 향수라 할까 서울이니 집안 식구들이니보다 더 아득한 것에 그리움이 솟아나는 것이다.

'원산은 나의 첫 항구, 나의 인생은 여기서부터다! 서울 집이 그립기는 허나 평생 나의 집은 아니다! 부모님이 평생 나의 가족은 아니시다! 내 집 내 가족은 어데 있나?'

동옥은 아니하리라 하면서도 인철의 생각이 문득 나곤 한다. 인철의 생각을 하면 안 했더니만 못하게 늘 불쾌하다.

'왜 그따위 여자 수단에 빠졌을까? 아모리 챈쓰라 허지만 자기 인격의 결함이 아니고 무언가. 인격의 결함이 있는 사람을 나는 왜 이다지 기억 속에서 씻어 버리지 못하는 걸까? 첫사랑?….'

화관

동옥은 작년 여름 경원선 차 속에서 인철이가 자기 이름을 정옥이라고 잘못 불러 성이 나던 것도 생각났다.

'이름 좀 분명히 기억해 주지 않았기루 그렇게 분했을 게 무얼까? 내가 그전에 어떤 남자에게 아무 걸로나 그렇게 분해 본 적이 있었나? 흥! 내가 최초로 사랑을 발견한 사나이! 그는 지금 그리 명예스럽지도 못한 일로 구금이 되어 있다. 그에겐 여자가 있다! 그에겐 정조는 없다! 그는 무죄가 되려나? 죄가 되려나? 유죄라면 사형이 아닐까? 사형? 그가 그까짓 일에 살인을 공모했을 사람은 아니다. 그가 나에게 한 말은 모두 정말일 것이다. 그러나 억울한 죄도 얼마든지 쓰게 되는 수가 있다지 않는가?'

동옥은 우울하다.

공장의 기적 소리는 이른 아침에 잠이 깨일 때 그리고 저녁에 와서 외로운 저녁상을 물려 놓고 피곤한 다리를 뻗어 볼 때

'뚜우.'

하고 가장 힘차게 한참씩 울려오는 것이다. 그러면 동옥은 자기도 그 공장의 직공이나처럼 후닥닥 뛰어 일어나 학교에 갈 준비와 야학에 갈 채비를 하는 것이다.

'일하자, 즐겁게 일하자! 난 청년이다! 역산 운명의 기록이 아니라 행동의 기록이라구 인철이가 그랬다! 인철이도 나오면 일할 것이다!'

이렇게 생각하면 비록 생각이 인철에게 미치더라도 기뻤다. 학교의 일도 재미났고 야학 일도 재미났다. 학교에서는 이학년의 을조(乙組)를 맡았다. 사 년이나 전공한 영어를 쓰지 못하고 단자(單字) 하나라도, 발음 한 가지라도 자꾸 잊어만 가는 것이 서운할 뿐, 소학교에서 코 흘리면서 배우던 것을 추억해 가며 고작해야 중학교에서 얻은 지식으로 산술을, 국어를, 조선어를[271], 습자를, 도화를, 닥치는 대로 가르치는 맛도

---

271 일제강점기에는 공식적으로 일본어를 '국어', 우리말을 '조선어'라 칭했다.

자기도 다시 어린애가 되는 것처럼 단순하고 재미가 났다. 그들에게 학문만을 가르치는 것이 아니라 글자 그대로 인생의 교사가 되는 데 더 긴장이 되었고, 학생 그들만을 알게 되는 것이 아니라 그들의 가정, 그들의 어머니, 할머니, 아버지와 할아버지까지도 알게 되는 것이 중학교 교원의 생활보다 더욱 즐겁고 의의 있는 생활이라 깨달아졌다.

직원 간에도 재미있는 사람이 많았다. 그중에도 원산서는 국어를 제일 먼저 알았다는, 내년이 환갑이라는 김희운(金禧運) 노선생(老先生), 시집가기 위해서 저금한다는 노옥순(盧玉順) 선생, 밤낮 벌어두 '그 식이 장식²⁷²'이라는, 이맛살이 펴질 날이 없이 꾀죄죄해 다니는 최용자(崔龍子) 선생 모두 사귀어 볼수록 그들의 생활이 흥미 있어 보이는 것이다.

야학도 여간 재미나지 않는다. 첫째, 학생들이 가지각색인 데다 소학교에는 학령(學齡)²⁷³이 지나 가지 못하는 열사오 세의 소녀로부터 낮에는 공장에 다닌다는 말만큼씩 한 처녀도 있고, 그러고는 대부분이 젖먹이를 끼고까지 오는 부인네들이다.

그들은 딸과 같은 학우들과 딸과 같은 선생에게 곧잘 얼리어 배우는 것이 재미있고, 둘째로는, 그네들은 배우기는 소학생과 같이 '가갸거겨'를 배우면서도 속에는 주관과 자기 생활들이 있어서 나는 무엇 때문에 글을 배운다, 나는 글을 배워서 어떻게 써먹겠다 하는 써먹을 자리부터 가지고 오는 점이었다. 그중에도 용칠이 어머니란 이의 글을 배우는 목적은 이렇다고 하였다.

"난 뭐 어려운 진서²⁷⁴서껀 히라깡²⁷⁵이라나서껀은 못 써두 좋아요. 언문 편지나 볼 줄 알문 과거급제나 한 것만 하겠어요."

272 전과 변함없이 마찬가지.
273 學齡. 초등학교에 입학해야 할 나이.
274 眞書. '한문'을 높여 이르던 말.
275 일본 문자 '히라가나'의 잘못된 발음.

"편질 볼 줄 모르세서 꽤 답답하셨던 게로군요?"

했더니 용칠이 어머니는 덥석 대답하는 말이

"내 그년들 나 글 못하는 줄 알구 밤낮 집으루 편지질입니다그려 글쎄…."

하는 것이다.

"그년들이라뇨?"

동옥이가 알아들을 수 없어 하니까 용칠의 어머니는 이번에는 옆에 앉은 이웃집 부인더러

"술집년들이 날구일[276] 용칠 아버지헌테 편지질이죠. 그러니 내가 뜯어 보문 뭘 허우, 글쎄? 까막눈이…."

하고 한탄을 하는 것이다.

"아, 용칠이 녀석을 뵈문 좀 잘 읽어 줄라구?"

옆의 부인이 그러니

"그렇잖어두 그 녀석을 붙들구 사정이라우. 내 밑 들어 남 뵈기루[277] 남더러야 어떻게 봐 달래우. 그래두 그 녀석두 사내꼭지라구 애비 편들죠."

한다.

"애비 편을 들다니?"

"편지 보래문 벌써 상급[278]부터 달래우. 그리구 저희 아버지한테 그렇게 말허지 말라구 당불 해두 그예 고자질을 허우…. 내가 어서 눈을 떠야…."

하고 덤비면서도 '가 자에 기역 하면 각' 하나를 사흘이 지나도 입으로만 그랬지 책에 있는 '각' 자를 보고는 그저 눈이 떨어지지 않는 것이었다.

동옥은 무지란 얼마나 추하기도 한 것이란 것을 새삼스럽게 깨달았

276 '매일'의 옛말.
277 스스로 자신의 치부를 드러내는 일이니.
278 賞給. 상으로 주는 돈이나 물품.

다. '가 자에 기역 하면 각'이란 것을 얼른 터득하지 못한다고 추하다는 것이 아니라, 또 남편에게 비밀 편지가 와도 그것을 읽어 볼 줄 모른다고 해서 추하다는 것이 아니라, 그런 편지를 훔치는 것은 무엇이며 그런 편지를 자식에게 읽어 달라고 과자를 사 주며 조르는 것은 무슨 처신인가? 더구나 야학에 와서 묻지도 않는 소리를 지절편하게[279] 늘어놓는 것은 또 무슨 아름답지 못한 표정인가? 그것은 활발도 아니요, 마음씨 좋은 것도 아니다. 동옥은 여성의 하나로 무한한 치욕이 느끼어졌다.

그러나 세상이라는 무한한 페이지를 가진 앨범을 이제 한 장 두 장 제켜 나가기 시작하는 동옥에게 있어서 단순히 불쾌한 감정 거기에 그치고 마는 것은 아니다. 오히려 그런 사람들일수록 현실을 탐구하려는 동옥의 눈에 가장 중요한 재료가 되는 것이다.

동옥은 곧 그 어머니의 아들, 용철이란 아이를 알아보았다. 동옥의 반은 아니라도 동옥이가 다니는 학교 학생이었다.

오학년 반 아이인데 그 반 담임에게 물어본즉

"말 말어요. 그 앤 우리 학교 명물이라우!"

하고 고개를 젓는 것이었다.

"명물이라뇨?"

"거짓말이 선수라우! 월사금은 딴 데다 쓰구 밤낮 잃어버렸다지, 통신분[280] 저희 아버지 도장을 제가 새겨 두구 찍어 오지, 밤낮 동무애들 뭐 훔치지, 창간[281] 학교서 가르치는 건 못 해두 유행간 청산유수지, 그리구 갠 도무지 무서운 사람이 없다우!"

그런 아버지, 더구나 그런 어머니 밑에서 좋은 자식이 길리워질 리가 없다. 동옥은

'여자의 교육이란 남학생, 여학생 하는 그 여학생 교육이기보다 한 사

---

279 질편하게 지절거리며.
280 통신부는. 생활통지표는.
281 창가(唱歌)는.

람의 어머니의 교육, 인류의 어머니의 교육으로 더 의의가 있어야 할 것 이다!'

하고 깨달아졌다.

　이럭저럭 한 달이 찼다. 첫 월급이 나왔다. 학교에서 사십오 원, 야학에서 십오 원, 도합 육십 원이 들어왔다. 학교에서 받은 돈은 십 원짜리 넉 장, 일 원짜리 다섯 장, 모두 때가 묻고 구김살이 진 지전들이다. 야학에서 받은 돈은 더 깨끗지 않았다. 일 원짜리 한 장은 네 쪽에 난 것을 담뱃갑을 오려 가로세로 부하여[282] 가랑잎처럼 떠들썩한 것도 있었다. 그나마 십오 원이 다 지전도 못 되고 삼 원은 오십 전짜리, 십 전짜리, 오 전짜리, 일 전짜리 동전까지 주워 모은 것이었다.

　'돈, 얼마나 비위생적인가? 더러운 돈!'

　동옥은 냄새를 한번 맡아 볼까 하다가 숨을 들이키지는 못한 채 얼굴을 돌리고 말았다.

　'그러나 가치에 있선 얼마나 귀한 돈이냐! 내 손으로 처음 벌어 보는 돈, 이십 년이나 부모님의 돈만 타서 쓰다가 처음으로 내 힘으로 벌어 놓은 돈!'

　동옥은 이 첫 번 월급만은 고스란히 부모님을 위해 쓰고 싶은 충동도 일어난다.

　'육십 원! 두 군데 것이나 합한 게 겨우⋯. 더구나 이렇게 꾸긴 돈, 찢어진 돈, 은전, 동전⋯. 그러나 이게 얼마나 많은 돈이요, 이게 얼마나 깨끗한 돈이냐! 금궤 문을 열어 놓고 목침뎅이 같은 지전 뭉치를 끌러 뺄걱뺄걱하는 새 돈으로 백 원씩, 이백 원씩 척척 내뜨리는 그런 데 월급보다 이게 얼마나 더 정성의 것이요, 알뜰스리 모여진 돈이랴!'

　동옥은 이날로 인봉이에게 삼십오 원을 부쳐 주고 밥값 십칠 원을 내고 어시장으로 나가서 생선을 한 궤짝 사서 얼음에 채워 부모님에게 부

282　덧붙여.

치고 나니 지갑에는 불과 일 원 각수[283]밖에는 남는 것이 없었다. 그러나 동옥은 기뻤다. 이날 저녁은 마침 삼일예배[284] 날이었다. 동옥은 이날처럼 기쁘게 떳떳하게 예배당에 가 본 적이 없다. 주는 자의 기쁨이 받는 자의 기쁨보다 더 큼이 정말인 것을 알았다. 동옥은 목사의 기도 소리를 한마디도 듣지 못했다. 저는 저대로 감사의 기도를 드린 것이다. 그리고 예배당에서 돌아오는 길에 다시 학용품 가게로 들어가서

'용돈이 없으면 없는 대로 한번 살아 보자!'

하고 먹물 몇 통과 모필 대여섯 자루를 샀다. 습자지는 신문지를 가지고 오면서도 먹과 붓이 없어서 친한 아이가 먼저 쓰고 나서 빌려 주기를 기다리는 금순이, 창숙이, 갑득이, 그런 아이들의 생각이 난 때문이다. 그 중에도 금순이는 자기 반에서 제일 총명해 보였다.

사내아이들은 나이 훨씬 더 먹은 아이들도 있으나 무얼 궁리하는 것이나 기억해내는 것이 금순이만 모두 못했다. 그러면서도 금순이가 성적으로는 열째 아래로 떨어지는 것은 교과서도 제대로 가지지 못하고 학용품도 제대로 쓰지 못하고 더구나 집에 가면 도무지 복습을 할 환경이 되지 못한 때문이었다. 그 얼굴 생긴 것까지 귀염성스러워서 동옥은 어느 아이보다 금순네 집을 제일 먼저 방문했었다. 토요일 오후인데 저희 어머니는 있지 않았다.

"어디 가셨니?"

하고 물으니 금순은 얼굴이 새빨개지고 주눅이 들면서 대답을 하지 않았다. 달래어 물어보니 저희 어머니는 생선 장수라는 것이다. 어시장에 가서 한자리 보는 것이 아니라 함지에다 굴을 이고 생합(生蛤)을 이고 조반 전, 저녁 전으로 거리거리로 외이고 다니며 판다는 것이다.

"너희 아버진 그럼 뭘 허시니?"

---

283 角數. 몇 전 또는 몇십 전.
284 수요일에 드리는 예배.

하고 물으니, 그제야 굴속같이 컴컴한 단칸방에서 수염이 시커먼 사나이가 안았던 아이를 내려놓으며 절뚝거리고 나오는 것이었다. 동옥은 깜짝 놀라며 두어 걸음 물러섰다.

"저넉 다니는 학교 선생님이십니까?"

"네…. 금순이 아버지십니까?"

"그렇습니다."

하고 문설주에 기대며 섰는 것을 보니 한편 다리가 병신이다. 무릎 아래로 다리 하나가 없는 것이다. 그다음 날 금순에게 물은즉, 어느 축항[285]을 쌓는 데서 일을 하다가 밀차[286]가 뒤집히는 데 치어서 그렇게 된 것이라 하였다. 그런데 아이는 금순이 아래로도 사내 하나 계집애 둘, 모두 사남매나 되었다. 여섯 식구가 단칸방에서 복작일 뿐 아니라, 어머니가 장사를 나가니 아침저녁을 금순이는 제 손으로 밥을 지어 먹는 것이었다. 그런 금순이를 위해 동옥은 진작부터 돈을 쓰고 싶었으나 쓸 여유가 없다가 붓 한 자루, 먹 한 통이라도 내일은 나눠 줄 수 있는 것이 여간 기쁘지 않다.

그러나 이튿날은 웬일인지 금순이가 보이지 않는다. 붓 한 자루와 먹 한 통을 남겨 놓고 기다려 보아야 종일 결석이다. 그다음 날도 결석이다. 금순네 집과 가까이 사는 윤필(允弼)이라는 아이를 불러

"금순이 왜 이틀째 학교에 오지 않는지 아니?"

물으니

"금순이 인전 학교 안 댕긴대요."

하는 것이다.

"뭐? 학교에 안 댕겨?"

"네, 시집간대요."

---

285 築港. 선착장.
286 -車. 밀어서 이동하는 짐수레.

하면서 아이들을 둘러보며 웃는 것이다. 동옥은

"너 이리 좀 오너라."

해 가지고 사무실로 다리고 들어갔다.

"아니 누가 그리던? 금순이가 뭐 시집을 가?"

"네."

"누가 그래?"

"우리 아버지가 그래요."

"그래요가 뭐야? 원!"

"우리 아버지가 그리세요."

"금순인 보지 못했니?"

"네."

"너희 아버지께서 어떻게 아실까?"

"우리 아버지가…."

"'우리 아버지께서'지."

"우리 아버지께서 함흥 어제 갔다 오셨세요. 금순이 함흥으로 시집보
낸대요. 그래 학교 안 댕긴대요."

동옥은 하학하는 대로 곧 금순네 집으로 가 보았다. 금순이는 얼마를
울었는지 눈두덩까지 새빨개 있었고 이날은 금순 어머니도 집에 있었
다. 그리고 정말 윤필이 말대로 윤필 아버지가 무슨 관련이 있는 듯 와
서 술상을 차려 놓고 금순 아버지와 왁자하니 지껄이고 있었다.

동옥은 모다 학부형이라 공손히 인사를 하고

"금순이가 이틀씩이나 결석을 하게 궁금해 왔습니다."

하였다. 그러니까 금순의 어머니와 아버지는 서로 대답을 피하는 듯 서
로 쳐다보기만 할 뿐인데 술이 취해 눈이 거슴프레해진 윤필 아버지가
언제부터인지 들고 있던 젓가락을 놓더니

"그러실 테죠. 그런데 금순이로 논하면 이번에… 아직 나인 미성허
죠287. 그러나… 참 선생님 보시다시피 이 집 살림이 어디 사남매씩 장

성하두룩 길러낼 도리가 있습니까? 그래 먹을 거 걱정이나 안 하는 데루 아마 민메누리루 보내게 됐나 봅니다."

하고 수염을 나려쓰는[288] 것이다.

"네….."

하였을 뿐, 동옥은 무어라 말해야 좋을지 모른다.

"우리 이웃에서 보게두 다 과년해 가지구 채릴 것 다 채리구 가는 혼인과 달러서 보기 섭섭한데 황차[289] 가르치시던 선생님이야 여북[290] 이 없이 뵈시겠습니까? 그렇지만 허허….."

하더니 다시 입부터 벌리며 젓가락을 드는 것이다.

"아주 그렇게 작정이 됐습니까?"

"아무렴요."

하고 이번에도 윤필 아버지가 대답한다.

동옥은 한참이나 먹먹히 섰다가 부엌으로 나려와 울고 섰는 금순의 머리를 쓰다듬어 주었다. 그리고

"울지 말아, 응? 어디 가서든지 공부할 수 있거든 공부해라, 응? 야학이라두 괜찮어….. 또 야학이 없는 데면 나헌테 편지해. 그럼 네가 볼 만한 책을 내 가끔 부쳐 주께….. 응?"

동옥은 금순이가 겨우 고개를 끄덕이는 것을 보고는 그냥 돌아올 수밖에 없었다.

그런데 이날 저녁 야학에 가서다. 쉬일 시간에 조혼(早婚)에 관한 이야기가 나서 동옥은 무심코 금순의 이야기를 하였더니 한 부인이 눈을 내저으며

"아니요, 시집이 뭐야요? 내가 곁에서니까 잘 알지, 저희 집에서 팔아

---

287   未成--. 어리죠.
288   수염을 내리쓰는. 시치미를 떼는.
289   況且. 하물며.
290   얼마나. 오죽.

먹는 걸요."

하는 것이다.

"그래요? 저어… 그이두 우리 학교 학생의 학부형이지만 윤필 아버지 아시는지?"

"아, 잘 알죠."

"그 윤필 아버지가 거기서 술 자시면서 그리시던데요?"

"그럼요. 금순 아버지야 천황씨²⁹¹ 백성이죠. 그런 농간이나 어디 있나요. 윤필 아버지 놀음이지 다…."

동옥은 금순의 생각이 다시 궁금해진다. 집에 와서도 잠을 설치며 애를 썼다. 그러나 아침에는 일어나는 길로 조반을 먹고는 학교로 가야 한다. 학교에서 하학하고 돌아와서야 주인집 아이를 시켜 금순 어머니를 좀 오라 하였다.

금순 어머니는 이내 주인집 아이를 따라왔다.

"선생님 절 오라섰습니까?"

금순 어머니는 충혈된 눈을 두리두리하면서 묻는다. 동옥은 금순의 시원스런 눈이 저희 어머니를 닮았구나 느끼면서 그를 자기 방으로 올라오라 하였다.

"내가 좀 오시랜 건요…."

"네."

"거기 앉으세요. 그리구 제가 이런 말 하는 건요. 뭐 남의 집안일을 챙견할려구 해서가 아니라 금순일 생각해 하는 거니까요, 속을 털어놓구 말씀해 주세요."

"그러믄요."

"금순이가 민메누리로 간다는 게 정말 아니죠?"

"…."

---

291 天皇氏. 고대 중국 전설상의 제왕. '천황씨 백성'은 '순박한 백성'을 뜻함.

금순 어머니는 얼굴이 대뜸 시뻘개진다.

"어제두 금순 어머닌 잠자쿠 계셨구 또 저두 들은 말이 있어 그래요. 아마 윤필 아버지가 모두 어떻게 맨든 일이죠?"

"…."

금순 어머니는 눈물이 핑 돌아서 어쩔 줄을 모르다가 눈물을 치맛자락을 뒤집어 씻고 나서야

"부끄러운 말씀입니다…."

하고 말문이 열린다.

"가난이 원수라 정말이지 내 혼자 힘으론 여섯 식굴 먹여내는 수가 없구 남의 돈 진 게 곗돈 쓴 거꺼정 치문 육십 원이 넘구요. 식구 하나라두 덜어야지 어쩝니까? 그래…."

"그럼 어떤 데로 가나요?"

"뭐 술집이래지만 나야 압니까? 윤필 아버지가 다 가 보구 와서… 뭐 염련 없대지만 난 그리다가 청국[292] 같은 데루 불려갈까 봐 그게 걱정이죠."

"돈은 얼마나 받습니까?"

"일백삼십 원이라나요…."

"일백삼십 원."

동옥은 금순의 귀염성스런 얼굴이 눈앞에 핑 떠오른다.

"그래 그 돈은 받어왔습니까?"

"네…."

"그대로 있습니까?"

"그날루 썼습죠. 말이 일백삼십 원이지 윤필 아버지 갈 적 올 적 차비 쓰구, 또 인제 데려다 주구 올 차비 쓰구 허문…. 모레 가기루 했다나요. 또 윤필 아버지가 급한 돈 졸리는 게 있다구 자기가 사십 원을 빚으루

---

292 淸國. 중국.

쓴다구 제치구 우리 손에 줴 주는 건 모두 칠십 원 얼마던가요.”

“그 돈도 쓰셨습니까?”

“그럼요, 돈 받을 사람들은 귀신이드군요. 언제 그렇게 알구들 있었
는지 뭐 미리 와서 기다리구들 앉았다가 어디 이자 한 푼 감해 주구나들
가져갑니까!”

“일백삼십 원! 모레 데리구 간다구요?”

“네.”

동옥은 금순 어머니를 보내고 곧 그 시집가려고 저금한다는 노옥순
선생에게로 달려갔다 .

‘일백삼십 원! 손재봉틀 하나도 일백삼십 원은 넘는다! 재봉틀 하나
월부로 사는 셈만 치면 사람 하나를 구할 수 있다!’

그러나 기껏 찾아간 노 선생은 여간 냉담하지 않다. 우선

“그런 일이 여간 많은 줄 알우? 임 선생은 아직 첨이니까 이다지 긴장
허시지.”

하는 말에서부터

“그리구 나두 웬 돈이 있수? 저금한 게 좀 있지만 정기예금이기 때문
에 미리 못 찾는다우.”

하고 태연히 웃어 버리려만 들 뿐 아니라

“또 임 선생이 일백삼십 원을 만들어 그 앨 물른다 칩시다. 물러만 노
면 뭘 허우? 적어두 개 중학 졸업꺼지는 맡어 가지구 시켜 놔야 시집을
가든지 무슨 벌이를 허든지 할 것 아뉴? 거기꺼정 각오하구 나가야 하는
보람이 있지 그까짓 물러만 노면 뭘 해? 또 팔아먹지 견다나?”

하는 것이다.

사실 동옥은 우선 팔려 가는 금순을 물러 놔 주려는 데만 급급하였고
물러 놔 주고는 그 뒤에 어찌해야 할 것은 미처 생각지 못하였다. 잠자
코 어쩔 줄 몰라하는 동옥에게 노 선생은

“그렇게 건져 놔야 그 공 알 거 같우? 그런, 자식을 팔아먹는 무지막지

화관

한 것들이 무슨 공이나 알 거 같우?"

하고 어림도 없는 생각이라는 듯이 비웃음을 치는 것이다.

동옥은 그만 머리가 띵해 노 선생의 방에서 일어서고 말았다. 금순이 부모에게서나 이다음에 금순의 자신에게서라도 무슨 공을 알아 달라는 그런 정신상 부채를 그들에게 지우기 위해서는 무론 아니다. 그런 말은 노 선생의 말이 아니라 어떤 사람의 말이든지 얼마든지 막아낼 수 있는 것이나

'나는 정말 금순을 팔려 가지만 않게 하는 것으로 금순을 구하는 것이 되나?'

를 생각하지 않을 수 없기 때문이다.

'그까짓 또 팔아먹을 걸 물러만 노면 뭘 하느냐구? 물러만 놓는 건 금순을 구하는 것이 못 될까 정말?'

동옥은 전에 동석 오빠가 권해서 읽어 본 노서아의 작가 아르치바셰프[293]의 「노동자 셰비료프」란 소설 생각이 난다. 한 대학생이 자기 옆방에 들어 살던 구차한 가족이 여러 달 방세를 내지 못해서 아이들은 많고 깊은 겨울인데 한데로 쫓겨나게 되는 광경을 보게 된다. 마침 자기에게는 학비가 왔다. 자기에게도 없어서는 안 될 돈이다. 그러나 이웃방 가족의 어린것들을 꿍쳐 업고 눈보라 치는 행길로 밀려나는 꼴은 참고 볼 수가 없다. 대학생은 견디다 못해 자기의 학비로 그들의 방세를 내어주었다. 방세를 내어주어 그들이 다시 따스한 방 안으로 들어오게 될 때, 그들의 눈물 흘리는 감사를 받을 때, 이 대학생의 마음은 여간 편안하고 여간 즐겁지 않았다. 그러자 친구인 셰비료프가 찾아왔다. 대학생은 자기의 기쁨을 이 친구에게 자랑한다. 그러나 이야기를 들은 이 친구 셰비료프는 조금도 칭찬하려는 기색이 보이지 않는다. 칭찬은커녕 점점 변

---

293   미하일 페트로비치 아르치바셰프(Mikhail Petrovich Artsybashev, 1878-1927)는 러시아의 소설가로, 여기서 언급되는 작품은 「노동자 셰비료프(Рабочий Шевырёв)」(1905)를 가리킨다.

하여 가던 얼굴빛은 불덩이처럼 분노에 타며 침을 뱉듯 이런 뜻으로 대학생을 몰아 주는 것이었다.

"넌 그걸 잘했다고 생각허니? 그 집은 마침 네 눈에 띄었게 망정이다. 네 눈에 안 뜨이는 그런 집이 이 세상에 얼마나 많은지 너 아니? 넌 세상에 그런 집은 모주리 찾아다니며 도와줄 테냐? 또 그 집 하나만이라두 잘한 짓은 아니다. 네가 만일 방셀 안 내주어 봐라. 그 집은 다 죽든지 그렇지 않으면 지금보다는 잘 살, 무슨 행동을 할 게다. 그런 걸 넌 그 집이 그저 남의 집에서 방세에 몰리며 사는 그런 비참한 운명을 또 잠자코 계속해 나가게 해 논 것뿐이다!"

동옥은 자기 자신도 그 장면을 읽을 때 여간 통쾌하지 않았다. 이 소설을 읽고 얼마 동안은 거지에게 돈이나 밥이나 굳이 주지 않은 것도 생각난다.

'난 무론 지금도 그 셰비료프의 말에 무한한 경의를 표한다! 왜? 그는 그 소극적인 대학생의 행동을 짓밟을 만치 큰 적극적 행동을 해낸 사람이니까…. 말로만 했다면 아무리 훌륭한 말이라도 한낱 기분이요, 한낱 감상(感傷)에 불과할 것이다! 행동이 없이 말로만의 셰비료프들, 그따윈 만 명이 있더라도 소극적으로라도 행동이 있는 대학생 하나만 못할 것이 아닌가? 행동은 저 시집갈 준비로 정기예금하는 것밖엔 아무것도 없는 노옥순쯤으로, "물러만 노면 뭘 해! 또 팔아먹을걸" 하는 것 따윈 진정한 걱정이 아니라 일종의 핑계일 것이다! 말만은 아름답게 가장 뜻있어 뵈게 꾸밀 줄 아는 지식 분자의 얄미운 핑계일 것이다! 또 팔아먹으면 또 구하면 될 것 아니냐. 난 사상이기 전에 인정으로다! 인봉을 돕는 것도 우선 인정으로다. 우선 인정이 없는 속에 남을 위하는 사상이 자라나지 못할 것이다! 셰비료프 같은 사람도 먼저 한때는 그 대학생 같은 소극적이나마 인정의 사도였을 걸 나는 믿구 싶다! 금순일 구하자! 우선 팔려 가는 걸 물러 놓는 것만도 훌륭히 그를 구하는 사실임엔 틀리지 않을 것이다! 꼭 다시 팔려 간다 하더라도 구할 수 있는 때까지는 구해야 한다. 저녁을 먹일 수가 없으리라 해서 줄 수 있는 점심부터 주지 않고 미리 굶기는 것은 결코 의도 사상도 아닐 것이다!'

동옥은 다시 돈을 얻어 보기로 생각한다.

'참! 일백삼십 원이지만 사십 원은 윤필 아버지가 썼대니까 금순네가 물어 놀 건 구십 원이면 된다! 구십 원? 내 수입으로 인봉에게 부치구 한 달에 기껏해야 오륙 원씩밖엔 여유가 없을 게다. 오 원씩 구십 원을? 열여덟 달? 또 이자가 있을 게구…. 그렇지만 한 이태 동안 월급을 한 오 원씩 덜 받는 셈만 치면 된다!'

동옥은 이번에는 최용자 선생을 찾아갔다. 살림에 늘 쪼들려 지내는 분이라 그분 자신에게 여유가 있으리라고 해서보다 빚을 얻는 길이 있을까 해서이다.

최 선생은 노 선생처럼 냉정하지는 않았다. 그러나

"빚 좀 달랄 만한 덴 묵은 빚에 걸려 어디 찾아갈 수나 있어야지…."

하고 한탄을 하더니

"여보 임 선생, 김 선생님헌테 말 안 해 봤수?"

하는 것이다.

"김희운 선생님요?"

"그럼, 그이 아우님이 돈노이[294] 헌다우. 그 선생님 말씀이면 돈 한 구십 원쯤야 안 될라구…. 참, 김 선생님 오늘 숙직이시니까 학교로 가면 계실걸?"

동옥은 나선 길이라 야학에는 좀 늦더라도 바로 학교로 달리었다.

김희운 선생은 숙직실에서 돋보기를 코허리에 걸고 누워 신문을 보고 있었다. 조용한 자리라 동옥은 어렵지 않게 찾아온 뜻을 죄 이야기하였다.

"허! 임 선생 젊으신 양반이 참 뜻이 훌륭하시오."

294 돈놀이.

하고 김 선생[295]은 먼저 칭찬을 한다. 동옥은 속으로

'옳지! 되려나 보다.'

하고 더욱 용기를 얻는다.

"그렇지만 금전이란 게 알구 보면 야속한 물건입넨다[296]."

"네?"

동옥은 김 선생의 말이 무슨 뜻인지 얼른 머리에 들어오지 않는다.

"임 선생의 뜻은 좋으나 임 선생 수중에 없는 걸 무리허실 필욘 없습넨다. 빚을 내면서까지 남을 구해야 그게 정말 열성이긴 허나 사실에 있어선 사람 맘이란 게 한때 와짝 다는 게지, 일 년 이태를 두구 일구하두룩[297] 한결같기란 어려운 거요."

"그게 무슨 뜻이세요?"

"이태씩이나 빚을 갚아 나가려면 고되단 말이요."

"고될 걸 각오하면 되지 않습니까?"

"허! 글쎄 시작과 달소[298]. 나중엔 몇 푼 안 되는 것이나 빚에 졸리면 싫증두 나구, 그러누라면 그 애가 원망스럽게두 되는 거구, 피차에 어색해지기 쉬운 거요. 그러니까 그런 일이란 시재 내 손에 있어 덥썩 주어 버리구 잊을 수 있다면 할 일이지 빚꺼정은 내지 마슈. 그리구 임 선생이 전문학교 학생을 하나 대시는 것만 해두 장한 일인데 한이 없이 하자는 건 그건 또 욕심일런지두 몰라…. 허허."

하고 김 선생은 돋보기 알을 저고리 고름으로 닦는 것이다.

"아니 전 자선사업을 한단 그런 욕심에선 아닙니다. 결코 전 돈을 좀 얻어야겠으니까 금순이 말씀도 사실대로 드린 거구 또 제 수입에서 나

---

295 저본과 신문 연재본 모두에 '남 선생'으로 되어 있으나, 내용상 원문 오식(誤植)으로 판단되어 '김 선생'으로 수정함.

296 '물건입니다'의 방언.

297 日久---. 오래도록.

298 다르오.

가는 걸 말씀드리자니까 서울에 학비 당하는 학생이 있다구 말씀드린 거지 결코 그런 걸 자랑허구 싶어서 괜히 이러구 다니는 건 아닙니다. 김 선생님께서 제 그런 행동을 허영으로 보시나 보죠?"

"아니 아니….''

하고 그것은 김 선생도 펄쩍 뛴다.

"그럼 절 좀 돈 좀 얻어 주세요."

"글쎄 돈이란 게….''

하고 김 선생은 역시 어름거리더니 이런 말을 한다.

"돈이란 게 야속허다우, 허! 돈이 야속인가, 돈 가진 사람이 야속헌 게지…. 안헐 말로 이런 일에야 빚을 갖다 쓰구 못 갚기루 누가 욕을 할 테요? 제 부모 장례비 같은 걸 얻어다 쓰구 안 갚는다면 그거야 누가 욕을 안 허겠수? 욕이 무서워서두 갚을 게요. 그렇지만 이런 일이야 남 위해 쓴 거 좋은 일에 쓴 게니 좀 못 갚기루… 돈 있는 사람 그런 경우에 축²⁹⁹ 좀 보기루…. 물론 이렇게 나가는 거요. 그러니까 돈 내놀 사람이 이런 데 빚 주길 싫어하는 거요."

"제가 안 갚을까 봐요? 그까짓 돈 구십 원을요? 건 김 선생님께서… 무론 세상이 그렇단 말씀이시겠지만 좀 심허신 말씀에요…. 그럼 못 얻어 주시겠단 말씀이죠?"

"어디 얻을 자리나 있소? 허….''

하고 김 선생은 돈노이하는 아우가 있는 체도 않는 것이다. 동옥은 김 선생이 원망스러웠다. 세상살이에 경력이 많은 이일수록 젊은 사람들의 의기를 돋우어 주진 못하고 목 질러 가며³⁰⁰ 절망부터 시키려는 것은 더구나 교육자로서 더구나 자기의 제자이기도 한 금순의 일에서 그처럼 아불관언³⁰¹의 태도로 수염을 쓸어 버리는 것은 차라리 노옥순 같은

---

299 縮. 손해.
300 길목을 막아 가며.
301 我不關焉. 상관하지 않음. 오불관언(吾不關焉).

철부지와 달라 더 원망스럽지 않을 수 없다.

　동옥은 억지로 좋은 낯으로 인사를 하고 야학으로 오고 말았다.

　이튿날이다. 동옥은 차라리 집에 오라버니한테 미리 기별하지 못한 것이 후회가 된다. 전보라도 치고 전보환으로 부쳐 달라고 해 보고 싶으나 이날은 일요일이다. 내일 아침에 금순이는 함흥으로 끌려갈 것이다. 입맛을 다 잃은 조반상을 물리는데 마침 금순이가 찾아온다. 서먹해서 울상을 해 가지고 쭈뼛쭈뼛 들어오더니 이젠 선생님이란 말도 없이

　"학교에 고만두는데 뭐 써내 놔야 하느냐구 물어보래유."

하는 것이다. 동옥은 얼른 자기 방으로 올라오래서 사무실에 불려 왔을 때처럼 손만 나려다보는 그 손을 덥석 붙들었다. 금순은 입을 비죽거리더니 이내 굵다란 눈물이 시뻘게진 볼 위에 떼구르 굴렀다.

　　　　　　　　　　　　　　　　　　　　화관

아득한 봄

"울지 말어…. 너 내 말 들어…. 너, 애?"

"…."

"너 학교에 다니고 싶니? 함흥 가구 싶니?

응, 공부하구 싶지 않니? 어머님헌테 그저 있으면서, 응?"

금순은 울기만 한다. 그런 것을 묻는 것이 오히려 잔인스러움을 동옥은 이내 깨닫는다.

금순의 이마에는 아직 솜털이 뽀시시하다. 아직도 인생의 싹이다. 아직도 부모의 품안을 떠나지 말고 따스하게 보호되어 천진스럽게 발육해야 될 어린 생명이다. 그렇지 않아도 학교에서 보면 짓궂은 아이들이

"섭으 싸우다[302] 고망어[303] 싸우다…."

하고 저희 어머니의 낮은 직업의 입내를 내어 놀리면 기가 탁 꺾이어 구석 자리에 숨고 말던 금순이다. 그러면서도 그 어린 눈초리에는 확실히 복수의 결심이 새겨져 있었다. 그런 아이들에게일수록 무슨 성적으로나 이겨내리라는 은근한 눈물겨운 노력이 보이곤 했었다.

'그러나 인전 그런 원한을 풀어 볼 길도 영원히 끊어지고 마는 너다! 원한을 풀어 볼 길이 끊어질 뿐만 아니라 생선 함지를 이고 다니는 너희 어머니 몇 배 더 천한 몸으로 전락이 되고 마는구나! 얼마나 악착한 운명이냐!'

동옥은 금순을 덥석 끌어안는다. 그러나 무어라고 말을 해 주어야 그

---

302 섭이 쌉니다. '섭'은 홍합과의 조개.
303 '고등어'의 방언.

에게 위로가 될지 모른다.

'일백삼십 원을 내고 이 총명한 아이를 악하게 사려는 사람만 있고 단 구십 원을 내고 선하게 사려는 사람은 없단 말인가? 돈이란 악하게만 씨이는 것이요, 선하게 씨여선 못 쓴단 말인가? 누가 없나? 누가? 구십 원 가진 누가 없나?'

동옥은 누구든지 돈을 가진 사람만 있다면 막 달려들어 빼앗고 싶어진다.

"금순아, 너… 내 말 들어."

금순은 눈물을 씻고 억지로 선생을 쳐다본다. 젖었으나 총기 있어 뵈는 눈, 군 데 없이[304] 동그런 머리, 가르치기만 하면 얼마든지 훌륭해질 수 있는 한 개 여성이요, 한 개 인간이다.

"내가 너 거기 안 가두룩 해 주께…."

"…."

금순은 눈이 새파래진다.

"너 그냥 집에 있으면서 학교 계속해 다니두룩 해 주께 내가…."

"아버지가 야단허시문요?"

"괜찮허…."

"그럼 나 집에 안 가구 종일 선생님 따라댕길 터야요."

"그래 그래…."

동옥은 코허리가 찌르르해져서 얼굴을 돌리고 천장을 쳐다보면서 눈물을 슴벅거린다. 그리고 속으로 맹세한다.

'그렇다! 구해 줘야 한다! 제 몸을 위해서도 노력해야 되는데 남을 구하기에 노력 없이 될 리 없다. 오늘 좀 더 활동하자. 목사님도 찾어보고 서양 사람들도 찾어보고…. 난 미미하나마 교사가 아니냐? 생도의 불행을 퇴학원서를 수리하는 것으로 해결해서는 안 된다! 그래서는 남의 좋

304 흠이나 오점이 없이.

화관

은 교사라 할 수 없을 게다.'

동옥은 저도 머리를 빗고 금순이도 세수를 씻기고 머리를 빗기었다. 같이 나서서 예배당으로 해서 찾아볼 만한 데 몇 군데를 다녀 볼 작정이다. 동옥이가 옷까지 다 갈아입었을 때다. 주인집에 손님이 와 찾는 소리가 났다. 주인집 아이가 나가더니 명함을 들고 들어오는데 저희 방으로 가는 것이 아니라 동옥의 방으로 온다.

"선생님한테 누가 오셨세요."

하며 디미는 명함을 받아 보니 배일현이다. 동옥은 명함 쥐었던 손을 움칠한다. 밑에서 쳐다보던 금순이가

"선생님 그 뒤에 뭐 썼세요."

한다. 명함을 뒤집어 보니

"꼭 한 번만 만나 뵙고 싶습니다. 허락해 주십시오."

하는 문구였다.

'어쩔까?'

동옥은 가슴이 뛰논다.

'오십만 원을 가진 배일현이! 구십 원 따위는 우리네 일 전 한 푼만밖에 안 할 게다.'

하는 생각부터 뛰어나온다. 그리고 자기도 학생 때와는 이미 다르다. 학교 사무실에서 직원끼리, 교회에서 교회 임원끼리, 또 학부형들을 만나 얼마쯤 사람에게 닳아졌다. 공연히 쭈뼛거릴 것이 아니라 어엿하게 응접할 자신도 생겼다.

"그이 이리 들어오시래라."

하고 금순이는 잠깐 마당에서 놀라 하였다.

귀에 익지 않은 구두 소리가 저벅저벅 두어 번 나더니 이내 퇴 아래에서 모자를 벗어 든 배일현의 그 얼음쪽같이 날카로운 테 없는 안경알이 반짝 동옥의 얼굴을 올려쏜다.

"올라오시죠."

아득한 봄

"네…."

일현은 과자인 듯 새파란 명치제과[305] 종이로 싼 상자와 모자를 마루에 놓더니 엎드려 구두를 끄른다. 동옥은 어느 틈에 후끈거려지는 자기 볼을 만져 보며 구두끈을 푸는 일현의 손을 나려다본다. 일현의 손은 후들거린다. 한 짝은 얼른 끌러졌으나 한 짝은 끈이 옥쳐진[306] 모양인 듯 풀다 말고 그냥 힘을 써 발을 뽑는다. 외투를 벗어 모자 옆에 놓더니 방으로 들어온다. 동옥은 방석만 밀어 놓고 앉으라는 말은 없이 저부터 제자리에 앉는다.

"과히 고생되시진 않습니까?"

방석 위에 앉더니 구두를 끄르던 손보다는 퍽 침착한 말투로 일현이가 입을 연다.

"괜찮습니다."

"서울 댁에 언제 가셨더랬나요?"

"네…."

하였을 뿐, 동옥은 친절한 대답을 아낀다. 일현은 말문이 막히는 모양으로 두 손으로 깍지를 끼며 잠깐 방바닥을 수굿하고 나려다보더니 주머니에서 담뱃갑을 꺼내인다. 한 대 뽑아 들었으나 얼른 붙여 물지는 못하고 확 달아오르는 얼굴을 부빈다. 담배를 쥔 손으로 이마까지 쓸고 나서 일현은 동옥의 앉았는 쪽을 향하여 눈을 들었다. 안경알에 뽀얗게 김이 끼는 듯 동옥의 얼굴은 선명히 머릿속에 찍혀지지 않는다. 벌써 양력으로는 오월 달이니 아무리 바람이 좀 쌀쌀했기로 안경알이 얼었을 리는 없다.

'너도 한낱 계집. 넌 어떤 감촉, 어떤 재미가 있을 거냐.'

하고 한번 척 보기만 하면 무슨 옷을 입었든 무슨 화장을 하였든 알몸뚱

---

305 明治製菓. 일본의 유명한 과자점의 경성 분점으로, 명과(明菓)라고 불렸다.
306 풀지 못하게 꽉 엉킨.

이가 댕금하니[307] 떠올라 보이던 그 투시력 강한 배일현의 눈도, 배일현의 안경알에도 동옥이만은 때아닌 김이 서리고 말았다.

"무슨 말씀이 계신지요? 저 좀 바쁩니다."

하는 동옥을 다시 한번 쳐다본 배일현은 다시 고개를 떨어트리고 생각해 본다.

'역시 내 가슴은 뛴다! 동옥의 앞에선 역시 내 눈은 부시다! 난 여자를 다 안 것이 아닌 것 아닌가?'

동옥에게만은 하룻밤 지낸 뒤에도 '다만 코가 있고 눈이 있고 있을 것은 있고 없을 것은 없는 남자 아닌 육체일 뿐'이 아니라 그 육체를 그 이상 아름답고 그 이상 신비롭게 하는 무엇, 그것은 코로 느낄 수 있는 향기(香氣)라 할까, 눈으로 느낄 수 있는 서기(瑞氣)[308]라 할까, 아무튼 자기를 영원히 무릎 꿇게 하는, 영원히 짓밟을 수는 없는 여신(女神)과 같은 임동옥이가 우뚝 서 있을 것만 같은 것이다.

'오! 나의 영원한 여성! 너야말로 나의 베아트리체[309]다!'

일현은 속으로 이렇게 부르짖었다. 그리고

"동옥 씨."

하면서 그의 이름을 부른 입을 다물지 못하고 동옥을 쳐다본다. 동옥은 불과 한두 달 동안이지만 완연히 학생 때와는 달라졌다. 더 피어 보이고 더 향기로워 보이고 더 맑아 보이고 더 보드러워 보이고 턱이나 목이나 팔이나 손가락 하나씩이라도 더 묵직해 보인다. 머리를 가쓰라[310]처럼 물들이고 지지고 한 머리만 보다가 자연 그대로 손질한 머리를 보니 머리털 한 오리 한 오리 다 모두 산 것으로 살랑거리는 듯 칠하지 않았으

---

307 '덩그러니'의 방언.
308 상서로운 기운.
309 베아트리체 포르티나리(Beatrice Portinari, 1266-1290). 『신곡』과 『신생』에 등장하는, 단테가 사모하는 여성.
310 '가발(假髮)'의 일본말.

되 까무스름 그어진 눈썹, 물들이진 않았으되 앵두빛보다는 조화가 있
는 입술, 가장(假裝)한 것이 없기 때문에 오히려 투시해 찾을 것이 없고
시력(視力)으로 찾을 것이 없으니 영혼에 부딪치는 것이 저쪽의 영혼이
었다. 배일현은 자기의 혼이 임동옥의 영혼처럼 아름다울 수 없는 것은
부딪쳐 볼수록 느끼는 바다.

'내가 서울서 경험한 뭇 계집들은 영혼 없는 고깃덩이들, 임자 없는
육체들이었다. 하로밤 뒤에 남는 건 빈 육체였다! 동옥의 육체는 임자가
있다! 임자가 있되 아름다운 동옥이다. 동옥이가 엄연히 뒤에서 지키는
육체다! 이 점이 그 뭇 계집들과 다른가 보다!'
생각하면서 다시 일현은
"동옥 씨."
하고 부른다.
"네?"
동옥은 두번째 다 분명히 대답해 준다.
"동옥 씬 왜 이런 구석에 와 계십니까 하필."
"왜 하필이야요?"
"좀 더 큰 사업을 하실 수 있지 않습니까?"
"…."
동옥은 아니꼬운 생각에 잠자코 만다.
"서울로 오십시오. 무슨 사업이든지 하십시오. 제가 동옥 씨가 청구
하시면 큰 자본은 몰라두 이삼십만 원 같은 건 언제든지 조달해 드리겠
습니다."
"…."
"제가 돈을 낸다구 무슨 간섭을 한다거나 제 이름을 낀다거나 그런 흔
히 자본주들이 하는 행투311는 안 하렵니다. 다만 동옥 씨껜 최대의 호의

311 행패. 행티.

를 다하고 싶은 것뿐입니다."

"…"

"이런 데서 남이 만들어 논 기관에서 일개 사무원의 존재루 동옥 씨가 계신 건 전 여간 애석지 않습니다. 무슨 사업욕이 계시면 말씀해 주십시오. 전 진력해 드리겠습니다."

"감사합니다만 전 아직…."

하면서도 동옥의 머릿속에는 진작부터 우선 금순을 위한 구십 원이란 돈 때문에 정신이 어수선해지는 것이다.

"실례올시다만 동옥 씨 자신은 더 공부허구프진 않으십니까?"

"별로 생각지 않습니다."

일현은 그제야 아까 꺼내었던 담배에 불을 붙인다. 동옥은 담배 연기를 피우는 것이 더 아니꼬와진다. 둘이 다 잠깐 말이 없는데 멀리 바다 쪽에서

'뚜우.'

하는 기적소리가 울려왔다.

"아마 뱃소리죠, 저게?"

일현이가 조심스럽게 동옥을 쳐다보며 묻는다.

"그런가 봅니다."

"뱃소리! 동옥 씨 여행 좋아하십니까?"

"…"

"세계일주 같은 거…. 한번 구라파루 휙 돌아오구 싶지 않으세요?"

"글쎄요."

하고 동옥은 일현의 눈에 완연하게 비웃는다. 일현이가 치근치근하게 굴수록 동옥은 그에게 단돈 구십 원이라도 달라는 말이 나와지지 않는다. 속으로 일현에게는 단념해 버리고 어서 예배당으로 가서 예배가 시작되기 전에 목사님과나 의논해 보려

"저 좀 어디 가려던 길이야요, 마악…."

하고 시계를 본다.

"그러십니까?"

하더니 일현은 할 수 없이 일어선다.

"언제 서울 오십니까?"

"봐야겠습니다."

하고 동옥은 한결같이 차갑게 말한다.

"동옥 씨도 인전 학생 시대와 다르니 무슨 사업허시구 싶은 게 계시면…. 뭐 저 같은 사람이 의견이야 도와드릴 뭐 있겠습니까만 물자에 관한 게면 성의껏 봐 드리겠습니다."

"감사합니다."

"이건 과자올시다. 벤벤치 못합니다만."

"…."

동옥은 받고 싶지 않았으나 일현과 더 여러 말이 오고가겠기에 잠자코 그가 방 안에 들여 놓는 대로 내버려 두었다.

일현을 보내고 동옥은 과자 상자는 끌러 보고 싶지도 않아서 그냥 금순을 다리고 예배당으로 갔다. 목사님도 만나 보고 서양 부인도 다 만나 보았으나 거의 절망이다. 더구나 주일날이라 내일 곧 갚는다 하더라도 어디서 구십 원씩 모갯돈[312]이 나올 데가 없었다. 동옥은 그냥 금순을 다리고 주인집으로 돌아올 때는 여간 마음이 죄이지 않았다. 서울 가는 차 시간을 보았다. 아직 멀었다. 정거장으로 나가면 어쩌면 배일현을 다시 만날 것도 같았다. 그러나 다시 만난다고 돈 말이 나올 것 같지는 않다. 점심을 먹으며 최후로 서울 오빠한테 전화를 걸고 의논해 보리라 생각했다. 점심을 금순이와 같이 먹어도 맛이 없다. 금순이도 저 혼자 더 먹지 않는다. 그래 동옥은 배일현의 과자 상자를 끌렀다. 끄르고 보니 속에는 과자뿐이 아니었다.

312 많은 액수의 돈. 목돈.

반지 갑보다는 훨씬 큰 새까만 가죽 갑이 나왔다. 열어 보니 빤짝빤짝한 유리알들이 타원형으로 돌라붙은 조그만 손목시계였다.

'시계! 이게 백금일까? 이게 금강석들 아닐까?'

자세히 보니 '다방313'이란 서양 회사의 시계일 뿐 아니라 빤짝이는 것들도 유리 같지는 않다. 시계는 백금이요, 금강석이요, 또 비싼 회사의 것이었다. 관거리로 가지고 가서 전당을 잡히니 일백오십 원이나 주었다. 동옥은 그길로 금순이네 집으로 가서 그 윤필 아버지까지 불러다 놓고 문제가 얼른 해결되도록 윤필 아버지가 쓴 돈까지 일백삼십 원을 다물러 주고 윤필 아버지 그 일로 함흥에 한 번 다녀올 차비까지 주었다. 금순은 가물에 시들던 푸성귀가 장마를 치르고 난 것처럼 싱싱해져서 학교에 다니게 되었다.

동옥은 싱싱해진 금순을 볼 때마다 자기도 싱싱해지는 듯 기운이 났다.

그러나 금순이처럼 그렇게 단순하게 기쁘지만은 않다. 배일현의 시계를 받은 것이 되었으니 꺼림직하고, 꺼림직한 그런 기분 때문에 무리를 해 가며 일백오십 원의 돈을 만들어 그 시계를 찾아서 보내 줄 성의는 나지 않았다. 그렇다고 또 그런 경과를 배일현에게 일일이 보고하고 싶지도 않다. 그러니까 꺼림직한 것은 꺼림직한 대로 그냥 속에 품고 견디는 수밖에 없다.

또 한 가지 속이 편안치 않은 것은 학감과 의견 충돌이 된 것이다.

용어에 대한 주의314가 있어 아이들이 말이 나오는 대로 지껄이지 못하고 얼떨떨해 하는 것이다.

한껏 명랑해야 할 아이들의 성격에 여러 가지로 어두운 구름장을 덮어 주는 것이다. 어른들은 어떻게 되었든 간에 아이들은 그늘이 없이 명

---

313 스위스의 시계 회사 타반(Tavannes).
314 당시 학교에서 일본어(국어)만 쓰게 하고 조선어를 쓰면 처벌하던 일.

랑하게 팔팔하게 자라 나가게 해 줘야 된다. 어쩌다 거기 범하면 큰 죄나 진 듯이 움칠해지고, 그 애는 곧 벌을 받아야 한다. 뒷간 소제를 시키라는 것이다. 동옥은 자기 반에서 그런 아이에게 뒷간 소제를 시키지 않았다.

"뒷간 소제를 벌로 시킨다는 건 그릇된 처벌인 줄 압니다. 뒷간이란 벌로만 할 것이 아니라 누구나 다 정당히 해야 할 소제인 줄 압니다. 뒷간 소제는 벌로만 하는 거란 관념을 아이들에게 넣어 주면 착한 사람은 안 해도 좋을 걸로 알 것 아닙니까?"
하고 반대를 하였더니 학감은

"손나 리꾸스와 이리마셍. 각꼬노 기속구데쓰가라[315]…."
하고 명령이었다.

동옥은 이날 하루만으로 우울이 걷히지 않는다. 거기는 처벌 문제 이상의 것이 있기 때문이다. 이런 이야기를 하소연 삼아 동석 오빠에게로 편지를 하였다. 동석 오빠는 편지 답장도 하지 않는다. 신혼 후에 그 처삼촌의 힘으로 전매국에 취직하여 충실한 남편으로, 충실한 사무원으로, 도회에 범람하는 샐러리맨의 물결에 묻혀 무사평온한 생활을 하는 것이다. 자기 자신도 학생 때 공상과는 너무나 동떨어져서 친구들 만날 맛도 없다고, 만나도 피할 뿐만 아니라 서신 왕래도 일체로 끊었다는 것이다.

'그래 내 편지에까지 답장이 없는 게로군!'

동옥은 동석 오빠가 죽거나 한 것처럼 슬프다.

이럭저럭 또 두어 달이 지나갔다. 인봉이에게선 며칠 안 있어 방학이라는 편지가 왔다.

'방학! 여름방학!'

동옥은 작년 여름 생각이 가지가지 새로워졌다. 야학에서 돌아오는

315 '그런 핑계는 필요 없어요. 학교의 규칙이니까'를 뜻하는 일본말.

길, 첫여름 달이 어스름하게 골목에 어리어서 한참이나 무료히 섰다가 들어왔다. 들어와 보니 또 인봉이에게서 편지가 와 있다. 이런 사연이었다.

오늘 변호사가 전화를 걸었는데 오빠가 무죄방송[316]이 될 듯하다 합니다. 저편에서 하너 하나가 자백을 했기 때문에 우리 편은 곧 백방[317]이 되리라는 것입니다. 전 지금 앉지도 서지도 못 하고 있습니다. 모두 언니 덕입니다.

동옥도 이날 밤, 한잠도 자지 못했다.
‘박인철이! 그까짓 녀석!’
인봉이의 오빠로만 생각하려 하나 욕이 나가는 것부터 인봉이의 오빠로만 생각하지 못하는 때문이다.
뒤숭숭한 이틀이 지났다. 학교로 전보가 왔다.
‘금일석방.’
"앤 편지로나 허지 전본 무슨 전보…."
동옥은 혼자 중얼거려 보았다.
‘그러나 오빠가 그런 데서 나온대야 나헌테나밖엔 전보 칠 데도 없는 인봉이!’
하고 생각하면 자기의 감정이
‘얼마나 불순한 것인가?’
하는 후회도 난다. 동옥은 점심시간에 점심도 먹지 못하고 친히 우편국으로 달려가 반갑다는 답전을 인봉에게 쳐 주었다.
그 뒤에 동옥은 이틀이나 기다리어도 인봉에게서도 인철에게서도 편

316 無罪放送. 무죄석방.
317 白放. 무죄로 밝혀져 풀어 줌.

아득한 봄

지가 없다. 공연히 그 뒤의 소식이 기다려질 뿐 아니라,

'어쩌면 인철 씨가 올지도 몰라….'

하고 인철이가 기다려지기도 한다.

'아마 편지가 없는 건 그이가 나한테 한번 다녀가려나 보다!'

생각을 하면 편지보다는 더 기다리어서라도 인철을 한번 만나 보고 싶다.

'인철인 왜 만나? 무의미하지 않어? 정말 무의미하지 않어?'

동옥은 서글프다. 인철과 자기가 만나더라도 다만 자기가 도와주는 인봉의 오라버니에 그친다면 인봉의 오라버니로서 자기 누이동생을 위해 고맙다는 인사나 치르러 오는 것이라면 차라리 만나지 않는 것이 나을 것 같았다. 그리고 그 조숙자라는 여자가 자꾸 눈에 그리어졌다.

'그 여자도 나오면 있을 데가 없지 않은가? 인철이도…. 아니 비이긴 했지만 저희 집들은 있지…. 그러니까 어느 집으로고 같이 가 있는 거나 아닐까?'

하는 생각에 동옥의 머리는 공연히 뒤숭숭하다.

'이게 질투가 아닌가? 내가 조숙자를 미워하는 게 아닌가? 조숙자 같은 불쌍한 여자를?'

동옥은 자기의 애욕과 질투의 기름이 끼는 마음을 씻기 위해 고요히 무릎을 꿇고 기도를 올렸다.

그 뒤에도 사흘이 더 지난 뒤에 정말 인철이가 나타났다. 토요일인데 학교에 가서 막 첫 시간에 교실로 들어가려는데 동옥에게 전화가 왔다.

"누구십니까?"

물으니

"임동옥 선생님이십니까?"

하는 소리가 벌써 인철의 목소리다.

"그렇습니다."

하니

"저 박인철입니다."

하였고, 서울서 밤차로 나려온 것, 새벽에 나리게 되어 여관에 든 것, 아침에는 바쁘실 것 같아서 시간을 기다렸다가 전화를 건다는 것을 말하고

"오늘 몇 점까지 학교에 계십니까?"

하는 것이다.

"저 오늘 토요일이니까 오전만 학교에 있어요."

"그럼 오후에 계신 데로 찾어가 뵐까요?"

"네."

"그럼…."

"저어…. 그럼 그동안엔 어디 계시나요?"

"전 인제 명사십리나 나갔다 올까 합니다. 나갔다 오정 때쯤 들어와 찾어뵙지요."·

"네…."

하고 그냥 더 수화기를 귀에 대고 있었으나 저쪽에서 먼저 끊는 소리가 나기에 동옥도 수화기를 놓고 교실로 들어갔다.

교수가 도무지 잘 되지 않는다. 억지로 두 시간을 하였다. 셋째 시간은 창가 시간인데 방학식에 할 창가를 전교생을 대강당에 모아 놓고 다른 선생이 가르치게 되어 동옥은 한 시간 먼저 학교에서 나올 수가 있게 되었다.

동옥은 곧 사무실로 와 전화로 자동차를 불렀다. 그리고 기다리고 앉았지 못하고 큰길로 나와 섰다가 자동차를 탔다.

"명사십리로 빨리 좀 가요."

바람 많던 원산 날씨도 이젠 바람이 좀 불었으면 하리만치 훈훈해졌다. 첫여름의 명사십리. 아직 별장집들의 들창은 열리지 않았으나 해당화는 군데군데 피어 있다.

동옥은 명사십리가 처음이었다. 처음인 만치 기분은 새로웁다. 아이

들 놀기 좋으리만치 나붓이[318] 퍼진 솔밭의 밑에는 금모새요, 위에는 서양화처럼 색칠들을 한 아담한 양관[319]들이다.

그런데 사람의 그림자는 하나도 없이 체로 쳐 놓은 듯한 모새길에는 다리 가는 물새들이 앉았다 날라갈 뿐이다. 고요하기 무슨 신화의 세계에 간 듯하다. 자동차를 세우니 그제야 바다에서 그리 세차지는 않은 파도 소리가 울려오는 것이다.

"여기서 잠깐 기다려 줘요."

동옥은 자동차를 머물러 있게 하고 종종걸음으로 모래 언덕에 올라가 바닷가를 둘러보았다. 동옥의 가슴은 바다처럼 파도가 일어났다. 그리 멀지 않은 곳에 인철이가 뒷모양으로 서 있는 것이다. 동옥은 얼른 뒷걸음질을 쳐 물러나 자동차로 왔다. 찻삯을 치러 자동차는 돌려보내었다. 자동차가 멀리 사라져 없어지도록 한자리에 서 있었다. 고요하다. 파도 소리가 일정한 리듬으로 울려올 뿐, 빈집들, 빈 길들, 빈 정원들, 어디 이 밭은[320] 세상에 이런 문화와 자연의 여유가 있나 싶다. 저 모래 언덕 넘어서 있는 인철이와 어데로든지 가서 자기들의 네 주먹으로 이런 아름다운 동네를 건설해 놓고 인류가 이미 경험했고 얼른 떼어 버리지 못하는 모든 결점을 하나도 없이 아주 이상적인 동네를 한번 이룩해 보고 싶은 정열이 끓어오른다.

'참말 어디 그런 자연이 없을까? 집 질 나무도 많고 논밭을 갈아먹을 벌판도 있고 석탄도 나고 쇠도 나고 경치도 좋고 한 그런 이 세상 사람들에게 아직 발견되지 않은 땅으로 그런 데가 어디 없을까? 지금 그런 데가 어딨어? 백두산 꼭대기, 아니 그 이북으로 지도를 보면 그렇게 넓은 땅이라도 소유권이 없는 땅은 단 한 평도 없을 것이다. 사람 못 살 극지로나 가기 전엔….'

318 넓고 평평하게. 나부죽하게.
319 洋館. 양옥(洋屋).
320 각박한.

화관

극지를 생각하니 동옥은 주위의 풍경이 더욱 아름다워 보인다.

'참 조선은 얼마나 아름다운 곳인가!'

하는 것도 새삼스럽게 느낀다.

'지진이 있나 사막이 있나 춘하추동 사시가 알맞게 돌아가구 처처에 강이 있어, 벌이 있어, 산이 있어, 바다두 있어…. 지구 위에서 조선은 제일 아름다운 지대일른지 몰라!'

이런 아름다운 강산에서 나서 이런 아름다운 강산에다 일가친척을 두고 살다가, 그 진달래, 소나무도, 까치도 볼 수 없다는 그런 곳들로 밀려나가 살다가, 다시 돌아와 보지 못하고 그곳의 그 거친 흙 속에 묻혀 버리는 사람들도 얼마든지 있겠거니 생각하면,

'그들의 최후의 시력 속에 얼마나 그립게 떠오를 이 강산이냐? 난 아직 여기에 산다! 오냐! 무슨 바람이 불든 무슨 가물이 들든 쓰러지지 않고, 마르지 않게, 큰 느티나무처럼 깊이 뿌리를 박아야 한다….'

생각하는데

"아, 임 선생님 아니십니까?"

소리가 난다. 인철이가 모래 언덕을 넘어 들어오던 길이었다.

"아유!"

"어떻게 나오셨어요?"

"네…. 퍽 고생허셨지요?"

"아뇨."

하기는 하나 인철의 얼굴은 빛깔부터가 너무나 창백하다.

"인봉이가 퍽 애썼어요."

"그랬겠죠. 그러나 인봉이 때문에 임 선생님께서 너머 애쓰세서 전 뭐라구 치하할 말씀이 없습니다."

"그런 말씀 하실 것 없어요. 또 아직 들을 때두 아니구요."

"네?"

"전 아직 치하받을 때가 아니야요. 이담 인봉이 졸업하는 때나 인봉

이에게서나 들을 거야요."

"하! 왜 제가 인봉이의 보호자 아닙니까? 제가."

"그러시지만 전 인철 씨 힘드실까 봐 그리는 건 아냐요. 인봉이가 좋
으니까 또 제가 해 보고 싶으니까 하는 거야요."

하고 동옥은 힐끗 인철을 쳐다보았다.

"허허….."

인철은 웃을 뿐, 잠자코 만다. 살은 여위고 살빛은 세었으나 그 굵다
란 목소리만은 작년 여름 송전해변서 듣던 그대로이다.

"여태 바닷가에만 계섰더랬어요?"

"네."

"여기 첨이신가요?"

"네."

"저두 여기 오늘 첨 나와 봐요. 무슨 유원지 같은 게 어린애들 다리고
와 뛰고 놀았으면 좋겠죠?"

"어른은 왜 못 놉니까? 우리 한번 뛰고 놀아 볼까요?"

하고 또 인철은 껄껄 웃는다. 동옥은 대답 대신 웃는 눈으로 한번 쳐다
보았다.

"첨이시라니 그럼 임 선생님 바다에 좀 나가 보실까요?"

"전 선생이라는 게 제일 듣기 싫혀졌세요."

"그럼 어떻게 부를까요?"

하고 인철은 먼저 바다 쪽으로 다시 걷는다.

"어떻게 부르라고 가르쳐 줘 불려지긴 더 싫혀요."

하면서 동옥도 따라 나간다.

"참 모새 곱지요."

"곱습니다….. 그래 실사회(實社會)에 나오신 감상이 어떠십니까?"

하고 인철이가 먼저 걸음을 멈춘다.

"아직 모르겠어요. 그저 얼떨떨하기만 해요."

"학교 일이 재민 계십니까?"

"아이들은 재미있어요. 전 워낙 아이들이 좋았으니까요."

"학교는요?"

"글쎄요. 아직 확실한 인식이라구 허긴 어려워두요, 우리 다닐 때 소학교완 전혀 딴판이야요."

"어떻게요?"

"사립인데두 그다지 왜 관료화했을까요? 참말 뜻밖이야요."

"으레 그렇게 됐을 거지요. 우리들의 정열 그대로는 인젠 각 방면으로 봉쇄됐을 겁니다."

"…."

"전 이번에…. 여기 좀 앉을까요?"

"네."

두 사람은 가지런히 모새 위에 앉았다.

"웃키운[321] 일로 들어가긴 했지만 오래 두구 제 생각을 정리할 좋은 기회는 됐었세요."

"작년 송전서 볼 때보다 퍽 비관허시는 것 같아요."

"그래 뵙니까?"

"각 방면으로 봉쇄됐을 거라구 인제 그리셨죠?"

"인식이 그렇게 되니까 모든 방법이 냉정해질 건 사실이겠지요. 그러나 얼른 비관이라 보시는 덴 좀 곤란하군요."

하고 인철은 웃는다.

"그럼 비관이 아니라 좀 냉정해지셨습니다."

하고 동옥도 웃었다.

"전 참 냉정해졌습니다. 전 이번 그 안에서 두 가지 크게 깨달은 게 있습니다."

321 웃기는.

"뭔데요?"

"첫쨀 내가 무죄한 것이 드러나 또 나가면 무슨 일을 할까? 생각하건대….

"네?"

"가만히 생각하니 몇 해 전과도 달러 정열만으룬 아무 능률이 없을 뿐 아니라 대가 없는 희생만 하기 쉬운 걸 알았습니다."

"…."

"전 학생 시대 선택 과목으로 독일어도 좀 배 보고[322] 불란서 말도 좀 배왔습니다. 그래 이번에 그 안에서 독일어 책하구 불어 책을 차입시켜 달래서 번갈아 좀 읽어 보다가 우연히 우리말과 그 말들을 비교해 보게 됐습니다."

"네."

"독일언 자음어(子音語)가 많습니다. 그래 듣기 여간 거세지 않습니다. 여자가 하는 걸 들으면 너무 보드랍지 못허죠. 남자들이 말다툼하기나 좋은 말이죠. 불란서 말은 그와 정반대죠. 맨 모음어(母音語)가 돼 사내들 지껄이는 것두 여간 간사스럽지 않어요. 그런데 우리말은 가만히 생각해 보니까 모음어 자음어가 반반 정도겠어요. 이상적이야요. 발음만 그렇게 훌륭헌 게 아니라요."

"네?"

"숭보지 마세요."

"뭔데요?"

"그 안에 벨벨 사람들과 다 같이 있으니까 옷에 물것이 떠나지 않습니다. 밤낮 서물거리구 근지럽구 징그럽구 가렵구 그렇습니다. 허허….

"네….

"그런데 그런 피부의 감촉을 말하는 데 얼마나 그 음향부터 '서물서

322 배워 보고.

494   화관

물'이니 '근질근질'이니 적당한 어감입니까? 말의 신경이 얼마나 솔직합니까? 그래 흥미가 생겨 가만히 생각하니 특히 감각에 있어 여간 발달된 말이 아니야요. 들어보세요. '달다'두 어디 '달다'뿐입니까? '달크므레', '달착지근' 모두 다르죠? 보는 걸루두 '붉다' 하면 '붉다'뿐입니까? '뻘겋다', '빨그레', '불그레', '보리끼레' 얼마나 세밀합니까? 또 자연 음향을 얼마나 그대루 낼 수가 있습니까? 물소리라든지 기적 소리라든지…. 웃지 마세요. 옛날이야기에 뭐 정신없는 사위가 처갓집에 갔는데 뭐뭐 해 가지구 왔냐니까 이름을 죄 잊어버리구 술을 '올랑쫄랑'이라 꿩을 '꺽꺽푸드데기'라 흰떡을 '하야반대기'라 이차떡323을 '느러옴치래기'라 했다는 것 같은 것, 모두 의음의태(擬音擬態)가 자유스러운 말이 아니곤 도저히 불가능한 표현입니다."

"저두 우리말처럼 감각 표현에 자유스런 말이 없는 줄은 학교서 들었어요."

"그런데 문학이란 뭣입니까? 대부분이 감정 묘사 아닙니까? 감정 묘사 용어두 이렇게 훌륭한 말이 없을 줄 압니다. 이런 문학용어로 세계 일류의 말을 갖구 왜 조선 문인들은 세계적 걸작을 내지 못하느냐? 이번에 전 나오는 길로 그걸 좀 알아봤습니다."

"아니, 문학으루 전향이세요?"

"아닙니다. 그건 문학 이상의 큰 이유가 있습니다."

"문학 이상이요?"

"네. 우린 거기 대한 인식을 좀 가져야 합니다."

하고 인철은 물끄러미 동옥을 본다.

"오!"

동옥은 그제야 새까만 눈동자가 두어 번 깜박이더니

"알겠어요. 말씀하세요, 어서."

---

323 '인절미'의 방언.

한다.

"말이 좋고 나쁜 건 또 제이 제삼 문제죠. 말 그 자체의 우열보다 그것과 민중, 그것과 문화, 여기 위대한 사업의 무대가 기다린 지 오랜 줄 압니다. 전 그걸 깨달았단 겁니다. 동옥 씬 알아들으실 줄 압니다."

"네…. 저두 막연하나마 저 자신으로두 느낀 거야요."

"이번에 나오는 길로 소설가 두어 사람을 만나봤습니다."

"네?"

"그들에게서 걸작이 나올 수 없는 건 무리가 아녔습니다."

"왜요?"

"요즘 문학은 소설이 대표인데 소설은 직흥에서 써지는 게 아닌 건 아실 겝니다. 오래 두구 계획이 있어야 하구 광산 장면이 필요하면 광산에 가 봐야 하구 비행기 장면이 필요하면 비행길 타 봐야 한답니다. 그럴 것 아닙니까? 비용이 든다는 겁니다. 단편소설 하나라두 적어두 수십 일 이상 노력이 없이 써지지 않는단 겁니다. 잘 써야 한 달에 하날 쓰는데 단편 하날 쓰면 겨우 수입은 십오륙 원 내외랍니다! 그러니 그것만 믿구 살 수 없지 않어요? 그러니 딴 직업을 갖지 않어요? 종일 딴 일을 하고 밤에 나와 끄적거려 보니 그 끄적거리는 것만 놀라운 성의일 뿐, 좋은 작품이 나올 리가 있습니까? 톨스토이의 『전쟁과 평화』는, 십육 년간을 썼다구 하니 조선에두 톨스토이 같은 천재가 있다 쳐도 십육 년간 먹구 살 게 있어야 쓸 것 아닙니까? 톨스토이도 돈 없이 조선에나 태났다면 더구나 요즘같이 경제생활이 째인[324] 때 조선에 태났다면 결코 그 『전쟁과 평화』를 써 놓고 죽지 못했을 겁니다."

"그리게요!"

"내가 찾어 본 소설가 중에 한 사람은 요즘 어느 신문소설을 씁디다. 이담에 낼랴구 쓰는 게 아니라 지금 나는 걸 쓰는데 낮에는 어느 회사에

---

324 쪼들리는. 어려운.

가 종일 사무 보고 밤에 와 신문에 난 그날 칠 읽구 끄덕끄덕 졸며 앉아서 내일 칠 씁디다. 그러니 거기서 무슨 명작이 나오겠습니까? 허허…”

“그래요?”

“그런데 어서 명작이 나와야 합니다. 세계적으로 떠들을 명작이 나와야 합니다. 그건 그 작가 한 사람이나 그 문학 하나만을 위해서가 아닙니다. 아시겠지요?”

“…”

“전 첫째로 깨달은 게 출판사업입니다. 작가들의 생활을 작품에만 전력하게 어느 정도로 보장해 주면서 십 년을 계획해서 한 작품을 얻더래두 이걸 계획해야겠구, 또 출판비가 없어 출판 못 하는 학문들, 그리군 해독(害毒)만 되지 않는 것이면 자꼬 백여서 나뭇잎처럼 흔해서 누구나 읽게 누구나 지껄이게 퍼 들여야겠습니다. 이건 결코 일부 문인들의 일이 아닌 줄 압니다.”

“그러자면 자본이 많어야 되지 않겠어요?”

“물론입니다.”

“…”

“이런 사업의 긴급성을 우리 지식층의 사람이 아니곤 모를 겝니다. 그리게 학교들은 잘 세두[325] 이런 사업은 꿈도 꾸지들 않지요. 그러니까 우리들이 할 일로 더 급한 게 이거란 말입니다.”

“…”

“나만 한참 지껄였지요?”

“잘 청강했습니다.”

하며 웃고 동옥은 이어

“둘째로 깨달으셨단 건 뭐신가요?”

묻는다.

---

325 잘 세워도.

"둘째…."

하고 인철은 잠깐 동옥을 보았다. 눈이 서로 부딪쳤다. 서로 가벼이 웃었다. 갈매기 한 마리가 멀리 날아가는 것을 똑같이 바라보았다.

"전 그담엔요…. 만일 누명을 쓰고 살인수로 죽는다면? 하고 그걸 생각하고섭니다."

"네?"

"애매하게 죽더라도 정말 내가 조숙잘, 참 그 여자 이름이 조숙자랍니다."

"알어요."

"정말 내가 조숙잘 사랑하기나 한다면 얼마나 행복일까? 했습니다. 사랑하기 때문에 당하는 죽음이라면 덜 마음이 아플 것 같았습니다."

"…."

"그래 사람의 가슴속엔 어떤 어려운 일을 당하든 사랑이 들어 있는 게 큰 힘이 될 걸 깨달았습니다. 사랑을, 고난의 생활을 앞에 상상할수록 진정한 사랑을 가지구 싶어졌습니다."

하고 인철은 좀 붉어지는 얼굴을 숙이며 모새를 한 움큼 움키어 본다.

"전에 막연히 연애할 것 아니라고 그러셨죠?"

동옥은 날카롭게 인철의 표정을 살핀다. 인철은 그 말에 당황하지는 않는다.

"네, 지금도 막연히 연애하고 싶은 건 아닙니다. 제가 갑자기 행복스런 가정이라거나 질탕한 성생활에 끌려선 아닙니다. 사랑에만은 전 한 개 낭만주의자가 되고 싶습니다."

"그게 막연 아니실까요?"

"좀 더 들어 봐 주세요…. 내가 정말 존경하는, 존경만도 아니죠, 존경과 함께 애욕을 가장 강렬히 느끼는 이성에게서 사랑한다는 말 한마디만 받어 가슴속에 지니고 싶은 겁니다. 평생을 편지 한 장 않고 지내도 좋습니다. 그분의 사랑한다는 말 한마디만으로도 어떤 고난 속에서나 힘이 될 것 같아요. 큰 위안이 될 것 같아요."

"…."

"이만 욕망이 저로서 허영일까요?"

"…."

동옥도 얼굴이 붉어졌다. 무어라고 대답해야 좋을지 몰라 그도 모새만 한 줌 움켜서 부비어 본다.

"그 답답한 속에서 제가 이런 기분이 생긴 게 일종 정신이상인지도 모릅니다. 제가 사랑에 대한 욕망을 갖는 게 허영일까요? 동옥 씬 기탄없이 비판해 주십시오."

하고 인철은 불타는 시선으로 해당화처럼 진하게 피는 동옥의 귀밑을 쏘아본다.

"말만 한마디 듣는 걸로 고만이라 하셨지요?"

"네?"

"그건 독단이 아니실까요?"

"어째서요?"

"인철 씬 사랑한다는 말 한마디로 만족하시지만 저쪽에선 그런 말 한마디 해 보는 걸로 만족헐지 안 헐지 어떻게 아세요?"

인철은 입이 꽉 붙어 버리고 만다. 파도 소리만 긴 해변을 일정한 간격으로 울려 올라가고 울려 나려오고 한다. 한참 뒤에 동옥이가 묻는다.

"그이 조숙자 지금 어떻게 됐나요?"

"아직은 서울 있는지 없는지 전 모릅니다."

"…."

동옥은 더 묻지 못한다.

"우린 거기서 나오는 날로 변호살 입회시키고 한 번 만났습니다. 그 여자 편에서 먼저 자기가 미안한 걸 말하고 이후론 일체로 관곌 끊자고 했습니다. 이 앞으로 어떻게 할 걸 서로 묻지도 말고 영구히 모르는 사람이 되기로 했습니다."

"불쌍한 여자 아니야요?

"물론 불쌍한 여잡니다. 저도 그런 동정심 때문에 그런 실수가 됐던 겁니다. 그리게 전 동정과 연애는 종이 한 겹 새로 생각됩니다."

"그러시면서 사랑한단 말만 한마디 듣길 바라세요? 말만이라면 누구나 동정으로 해 줄 수 있는 것 아니야요?"

"…"

"동정에서 해 준다면 그건 정말 사랑은 아닌 것 아닐까요?"

"…"

"그렇지만 그런 이성을 가지셨으면 왜 그 이성에게 솔직하게 사랑을 고백해 보지 않으세요?"

"…"

인철은 수굿한 대로 모새만 들여다본다.

"혹시 저쪽에서 말만이라도 사랑을 허락지 않을까 봐… 그렇게 되면 무안만 당하실까 봐 자존심 때문에 말씀을 못하시나요?"

"…"

"자존심을 생각하두룩이라면 그게 어디 진정한 사랑이야요?"

"아뇨, 자존심 때문은 아닙니다…."

"그럼요?"

"…"

또 한참 파도 소리만의 침묵이 지나갔다 .

"벌써 거의 한시나 됐네요! 시장허시겠어요."

"아뇨."

그러나 더 잠자코 앉았기만 하기도 괴로워 인철이가 먼저 모새를 털며 일어서고 말았다.

"슬슬 들어갈까요, 시내로?"

하였다.

"네…."

별장들이 있는 데까지 들어와서다.

"인제 서울 가시면 서울 계시게 되나요?"

"평양에 좀 가겠습니다."

"평양에요?"

"네, 거기 구대 때 동창이 있습니다. 자본 실력도 있고 생각도 좋은 친구니까 좀 만나 보려구 합니다."

"자금운동이세요?"

"…."

동옥은 이내 배일현의 생각이 났다.

동옥은 그러나 배일현의 생각은 이내 삼켜 버린다. 인철에게 무슨 말을 해야 좋을지 모른다. 단둘이서만 걸을 수 있고 단둘이서만 이야기할 수 있는 길은 얼마 남지 않은 데서다.

"동옥 씨."

인철은 갑자기 급한 듯이 걸음을 주춤하며 부른다.

"네?"

"말을 못 하는 게 자존심이 아니냐구요?"

"…."

식었던 동옥의 얼굴도 다시 확 불이 인다.

"동옥 씨."

"네."

"전 실상은 다른 여잘 아니라 동옥 씰 사랑합니다. 동옥 씰…."

"…."

동옥의 얼굴은 더욱 불덩어리가 되어 눈물이 글썽해지는 눈을 명사 십리 쪽으로 돌린다.

"제게서 이런 외람한 사실을 아시는 게 불쾌허시죠?"

"…."

동옥은 눈물은 어리었으나 날카로워진 눈으로만 그런 말을 하는 인

아득한 봄

철의 눈을 어인다[326].

"거기 들어가 적적했기 때문에 동옥 씰 사모하기 시작한 건 아닙니다."

"…"

"송전서 첨 뵌 때부터 도모지 인상을 너머 강렬하게 받어 괴로웠구, 그 이튿날인가 차에서 뵙구두…."

"그래 그렇게 남 이름꺼정 정옥이루 부르셨군요?"

하고 동옥은 그때 분하던 것을 분풀이하듯, 또 한번 날카로운 눈으로 인철의 눈을 어인다.

"전 잘못 기억한 게 사실입니다. 될 수 있는 대루 무관심하려구 한 겁니다. 조숙자의 사건이 늘 내 앞을 암담하게 했구요, 또 남들이 하는 대루 막연히 연애하고 막연히 결혼하지 않으려구 노력한 겁니다."

"그럼 지금은 막연히라두 연애하실 작정이신가요?"

"건 아까 말씀드렸습니다. 전 앞에 무수한 고난을 상상합니다. 전 가슴속에 동옥 씨가 절 사랑하신단 말 한마디만 품고 싶습니다. 그 이상 탐내지도, 계획하지도 않습니다. 동옥 씨 진정대루 한마디만 들려주십시오. 동정으론 싫습니다…."

"…"

동옥은 말하지 않는다. 뒤에서 웬 자전차가 오는 소리가 난다. 동옥은 먼저 뒤를 돌아보며 길을 비킨다. 자전차는 때릉때릉거리며 두 사람의 사이를 가르고 지나간다. 두 사람은 다시 말없이 그 자전차 뒤를 바라보며 시내를 향해 걷는다.

저만치 버스 타는 데가 바라보일 때다. 동옥은 그제야 이마에 땀을 씻으며 다리가 아픈 것도 느낀다.

"다리 아프시겠어요. 전 아까 자동차로 나왔어두 아퍼요."

326 '엔다'의 방언. 쏘아본다.

"괜찮습니다."

하는 인철은 다리만 괜찮은 것이 아니라 마음도 괜찮다는 듯이 유쾌한 목소리다.

"그렇게 당장 대답하라시는 건 좀 무리세요."

"그럴까요?"

"제가 인제 편지해 드려요."

"싫습니다."

"성나셨어요?"

"아뇨."

인철은 퍽 무심해진 것 같다.

"그런데 왜 편지도 못 하게 허시나요?"

"전 인전 주소가 없습니다. 언제나 다시 어디서 만나 뵐지두 모릅니다."

"…."

동옥은 가슴에서 빠지지 소리가 난다.

"참 서울 집도 팔았습니다. 조숙자의 비용까지 다 한데 치르고 나니 단돈 백 원도 남지 않아요. 인봉일 돈 한 푼 주지 못했습니다. 겨우 니켈 시겔 하나 사 줬나요…."

"…."

"아무턴 유쾌합니다. 인봉이 때문에 걱정이 더했는데 동옥 씨가 봐 주시니…. 공분 마추지 못해두 괜찮습니다. 결코 무린 마시구 끝끝내 동생처럼 여겨 지도해 주십시오."

"…."

"참 유쾌합니다! 동옥 씨 대답을 듣진 못 해두 혼자 품고만 있던 걸 말하고 나니 그것만두 인전 시원합니다."

동옥은 물끄러미 인철을 쳐다볼 뿐이다. 인철은 버스가 오는 것을 보며 걷는다. 버스가 종점이라 머리를 돌려 놓고 떠나려 하니 인철은 선뜻

아득한 봄

모자를 벗는다.

"그럼 여기서 우리 이렇게 작별허지요."

"네? 그렇게 급하세요?"

"이렇게 동옥 씨 옆에 있는 게 자꾸 무슨 비극의 주인공이 되는 거 같어 불쾌합니다. 자, 일 많이 해 주십시오."

하더니 벌써 떠나는 버스로 뛰어가 타 버리는 것이다. 버스는 인철을 삼킨 채 어느덧, 동옥으로는 소리도 못 질러 보리만치 달아나 버린다.

동옥은 좌우를 둘러보았으나 타고 쫓아갈 것은 아무것도 보이지 않는다. 자동차부도 눈에 뜨이지 않는다.

"어떡허나?"

동옥은 우선 시내 쪽을 향해 종종걸음을 친다. 전화 있는 집이라도 나오면 곧 전화를 빌려 자동차를 부를 모양으로 상점집 간판마다 쳐다보며 걷는데 전화번호를 쓴 간판은 얼른 나타나지 않는다. 그러자 저쪽에서 다음 버스가 나타나는 것이다.

"어찌할까?"

동옥은 그만 다시 버스 종점으로 왔다. 버스에 올라앉았다. 버스는 이내 떠나지 않는다.

"왜 안 가나요?"

"곧 갑니다."

하면서도 꿈지럭거리었다. 떠나서 가면서도 길도 험하지만 차도 다 사개가 물러앉은327 것 같은 것이 터드럭거리기만 하고 도무지 속력을 내지 못한다. 동옥은 울상이 되어 가끔 앞을 바라보았으나 앞선 버스는 그림자도 붙잡히지 않는다.

'사랑은 할 것 그러나

첫째, 초조하지 말 것

---

327 아귀가 벌어진.

둘째, 이상과 바꾸지 말 것

셋째, 상대자를 불행하게 해서는 안 될 것.'

동옥은 명사십리 해변에서부터 이것을 생각했기 때문에 얼른 인철에게 대답하지 못한 것이다.

'난 물론 인철을 사랑한다! 나도 당신을 사랑합니다! 하는 말 한마디를 다른 남자에게 쓰려고 인철에게 애끼는 것은 아니다! 인철도 사람이요, 나도 사람이다. 말로만 한마디라고 하지만 한 번에 정이 부드쳐 버리면 우리도 연애 행동과 결혼 행동을 갖고 싶을 건 정한 이치다! 나도 장순경이가 되지 않을까? 인철이도 결국 동석 오빠가 되지 않을까? 그렇다면 우리도 이상과 바꾸는 사랑이 될 것 아닌가? 상대자의 이상을 피차에 꺾는 것이 상대자를 불행하게 하는 것이 아니고 무언가?'

이런 생각 때문에 동옥은 얼른 대답하지 못한 것이다. 또 동옥으로서는 그리 급하지도 않았다. 자기 주인집으로 같이 들어와 점심을 먹고 오후에도 같이 이야기할 시간이 많이 있을 것을 믿었던 것이다.

동옥은 정거장 앞에 와 나리었다. 정거장 주위와 대합실을 아무리 둘러보아도 인철은 보이지 않는다.

'어디서 점심을 먹나?'

해서 정거장 앞 음식점 국숫집들까지 들어가 보았으나 인철은 보이지 않는다. 동옥은 다시 정거장으로 갔다. 서울 가는 차는 아직 서너 시간이나 있다. 동옥은 자동차를 불러 탔다.

송도원[328]으로 가 보았다. 거기도 아무리 찾아보아도 없다. 차 시간에 다시 정거장으로 왔다. 차가 떠난 뒤에도 한참 서 있었으나 인철은 나타나지 않는다. 동옥은 그만 울고 싶었다. 그제야 배도 고팠다.

"왜 그 지경일까?"

동옥은 인철에게 욕이 나온다.

---

328 松濤園. 함경남도 원산시의 해수욕장.

"망헐…."

그러나 욕으로는 시원치 않다. 집으로 돌아오고 말았다. 집에 들어서는 길로

"누가 찾어온 이 없어요?"

물어보니

"아무두 없었에요."

하는 것이다.

'인전 밤차로 갈 테지… 그렇지만 내 굳이 안 나갈걸….'

그러나 동옥은 차 시간이 가까워지니 그냥 누워 견딜 수가 없다. 동옥은 또 정거장으로 나왔다. 또 차는 떠나도록 인철은 보이지 않는다.

동옥은 집에 돌아오던 길로 인봉에게 편지를 썼다. 인철을 찾아 애쓴 이야기를 쓰고 만나거든 그런 이야기를 하라고 하였다.

그러나 인봉의 답장에는

"오빤 그때 원산으로 가시면서 벌써 저완 아주 작별허구 가신 것야요. 소식 없으면 어디서든지 잘 있는 줄 알라고 그리시구 가셨으니까 언제 소식이 있을지 모르겠어요."

하는 사연이 적혀 왔다.

여름방학이 되었다. 먼저 방학한 인봉이가 원산으로 와서 동옥의 휴가를 기다리며 같이 놀았다. 원산으로 온 사람은 인봉이만이 아니다. 배일현도 나려와서 송도호텔에 있으면서 해수욕을 오라느니 저녁을 먹으러 오라느니 꼬이고 또 찾아오고 하는 것이다. 동옥은 우선 괴로운 것은 그 손목시계였다. 자기가 가진 줄만 알고 있을 것이 꺼림직해 견딜 수가 없다.

그러나 동옥은 그 꺼림직한 것을 참을지언정 배일현을 찾아간다거나 찾아온 것이라도 그것 때문에 그와 여러 말을 하거나 또 편지라도 쓰기는 싫었다. 그뿐 아니라 원산에 있으면서도 배일현이가 송도원에 있기 때문에 인봉이까지 송도원 근처에는 얼씬도 하지 않았다. 그 대신 인봉

506   화관

을 다리고 가끔 명사십리로 갔다. 그 모새 언덕, 그 바닷가, 그 길들을 걸으며 생각하는 것이 슬프기는 하나 행복이었다.

동옥은 휴가가 되는 대로 곧 인봉이와 같이 서울로 왔다. 서너 달 동안 떨어져 있던 집도 그리웠지만 서울만 오면 인철을 만날 것 같은 희망이 끓었다.

'내가 하기휴가니까 집에 와 있으려니 하고 찾어올지 몰라…. 편지라두….'

정말 집에 오자 이튿날부터 찾아오는 사람이 많다. 봄에 같이 졸업한 동무들이 찾아왔고, 배일현이도 서울로 따라와서 이번에는 부모님네와 오라버니와 합작이 되어 덤비는 것이요, 그 최창우라는 배우에게서 좋은 연극이 있으니 오라는 초대권이 든 편지도 왔다.

그러나 인철은 찾아오지도 않고 편지도 없는 채로 지리한 장맛날들만 지나간다. 더구나 인봉이까지 수원 어느 촌으로 저희 반 동무와 하기성경학교를 한다고 떠나간 뒤에는, 빗소리만 듣고 누웠기는 울고 싶도록 쓸쓸한 저녁도 한두 번이 아니었다.

이날도 비에 갇혀 종일 집에 있었는데 저녁을 짓던 식모가

"아유, 무지개두! 아가씨 좀 내다보슈."

하고 소리를 쳤다. 발을 걷고 내다보니 정말 동대문 쪽 하늘에 오색이 영롱한 무지개가 떠 있는 것이다. 비도 개었고 구름도 군데군데 비춰 하늘이 드러나는 것이다. 동옥은 갇히었던 새처럼 날아 보고 싶은 충동을 견디지 못해 다 저녁때 거리로 나온 것이다. 보신각 편에서 화신[329] 쪽을 건너가려니까 얼씬 사람 물결 속에서 두드러지는 사나이 하나 옆과 뒷모양이 완연히 박인철이다. 맥고모자[330]에 무슨 감인지 회색 저고리와 흰 바지에는 흙물이 많이 튀고 뀌기고[331] 땀도 절어 보인다. 레인코트도

---

329 화신상회(和信商會). 일제강점기에 조선인이 세운 최초의 백화점.
330 밀짚모자.
331 '구겨지고'의 방언.

없이 찢어져 너풀거리는 데가 있는 지우산[332] 하나만 집어 들었다. 청년회관 앞까지 따라오며 보니 정면으로는 볼 수가 없어도 꼭 인철이다.

거리에는 벌써 전깃불이 켜졌다. 무지개는 사라지고 저녁놀을 머금은 구름이 몇 군데 불그레할 뿐, 낮이[333] 깔린 장마 하늘은 역시 무겁고 어둡고 후터분한 저녁이다. 인철은 파고다공원으로 들어선다. 공원 안에는 팔각정 위에만 두어 사람의 그림자가 보일 뿐, 거기는 사람이 별로 없었다. 나무들은 장마에 잎만 자란 듯 크레용으로 문질러 놓은 것같이 짙은 그늘들이다. 인철은 큰 백양나무 밑으로 가더니 먼 길을 걸은 사람처럼 벤치에 앉는다기보다 털썩 쓰러져 버린다. 아무렇게나 놓아 버리는 우산이 땅으로 굴러져 떨어졌으나 다시 집으려고도 않고, 마치 기도하는 사람처럼 이마를 고이더니 잠잠히 앉았는 것이다. 동옥은 좌우를 둘러보았다. 거북 비석이 있는 쪽에서 라디오의 뉴스가 우렁차게 울려 올 뿐, 가까이는 지나는 사람도 보이지 않는다. 동옥은 기침을 한번 내이려 하였으나 기침 소리가 나오지 않아 그냥 숨어 섰던 그늘에서 저벅저벅 걸어 나왔다.

"아!"

"…."

"동옥 씨!"

인철은 일어섰다가 그제야 쓰러진 우산을 집으며 다시 앉았다. 동옥도 잠자코 옆에 앉았다. 그리고 참았던 울음을 울컥 터트려 버리었다.

"왜 우십니까?"

"…."

"댁에 다 무고허십니까?"

"…."

---

332 기름 먹인 종이로 만든 우산.
333 낮게.

"인봉이 아마 여름엔 댁에 있겠죠?"

"…."

동옥은 한참 뒤에야 다 대답하였다. 그리고 아직 울음에 떨리는 목소리로

"저헌테 너머 와일드허세요."

하고 원망한다. 그 소리에는 인철도 잠자코 땅만 나려다본다.

"그때 평양 가신다고 그리셌죠?"

"네."

"가셌더랬나요?"

"네…. 돈 있는 사람들이란 학창에 있을 때와 딴 사람이 되드군요…."

동옥은 더 묻지 않아도 인철이가 평양으로 자금운동 갔던 것은 실패한 줄을 알 수 있다.

"꼭 자금이 있어야 하실 일인가요?"

"네."

"자금운동이 끝끝내 안 되시면 어떡허시나요?"

"그땐 방법을 달리할 수도 있구요, 또 일 그 자체도 제이 제삼으루 얼마든지 다른 일이 있으니까요…. 결코 비관은 아닙니다."

"…."

"동옥 씨 보시게 제 행색이 초췌해 보이죠?"

"그런 건 왜 물으시나요?"

"초췌하게 느껴지시건 인봉이더러 절 봤다구 말씀 말아 주십시오."

"…."

"갠 아직 어리니까요. 제 오라비가 좋은 옷으루 잘 채리구 다니길 바랄 겁니다."

"…."

"어디 가시던 길입니까?"

"괜히 나왔더랬어요…. 아니 참 어디 좀 가더랬어요…. 여기서 좀 한

아득한 봄 509

시간쯤, 아니 한 시간이 훨씬 더 걸리더라두요, 좀 절 기다려 주실 수 없 겠어요? 전 꼭 어디 좀 다녀와 뵙구 싶어요."

"왜 그러십니까?"

"누가 좋은 일만 있으면 돈 얼마든지 쓰겠단 사람이 있어요. 한 시간 만 기다려 주세요. 곧 하횔[334] 알 만한 자리야요."

"무슨 일이 그렇게 갑작스럽습니까?"

"아뇨…. 인철 씰 여기서 뵌 건 우연이지만 그 일은 말이 있어 온 지 오랜 거야요."

"…."

"원산서처럼 달아나시면 안 돼요, 네? 그러지 않어두 뵙구 싶어요."

"…."

"비 오면 저 팔각정에 가 계서요. 저 곧 다녀올게요."

하고 동옥은 급히 나와 전차를 타고 오라버니가 집터 장사하던 혜화동 주택지에 새로 양관을 짓고 산다는, 말만 들은 배일현의 집을 찾아간 것 이다.

밤이라 집 모양은 자세히 볼 수 없으나 현관에서부터 쓸데없이 사기 벽돌만 많이 붙여서 무슨 목욕탕 같은 기분이 풍기는 양관인데 이층에 서 친구들과 빌리어드(당구)를 하고 있던 배일현은 임동옥이라는 바람 에 일 초를 지체치 않고 뛰어나려 왔다.

"아, 어떻게 오셨습니까? 날이 진데…."

배일현은 친히 슬리퍼를 내어놓으며 동옥을 양회 내[335] 새로운 응접 실로 안내한다.

"새로 졌습니다만 아직 임자 없는 집이라 가구두 벤벤치 못허구요…. 여기…."

---

334 하회(下回)를. 결과를.
335 양회(洋灰) 냄새. 시멘트 냄새.

“네, 좋습니다.”

하고 동옥은 될 수 있는 대로 배일현의 기분에 흡수되지 않으려 곧 찾아온 뜻을 단도직입적으로 꺼내인다.

“지난 봄에요.”

“네… 댁에 다 안녕허십니까?”

“원산서 무슨 일이든 자금이 필요한 땐 무조건 허시구 봐 주시겠다구 그리셨죠?”

“네, 분명히 그랬습니다.”

“제가 일 전이라도 개인으루 쓰지 않을 것만 믿어지시면 자금을 좀 주실 수 있을까 허구 왔습니다.”

“무슨 사업이신데?”

“네, 그런 건 다 불문에 부치시구… 그때 말씀하신 대루….”

“얼마나 필요하십니까?”

“십…만 원요.”

처음 발음해 보는 거액의 명칭이라 외국어처럼 부르기 힘들었다.

“십만 원요? 좋습니다.”

배일현은 발음은 쉽고 여간 시원스럽지 않다. 동옥은 일종의 압박을 느끼었다. 배일현은

“그럼 잠깐만 앉어 계십시오.”

하더니 이층으로 쿵쿵 올라가는 것이다.

‘십만 원 현금은 아니겠지? 무어든 주기만 했으면. 인철 씨가 얼마나 좋아할까?’

그러나 동옥은 이내 자기의 하얀 손이 파르르 떨리는 것을 느끼지 않을 수 없다.

‘이게 내 몸을 파는 게 아닌가?’

동옥은 손만이 떨리지 않는다.

“기다리세서 미안합니다.”

하면서 배일현은 곧 소절수책을 들고 들어선다.

소절수책은 하나만이 아니었다. 오만 원씩 두 군데 것을 쓰고 수정 도
장을 내어 찍더니 쪽쪽 찢어내었다.

"두 장에 썼습니다. 하난 식은[336] 거고 하난 조선은행[337] 겁니다. 언제
든지 가 찾으실 수 있습니다."

하면서 두 장을 한데 포개어 반에 접더니 봉투에 넣어 내어민다.

"네….."

모깃소리만치 대답만 나갈 뿐 동옥은 얼른 손이 나가지지 않는다. 그
러나 빤히 건너다보는 배일현의 안경이 어째 무섭기도 해서 억지로

"감사합니다. 잘 쓰도록 하겠습니다."

글 외이듯 치하를 하고 소절수 봉투를 떨리는 손으로 이끌어 왔다. 그
리고 곧 일어섰다.

"벌써 가시려구요?"

"네."

"동옥 씨."

일현은 문을 막아서는 것이다.

"….."

"전 십만 원의 돈보다 더 드리고 싶은 게 있습니다. 이걸 함께 받아 주
실 줄 압니다."

하면서 조끼 호주머니에서 금강석이 번쩍하는 반지를 꺼내는 것이다.

"네?"

"제가 오늘을 기다린 지가 오랩니다."

하면서 일현은 반지째로 주려는 것이 아니라 아주 끼워 주려고, 또 동옥
이가 으레 허락할 줄을 믿는 듯이 서슴지 않고 턱 동옥의 왼편 손을 잡

---

336 식산은행(殖産銀行)의 준말로, 일제의 대표적 수탈 기관이었음.
337 朝鮮銀行. 일제강점기의 중앙은행.

화관

는 것이다.

"네?"

동옥은 손을 뿌리치며 홱 물러선다.

"그럼 어디 무조건이세요? 간섭 안 한다구….
돈으루 누굴 사실 작정이신가요? 비열헌!"

"…"

시뻘겋던 배일현의 얼굴은 하얗게 질린다. 저쪽의 절망을 보는 동옥의 얼굴도 하얗게 질린다. 소절수 봉투를 든 손이 와들와들 떨린다.

"분명히 말씀해 주세요. 원산서 말씀하신 것처럼 무조건 불간섭으로 주실 순 없으신지."

"물론 다른 조건은 없습니다. 어떻게 쓰시든 간섭친 않겠습니다. 그렇지만 이 돈이 내 돈인 이상 내게서 나갈 때만은 가치가 있이 나가야겠습니다. 난 십만 원을 휴지로 버리는 건 아니올시다."

"…"

"현명하신 동옥 씨, 그만 각온 계시구 받으신 줄 압니다."

그러나 배일현의 이 소리가 떨어지기 바쁘게 동옥은 십만 원 소절수를 봉투째 찍 절반을 찢어 테이블 위에 동댕이를 친다. 그리고 한 번 돌아다 볼 것도 없이 배일현의 집을 나서고 말았다.

하늘은 별 하나 보이지 않는다. 동옥이가 다시 파고다공원에 들어설 때는 이슬비조차 또 나리기 시작한다. 어둠과 비에 젖는 시커먼 백양나무 그늘 아래에는 인철이가 찢어진 지우산을 받고 기다리고 있었다. 동옥은 악이 받치어 그의 앞에 선 채 한참이나 아무 말도 내지 못한다.

"좀 앉으실까요?"

동옥은 자기 우산은 접고 인철의 지우산 속으로 같이 앉는다.

"돈 일이란 그리 단순한 건 아닙니다."

인철은 동옥의 당한 일을 다 본 듯이 말한다.

"…"

라디오에서는 노랫소리가 흘러온다. 어떤 여자인지 독창인데 나중에 한 가지는 「솔베이지의 노래」[338]였다.

'쏠베지의 노래! 슬픈 처녀 아내 쏠베지의 노래! 언제 돌아올지 모르는 약혼한 남자를 일생을 두고 기다리는 슬픈 처녀 아내 쏠베지의 노래….'

동옥은 이렇게 혼자 생각하고 새로운 눈물이 쭈르르 흐른다. 안타까움을 견디다 못해 아이처럼 인철에게 쓰러진다.

"동옥 씨."

"당신보단… 내가 먼저야요…."

인철은 동옥의 말이 사랑을 품기가 먼저였단 뜻임을 얼른 알아듣는다. 꽉 팔이 힘을 쓸 수 있는 대로 동옥을 안아 본다.

"오! 얼마나 우린 힘 덩어립니까?"

인철은 섬광과 같이 동옥의 입술을 입술에 느껴 보자 놀라는 말처럼 뛰어 일어난다.

"자! 인전 또 헤어져야 합니다. 우리게 봄은 아직 아득합니다!"

동옥도 일어섰다.

"인봉이 걱정은 마세요."

"네, 다 안합니다."

"어서 가세요, 그럼."

"어서 가시지요."

"먼저 가시라니까…."

"자, 그럼 갑니다."

하고 인철은 찢어진 우산을 휘두르면서 큰길을 향해 먼저 뛰어나간다.

정축(丁丑) 12월 16일 야(夜) 탈고(脫稿).

---

338 노르웨이의 작곡가 에드바르 그리그(Edvard Grieg)의 가곡.

화관

상
허
이
태
준
연
보

성북동 자택 수연산방 앞에서의 상허 이태준. 1940년대 초.

1904년──11월 4일, 강원도 철원군(鐵原郡) 철원읍 묘장면(畝長面) 산명리(山明里)[지금의 대마리(大馬里) 지역]에서 부친 이창하(李昌夏, 1876-1909)와 모친 순흥안씨(順興安氏, ?-1912) 사이에서 일남이녀 중 둘째로 태어남. 누나는 이정송(李貞松, 1901-?)이며 누이동생은 이선녀(李仙女, 1910-1981)임. 집안은 장기이씨(長鬐李氏) 용담파(龍潭派)로, 부친의 호는 매헌(梅軒)이며, 철원공립보통학교 교원, 덕원감리서(德源監理署) 주사를 역임한 개화파 지식인으로 알려짐. 「장기이씨 가승(家乘)」에 의하면 상허의 본명은 규태(奎泰), 부친의 정실은 한양 조씨이고 적자로 규덕(奎悳)이 있음.

1909년──망명하는 부친을 따라 러시아 블라디보스토크로 이주함. 8월, 부친이 병으로 사망함.

1910년──모친과 귀향하던 중 배 위에서 여동생이 태어나면서 함경북도 부령군(富寧郡)의 작은 항구 마을 배기미[이진(梨津)]의 소청(素淸)에 정착. 이곳 서당에서 한문을 배우면서 당시(唐詩)에 관심을 갖고 글짓기를 좋아하게 됨.

1912년──모친의 사망으로 고아가 됨. 외조모에 의해 철원 율이리(栗梨里)의 용담으로 귀향하여 누이들과 함께 친척집에 맡겨짐.

1915년──강원도 철원 안협(安峽)[지금의 강원도 이천(伊川) 지역] 모시울 마을의 오촌 친척집에 입양됨. 다시 용담으로 돌아와 당숙 이용하(李龍夏)의 집에 기거함. 철원사립봉명학교(鐵原私立鳳鳴學校)에 입학함. 이 학교는 이용하의 형이자 독립운동가인 이봉하(李鳳夏, 1887-1962)가 설립했으며, 그는 상허의 소설에 소재 인물로 등장함.

1918년── 3월, 철원사립봉명학교를 우등으로 졸업하고 철원간이농업
학교(鐵原簡易農業學校)에 입학하나 한 달 후 가출함. 함경남도 원산
(元山)에서 객줏집 사환 일을 하며 이 년 정도 지냄. 자전적 소설 『사상
(思想)의 월야(月夜)』에 의하면, 이 시기 외조모가 찾아와 보살펴 주었
고 문학 서적을 가까이하기 시작했다고 함. 이후 미국으로 같이 가자
는 철원의 친척 아저씨와의 약속에 따라 중국 상하이로 갈 생각으로
만주 안동현(安東縣)[지금의 중국 단둥(丹東)]까지 갔으나 계획이 무산
되어 혼자 경성으로 옴. 이때 안동현에서부터 백마, 남시, 선천, 정주,
오산, 영미, 안주, 숙천, 순천에 이르는 관서지방을 무일푼으로 도보 여
행함.

1920년── 4월, 배재학당(培材學堂) 보결생 모집에 합격했으나 입학금
이 없어 등록하지 못함. 낮에는 상점 점원으로 일하고 밤에는 청년회
관 야학교에 나가 공부함.

1921년── 4월, 휘문고등보통학교(徽文高等普通學校)에 입학. 월사금
이 밀려 책 장사 등으로 고학하느라 결석이 잦았음. 글쓰기 습작을 시
작함. 이 시기 정지용(鄭芝溶), 박종화(朴鍾和), 박노갑(朴魯甲), 오지호
(吳之湖), 이마동(李馬銅), 전형필(全鎣弼), 김규택(金奎澤) 등이 선후배
로 재학 중이었음.

1922년── 6월, 중학생 잡지 『학생계(學生界)』에 수필 「교외(郊外)의 춘
색(春色)」을 처음 발표함. 이후 9월에 수필 「고향에 돌아옴」, 11월에
시 「누나야 달 좀 보렴」 외 한 편과 산문 한 편을 발표함.

1923년── 휘문고보 교지인 『휘문』 창간호에 수필 「추감(秋感)」 외 한
편을 발표함. 화가 이마동의 회고에 의하면, 당시 미술교사로 있던 춘
곡(春谷) 고희동(高羲東)이 상허의 수채화 사생 솜씨를 칭찬했다고 함.

1924년── 『휘문』의 학예부장으로 활동하며 제2호에 수필 「부여행」,
동화 「물고기 이야기」 외 네 편을 발표함. 6월 13일, 동맹휴교의 주모
자로 지목되어 오 년제 과정 중 사학년 일학기에 퇴학당함. 가을, 휘문

고보 친구이자 훗날 『문장』 발행인이 되는 김연만(金鍊萬)의 도움으로 일본 유학을 떠남. 문학과 미술 공부 사이에서 고민했으나, 고학하기에 수월한 문학 쪽으로 기울어짐.

1925년——4월, 도쿄 와세다대학(早稻田大學) 전문부 정치경제학과 청강생으로 등록. 이 학교에서 미국정치사를 강의하던 선교사 해리 베닝호프(Harry B. Benninghoff)의 사무 보조 업무를 하며 월급과 양관(洋館)에 기거할 수 있는 허가를 받음. 신문, 우유 배달 등을 하며 궁핍한 생활을 함. 이때 나도향(羅稻香), 김지원(金志遠), 김용준(金瑢俊) 등과 교유함. 일본에서 단편소설 「오몽녀(五夢女)」(이후 단행본에서는 '오몽내'로 표기)를 『조선문단(朝鮮文壇)』에 투고해 입선, 7월 13일자 『시대일보(時代日報)』에 발표하며 등단함.

1926년——1월, 도쿄에서 반도산업사 대표 권국빈(權國彬)이 계획하던 산업경제지 『반도산업(半島産業)』의 편집과 발행을 그를 대신해 이어받고, 창간호에 「구장(區長)의 처(妻)」를 발표함. 5월 31일, 와세다대학 청강생 자격 종료됨. 상하이를 방문해 쑨원(孫文) 일주기 행사에 참석함.

1927년——4월, 도쿄 조치대학(上智大學) 문과 예과에 입학. 도다 추이치로(戶田忠一郎)가 보증인이었음. 11월, 학교를 중퇴하고 귀국함. 모교, 신문사 등을 찾아다니며 구직에 애씀.

1929년——개벽사(開闢社)에 기자로 입사해 『학생(學生)』이 창간된 3월부터 10월까지 책임을 맡았고, 신생사(新生社)에서 발행하던 잡지 『신생(新生)』 편집에도 관여함. 『어린이』에 아동문학과 장편(掌篇, 콩트)을 발표함. 9월, 안희제(安熙濟)가 사장으로 있던 『중외일보(中外日報)』로 자리를 옮겨 사회부에서 삼 개월 근무 후 학예부로 이동함.

1930년——4월 22일, 이화여전(梨花女專) 음악과에서 피아노를 전공한 이순옥(李順玉)과 정동교회에서 김종우(金鍾宇) 목사의 주례로 결혼함.

1931년——6월, 『중외일보』가 폐간되고 개제된 『중앙일보』에서 학예부

기자가 됨. 장편 「구원(久遠)의 여상(女像)」을 『신여성』(1931. 1-1932. 8)에 연재함. 장녀 소명(小明) 태어남. 경성부 서대문정 2정목 7의 3 다호에 정착함.

1932년── 이화여전, 이화보육학교(梨花保育學校), 경성보육학교(京城保育學校) 등에 출강하며 작문을 가르침. 장남 유백(有白) 태어남.

1933년── 3월, 『중앙일보』가 여운형(呂運亨)에 의해 인수되어 개제된 『조선중앙일보』 학예부장에 임명됨. 8월, 이종명(李鍾鳴), 김유영(金幽影)의 발기로 이태준, 정지용, 조용만(趙容萬), 김기림(金起林), 이효석(李孝石), 이무영(李無影), 유치진(柳致眞) 등 아홉 명이 모여 문학동인 구인회(九人會)를 조직함. 이후 탈퇴 회원 대신 박태원(朴泰遠), 이상(李箱), 김유정(金裕貞) 등이 합류함. 11월, 단편 「달밤」을 『중앙』에 발표함. 중편 「법은 그렇지만」을 『신여성』(1933. 3-1934. 4)에, 장편 「제이의 운명」을 『조선중앙일보』(1933. 8. 25-1934. 3. 23)에 연재함. 경성부 성북정 248번지로 이사해 월북 전까지 거주함.

1934년── 차녀 소남(小南) 태어남. 단편집 『달밤』을 한성도서주식회사에서 출간함. 장편 「불멸(不滅)의 함성(喊聲)」을 『조선중앙일보』(1934. 5. 15-1935. 3. 30)에 연재함.

1935년── 1월과 8월, 2회에 걸쳐 조선어표준어사정위원회 전형위원으로서 기록 담당함. 『조선중앙일보』를 퇴사하고 창작에 몰두함. 이화여전박물관에서 실무 책임을 맡음. 장편 「성모(聖母)」를 『조선중앙일보』(1935. 5. 26-1936. 1. 20)에 연재함.

1936년── 차남 유진(有進) 태어남. 장편 「황진이」를 『조선중앙일보』(1936. 6. 2-9. 4)에 연재하다가 신문이 폐간되면서 중단함.

1937년── 「오몽녀」가 춘사(春史) 나운규(羅雲奎) 감독에 의해 유성영화로 만들어짐(주연 윤봉춘, 노재신). 3월, 단편 「복덕방」을 『조광(朝光)』에 발표함. 단편집 『가마귀』가 한성도서주식회사에서 출간되고, 장편소설 『황진이』가 동광당서점에서 단행본으로 출간되면서 완성

됨. 장편 「화관(花冠)」을 『조선일보』(1937. 7. 29-12. 22)에 연재함.

1938년── 완바오산사건이 벌어진 지린성 창춘현 완바오산(萬寶山) 일대의 조선인 부락을 방문하고 4월에 「이민부락견문기」를 『조선일보』에 연재함. 『화관』이 단행본으로 삼문사(三文社)에서 출간됨.

1939년── 이병기, 정지용과 함께 『문장』 편집자로 일하며 신인작가들의 소설을 심사, 임옥인(林玉仁), 최태응(崔泰應), 곽하신(郭夏信) 등을 추천함. 일제의 탄압이 심해지자 황군위문작가단(皇軍慰問作家團), 조선문인협회(朝鮮文人協會) 등의 단체에 가담함. 장편 「딸 삼형제」를 『동아일보』(1939. 2. 5-7. 17)에 연재함.

1940년── 삼녀 소현(小賢) 태어남. 장편 「청춘무성(青春茂盛)」을 『조선일보』(1940. 3. 12-8. 10)에 연재하던 중 신문의 폐간으로 중단했고, 10월에 박문서관(博文書館)에서 출간되면서 완성함. 1939년 『문장』에 연재 중 중단된 문장론을 단행본 『문장강화(文章講話)』(문장사)로 출간함.

1941년── 제2회 조선예술상 수상함. 산문집 『무서록(無序錄)』이 박문서관에서 출간됨. 장편 「사상의 월야」를 『매일신보』(1941. 3. 4-7. 5)에 연재함. 단편집 『복덕방』 일문판이 도쿄의 모던일본사(モダン日本社)에서 출간됨.

1942년── 장편 「별은 창마다」를 『신시대』(1942. 1-1943. 6)에, 「왕자호동」을 『매일신보』(1942. 12. 22-1943. 6. 16)에 연재함.

1943년── 집필 활동을 중단하고 강원도 철원 안협으로 낙향해 해방 전까지 이곳에서 지냄. 단편집 『돌다리』가 박문서관에서, 『왕자호동』이 남창서관(南昌書館)에서 출간됨.

1944년── 장녀 소명 진명고녀(進明高女) 입학. 4월, 국민총력조선연맹(國民總力朝鮮聯盟)의 지시에 의해 목포조선철공회사의 조선(造船) 현지를 답사하고, 9월 「제일호선의 삽화(第一號船の揷話)」를 『국민총력(國民總力)』에 일본어로 발표함.

1945년── 8월, 조선문화건설중앙협의회(朝鮮文化建設中央協議會) 산
하 조선문학건설본부 중앙위원장 맡음. 남조선민전(南朝鮮民戰) 등의
조직에 참여함.『별은 창마다』가 박문서관에서 출간됨.

1946년── 2월 8-9일, 전국문학자대회에 참여하고 조선문학가동맹(朝
鮮文學家同盟) 부위원장 맡음. 2월, 신탁통치에 찬성하는 입장인 민주
주의민족전선(民主主義民族戰線) 결성대회에 조선문학가동맹의 대표
로 참여, 민주주의민족전선 전형위원과 문화부장 역임함. 3월에 창간
한『현대일보』주간을 맡음. 4월, 조선문학가동맹 기관지『문학』의 편
집을 맡음. 6월, 이희승(李熙昇), 이숭녕(李崇寧)과 함께『중등국어교
본』을 편찬함. 장편「불사조」를『현대일보』(1946. 3. 27-7. 19)에 연재
중 월북으로 중단함.『상허문학독본(尙虛文學讀本)』이 백양당(白楊堂)
에서 출간됨. 장남 유백 휘문중학교 입학. 8월『문학』창간호에「해방
전후」를 발표하고 이 작품으로 제1회 해방기념조선문학상 소설 부분
수상함. 8월 10일경 월북함. 8월 10일부터 10월 17일까지 이기영, 이찬,
허정숙 등과 방소문화사절단(訪蘇文化使節團)의 일원으로 소련의 모
스크바, 레닌그라드 등을 여행함.『사상의 월야』가 을유문화사(乙酉文
化社)에서 출간됨.

1947년── 5월, 여행기『소련기행(蘇聯紀行)』이 조소문화협회(朝蘇文
化協會)와 조선문학가동맹 공동 발행(백양당 총판)으로 남한에서, 북
조선출판사 발행으로 북한에서 각각 출간됨.『해방전후』가 조선문학
사에서, 단편집『복덕방』이 을유문화사에서 출간됨.

1948년── 8.15북조선최고인민회의 표창장을 받음. 북조선문학예술총
동맹 부위원장, 국가학위수여위원회 문학분과 심사위원을 맡음. 장편
『농토』가 남한의 삼성문화사에서 출간됨.

1949년── 단편집『첫 전투』가 북한의 문화전선사(文化戰線社)에서 출
간되어, 새로 쓴「아버지의 모시옷」「호랑이 할머니」「첫 전투」「38선
어느 지구에서」와, 대폭 개작한「해방 전후」와「밤길」까지 여섯 편이

수록됨. 10월, 최창익(崔昌益), 김순남(金順男) 등과 소련의 시월혁명 기념일 참관차 모스크바를 방문함. 12월, 『로동신문』에 이때의 기록 「위대한 사회주의 시월혁명 삼십이주년 참관기」를 몇 차례 나누어 발표함.

1950년—— 3월, 소련 기행문집 『혁명절(革命節)의 모쓰크바』가 문화전선사에서 출간됨. 육이오전쟁 발발 후, 평양을 출발해 북한 인민군과 함께 종군하여 해주, 옹진으로 이동함. 7월, 서울로 들어왔으며 서울시 임시인민위원회를 방문하여 위원장인 이승엽(李承燁)과 선전부에서 일하고 있는 최석두(崔石斗) 시인을 만남. 11월, 폴란드 바르샤바에서 열린 제2차 세계평화옹호대회에 참석함. 12월, 박정애(朴正愛) 조선여성동맹 위원장과 헝가리 부다페스트를 방문해 문화교류청장 미하이 에르뇌와 만남.

1951년—— 9월, 바르샤바 방문 기록인 기행문집 『조국의 자유와 세계평화를 위하여』가 국립출판사에서 출간됨. 10월, 중국 베이징에서 열린 건국 이주년 기념 아시아문학좌담회에 참석하고 칠레의 시인 파블로 네루다와 만남. 『로동신문』에 이때의 기록 「위대한 새 중국」을 몇 차례에 나누어 발표함.

1952년—— 단편집 『고향길』이 재일본조선인교육자동맹에서 출간됨. 여기 실린 단편들은 반미적 성향이 강하게 드러나 있음. 『위대한 새 중국』이 국립출판사에서 출간됨. 『문장강화』를 북의 성향에 맞춰 개고한 『신문장강화』가 출간됨.

1953년—— 남로당파(南勞黨派)와 함께 숙청될 위기였으나, 소련파(蘇聯派)인 기석복(奇石福)의 도움으로 모면함.

1956년—— 소련파가 몰락하자 과거 구인회 활동과 정치적 무사상성을 추궁당하며 비판받음. 조선노동당 중앙위원회 상무위원회 및 전원회의 결의로 임화(林和), 김남천(金南天), 박헌영(朴憲永), 이승엽, 박창옥(朴昌玉) 등과 함께 반동적 문화노선을 조직한 간첩 분자로 몰려 숙청됨.

1957년── 함남 로동신문사 교정원으로 배치됨. 남한에서 3월 문교부
　　의 지시로 월북 작가 작품의 교과서 수록 및 출판 판매 금지 조치가 내
　　려짐. 상허는 육이오전쟁 이전 월북자로서 A급 작가로 분류됨.

1958년── 함흥 콘크리트 블록 공장의 파고철 수집 노동자로 배치됨.

1960년대── 말년과 사망 시기에 대한 정확한 사실은 알려져 있지 않으
　　며, 몇몇 증언자들에 의해서만 조금씩 다르게 전해지고 있음. 러시아
　　로 망명한 북한의 정치인 강상호에 의하면, 1953년 남로당파의 숙청이
　　끝난 가을 자강도 산간 협동농장에서 막노동을 하다가 1960년대 초 농
　　장에서 병사했다고 함. 소설가 황석영이 1989년 방북시 들은 평양작가
　　실 최승칠 소설가의 증언에 의하면, 1964년 복권되어 당 중앙 문화부
　　창작실에 배치되었다가 작품을 쓰지 않아 몇 년 뒤 다시 지방으로 소
　　환되었다고 함. 남파공작원 김진계에 의하면, 1969년 1월경 강원도 장
　　동탄광 노동자 지구에서 직접 만났으며 사회보장으로 부부가 함께 살
　　고 있었다고 함.

1963년── 1-2월, 소설가 최태응이 「이태준의 비극(상, 하)」을 『사상계
　　(思想界)』에 발표함.

1974년── 일본에서 한국문학의 연구와 번역을 목적으로 1970년 결
　　성된 '조선문학의 회(朝鮮文学の会)' 편역으로 『현대조선문학선(現代
　　朝鮮文学選)』(전2권)이 소도샤(創土社)에서 출간되고 「해방 전후」가
　　제2권에 일본어로 번역 수록됨.

1979년── '조선문학의 회' 동인인 조 쇼키치(長璋吉)가 「이태준(李泰
　　俊)」을 텐리대학(天理大學) 조선학회의 학회지 『조선학보(朝鮮学報)』
　　에 발표함.

1980년── 경희대에서 「상황(狀況)과 문학자(文學者)의 자세: 일제 말
　　기 한국문학의 경우」(1977)로 석사학위를 받은 사에구사 도시카쓰
　　(三枝壽勝)가 「이태준 작품론: 장편소설을 중심으로(李泰俊作品論: 長
　　篇小說お中心として)」와 「해방 후의 이태준(解放後の李泰俊)」을 규슈

대학(九州大學) 문학부 학회지 『시엔(史淵)』에 발표함.

1984년—— 오무라 마쓰오(大村益夫), 조 쇼키치, 사에구사 도시카쓰 공동 편역으로 『조선단편소설선(朝鮮短篇小説選)』(상, 하)이 이와나미 쇼텐(岩波書店)에서 출간되고 여기에 상허의 단편 「사냥」이 일본어로 번역 수록됨.

1986년—— 부천공대 민충환(閔忠煥) 교수가 「상허 이태준론 (1): 전기적 사실과 습작기 작품을 중심으로」를 『부천공대 논문집』에 발표함. 이후 많은 논문과 단행본을 내놓으며 상허의 생애와 본문 연구에 기틀을 마련함.

1987년—— 고려대에서 강진호(姜珍浩)가 『이태준 연구: 단편소설을 중심으로』로, 서울대에서 이익성(李益誠)이 『상허 단편소설 연구』로 석사학위를 받음.

1988년—— 4월, 민충환의 『이태준 연구』가 깊은샘에서 출간됨. 7월 19일, 문공부에서 월북 문인 작품의 해금(解禁) 조치가 확정됨. 깊은샘에서 '이태준 전집' 전14권이, 서음출판사에서 '이태준 문학전집' 전18권이 출간됨. 삼성출판사의 '한국해금문학전집' 제1, 2권에 상허의 주요 소설이, 을유문화사의 '북으로 간 작가 선집'에 『복덕방: 이태준 창작집』과 『제2의 운명: 이태준 장편소설』이 포함되어 출간됨. 성균관대 임형택(林熒澤) 교수의 해제로 『문장강화』가 창작과비평사에서 출간됨.

1992년—— 12월, 상허의 문학을 비롯한 한국근대문학의 연구와 확산을 위해, 깊은샘 대표 박현숙(朴玄淑)을 주축으로 민충환, 장영우, 박헌호, 이선미, 강진호 등 소장 학자들이 모여 상허학회(尙虛學會)를 창립하고 민충환 교수가 초대회장으로 추대됨.

1993년—— 3월, 상허학회 학회지 『상허학보』 제1집이 '이태준 문학연구'를 주제로 발간됨.

1994년—— 2월, 상허의 모교인 휘문고등학교에서 명예졸업장을 수여함. 11월, 상허 탄생 구십주년을 맞아 희곡 「어머니」와 「산사람들」이 극단민예의 공연으로 동숭동 마로니에 소극장 무대에 올려짐. 깊은 샘에서 '이태준 전집'의 개정판을 상허학회의 편집 참여로 출간하기 시작함.

1998년—— 7월, 상허의 성북동 자택 수연산방(壽硯山房)의 문향루(聞香樓)에서 '이태준 문학비' 제막식이 열림.

1999년—— 상허의 생질녀의 딸 조상명이 수연산방을 전통찻집으로 운영하며 일반인에게 공개하기 시작함.

2001년—— '이태준 전집'(깊은샘)이 전17권으로 완간됨.

2002년—— 7월, 이태준 추모제가 철원 율이리 용담 생가 터에서 열림.

2004년—— 상허 탄생 백주년을 맞아, 10월 철원군 대마리에서 민족문학작가회의와 대산문화재단 공동 주최로 '상허 이태준 문학제'가 개최되고, 이태준 문학비 및 흉상 제막식과 진혼굿이 열림. 상허학회 주관으로 '상허 탄생 백주년 기념 학술대회'가 열림.

2009년–캐나다 토론토대학 동아시아학과 교수 재닛 풀(Janet Poole)의 번역으로 『무서록(Eastern Sentiments)』 영문판이 미국 컬럼비아대학 출판부에서 출간됨.

2015년—— 상허학회가 편집에 참여한 '이태준 전집'(소명출판)이 주요 작품 위주로 구성되어 전7권으로 출간됨. 서울대 김종운(金鍾云), 캐나다 브리티시컬럼비아대학 브루스 풀턴(Bruce Fulton) 교수의 번역으로 『달밤(An Idiot's Delight)』의 국영문판이 도서출판 아시아에서 출간됨.

2016년—— 텐리대학 교수 구마키 쓰토무(熊木勉)의 번역으로 『사상의 월야: 그 외 다섯 편(思想の月夜: ほか五篇)』 일문판이 헤이본샤(平凡社)에서 출간됨.

2018년—— 재닛 풀의 번역으로 단편소설집 『먼지: 그밖의 단편(Dust: And Other Stories)』 영문판이 컬럼비아대학출판부에서 출간됨.

2024년——1월, 상허의 생질 김명열(金明烈) 교수와 열화당(悅話堂)이 전14권으로 기획한 '상허 이태준 전집' 일차분 네 권 『달밤: 단편소설』『해방 전후: 중편소설, 희곡, 시, 아동문학』『구원의 여상·화관: 장편소설』『제이의 운명: 장편소설』이 출간됨.

장정과 삽화

「구원의 여상」이 수록된 이태준의 순정소설집 『구원의 여상』(태양사, 1937). 장정(裝幀)
정현웅(鄭玄雄).

「구원의 여상」이 수록된 이태준의 소설집 『구원의 여상』(영창서관, 1948)의 속표지(p.532)와
  표지. 장정 정현웅. 국립한글박물관 소장.

『화관』, 조선문인전집 2, 삼문사, 1938.

장정과 삽화

「화관」 연재 예고 기사. 『조선일보』, 1937. 7. 25. 사진에서 왼쪽이 삽화가 웅초(熊超) 김규택(金奎澤), 오른쪽이 상허 이태준.

엇지할가?

인애는 남들이 업바로미떠주는것이 실업시 걱정되엿다 억지로 누명이나쓰게되는것갓흐럿다 이담에라도 자긔와 손영조와결혼하엿다는 말을드르면 커네들이 얼마나 의외로알고 늘난입들을 썩썩벌일가?

「그것봐 모두 그럿타니쇠그래? 인애는 별사람인가…」하고 얼마나들쑤군걸일가? 인애는명도의입헷쯘것이 원망스런생각도들엇다 손영조란 인애언니의업바되는사람이라거나 동경가잇는데 무슨학교에다니며 사진을보니 모습이 어러케생기엿드라는것까지도 모다 명도의 헷픔입에쇠 퍼진말이다.

그러나 이것쎄문에 인애가명도를 미워한것은아니다 뭇지못하게라도 넌人자를붓친것이나 잡자는그림자나마 눈을흘겨보게된것은 이쌋짓것쎄문은 결코아니다.

그것은 무엇이엿든가?

×

어래 남산골자긔에도 횟긋횟긋잔설이 보히는이른봄이엿섯다 아직졸업쎄도아니요 봄방학도 달포나남은쎄에 갑자기명조가 나온다는 퀸보가왓다 퀸보는 하관서배를라면서 노은것이엿섯다.

방학쎄도 나오지안흔이가 무슨일일까? 또 나올일이잇섯다면 웨 오류일컨에 온 편지에는아모말이

업엇슬가? 인애는 몹시궁금하기도하엿스나 한편으로는 뒤고십도록즐거웠다 삼년동안이나 밤낫으로그립게만지버며 이케도 일년이나 더잇쇠야맛나볼줄알엇든 영조를불시에 내일커녁이면 낫슬때할수가잇는것이 꿈이나아닌가 하리만치반가웠다 언쩌나 침착하든 인애의거름거리도 이날만은 충충대를 둘식건너뛰며 오르내렸다 음악실에 가잇는 명도를부르고 경부선에 집잇는아이들을차커 차시간를 뭇고 그리고 이방커방으로 다니며떠리미를 차커다가 마춘나갈새옷을 때리노라고법석이낫다.

인애는 대팅질을하며 이생각이낫다 편지로는 「업바!」혹은 『업바야?』하고 어리광도부리엿지만 맛나쇠는 무어라고부르나?

『영조씨—!』

인애는속으로 이럿케불러보고 그만 얼골이확근하여 볼부채를들엇다.

손영조는 더구나 최근에와쇠는 편지마다 이런말을적어보냇섯다.

『인애야 어래두 멀엇니? 나를 영조씨할날이……』

혹은

『이런지답장부터는 영조씨 해야돼?』

—(83)—

장정과 삽화

長編 小說

久遠의 女像 (5)

李泰俊

비밀은괴로운것 (1)

명도는 참말 인애와영조사이의 비밀을 아지못하엿다。비밀이라니차 애초부터 무슨 불의의사랑이기쎄문에 남의눈이 무서워 일부러직켜온 비밀은 아니지만 오날와서 손영조를 이인애의 사랑하는남자로 아는 사람은 하나도업고 모조리 영조나 민경희처럼 업바되는이로만 알고 들잇스니 사랑으로서의손영조、즉、인애만이다로해석하는 손영조가 남모르게 존재해잇게된것은 사실이다。

실업시 비밀이 되엿구나!

소심한 인애는 커으 걱정거리가 되엿다 처음에는 『업바는 무슨업 바서루 그리다가들』 잘들만 부러살드란」하고 빈정거리든아이들싸 지도 오히려오날와선 인애의 그 맑고 얌전스런 괴롬에 한풀둘니여 명도가 선친하는그따로 고지듯게되엿고 명도만치는 못하드래도 모도 가 속으로들은 인애를존경하고 싸르려하고잇다。

「구원의 여상」 최초 발표 지면. 『신여성』, 1931. 1-1932. 8. 삽화가 미상. (pp.536-539)

537

에 우둑서군하여다 그럴쌔마다 『다왓나보다』 하고가

승이 울렁하군하엿스나 그것은 네거리를 건널쌔마
다엿다。명도는멧번이나 손수건으로 자동차문을닥고
며박갓을 내다보앗다。화려한쇼-윈도-들과건강한게
집들을처럼 육체미를 다루는듯한번질한자동차들의
행렬 명도는 지갑속에 남은돈이 얼마안되는것도 걱
정되엇다。

명도의택시는 갑작이게도에서나 탈선되돗차체가뒤
흔들리는 갈랫길로들어서드니 그제야 얼마안가서아
조멈을엇다。

『고쇼다로-쓰 오모이마쓰』

나려서 보니 청말운천수의말대로불이관 (不二館)
이란 간판이 눈압헤 걸려잇다。

명도는 길가든사람들까지 멈처서보는 여러이국사
람들의 시선속에서 그여관현관안으로 뛰여들엇다。
그리고 이내 손영조를불은것은 물론이다。

그러나 불이관주인의대답은 너머나 명도에게절망
을주고도남엇다。손영조란학생은 자기집에서 떠난지
가벌서사오개월이되엿슬뿐아니라 어쯰할줄을몰으고섯다
다는것이엇다。명도는망연하여 다른사람이라도 잇느
가는것이엇다。 조선사람이 잇는
『그럼이여관에 지금은한학
냐』물으니 『긴상』이란학생이 잇기는한데 맛날수잇다하엿
교에 갓스나 챔심뷔여지지 기다리면

다。

명도는그나마피곤한다리를 이쓸고 하녀의뒤를 따
라 웅졉실로 드러가지안을수가업섯다。

여관과 달러 학생하숙이라 그리잘차린웅졉실은아
니엇다。사면을 둘러보아야 그림장 걸려잇지안엇
고터불우에는담배재와 타다남은 청냥가피만 수북히
담긴 사기재러리하나가 노혀슬뿐이다。그래도다른방
들은 모다 장지문인듯하엿스나 이방만은유리창이어
서슬쓸한듯안이나 마 그것이눈을 쓰을엇다。

『이만해도 외국이로구나-!』
『졺읍기라도 햇스면-!』

이러케혼자 중얼거리며 쇠슬프고 짜증나고하는두
어시간을 일초일초를 헤이듯기다렷다。

그러나 챔심시간이 되여 다름학생들은 쿵쿵거리
며 모혀들어도 『긴상』은오지안는돗소식이 업섯다。
사무실로 가서알어보고십헛스나 맨 일본학생들인데
조선옷을입은돗낸자로 얽는 뒤여나가고 십지도안엇다
『어떤날은챔심을밧거서 사먹고 커녁쌔나 오는날도
잇는데 아마오늘도 그런가봄니다』한다。명도는기가
막히엿다。긴상이란사람이 자기와시간약속이나 하고
그것을직히지안는것처럼 미워하고원
망하엿다。생각다못해웅졉실로 주인을불럿다。그리고

――〔89〕――

538   장정과 삽화

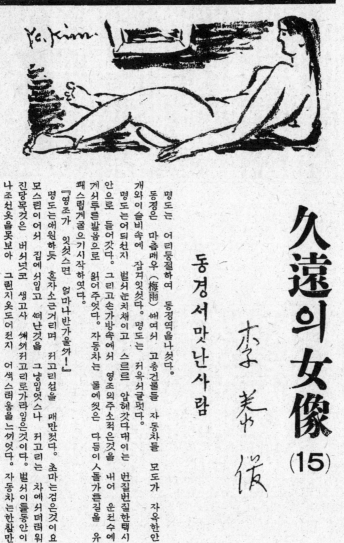

久遠의 女像 ⑮

李俊

동경서 맛난 사람

명도는 어리둥절하여 동경역을나섯다.

동경은 마츰매우(梅雨) 써여서 고층건물들 자동차들 모도가 자욱한안 개와이슬비속에 잠겨잇섯다. 명도는 쥐욱쥐굴럿다.

명도는어디선지 벌서눈치채이고 스르르 압헤갓다대이는 번질번질한택시 안으로 들어갓다. 그리고손가방속에서 영조의주소적은것을 내어 운전수에 게서투른발음으로 읽어주엇다. 자동차는 물에씻은 다듬이돌가튼길을 유 쾌스럽게굴으기시작하엿다.

『영조가 잇섯스면 얼마나반가울까!』

명도는애원하듯 혼자소근거리며 쥐고리섭을 매만젓다. 초마는검은것이요 모스린이어서 집에서임고 써난것을 그냥입엇스나 쥐고리는 차에서떠려워 진당목것은 버서넛코 생고사 쉐끼리고리로가라임은것이다. 벌서이틀동안이 나조선옷을못보아 그런지옷도어쥔지 어색스러움을느끼엇다. 자동차는한참만

장정과 삽화

「화관」최초 발표 지면.『조선일보』, 1937. 7. 29–12. 22. 삽화 웅초 김규택. (pp.540–551)

二長篇小說二

花冠 【七】

李泰俊 作
金奎澤 畵

여름밤의꿈 (七)

二長篇小說二

花冠 【八】

李泰俊 作
金奎澤 畵

여름밤의꿈 (八)

二長篇小說二

花冠 【九】

李泰俊 作
金奎澤 畵

여름밤의꿈 (九)

장정과 삽화

=長篇小說=

花冠 【20】

李泰俊 作
金奎澤 畵

세 화 살 (四)

회파람소리는 끄치더니
「아! 여기와 계신걸……」
소리가나는데 보니 황재하다。
「왜 절 차즈셨세요?」
「그럼요 창해여관에 가셨다구
해 가보니까 다녀가셨대죠 그
래집에 와보니 거기도 안계
시죠 후 집엘 못차즈시나해
서……」
「…………」
동옥은 무어라고 대답해야할지
모른다。「감사합니다」하자니좀
아니꼽고「누가 절 차저달랬서
요」하자니 너머 잔인스러웁다。
그때
「회는 다 잣섰나요?」
를 물었다。
「아마 아직 하는중일껍니다」
「왜 안 드르세요?」
「그까짓 상식범위로 하는걸 뭐
러 봅니까?」
「상식이 조치안어요?」
「난 상식처럼 싫은건 없읍니
다…… 상식세계처럼 단조한
게 어딧읍니까?」
「참, 아직 식지도 않었겠군요」
하더니 그것이 이유나 되는
듯이 동옥의얼굴로 가까이 안
저버린다。동옥은 흠칫 치마자
락을 다시 한번 매만진다。
「동옥씨?」
「네?」
「……」
재하는 머리만 한번 쓰다듬
는다。아까처럼 회파람도 불지
안는다。동옥은 가라안젔던 가
슴이 다시 두근거린다。
「동옥씨?」
「왜그리세요?」
「그 반지가 아주 고흔데요?」
동옥은 대답하기 전에 자기
손부터 나려다본다。금강석도아
니요 값싼 싸파이아、또 어스
름한 달빛이나마 둥지고안젔스
니 반지가 엽혜사람 눈에 띄
일리가 없다。
「어디 뵈기나해요?」
「그래도 뵙니다 제눈엔… 너
머나 크게…」
「참 눈도 상식이상이시군요」
하고、우섯지만 동옥은 재하의

=長篇小說=

花冠 【21】

李泰俊 作
金奎澤 畵

세 화 살 (五)

「아직까진 제일 조흔 사람?
아직까진…」
하고 재하는 상고대처럼 기운
업는 소리로 중얼거리더니
「그럼 아직까지로 제한하시는
건 무슨 뜻입니까?」
뭇는다。
「아모 뜻도 업세요」
「장래엔 더 조흔 사람도 잇
슬수 잇다는것 아닙니까?」
「몰라요」
하고 동옥은 일어서버린다。
재하는 의외에 따라 일어서
지는안는다。일어서는 반대로뒤
로 팔을 쭉 ─ 뻗더니 벌떡자
빠진다。두손으로는 모새를 한
움큼식 쥐엇다 노앗다 한다。
동옥은 못본체 돌아서 혼자드
러오는 길을 것는다。
한 여라믄 거름 옮기엿다。
재하는 그저 누운채로 잇다。
한 수무나믄 거름 드러왓다。
재하는 행결가치 움지이지 안
하고 몸을 흔들어버린다。동
옥은 배일쎈보다 정히편이 떠
받하지 안켓나 생각이 든다。
아모런 이런경우에 뭉연히 엽
헤서 나타나는것은 저쪽을 위
해미안하다。그래 정히와 배일
현이가 안으로 드러가기를 기
다려서야 다시 길을 돌아 정
문으로 드러갓다。
「이재오니? 김씨한테 여태잇엇
니?」
「아니 바다에 잠간 산보하구
?」
「우리오빠?」
「바다에 게시던데」
「너허구 가치 안 다녓니?」
「아니」
하고 동옥은 머리를 흔들엇다
「참, 그인 무슨 말을 하던그
래?」
「왜니……」
하고 배일현이가 잇슬땐 아니
라 얼른 꾸러대일 말이 나오
지 안어서 동옥은 자기방으로
드러왓다。정히도 따라 드러왓

=長篇小說=

花冠 【23】

李泰俊 作
金奎澤 畵

세 화 살 (七)

「하긴 그런것도 로맨스의 일
종이긴 허지……그러치만 그
만건 로맨스레기 너머 히미
하지 안니?」
하고 정히는 도리혀 뭇는다。
「히박! 몰을 좀 라지!」
해서 또 웃엇다。
「물을 탈때도 벌서 지낫스니
걱정이지……그런데 글세 그
인 로맨스 업는게 유감이면
지금이라도 해보잔단다」
「지금이라도……그러케 될가?
로맨스도 하는걸가?」
「하는거라니?」
「하는게 아니라 되는거 아닐
가?」
「되는거?」
정히는 점점 동옥의 말이 어
러워지는듯하다。
「지금이라도 로맨스를 해보잔다
니 말야 로맨스란 우연히 되
는거 아냐? 너이가 처음도
서 대합에 산보하다 만난건
우연 안냐? 우연히 애정편
또
「내가 황재하때문에 여기온것
아니요 황재하도 내가여기올
줄알고 왓슬건 아니다。우연
이다。정히와 배일현은 약혼
지끼리 그들의 행동은 노골
적인 애정행동이다 아까 현
관에서 정히가 배일현의 억
개에 매여달리던것 가툼…나
나 재하나다 감정상승을밧
는게사실이다 그런데 나도애
인이 업고 재하도 애인이업
고…또그런데이웃방에 앗고…
연애가 발단되기아조 자연스
러운 환경속로맨스분위기 속
에 내가 지금재하와 떠부러
가처잇는것아닌가?」
이런 생각이 정히가 그외방으
로 돌아간 뒤에도 밤 깁도록
동옥의 머리를 설례엿다。
「그러나 모먼뵈이 황재하따위
와……」
동옥은 자기와 로맨스지대에
표착된 사나이가 하필 황재하
임에 불만이 업지 안타。

花冠 【24】

李泰俊作
金奎澤畵

세화살 (8)

花冠 【30】

李泰俊作
金奎澤畵

세화살 (十四)

花冠 【65】

李泰俊作
金奎澤畵

꿈의 일기 (一)

장정과 삽화

三長篇小說三
花冠【70】
李泰俊作
金奎澤畵

꿈의 일기 (大)

三長篇小說三
花冠【95】
李泰俊作
金奎澤畵

사랑은, 그러나…十五

三長篇小說三
花冠【106】
李泰俊作
金奎澤畵

제비꽃다방 (一)

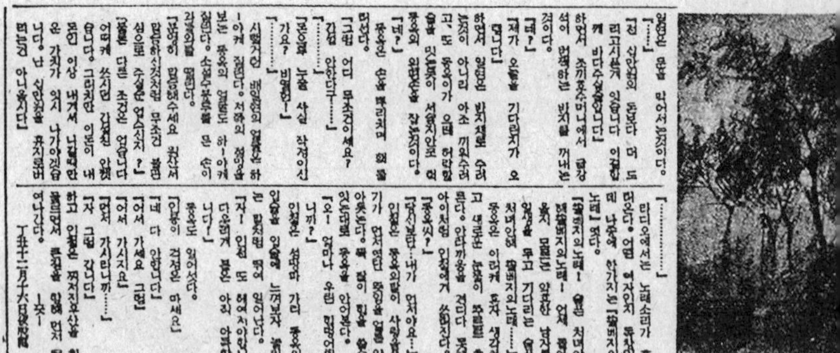

장정과 삽화